Klarant Verlag

Bärbel Muschiol wurde 1986 in Weilheim, Oberbayern, geboren. Glücklich verheiratet lebt und arbeitet sie mit ihrem Mann und ihren zwei Kindern heute noch immer im tiefsten Bayern. Im Genre Erotik und in der Belletristik hat sich die Autorin mittlerweile einen festen Platz in den Bestsellerlisten geschaffen.

Bärbel Muschiol

Rocker

Verlieben verboten

Klarant Verlag

Klarant Verlag, www.klarant.de
ISBN: 978-3-96586-364-4
1. Auflage, 2021
Umschlagabbildung: Klarant Verlag unter Verwendung von shutterstock-Bildern.

Printed in the EU.

Der Rocker und die Krankenschwester

Prolog

Der Rockerpräsident

Ich nehme einen großen Schluck von meinem kühlen Bier, lehne mich zurück, lege die Arme auf den Sessel und lasse den Kopf gegen die Lehne fallen.

Der Umzug ist fürs Erste geschafft, schwere Kisten stapeln sich an der Wand gegenüber. Der gigantische Flat-Screen, den ich mir erst vor wenigen Stunden gekauft habe, steht noch immer originalverpackt im Eck. Bis auf eine Couch und den Sessel, auf dem ich gerade sitze, besitze ich keine Möbel.

Keine Vorhänge, keine Bilder, keine Teppiche und Kissen. Manche würden meinen Lebensstil als minimalistisch bezeichnen – es ist aber einfach so, dass ich mir aus dem ganzen Schnickschnack noch nie etwas gemacht habe. Vielleicht bedingt durch meinen Lebenslauf, der wirklich hart war:

Meine Mutter war eine Junkiehure und mein Vater einer ihrer Kunden, der nie erfahren hat, dass es mich gibt. Wahrscheinlich, weil meine Mutter selbst nicht wusste, wer genau mich gezeugt hat. Sie starb, da war ich zehn, anschließend wurde ich von Pflegefamilie zu Pflegefamilie gereicht und mit siebzehn bin ich im Jugendknast gelandet.

Sechs verdammt lange Jahre saß ich in dem Loch. Kaum dass ich draußen war, habe ich mich dem *Hell Bones Motorcycle Club* angeschlossen und bin in eines der freien Zimmer direkt im Clubhaus gezogen.

Wegen der langen Zeit hinter Gittern bin ich auch heute noch ruhelos, hasse enge Räume und schlafe immer mit einem offenen Auge und der Waffe unterm Kopfkissen.

Die meisten halten mich für ein paranoides Arschloch – wahrscheinlich bin ich eins.

Es spielt keine Rolle.

Der Drang, mich zu beweisen, meine Gewaltbereitschaft und der Hang zur Brutalität haben mich weit gebracht. Blut für Blut – Knochen für Knochen – Grab für Grab bin ich in der Hierarchie der *Hell Bones* aufgestiegen und habe dabei nichts als Tod und Verwüstung hinterlassen.

Meine Seele ist schwarz, mein Herz ist schwarz – meine Existenz ist schwarz. Genauso schwarz wie die Kutte, die ich trage. Seit etwas mehr als einem Jahr ziert das *Präsidenten-Patch* mein Leder.

Seit meiner Ernennung ist viel passiert: Unter meinem Kommando wurde der MC komplett umstrukturiert, einige Member mussten gehen, andere sind dazugekommen.

Die *Hell Bones* sind so stark wie nie und stehen bei so ziemlich allen Strafverfolgungsbehörden dieses Landes ganz oben auf der Liste.

New York gehört uns, diese Stadt ist unser Revier und Brooklyn unser gottverdammtes Wohnzimmer.

Niemand pisst uns ans Bein und wenn er es doch versucht, bekommt er meine Faust zu fressen und erstickt an seinen eigenen Zähnen.

Ich sehe mich um, trinke mehr von dem Bier und nicke zufrieden.

Das hier ist meine erste eigene Bude und ich hoffe, dass sie mir das gibt, was ich so dringend brauche: Ruhe.

Im Club ist immer was los: Partys, Nutten und harte Fights. Der Trubel tut gut, wenn man nicht alleine sein will. Aber wenn man das Bedürfnis nach Einsamkeit verspürt, ist er der falsche Ort. Ich war mein Leben lang von Menschen umgeben, aber dennoch immer allein. Die Einsamkeit ist das, was ich brauche, sie schenkt mir Frieden und sorgt dafür, dass sich die Dunkelheit in meinem Kopf nicht noch weiter ausbreitet.

Erschöpft balle ich die rechte Hand zur Faust, spüre, wie sich die abgewetzte Haut anspannt und aufplatzt. Meine Fingerknöchel sind blutig, das Gebiss meines letzten Geschäftspartners hat sich tief in meine Haut gegraben.

Der Bastard wusste sich mit seinen gefesselten Händen nicht mehr anders zu helfen und hat wie ein tollwütiger Hund nach meiner Faust geschnappt.

Bevor ich ihm das Genick brach, hat er mich tatsächlich erwischt. Was auch der Grund dafür ist, dass ich seinen Kiefer nach seinem Tod zerschmettert, geradezu pulverisiert habe.

Das Letzte, was ich gebrauchen kann, ist, dass mich die Bullen wegen so etwas Banalem wie einem Zahnabdruck mit einem Mord in Verbindung bringen können.

Was unser Sergeant schlussendlich mit der zerstückelten Leiche getan hat, ist mir egal. So wie ich ihn kenne, hat er sie einfach in den Hudson geworfen. Er wird schließlich nicht umsonst River genannt.

Das Bier leerend, stehe ich auf und sehe aus dem Fenster. Das nächste Gebäude ist gefühlt bloß eine Armlänge entfernt. Die Häuser werden nur von einer schmalen Seitengasse getrennt. Das Licht der einzigen Laterne flackert.

Eine Katze rennt über den mit Müll übersäten Asphalt, jagt einer fetten Ratte nach, die in letzter Sekunde im Abfluss verschwindet. Mein Truck steht am Straßenrand, meine Harley direkt dahinter.

Dank des Zeichens des Clubs, einem in Flammen stehenden Totenkopf, wird es niemand wagen, mein Bike anzurühren.

Die Furcht vor den *Hell Bones* tränkt die Straßen, ganz egal in welchem Stadtviertel New Yorks: Staten Island, Queens oder Manhattan – wir schaffen die Gesetze, bestimmen die Regeln, kontrollieren das Glücksspiel und stellen die Nutten.

Selbst die Politik haben wir in den letzten Monaten unterwandert.

Dank gut gefüllten Briefumschlägen, Karriere zerstörenden Fotos und belastenden Tonaufnahmen haben wir mittlerweile sogar den Bürgermeister in der Tasche.

Meine Pläne gehen auf. Es läuft gut für die *Hell Bones* und ich werde alles in meiner Macht Stehende tun, damit es auch so bleibt.

Die Stille, die mich umgibt, beruhigt meine gereizten Nerven. Im Club ist gerade sicherlich die Hölle los.

Ich ziehe die Kippenschachtel aus der Hosentasche, zünde mir eine an und werfe die noch halb volle Packung auf die Fensterbank.

Der Safe in meinem Büro ist voll, genauso wie die Bankschließfächer, die ich in den letzten Jahren gemietet habe.

Finanziell bin ich auf der sicheren Seite. Wenn ich wollte, hätte ich mir auch ein schickes Loft am Central Park mieten können. Aber das ist nicht meine Gegend. Ich gehöre hierher, in den Dreck und die düsteren Schatten der millionenschweren Wolkenkratzer.

Ein silberner Kleinwagen biegt in die Straße ein und hält direkt neben meinem Truck.

Neugierig sehe ich dabei zu, wie eine Frau aussteigt. Sie ist klein und hat lange dunkle Haare, die im Nacken zu einem unordentlichen Zopf zusammengebunden sind.

Die seltsame blaue Kleidung, die sie trägt, weckt mein Interesse.

Sie geht durch den Schein der defekten Straßenleuchte, das gelbe Licht erhellt für den Bruchteil einer Sekunde ihr Gesicht, sie ist schön. Verdammt schön und wirkt auf eine anziehende Art schutzlos und zerbrechlich. Dann erlischt die Laterne endgültig und taucht die Frau in pechschwarze Dunkelheit.

Sie geht auf die Tür zu, holt einen Schlüssel heraus und verschwindet im Gebäude. Ich bleibe stehen und sehe weiter raus. Die Wände sind dünn, ich kann ihre Schritte hören und wie die alte Holztreppe unter ihrem Gewicht knarzt. Dann klirrt ein Schlüsselbund, die Türe direkt neben meiner Wohnung wird aufgesperrt und kurz danach zugeworfen.

Wenige Minuten später geht Musik an und ich höre Wasser rauschen.

Ich stelle mir vor, wie sie sich auszieht, die sonderbaren blauen Sachen abstreift und sich nackt in die Dusche stellt.

Aufgrund der Finsternis konnte ich nicht viel erkennen, aber meine Nachbarin ist sexy. Zumindest glaube ich das, dank ihres merkwürdigen Outfits war das nur schwer zu erkennen. Ihr Gesicht hat jedoch viel versprochen und ich bin mir sicher, dass ihr Körper dieses Versprechen halten wird.

Mein Schwanz zuckt – im Club würden mir jetzt jede Menge Bitches zur Verfügung stehen, aber hier, in meiner eigenen Wohnung, sieht das anders aus.

Die Einsamkeit hat ihren Preis und ich bin gewillt, ihn zu bezahlen.

1. Kapitel

Die Krankenschwester

Erschöpft lege ich mein Namensschild ab, lasse mich auf den Stuhl fallen und reibe mir mit beiden Händen über das Gesicht.

„Scheißtag?"

Ich nicke und verfluche dabei lautlos alle Männer dieser Welt.

Nora, meine Kollegin, steht vor mir, sieht mich mitleidig an und reicht mir eine Tüte rosafarbener Einhorn-Marshmallows.

„Hier nimm, die Dinger sind gut für deine Nerven."

Zögernd schnappe ich mir die Packung und betrachte die weißen Schaumgummitiere.

„Danach habe ich Diabetes."

„Falsch. Die Dinger lösen einen gewaltigen Zuckerschock aus, der dich mindestens so high macht wie guter Sex."

Irritiert runzle ich die Stirn und betrachte die Einhörner mit neu gewonnenem Interesse.

„Verarsch mich nicht."

„Tue ich nicht. Bei mir hilft das Nacht für Nacht."

Nora ist genau wie ich Single. Und warum? Scheiße!

Die Männer von heute sind alle Loser, sie machen einen auf hart, aber innerlich sind sie verkorkste kleine Mamasöhnchen, die nichts auf die Reihe kriegen, und einfach nur nach einer Frau suchen, die sie bekocht, ihre Wäsche macht und anschließend vor ihnen auf den Boden sinkt, um ihnen den Schwanz zu lutschen.

Auf so einen Mist kann ich gut verzichten.

Die Suche nach meinem Mister Perfect habe ich nach meiner letzten Beziehung aufgegeben. Ich suche keinen Prinz Charming und auch keinen Millionär. Die Haarfarbe ist mir ebenfalls egal, genauso wie die Schuhgröße oder sein Body-Mass-Index.

Gut ... Muskeln und ein Sixpack wären toll, aber kein Muss.

Ich will einen ehrlichen Mann, einer der ist, was er eben ist, der nichts vorgibt zu sein und der keine großen Töne spuckt, nur um mich zu beeindrucken.

Zuverlässigkeit ist das neue Sexy.

Mein Ex Scott hat so getan, als wäre er ein Märchenprinz in schillernder, silberner Rüstung. Aber in Wirklichkeit war er nur ein Volltrottel, der sich in Alufolie eingewickelt und mich mit Komplimenten und langstieligen Rosen geblendet hat.

Er war ein Fehler, ein Fehler, der mir noch immer nachhängt.

Erst vor einer Woche hat er mir in der Dunkelheit aufgelauert und mich um eine zweite Chance angebettelt. In Wirklichkeit wäre es aber locker die x-te Chance gewesen. Als ich ihm gesagt habe, dass es aus ist und bleibt, ist er wütend geworden, hat mich auf den Boden geschubst und mir einen Tritt verpasst.

Je länger wir getrennt sind, umso deutlicher kommt sein wahres Ich zum Vorschein.

Sein Versprechen, dass wir uns nicht zum letzten Mal gesehen habe, beschert mir seitdem Albträume.

Ich brauche keinen Typen, der mir die Miete bezahlt oder teuren Schmuck kauft.

Lieber wohne ich in einer alten Bruchbude, trage Modeschmuck und habe einen Partner an meiner Seite, auf den ich mich verlassen kann, als dass ich in einer fetten Villa sitze, mit teuren Diamanten um den Hals und einem Arschloch im Bett.

Ich wünsche mir etwas Ehrliches, etwas Bodenständiges.

Es muss nicht immer schön und rosa sein, aber dafür echt und unerschütterlich.

In New York leben mehr als acht Millionen Menschen, geschätzt die Hälfte davon ist männlich und dennoch finde ich einfach keinen, der zu mir passt.

Nachdenklich reiße ich die Tüte auf, stopfe mir eines der Einhörner in den Mund und spüre, wie eine gewaltige Ladung aus Zucker, Farbstoffen und künstlichen Aromen auf meiner Zunge explodiert.

„Oh Gott!“ *Ist das widerlich!*

Nora sieht mich erwartungsvoll an, ich bringe es nicht übers Herz, sie zu enttäuschen, und würge ein „Sind die gut!“, hervor.

Sie grinst glücklich und das war die Lüge wert.

„Sag ich doch. Du kannst die Tüte behalten.“

„Klasse.“

„Immer wieder gern.“

Sie dreht sich zu ihrem Spind um, beginnt sich umzuziehen und redet munter weiter.

„Hast du über die Party nachgedacht, von der ich dir erzählt habe? Da sollen massenhaft Single-Typen kommen. 1 A-Ware: Ärzte und so weiter.“

Oh ja. Toll. Um mich vor der Antwort zu drücken, schiebe ich mir ein weiteres Einhorn in den Mund. Keine Ahnung, was gruseliger ist, das Zuckerzeug oder diese Singlebörse, zu der sie mich schleppen will.

„Sorry Süße, aber die Party ist nichts für mich.“

In Jeans und BH dreht sie sich zu mir um.

„Ach nein?“

„Nein. Tut mir leid. Aber Männer können mir fürs Erste gestohlen bleiben.“

Und das meine ich absolut ernst.

Scheiß auf Sex, ich will einfach nur meinen Frieden.

Davon abgesehen kommen die meisten Kerle mit meinen Arbeitszeiten einfach nicht klar.

Als Schwester in der Notaufnahme im University Hospital hier in Brooklyn ist es ganz normal, dass ich regelmäßig nachts, an den Wochenenden und an Feiertagen arbeite.

Scott hat sich damit nie abfinden können, er hat sich keine Möglichkeit entgehen lassen, mich dazu zu überreden, dass ich mir eine andere Arbeit suchen soll.

Aber das wollte ich nie.

Ich liebe meinen Job, auch wenn das die meisten Menschen nicht verstehen können.

„Du musst Scott endlich vergessen.“

Würde ich gerne, aber dafür muss er aufhören, mich zu verfolgen.

„Habe ich längst.“

Sie wirkt skeptisch, zieht sich fertig um und haucht mir einen Luftkuss zu, ehe sie verschwindet und mich mit den Einhörnern alleine sitzen lässt.

Müde stopfe ich mir ein weiteres dieser ekeligen Tiere in den Mund. Zugegeben, wenn man sich erst mal an die Zuckerexplosion gewöhnt hat, sind sie gar nicht so schlecht.

Nicht so gut wie guter Sex, aber gut.

Das nächste Einhorn sehe ich prüfend an.

„Na? Lust, vernascht zu werden?“

Es sagt nichts, auch gut. Ich schiebe es mir zwischen die Lippen, lutsche es und entscheide mich dazu, mich erst zuhause umzuziehen und zu duschen.

Hier in der Klinik ist zwar das Wasser heißer, aber dafür hasse ich es, mich in diesen Gemeinschaftsduschen auszuziehen. Es ist nicht so, dass ich Komplexe habe, aber die Tatsache, dass ich die Einhörner esse, obwohl sie mir nicht mal richtig schmecken, verrät genug über meine Ernährungsgewohnheiten.

Ich liebe Schokolade, hasse Blumenkohl und habe eine Vorliebe für Gummibärchen und das am besten mitten in der Nacht. Meine Bikinifigur hat sich irgendwann nach meinem zwanzigsten Geburtstag verabschiedet und ist seitdem nie wieder zurückgekommen.

Mein Hintern ist rund, mein Busen voll und mein Bauch weich.

Früher habe ich mich an gefühlt tausend Diäten probiert, keine hat funktioniert.

Mittlerweile habe ich mich selbst lieben gelernt. Ich akzeptiere meine Macken und meine Stärken. Und der Rest der Welt?

Der kann mich mal am Arsch lecken!

In meinen Augen wird die Attraktivität einer Frau nicht von der Zahl auf einer Waage definiert, sondern von ihrem Wesen. Der nächste Mann, den ich in mein Leben lasse, muss sich mit dem Gesamtpaket zufriedengeben oder wieder gehen.

Ich werde mich nie wieder für irgendjemanden verstellen oder versuchen, ein Mensch zu sein, der ich gar nicht bin.

Die Lektion habe ich auf dem harten Weg gelernt und sie hat sich in meinem Unterbewusstsein festgebissen!

Auf dem dunklen Klinikparkplatz angekommen, sehe ich mich prüfend um und renne dann regelrecht mit rasendem Puls zu meinem Wagen.

Seit Scott mir aufgelauert hat, fühle ich mich einfach nirgendwo mehr sicher.

Die Angst ist zu meinem ständigen Begleiter geworden und ich überlege ernsthaft, Anzeige gegen ihn zu erstatten.

Aber dank meiner Arbeit weiß ich, dass das kaum etwas bringt.

Ich hatte schon mit vielen Opfern von häuslicher Gewalt zu tun, sie alle landen in der Notaufnahme. Werden dort zusammengeflickt und seelisch betreut. In manchen Fällen rufen wir die Polizei und in manchen werden die Frauen von den Männern, von denen sie verprügelt wurden, persönlich abgeholt und mit Hilfe von süßen Lügen zurück in ihre ganz persönliche Hölle gebracht.

Die meisten schaffen es nie, sich von ihren Peinigern zu trennen und die Anzeigen, die erstattet werden, führen zu nichts.

Schon seltsam, während unserer Beziehung hat Scott mich nie geschlagen, das hat erst angefangen, als ich ihn rausgeschmissen habe.

Manchmal dauert es eben etwas länger, bis der Teufel zum Vorschein kommt.

Es ist kurz nach drei Uhr morgens, die Straßen sind leer und die Fahrt nachhause dauert keine viertel Stunde.

Ich biege in die kleine Straße ab und seufze frustriert, als ich sehe, dass der fette Truck meines neuen Nachbarn *mal wieder* auf meinem eigentlichen Stammplatz steht.

Ich parke da seit drei Jahren – immer an der gleichen Stelle.

Aber seit in der Wohnung neben mir wieder jemand wohnt, stehen da immer diese prollige Spritschleuder und eine schwarze, sehr schnittige Harley.

Ich kenne mich mit Motorrädern nicht aus, und ich bin auch kein Fan von diesen Zweirädern, ich sehe viel zu oft das Ergebnis der mit PS aufgemotzten Maschinen, aber diese hier gefällt mir.

Die Harley ist groß und breit und schwarz wie die Nacht, mit Chrom und einem Airbrush auf dem Tank. Einem riesigen in Flammen stehenden Totenkopf mit leeren Augenhöhlen.

Und während ich ein paar Meter weiter die Straße nach unten parke, frage ich mich nicht zum ersten Mal, was für ein Mann so ein Motorrad besitzt?

Bis jetzt bin ich ihm nicht begegnet, aber ich sehe das Licht hinter den Fenstern brennen und manchmal höre ich auch, wie seine Türe auf- und zugeht. Aber ansonsten nichts. Absolut nichts. Dieser Kerl ist wie ein Geist. Die Stille, die aus seiner Wohnung dringt, ist geradezu ohrenbetäubend. Ich steige aus und noch bevor ich meinen Schlüssel aus der Tasche gezogen habe, stellen sich meine Nackenhaare warnend auf.

Er ist hier ...

Panisch lasse ich meinen Blick über die nähere Umgebung schweifen. Da die Straßenlaterne nun endgültig ihren Geist aufgegeben hat, kann ich jedoch nur wenig erkennen. Mit rasendem Puls renne ich zur Türe, sperre sie auf und drücke sie hinter mir zu. Geschafft!

Meine Erleichterung hält nur kurz an, laute Rockmusik dröhnt durchs ganze Haus, bringt die alten Dielen unter meinen Füßen zum Erzittern. Es riecht nach Rauch, ein dunkles Lachen dröhnt durch den Flur.

Was soll das?

Verwirrt und erschöpft kämpfe ich mich die Treppe hoch. Gerade als ich die Hälfte der Stufen geschafft habe, kommen mir drei bullige, riesengroße Typen entgegen, die direkt aus einem Horrorfilm entsprungen sein könnten.

Vor Schreck fällt mir fast die Tüte mit den Einhörnern aus der Hand.

Lederne Westen, Muskeln, Tattoos und *heilige Scheiße* ... einer von ihnen hat eine schwarze Waffe vorne in seinem Hosenbund stecken.

Sie unterhalten sich, einer flucht, das wütende „Fuck!" hallt in meinen Ohren wider.

„Kann immer noch nicht fassen, dass der Präs ausgezogen ist. Fühlt sich irgendwie falsch an, dass er nicht mehr im Club wohnt!"

Ich höre die Worte, verstehe sie jedoch nicht.

„Selbst der Teufel muss die Hölle manchmal verlassen, um nach Luft zu schnappen."

Teufel? Hölle? Präs? Und welche Luft?

Wir treffen aufeinander, aber anstatt mich aus dem Weg zu schubsen oder mich blöd anzureden, machen sie mir Platz, einer von ihnen nickt mir sogar respektvoll zu und murmelt ein „Hallo Schwester." Sein Blick fällt auf das Namensschild an meiner rechten Brust. „Frisch aus der Arbeit, Lauren?"

Ich nicke perplex, bin mit der gesamten Situation *etwas* überfordert.

„Ähm, ja."

Die drei stehen mehrere Stufen über mir, sodass ich mir im Vergleich zu den Bikern noch winziger vorkomme. Wie eine Ameise vor einer Herde Elefanten.

Ein weiterer der Kerle mischt sich in unser Gespräch ein.

Seine Glatze schimmert leicht, mittig auf seiner Stirn prangt ein schwarzes Fadenkreuz. *Himmel!* Wer lässt sich denn bitte sowas in die Haut stechen??? Besonders an der Stelle? Das ist ja quasi eine Herausforderung für alle Psychopathen dieser Welt.

Der dunkle Bartschatten lässt ihn düster wirken, aber, so bekloppt das auch klingen mag, er hat freundliche Augen. Augen, die absolut nicht zu dem Rest des harten Gesichts passen.

Er mustert mich, Interesse blitzt in seinem Blick auf.

„Ist gut, dass es Frauen wie dich gibt, die Typen wie uns wieder zusammenflicken, wenn es hart auf hart kommt."

Öhm ja ... Was soll ich dazu sagen?

Nichts anscheinend. Denn noch bevor ich den Mut finde, den Mund aufzumachen, sind die drei auch schon an mir vorbeigerauscht und haben mich allem Anschein nach auch schon wieder vergessen.

An der Stelle, an der sie gestanden haben, riecht es nach Rauch, Leder und Whisky.

„Ich brauch 'ne Bitch."

Der Glatzkopf lacht.

„Eine Party ohne Pussys ist keine Party, sondern eine verfickte Beerdigung."

Sie beiden anderen Männer stimmen ihm zu, die Musik, die bis eben das komplette Haus zusammengebrüllt hat, bricht abrupt ab, die plötzlich einkehrende Stille erschreckt mich.

Was in Gottes Namen läuft hier?

Irritiert gehe ich weiter nach oben in den dritten Stock und würde in diesem Moment absolut alles für einen funktionierenden Aufzug tun.

Wir haben zwar einen, aber der ist, seit ich hier eingezogen bin, defekt.

Ich habe den Hauseigentümer zwar schon mal mit einem Brief darauf hingewiesen, aber nie eine Reaktion erhalten.

Endlich im richtigen Stockwerk angekommen, bleibe ich kurz stehen, atme tief durch und versuche immer noch aus der Begegnung mit den drei Männern schlau zu werden.

Doch noch bevor ich das schaffe, stehe ich plötzlich dem wahrhaftigen Teufel gegenüber. Ich schreie erschrocken auf, weiche instinktiv einen Schritt zurück und falle dabei beinahe die rückwärts die Treppe runter. Einzig seiner blitzschnellen Reaktion verdanke ich es, dass ich nicht falle und mir dabei das Genick breche.

Sein Arm schießt vor, seine langen Finger schlingen sich schmerzhaft um meinen Unterarm. Mit einem Ruck zieht er mich zu sich und somit auch weg von der Treppe.

Ich knalle gegen eine warme Mauer aus Leder, Muskeln und Kraft. Sämtliche Luft wird mir bei dem Aufprall aus der Lunge gequetscht.

Jetzt ist es wirklich so weit, die Marshmallows fallen mir aus der Hand und landen mit einem lauten Rascheln neben meinen Füßen. Ich schenke ihnen keine Beachtung, sondern kämpfe verzweifelt darum, mich von dem Mann loszureißen.

Es bringt nicht – rein gar nichts.

„Ruhig, Kleines."

Dunkel und bedrohlich erfüllt die Stimme des Fremden den Hausflur.

„Lass mich los."

Anstatt auf mich zu hören, beginnt er zu lachen.

„Kämpferisch, das gefällt mir."

„Arschloch!"

Sein Lachen wird lauter.

Lachen Killer?

Lachen Mörder, bevor sie ihrem nächsten Opfer die Knochen brechen?

Hilfe! Keine Ahnung. Ich weiß es nicht.

Ich bin ein ziemlicher Schisser, ich schaue mir grundsätzlich keine Krimis oder Thriller an. Sobald gezeigt wird, dass ein Film erst ab sechzehn ist, schalte ich um und das, obwohl ich nächstes Jahr meinen dreißigsten Geburtstag feiere.

Mit Blut an sich habe ich kein Problem, geht ja auch gar nicht bei meiner Arbeit. Aber ich ertrage keine Brutalität und Grausamkeiten.

Meine Furcht wächst und obwohl ich schon die ganze Zeit über den brennenden Totenkopf vor Augen hatte, wird mir erst jetzt bewusst, was er zu bedeuten hat.

Gott. Bin. Ich. Blöd!

Der in Flammen stehende Skull ziert die schwarze Lederkutte des Mannes, der immer noch keine Anstalten macht, mich loszulassen.

Aber nicht mal das hat mich verstehen lassen, mit wem ich es zu tun habe. Erst der gezackte Schriftzug *Hell Bones Motorcycle Club* hat den Blitz der Erkenntnis einschlagen lassen.

Mein neuer Nachbar ist einer der gefürchteten *Hell Bones*.

Ich schlucke hart, meine Knie werden weich.

Dieser Rockerclub ist nicht nur in New York berühmt, sondern wird landesweit für seine abscheulichen Verbrechen gefürchtet.

Mord und Totschlag. Nutten, Alkohol, Drogen und Glücksspiel.

Diese Outlaws stehen für den schwarzen Teil der Menschheit. Sie sind durch und durch böse und absolut gefährlich und ich bin einem von ihnen viel zu nah.

Erneut versuche ich, mich loszureißen.

Es bringt gar nichts.

Direkt unter dem Clubnamen steht in geraden Lettern: New York – Brooklyn und wiederum darunter: Präsident.

Mir wird klar, was das heißt, mein Herz verwandelt sich in einen verdammten Schnellzug, der mit voller Geschwindigkeit gegen meine Rippen knallt und entgleist.

Endlich schaffe ich es, ihm in die Augen zu sehen. Finsternis schlägt mir entgegen. Sofort komme ich mir vor, als würde ich an einem tiefen Abgrund stehen.

Ein Zittern durchläuft mich, mir wird heiß und kalt.

Der Präsident der *Hell Bones* bemerkt es und legt die Stirn in Falten.

„Scheiße, Mädchen, keine Panik! Ich wollte nur verhindern, dass du dir deinen hübschen Hals brichst."

„Bitte ... lass mich los."

Das sollte eigentlich kämpferisch klingen, tut es aber nicht. Im Gegenteil, meine Stimme ist nicht lauter als ein Wispern.

Mein Verstand spielt mir einen Streich, lässt das Bild von Scott vor meinen Augen aufflackern, sofort spüre ich wieder den schrecklichen Schmerz in meinem Bauch.

Sein Tritt war kraftvoll, der blaue Fleck ziert noch immer meinen Rippenbogen.

Langsam, wie um mir zu zeigen, dass er es nicht tun müsste, gibt er meinen Arm frei, hebt in einer entschuldigenden Geste die Hände und präsentiert mir so seine Handflächen.

„Schon gut, es gibt keinen Grund, Angst vor mir zu haben."

Soll das ein Witz sein?

„Ich sehe mindestens zwölf Gründe."

Der Präsident kapiert sofort, dass ich die Aufnäher meine, die seine Kutte zieren.

Ich weiß nicht, was sie bedeuten, aber ich kann es mir durchaus vorstellen.

Diese Rocker verdienen sich ihren Respekt mit Verbrechen. Diese Abzeichen stehen für etwas, für böse Dinge, die sie getan haben, und ich wette, dass sie diese Aufnäher nicht verliehen kriegen, wenn sie einer alten Dame über die Straße helfen.

„Du meinst die Patches?"

„Wie auch immer du sie nennen willst."

Seine Lippen bleiben ernst, aber in seinen Augen blitzt es belustigt auf.

„Du trägst auch eins."

Irritiert schüttle ich den Kopf.

„Nein, ganz bestimmt nicht."

„Doch."

Er schnippt gegen mein Namensschild, und trotz der Anspannung, die mich fest im Griff hat, muss ich grinsen.

„Kannst du lesen, Rocker?"

Er nickt.

„Dann bist du gebildet genug, um zu erkennen, dass das ein Namensschild und kein Biker-Abzeichen ist."

„Lauren ..." Der Präsident murmelt meinen Namen, lässt das R auf seiner Zunge rollen, als würde er den Buchstaben kosten.

Das ist unheimlich. Wirklich.

„Dieses Schild an deiner Brust verrät der Welt, wer du bist, es definiert dich, genau wie die Arbeitskleidung, die du trägst."

Beide Hände in die Hosentaschen schiebend, lehnt er sich an die Wand.

Groß und stark und – massiv. Dieses Wort beschreibt den Rockerpräsidenten wohl am besten. Er wirkt wie ein Jahrhunderte alter Baum, der tief verwurzelt und unerschütterlich ist. Weder Regen noch Sturm, ja noch nicht mal Feuer oder ein fürchterliches Unwetter könnten ihm etwas anhaben.

Die Aufregung, die in mir kocht, will einfach nicht nachlassen. Schuld daran ist sein maskuliner Geruch, der mir mit jedem Atemzug das Hirn vernebelt.

Schweigend sehe ich ihn an, der Schlüssel in meiner Hand erinnert mich daran, dass ich, so schnell es geht, in meine Wohnung flüchten und mich in Sicherheit bringen sollte.

Das Problem ist nur, dass ich nicht das Gefühl habe, dass dieser Biker eine Gefahr für mich darstellt.

„Ich wollte nur verhindern, dass du dir deinen hübschen Hals brichst."

Er findet mich hübsch.

In meinem Bauch beginnt es zu flattern. Ein Schmetterling? Wohl kaum!

Wohl eher ein Geschöpf der Dunkelheit.

Eine Fledermaus vielleicht.

„Die Kutte, die ich trage, und die Patches, die mein Leder zieren, verraten der Welt, wer ich bin, was ich tue und wofür ich stehe. Jeder, der mir begegnet, weiß auf den ersten Blick, woran er ist. Bei dir ist es das Gleiche. Ich schaue dich an, erkenne die Kleidung, sehe dein Namensschild und weiß, was mich erwartet. Du bist gut. Du versorgst Menschen und rettest ihnen Tag für Tag das Leben. Das bewundere ich. Dafür respektiere ich dich, Lauren."

Heilige Scheiße!

Der landesweit gefürchtete Präsident des *Hell Bones Motorcycle Clubs* respektiert mich.

Halleluja!

Müde stütze ich mich an dem Treppengeländer auf und reibe mir über die Stirn.

Ich bin erschöpft, hinter mir liegt eine Elf-Stunden-Schicht.

„Ich muss in mein Bett."

Der Rocker nickt, stemmt sich von der Wand ab und kommt mir gefährlich nahe.

Doch anstatt mich zu berühren, bückt er sich und hebt die am Boden liegenden Marshmallows auf.

Er betrachtet die Tüte und ich betrachte ihn.

Die Fledermaus beginnt Loopings zu fliegen, die Luft um uns herum fängt an zu knistern, ist irgendwie elektrisch aufgeladen.

Ich zucke unwillkürlich zusammen.

Der Rocker richtet sich wieder auf und reicht mir die Tüte.

„Einhörner?“, fragt er schmunzelnd.
Verrückterweise ist mir das peinlich.
„Jep. Sie schmecken scheiße! Magst du eins?“
„Ein Einhorn?“
„Ja, was sonst? Hast du etwas Angst? Dürfen Typen wie du überhaupt Einhörner essen oder verwandelt ihr euch dann in Softies?“
Keine Ahnung, wer von uns beiden mehr überrascht ist, dass ich das tatsächlich laut ausgesprochen und es mir nicht einfach nur gedacht habe.
So oder so. Ich rechne damit, dass er wütend wird, doch er bleibt ruhig, nimmt mir die Tüte ab, holt sich ein Einhorn raus und schiebt es sich demonstrativ langsam in den Mund, um es dann genüsslich zu kauen.
Ich nutze den Moment, um ihn genauer zu mustern.
Der Präsident hat graue Augen, die mich an Quecksilber erinnern, wunderschön und tödlich. Seine Nase ist gerade und seine Lippen sind voll. Er hat hohe Wangenknochen und eine markante Kieferpartie, die von dunklen Bartstoppeln überzogen ist. Seine langen schwarzen Haare reichen ihm bis an die Schultern und betonen seinen virilen Hals.
Das alles ist unheimlich, aber das Unheimlichste sind die skelettartigen Hände, die am Kragen seiner Kutte hervorschauen und sich um seine Kehle schließen.
Es wirkt so, als würde ihn die Tätowierung erwürgen wollen ...
Eine silbrige Narbe zieht sich an seiner linken Schläfe hinab bis zu seinem Ohr.
Alles an diesem *Hell Bone* wirkt düster, teuflisch und zugleich sexy.
Darüber, dass ich ihn sexy finde, verbiete ich mir genauer nachzudenken.
Erst jetzt beginnt die Unterhaltung der drei Rocker, die mir auf der Treppe entgegengekommen sind, einen Sinn zu ergeben.

„Kann immer noch nicht fassen, dass der Präs ausgezogen ist. Fühlt sich irgendwie falsch an, dass er nicht mehr im Club wohnt!“

„Selbst der Teufel muss die Hölle manchmal verlassen, um nach Luft zu schnappen.“

Gerade der letzte Satz will mir einfach nicht mehr aus dem Kopf gehen.

Es ist klar, dass mit *Teufel* der Mann vor mir gemeint ist. Alles an diesem Biker ist teuflisch. Seine Stimme, seine Augen und die Art, wie er mich beobachtet.

Teuflisch gefährlich ...

Teuflisch sexy ...

Zorn kocht in mir hoch.

Warum? Warum interessiere ich mich immer für die falschen Männer?

Spätestens seit Scott müsste ich kapiert haben, dass Bad Boys immer Fehler sind. Große, schmerzhafte Fehler, die man nicht mehr so leicht loswird.

„Du hast recht."

Er reißt mich aus meinen Überlegungen.

„Womit?"

Irritiert sehe ich zu ihm, unsere Blicke begegnen sich einige Herzschläge lang, dann rutschen seine Augen an meinem Gesicht hinab bis zu meinen in weißen Turnschuhen steckenden Zehenspitzen.

„Die Einhörner schmecken scheiße!"

„Sag ich doch."

„Hoffentlich werde ich jetzt kein Softie."

Mir wird klar, dass er zu Scherzen aufgelegt ist.

„Wenn doch, musst du dir jetzt ein glitzerndes Einhorn auf die Kutte nähen."

Er lacht laut und volltönend, eine Gänsehaut überzieht meine Arme.

„Oh Lauren, so weit wird es nie kommen!"

Winzige Lachfältchen haben sich an seinen Augenwinkeln gebildet.

Flirtet der Präsident der *Hell Bones* etwa gerade mit mir?

Mein Hirn nimmt endlich wieder seine Arbeit auf, schickt eine Warnung los, die die kleine Fledermaus in meinem Bauch einen Sekundentod sterben lässt.

Mit einem Ruck wende ich mich von ihm ab, gehe auf meine Türe zu und versuche, den Schlüssel ins Schloss zu stecken. Es funktioniert erst beim dritten Anlauf. Ein weiteres Zeichen dafür, welch intensive Wirkung dieser Präsident auf mich hat.

Endlich schaffe ich es, meine Wohnung aufzusperren, murmle dem Biker über meine Schulter ein „bye!" zu und husche in die dunkle Sicherheit.

Mein Puls rast und mein Kreislauf spielt verrückt.

Die Art und Weise, wie der Rocker meinen Namen ausspricht, bringt mich ganz durcheinander.

Mir wird erst jetzt bewusst, dass ich keine Ahnung habe, wie er heißt.

Aber das spielt auch keine Rolle. Er ist ein *Hell Bone* – er ist der verfluchte Präsident der *Hell Bones* – und ich werde mich zukünftig von ihm fernhalten.

2. Kapitel

Der Rockerpräsident

„Wir müssen los, Dean."

Die Tatsache, dass mein Vizepräsident mich bei meinem normalen Namen anspricht, verdeutlicht mir, dass ihm der Arsch auf Grundeis geht.

Niemand nennt mich Dean, niemals. Die meisten kennen mich nur als den Devil.

Ich bin der Teufel, wer sich mir in den Weg stellt, leidet Höllenqualen.

Um ihm zu zeigen, was ich davon halte, stelle ich den Fuß auf den Kopf des Cops, der vor mir auf dem Boden liegt, und leise vor sich hin heult.

„Wenn du dir gleich in die Hose scheißt, dann verpiss dich, Jacob."

Seinen Namen betone ich besonders. Es fühlt sich falsch auf meiner Zunge an, ihn so zu nennen, in unserer Welt heißt er Skull.

Warum?

Weil er die Schädel seiner Feinde sammelt. Sauber und gereinigt stehen die Totenköpfe in seinem Wohnzimmer in einer beleuchteten Vitrine.

Total krank. Dieser Tick verrät viel über meinen Stellvertreter. Skull ist innerlich genauso kaputt und zerbrochen wie ich. Weshalb wir auch so gut zusammenarbeiten.

Frustriert reibt er sich über die Stirn, kneift sich anschließend in den Nasenrücken.

„Wenn du den Bullen killst, kleben uns fünfzig weitere am Arsch."

Ich weiß, dass er recht hat. Trotzdem fällt es mir schwer, die Logik zu akzeptieren.

„Das Schwein hat sich an Emma vergriffen."

Skull nickt und knurrt.

„Dann erteil ihm eine Lektion, bevor wir von hier verschwinden."

Hier ist mitten auf der Straße. Vor uns steht der Streifenwagen, das blaue Licht flackert in der Dunkelheit, die Fahrertüre ist offen.

Ich habe den Bastard aus dem Auto gezerrt und auf den Boden geworfen. Es war eine rein impulsive Handlung. Ich habe nicht nachgedacht, sondern bin meiner Wut gefolgt.

Hätte ich anders reagiert, hätte ich den Cop verfolgt und eine günstigere Gelegenheit abgewartet, könnte ich meinen blutigen

Fantasien freien Lauf lassen. Aber hier geht es nicht, und das kotzt mich an.

„Du willst, dass ich ihm eine Lektion erteile?"

Skull nickt.

„Mach ihm klar, was passiert, wenn man die Schwester eines *Hell Bones* anrührt, und dann nichts wie weg hier. Wir brauchen keine Zeugen!"

Killer, einer unserer Brüder, wurde vor einem Jahr bei einem Schusswechsel getötet.

Drei Kugeln in die Brust und eine in den Kopf. Er war sofort tot.

Als Zeichen meines Respekts ziert seit dem Tag ein weiteres Patch meine Kutte:

GBNF – *Gone but not forgotten.*

Es ist Ehrensache, dass sich der Club um Emma kümmert. Sie mag keine Lady sein, aber sie gehört dennoch zum inneren Kreis. Sie ist Killers Blut, also beschütze ich sie mit meinem Blut. So läuft es in unserer Welt.

Ich denke an den Anruf, erinnere mich, wie verzweifelt Emma geklungen hat, als sie mir von dem Officer erzählte, der sie nun schon zum zweiten Mal auf dem Heimweg abgepasst und belästigt hat.

Dieses Mal war seine Hand in ihrer Hose.

Allein die Vorstellung, welche Angst sie dabei ausgestanden haben muss, lässt mich die Fäuste ballen.

Eine Frau zu sein, stelle ich mir schrecklich vor: klein und schutzlos den Männern hilflos ausgeliefert.

Nicht bereit mich von Skull antreiben zu lassen, stecke ich meine Waffe wieder weg, übe mehr Druck auf den Schädel des Polizisten aus und sehne mich danach, ihn wie eine Nuss zu knacken.

Doch stattdessen ziehe ich den Dolch, den ich immer bei mir trage, aus der Scheide, die an meinem Gürtel befestigt ist, knie mich auf den Rücken des Wichsers, der Emma belästigt hat, und lasse mich von der Finsternis, die in meiner Seele lauert, leiten. Ich überlasse ihr die Kontrolle und es fühlt sich gut an.

„Bist du Links- oder Rechtshänder?"

Der Bulle jammert ein „Warum?"

Am Gesichtsausdruck meines Vizes kann ich ablesen, dass er längst verstanden hat, warum ich diese Frage stelle.

„Welche deiner Hände hat das Mädchen berührt, das unter meinem Schutz steht?"

Das Jammern wird lauter, ich fluche genervt. Um den Bullshit etwas zu beschleunigen, drücke ich dem Arschloch die Spitze des Dolches in den Nacken.

„Rechts ... rechts ... aber ich wusste doch nicht, dass sie dem Club gehört. Sonst hätte ich doch nie ..."

Ein Wagen fährt auf uns zu.

Ich hebe den Kopf, der Fahrer sieht, was los ist, entdeckt die Bikes, bemerkt vielleicht auch unsere Kutten, und rast mit quietschenden Reifen davon.

„Verdammt, Devil. Das ist scheiße!"

„Niemand zwingt dich, hierzubleiben, Skull. Steig auf deine Maschine und verpiss dich. Ich erledige das."

Er bleibt stur stehen, verschränkt die Arme vor der Brust und sieht mich aus zusammengekniffenen Augen an.

„Also schön ..." Ohne den Blick von ihm abzuwenden, packe ich mir die Hand des Cops, presse sie unter mir auf den Asphalt und verlagere mein Gewicht.

Der Polizist heult und zittert, schreit und tobt – doch er hat keine Chance gegen mich. Tief einatmend setze ich die Klinge an und durchtrenne die ersten Hautschichten.

Ich arbeite mich Stück für Stück vor. Der Cop brüllt und wehrt sich aus Leibeskräften, schafft es jedoch nicht, mich abzuschütteln.

Entschlossen, das zu Ende zu bringen, wende ich mehr Kraft auf, trenne die Nerven und Sehnen durch und komme endlich am Knochen an.

Mit einem Ruck schneide ich die Hand endgültig ab, die Arterie pocht und das Blut spritzt.

„Gerechtigkeit!"

Der Officer ist kurz davor das Bewusstsein zu verlieren, seine Gegenwehr ist längst erloschen. Ich beuge mich zu ihm herab und bringe meinen Mund ganz nah an sein Ohr.

„Sei froh, dass du sie nur berührt und nicht vergewaltigt hast, andernfalls hätte ich dir was ganz anderes abschneiden müssen!"

Kaum dass meine Worte verklungen sind, schließen sich seine Augen.

Er liegt reglos vor mir. Wie gerne würde ich jetzt meine Beretta ziehen und ihm das gesamte Magazin in die Brust ballern.

Doch Skull hat recht, tote Bullen sind nervige Bullen, also lasse ich den *Officer* am Leben, wische den Dolch an seiner Uniform ab und stecke ihn zurück in die Scheide an meinem Gürtel.

Killers Schwester ist Gerechtigkeit widerfahren. Der Rest ist unwichtig.

Zwei weitere Autos fahren an uns vorbei, aus der Ferne dringt das Gejaule von sich nähernden Sirenen zu uns.

Der erste Wagen muss den Notruf gewählt haben.

„Wir. Müssen. Los. Devil!“

Ich weiß, dass Skull recht hat. Aber es fällt mir so fucking schwer, den Wichser am Leben zu lassen.

Zurück im Club lasse ich mich an der Bar nieder. Bibi, eine unserer Freitagnachthuren steht hinter der Bar. Sie sieht mich, Interesse blitzt in ihren blau geschminkten Augen auf. In dem engen goldenen Glitzerkleid, das perfekt zu ihren aufgespritzten Lippen passt, erinnert sie mich an einen Goldfisch.

Sie schnurrt: „Hallo, Präsident.“ Dank des Adrenalins, das noch immer durch meine Adern pumpt, meldet mein Schwanz Interesse an.

„Gib mir Whisky!“

Eine Minute später steht eine eckige Jack-Daniels-Flasche vor meiner Nase, daneben ein Glas. Ich ignoriere es, drehe den Verschluss auf und kippe mir die bernsteinfarbene Flüssigkeit in die Kehle.

Harte Beats dröhnen aus den Boxen. River schlägt wütend auf den Sandsack ein, der im hinteren Eck von der Decke hängt. An seiner Mimik ist leicht abzulesen, dass er einen beschissenen Tag hatte. Die Prospects stehen an den Billardtischen, trinken, lachen und haben ihren Spaß. In dem silbernen Käfig, der direkt neben dem Eingang steht, windet sich eine zugedröhnte Nutte zu einem Rhythmus, den nur sie zu hören scheint. Die Flipperautomaten an der Wand blinken hektisch.

Alles ist wie immer. Der Lärm, der Gestank von Schweiß und Muschi und die nie endende Geschäftigkeit.

Der Club schläft nie, hier ist sieben Tage die Woche, vierundzwanzig Stunden am Tag Betrieb. Früher war mir das egal, mittlerweile ist das anders.

Ich brauche Stille, um den Lärm in meinem Schädel bekämpfen zu können.

Skull setzt sich neben mich, er versucht, nach meinem Whisky zu greifen, was ich verhindere.

„Was? Wenn du mir eine Predigt halten willst, lass es. Der Bastard hat nichts anders verdient. Er kann froh sein, dass er noch atmet.“

Skull nickt und beobachtet Bibi.

„Du hast die Hand liegen lassen.“

War ja klar, dass das unseren Trophäensammler stört.

„Hättest sie ja mitnehmen können."
Er schüttelt dankend den Kopf.
„Du kennst mich, Bro. Die Dinge müssen gewisse Kriterien erfüllen, um in meiner Sammlung aufgenommen zu werden. Es müssen Schädel sein und keine Hände, ich muss sie abgetrennt haben und verdammt– sie müssen von meinen Feinden sein. Emma ist ein nettes Mädchen und Killer war unser Bruder, aber ich fühle mich Emma nicht so verpflichtet, wie du es tust. Der Cop war mir egal."
Der Grund dafür ist einfach. Killer war nicht einfach nur mein Club-, sondern auch mein Blutsbruder, was Emma auch irgendwie zu meiner Schwester macht.
„Es reicht, wenn Emma einen Beschützer hat."
Skull wird wütend.
„Laber keinen Bullshit. Ich wache über das Mädchen genau wie du. Sie ist Clubsache. Emma gehört den *Hell Bones* und wir beschützen, was uns gehört. Ich wollte nur, dass du weißt, warum ich die verdammte Hand nicht mitgenommen habe."
Als ob mich das wirklich interessieren würde.
„Spar die deinen kranken Scheiß, Vize."
Mit einem Fingerschnipsen bestellt er sich bei Bibi ein kaltes Bier. Die nächsten Minuten sagt keiner von uns ein Wort.
„Es gibt viele Typen wie diesen Bullen. Du hast gehört, was der Bastard gesagt hat. Wenn du Emmas Sicherheit garantieren willst, musst du sie als Clubeigentum kennzeichnen."
Aye, das weiß ich, es gibt nur keine einfache Möglichkeit, das zu tun.
Die Gesetze der *Hell Bones* sind einfach zu verstehen und nur schwer zu umgehen.
Emma war Clubeigentum, solange Killer am Leben war. Jetzt kann sie wieder zu einem werden, aber nur, wenn ihr jemand ein Ladyleder anzieht.
„Soll ich ihr unser verdammtes *Colour* auf die Stirn tätowieren oder was?"
Skull lacht.
„Es geht auch weniger blutig. Leg sie in dein Bett, schreib deinen Namen auf ihren Rücken und mach sie zu deinem Eigentum. Emma ist hübsch. Sie ist ein gutes Mädchen, sie kann dich glücklich machen."
Mein Vize hat recht. Emma ist ein gutes Mädchen und genau darin liegt das Problem.
Ich bin zu schlecht für sie.
Bevor ich es verhindern kann, stolpern meine Gedanken zu meiner neuen Nachbarin.

Lauren ... Fuck!

Sie ist auch ein gutes Mädchen. Sie ist schön, humorvoll und alleine.

Zumindest wenn mir da nichts Grundlegendes entgangen ist.

Wir wohnen Tür an Tür, ich höre, wenn sie kommt und geht.

Da ist kein Mann in ihrem Leben.

Nachts, wenn ich längst zurück bin und die Einsamkeit genieße, warte ich auf sie, ich lauere am Fenster, beobachte, wie sie aus ihrem Wagen steigt, und hoffe, einen Blick auf ihr Gesicht erhaschen zu können.

Ich erinnere mich daran, wie es sich angefühlt hat, sie festzuhalten, ihren Geruch zu atmen und ihre Stimme zu hören. Lauren ist anders als die Frauen, mit denen ich sonst zu tun habe. Sie fasziniert mich aus einem Grund, den ich nicht benennen kann. Das Wissen, dass sie Tag für Tag Menschen rettet, während ich genau das Gegenteil tue, stellt merkwürdige Dinge mit mir an.

Licht und Schatten ...

Das Viertel, in dem wir wohnen, ist gefährlich. Meine Anwesenheit hat an diesem Status nichts verändert, durch mich ist die Gefahr nur noch größer geworden.

Lauren ist frech und mutig – vielleicht ein bisschen zu mutig. Das gefällt mir.

Trotz der Furcht, die sich neulich Nacht in ihren Augen gespiegelt hat, war sie verrückt genug, mich zu reizen.

Sie wollte wissen, ob ich lesen kann, und hat doch tatsächlich angedeutet, dass ich mich in einen verfickten Softie verwandeln könnte, wenn ich eines dieser widerlichen Einhörner esse.

Das war vor vier Tagen.

Allein der Gedanke daran bringt meine Mundwinkel zum Zucken.

Ich riskiere einen Blick auf die Uhr, mittlerweile ist es kurz nach zwei. Bis jetzt kam Lauren immer um kurz nach drei Uhr nachhause. Wenn sich daran nichts geändert hat, bedeutet das, dass mir eine Stunde bleibt, wenn ich einen Blick auf sie erhaschen will.

Die süße Krankenschwester ahnt es wahrscheinlich nicht, aber unsere erste und einzige Begegnung hat mein Interesse an ihr nachhaltig geweckt.

Ich fühle mich wie ein Wolf, der ein Reh erlegt hat und jetzt den Geschmack nicht mehr aus dem Maul kriegt.

Lauren hat meinen Hunger geweckt, und ich habe keine Ahnung, wie ich diesen stillen soll.

Frustriert schnappe ich mir den Whisky, denke an den Cop und hoffe, dass er auf der Straße verblutet ist.

Die Möglichkeit, dass er vielleicht gerettet wurde, lässt mich sauer aufstoßen, denn das würde bedeuten, dass er und ich noch nicht miteinander fertig sind.

Sollte ein Arzt in der Lage sein, ihm die Hand wieder anzunähen, werde ich sie ihm erneut abschneiden.

Die medizinischen Fortschritte sind erstaunlich, und in diesem Fall arbeiten sie gegen mich.

Skull, der längst kapiert hat, dass er von mir keine Antwort zu erwarten hat, reibt sich die Stirn, leert sein Bier und knallt die Flasche auf den Tresen. Dann beobachtet er mich, wie ich mehr und mehr von dem Whisky trinke, und flucht.

„Was ist los, Devil? Du bist so anders. So kenne ich dich gar nicht."

„Ich bin wie immer."

Er schüttelt vehement den Kopf.

„Nein, Mann. Früher hättest du längst eine Bitch vor dir knien und einen Joint im Mund gehabt."

Mag sein ...

„Früher ist Vergangenheit."

„Und was ist jetzt?"

Überrascht, dass ich ihm das tatsächlich erklären muss, sehe ich meinen Vize direkt an.

„Jetzt ist die Zukunft."

Bibi stellt sich neben mich, streicht mit ihren pinken Fingernägeln über meinen Nacken und flüstert mir ins Ohr, dass sie von mir gefickt werden will.

Im ersten Moment will ich sie wegschicken, entscheide mich dann jedoch dagegen. Ein kurzer, harter Fick könnte meine Stimmung durchaus verbessern.

Der Gedanke, dass sich der dumme Bulle nicht mal mehr einen wichsen kann, verschafft mir ein kurzes Hochgefühl.

Ich stehe auf und werfe mir die Bitch über die Schulter.

Für Skull scheint unser Gespräch noch nicht beendet zu sein.

„Was ist mit der Gegenwart, Bro? Die hast du vergessen."

Falsch.

„Noch während wir über das Jetzt sprechen, ist es vorbei. Die Gegenwart ist ein Witz. Der Atemzug, den du jetzt machst, wird im Bruchteil einer Sekunde zur Vergangenheit. Konzentrier dich aufs Morgen, wenn du gewinnen willst."

Verständnislos runzelt er die Stirn.

„Du wirst immer merkwürdiger, Präs."

Die Nutte über mir beginnt zu zappeln. Ich lasse Skull stehen, setze ich einen Weg fort und bringe sie in mein Büro.

Wenn ich auch heute Nacht einen Blick auf meine Nachbarin erhaschen will, muss ich mich beeilen.

Fuck!

So ungern ich es mir selbst gegenüber auch eingestehe, aber diese sechzig Sekunden in denen ich Lauren beobachte, sind zu meinem heimlichen Tageshighlight geworden.

Doppel Fuck!

Warum das so ist, verstehe ich ja selbst nicht.

Dreifach Fuck!

Wie sollte ich auch? Ich sehe sie, aber sie mich nicht. Wir wechseln kein Wort und ich kann nicht mal ihren süßen Geruch atmen. Und dennoch ...

Buuulllllssshhhhiiiit!

Dennoch fühle ich mich besser, wenn ich weiß, dass die süße Krankenschwester von nebenan einen weiteren Tag in dieser beschissenen Stadt überlebt hat.

Vielleicht hat Skull recht, vielleicht bin ich wirklich dabei, anders zu werden.

So viel Sauerstoff wie nur möglich in meine Lunge saugend, streife ich mir mit den Händen durch die Haare, dann sehe ich zu der Bitch vor mir und beiße die Zähne fest zusammen.

„Schieb dein Kleid hoch!“

Bibi zieht einen Schmollmund, was den Goldfischeffekt verstärkt. Anscheinend war sie wirklich naiv genug zu glauben, dass für sie mehr als nur ein bedeutungsloser Fick rausspringt.

„Wie wäre es, wenn du mich erst küsst?“

„Was würde das bringen?“

Die Frage scheint sie zu irritieren.

Ich nutze ihre Sprachlosigkeit, wirble sie herum, pinne sie grob auf die Tischplatte und ziehe ihr das Kleid über die Hüften.

Darunter ist sie nackt.

Den Blick auf ihren Arsch geheftet, reiße ich meinen Gürtel auf, lege meine Waffe ab und hole meinen Schwanz raus.

Er ist hart, aber noch nicht hart genug.

Die Faust um ihn schließend, reibe ich mehrmals grob über den Schaft bis zur Wurzel, drücke fest zu und genieße den leichten Schmerz. Bibi wirft mir über die Schulter hinweg einen erwartungsvollen Blick zu.

„Was jetzt, Devil? Spielst du alleine oder darf ich mitmachen?“

„Bleib, wo du bist!“

Ich umrunde den Schreibtisch und hole ein Kondom aus der obersten Schublade.

Dann stelle ich mich wieder hinter sie, reiße ihre Arschbacken auseinander und genieße den Anblick.

Ihre winzige Rosette, die rosanen Falten und die glitzernde Feuchtigkeit, die ihre Pussy bedeckt …

Oh yeah ...

Mit der Eichel gegen ihre Öffnung stoßend, gönne ich mir zunächst nur wenige Zentimeter ihres Körpers. Bibi stöhnt und windet sich, sie will mehr. Ich auch.

Ein paar Atemzüge lang halte ich mich zurück, genieße das Gefühl und den Anblick. Dann gebe ich der Lust, die in mir kocht, nach und ramme mich mit einer einzigen kraftvollen Bewegung bis zu den Eiern in die perfekte Hitze.

Die Nutte kreischt und bäumt sich auf, entschlossen drücke ich sie wieder nach unten, wickle mir ein paar ihrer blonden Strähnen um die Faust und reiße ihr den Kopf in den Nacken. Sie wimmert gepeinigt.

Ich ficke sie einfach weiter.

Wieder und wieder stoße ich zu, nehme mir alles und versinke in einem trügerischen Frieden. Die Bitch wehrt sich nicht, sondern kommt mir willig entgegen und feuert mich lauthals an, es ihr so richtig zu besorgen.

Und das tue ich.

Gnadenlos und entschlossen!

Es dauert nicht lange, bis sich meine Hoden pochend zusammenziehen.

Mit der Hüfte kreisend, bohre ich mich so tief es geht in die heiße Pussy, lasse zu, dass mich die Erlösung packt, und fülle das Kondom mit Sperma.

Die Zufriedenheit hält genau eine Minute lang an. Dann kommt die Leere zurück, die ein unbedeutender Fick mit sich zieht.

Das ist es ... das ist der Grund, aus dem ich die Nächte lieber alleine in meiner Wohnung verbringe, anstatt dumme Nutten zu ficken. Dieses schale Gefühl, das sich immer dann in mir ausbreitet, wenn die Erregung abebbt und der Druck nachlässt.

Was war das hier?

Ich habe einen verdammten Goldfisch gefickt.

Mein gezischtes „Fuck!“, lässt Bibi kichern. Sie denkt wohl, dass es meiner Begeisterung geschuldet ist, aber falscher könnte sie damit nicht liegen.

Begeisterung ist etwas, was ich schon lange nicht mehr empfunden habe.

Das Blut, der Tod, die Huren und der Alkohol haben mich abstumpfen lassen.

Keine Ahnung, wann ich das letzte Mal tatsächlich wirklich etwas anderes wie Hunger und Durst empfunden habe. Es ist lange her.

Ihrem Arsch einen festen Klaps verpassend, ziehe ich mich zurück, rolle den Gummi ab und werfe ihn in den Mülleimer, der direkt neben dem Schreibtisch steht. Dann ziehe ich die Hose hoch, schließe den Gürtel und verlasse das Büro, ohne die Bitch eines letzten Blickes zu würdigen.

Wenn ich Lauren noch erwischen will, muss ich mich beeilen.

3. Kapitel

Die Krankenschwester

Den Rocker von nebenan habe ich seit unserer ersten Begegnung nicht mehr gesehen und ich verbiete es mir, über die Enttäuschung, die ich deswegen verspüre, genauer nachzudenken,

Dieser *Hell Bone* ist gefährlich und Gefahren sollte man meiden, besonders in dieser Stadt und ganz besonders als alleinstehende Frau. Trotzdem hat dieser Mann etwas an sich, das meine Neugierde weckt, und was dafür sorgt, dass ich immer wieder an ihn denken muss:

Der raue Klang seiner Stimme, das prickelnde Gefühl, das seine Finger auf meiner Haut hinterlassen haben, und der düstere Ausdruck in seinen Augen, der dafür gesorgt hat, dass ich in der Nacht, in der wir uns begegnet sind, nicht schlafen konnte.

Heute war ein krasser Tag, es ist mittlerweile kurz nach fünf, als ich endlich in die Straße einbiege und den Motor ausschalte.

Die aufgehende Sonne kämpft gegen die Finsternis an und färbt den Himmel vom Osten her violett. Die Nacht ist lau, trotzdem ist mir kalt.

In weniger als einer Stunde wird es taghell sein.

Wir hatten einen Notfall, ich musste länger arbeiten. Irgendein Psychopath hat einem Polizisten auf offener Straße die Hand abgetrennt.

Einfach so, direkt vor dem Streifenwagen.

Es war heftig und der Anblick hat sich mir in die Netzhaut gebrannt.

In den vergangenen Jahren habe ich viel gesehen, so ist der Job, besonders in der Notaufnahme. Aber das?! *Scheiße!* Die Hand des Officers wurde nicht einfach nur glatt abgeschnitten, sie wurde brutal amputiert.

Mit einem Dolch oder Ähnlichem, was keinen geraden Schnitt hinterlassen hat und was es den Chirurgen unmöglich gemacht hat, die mitgelieferte Hand wieder anzunähen.

Was ist nur los in New York?

Wo soll es hinführen, wenn nicht mal mehr Polizisten sicher sind?

Ich weiß es nicht, und das verursacht mir Bauchschmerzen.

Obwohl sich Scott nicht mehr hat blicken lassen, ist das Gefühl, beobachtet zu werden, in den letzten Tagen stärker geworden.

Vielleicht werde ich ja auch paranoid, *aber Himmel ...*

Am schlimmsten ist es hier, vor dem Haus, in dem ich wohne.

Sehr unheimlich.

Sobald ich aussteige, spüre ich Augen auf mir. Das Gefühl von einer drohenden Gefahr will sich einfach nicht mehr abschütteln lassen.

Das Verrückteste an der Sache ist, dass ich mir nicht sicher bin, ob es tatsächlich Scott ist, der mir auflauert.

Aber wer sonst?

Wer außer meinem Ex könnte so viel Interesse an mir haben, dass er mich verfolgt?

Es ist ja nicht so, dass ich an jedem Finger drei Verehrer hängen hätte.

Ich bin allein, ganz allein und es gibt keinen Mann, der an diesem Status etwas ändern möchte. Und das ist okay für mich. Ehrlich.

Nach meiner letzten Beziehung weiß ich die Einsamkeit zu schätzen.

Nervös sehe ich durch die Fenster, prüfe die Dunkelheit und schaue die Straße entlang.

Da ist niemand, dennoch spüre ich, dass mich jemand beobachtet.

Tief durchatmend nehme ich mir das Pfefferspray, greife nach dem Türöffner, atme mehrmals tief durch und steige aus.

Ein Windhauch spielt mit meinen Haaren und streift über meine verschwitzte Haut.

Ich schlucke, sehe mich erneut um und kann wieder niemanden entdecken.

Nicht bereit, mich von dem Gefühl jagen zu lassen, verbiete ich es mir zu rennen. Mit großen Schritten gehe ich an dem Truck und an der Harley vorbei, die mir verrät, dass mein neuer Nachbar zuhause ist. Sofort schnellt mein Blick nach oben – kein Licht. Wahrscheinlich ist er längst ins Bett gegangen. Kein Wunder bei der Uhrzeit.

Ich stelle mir vor, wie er allein im Bett liegt, nackt mit einem Arm unter dem Kissen und angewinkelten Beinen.

Sofort erwacht die Fledermaus in meinem Bauch zum Leben und löst eine beunruhigende Sehnsucht in mir aus.

Das. Ist. Nicht. Gut.

Den Biker aus meinen Gedanken verbannend, lasse ich die Fledermaus sterben, sperre die Haustüre auf und stolpere in die dahinter liegende Sicherheit.

Schnell drücke ich die Türe hinter mir zu und eile die Treppen rauf.

Ich will einen Aufzug. *Ich will ... Ich will ... Ich will ...*

Nach einer Nacht wie der heutigen würde ich meine Seele für einen funktionierenden Lift verkaufen.

Gleich morgen werde ich mich erneut bei meinem Vermieter beschweren. Es kann einfach nicht sein, dass er jeden Monat die Miete kassiert, aber keinen Penny in die Instandhaltung des Gebäudes steckt. Doch leider sieht genau so die Realität aus.

Selbst wenn ich es mir leisten könnte und umziehen wollte, würde es nicht gehen. Der Immobilienmarkt ist leergefischt. Es gibt einfach zu wenige Wohnungen für zu viele Menschen.

Wenn ich meine Wohnung kündige, stehen zwanzig Leute bereit, die sie sofort nehmen würden. Mit oder ohne Aufzug. Also, was habe ich für eine Wahl?

Ganz einfach. Ich nehme die Treppe und ärgere mich weiter ...

Endlich in meiner Etage angekommen, bleibe ich kurz an der obersten Stufe stehen, sehe zu der verschlossenen Türe neben der meinen und frage mich, was den Präsidenten des *Hell Bones Motorcycle Clubs* dazu gebracht hat, hier einzuziehen?

Die Aussicht und die gute Lage können es wohl kaum sein.

Aber was dann?

Ich weiß ja nicht viel über diesen Rockerclub, aber wenn die Gerüchte, die über diese Kuttenträger im Umlauf sind, stimmen, dann laufen ihre Geschäfte nicht schlecht und sie machen Kohle ohne Ende.

Also, warum zieht man in so ein Loch, wenn man sich auch etwas Besseres leisten kann?

Vergiss den Biker. Konzentriere dich lieber auf dein Leben!

Mein Unterbewusstsein hat recht, ich habe genug eigene Sorgen. Dieser Outlaw geht mich nichts an. Er ist nicht mein Problem und ich hoffe, dass es auch so bleibt.

Das Letzte, was ich gebrauchen kann, ist, in den Fokus eines *Hell Bones* zu geraten. Mein Leben ist schon kompliziert genug.

In meine Wohnung verschwindend, sperre ich die restliche Welt aus, schalte die Lichter ein und springe unter die Dusche.

Endlich in Sicherheit.

Die Bilder des verwundeten Polizisten huschen durch meinen Kopf. Ein eisiger Schauer rieselt an meinem Rückgrat nach unten, entschlossen stelle ich das Wasser heißer und schließe die Augen.

Diese Stadt ist voller Monster ...

4. Kapitel

Der Rockerpräsident

Mehr als zwei Stunden bin ich in der Dunkelheit meines Wohnzimmers gestanden und habe auf Lauren gewartet.

Zwei Stunden, die mich beinahe in den Wahnsinn getrieben haben.

Fuck!

Wieso ist sie heute so spät?

Was ist passiert?

Jetzt ist sie endlich da, aber etwas ist vorgefallen, das kann ich an ihrem Gesicht ablesen.

Sie sieht besorgt und von Angst erfüllt aus.

Verdammt! Ich balle die Fäuste.

Als sie um kurz nach vier immer noch nicht da war, musste ich mit mir selbst kämpfen. Ich musste mich davon abhalten, auf mein Bike zu steigen und mich auf die Suche nach der Krankenschwester zu machen, die mir einfach nicht mehr aus dem Kopf gehen will.

Ich wollte in die Klinik fahren und mich nach ihr erkundigen.

Woher ich weiß, dass sie im University Hospital hier in Brooklyn arbeitet? Ganz einfach, ich habe Erkundigungen über dieses Mädchen angestellt. Und allein das zeigt schon, dass mein Interesse an Lauren völlig außer Kontrolle geraten ist.

Es ist ein Witz!

Anstatt stundenlang am Fenster zu stehen und auf ein Mädchen zu warten, das mich nichts angeht, könnte ich genauso gut hunderte von Nutten ficken.

Doch ich tue es nicht.

Weder sitze ich an der Bar, noch schlafe ich. Ich mache nichts. Außer hier zu stehen und mir gedanklich vorzustellen, wie es wohl ist, mit den Fingern durch Laurens Haare zu streifen, sie zu packen und ihren Geruch zu inhalieren.

Bullshit!

Allmählich verliere ich den Verstand.

Erst die Scheiße mit dem Polizisten und nun das ...

Jetzt ist es kurz nach fünf und Lauren ist endlich da. Es kostet mich einiges an Kraft, dass ich nicht auf sie zustürme und sie frage, was zur Hölle sie sich dabei gedacht hat, so spät zu kommen. Erschreckend!

Was diese Frau tut, geht mich nichts an.

Ich verstehe das nicht.

Diese eine Begegnung im Hausflur hat ausgereicht, um mein Interesse an diesem Mädchen so nachhaltig zu wecken, dass ich Dinge tue, die ich nie für möglich gehalten hätte.

Ich stalke eine Fremde und es fühlt sich gut an.

Lauren eilt auf das Haus zu, dabei sieht sie sich hektisch um, fast so, als würde sie damit rechnen, angegriffen zu werden.

Das gefällt mir nicht.

Wenn sie wüsste, dass ich ein Auge auf sie habe, wäre sie dann beruhigt oder würde ihr das nur noch mehr Angst machen?

Letzteres wahrscheinlich.

Kurz vor der Haustür bleibt sie stehen, hebt den Kopf und sieht zu mir nach oben.

Obwohl ich mir sicher bin, dass mich die Dunkelheit verschluckt, fühlt es sich so an, als würde sie mir direkt in die Augen schauen. In der beginnenden Morgendämmerung kann ich die feinen Linien ihres Gesichts und ihre vollen Lippen erahnen.

In meiner Fantasie habe ich diesen Mund längst blutig gebissen. Ich bin kein guter Mann, ich bin das Böse und darum ist es besser, wenn ich Lauren weiterhin meide. Wenn ich mich ihr nähere, besteht das Risiko, dass ich sie zerstöre, und das will ich nicht.

Diese Frau ist kostbar, sie rettet Leben – sie muss leben, sie darf nicht sterben.

Für eine Weile starre ich sie an, dann betritt sie endlich das Haus und ist vor den Gefahren dieser Stadt in Sicherheit, zumindest vor den meisten, denn ich bin hier, direkt neben ihr und ich weiß nicht, wie lange ich es noch schaffe mich von ihr fernzuhalten.

Mit einem Fluch wende ich mich vom Fenster ab, höre ihre Schritte im Hausflur und spiele für einen Moment mit dem Gedanken, die Türe zu öffnen und sie abzufangen.

Ich will sie einatmen und ein weiteres Mal in ihren braunen Augen versinken.

Doch ich widerstehe der Versuchung, warte bis sie in ihrer Wohnung verschwunden ist, und gehe anschließend ins Bett.

Der Tag war lang und die Nacht wird kurz.

Ein paar Stunden Schlaf können nicht schaden.

5. Kapitel

Die Krankenschwester

Die nächsten zwei Tage verlaufen ruhig, was wirklich wohltuend ist.

Selbst in der Arbeit gibt es keine außergewöhnlichen Zwischenfälle.

Der Cop, dem so brutal die Hand abgetrennt wurde, scheint ein Einzelfall zu bleiben.

Hoffentlich. Diese Stadt braucht keine Anschlagsserie auf Polizisten.

Heute habe ich frei und ich komme endlich dazu, mir die neue Netflix-Serie, von der meine Kolleginnen so schwärmen, anzuschauen: *Bridgerton*.

Es geht und Lords und Ladys, Korsagen, Duelle, beschützende Brüder und Hochzeiten. Das mag langweilig klingen – ist es aber nicht. Außerdem muss ich zugeben, dass dieser Herzog, Simon Basset ein echtes Schnuckelchen ist.

Groß, mächtig, weltgewandt und stark, alles, was das Frauenherz begehrt.

Gerade die Szenen, in denen er mit nacktem Oberkörper im Boxring steht und sich mit seinem Freund einen heftigen Faustkampf liefert, lassen meine Hormone verrücktspielen.

Seine schokoladenfarbene Haut in Kombination mit den vielen, perfekt definierten Muskeln, sorgen dafür, dass mir das Wasser im Mund zusammenläuft.

Dieser Kerl ist verflucht heiß und ich hatte definitiv zu lange keinen Sex mehr.

Seufzend häufe ich mir eine große Portion *Ben & Jerry's Cookie Dough Chunks* auf den Löffel, schiebe ihn mir in den Mund und genieße diese cremige Köstlichkeit.

Insgeheim frage ich mich nicht zum ersten Mal, wie es wohl sein muss, wenn man so einen Kerl sein eigen nennt?

Herzog oder nicht, es muss einfach schön sein, einen Mann an seiner Seite zu haben, der einen beschützt und die Welt zu Füßen legt.

Ich schließe die Augen und erlaube mir einen kurzen Tagtraum. Aber in diesem ist nicht der dunkelhäutige Schauspieler die Hauptfigur, sondern der Rockerpräsident von nebenan. Und statt auf einem edlen Ross sitzt er auf der schwarzen Harley, die wie gewohnt unten auf der Straße steht. Die Arme um seine schmale Taille geschlungen, lehne ich die Wange an seinen breiten Rücken, während wir mit hoher Geschwindigkeit dem Sonnenuntergang entgegenrasen.

Ziemlich kitschig, ich weiß. Aber *Frau* wird ja wohl noch träumen dürfen.

Warum ich dafür ausgerechnet den Biker verwende, ist leicht zu erklären. Gefährlich oder nicht. Er ist der beeindruckendste Mann, der mir in meinem ganzen Leben jemals begegnet ist.

Die Folge endet, ich stehe auf und gehe in die Küche, um mir noch etwas Weißwein zu holen. Der dunkle Bariton des *Hell Bones* dringt durch die dünnen Wände zu mir rüber. Zwar kann ich nicht verstehen, was er sagt, aber ich höre das Brummen seiner dunklen Stimme.

Entweder er hat Besuch oder er telefoniert.

Ob er auch Netflix schaut? Wenn ja, dann garantiert irgendwelche Filme, in denen es mehr Action, surrende Kugeln und gebrochene Knochen gibt.

Bei der Vorstellung, dass er sich ansieht, wie sich ein Haufen jungfräulicher Debütantinnen auf der Tanzfläche drehen, kann ich mir ein breites Grinsen nicht verkneifen.

Es hält so lange, bis es klingelt und eine Sekunde später schon an meiner Wohnungstüre klopft.

Wer ist das?

Kaum dass mir die Frage durch den Kopf huscht, erhalte ich auch schon meine Antwort.

„Lauren? Mach die Tür auf.“

Scott? Was macht er hier?

Bittere Furcht ätzt sich durch meinen Magen. Die Weinflasche fällt mir beinahe aus den zitternden Fingern.

Hilfe ...

Zuerst will ich seine Anwesenheit einfach ignorieren, dann kommt mir die Idee, dass ich ja S-O-S an die Küchenwand klopfen könnte, in der Hoffnung, dass der Rocker in der Nachbarwohnung es hört und mir zu Hilfe eilt.

Schlussendlich übernimmt mein Unterbewusstsein die Kontrolle. Wie ein Roboter, ohne genau zu wissen, was ich tue, stelle ich den Wein ab, öffne die Küchenschublade und hole ein Messer raus. Nicht unbedingt das größte, was ich habe, aber es ist doch so lang, dass es mir meinen Ex vom Hals halten könnte.

Dann gehe ich zur Türe und mache auf.

Warum ich so handle, ist leicht zu erklären. Wir brauchen diese Konfrontation. Wir brauchen diese Aussprache und die führe ich lieber in meiner Wohnung als mitten in der Nacht auf dem Angestellten-Parkplatz der Klinik.

Wir müssen diese Scheiße endlich klären, diese ewige Angst, dass er mich beobachtet oder mir auflauert, macht mich noch verrückt.

Scott steht vor mir, er trägt eine schwarze Stoffhose und ein weißes Hemd und sieht verdammt gut aus.

Kein Wunder, dass ich damals auf ihn hereingefallen bin.

Er fällt genau in mein Beuteschema. Mittlerweile bin ich nur klug genug, zu erkennen, dass er ein Blender ist, der nur vorgibt, ein echter Mann zu sein, und dass er in Wirklichkeit ein erbärmliches Würmchen ist.

Gedanklich vergleiche ihn mit dem Herzog aus meiner Serie, dann mit meinem Bikernachbarn. In beiden Fällen hat Scott nicht die geringste Chance.

Jetzt, wo ich weiß, was er ist, verspüre ich nichts als Reue. Reue darüber, dass ich so dumm war und meine Zeit an ihn verschwendet habe.

Das Messer hinter dem Rücken verbergend, lehne ich mich scheinbar lässig an den Türrahmen und sehe ihn herausfordernd an.

Ich gebe mich cool, doch in Wirklichkeit habe ich eine Scheißangst.

„Was willst du, Scott? Du hast hier nichts zu suchen!"

Er sagt nichts, sieht mich einfach nur herausfordernd an und geht dann einen Schritt auf mich zu. Das Messer in meiner Hand beginnt zu glühen. Ich spüre sofort, dass es ein Fehler war, die Türe aufzumachen.

Verdammt!

„Wir müssen reden, Lauren."

„Ich habe dir nichts zu sagen." Wobei das nicht stimmt. „Doch, habe ich schon. Ich will, dass du mich in Ruhe lässt! Hör auf, mich zu verfolgen, hör auf, mich zu beobachten, oder ich gehe zur Polizei und zeig dich an."

Anstatt einsichtig zu sein, wirkt er eher spöttisch.

„Und wegen was willst du mich anzeigen? Weil ich bei dir geklingelt habe?"

„Du verfolgst mich, das ist strafbar. Außerdem hast du mich geschubst und getreten. Wie wäre es also mit Körperverletzung?"

Scott lächelt, fast so als würde ihm die Erinnerung an diese Nacht Freude bereiten. Mir wird schlecht.

„Hast du Beweise?"

Nein, habe ich nicht, und das weiß er ganz genau.

„Verschwinde!"

„Und was, wenn nicht?"

Gute Frage ... *„Dann ramme ich dir die Klinge in den Oberschenkel."*

Ich will es sagen, traue mich aber nicht.

Gewalt ist keine Lösung, zumindest dachte ich das bis jetzt.
Das Messer in meiner Hand wird immer heißer, es fühlt sich so an, als würde es glühen.
„Dann rufe ich die Polizei."
„Bis die hier ist, kann ich alles Mögliche mit dir anstellen."
Nein! Das lasse ich nicht zu.
„Dann schreie ich."
Was für eine erbärmliche Verteidigungsstrategie.
„Dann muss ich dich ja nur ficken. Da hast du immer geschrien."
Ich werde rot, eine Woge Verlegenheit überrollt mich.
Der Sex zwischen uns war immer gut. Aber das war auch schon das einzige Gute.
„Lass mich in Ruhe, Scott. Das mit uns ist vorbei. Unsere Zeit ist abgelaufen, also verschwinde endlich und lass dich nie wieder blicken."
Zorn braut sich in seinem Blick zusammen, er ballt die Fäuste und auf seiner Stirn tritt eine Ader hervor.
„Ich entscheide, wann es vorbei ist, nicht du, Lauren."
Von wegen.
Mir wird klar, dass das nichts bringt.
Scott will einfach nicht kapieren, dass wir kein Paar mehr sind. Sein Engagement ist falsch und beängstigend und sollte sofort aufhören.
Schon verrückt. Während unserer Beziehung hat er sich überhaupt keine Mühe gegeben und null Energie investiert. Sein Interesse jetzt ist fehlgeleitet und kommt zu spät.
Nicht bereit, mich noch länger von ihm terrorisieren zu lassen, will ich ihm die Türe vor der Nase zuschlagen. Er verhindert es, indem er seinen Fuß dazwischen stellt.
„Du dummes Miststück!"
Mühelos schlägt er die Tür wieder auf, sodass sie mit Wucht gegen die Wand knallt.
Wie gerne hätte ich jetzt den Herzog aus der Netflix-Serie an meiner Seite. Mit ihm als Beschützer könnte Scott mir nichts antun. Aber ich bin keine Lady und ich habe keinen blaublütigen Adeligen an meiner Seite, und darum überkommt mich langsam aber sicher Panik.
Wie konnte ich nur so dumm sein und ihm aufmachen?
Ich hätte es besser wissen sollen.
Scheiße!

Er holt aus und will mir eine verpassen. Ich ducke mich in letzter Sekunde und weiche seiner geballten Faust aus. Ich ziehe mein Messer hervor, im ersten Moment wirkt er überrascht, dann schlägt er es mir blitzschnell aus der Hand.

So viel zu meinem tollen Plan!

Scott flucht und ich kreische. Mein Herz rast, mir wird schlecht.

Über meine eigenen Füße stolpernd, renne ich in meine Wohnung. Erst im Nachhinein fällt mir ein, dass das vielleicht keine so gute Idee war, denn jetzt bin ich mit Scott alleine.

Hektisch sehe ich mich nach meinem Telefon um und entdecke es neben der Eisschale auf dem Wohnzimmertisch.

Ich will es mir schnappen, doch Scott ist schneller und schubst mich auf den Boden. Ich lande auf dem Rücken, sämtliche Luft wird mir aus der Lunge gequetscht, vor meinen Augen tanzen Sterne. Noch bevor ich mich neu orientieren kann, sitzt er auch schon auf mir, fängt meine Hände ein und nagelt sie neben meinem Kopf auf den Boden.

Jetzt bin ich ihm hilflos ausgeliefert. Sein Gewicht hält mich gefangen und sein alkoholisierter Atem streift über meine Stirn. Er stinkt nach Bier, Schnaps und kaltem Rauch. Mir wird schlecht.

„Das hättest du nicht tun sollen, Lauren."

Ich winde mich und versuche ihn abzuschütteln, aber es funktioniert nicht. Scott ist einfach viel stärker als ich.

„Geh von mir runter!"

Er lacht, kommt mir noch näher und versucht, mich zu küssen.

Übelkeit steigt in mir auf, bringt mich zum Würgen.

Seine Lippen prallen auf die meinen, er schiebt mir seine Zunge in den Mund, ich reagiere instinktiv und beiße zu.

Das rettet mich zwar vor dem Kuss, bringt mir aber einen heftigen Schlag ein. Mein Kopf wird nach links geschleudert, ich stoße einen lauten Schrei aus, der von den Wänden widerhallt.

„Was soll das, Lauren? Warum tust du das?"

Ich? Was tue ich denn schon?

Heiße Tränen steigen mir in die Augen.

„Geh runter von mir, Scott."

Anstatt mich loszulassen, streift er mit seiner Nase über meine pochende Wange.

„Ach Lauren ... Lauren, Lauren, Lauren." Scott schüttelt tadelnd den Kopf. „Was soll ich nur mit dir machen?"

Am besten nichts.

„Lass mich in Ruhe."

„Vergiss es. Dein Gezicke muss jetzt ein Ende finden."

Gezicke?

„Was ist nur mit dir los, Scott? DU bist völlig irre!“

„Falsch, ich bin fest entschlossen, dich zurückzugewinnen.“

Mein von seinem Schlag noch immer ausgeknocktes Gehirn versucht die Bedeutung seiner Worte zu verstehen. Es scheitert. Das, was er da redet, ist einfach zu abwegig.

„Küss mich.“

Waaass?

In der einen Sekunde schlägt er mich und in der nächsten will er, dass ich ihn küsse?

Das Glitzern in seinen Augen und die freudige Erregung, die sich darin spiegelt, machen mir Angst und zeigen mir deutlich, dass er gerade dabei ist, den Verstand zu verlieren ...

So laut ich kann, schreie ich um Hilfe und kämpfe mit erneuter Entschlossenheit gegen ihn an. Es bringt nichts.

Ich brauche ein Wunder. Sofort. Oder ich bin erledigt ...

6. Kapitel

Der Rockerpräsident

Mein Telefon klingelt. Schon wieder!

Nach dem Stress der vergangenen Wochen wollte ich mir heute einfach nur einen Tag Ruhe gönnen. Ich war mir sicher, dass das auch möglich sein muss – jetzt, wo ich nicht mehr im Club wohne und nicht mehr ständig präsent bin.

Aber Bullshit!

Damit lag ich falsch.

Jetzt stehen nicht mehr alle vor meiner Türe – jetzt rufen sie einfach an.

Erst River, dann Skull und jetzt hängt Giacomo in der Leitung. Giacomo ist unser Road Captain, er stammt ursprünglich aus Venedig und seine Mutter hat ihn tatsächlich so getauft. Es nennt ihn jedoch keiner von uns bei seinem richtigen Namen, im Club wird er von allen einfach nur Casanova genannt. Warum?

Das ist leicht erklärt. Weil er alles fickt, was ihm über den Weg läuft, genau wie dieser Giacomo Casanova, der irgendwann im 18. Jahrhundert gelebt hat und durch seine zahlreichen Liebschaften berühmt wurde.

„Wir brauchen eine andere Route, Präs. Die ursprünglich geplante ist zu riskant geworden."

Das sehe ich anders, und das weiß er auch.

„Definiere riskant."

Er schnaubt und flucht.

„Was soll das, Devil? Bin ich jetzt der Road Captain oder nicht?"

Fuck!

„Du weißt, dass du das bist."

„Dann lass mich meine Arbeit machen und vertrau auf mein Urteil!"

Er hat recht.

„Gut. Ich vertraue dir. Aber denk dran, jede zusätzliche Meile birgt zusätzliche Gefahren."

Sein „Das ist mir wohl bewusst!" ist das Letzte, was er sagt, dann legt er einfach auf.

Fluchend verpasse ich der Wand einen Tritt, starre auf den Fernseher, den ich mittlerweile an der Wand befestigt habe, und raufe mir die Haare.

Der Trip nach Pittsfield ist seit Monaten geplant und verdammt wichtig.

Unsere Lager sind gut gefüllt, wir haben Waffen ohne Ende, aber die Munition geht zur Neige.

Was nützen die schwersten Waffen ohne Feuerkraft?

Bullshit!

Unser bisheriger Lieferant hat Schwierigkeiten, die Nachfrage zu decken, also habe ich die *Reaper* kontaktiert. Einen Motorcycle Club, der seinen Sitz in New Hampshire hat. Die *Reaper* und die *Hell Bones* sind seit Jahren befreundet, zwischen unseren Clubs herrscht Frieden, dennoch ist es ungewöhnlich, dass ich mich an sie gewandt habe.

Normalerweise vermeide ich es, mit *Freunden* Geschäfte zu machen. Je weniger die *Reaper* über unser Business wissen, umso besser ist.

Die Vergangenheit hat gezeigt, dass Kleinigkeiten ausreichen, um aus Verbündeten Feinde werden zu lassen.

Aber in dieser Situation bleibt mir nichts anderes übrig.

Casanova versteht das, dennoch macht ihn diese Scheiße verdammt nervös.

Normalerweise nehmen wir den direkten Weg über die Interstate und meiden kleinere Nebenstraßen. Aber in diesem Fall bin ich dafür, eine Ausnahme zu machen.

Die *Reaper* kommen uns den halben Weg entgegen, weswegen wir uns in Pittsfield treffen. Der Grund dafür ist einfach:

Freunde oder nicht – kein Motorcycle Club will Biker eines anderen Colours in seinem Revier.

Wir scheißen nicht, wo wir leben. Wenn das Aufeinandertreffen eskaliert, ist es besser, wenn das Blut auf neutralem Boden fließt. *Fuck!*

Das alles gefällt mir nicht. Aber uns bleibt keine Wahl. Wir müssen improvisieren, um uns die Konkurrenz vom Hals zu halten. Wenn wir unsere Käufer nicht zufriedenstellen können, wandern sie ab. Zu den Russen zum Beispiel, und das wäre wirklich beschissen.

Die Anspannung, die mich seit Wochen im Griff hat, erreicht einen neuen Höhepunkt. Der kurze Fick mit der Bitch neulich hat nicht wirklich geholfen.

Bibi ist gut, aber nicht gut genug, und nicht das, was ich brauche.

Aber was brauche ich?

Was will ich?

Ach Fuck!

Ich bin mächtig genug, es mir zu nehmen, aber dafür müsste ich erst mal wissen, was genau das Heilmittel für das Chaos in meinem Schädel ist.

Ich dachte, die Wohnung würde helfen. Ich war mir sicher, dass die Einsamkeit die Lösung ist, aber das hat nur zum Teil gestimmt.

Es mag kitschig klingen, aber zur Hölle, ich fühle mich leer und ausgebrannt!

Wie ein Blindgänger, wie eine Granate, bei der der Splint längst gezogen wurde, die aber ums Verrecken nicht explodieren will. Fast so, als hätte man den verdammten Sprengstoff vergessen.

Frustriert stelle ich mich an das Fenster, sehe hinab zu meinem Bike und zünde mir eine Kippe an.

Ich nehme den ersten Zug, fülle meine Lungenflügel bis zum Anschlag mit Rauch und halte ihn dort gefangen.

Buuuulllsssshhhhiiittt!

Das Handy in meiner Hand vibriert. Ich bin kurz davor es an die nächste Wand zu schleudern.

Eine Textnachricht geht ein, sie ist von Emma.

Hi Devil

Ich habe es gerade in den Nachrichten gesehen.

Ist es pervers, dass ich dir für deine blutige Tat danken will?

Das bringt mich zum Schmunzeln.

Emma ist nicht wie ihr Bruder. Im Gegensatz zu Killer führt sie ein normales, legales Leben. Sie ist ein braves Mitglied der Gesellschaft und hat nur wenig mit dem Club zu tun.

Was ein weiterer Beweis dafür ist, wie verzweifelt sie gewesen sein muss, dass sie sich überhaupt an mich gewandt hat. Emma war von vornherein klar, dass ich mit dem Wichser nicht einfach nur *reden* werde.

Die Zigarette in den Mundwinkel klemmend, tippe ich eine Antwort.

Es ist nicht pervers und du musst mir nicht danken.

Sie reagiert prompt. Die nächste eingehende Nachricht besteht nur aus einem Kuss-Emoji. Der mir Beweis genug dafür ist, dass ich alles richtig gemacht habe.

Emma muss wissen, dass sie nicht allein ist. Killer mag tot sein, aber sie hat immer noch mich.

Aus der Wohnung nebenan dringt ein lautes Krachen, darauf folgt ein Schrei, dann kehrt wieder Ruhe ein.

Was zur Hölle ist da los?

War das der Fernseher? Wohl kaum.

Mein Magen zieht sich zusammen, etwas stimmt nicht.
Gespannt bleibe ich stehen, starre die weiße Mauer an, die mich von Lauren trennt und atme den angehaltenen Rauch wieder aus.
Erneut ertönt ein Schrei, ein Ruck geht durch meinen Körper.
Etwas stimmt ganz und gar nicht.
Noch bevor ich mich bewusst dazu entscheide, rüberzugehen, setzen sich meine Füße bereits in Bewegung.
Ich stürme raus in den Flur und sehe Laurens offen stehende Wohnungstüre. Das lange Messer, das auf dem Boden liegt, lässt mich die Zähne zusammenbeißen. Ich hebe es auf und trete, ohne zu zögern, über die Schwelle.
Mit großen Schritten folge ich dem kurzen Gang und der wütend klingenden Männerstimme, die Lauren anbrüllt, dass sie ihn gefälligst küssen soll.
Sie schreit um Hilfe und ich sehe rot.
Die Wohnung ist wie meine, nur spiegelverkehrt.
Der Anblick, der sich mir im Wohnzimmer bietet, lässt meine Sicherungen durchbrennen.
Lauren liegt auf dem Boden, sie schluchzt, ihre Augen sind vor Panik weit aufgerissen und ihre Haare bedecken wie ein dunkler Fächer den hellen Teppich.
Auf ihr sitzt ein Typ, er ist viel größer als sie, kommt jedoch nicht annähernd an mich ran. Ich erfasse die Situation in Sekundenschnelle.
Ihre Wange ist rot und geschwollen, sie weint und wehrt sich.
Was den Mann nur noch mehr anzuturnen scheint. Meine Finger schließen sich fester um den Messergriff, der Drang zuzustechen wird beinahe übermächtig.
So schwer es mir auch fällt, ich halte mich zurück.
Anstatt dem Typen die Kehle aufzuschneiden, stoße ich ihn nur von ihr unter und trete ihm mit dosierter Kraft ins Gesicht.
Jetzt ist er derjenige, der brüllt. Seine Nase bricht und Blut spritzt.
Ich schenke ihm keine Beachtung, knie mich neben Lauren und versuche, sie zu beruhigen. Es funktioniert nicht. Sie ist völlig panisch, zittert und weint.
„Beruhig dich. Er kann dir nichts mehr tun."
Der Sinn meiner Worte scheint nicht durch den Schleier ihrer Angst durchzudringen.
„Lauren, sieh mich an."
Sie tut es, was mich beruhigt.
Das Arschloch hinter mir jammert noch immer und beschwert sich lautstark, dass ich ihm die Nase gebrochen habe.

Witzig. Der Wichser scheint nicht kapiert zu haben, dass ich noch lange nicht mit ihm fertig bin.

Je nachdem, was Lauren mir erzählen wird, entscheide ich, ob es mir reichen wird, ihm als Nächstes die Beine zu brechen oder ob ich mir gleich sein Genick vornehmen werde.

Aber da das Mädchen offensichtlich unter Schock steht und mir nicht antworten kann, muss ich den Typen vorerst auf Eis legen.

Mit erzwungener Ruhe schaue ich auf sie herab.

„Bleib ruhig, ich bin gleich wieder da."

Sie nickt. Zumindest etwas. *Fuck!*

Ich drehe mich zu dem Wichser um, knocke ihn mit einem Faustschlag aus und ziehe dann seinen Gürtel aus den Schlaufen.

Routiniert fessle ich ihm die Hände auf den Rücken, hebe ihn hoch, werfe ihn mir über die Schulter und trage ihn ins Badezimmer. Dort lasse ich ihn in die Badewanne fallen, sein Schädel knallt auf den Rand, hinterlässt dort eine rote Spur. Aus Rücksicht auf die dünnen Wände stopfe ich ihm ein Handtuch ins Maul und binde ihm mit dem Band von Laurens Bademantel seine Füße zusammen.

Fertig!

Zuerst kümmere ich mich um das Mädchen, dann befasse ich mich wieder mit dem Arschloch und dann ... *Fuck!* Dann sorge ich dafür, dass der Club endlich wieder mit Munition versorgt wird.

7. Kapitel

Die Krankenschwester

Ich sitze auf meiner Couch, starre auf das geschmolzene Eis und vermeide es, den *Hell Bone,* der neben mir sitzt und mit seiner bloßen Präsenz den ganzen Raum ausfüllt, anzusehen.

Seine Nähe beruhigt mich und fühlt sich zugleich auf eine gute Art merkwürdig an.

Das Kühlpad fest an meine Wange drückend, versuche ich zu verstehen, wo er so plötzlich hergekommen ist.

In der einen Sekunde liege ich auf dem Boden – Scott auf mir – in der nächsten ist mein Ex verschwunden und der Rockerpräsident kümmert sich besorgt um mich.

Dieser Präsident ist groß und stark und muskelbepackt und tätowiert und es fällt mir schwer zu glauben, dass dieser gefährliche Mann zu so einer Fürsorglichkeit im Stande ist.

Ich schulde ihm ein Danke, aber meine Lippen bleiben geschlossen.

„Geht es dir gut, Mädchen?"

Nein. Ja. Keine Ahnung.

Im Fernsehen läuft noch immer Bridgerton.

Eine heiße Sexszene flimmert gerade über den Bildschirm, das lustvolle Stöhnen einer Frau durchbricht die Stille.

Gott. Ist. Das. Peinlich!

Der Rocker scheint das jedoch kaum wahrzunehmen, ich hingegen will am liebsten im Boden versinken.

„Lauren? Geht es dir gut?"

Der finstere Klang, den seine Stimme jetzt annimmt, zwingt mich regelrecht dazu, ihn anzusehen.

Silberne Augen, ein dunkler Bartschatten und lange schwarze Haare, die auf seine mit Leder bekleideten Schultern fallen. *Teuflisch ... Teuflisch sexy ...*

Ich betrachte seine Hände, mustere die silbernen Ringe, die seine langen Finger zieren, und frage mich, was sie zu bedeuten haben.

Dieser Rocker wirkt auf mich nicht wie ein Mann, der Dinge nur aus optischen Gründen trägt. Sicher hat jeder Ring eine Bedeutung und auch ihr Besitzer trägt seine ganz eigene Geschichte mit sich herum.

Eine Geschichte, die ich nur allzu gerne hören würde.

Aber das geht nicht. Auf keinen Fall!

Scott ist gefährlich, aber im Gegensatz zu dem Rocker neben mir ist er ein harmloser Hundewelpe.

Wenn mein Ex schon eine Gefahr darstellt, was stellt dann der Präsident des *Hell Bones Motorcycle Club* für mich dar?

Den Tod? Die Hölle? Meine Rettung?

Ich weiß es nicht, und genau das ist auch das Problem!

Mir seiner Augen auf mir sehr wohl bewusst, lecke ich mir über die trockenen Lippen und zwinge mich, seinem eindringlichen Blick standzuhalten.

„Ich glaube, es ist besser, wenn du gehst."

Er blinzelt überrascht.

„Was?"

„Du sollst gehen."

Damit hat der Rocker offensichtlich nicht gerechnet.

Wie sollte er auch?

Er rettet mir den Arsch und ich schmeiße ihn raus.

Wirklich ganz toll, Lauren ...

So reglos wie eine Statue sitzt er neben mir, die muskelbepackten Arme vor der Brust verschränkt. Sein eckiger Kiefer mahlt.

„Fuck! Hast du eine Gehirnerschütterung oder was?"

Das liegt durchaus im Bereich des Möglichen.

Wämmm ...

Als Scott mich geschlagen hat, hat es sich so angefühlt, als würde mein Schädel zerplatzen. Trotzdem ...

„Ich danke dir für deine Hilfe ... ähm ..."

Er kapiert, dass ich immer noch nicht seinen Namen kenne.

„Devil. Du kannst mich Devil nennen, Baby."

Scheiße!

Keine Ahnung, was ich erschreckender finde – dass er mich Baby nennt oder dass er sich mir gerade tatsächlich als Devil vorgestellt hat. Ich weiß es nicht, aber das ist auch gar nicht relevant.

„Geh bitte."

Ich weiß nicht, mit welcher Reaktion ich gerechnet habe, aber gewiss nicht mit dem lauten Lachen, das sich nun aus seiner Kehle löst.

„Du schmeißt mich raus?"

„Tue ich."

Des Herzogs Kopf ist noch immer unter dem Kleid von Daphne verschwunden, seine Lippen scheinen ziemlich talentiert zu sein.

Fluchend schnappe ich mir die Fernbedienung und schalte auf Stopp.

Was keine gute Idee ist, denn eine ziemlich kompromittierende Szene wird nun zum Standbild.

Scheiße! Scheiße! Scheiße!

Warum habe ich mir keine Kochserie angeschaut?

Ganz einfach, weil ich davon immer Hunger kriege.
Der Rocker schenkt dem TV das erste Mal seine Aufmerksamkeit und zieht spöttisch eine Augenbraue in die Höhe.
Sein gemurmeltes „interessant“, lässt mich feuerrot anlaufen.
„Bevor ich gehe, fühle ich mich dazu verpflichtet dir mitzuteilen, dass der Typ, der dir das Veilchen verpasst hat ...“ Er tippt sich mit dem Zeigefinger aufs Auge, „... gefesselt in deiner Badewanne liegt.“
Ungläubig sehe ich ihn an. Kann nicht fassen, was ich gerade gehört habe.
Über Scotts Verbleiben habe ich mir gar keine Gedanken gemacht.
Er war weg und das war gut so.
Ich wäre in tausend Jahren nicht auf die Idee gekommen, dass der Rocker meinen Exfreund gefesselt und in meine Badewanne geworfen hat.
Mit zittrigen Knien stehe ich auf und gerate ins Wanken, was mir einen tadelnden Blick des Teufels einbringt.
„Setz dich!“
Trotzig bleibe ich stehen.
„Nein!“
„Setz. Dich. Lauren! Oder ich sorge dafür, dass du auf deinem Arsch landest!“
Von wegen ...
Mit meinem Gleichgewicht kämpfend, werfe ich das mittlerweile lauwarme Kühlpad auf den Tisch und gehe Richtung Badezimmer.
Je näher ich der nur angelehnten Türe komme, umso schneller schlägt mein Herz.
Es rast regelrecht und würde am liebsten flüchten. Ich kann es nur allzu gut verstehen. Kurz davor bleibe ich stehen, die Härchen auf meinen Armen stellen sich warnend auf. Irgendwie habe ich Angst vor dem, was mich erwartet ...
Der Devil stellt sich hinter mich, wir sind uns so nah, dass sein warmer Atem über meine linke Schulter streift.
Ich bereue meine Kleiderwahl zutiefst.
Die weiße Stoffhose, die ich trage, ist durchscheinend, und ich wette, dass der Biker hinter mir die Konturen meines roten Strings sehen kann. Mein Top ist weit ausgeschnitten und hängt an den Schultern schief, sodass ziemlich viel nackte Haut zu sehen ist.
Für einen Tag, den ich allein auf der Couch verbringe, perfekt ...
Aber auch nur dafür.
„Lebt er noch?“
Ich stelle diese Frage, ohne mich zu dem Präsidenten umzudrehen.

„Noch."

Ich zucke zusammen. Mir ist sofort klar, dass ein *Hell Bone* keine Witze über den Tod macht.

Mir wird schlecht.

Nicht bereit, mich von meiner Angst leiten zu lassen, drücke ich den Rücken durch und stoße mit den Fingerspitzen die Tür auf.

Ach du heilige Scheiße!

Scott liegt in der Wanne, eines der kleinen Handtücher, die ich immer zum Abschminken verwende, steckt in seinem Mund, er ist gefesselt und blutüberströmt.

Seine Nase ist definitiv gebrochen und an seinen Füßen entdecke ich etwas Rosanes. Erst auf den zweiten Blick erkenne ich, dass der Biker meinen Ex mit dem plüschigen Gürtel meines Bademantels zusammengebunden hat.

Das ist heftig. Ehrlich!

Die Situation ist surreal, ich komme mir vor wie im falschen Film.

Und auch wenn mich das zu einem schlechten Menschen machen sollte, verspüre ich nicht das geringste Mitleid, sondern einen Hauch Schadenfreude. Einen großen Hauch, der sich nach und nach in einen Sturm aus Schadenfreude verwandelt.

Keine Ahnung, wie weit Scott noch gegangen wäre, wenn der Devil mich nicht gerettet hätte. Vielleicht hätte er mich sogar vergewaltigt?

Mittlerweile traue ich meinem Ex alles zu.

Gott ... steh mir bei!

Mit zuckenden Mundwinkeln drehe ich mich zu dem Rocker um und sehe ihn fragend an.

„Soll ich die Polizei rufen oder lieber Danke sagen?"

Er ist so viel größer als ich und sieht skeptisch zu mir herab, fast so als würde er damit rechnen, dass ich jede Sekunde hysterisch werde.

Aber über diesen Punkt bin ich längst hinaus.

„Wenn du die Cops rufst, wird es unschön. Ein Danke reicht völlig."

Also gut.

„Dann danke ich dir, Nachbar."

„Jederzeit wieder."

Ich erkenne an seinen Augen, dass er das absolut ernst meint.

„Ich schulde dir was."

Sein Blick legt sich auf meine Lippen, die dumme Fledermaus erwacht erneut zum Leben und beginnt in meinem Bauch Loopings zu fliegen.

„Im geeigneten Moment komme ich darauf zurück."

Gut.

„Ich werde bereit sein.“ *Für was auch immer …*

Der Rocker hebt langsam die Hand, so langsam, dass ich seiner Berührung locker ausweichen könnte, wenn ich es denn wollte.

Doch anstatt ihn abzuwehren, halte ich still, atme seinen unverkennbar maskulinen Duft und warte atemlos, was nun passiert.

Als es dann passiert, als seine schwieligen Fingerspitzen meine Wange berühren, wird aus der einen Fledermaus ein ganzer Schwarm.

„Sag ein Wort und der Bastard erhebt nie wieder einer Frau gegenüber seine Hand.“

Sofort muss ich an den Polizisten mit der abgetrennten Hand denken und ein Verdacht beschleicht mich.

„Wie meinst du das?“

Der Devil sieht mir so tief in die Augen, dass es sich so anfühlt, als könne er mir direkt in die Seele blicken und meine schlimmsten Geheimnisse sehen.

„Genau so, wie ich es sage!“

Huiuiuiuiuiui …

„Ähm, danke. Aber ich denke, das wird nicht nötig sein.“

Er nickt, seine Mimik bleibt ausdruckslos.

„Ganz wie du willst, Baby.“

Da ist es wieder, dieses Baby … Es stellt seltsame Dinge mit mir an, noch seltsamere als der Anblick meines verletzten und gefesselten Exfreundes in meiner Badewanne.

Seine Finger liegen noch immer auf meiner schmerzenden Wange, die Sehnsucht, die diese Berührung in mir auslöst, lässt sich nur schwer beschreiben.

„Kann ich dich um noch einen Gefallen bitten?“

Seine Reaktion kommt prompt.

„Um jeden.“

Wow!

„Kannst du meinen Ex bitte noch rausschaffen. Ich will ihn nicht länger als unbedingt notwendig in meiner Wanne liegen haben!“

„Dein Ex?“

Jep, das ist peinlich.

„Jeder macht mal Fehler.“

Ich zucke mit den Schultern, der Rocker nickt.

„Gibt es bereits einen Nachfolger?“

Fragt er mich etwa gerade, ob ich Single bin?

Obwohl mir mehr als bewusst ist, dass ihn das absolut nicht angeht, beschließe ich, dass er sich eine Antwort verdient hat. Immerhin hat er mich gerettet.

„Gibt es. Ben und Jerry."
Er wirkt überrascht, ihm fallen fast die Augen aus dem Kopf.
„Du hast gleich zwei Typen gleichzeitig am Laufen?"
Ich muss kichern. Anscheinend essen Rocker kein Eis, schon gar keins, das nach Cookies schmeckt.
Noch immer mustert er mich erstaunt. Was mich irgendwie verärgert, sehe ich etwa so aus, als ob ich das nicht drauf hätte?
Anscheinend ...
„Schaffe meinen Ex aus der Wanne und ich stelle dich *Ben & Jerry* vor."
„Nein, danke. Das mit deinem Ex geht klar, aber deine neuen Stecher muss ich nicht sehen. Glaube mir, es ist besser für sie, wenn sie sich von meinen Fäusten fernhalten."
Täusche ich mich oder klingt das nach einer Drohung?
„Um die zu vernichten, brauchst du keine Fäuste, sondern Löffel."
Jetzt scheint der arme Biker überhaupt nichts mehr zu verstehen.
„Hör mal, Lauren, du scheinst ein Händchen für Loser zu haben. Typen, die man mit einem Löffel k. o. schlagen kann, können eine Frau wie dich nicht ausreichend beschützen."
Oh Hilfe ... Hillffeee... Diese Bilder in meinem Kopf bringen mich zum Schmunzeln.
Ich habe Mitleid und kläre den *Hell Bone*, der so gut riecht, dass ich ihn am liebsten ablecken würde, auf.
„*Ben & Jerry's* ist ein Eis, meine Lieblingssorte ist *Cookie Dough*, und glaube mir, das ist besser als Sex. Viel besser, um genau zu sein."
Der Devil wirkt verwirrt.
„Ein Eis?"
„Das Beste!"
Sein langgezogenes „Ahaaaaa", klingt nicht sonderlich überzeugt.
Gerade stehe ich noch vor ihm, dann plötzlich presst er mich mit seinem massiven Körper gegen den Türrahmen, fängt mich regelrecht ein.
Meine nackten Füße stoßen gegen seine schweren Boots und meine Nase streift beinahe über seine Kutte – so nah sind wir uns.
Dicht und seidig schimmernd fallen ihm seine rabenschwarzen Haare ins Gesicht, ich betrachte seine vollen Lippen und weiß nicht wirklich, was ich mit meinen Händen anstellen soll. Einfach unbenutzt hängen lassen oder auf seine muskelbepackte Brust legen?
Die Entscheidung fällt leicht. Zögerlich bedecke ich mit der Linken das Präsidenten-Patch und mit der Rechten ein rotes, rautenförmiges

Abzeichen, auf dem ein 1 % eingestickt wurde. Was das wohl zu bedeuten hat?
Ich will ihn fragen, schaffe es jedoch nicht wegen des düsteren Blicks, mit dem mich der Devil geradezu verschlingt.
Nicht ein winziger Laut will mir über die Lippen kommen.
Er lehnt sich zu mir herab, streift mit seiner Nase über meine Schläfe und bringt mich so zum Erzittern.
Scott beobachtet uns, aber das ist mir egal.
Der Rocker schnuppert an mir wie ein Wolf an seiner Beute und stößt dann ein animalisches Brummen aus.
„Ein Eis? Fucking *Cookie Dough*? Besser als Sex? Wenn du das wirklich glaubst, dann hattest du nie einen echten Kerl zwischen den Schenkeln, Baby. Wenn du erst mal mit mir gefickt hast, wirst du nie wieder so einen Bullshit reden, das verdammte Eis vergessen und lieber an meinem Schwanz lutschen."
Wow. Ich meine Woooowww!
Das war eine krasse Ansage.
Aber das Krasseste war das ‚*Wenn du erst mal*', denn es impliziert, dass wir Sex haben *werden*. Nicht nur vielleicht oder eventuell, sondern ganz sicher.
Und das haut mich fast um.
Sex mit diesem Rocker, mit dem landesweit gefürchteten Präsidenten des *Hell Bones Motorcycle Clubs* war für mich bis jetzt absolut unvorstellbar.
Aber jetzt ... Na ja. Wo er es anspricht ... Hmmm ... Vielleicht ... Oder?
Ich schlucke und kann nur schwer verbergen, welche Wirkung seine Worte auf mich haben.
Und noch während ich fieberhaft nach einer passenden Erwiderung suche, macht Scott sich bemerkbar, indem er in das Handtuch in seinem Mund brüllt.
Dieser Idiot hatte schon immer ein echt beschissenes Timing.
Mit einem Schnauben wendet Devil sich wieder von mir ab, dreht sich zu meinem Ex um und stemmt die Hände in die Hüfte, was ihn gleich noch massiver wirken lässt.
Halleluja!
Wenn ich Scott wäre, würde ich jetzt lieber die Klappe halten.
„Lauren, verschwinde. Dein Ex und ich haben noch was zu bereden."
Ich zögere kurz, aber dann sehe ich im Wandspiegel Devils mörderischen Gesichtsausdruck und suche schnell das Weite.

Ich habe fast ein bisschen Mitleid mit Scott, aber eben nur fast und wenn überhaupt auch nur ein bisschen ...

8. Kapitel

Der Rockerpräsident

Lauren geht mir aus dem Weg, aber das ist nach der Scheiße mit ihrem Ex kein Wunder.

Das Gespräch, in dem ich ihm klarmachen wollte, dass er gefälligst seine Finger von der kleinen Krankenschwester lassen soll, ist *etwas* eskaliert.

Als ich mit ihm fertig war, hätte der Wichser eigentlich eine Bluttransfusion gebraucht, bekommen hat er eine harte Landung auf dem Boden der Tatsachen und eine unmissverständliche Warnung.

Als die Schreie verstummten, ist Lauren in ihr Badezimmer gekommen und hat sich bei dem Anblick beinahe übergeben.

Was ich seltsam finde, als Krankenschwester sollte sie an Blut gewöhnt sein.

Aber sei's drum. Die Sache ist erledigt. Fertig. Abgehakt.

Wenn er sich Lauren jemals wieder nähert, ist er ein toter Mann.

Meine Ansage war deutlich: Rührt er sie an oder lauert er ihr auf, breche ich ihm jeden Knochen. Ich fange bei seinen Füßen an und arbeite mich zu seinem Genick nach oben. Langsam und genüsslich, während ich dabei ein paar Bier zische und mir gedanklich vorstelle, wie ich Lauren auf jede nur erdenkliche Art und Weise ficke.

Das Versteckspiel geht nun schon seit drei Tagen. Ein paar lasse ich ihr noch durchgehen, ehe ich ihr den Weg abschneide und mich, wie in meinen Träumen, an ihrer Unterlippe festbeiße.

Diese Frau ist süß und sexy, mutig, jedoch auch schutzbedürftig, zickig und vorlaut, aber auch einfühlsam und schüchtern. Sie ist die perfekte Mischung und hat dabei genau die richtigen Kurven.

Lauren hat einen runden Arsch und volle Titten, ihr Bauch ist weich und der Duft, der sie umgibt, schießt von meiner Nase direkt in meinen Schwanz. Wenn sie im Hausflur war, bleibt ihr Geruch in der Luft hängen, sodass ich ihn genießen kann.

Ich will gar nicht darüber nachdenken, zu was es mich macht, dass ich nachts, im dunklen fucking Flur vor meiner Wohnungstüre stehe und den Geruch dieses Mädchens einatme.

Höchstwahrscheinlich zu einem Psycho.

Aber Bullshit, damit komme ich klar. Hauptsache, es ist mir gelungen, den anderen Psycho aus ihrem Leben zu verbannen.

Ich habe ihren Ex wie Müll vor die Tür gebracht und auf die Straße geworfen.

Das Arschloch hat eine knappe Stunde gebraucht, um sich zu verpissen. Nachdem ich mit ihm fertig war, konnte er kaum stehen, geschweige denn laufen.

Der Typ ist am Arsch und das ist gut so.

Morgen geht's nach Pittsfield. Die Fahrt dahin wird mit kurzer Tankpause knappe vier Stunden dauern. Vier Stunden, in denen wir für unsere Feinde wandelnde Zielscheiben sind. Casanova hat deshalb eine alternative Route ausgewählt.

Die Sache steht. Trotzdem ist da eine Unruhe in mir, die mich vor einem aufkommenden Sturm warnt.

Etwas wird passieren, etwas wird schiefgehen und es wird Blut fließen.

Hell-Bones-Blut.

Die *Reaper* mögen einen freundschaftlichen Status genießen, aber das hat nicht viel zu bedeuten. Nicht in unserer Welt.

In der Rangliste steht ihr Club unter dem unseren, das hat Mac, den Präsidenten der *Reaper*, schon immer gestört.

Er könnte die Chance nutzen und uns angreifen.

Keine Ahnung, ob es die *Reaper* sein werden, die uns verraten, oder ob die Gefahr aus einer anderen Richtung kommen wird. Es wird sich zeigen.

Sollten es die *Reaper* tatsächlich wagen, den Frieden zu brechen und einen Krieg anzufangen, werde ich vorbereitet sein.

Und ich werde keine Gnade kennen!

Die Kippe fertig rauchend, bleibe ich reglos sitzen, genieße die Ruhe und starre an die Wand, die mich von Lauren trennt.

Es herrscht Dunkelheit, ich nutze nur selten Licht. Die orange glühende Spitze der Zigarette wirkt verloren, fast schon einsam – so einsam wie ich.

9. Kapitel

Die Krankenschwester

Tag 1. Ich verbiete mir, an den *Hell Bone* zu denken, und scheitere.

Tag 2. Ich verbiete mir erst recht, an den *Hell Bone* zu denken, und scheitere erneut.

Tag 3. Ich verbiete mir an den *Hell Bone* zu denken, und stelle mir vor, wie er mich küsst.

Drei Tage lang habe ich wirklich alles getan, um mir den Präsidenten des Motorcycle Clubs aus dem Kopf zu schlagen. Funktioniert hat es natürlich nicht.

Wie sollte es auch?

Dieser Rocker hat mich gerettet, er hat meinen Ex gefesselt in die Badewanne geworfen und ihn so heftig verprügelt, dass ich mir sicher war, dass er ihn umbringen wird.

Aber Scott lebt – zum Glück.

Nicht dass es mich sehr gestört hätte, meinen Ex nie wiederzusehen, aber ein Mord?

Oh nein, das ist zu heftig.

Wegen mir soll keiner sterben, nicht mal so ein Arschloch wie Scott!

Als ich das Badezimmer aufgeräumt hab, musste ich darum kämpfen, mich nicht zu übergeben.

Himmel Halleluja!

Ganz ehrlich? Ich habe eigentlich kein Problem mit Blut. Geht ja gar nicht bei meinem Job. Aber das, was der Devil mit Scott gemacht hat, war sogar für mich zu viel.

Die Badewanne, der Teppich davor, meine Handtücher, ja sogar die geflieste Wand waren mit roten Spritzern übersät.

Diese Zurschaustellung von Brutalität, zu der Devil fähig ist, sollte mich eigentlich abschrecken und dafür sorgen, dass ich mich vor dem Biker fürchte.

Aber so ist es nicht. Gar nicht.

Er hat sich um mich gekümmert, war nett und fürsorglich und hat freundlicherweise kein Wort über die Sexszene verloren, wofür ich ihm ehrlich wirklich dankbar bin.

In seinen silbernen Augen stand echte Sorge. Und Interesse, sexuelles Interesse, was mich noch mehr aus der Bahn geworfen hat als der Schlag von Scott, dank dem meine rechte Gesichtshälfte angeschwollen war und leicht bläulich geschimmert hat.

Die Fragen und Kommentare, die ich mir diesbezüglich auf der Arbeit anhören musste, waren kein Spaß.

Einzig die Tatsache, dass alle wissen, dass ich Single bin, hat mir dabei geholfen, meine Notlüge, in der es um einen Teppich, zu viel Weißwein und meine Tollpatschigkeit ging, glaubwürdig zu verkaufen.

Devils Geruch hat sich in meinem Hirn festgesetzt und kontrolliert meine Gedanken.

Ich muss immer wieder an unser Gespräch, *Ben & Jerry's*, Sex und seinen Schwanz denken, und daran ist ganz allein der Rocker schuld.

Verdammt! Verdammt! Verdammt!

Morgen ist Tag 4. Und wenn es mir da wieder nicht gelingt, den *Hell Bone* aus meinem Kopf zu verbannen, werde ich all meinen Mut zusammenkratzen, zwei Packungen *Ben & Jerry's* kaufen und mich vor seine Türe stellen. Ich werde klopfen und zusammen mit ihm Eis essen und mich so bei ihm für seine Hilfe bedanken.

Und vielleicht, na ja ... ganz vielleicht ... werde ich ihn auch küssen, wenn sich mir eine Gelegenheit dazu bietet.

Denn wie könnte man sich besser bei seinem Helden bedanken als mit einem Kuss?

10. Kapitel

Der Rockerpräsident

Die Fahrt nach Pittsfield verläuft bisher reibungslos.

Weder werden wir von den Bullen angehalten noch wird auf uns geschossen.

Ich werte das als ein gutes Zeichen.

Die Reifen unserer Bikes haben die Meilen mühelos gefressen. Unser Road Captain hat gute Arbeit geleistet, die Route ist sicher.

Fuck!

Vielleicht schaffen wir es wirklich unbeschadet mit der Munition zurück nach New York.

Wir fahren in Formation. Ich voran, neben mir Skull, direkt hinter ihm River, unser Sergeant, das Schlusslicht bilden Casanova und Iker, der Enforcer unseres Chapters.

Die Prospects Riley und Jorge sitzen im Van und halten einen Abstand von mindestens drei Meilen. Ich will auf gar keinen Fall, dass sie mit uns in Verbindung gebracht werden.

Ohne Auto sehen wir aus, als würden wir einfach nur eine Ausfahrt machen, aber mit Van sieht die Sache ganz anders aus.

Nach einer gefühlten Ewigkeit kommen wir endlich am vereinbarten Treffpunkt an: einem abbruchreifen Haus am nördlichen Stadtrand.

Der Gartenzaun hängt schief, die Fenster sind eingeschlagen und die zerbröckelnden Mauern sind mit bunten Graffitis überzogen.

Der Ort wirkt verlassen, von der Zeit regelrecht vergessen.

Obwohl wir eine halbe Stunde früher da sind, kamen uns die *Reaper* zuvor.

Mac und eine Handvoll seiner Männer stehen am Straßenrand. Sie mustern uns abwägend, rauchen und besprechen sich. Ich stoppe, meine Brüder reihen sich direkt neben mir ein, während ich die Schultern rollen und das Genick knacken lasse.

Jetzt wird es ernst.

Fuck!

Es geht um Munition, das mag unwichtig erscheinen, ist es aber nicht.

Wir brauchen diese Lieferung. Sofort. Am besten schon gestern. Dieser Deal muss über die Bühne gehen oder wir haben ernsthafte Probleme.

Mac kommt auf mich zu, ich steige ab, Skull deckt mir den Rücken.

Wir Präsidenten begrüßen uns, die gewählten Worte klingen freundschaftlich, aber ich lasse mich nicht täuschen.

Mac genießt es, dass die *Hell Bones* seine Hilfe brauchen, und dafür will ich ihm eine Kugel verpassen.

Ich könnte kotzen, zwinge mich jedoch zu einer neutralen Mimik.

Mac ist mit sechs Männern angereist. Wir sind inklusive der Prospects sieben.

Das ist gut. *Verdammt!* Echt gut.

Wir wechseln ein paar Höflichkeiten, fragen, wie es läuft und reißen ein paar Witze, die mich nicht zum Lachen bringen.

Meine Faust will zu der Glock, die in meinem Hosenbund steckt.

Skull wirkt ebenfalls nicht sonderlich glücklich, von unserem Enforcer mal ganz zu schweigen. Iker bietet einen außergewöhnlichen Anblick. Er ist anders als alle anderen Männer, die ich kenne. Das Töten ist für ihn eine Selbstverständlichkeit, genau wie das atmen. So, wie ich ihn kenne, ist er gedanklich längst alle Möglichkeiten, wie dieses Treffen ausgehen könnte, durchgegangen. In seiner Fantasie hat er garantiert jeden der anwesenden *Reaper* abgeschlachtet. Brutal. Blutig.

Er macht keine halben Sachen, er zerfetzt seine Feinde, sorgt dafür, dass sie, wenn er mit ihnen fertig ist, in eine verfickte Tüte passen.

Sein Schädel ist rasiert, die Zielscheibe auf seiner Stirn zieht alle Blicke auf sich.

Jeder, der ihn sieht, weiß, was Sache ist. Die meisten fürchten sich vor ihm. Zu Recht.

Selbst Mac wirft ihm immer wieder einen skeptischen Blick zu. Wahrscheinlich ahnt er, dass Iker ihn nur zu gerne in handliche Stücke zerteilen würde.

„Habt ihr die Ware?“

Ich kürze die Sache ab, was Mac aus dem Konzept bringt. Er wollte seine kurzzeitige Überlegenheit ganz klar noch etwas länger auskosten.

Er zwingt sich zu einem falschen Grinsen, seine Augen huschen erneut zu Iker, der sich links von mir zu seiner vollen Größe aufbaut. Das erheitert mich.

„Haben wir. Wo ist das Geld?“

Auf die Sekunde kommt der Van mit den Prospects in die Straße gebogen.

Einer der *Reaper* ist nervös. Seine Hand zuckt, sein Finger landet auf dem Abzug.

Skull bemerkt es, seine Augen blitzen belustigt auf.

„Nervös?“

Der Typ flucht, versucht seine Furcht zu überspielen. Jorge, der hinter dem Steuer sitzt, hält direkt neben unseren Bikes. Der Motor läuft. Riley steigt auf mein Zeichen hin aus, reißt die Seitentüre auf und wartet auf die Übergabe.

Ich hole das Kuvert mit der vereinbarten Summe aus der Innentasche meiner Kutte und wedle damit durch die Luft.

„Wo ist die Ware?"

Bevor ich sie nicht gesehen und Casanova die Qualität geprüft hat, passiert hier gar nichts. Mac wirkt nicht glücklich darüber, dass ich die Kontrolle behalte.

Das ist mir egal.

Einer der *Reaper*, ich glaube, er wird Bill genannt, geht in das Haus, kommt wenige Minuten später mit zwei weiteren Typen, die sich bis jetzt versteckt gehalten haben, auf uns zu. So viel zum Thema, dass die *Hell Bones* in der Überzahl sind.

Sie schleppen sechs Kisten, stellen sie direkt vor mir ab.

Casanova macht sich an die Arbeit, hebelt die zugenagelten Deckel auf und beginnt mit dem Qualitätstest. River hilft ihm dabei. Die nächsten zehn Minuten knallt und scheppert es, die Graffitis werden durchlöchert, Mauerbrocken surren durch die Luft.

Mac bleibt cool, was darauf schließen lässt, dass sich in dem Gebäude keine weiteren *Reaper* aufhalten.

Das ist gut, es spricht gegen einen Hinterhalt.

„Zufrieden, alter Freund?"

„Yeah. Sieht gut aus."

Ich reiche ihm die Bezahlung, besiegle so den Deal.

Mac reißt das Kuvert auf und streicht mit der Daumenkuppe über die sich darin befindenden Scheine.

Er würde es nie wagen, in meiner Gegenwart nachzuzählen, das würde einer Beleidigung gleichkommen, die ein verdammtes Massaker auslösen könnte.

Skull und Iker laden die Kisten ein, Riley springt auf den Beifahrersitz und Jorge gibt Gas.

Die Ware ist auf dem Weg. *Fuck!* Geschafft.

Iker nickt mir zu, geht zu seinem Bike und gibt dem Van Geleitschutz.

Wird Zeit zu gehen.

Erneut fallen ein paar Höflichkeitsfloskeln. Mir platzt beinahe der Geduldsfaden.

Eine scheinbare Freundschaft ist bedeutend anstrengender als ein ehrlicher Krieg.

Die Scheiße geht zehn Minuten, dann setze ich mich auf meine Maschine, warte, bis sich die *Reaper* ebenfalls zurückziehen und gebe Gas.

Casanova hat für den Rückweg eine andere Route ausgesucht. Wir folgen ihr, treffen erst weit nach Pittsfield auf den Van und unseren Enforcer. Wir sichern die Prospects bis an die Grenze unseres Reviers, dann lassen wir uns zurückfallen, um weniger Aufmerksamkeit auf uns zu lenken.

Die Nervosität lässt erst etwas nach, als uns die Wolkenkratzer willkommen heißen.

Wir fahren direkt zum Club, laden die Munition aus und sperren sie in das unterirdische Lager, das den Großteil des Kellers einnimmt.

Skull nickt mir zufrieden zu, Iker schnappt sich als Erstes eine Bitch und Casanova hat gleich zwei Nutten auf seinem Schoß sitzen.

River legt seine Kutte ab, zieht sich das Hemd aus und beginnt mit den Fäusten auf den Sandsack einzuschlagen.

Jeder von uns hat seine ganz eigene Methode, um die Anspannung abzubauen.

Ich balle die Fäuste und zwinge mich zur Bar.

Nach einer Minute halte ich ein Glas Whisky in der Hand und zünde mir eine Kippe an.

Bibi macht mir schöne Augen, versucht alles, um meine Aufmerksamkeit auf sich zu lenken.

Es gelingt ihr, aber mein Schwanz stellt sich tot.

Er will eine andere – eine Krankenschwester, die seltsame Serien schaut, Eis besser findet als Sex und einen psychopathischen Exfreund hat, dem ich das nächste Mal, wenn ihn sehe, das Genick brechen werde.

Jemand dreht die Musik lauter, *Puddle of Mudd‘* dröhnt aus den Boxen, hinter meinen Schläfen beginnt es unangenehm zu pochen.

Fuck!

Genervt kippe ich mir den Whisky in die Kehle, balle die Fäuste und inhaliere das Nikotin. Dann stehe ich auf, gehe zu meinem Bike und starre für eine Minute das Clubhaus an, ehe ich zu meiner Wohnung fahre und hoffe, dass ich später noch einen Blick auf meine Nachbarin werfen kann.

Keine Ahnung, was diese Frau an sich hat, das mich so in ihren Bann zieht, aber es ist da und meine Faszination wird mit jedem Tag stärker.

Mit einem Fußkick starte ich den Motor, rase vom Gelände und lege mich tief in die Kurven. Ich komme in Rekordgeschwindigkeit in der Straße vor dem Wohnkomplex an, entdecke Laurens Wagen in der Dunkelheit und knurre zufrieden.

Wenigstens etwas.

Sie ist da, und mit ein bisschen Glück hängt noch eine Spur ihres Geruchs im Treppenhaus, sodass ich ihn genießen kann.

Bevor ich absteige, genehmige ich mir eine weitere Kippe, der Wind frischt auf, es prickelt in meinem Nacken. Eine Sekunde später knallt es. Mein Hirn erkennt das Geräusch sofort, noch bevor ein scharfer Schmerz meine Schulter in Brand setzt.

Ich springe von der Harley, wirble herum und suche die Umgebung nach dem Schützen ab, entdecke ihn jedoch nicht. Es knallt erneut, das Geschoss schlägt nur wenige Zentimeter neben meinem rechten Stiefel ein.

Fuck! Was soll das?

Ich ziehe meine Waffe, entsichere sie und mache mich bereit zurückzuschießen.

Aber noch bevor ich ein Ziel ausmachen kann, erfüllt das Quietschen von Reifen die Nacht.

Im Augenwinkel erkenne ich einen grünen Truck, der um die Ecke verschwindet. Ich will ihm folgen, aber die auffliegende Haustüre hält mich davon ab. Lauren rennt auf mich zu, sie wirkt panisch, sieht sich mit großen Augen um und bleibt direkt vor mir stehen.

Wut braut sich in mir zusammen. Sie gilt nicht dem Arschloch, das auf mich geschossen hat, sondern der verrückten Frau vor mir, die sich, ohne nachzudenken, in Gefahr bringt.

Sie trägt eine verflucht kurze Shorts, die ihren prallen Arsch nur mit Mühe bedeckt, und ein enganliegendes Oberteil, durch das sich ihre Nippel drücken.

Doppel Fuck!

Nicht sicher, ob der Schütze wirklich weg ist, packe ich mir Lauren, schirme sie mit meinem Körper vor der Gefahr ab und trage sie mit großen Schritten zurück ins Haus.

Sie quietscht und wehrt sich, was mir einen grollenden Fluch entlockt, der sie sofort zum Verstummen bringt.

Das Licht ist kaputt, die Dunkelheit taucht uns in ein schemenhaftes Grau.

„Scheiße, Mädchen. Was soll das? Willst du sterben?“

Ihre Augen sind groß und rund und ich bin kurz davor, mich in ihnen zu verlieren.

„Was war das? Da waren Schüsse – direkt bei uns in der Straße."
Ach, was sie nicht sagt.
Ich spüre keinen Schmerz, aber dafür das Blut, das an meinem Arm nach unten rinnt.
„Und da dachtest du dir, rennst du mal kurz raus und fängst dir ein paar Kugeln ein?"
Ich bin fassungslos und würde sie am liebsten schütteln.
Lauren kapiert, dass ich wütend auf sie bin, und wirkt mit der Situation ziemlich überfordert.
„Verflucht, Mädchen. Bist du irre?"
Es dauert, bis sie reagiert. Sie senkt verlegen den Blick.
„Aber ich habe mir Sorgen um dich gemacht."
Bämmm ... Fuck!
Der Klang ihrer Stimme geht mir durch Mark und Bein. Mein Herz rast, aber nicht wegen dem Streifschuss, sondern wegen der Frau in meinen Armen.
Jede Faser meines Körpers will sie festhalten, dennoch stelle ich sie langsam wieder auf ihre Füße.
„Das nächste Mal, wenn du Schüsse hörst, bleib im Haus und kümmere dich um deine eigene Sicherheit. Verstanden?"
Sie wirkt zornig und kämpferisch. Mein Schwanz zuckt, erhebt Anspruch auf die Schönheit vor mir.
„Aber du hast mich auch gerettet, dann kann ich das Gleiche auch für dich tun."
Ich starre sie an, kann nicht glauben, was ich gerade gehört habe.
„Soll das ein Witz sein?"
Sie schüttelt aufgebracht den Kopf.
„Nein."
Yeah, das dachte ich mir.
Lauren ist wunderschön, mutig, stolz, sexy, stur und total durchgeknallt und ich will sie wie noch keine Frau zuvor.
Ich bin am Arsch!
Absolut am Arsch und es stört mich nicht im Geringsten!
„Du treibst mich in den Wahnsinn, Baby."
Trotz der Angst, die sich in ihren großen Augen spiegelt, huscht ein schüchternes Lächeln über ihre weichen Lippen.
Ich will mich an dem roten Fleisch festbeißen, es kosten und mit den Zähnen malträtieren. Ich will es zum Bluten bringen und dafür sorgen, dass es anschwillt und ganz allein mir gehört.
Alles an dieser Frau soll ganz allein mir gehören!

Wütend auf mich selbst, zwinge ich mich dazu, meine Hände von ihr zu lösen und einen Schritt zurückzutreten.
„Geh rauf.“
Wie nicht anders zu erwarten, widersetzt sie sich meinem Befehl.
„Sofort!“
Jetzt folgt sie, steigt die Treppe nach oben und wackelt dabei vor meinen Augen mit ihrem Arsch herum.
Holy Shit!
Das Blut in meinen Adern kocht, mein Schwanz ist so hart, dass es schmerzt.
Ich vibriere vor Lust, es fühlt sich so an, als würden meine Eier gleich platzen.
Endlich im dritten Stock angekommen, kommt mein Atem keuchend.
Mein Arm pocht und der dicke Stoff meines Hoodies saugt sich immer mehr mit Blut ~~vor~~voll.
Die Wunde muss versorgt werden.
Mein Blick fällt auf Laurens Titten und die Konturen ihrer Nippel, die ich trotz der Dunkelheit erkennen kann.
Nicht mehr lange und ich falle wie ein Teufel über das Mädchen her.
Uhhhh ...
Ich kann mich nicht mehr kontrollieren – ich muss sie wegschicken.
„Geh in deine Wohnung und bleib da.“
Sie verschränkt kämpferisch die Arme vor der Brust.
„Du hast mir gar nichts zu sagen, Rocker.“
„Fordere mich nicht heraus, Mädchen.“
Sie lacht. Fuck! Ist das zu fassen? Sie lächelt mich einfach an und sofort fühlt es sich so an, als würde in meinem Inneren die verfluchte Sonne aufgehen.
„Sag mir erst, warum auf dich geschossen wurde.“
Neugieriges Biest.
„Ich habe keine Ahnung.“
Das glaubt sie mir nicht.
„Hör auf, mich für dumm zu verkaufen, *Hell Bone*.“
Um sie einzuschüchtern, gehe ich auf sie zu, dränge sie so rückwärts gegen die Wand.
„Tue ich nicht. Ich kenne das *Warum* nicht ... ehrlich. Aber ich werde herausfinden, wer das war und ihn in Stücke hacken.“
Aber nicht, weil er versucht hat, mich zu töten, und mich dabei sogar getroffen hat, sondern wegen Lauren. Hätte er sie erwischt, hätte mich das in die Knie gezwungen. Warum das so ist, darüber will ich lieber nicht genauer nachdenken.

Zwischen der Mauer und mir gefangen, sieht Lauren zu mir hoch und sucht meinen Blick.

Ihre Hände landen auf meinen Armen, sie trifft auf die Wunde, ich zucke zusammen.

„Was ist los, Devil?“

Ich schüttle sie ab.

„Nichts.“

Sie hebt die Hand, kneift die Augen zusammen und mustert das Blut auf ihren Fingern.

„Du bist verletzt.“

Pures Entsetzen durchtränkt ihre Stimme.

„Es ist nichts.“

„Nichts?“

Sie klingt schrill.

„Geh in deine Wohnung und halt dich von mir fern. Ich. Bin. Nicht. Gut. Für. Dich!“

Den letzten Satz presse ich zwischen meinen zusammengebissenen Zähnen hervor.

„Halt die Klappe, Rocker. Du redest Scheiße!“

Perplex starre ich sie an. Ich kenne niemanden, der sich traut, so mit mir zu sprechen. Wäre sie ein Mann, würde sie jetzt meine Faust zu spüren bekommen.

Entschlossen packt sie mich an der Kutte, stößt ihre nur angelehnte Wohnungstüre auf und zieht mich hinter sich her.

Jetzt stehen wir im Licht und ich kann ihre Schönheit betrachten.

Einfach magisch ... *Fuck!* M.A.G.I.S.C.H.

Mit überraschend viel Kraft dirigiert sie mich in ihr Wohnzimmer und befiehlt mir in harschem Ton, dass ich mich gefälligst setzen soll.

Gespannt, was jetzt passiert, überlasse ich ihr für den Moment die Kontrolle.

Sie verschwindet im Bad, ich betrachte ihren Arsch, fasse mir in den Schritt und positioniere meine Erektion um.

Gott, bin ich hart.

Lauren kommt mit einer großen Tasche zurück, bleibt direkt vor mir stehen und lässt die Tasche fallen. Wir sind uns so nah, dass ich die volle Ladung ihres Geruchs abbekomme, was meinem Schwanz nicht gerade dabei hilft, sich zu beruhigen.

Mit geblähten Nasenlöchern sauge ich so viel wie nur möglich in meine Lunge, lasse die Augen über das Mädchen vor mir gleiten und präge mir jedes Detail ein.

So sexy. Zwischen Top und Shorts ist ein dünner Streifen nackter Haut, der mich wie magnetisch anzieht. Die Nutten im Club sind oft nackt. Ganz nackt. Dagegen ist Lauren wie eine Nonne gekleidet, dennoch ist sie die heißeste Frau, die mir je begegnet ist.

Sie bemerkt meinen Blick und läuft rot an.

„Sieh mich nicht so an, Devil."

Ich wende den Blick nicht von ihr ab.

„Wie sehe ich dich denn an?"

„Düster."

Aye, das passt.

„Stört dich das?"

„Das macht mir Angst."

Mit dieser Ehrlichkeit habe ich nicht gerechnet.

„Sorry."

„Schon gut. Zieh deine Kutte und den Pulli aus, ich muss die Wunde verarzten."

Jetzt schaue ich ihr direkt in die Augen. Heute trägt sie die Haare offen, was ihr etwas Wildes verleiht.

„Das musst du nicht tun."

„Ich will es aber."

Das verstehe ich nicht.

„Warum?"

Sie zögert.

„Was, warum?"

„Warum willst du mir helfen?"

Wenn sie jetzt sagt, dass sie mir das schuldet, weil ich sie vor ihrem Ex gerettet habe, stehe ich auf und gehe. Allein die Vorstellung von ihren Fingern auf meiner Haut schickt mich in den Himmel und zugleich in die Hölle ...

„Du bist mein Nachbar und ich bin Krankenschwester. Also ... na ja ... Und jetzt stell dich nicht so an, sonst könnte ich noch glauben, dass du ein Weichei bist."

Sie zwinkert mir zu, mein Puls rast.

„Wenn ich eins bin, dann nur wegen dem fucking Einhorn, das du mir gegeben hast."

Das bringt sie zum Lachen. Musik in meinen Ohren.

„Jetzt mach schon. Du blutest mir die Couch voll."

Langsam stehe ich auf, jetzt bin ich wieder ein gutes Stück größer als sie.

Lauren ist im Vergleich zu mir winzig. Wenn ich wollte, könnte ich sie schnappen, auf den Boden werfen und ficken und sie könnte nichts dagegen tun.

Ich will es auch. Ehrlich. Aber ich halte mich zurück. Zumindest noch. Mal sehen, wie lange ich mich noch beherrschen kann.

Mit kontrollierten Bewegungen lege ich die Kutte ab, danach das Holster, in dem eine silberne Beretta steckt, und anschließend die Glock aus meinem Hosenbund.

Lauren erschaudert. Sie scheint endlich zu kapieren, dass sie es mit dem Teufel höchstpersönlich zu tun hat. Ich ignoriere den Schmerz, konzentriere mich ganz auf das Mädchen vor mir und ziehe mir als Nächstes den Hoodie über den Kopf.

„Warum die Waffen?"

Oh, das ist eine wirklich dumme Frage.

„Die Antwort kennst du bereits, Baby."

Ihr Blick klebt auf meinen Tattoos, besonders die Hände an meiner Kehle scheinen es ihr angetan zu haben.

„Was hat die viele Tinte zu bedeuten?"

„Sie erzählt meine Geschichte. Die Tätowierungen verraten, wer ich bin."

Lauren schluckt und wird kreidebleich.

„Warum habe ich das Gefühl, dass du böse bist?"

Ganz einfach.

„Weil ich es bin."

„Auch für mich?"

Ihre Augen ruhen noch immer auf dem Skull, der meinen Brustkorb einnimmt.

Um sie dazu zu bringen, mich anzusehen, umfasse ich ihren Kiefer und zwinge ihren Kopf nach oben. Nun begegnen sich unsere Blicke.

„Für dich ganz besonders, Mädchen."

Ihre rosa Zungenspitze schnellt vor, befeuchtet die volle Unterlippe.

Ich will sie beißen. Hart.

„Warum willst du mir weh tun?"

„Weil du mich faszinierst."

„Das verstehe ich nicht."

Wie könnte sie auch?

„Ich will dir nicht so weh tun, wie du vermutest."

„Wie dann?"

„Anders."

„Zeig es mir."

Ihre Aufforderung wirkt auf mich wie ein Brandbeschleuniger auf ein Lagerfeuer.

Das Blut rinnt an meinem Arm nach unten, ich wische es mit dem Hoodie ab.

„Das ist keine gute Idee, Lauren."

„Wieso?"

„Weil ich dich nicht verletzten will. Du bist etwas Besonderes für mich."

Sie knabbert an ihrer Unterlippe, ich bin kurz davor, in meiner Hose zu kommen.

Wie ein fucking Schuljunge. Nicht zu fassen!

Für eine Weile starren wir uns noch an. Dann wendet sie den Blick ab und bittet mich flüsternd, mich wieder zu setzen.

Ich tue es und beschließe, diese Sache für sie nicht noch schwerer zu machen, als es eh schon zu sein scheint.

Diese Frau kommt nicht aus meiner Welt. Wenn ich sie will, muss ich ihr Zeit geben, damit sie sich an den Gedanken, mir zu gehören, gewöhnen kann.

Lauren schaltet in den Arbeitsmodus, ihre Finger sind ruhig und ihre Bewegungen kontrolliert.

Sie stoppt die Blutung, reinigt die Wunde und desinfiziert sie anschließend.

Das Desinfektionsmittel brennt höllisch, aber ich lasse mir nichts anmerken. Ich bin viel zu sehr darauf konzentriert, was ihre Berührungen in mir auslösen, als dass ich mich mit dem Schmerz befassen könnte.

Erst als sie mir einen Verband angelegt hat, traut sie sich wieder, mich direkt anzusehen.

„Fertig."

„Danke."

„Nicht der Rede wert."

Oh doch. Verflucht.

Ich weiß nicht wann sich das sich das letzte Mal jemand um mich gekümmert hat. Die meisten Verletzungen nähe ich selbst. Es ist ein schönes Gefühl, umsorgt zu werden, eines, an das ich mich durchaus gewöhnen könnte.

Fuck! Was ist nur los mit mir?

Vielleicht war es doch falsch, das Einhorn zu essen.

Ich mutiere zum Softie.

Um das Gefühlschaos in meinem Inneren absterben zu lassen, blende ich Lauren aus, betrachte die Binde an meinem Arm und stehe auf.

Abstand. Ich brauche Abstand oder ich drehe durch.
„Weißt du wirklich nicht, wer auf ich geschossen hat?“
„Nein. Keine Ahnung. Aber ich werde es herausfinden.“
Lauren packt die Sachen zusammen und bringt die mit Blut durchtränkten Tücher in den Müll, ehe sie sich die Einmalhandschuhe auszieht und in der Küche verschwindet, um sich die Hände zu waschen. Ich verfolge sie, bleibe so dicht hinter ihr stehen, dass ihr runder Arsch gegen meine Erektion gedrückt wird.
Sie zuckt zusammen, verharrt reglos vor mir und lässt immer mehr klares Wasser über ihre Finger laufen.
„Was tust du?“
Ich nähre meine Besessenheit.
Schweigend umfasse ich ihre runde Hüfte, schiebe meine Hände unter ihr Top und streiche über die samtene Haut an ihrem Bauch.
„Ist das nicht offensichtlich?“
„Nein. Für mich nicht.“
Gut. Dann muss ich deutlicher werden.
„Schalt das Wasser aus.“
Sie tut es. Bestimmend wirble ich sie herum, hebe sie hoch und setze sie auf die Arbeitsplatte, dann schiebe ich ihre Knie weit auseinander und stelle mich dazwischen.
Die Nase in ihren Haaren vergrabend, schnuppere ich an ihr wie ein Wolf, der eine Fährte aufnimmt. Dabei habe ich meine Beute längst gefunden. ...
Ich weiß nicht, wer auf mich geschossen hat. Aber Mordanschläge sind keine Seltenheit. Als Präsident des *Hell Bones Motorcycle Clubs* habe ich viele Feinde. Fliegende Kugeln nehme ich längst nicht mehr persönlich.
Der grüne Truck ist eine vielversprechende Spur, der ich nachgehen werde.
Aber jetzt? *Ohhhhh Fuck!*
Jetzt folge ich der Stimme in meinem Schädel, die mich seit Tagen anbrüllt, dass die kleine Krankenschwester mir gehört. Mir ganz allein ...

11. Kapitel

Die Krankenschwester

Tausende kleine Schauer rieseln an meinem Rücken hinab.

Devils große Hände auf meinen Knien erwecken die Fledermaus in meinem Bauch erneut zum Leben.

Mir ist heiß und kalt. Ich will mehr und ich will flüchten ...

Scheiße! Um ehrlich zu sein, weiß ich nicht, was ich tun soll.

In meiner Fantasie war es leicht, mir vorzustellen, wie es wohl ist, den *Hell Bone* zu küssen. Es war ungefährlich und hat keine Konsequenzen nach sich gezogen.

Aber das hier ist die Realität und die birgt so einige Gefahren.

Die Romantikerin in mir will, dass ich mich ihm an den Hals werfe und ihm leise ins Ohr flüstere, dass er mich ficken soll. Aber der rationale Teil meines Verstands brüllt laut und unmissverständlich *stopp*!

Dieser Mann ist nicht der nette Nachbar von nebenan, bei dem man sich mal schnell eine Packung Milch ausleihen kann.

Er ist der Präsident der *Hell Bones*, er wird von seinen Brüdern Devil genannt und auf ihn wurde gerade geschossen.

Das sind wohl genug Fakten, die gegen ihn sprechen.

Aber! *Himmel* ... aber er hat mich auch beschützt, als ich Schutz gebraucht habe. Er hat dafür gesorgt, dass Scott mich in Ruhe lässt, und mich wahrscheinlich vor einer Vergewaltigung bewahrt. Dieser Biker hat sich mir nie aufgedrängt, sondern hat sich mir gegenüber immer mehr als anständig benommen.

Dieser Teufel ist groß, böse und stark und lässt meine Hormone durchdrehen.

Ich will wissen, wie er schmeckt, ich will mich vorbeugen und mit der Zunge die Konturen des Skulls nachfahren, der seinen kompletten Oberkörper einnimmt.

Ich will mich auf ihn setzen, seinen harten Schwanz in mich einführen und ihn reiten, während ich meine Finger auf die knochigen Hände lege, die sich um seine Kehle schlingen.

Ich will so vieles, aber ich sollte nichts davon tun.

Unsere Blicke treffen sich, mein Herzschlag setzt für einen Atemzug aus, nur um dann doppelt so schnell weiterzuschlagen wie zuvor.

Muskeln – Muskeln und Muskeln.

Einem Mann wie ihm bin ich noch nie zuvor begegnet. Und das Wissen, dass dank ihm zwei Waffen auf meinem Wohnzimmertisch liegen, verleiht der ganzen Sache noch eine gewisse Schärfe.

Trotzdem. „Wir sollten das nicht tun!"

Der Rocker nickt, beugt sich vor und leckt über meine Unterlippe, ehe er sie zwischen seine scharfen Zähne saugt und zubeißt.

Wämmm ...

Zu der Lust, die durch meine Adern rauscht, mischt sich ein dekadenter Schmerz, der die Fledermaus in meinem Inneren in einen Drachen verwandelt.

Einen feuerspeienden Drachen, der meine Nervenbahnen in Brand setzt.

Er gibt meine Lippe wieder frei, küsst mich wild und stürmisch.

Instinktiv vergrabe ich meine Finger in seinen Haaren und genieße die Hitze, die sein massiver Körper ausstrahlt. Ich fühle mich wie nach einer Flasche Wein, dabei bin ich schmerzhaft nüchtern. Nach einer bittersüßen Ewigkeit löst er sich wieder von mir und sieht mich aus schwarzen Augen an.

„Sag ‚Nein' zu mir und ich werde gehen."

Nein ... Vier einfache Buchstaben. Das Wort liegt mir auf der Zunge, aber ich bringe es einfach nicht über mich, es auszusprechen.

„Und wenn ich nicht nein sage?"

„Dann werde ich dich ficken. Hart."

Ich ahne, dass das noch nicht alles ist.

„Und dann?"

Sein Mund verzieht sich zu einem sexy Lächeln, das ein Grübchen auf seine Wange zaubert.

„Dann erhebe ich Anspruch auf dich. Ich werde dich wieder und wieder unter mir begraben und je nachdem, wie sich das anfühlt, wird sich das zwischen uns weiterentwickeln. Nacht für Nacht – Tag für Tag und irgendwann wirst du bis in deine Knochen spüren, dass du mir gehörst!"

Oh wow ...

Sprachlos sehe ich ihn an und versuche, das eben Gehörte zu verstehen. Mein Herz geht jedes seiner Worte noch mal durch, legt es regelrecht auf die Goldwaage und kostet seine Bedeutung.

„Das ist heftig."

Er nickt.

„Aye, aber ich bin bereit dafür. Du auch?"

Woher soll ich das wissen? Woher, verdammt noch mal?

Sein herber Geschmack bedeckt noch immer meine Lippen und erschwert mir das Denken.

„Lauren? Bist du bereit für das, was ich von dir will?“

Ich stottere ein „ja“. Obwohl ich mir absolut nicht sicher bin, ob das die richtige Antwort ist. Doch noch bevor ich es zurücknehmen kann, gibt der Rocker ein gezischtes „Fuck, endlich!“ von sich und presst seinen Mund meinen.

Grob und selbstbewusst zwingt seine Zunge meine Lippen auseinander, windet sich um die meine und fordert ihre Kapitulation.

Der Drache in meinem Bauch spuckt Feuer. Ich seufze und verbrenne und lasse mich auf den gefährlichen *Hell Bone* ein.

Ist das ein Fehler?

Wahrscheinlich.

Fühlt es sich gut an?

Oh ja!

Will ich mehr?

Ganz bestimmt!

Ich will diesen Rocker seit unserer ersten Begegnung.

Seine Hand schiebt sich unter mein Top, umfasst meine Brust und beginnt, das empfindliche Fleisch durch den dünnen Stoff meines BHs hindurch zu kneten.

Mein lustvolles Stöhnen vermischt sich mit seinem dunklen Brummen.

Ich zerfließe, sinke gegen ihn und erwidere seinen Kuss mit der verzehrenden Leidenschaft einer Frau, die endlich den Mann gefunden hat, nach dem sie sich schon seit einer kleinen Ewigkeit verzehrt.

12. Kapitel

Der Rockerpräsident

Ich bin verdammt noch mal kein Heiliger. Alles, was ich in diesem Moment will, ist, diese furchtbar süße Frau zu ficken.

Und ganz genau das werde ich jetzt auch tun!

Ich lasse die Maske, hinter der ich mein wahres Ich die meiste Zeit über verberge, fallen und gewähre Lauren so einen Blick in mein tiefstes Inneres.

Sie erkennt die Brutalität, die Dunkelheit und die Gier, mit der ich mich nach ihr verzehre. Doch anstatt auf Abstand zu gehen, leckt sie sich mit der Zungenspitze über die Unterlippe.

Ohne groß darüber nachzudenken, schiebe ich meine rechte Hand über die Seite ihres Gesichts, so, dass ich mit den Fingerspitzen ihre zarten Nacken umfassen kann.

Noch immer bohre ich meine Augen in die ihren, lasse sie spüren, was sie sicherlich längst ahnt – dass es ab jetzt kein Zurück mehr für uns gibt.

Meine Lunge mir Sauerstoff füllend, schließe ich die Augen, ziehe die Maske wieder hoch und drücke meinen Mund auf den ihren.

Jede Zelle meines Körpers ist angespannt und steht in Flammen. Dank meiner eisernen Zurückhaltung beginnen meine Muskeln zu schmerzen.

Meine süße Krankenschwester ist mutiger als gedacht.

Das gefällt mir.

Lauren ist gut und ich bin böse.

Trotzdem überlässt sie mir die Kontrolle.

In meiner Fantasie stecke ich längst bis zu den Eiern in ihr und es fühlt sich perfekt an.

Mit jeder Sekunde, die vergeht, verwandelt sich der Kuss in ein wildes, süchtig machendes Vorspiel.

Meine Hände wandern über ihren Körper, ertasten jedes Fleckchen ihrer weichen Haut, ehe sie sich besitzergreifend um ihre prallen Titten legen.

Hart und gierig pressen sich ihre Nippel gegen meine Handfläche, mein Schwanz beginnt ungeduldig zu zucken.

Fuck!

Das ist erst der Anfang und ich bin jetzt schon süchtig nach ihr.

Anstatt vorsichtig oder zurückhaltend zu sein, erwidert Lauren meinen Kuss mit der gleichen Gier, die auch mich in den Wahnsinn zu treiben droht.

Wimmernd presst sie sich meinen Händen entgegen. Ich packe sie am Arsch, hebe sie hoch und gehe mit ihr zu Boden. Fieberhaft streifen ihre Fingernägel über meinen Rücken, sie kratzt mich.

Wie soll ich mich so nur zurückhalten?

Bullshit!

Das Letzte, was ich will, ist, sie zu verletzen, doch wenn sie so weitermacht, verliere ich die Kontrolle und werde wie eine Bestie über sie herfallen.

Der Drang, mich in sie zu stoßen, wird beinahe übermächtig.

Knurrend und nach Atem ringend beende ich unseren Kuss, fange ihre Hände ein und presse sie neben ihrem Gesicht auf den Boden, genau wie ihr Ex es getan hat.

Der Unterschied ist nur, dass Lauren niemand vor mir retten kann, und dass sie das glücklicherweise auch gar nicht zu wollen scheint.

Sie ist verloren, sie gehört mir und bettelt dennoch nicht um Gnade.

Die Frau ist verrückt.

Sie nimmt Dinge in Kauf, die ihren Tod bedeuten könnten.

Ich könnte ihren Tod bedeuten und dennoch vertraut sie sich mir an.

Hölle!

Lauren braucht dringend einen Beschützer, noch viel dringender, als ich dachte, und ich bin mehr als bereit, diesen Job zu übernehmen.

„Devil?“

Sie wispert meinen Namen.

Ihre Lippen sind feucht und von meinen Küssen geschwollen, ihre perfekten Titten kommen mir bei jedem ihrer schweren Atemzüge entgegen und ihre langen Beine hat sie um meine Mitte geschlungen.

„Was, Baby?“

Nicht fähig, mich zurückzuhalten, reibe ich meinen harten Schwanz durch den Stoff unserer Hosen an ihrer Pussy.

Sie stöhnt leise und schließt die Augen, scheint vergessen zu haben, was sie mir sagen wollte.

13. Kapitel

Die Krankenschwester

Welle für Welle rast kochende Lust durch meinen Körper.

Devils große Hand hält meine Hände mühelos gefangen, während er mich mit seinem Gewicht auf den Boden pinnt. Die harte Beule in seiner Hose gleitet rhythmisch über meine Mitte und ich spüre bis in den letzten Winkel meiner Seele, dass ich verloren bin.

Ich sollte um Gnade betteln, flehe stattdessen um mehr.

Wenn sich diese Sache hier mit Klamotten schon so verdammt gut anfühlt, wie unglaublich muss es dann erst sein, wenn wir die störenden Stoffschichten losgeworden sind?

Oh Hilfe ...

Der Rocker berührt mich grob, jedoch auch ehrfürchtig.

Diese Mischung aus gnadenlos und zärtlich geht mir unter die Haut.

Atemlos schließe ich die Augen, seine scharfen Zähne foltern mein Schlüsselbein. Zitternd liege ich unter ihm, während ich es kaum erwarten kann, ihn endlich in mir zu spüren.

Die Frage, ob das hier richtig oder falsch ist, muss ich mir erst gar nicht stellen. Die Antwort würde ganz klar *falsch* lauten!

Als er meine Hände abrupt loslässt, keuche ich erschrocken auf und sehe ihn an. Und was ich in seinem kantigen Gesicht erkenne, lässt mich erschaudern.

Mit mir in seinen Armen steht er in einer fließenden Bewegung auf. Stellt so mal wieder seine schier endlose Kraft in Beweis.

„Was machst du? Warum hast du aufgehört?“

Selbst mir fällt auf, wie heiser ich klinge.

Ein selbstgefälliges Lächeln zupft an seinen Lippen.

„Ich werde dich bei unserem ersten Mal nicht auf dem Küchenboden ficken.“

Er knurrt die Worte regelrecht und ich finde es mega romantisch.

Hach ja ...

Wahrscheinlich bin ich einfach ein hoffnungsloser Fall ...

In meinem Schlafzimmer angekommen, schmeißt er mich in die Mitte des Bettes, dann ist er auch schon auf mir und küsst mich so stürmisch, das unsere Zähne krachend aufeinanderschlagen. Seine Finger wandern zu meiner Shorts und ziehen sie nach unten, mein Slip folgt und mein Top ist ebenfalls eine Sekunde später Geschichte.

Der Devil kniet sich zwischen meine gespreizten Beine und lässt seine dämonischen Augen über meine Rundungen gleiten.

„Du bist der Hammer, Baby."

Überraschend zärtlich tanzen seine schwieligen Fingerspitzen über die empfindlichen Innenseiten meiner Schenkel. Bebend schließe ich die Augen, während ich verzweifelt versuche, etwas Sauerstoff in meine Lunge zu bekommen.

Dieser Rocker verführt mich nicht, er erobert mich ...

In der Sekunde, in der er meine bereits feuchten Falten teilt, bin ich endgültig verloren. Meine Synapsen sprühen Funken, winzige Schweißtropfen bilden sich in meinem Nacken und die Erde hört auf, sich zu drehen.

Nichts ist mehr von Bedeutung – nichts außer dem Devil und mir.

Er streichelt mich, verwöhnt mich und dringt dann mit zwei seiner langen Finger tief in mich ein.

In einem Meer aus Emotionen treibend, genieße ich das Gefühl, das er in mir auslöst.

Er beugt sich über mich, seine Zunge zieht träge Kreise um meine Brustwarzen, ehe er sie abwechselnd in seinen heißen Mund saugt.

Beißend und neckend, knabbernd und lutschend schickt er eine Welle bittersüßen Lustschmerz durch mein Nervensystem.

Verzweifelt und mit zitternden Fingern versuche ich, seine Jeans zu öffnen.

Ich will ihn endlich nackt auf mir spüren, sein Glied in die Hand nehmen und ihn in mich einführen. Ich will diesen Rocker, ich will ihn und ich brauche ihn. Warum?

Himmel. Keine Ahnung. Ich weiß nur, dass es so ist.

„Bitte, Devil ... bitte, ich ..."

Er beginnt mich mit seinen Fingern zu ficken und mir fehlt der Atem, um meine Bitte weiter auszuführen.

Stöhnend packe ich ihn an den Schultern, sehe zu ihm hoch und ertrinke in der unendlichen Tiefe seiner silbernen Augen.

„Fuck, Baby. Fuck!"

Er flucht, ich bringe ihn mit einem Kuss zum Schweigen.

Pochend zieht sich mein Inneres zusammen, der Druck, der sich in mir aufbaut, ist zu stark – kaum auszuhalten. Flehend sehe ich ihn an und dann passiert es ...

Meine Zehenspitzen rollen sich ein, meine Beine zucken und meine Atmung stockt.

Ich schreie und werde von einer Woge purer Lust hinfortgerissen. Der Orgasmus, der mich wie ein Tsunami überrollt, lässt mir schwarz vor Augen werden. Goldene Blitze schlagen in meinem Unterleib ein, es fühlt sich so an, als würde ich jede Sekunde zerspringen.

Oh Himmel ... was war das denn?

Kraftlos spüre ich, wie er seine Finger aus mir herauszieht und beobachte unter halb gesenkten Lidern, wie er aus dem Bett steigt.

Er tritt sich die Boots von den Füßen, öffnet den Gürtel und zieht sich aus.

Mein geflüstertes „Bei Gott!“, bringt den Rocker zum Lachen.

„Falsch, Baby, ich bin der Teufel, und Gott kann dir jetzt auch nicht mehr helfen.“

Ich glaube ihm sofort.

Sein Antlitz ist nicht von dieser Welt.

Devils Oberschenkel stehen seinem von Muskeln gewölbten Bauch in nichts nach.

Alles an diesem Mann ist groß, beeindruckend und kraftvoll.

Narben, Totenköpfe, Skelette und Sterne. Dolche, Rosen und Stacheldraht, dazu Waffen und Messer, eine Meerjungfrau und ein Schriftzug, den ich leider nicht gut genug erkennen kann, um ihn zu entziffern.

Der Devil hatte recht, er trägt seine Geschichte auf der Haut.

Sein breites Kreuz verjüngt sich hinab zu seiner Taille zu seinem sexy Dreieck. Er hat einen knackigen Po und einen Schwanz, der mit nichts zu vergleichen ist, was ich bis jetzt gesehen habe. Er ist dick, lang, steinhart und wartet nur darauf, endlich in mich einzudringen. Rote Adern winden sich um die Basis und verschwinden in der runden Krone. Er reckt sich verlangend in meine Richtung.

Willig lasse ich die Beine auseinanderfallen und gebe meinem Biker so zu verstehen, dass ich mehr als bereit für ihn bin.

Es mag verrückt und gefährlich sein, aber ich will diesen Mann, ich will ihn so sehr, dass meine Lust die Zweifel in meinem Kopf zum Verstummen bringt.

14. Kapitel

Der Rockerpräsident

Laurens leicht abwesender Blick und der süße, moschusartige Geruch ihrer Erregung lassen mich beinahe durchdrehen.

Ich wusste, dass es so sein wird, ich wusste, dass ich die Kontrolle verliere, wenn ich dieses Mädchen erst mal gekostet habe.

Fuck!

Ich fühle mich wie der Teufel, der zum ersten Mal aus der Finsternis emporsteigt und die Sonne im Gesicht spürt.

Lauren ist meine Sonne und ich bin nicht bereit, mich jemals wieder in die Dunkelheit verbannen zu lassen.

Ich bleibe im Licht und dafür brauche ich die Frau, die schutzlos und klein unter mir liegt und sich meiner Gnade ausgeliefert hat.

Wie soll ich nicht wie ein verdammtes Monster über sie herfallen, wenn sie mich mit ihren Blicken regelrecht verschlingt und mich dabei leise anfleht, sie endlich zu ficken?

Wie? Fuck! Gott! Wie?

Weich und nachgiebig liegt ihr winziger Körper unter dem meinen und mir ist mehr als bewusst, dass ich mich zusammenreißen muss, wenn ich sie nicht verletzen will.

Entschlossen, sie nie wieder entkommen zu lassen, presse ich sie tiefer in die Matratze und beiße mich an ihrer Kehle fest.

Mein Schwanz liegt pochend auf ihrer Scham.

Mit dem Daumen massiere ich ihren Kitzler, reize das empfindliche Nervenbündel und beobachte mit zusammengebissenen Zähnen, wie sie leise wimmernd ihre Schenkel noch ein bisschen weiter für mich spreizt.

Ich muss sie haben. Jetzt. Sofort.

„Hast du ein Kondom?“

Aus schimmernden Augen sieht sie mich an, mein Inneres zieht sich krampfend zusammen. Meins. Einfach meins. Sollte sich ihr Ex jemals wieder hier blicken lassen, zerfetze ich ihn.

„Im Nachtkästchen.“

Ich reagiere sofort, hole eins aus der Schublade und rolle es mir über den Schwanz.

Mit den Augen fresse ich mein Mädchen regelrecht auf, präge mir jedes Muttermal und jede Rundung ein. Tätowiere mir den Anblick geradezu ins Hirn.

Unvergesslich für alle Zeit.

„Letzte Chance, Baby."

Das ist gelogen. Selbst wenn sie jetzt nein zu mir sagt, kann ich es nicht mehr stoppen. Ich werde Lauren ficken. Jetzt und hier und dann wird es kein Zurück mehr geben.

Sobald ich aus diesem Bett gestiegen bin, werde ich das Colour der *Hell Bones* in ihre Türe ritzen und Lauren so als mein Eigentum markieren.

Ich stelle diese Frau unter meinen Schutz.

Wenn die Welt auf Lauren treffen will, muss sie ab sofort erst an mir vorbei.

Ein Knurren ausstoßend, spanne ich die Muskeln in meinen Oberschenkeln an und bringe mich vor ihrer feuchten Pussy in Position.

Wenn ich nicht sofort ficke, verliere ich den Verstand ...

Ohne den Blick von ihr zu lösen, gleite ich mit der Eichel in ihre weiche Öffnung, spüre, wie ihr heißes Fleisch an meiner Härte zuckt und versinke in einem Strudel aus Gier und Lust.

Fuuuuuuuccccckkkkkkk!

Noch bevor ich es verhindern kann, verliere ich jegliche Kontrolle und ramme mich mit einem gnadenlosen Stoß bis zum Anschlag in ihre Pussy.

Ich spüre, wie sich ihre Scheidenwände für mich dehnen, wie sie sich dann zusammenziehen und sich mir anpassen.

„Yes, Baby!"

Mein Hirn ist wie leer gefegt und dennoch realisiere ich erleichtert, dass ich ihr zum Glück nicht wehgetan habe. Lauren presst sich mir nur allzu willig entgegen und fordert mich so heraus weiterzumachen.

„Oh Gott. Hör ja nicht auf, Devil. Hör nicht auf."

„Niemals!"

Selbst wenn ich wollte, könnte ich es nicht.

Keuchend verändere ich den Winkel, mit dem ich in sie eindringe, und werde mit einem wilden Schrei belohnt.

Ich wechsle in einen schnellen, harten Rhythmus, nehme jeden Millimeter ihres Körpers in Besitz, fülle ihn aus und mache ihn so zu dem meinen.

Dieser Fick ist so intensiv, so unfassbar gut, dass ich jetzt schon süchtig nach dieser Frau bin.

Meine Hoden klatschen bei jedem erneuten Eindringen gegen ihren Damm und ich weiß, dass ich nicht mehr lange brauche, bis ich mich in ihr verliere.

Laurens Wimmern wird lauter, ihre Schenkel spannen sich an und ich fühle wie sich ihre süße Muschi für den nächsten Höhepunkt bereit macht.

Hart treibe ich mich erneut tief in ihr Inneres, falle auf sie, stütze mich mit den Fäusten neben ihrem Kopf ab und lasse sie spüren, wie schutzlos sie in genau diesem Moment ist.

Anstatt sich vor mir zu fürchten, sieht sie mir vertrauensvoll in die Augen und gibt mir so den Rest. Laurens Pupillen weiten sich, ehe sie zitternd unter mir kommt.

Fluchend pumpe ich mich immer schneller in ihre zuckende Pussy.

Einzelne Schweißtropfen rinnen mir über den Rücken, Lauren dreht den Kopf zur Seite und beißt sich an meinem Unterarm fest. Der Schmerz killt mich. Heiß und schnell schießt mein Sperma aus mir heraus und landet in dem Latex, das uns trennt.

Ich keuche, schnappe nach Luft und muss mir eingestehen, dass mich diese Frau völlig umgehauen hat.

So. War. Es. Noch. Nie!

Ich bleibe in ihr, bin absolut nicht bereit, die Verbindung unserer Körper zu kappen.

Diese kleine Krankenschwester hat mich mit ihrer Schutzlosigkeit entwaffnet und jetzt fühle ich mich entblößt und nackt. Seelisch nackt.

Unzählige Emotionen stürmen auf mich ein, knocken meinen Verstand aus und verhindern, dass ich meine Schutzmauer wieder hochziehe und die Frau von mir stoße, so wie ich alles von mir stoße, was mir gefährlich werden könnte.

Lauren ist die meine, sie weiß es nur noch nicht.

Aber sie wird es lernen – die Welt muss lernen, dass dieses Mädchen ab jetzt Eigentum des Präsidenten des *Hell Bones Motorcycle Clubs* ist und dass nichts und niemand jemals wieder etwas an dieser Tatsache ändern kann.

Epilog

Die Krankenschwester

Einen Monat später.

Es ist nachts um drei, der Tag war lang und anstrengend. Mein Nacken schmerzt und die Belastungen der vergangenen zwölf Stunden haben mich immer noch fest im Griff. Ich sctze den Blinker und halte direkt neben dem Truck und dem Bike meines Rockers und kann nichts gegen das Lächeln tun, zu dem sich meine Lippen verziehen.

Es ist finstere Nacht, dennoch kann ich die große Gestalt ausmachen, die reglos in der Finsternis sitzt und auf mich wartet.

Der große böse Biker mit den silbernen Augen ist der Mittelpunkt meiner Welt geworden.

Selbst jetzt, vier Wochen nach unserem Zusammenkommen, flippt mein Hirn bei der Erkenntnis, dass ich eine Beziehung mit dem Präsidenten des *Hell Bones Motorcycle Clubs* führe, beinahe aus.

Es lässt mich Freude und Glück, jedoch auch Angst und Zweifel spüren.

Wobei das Glück überwiegt. Das tut es immer.

Mein Leben ist gut, fast schon perfekt und das ist es erst, seitdem der Devil mit seinem Dolch den Totenkopf, der auch seine Harley ziert, und der für die *Hell Bones* steht, in das Holz meiner Türe geritzt hat.

Am Anfang war das für mich nichts weiter als machohaftes Platzhirschgehabe gepaart mit Sachbeschädigung. Aber mittlerweile habe ich verstanden, was es bedeutet, und welche Auswirkungen diese scheinbar verrückte Geste auf meine Existenz hat.

Ich bin nicht mehr allein.

Der Devil beschützt mich, er wacht über mich und sorgt dafür, dass ich in Sicherheit bin.

Nachts, wenn er nicht da ist, sondern seinen Verpflichtungen als Präsident nachkommt, wälze ich mich ruhelos durch die Kissen und vermisse seinen starken, warmen Körper.

Doch sobald er wieder bei mir ist, fühle ich mich sicher und geborgen.

Dieser Mann ist mein Zuhause.

Für alle anderen Menschen mag er ein brutaler Killer sein, aber für mich ist er der Mann, den ich brauche. Nur bei ihm kann ich mich fallen lassen ...

Der Rocker und die Krankenschwester.

Der Devil und ich ...

Glück und Liebe für hoffentlich alle Zeit.

Ich weiß nicht, was die Zukunft für uns bereithält, aber ich kann es kaum erwarten, es endlich herauszufinden.

Der Rocker und die Psychologin

1. Kapitel

Der Enforcer

Blut tropft von meinen Händen, der Puls dröhnt mir in den Ohren.

Ich starre auf den Wichser, der vor mir auf dem Boden kniet, und mich um Gnade anfleht.

Tränen stehen in seinen Augen, ich habe ihm die Finger seiner rechten Hand abgeschnitten, seine Lippe ist aufgeplatzt und sein rechtes Ohr fehlt. Es liegt neben ihm im Dreck, genau wie der zerbrochene Flaschenhals, mit dem ich es abgeschnitten habe.

Der bittere Gestank von Urin erfüllt die Luft.

Die meisten Menschen würden jetzt so etwas wie Mitleid empfinden und Gnade walten lassen. Ich bin aber nicht wie die meisten Menschen.

Ich bin anders, und das macht mich auch so gut in meinem Job.

Als Enforcer des *Hell Bones Motorcycle Clubs* in New York ist es meine Aufgabe, den Club und seine Member zu schützen. Jagen, aufspüren, töten ...

Wer hat Angst vorm schwarzen Mann?

Ich bin der schwarze Mann aus dem Kinderlied, das schon die Kleinsten unserer Gesellschaft vor dem Bösen, das in der Finsternis lauert, warnt.

Ich bin der Tod, der durch die Nacht streift, Knochen bricht und Kehlen aufschlitzt.

Lautlos und effizient bringe ich jeden unserer Feinde zu Fall, beschütze damit die Welt, in der ich lebe.

Schon in meiner frühesten Kindheit ist mir aufgefallen, dass ich anders bin als andere Jungen in meinem Alter.

Was sie lustig fanden, langweilte mich, und was ich interessant fand, bescherte ihnen Albträume. Meine Mutter hatte mich schon nach kürzester Zeit abgeschrieben, erst im Nachhinein erkenne ich, dass sie sich vor mir gefürchtet hat.

Was lächerlich ist. Das Wort Loyalität habe ich mir nicht umsonst in die Haut stechen lassen. Ich töte, um zu beschützen, und ich jage, um zu bewahren.

Der Kodex meiner Existenz ist leicht zu verstehen.

Freund oder Feind – schwarz oder weiß.

Entweder gehörst du dazu oder eben nicht. Es gibt nichts dazwischen.

Ich zwinge mich zur Ruhe, atme tief ein und wäge meine Optionen ab.

Der Wichser hat seine Lektion bekommen, er hat verstanden, was passiert, wenn man die *Hell Bones* hintergeht.

Keine Ahnung, wie naiv man sein muss, um zu glauben, dass man in eines unserer Spielcasinos gehen, Geld verlieren und dann seine Schulden nicht begleichen kann ...

Der Wichser hat uns bestohlen und dafür musste er bluten.

Wenn ich mich jetzt umdrehe und gehe, würde das keinen Unterschied machen, ich habe den Auftrag, den mir mein Präsident gegeben hat, ausgeführt.

Ich könnte einfach gehen, den Bastard am Leben lassen und mich auf die Suche nach einer Bitch machen, die mir die Seele aus dem Leib saugt.

Genauso gut kann ich es aber auch zu Ende bringen, meine Finger um des Wichsers Kehle legen und ihm sämtliche Luft aus der Lunge quetschen.

Andere Männer würden so etwas wie Mitleid empfinden, sie würden es dabei belassen und zurück in die Dunkelheit verschwinden, aus der sie gekommen sind.

Aber ich bin nicht *andere Männer*, ich bin ich, und ich verzehre mich nach dem Leid meiner Opfer.

Die erste Alternative nicht in Betracht ziehend, verpasse ich dem Brustkorb des Wichsers einen Tritt, sodass er rücklings im Dreck landet, stelle mich dann über ihn und kremple langsam die Ärmel hoch. Vorfreude pulsiert durch meine Venen, der Killer in mir verlangt nach einem sauberen Abschluss.

„Bitte Iker. Bitte! Tu es nicht."

Iker ... Der Wichser kennt meinen Namen, aber das wird ihn nicht retten.

Schweigend stelle ich mich über ihn, knie mich dann auf seinen Bauch und umfasse seine Kehle.

Ich spüre seinen Puls an meinen Fingern, zähle das schnelle Klopfen und drücke zu.

Er wehrt sich, ächzt und keucht – es kostet mich kaum Anstrengung, ihn am Boden zu halten. Sein Todeskampf dauert keine Minute, ich drücke weiter zu, gehe auf Nummer sicher und koste den Mord bis zur letzten Sekunde aus.

Erst als ich mir sicher bin, dass ich sämtliches Leben aus ihm herausgequetscht habe, löse ich meine Hände von dem erschlafften Körper, stehe auf und zünde mir, ohne den Blick von den weit aufgerissenen Augen zu lösen, eine Zigarette an.

Das Menthol streichelt meinen Gaumen, füllt meine Lungenflügel und löst einen Teil der Anspannung, die mich nie loszulassen scheint.

Ich balle die Fäuste, spüre den leichten Schmerz an meinen Fingerknöcheln und betrachte das getrocknete Blut.

Ich empfinde nichts. Weder Reue noch Freude, weder Mitleid noch Genugtuung.

Ich bin wie eine leere Hülle, gefüllt mit Rauch und Brutalität.

Das Smartphone in meiner Tasche klingelt, ich ziehe es hervor, erkenne Devils Nummer und wische mit dem Daumen über das grün blinkende Telefonsymbol.

„Präsident?“

„Hast du es erledigt?“

Perfektes Timing.

„Habe ich.“

Ein zufriedenes Brummen ertönt.

„Das ist gut.“

„Was ist mit dem zweiten Namen auf der Liste?“

„Um den kümmere ich mich morgen.“

Stille. Dann höre ich eine Frauenstimme, Devil ist nicht allein. Lauren, sein Mädchen, ist bei ihm.

„Fährst du zurück zum Club?“

„Wohl eher nicht.“

Ich steige von dem Toten, wende mich ab und gehe zu meinem Bike.

Die Leiche lasse ich liegen, sollen sich die Bullen um die Beseitigung kümmern.

„Was ist los, Iker?“

Dass Devil mich beim Namen nennt, kommt selten vor. Es ist üblich, dass wir uns mit unseren Rängen ansprechen.

„Ich brauch ’ne Bitch. Hat nicht jeder so ein Glück wie du.“

Er lacht und weiß, dass ich recht habe.

Lauren, seine zukünftige Lady, ist das Beste, was ihm passieren konnte. Sie ist eine kleine, süße Krankenschwester mit einem runden Arsch und einem schönen Gesicht. Zuerst war sie nur seine Nachbarin, jetzt gehört sie ihm. Für immer. Lauren hat weder ein Problem mit Blut noch mit dem Club. Sie ist nett, ich mag sie und das überrascht mich noch mehr als den Präsidenten.

„Das war kein Glück.“

„Ach nein?“

„Nein.“

„Was war es dann?“

„Schicksal.“

Das bringt mich zum Lachen.
„Ja genau, alles klar. Laber keinen Bullshit, Präs."
„Ist kein Bullshit. Wenn du nur in Hurenhäusern abhängst, wirst du nur auf Huren treffen. Vergrößere dein Jagdgebiet, und du wirst kapieren, was ich meine."
Von wegen.
„Seit wann hast du was gegen Huren?"
„Nichts. Sie sind eine tolle Erfindung, um Geld zu verdienen, aber sie machen einen Mann auf Dauer nicht glücklich."
Fuck!
„Du hörst dich an wie aus einem verfickten Werbespot für irgend so eine Tussi-Finde-App."
Genervt setze ich mich auf mein Bike und klemme mir die Kippe in den Mundwinkel.
„Wie auch immer. Tu was du willst, Bruder."
Was ein beschissener Tipp, das hätte ich sowieso getan.
Devil kappt die Verbindung, die Leitung ist tot, genau wie das Arschloch, das ich vor wenigen Minuten erwürgt habe.
Mit einem Schnauben stecke ich das Telefon wieder ein, setze meinen Helm auf, starte mit einem kraftvollen Tritt den Motor und fahre los.
Ich setze den Blinker, nehme Fahrt auf und steuere instinktiv auf das ‚*Pink Pussy*' zu, ein Laufhaus, das sich nur wenige Meilen von hier entfernt befindet.
Es ist kurz vor elf, der Himmel ist schwarz. Über New York gibt es keine Sterne. Die Straßen sind frei, ich komme gut durch.
Eine unerklärliche Wut braut sich in mir zusammen. Das passiert öfter, bis jetzt ist es mir nicht gelungen, herauszufinden, wo sie immer so plötzlich herkommt oder was sie auslöst.
Der Drang, auf etwas einzuschlagen, wird beinahe übermächtig.
Zornig drehe ich am Gas, schlängle mich durch den Verkehr und nehme keine Rücksicht auf irgendwelche Geschwindigkeitsbegrenzungen.
Die Ampel am Ende der Straße springt auf Rot, ein Zischen ausstoßend bleibe ich stehen.

... Vergrößere dein Jagdgebiet, und du wirst kapieren, was ich meine ...

Devils Ratschlag hallt durch meinen Schädel.
New York gehört den *Hell Bones,* wir bestimmen die Gesetze: Wir sind Kläger, Richter und Henker.

Unser Clubhaus steht in Brooklyn, das ‚Pink Pussy' befindet sich am Rand des Stadtviertels. Die Ampel schaltet auf Grün, ich gebe Gas und komme kurze Zeit später vor meinem Ziel an. Anstatt abzusteigen und zu tun, weswegen ich gekommen bin, bleibe ich sitzen, lasse den Motor laufen und balanciere das Gewicht der Harley mit den Beinen aus.

... Vergrößere dein Jagdgebiet, und du wirst kapieren, was ich meine ...

Im ‚Pink Pussy' muss ich nicht jagen. Sobald ich über die Schwelle trete, sinken die Muschis vor mir auf die Knie und flehen mich an, mir den Schwanz lutschen zu dürfen.

Das hat was. Fuck! Das hat wirklich was. Und es ist genau das, was ich will, oder wollte – jetzt bin ich mir dank Devil nicht mehr so sicher. *Bullshit!*

... Vergrößere dein Jagdgebiet, und du wirst kapieren, was ich meine ...

Meine Wut schwillt an, ich könnte kotzen.

Bevor ich weiß, was ich tue, gebe ich wieder Gas und rase davon, lasse all die pinken Pussys zurück und habe keine, wo ich nun hin will.

Ich brauche einen Scotch. Jetzt.

Frustriert drehe ich meine Kreise und irre ziellos durch die Nacht.

Der Fahrtwind ist kühl, er bläst mein Hirn frei und hilft mir dabei, mich wieder zu beruhigen.

Irgendwann stoppe ich vor einer kleinen Eckkneipe, die nicht dem Club gehört, und die ich erst ein paar Mal betreten habe.

Laut Owen, unserem Kassenwart, der für das Schutzgeld in diesem Bereich unseres Territoriums zuständig ist, gibt es hier kaum Ärger.

Der Inhaber, ein netter alter Mann namens Mik, hält sich an die Regeln und macht keine Probleme. Was meine Einmischung unnötig macht.

Und das ist gut. Für Mik zumindest.

Ich zögere, steige nicht sofort ab, sondern gönne mir eine weitere Ladung Menthol.

Ein Taxi fährt an mir vorbei, es hält am Straßenrand, keine zehn Meter vor mir.

Die Türe öffnet sich, eine Frau steigt aus. Sie hat mir den Rücken zugewandt, trägt einen enganliegenden grauen Rock, der die Rundung ihres Arsches und ihre langen Beine betont, dazu rote High Heels, die meinen Blick an sich fesseln.

Eine schneeweiße Bluse und ein zu den Schuhen passender Gürtel komplettieren das elegante Erscheinungsbild. Lange braune Haare fallen in sanften Wellen über ihre schmalen Schultern. Mein Interesse ist geweckt.

Sie könnte eine Anwältin sein.

Oder eine Sekretärin, wobei … dafür strahlt sie fast zu viel Selbstbewusstsein aus.

Ihre Körperhaltung ist stolz und aufrecht.

Bis jetzt scheint sie mich nicht bemerkt zu haben.

Ich will ihr Gesicht sehen, aber sie dreht sich nicht zu mir um.

Das Klackern ihrer Absätze hallt über den Asphalt, schießt direkt in meine Hoden und lässt meinen Schwanz hart werden.

Fuck! Was soll das?

Diese Fremde unterscheidet sich so maßgeblich von den Huren im ‚Pink Pussy' wie nur irgend möglich. Ich kenne keine Frauen wie sie. Von ihnen habe ich mich immer ferngehalten. Ich bevorzuge es einfach und unkompliziert.

Mir ist schon klar, dass ich für all die vielen Nutten, die ich für gewöhnlich ficke, nichts anderes als ein Geldautomat bin, der ihren Lebensunterhalt bezahlt.

Aber das ist okay.

Gefühle sind mir fremd. Die meiste Zeit über empfinde ich nichts, und das ist gut so.

Unser Präsident ist das beste Beispiel dafür, dass echte Frauen in einer echten Beziehung echte Ansprüche stellen.

Allein bei der Vorstellung, für ein Mädchen verantwortlich zu sein, läuft es mir eiskalt den Rücken runter. Lauren ist toll, ich mag sie und wenn sie mich jemals um Hilfe bitten sollte, bin ich für sie da. Ehrensache. Lauren gehört jetzt zu Devil, unser Präsident hat sie offiziell als seine Frau beansprucht, was sie zum Eigentum der *Hell Bones* macht.

Mag sein, dass das Lauren gar nicht so bewusst ist, aber seit sie in Devils Bett schläft, hat sie einen Haufen Outlaws hinter sich stehen, die ihr den Rücken decken. Greift sie einer an, bekommt es das Arschloch mit der geballten Kraft des MCs zu tun und wie das endet, ist klar: mit einer Leiche, einem Spaten und frischer, kalter Erde.

Die Fremde, die soeben aus dem Taxi gestiegen ist, geht mit wiegenden Hüften auf die Kneipe zu. An ihrem Arm baumelt ein schickes Täschchen, das wahrscheinlich so viel gekostet hat wie ein Durchschnittsbürger im Monat verdient.

Diese Frau wirkt selbstbewusst und kostspielig. Verflucht, sie ist verdammt heiß.

Sie dreht sich noch immer nicht zu mir um, was die Wut in meinem Inneren befeuert.

Ich will ihre Aufmerksamkeit erregen, ich will laut brüllen, ihr nachjagen und sie gegen die Wand schleudern. *Fuck!*

Ich will ihr folgen, mit den Händen durch ihre glänzenden Haare streichen und so ihre Frisur durcheinanderbringen.

Ich will sie schütteln, beißen und ficken. Ich will sie kosten, verletzen und zum Bluten bringen ...

Ich will verrückte Sachen machen, und warum das so ist, kann ich mir nicht erklären.

Miss Perfektion verschwindet in der Kneipe, ohne sich dabei zu mir rumzudrehen und das obwohl meine Blicke ihr eigentlich ein Loch in den Rücken hätten brennen müssen.

Ich ziehe die Nase hoch und spucke auf den Boden, klappe dann den Ständer aus und steige ab.

Warum auch immer, aber ich will ihr Gesicht sehen, ich muss herausfinden, ob es so ist, wie ich es mir vorstelle.

Den Rest der Zigarette gegen die Hauswand schnipsend, lasse ich den angehaltenen Rauch entweichen, ziehe die Türe auf und bilde mir ein, noch einen Rest ihres Parfüms wahrzunehmen.

Tief einatmend fülle ich meine Lungenflügel mit dem Hauch *Patchouli, balle die Fäuste und betrete die Kneipe.*

Sie ist gut besucht, jedoch nicht übermäßig voll.

In dem schummrigen Licht sitzen hauptsächlich Männer, sie nippen an schweren Tumblern, unterhalten sich und gönnen sich eine Auszeit.

Auf der Suche nach der Frau, deren Geruch mir in der Nase hängt, lasse ich den Blick über die Anwesenden schweifen und entdecke die Fremde an der Bar. Die Tasche hat sie vor sich auf den Tresen gestellt, sie unterhält sich mit dem Inhaber der Kneipe, der ihr seine volle Aufmerksamkeit schenkt.

Kein Wunder. Diese Frau ist hier mindestens so fehl am Platz wie ich.

Oben rechts im Eck hängt ein kleiner Fernseher, es läuft die Wiederholung von irgendeinem Footballspiel. Der Geruch von schalem Bier hängt in der Luft, die alten Holzdielen des Bodens knarren unter meinem Gewicht.

Ich folge der schwachen Patchoulispur, der Besitzer sieht mich kommen, sein Gesicht verliert auf einen Schlag jegliche Farbe.

Kein Wunder. Für gewöhnlich bedeutet mein Auftauchen nichts Gutes.

Aber heute trage ich keinen Baseballschläger bei mir. Mein Ziel ist es nicht, die Kniescheiben von jemandem zu zertrümmern, der sich weigert, Schutzgeld zu zahlen.

Ich bin privat hier. So privat, wie es in meiner Position eben geht.

So lässig wie möglich steuere ich auf die Bar zu, lasse einen der abgewetzten Hocker frei und setze mich. Mik kommt sofort zu mir, reibt sich nervös die Hände und wirkt angsterfüllt.

„Iker."

Ich nicke ihm grüßend zu.

„Was führt dich her?"

Die Furcht steht ihm ins faltige Gesicht geschrieben.

„Ich bin nicht im Dienst."

Das scheint ihn zu erleichtern.

„Gut. Das ist gut."

Und wie es das ist.

„Bring mir einen Scotch."

Mik macht sich sofort an die Arbeit. Ich koste den Moment aus, verbiete es mir, nach links zu sehen und meine Neugierde zu stillen, starre stattdessen auf meine aufgeplatzten, blutverschmierten Hände und frage mich, wie die Frau neben mir wohl reagieren würde, wenn sie wüsste, dass ich gerade einen Mord begangen habe?

Würde sie in Panik verfallen?

Wahrscheinlich. Die meisten Tussis, die ich kenne, können mit dem Leben, das ich führe, nichts anfangen. Sie verstehen nicht, wie es auf der Straße läuft, und wieso gebrochene Knochen und starr aufgerissene Augen zum Geschäft gehören.

Mik stellt den Scotch vor mir ab, noch immer verbiete ich es mir, meine Neugierde zu befriedigen. Ich starre geradeaus, mustere den zerbrochenen Spiegel, der sich hinter den mit Schnaps und anderen Spirituosen gefüllten Regalen befindet, und betrachte die zerfetzten Teile meines Spiegelbilds.

Durch die scharfen Kanten und dank der gezackten Scherben, zeigt mich der Spiegel so, wie ich bin. Zerstört, gebrochen, unreparierbar.

Manche Menschen betrachten einen Schmetterling und bewundern seine Schönheit, ich hingegen muss mich davon abhalten, ihm die Flügel auszureißen, um ihm die Freiheit zu nehmen. In meinem Inneren bin ich mit schwarzem Pech überzogen, und das ist okay. Ich habe mich längst mit dem, was ich bin, abgefunden.

Ich trage meine schwarze Seite mit Stolz. Versuche nicht, zu verbergen, wer ich bin.

Die melodische Stimme der Fremden dringt an mein Ohr, lässt mich erschaudern.

Sie bestellt sich einen Martini und fordert zwei Oliven.

Mik macht sich daran, ihren Wunsch zu erfüllen, ich verbiete es mir noch immer, herauszufinden, welche Farbe ihre Augen haben und ob sie Lippenstift trägt.

Das Telefon in meiner Tasche piept und vibriert. Ich ignoriere es, das was ich zu Mik gesagt habe, war mein Ernst. Ich bin nicht im Dienst. Wenn es Probleme gibt, kann Devil sich an Skull, unseren Vizepräsidenten oder an River, den Sergeant at Arms des New Yorker Chapters der *Hell Bones* wenden.

Ich bin für heute fertig.

Die Fremde wendet sich mir zu.

„Wollen Sie nicht rangehen?"

Dass sie mich direkt anspricht, haut mich fast um.

Den Klang ihrer Stimme auskostend, drehe ich mich langsam zu ihr um, gebe ihr so einen Moment Zeit, sich an mein Äußeres zu gewöhnen.

Die meisten Menschen, die mich sehen, ergreifen sofort die Flucht.

Sie spüren instinktiv, dass ich anders bin, dass ich gefährlich bin, und bringen sich in Sicherheit.

Diese Frau hingegen sieht mich an, ohne mit der Wimper zu zucken. Ihre grünen Augen, die von einem dünnen Brillengestell eingerahmt werden, checken mich neugierig ab, sie betrachtet mich unverhohlen.

Furcht blitzt in ihren Augen auf, ich blecke zufrieden die Zähne.

Sie weiß, was ich bin, und ich weiß, was sie ist: die Beute.

Sie ist zerbrechlich, bunt und schön. Ich hingegen bin einfach nur schwarz.

Diese Frau ist der gottverdammte Schmetterling, dem ich nur zu gern die Flügel rausreißen würde, damit er nicht vor mir davonfliegen kann, wenn ich versuche, ihm die Farben auszusaugen.

Meine Zunge giert nach ihrem Geschmack und mein Schwanz pocht.

Ihre Lippen sind rot, genau wie erwartet.

Fuck!

Ganz egal, was heute Nacht auch passieren mag, es ist nicht meine Schuld, wenn diese Frau in meinen Armen stirbt.

Es war Devils Idee, dass ich mich auf die Jagd begebe, er wollte, dass ich durch unser Revier ziehe und mir ein süßes Opfer suche, und ganz genau das habe ich gemacht.

Sie mustert das Fadenkreuz auf meiner Stirn und betrachtet die lange Narbe, die sich an meinem Hals nach unten bis hinab zu dem Kragen meiner Kutte zieht.
Der Typ, dem ich sie zu verdanken habe, hat längst für die Schmerzen, die er mir zugefügt hat, bezahlt.
Seine Knochen liegen am Grund des Hudson Rivers und warten darauf, gefunden zu werden.
„Was, wenn es wichtig ist?"
Im ersten Moment kapiere ich nicht, was sie meint, dann wird mir klar, dass sie auf den eingehenden Anruf anspielt.
„Dann ist das nicht mein Problem."
Sie lächelt. Lenkt so meine Aufmerksamkeit auf ihren sinnlichen Mund.
„Wohl wahr."
Mik stellt den Martini vor ihr ab, darin schwimmen drei Oliven.
Sie bedankt sich bei ihm, schnappt sich den Zahnstocher, an dem eine der grünen Früchte steckt und schiebt ihn sich langsam und aufreizend in den Mund.
Fuck!
Mein Puls schnellt nach oben, mir wird heiß und meine Fingerspitzen zucken.
Noch bevor die Nacht vorbei ist, werde ich meinen Schwanz zwischen diese roten Lippen schieben und ihr etwas ganz anderes zum Lutschen geben.
Einen Fluch unterdrückend kippe ich mir den Scotch in die Kehle und bestelle mir mit einem Handzeichen einen neuen.
Die Frau neben mir beobachtet mich, leckt sich einen Martinitropfen von der Unterlippe und schluckt die Olive.
Doppel Fuck!
Sie hat keine Ahnung, was sie mir damit antut.
„Ich bin übrigens Charlotte."
Der Name passt.
Sie streckt mir ohne die geringste Scheu ihre Hand entgegen, ich starre sie an, als wäre sie eine giftige Schlange.
Ihre Fingernägel sind schwarz, rabenschwarz, und ich habe nie etwas Geileres gesehen.
Als sie merkt, dass ich zögere, ihre winzige Hand zu ergreifen, sieht sie mich herausfordernd an. Belustigung funkelt in ihren Augen, es wirkt fast so, als ob sie ahnen würde, was in meinem Schädel vorgeht.
Mit einem Brummen ergreife ich sie, winde meine langen Finger um die ihren und drücke mit wohldosierter Kraft zu.

Der Kontakt – das Gefühl von Haut auf Haut – lässt mich zusammenzucken.

„Iker."

Sie lächelt, ihre Zähne sind weiß und perfekt.

„Freut mich, dich kennenzulernen, Iker."

Zur Hölle!

Die Freude ist ganz auf meiner Seite.

Die Schlange hat mich gebissen, sie hat mir ihr Gift verpasst und ich kann nur hoffen, dass es weder für sie noch für mich tödlich ist ...

2. Kapitel

Die Psychologin

Fasziniert betrachte ich den Biker neben mir, studiere seine Gestik und versuche, aus seiner Mimik schlau zu werden.

Dieser Mann ist faszinierend, er strahlt so viel Kraft und unterdrückten Zorn aus, dass ich nicht anders kann, als ihn zu analysieren.

Breite Schultern, blaue Augen und schwarze Tinte – viel davon.

Verschiedene Aufnäher bedecken das raue Leder seiner Kutte.

Zu meinem Leidwesen kenne ich mich nicht gut genug im Rocker-Milieu aus, um deren Bedeutung zu verstehen. Was ich aber sehr wohl verstehe, ist die Körpersprache dieses *Hell Bones*. Sein Motorcycle Club ist nicht nur berühmt, sondern auch berüchtigt.

Mord und Totschlag, Entführungen, Glücksspiel und Prostitution.

Angeblich mischen die Rocker auch im Drogen- und Waffengeschäft mit.

Das Exemplar vor mir hat eine tiefe Stimme, markante Gesichtszüge und ein Fadenkreuz auf der Stirn.

Die Tätowierung ist pure Provokation und macht allen Menschen auf den ersten Blick klar, dass sich dieser Biker vor nichts und niemandem fürchtet. Er fordert seine Feinde geradezu heraus, die Waffe zu ziehen und auf seinen Kopf zu schießen.

Vielleicht hält er sich für unsterblich, vielleicht versucht er damit auch einfach nur, einen tief verwurzelten Komplex zu überspielen.

Ich weiß es nicht. Noch nicht, aber ich bin entschlossen, es herauszufinden.

Iker ist riesig, muskelbepackt und sich seiner Überlegenheit deutlich bewusst.

Ich würde jede Wette eingehen, dass er genau weiß, wie viele Männer sich in der Kneipe aufhalten und wie viele Frauen, und dass er längst abgecheckt hat, wie viele davon ihm gefährlich werden könnten.

Die Antwort darauf ist einfach: keiner.

Selbst wenn sich alle Anwesenden zusammentun und sich gegen den *Hell Bone* stellen würden, hätten sie keine Chance gegen ihn.

Warum ich mir da so sicher bin?

Ein Blick auf seine mit Blut verschmierten Hände hat ausgereicht.

Eigentlich sollte mich die Tatsache, dass er das Blut seiner Opfer an den Fingern kleben hat, abschrecken und ekeln. Aber die roten Flecken passen so gut zum Gesamtbild dieses Outlaws. Wenn ich ihn mit einem Wort beschreiben müsste, würde ich *unerschütterlich* wählen.

Der Ausdruck in seinen tiefblauen Augen verrät mir, dass er sich vor absolut nichts fürchtet, nicht mal vor dem Tod. Und das ist beeindruckend, denn alle Menschen fürchten sich vor dem letzten Atemzug.

Als Psychologin faszinieren mich Persönlichkeiten wie dieser Rocker.

Sie stellen für mich ein großes, unlösbares Rätsel dar, dessen Lösung am Grund eines gefährlichen schwarzen Sees liegt, in dem tödliche Bestien schwimmen.

Ich bin den Umgang mit Mördern, Vergewaltigern und anderen Verbrechern gewöhnt. Die Gefahr, die damit einhergeht, ist Berufsrisiko.

Ich genieße das leichte Kribbeln, das mich in der Nähe solcher Persönlichkeiten überkommt, den Hauch von Gefahr, der meinen Herzschlag in eine höhere Frequenz treibt und meinen Atem schneller kommen lässt.

In ihrer Nähe fühle ich mich lebendig. Und auch wenn ich es meinen Kollegen gegenüber niemals zugeben würde, aber mir gefällt das Wissen, dass diese Gesetzesbrecher sind, wer sie sind. Sie verstellen sich nicht und geben nicht vor, jemand zu sein, der sie eigentlich nicht sind. Sie leben ihre düsteren Fantasien aus, tun, was ihnen gefällt und bäumen sich gegen die Zwänge der Gesellschaft auf.

Natürlich sind einige ihrer Taten abscheulich und grausam, und so manche Begegnung hat mir heftige Albträume beschert, dennoch – ich weiß, dass vor mir ein Mörder steht und dementsprechend kann ich mich verhalten.

Aber all die vielen verkappten Killer, die sich wieder und wieder vorstellen, wie es ist, jemanden zu töten oder gefangen zu halten, sich aber nicht trauen, ihre Fantasie wahr werden zu lassen, sind tickende Zeitbomben.

Irgendwann werden sie ihrem Verlangen nachgeben und sich ein Opfer suchen und mir wäre es lieber, dann nicht in ihrer Nähe zu sein.

Keiner meiner bisherigen Patienten konnte dem *Hell Bone* neben mir das Wasser reichen, er ist eine ganz eigene Kategorie von Ungeheuer, eines, das mich interessiert wie noch keines zuvor.

Die Selbstsicherheit, die dieser Rocker ausstrahlt, zeigt mir auf den ersten Blick, dass er sich weder vor den Cops, noch vor dem Strafgesetzbuch fürchtet.

Um genau zu sein, wirkt er auf mich, als hätte er vor absolut gar nichts Angst. Nicht mal vor dem Tod, und das fasziniert mich.
Mein Instinkt sagt, dass es besser wäre, auf Abstand zu gehen und das Weite zu suchen. Das Problem ist nur, dass mich Persönlichkeiten wie er schon immer wie magisch angezogen haben.
Je kaputter, je monströser der Charakter ist, umso besser.
Männer wie ihn verstehen zu wollen, war der Antrieb für mein Psychologiestudium. Die Psyche des Menschen ist unergründlich.
Viele der Mörder, mit denen ich mich unterhalten und die ich gefragt habe, warum sie getan haben, was sie getan haben, konnten mir nicht erklären, was sie dazu getrieben hatte, die Schreckenstaten zu verüben. Bei manchen war es Rache, Hass oder ein finanzielles Motiv, andere hingegen konnten keinen Grund benennen.

Ich muss gestehen, mich faszinieren die echten Killer viel mehr. Die eifersüchtigen Männer, die die Liebhaber ihrer untreuen Ehefrauen erschießen, langweilen mich.
Ihre Motive kann ich nachvollziehen. Und sobald eine Tat logisch erklärbar ist, reizt sie mich nicht mehr.
Dieser Rocker hier ist allerdings ein ganz neues Level der Abgefucktheit.
Ich nehme einen Schluck meines Martinis, schiebe mir die letzte Olive in den Mund und zerbeiße sie langsam, koste den Geschmack bis zum letzten Quäntchen aus. Iker beobachtet mich, seine dunkelblauen Augen kleben auf meinen Lippen, sein markanter Kiefer malt.
Die Art, wie er mich beobachtet, gewinnt an Intensität, plötzlich fällt es mir schwer zu schlucken. Sein Kiefer spannt sich an und seine linke Hand ballt sich zur Faust, während sich die rechte fester um das noch halb volle Scotchglas schließt.
Ich zwinge mich, den Blick zu senken, stoße den angehaltenen Atem aus und wende mich dem Barmann zu, der von dem Rocker Mik genannt wird.
„Hast du noch einen für mich?"
Er zögert für den Bruchteil einer Sekunde, seine Augen huschen kurz zu Iker, ehe er wieder zu mir sieht und sich daranmacht, mir einen neuen Martini zu mixen.
Es ist offensichtlich, dass er mich warnen will, dass er mir raten will, das Weite zu suchen, sich aber nicht traut. Ich finde es nett, dass er sich Sorgen um mich macht, aber das muss er nicht.
Ich bin schon ein großes Mädchen und kann ganz gut auf mich selbst aufpassen.

Mein Tag war anstrengend und scheiße. Ich habe eine kleine Pause und etwas Spaß verdient.

Der Alkohol rauscht durch meine Venen, er beruhigt meine angespannten Nerven und macht mich mutig genug, um die Fragen zu stellen, die mir auf der Zunge liegen.

„Was treibt ein *Hell Bone* für gewöhnlich nachts?“

Bilder huschen durch meinen Kopf, werden zu kurzen, jedoch wilden Szenen, in denen es um verschwitzte Körper, zerknitterte Bettlaken und wilde Küsse geht.

Ein dumpfes Pochen breitet sich in meinem Schoß aus. Die Schenkel fest zusammenpressend kämpfe ich gegen die unerklärliche Erregung, die von mir Besitz ergreift, an.

Was sagt es wohl über mich aus, dass ein gefährlicher Kuttenträger mit blutverschmierten Händen und einem verdammten Fadenkreuz auf der Stirn so eine fatale Wirkung auf mich hat?

Vielleicht zieht mich die düstere Welt der Gesetzlosen ja nur so an, weil ich tief in meinem Inneren ebenfalls eine schwarze Seite habe?

Wer weiß?

Iker dreht sich lässig auf die Seite, stützt sich mit einem Ellenbogen auf dem Tresen ab und zieht skeptisch eine Augenbraue in die Höhe. Die linke Hand stemmt er mit der Faust auf seinen Oberschenkel, seine Bizepse kommen in dieser Pose besonders gut zur Geltung, genau wie die Kutte, die ihn als Member des *Hell Bones Motorcycle Clubs* kennzeichnet.

In der Nähe dieses Mannes bin ich mir meiner Weiblichkeit überdeutlich bewusst. Die durch und durch männliche Arroganz, mit der er mich mustert, schießt mir direkt ins Höschen.

Teufel noch eins ...

Mein Blick fällt auf den Enforcer-Aufnäher, diese Bezeichnung überlässt meiner Fantasie nicht viel Spielraum.

Iker ist der Vollstrecker, und was ein Vollstrecker in einem gesetzlosen Biker-Club macht, ist uns wohl allen klar. Er treibt Schulden ein und vollstreckt Todesurteile.

Heilige Scheiße!

„Bevor ich dir erlaube, mir Fragen zu stellen, sollten wir eine Sache klären.“

Neugierde steigt in mir auf.

„Und welche?“

„Wir sind uns fremd, ich kenne dich nicht. Du könntest ein Bulle sein oder eine FBI-Fotze. Was weiß ich, was dich dazu treibt, nachts alleine in einer Kneipe wie dieser zu sitzen und zu trinken.

Trotzdem werde ich dich nicht anlügen. Wenn du mir also Fragen stellst, solltest du für die Antworten bereit sein."

Die Warnung ist angekommen.

Für gewöhnlich vermeide ich es, gleich am Anfang über meinen Beruf zu reden. Die Menschen fühlen sich in der Nähe einer Psychologin unwohl und rechnen damit, dass ich nichts anderes zu tun habe, als sie ununterbrochen zu beurteilen oder zu therapieren. Aber das ist Schwachsinn. Die meisten Leute langweilen mich, sie sind viel zu uninteressant, als dass ich mir die Mühe machen würde, gedanklich ein Profil von ihnen zu erstellen.

Iker redet von Ehrlichkeit und darum empfinde ich es nur als fair, ihm gegenüber ebenfalls ehrlich zu sein.

„Du denkst, ich bin Polizistin?"

Er schüttelt den Kopf.

„Nein. Aber es liegt durchaus im Bereich des Möglichen."

Das stimmt. In der Vergangenheit habe ich mehr als einmal mit der Polizei zusammengearbeitet. Zuletzt bei dem Serienvergewaltiger, der auf Staten Island sein Unwesen getrieben und die Bevölkerung in Angst und Schrecken versetzt hat.

Insgesamt hat er neun Mal zugeschlagen, jedes Mal waren seine Opfer zwischen achtzehn und dreiunddreißig.

Zwei der Frauen haben kurze Zeit nach den Überfällen Selbstmord begangen. Sie kamen mit dem, was ihnen zugestoßen war, einfach nicht klar.

Dieser Fall sollte mir eine Warnung sein, er sollte dafür sorgen, dass ich vorsichtiger bin und mich von gefährlichen Männern fernhalte.

Aber na ja ... Ich tue es nicht, sondern sitze stattdessen hier und unterhalte mich mit dem Vollstrecker des wohl mächtigsten Rockerclubs des Landes über so etwas Triviales wie Ehrlichkeit.

„Ich bin Psychologin."

Gespannt, wie er darauf reagiert, beobachte ich seine Mimik, ich kann nichts als Interesse erkennen.

„Eine Frau Doktor? Sexy."

Ich steh auf Männer, die sich von intelligenten Frauen nicht einschüchtern lassen.

„Jetzt, wo wir das geklärt haben, zurück zu meiner Frage. Wie verbringt ein *Hell Bone* seine Nächte, wenn er nicht gerade mit einer Psychologin in einer Bar sitzt und Scotch trinkt?"

Ikers Mundwinkel zucken, seine dunklen Iriden funkeln amüsiert.

„Das klingt fast nach einem Witz: Trifft ein Rocker eine Psychologin in einer Bar ..."

Ich muss lachen.
„Stimmt. Aber in unserem Fall ist es die Realität."
Er nickt.
„Nehmen wir mal an, es wäre ein Witz, wie würde er enden?"
Ohhh ...
Ich weiß, worauf das hinausläuft, und bin durchaus bereit, dieses Spiel zu Ende zu spielen.
An meiner Unterlippe knabbernd, beuge ich mich ein wenig zu Iker, gewähre ihm so einen etwas tieferen Einblick in mein Dekolleté, sodass er die Spitzen meines BHs erkennen kann, und streife mir mit den Fingern durch die Haare.
„Mit Sex."
Wämm ... das haut den armen Outlaw fast vom Hocker.
Mit dieser Direktheit hat er ganz offensichtlich nicht gerechnet.
„Die brave Psychologin will also harten, schmutzigen Sex mit einem bösen Biker?"
„In dem Witz auf alle Fälle."
Iker rutscht vom Barhocker und baut sich direkt vor mir zu seiner vollen Größe auf.
Groß und stark füllt er mein komplettes Sichtfeld, noch ein Schwall Feuchtigkeit landet in meinem Slip.
Er betrachtet mich abwägend, dann umfasst er mit seinen blutigen Händen meine Schultern, drückt fest zu und lässt mich so seine Kraft spüren. Er fügt mir keinen Schmerz zu, demonstriert mir einfach nur, was er alles mit mir tun könnte, wenn er wollte.
Und er will. Das kann ich an dem raubtierhaften Glitzern in seinen Augen erkennen.
„Wenn ich dich ficke, Charlotte, dann wird das kein Witz sein. Dann wird das nicht lustig oder nett sein, sondern hart, gnadenlos und gut. Verdammt gut. Aber eben auch verdammt brutal. Keine Blümchen, keine vorsichtigen Küsse und keine um Erlaubnis heischenden Berührungen. Sondern roher, animalischer Sex. Du wirst schreien und ich werde fluchen. Du wirst jammern und ich werde dich noch tiefer ficken – du wirst meinen Namen kreischen und ich werde mich an dir festbeißen. Es wird erst enden, wenn du vor Erschöpfung zusammenbrichst. Und das wird passieren, das verspreche ich dir."
Halleluja ...
Spätestens jetzt wäre der Zeitpunkt gekommen, ein paar Dollarscheine auf die Theke zu legen und den Rückzug anzutreten. Doch anstatt die Flucht zu ergreifen, bleibe ich ruhig, sehe zu den

langen Fingern, die auf meiner Schulter liegen und betrachte die aufgeplatzten Knöchel, die von einem Kampf zeugen.

„Ich war noch nie ein Freund von Witzen.“

Der Rocker bleckt die Zähne.

„Du bist mit einem Taxi gekommen.“

„Woher weißt du das?“

„Ich habe dich beobachtet und bin dir dann gefolgt.“

Jetzt ist es doch so weit, Furcht breitet sich in meinem Magen aus. Aber sie ist nicht stark genug, um mich in die Flucht zu schlagen.

„Warum?“

Iker kneift die Augen zusammen, sein Griff festigt sich, die Message ist klar: Für mich gibt es kein Entkommen.

„Du hast mein Interesse geweckt.“

„Ich fühle mich geschmeichelt.“

„Das solltest du auch.“

Wir liefern uns ein Blickduell, das Mik mit einem Räuspern unterbricht.

„Wollt ihr noch was bestellen?“

Iker überlässt es mir zu antworten.

Will ich das Unausweichliche hinauszögern oder das Abenteuer wagen?

Verdammt!

Ich weiß genau, was ich will, nur fehlt mir die Courage, um es laut einzufordern.

Wir Psychiater sind sehr wohl immer und immer wieder dabei, alles zu analysieren und verschiedene Profile zu erstellen, aber im Gegensatz zur öffentlichen Meinung nicht von den Menschen, die uns begegnen, sondern von uns selbst.

Mein Verstand arbeitet immer, und die Schlüsse, die er jetzt nach dem dritten, vierten, vielleicht sogar fünften Martini zieht, beunruhigen mich.

Wenn ich jetzt in meiner Praxis wäre und eine Patientin würde mir diese Situation schildern und mir dabei die Gefühle offenbaren, die gerade durch meinen Kreislauf toben, was würde ich zu ihr sagen – und was noch wichtiger ist – was würde ich über sie denken?

Nicht analysieren – leben!

Ohne den Blick von Iker zu wenden, lehne ich einen weiteren Martini ab, was dem Rocker mir gegenüber ein raues Knurren entlockt.

Ein Knurren, das mich an einen Wolf erinnert, und das dafür sorgt, dass ich mich wie Rotkäppchen fühle.

Iker fasst sich in die Innentasche seiner Kutte, zieht eine dicke Rolle Geldscheine hervor, die mit einem schwarzen Gummi zusammengehalten werden, und wirft dann einen Benjamin Franklin auf den Tisch.

Ich schnappe meine Tasche und lasse mich von ihm aus der Kneipe hinaus auf die Straße führen.

Was tue ich da nur?

Der Rocker ist mir fremd, mehr als das, er sollte mir eigentlich unheimlich sein.

Zwischen dem zweiten Martini und meinem Eingeständnis, dass ich Psychologin bin, haben wir uns zwar unterhalten, aber nur über oberflächlichen Scheiß wie das Wetter, die anstehende Bürgermeisterwahl und Alkohol.

Das waren also oberflächliche Themen, die nichts über uns verraten.

Gut, ich weiß, dass Iker keinen Schnee mag, seine Harley liebt und seit mehr als sechs Jahren ein *Hell Bone* ist, aber das war es dann auch schon.

Fairerweise muss ich zugeben, dass dieser Biker nicht mein erster One-Night-Stand ist, und dass ich von den anderen Männern genauso wenig gewusst habe wie über den Enforcer.

Aber verflucht!

Diese Typen waren allesamt so langweilig und glatt, dass ich nicht das Gefühl hatte, dass es viel über sie in Erfahrung zu bringen gibt oder dass es sich lohnen würde, Fragen zu stellen. Bei diesem Rocker ist das anders. Er ist interessant, undurchsichtig und wie ein dickes, spannendes Buch, das ich unbedingt lesen will.

Was treiben Rocker nachts?

Auf diese Frage habe ich immer noch keine Antwort bekommen, aber wenn ich an seine blutigen Hände denke, kann ich es mir durchaus vorstellen.

Ich erschaudere, mir wird erst heiß, dann kalt und sofort wieder heiß, als er mich zu dem silbernen, wirklich großen Motorrad führt, das geduldig am Straßenrand steht.

„Vielleicht sollten wir uns lieber ein Taxi rufen?“

Noch während ich ihn das frage, weiß ich, dass er die Idee einfach abschmettern wird.

„Was? Hat Frau Doktor Schiss vor einem wilden Ritt?“

Öhm, na ja ...

„Ich habe keine Angst.“

Er mustert mich mit der Arroganz eines Mannes, der genau weiß, dass sogar die Hölle ihn wieder ausspucken würde.

„Weder vor deinem Bike noch vor dir.“
Sein lautes Lachen schallt von der Hauswand wider.
„Bist du dir da sicher?“
„Absolut.“
Sein gemurmeltes „Na schön. Dann werde ich mich wohl mehr anstrengen müssen“, ist alles, was er sagt, dann packt er mich an der Hüfte und setzt mich auf das Motorrad.
Der harte Sitz fühlt sich ungewohnt an. Dank der vielen Martinis ist mein Gleichgewichtssinn etwas angeschlagen, ich muss mich festhalten, um nicht zu fallen. Meine Handtasche rutscht mir von der Schulter, Iker nimmt sie mir ab und hängt sie mir wortlos um den Hals. Der Blick, den er mir dabei zuwirft, strahlt pure Überlegenheit aus.
Der viele Scotch scheint bei ihm keine Wirkung zu zeigen.
Wie unfair.
„Wohin bringst du mich?“
„Wohin willst du?“
Das ist wohl der Moment für die klassischste aller One-Night-Stand-Fragen: *Zu dir oder zu mir?*
Wobei *zu mir* absolut nicht zur Debatte steht.
Ich mag gerade unvorsichtig sein, aber ich bin nicht völlig verrückt. Ich werde dem Rocker garantiert nicht verraten, wo ich wohne. Eine gewisse Anonymität sollte bei solchen Abenteuern auf jeden Fall gewahrt werden.
„Wie wäre es mit einem Hotelzimmer?“
Falls Iker sich über diesen Vorschlag wundert, lässt er es sich nicht anmerken.
„Wie wäre es mit dem Club?“
Huch ... tja ... öhm ...
„Bist du dir sicher, dass du mich da hinbringen willst?“
„Warum nicht?“
Ganz genau! Warum eigentlich nicht?
Ich wollte schon immer mal einen Blick in die aus Kutten, Waffen und Bikes bestehende Welt werfen. Das ist die Möglichkeit dazu.
„Gut. Dann zum Club.“
Ich rechne damit, dass er vor mir auf das Motorrad steigt, aber er überrascht mich, packt mich an den Haaren, wickelt sie sich um die Faust und reißt meinen Kopf grob nach hinten. Einen Atemzug später schwebt sein Gesicht direkt über dem meinen.
Eine Mischung aus Leder, Menthol und Alkohol schlägt mir entgegen, gewürzt mit einer Prise Mann und Seife. Noch bevor mir

bewusst ist, was ich da eigentlich tue, atme ich tief ein, sauge so viel wie nur möglich von Ikers herbem Geruch in meine Lunge.

Er bemerkt es, bläht die Nasenflügel und sieht mich aus schwarzen Augen an.

„So schön und intelligent und zugleich so leichtsinnig ...“

Meinem von seiner Nähe und dem Alkohol benebelten Verstand fällt dazu keine schlagfertige Erwiderung ein.

Und das ist okay, denn der Rocker scheint gar nicht auf eine zu warten. Seine festen Lippen streichen federleicht über die meinen, schüren so meine Vorfreude.

„Iker ...“, wispere ich bebend seinen Namen,.

Er zieht noch etwas fester an meinen Haaren. Ein schmerzhaftes Prickeln erfasst meine Kopfhaut, pure Erregung flutet meine Nervenbahnen.

Sein Mund presst sich auf meinen, kapert ihn und nimmt ihn in Besitz.

Geschickt zwingt seine Zunge mich dazu, mich ihm zu öffnen. Bereitwillig gewähre ich ihr Einlass und koste Ikers maskulinen Geschmack.

Ich keuche, schenke ihm meinen Mund und genieße die stürmische Offensive.

Unsere Zungen finden sich, umschlingen sich wild und beginnen ein gefährliches Vorspiel, das mich so viel mehr empfinden lässt, als gut für mich ist.

Der Kuss ist unnachgiebig, eine wahre Invasion auf meine Sinne.

Meine Synapsen sprühen Funken, es fühlt sich so an, als würde ich innerlich in Flammen stehen.

Mein Tag war schlecht, genauer gesagt sogar beschissen.

Ich bin in diese Kneipe gegangen, um den Ärger in jeder Menge Martinis zu ertränken.

Alles, was ich wollte, war meine Ruhe, und dann? Dann ist da plötzlich dieser *Hell Bone* aufgetaucht und hat mich den ganzen Frust vergessen lassen.

Seine Zähne finden meine Unterlippe, er beißt mich, ich schmecke Blut und spüre Schmerz und will dennoch mehr.

Gott! Was ist nur los mit mir?

Ungestüm und gnadenlos erobert mich der Rocker und ich komme nicht mal ansatzweise auf die Idee, um Hilfe zu schreien oder um Gnade zu bitten.

Gerade Letzteres erscheint mir eh als völlig sinnlos, ist mir doch der Expect-No-Mercy-Aufnäher an seiner Brust ins Auge gestochen.

Erwarte keine Gnade ...

Die Botschaft ist deutlich und ich bin intelligent genug, um sie zu verstehen.

Dieser *Hell Bone* ist kein Mann, den man einfach so am Schwanz ziehen kann.

Wer seine Begierde anfeuert, muss sie auch stillen, und so verrückt es auch klingen mag, aber ich bin mehr als bereit, genau das zu tun.

Die Zeit verstreicht, Iker lässt noch immer nicht von mir ab.

Erst eine kleine Ewigkeit später, als mein Herz bereits wie verrückt rast und sich das Blut in meinen Adern in glühende Lava verwandelt hat, gibt er meine Lippen nach einem sanften Zungenschlag wieder frei.

Halleluja!

Ich wurde schon von vielen Männern geküsst, aber so etwas habe ich noch nie erlebt. Das war kein einfacher, normaler Kuss, sondern Zungensex – falls es so etwas überhaupt gibt. Na ja, wenn es das bis jetzt nicht gegeben hat, dann halt eben ab jetzt.

„Fuck. Nicht schlecht für eine Psychologin."

Noch bevor ich ihn fragen kann, was er damit meint, setzt er mir einen schwarzen Helm auf und passt die Riemen meiner Größe an. Dann lässt er den Verschluss mit einem leisen *Klick* einrasten und nimmt vor mir Platz.

„Halt dich an mir fest, lass nicht los und mach keinen Scheiß. Kapiert?"

Mir ist nicht klar, was für einen *Scheiß* ich bitte hinter ihm auf einem Motorrad sitzend machen könnte, aber gut ...

„Kapiert."

Wie befohlen halte ich mich an ihm fest, indem ich meine Hände auf seine Hüfte lege, was ihn genervt aufstöhnen lässt.

„Verdammt Charlotte! Arme um meine Mitte, sofort."

Mit ruckartigen Bewegungen packt er mich an den Handgelenken, zieht sie zu sich vor und platziert meine Hände direkt an seiner Gürtelschnalle. In dieser Position bin ich ihm noch näher als zuvor. Die Innenseiten meiner Schenkel drücken sich an die seinen und die Wärme seines Körpers geht auf meinen über.

Bis jetzt haben wir nichts getan außer uns zu küssen und auf einer Harley zu sitzen – eigentlich nichts Besonderes – und dennoch vergehe ich regelrecht vor Sehnsucht und Begehren.

„Verflechte deine Finger, konzentrier dich darauf, nicht vom Bike zu fallen. Ich will dich nicht von der Straße kratzen müssen, sondern ficken."

Das mit der Romantik muss dieser *Hell Bone* definitiv noch lernen.

Erst als ich seine Anweisungen genauestens befolgt habe, startet er mit einem kräftigen Tritt den Motor und die Harley erwacht zum Leben.

Wer hätte gedacht, dass sich ein so riesiges Gefährt aus Stahl schlussendlich wie ein überdimensionaler Vibrator anfühlen würde?

Der Mann und das Bike vibrieren nur so vor unterdrückter Kraft, und das gefällt mir besser, als es das eigentlich sollte.

Als Psychologin weiß ich, was Hormone mit dem menschlichen Gehirn anstellen können, und sollte vernünftigerweise dagegen wirken, tue es jedoch nicht.

Der Vollstrecker des *Hell Bones Motorcycle Clubs* gibt Gas und besiegelt somit unser Schicksal.

3. Kapitel

Der Enforcer

Das Gefühl, das der warme Frauenkörper, der sich so schutzsuchend an den meinen presst, in mir auslöst, ist mir völlig neu.

Bis heute Nacht hat noch nie eine Frau hinter mir auf dem Bike gesessen.

Fuck – nie.

Nicht mal eine Bitch. Und das nicht, weil sich in der Vergangenheit keine Gelegenheit dazu geboten hat, weiß der Teufel – davon gab es weitaus genug – sondern weil ich es nicht wollte.

Wenn ich eine der Clubhuren auf meine Maschine gelassen hätte, wäre das einer Erklärung gleichgekommen, die ich niemals ablegen werde.

Meine Loyalität gilt dem Club, genau wie meine Treue.

Die Kutte, die ich trage, definiert, wer ich bin, und das Leben, das ich führe, lässt keinen Spielraum für irgendwelche Spekulationen.

Ich habe mich für ein Leben aus Blut und Tod entschieden – ich habe mich für die Freiheit entschieden, tun und lassen zu können, was ich will.

Niemand fesselt mich an sich, niemand gibt vor, was ich zu tun und zu lassen habe.

Das entscheide ganz alleine ich. Devil, unser Präsident, hat bis zu einem gewissen Grad eine Befehlsgewalt über mich, aber selbst er kann nicht entscheiden, wie mein Leben verläuft.

Eine Frau ist also das Letzte, was ich gebrauchen kann, dennoch sitzt eine sexy Psychologin hinter mir, deren weicher Körper meine Nerven zum Feuern bringt.

Bullshit!

Eine sexy Brille und roter Lippenstift, was für eine geile Kombination!

Warum ich ausgerechnet bei Charlotte eine Ausnahme mache, ist leicht zu erklären. Sie macht auf mich nicht den Eindruck, als ob sie es kaum erwarten könnte, eine Lady der *Hell Bones* zu werden. Die kleine, süße Psychologin, will einfach nur einen schnellen harten Fick, und den kann sie gerne von mir haben.

Ich bezweifle, dass wir uns nach dieser Nacht wiedersehen werden. Irgendwann wird sie einen Mann finden und heiraten, und ich werde dann ihr schmutziges kleines Geheimnis sein. Ich bin dann eine amüsante Erinnerung an ein Abenteuer, die nie laut ausgesprochen wird. Das gefällt mir, aber es ärgert mich auch. Schließlich impliziert dieses Verhalten, dass ich, ein Outlaw, niemals an der Seite von einer Frau wie Charlotte bestehen könnte.

Fuck! Fuuuccckk!

Die unerklärliche Wut ist zurück, sie fegt wie eine Sturmflut über mich hinweg.

Entschlossen, Charlotte Angst zu machen, gebe ich Gas, drücke das Bike tief in die nächste Kurve und genieße ihren erschrockenen Aufschrei.

Sie will ein Abenteuer?

Das kann sie haben.

Ich werde sie so hart rannehmen, dass sie eine Woche lang nicht mehr laufen kann. Ich will ich perfektes Make-up verwischen, ihre glänzenden Locken um meine Faust wickeln und mit den Daumen so lange über die roten Lippen reiben, bis der natürliche Farbton ihres Mundes zum Vorschein kommt.

Wenn ich meinem Zorn nachgebe, reiße ich dem schönen Schmetterling die Flügel aus und verbanne ihn zu einer Existenz in absoluter Dunkelheit.

Aber das will ich gar nicht. Ich will Charlotte ficken und nicht zerstören, und darum mache ich einen Umweg, ziehe den Weg zum Club in die Länge, und hoffe, dass mir die extra Minuten ausreichen werden, um mich wieder unter Kontrolle zu bringen.

Fast so, als könnte sie meinen Stimmungswandel spüren, festigt sie ihren Griff und sucht so instinktiv nach Sicherheit. Einer Sicherheit, die sie in meiner Gegenwart garantiert nicht finden wird ...

4. Kapitel

Die Psychologin

Dicke Wolken bedecken den sternenlosen Nachthimmel.

Harte Rockmusik dröhnt aus den Boxen, schallt über den Hof und bringt den Boden unter meinen Füßen zum Beben.

Die unüberwindbare Mauer, die anscheinend das komplette Gelände der *Hell Bones* einrahmt, ist mit Sicherheitskameras und Stacheldrahtrollen bestückt. An dem kleinen Wachhäuschen direkt neben der mit einem Tor gesicherten Zufahrt stehen zwei bewaffnete Typen. Sie rauchen und lachen, während sie sicherstellen, dass niemand Unerwünschtes den Hof betritt.

Der Blick, mit dem sie mich bei meiner Ankunft gemustert haben, hat mir beinahe ein Loch in den Rücken gebrannt.

Ich kann es verstehen. In meinen teuren Designer-Klamotten, mit den Manolo Blahniks an den Füßen und der Vierhundert-Dollar-Handtasche passe ich nun wirklich nicht in das Biker-Milieu.

Ich komme mir vor wie eine dressierte Katze, die gleich zum Vergnügen aller durch einen brennenden Ring springen muss.

Scheiße!

Auch wenn das anders aussehen mag, aber ich gehöre nicht zu den Frauen, die sich über ihr Äußeres definieren. Doch ich mag einfach schöne Sachen.

Meine Kindheit war nicht ... na ja, nennen wir es mal *optimal*. Wir hatten nur wenig Geld und die Bedeutung des Wortes *Entbehrungen* habe ich schnell gelernt.

Jetzt bin ich erwachsen, ich arbeite hart und viel, und wenn ich beschließe, mein Geld in Schuhe und Taschen zu investieren, dann ist das mein gutes Recht.

Trotzdem komme ich mir gerade wie ein eingebildeter Snob vor, und das gefällt mir nicht.

In Jeans, Chucks und einem Shirt würde ich mich bedeutend wohler fühlen.

Aber egal. Es ist, wie es ist ...

Zwei Tussis kommen mir entgegen, sie sind quasi nackt.

Der winzige String der Linken ist weder sexy noch aufreizend, sondern wirkt einfach nur billig, genau wie die Frau, die ihn trägt.

Iker würdigt die beiden keines Blickes, sondern zieht mich unaufhaltsam immer tiefer in seine Welt.

Bevor ich das Clubhaus betreten kann, muss ich einem Kerl ausweichen, der so groß und so breit wie ein Schrank ist. Seine Fäuste sind getapt und seine Miene wirkt mörderisch.

Schweißperlen rinnen über seinen muskulösen Oberkörper und verlieren sich in den Rillen seines Sixpacks.

Dank der Zurschaustellung von so viel Testosteron und heroischer Maskulinität läuft mir das Wasser im Mund zusammen.

Der Typ bemerkt mich, grinst schief und gibt ein lautes Schnalzen von sich.

„He Iker, wo hast du die Sahneschnitte gefunden und gibt es da noch mehr?“

Sahneschnitte? Ehrlich?

Eigentlich sollte es mich stören, mit einem Gebäckstück verglichen zu werden, dank der vielen Martinis fühle ich mich jedoch geschmeichelt.

Der Kämpfer will mir über die Schulter streichen, Iker wehrt blitzschnell seine Hand ab.

„Nicht anfassen. Die Kleine reitet heute Nacht meinen Schwanz.“

Die beiden liefern sich ein heftiges Blickduell, für einen winzigen Moment bin ich mir sicher, dass sie sich gleich hier und jetzt einen Fight liefern. Ein warnender Schauer rieselt an meiner Wirbelsäule nach unten. Der Kerl blinzelt zuerst, Iker gewinnt das Duell und bleckt die Zähne.

„Verschwinde, Bro, oder du bereust es.“

Der Kerl sucht das Weite und ich werde in die Welt der *Hell Bones* gezogen.

Ich atme stickige Luft, es riecht nach Rauch, Männer und Leder.

Es dauert etwas, bis sich meine Augen an das schummrige Licht gewöhnt haben, und ich mich genauer umsehen kann.

Eine lange Bar, ein Boxsack, der von der Decke hängt und sachte hin und her schwingt. Dazu verschiedene Sitzgruppen, Flipperautomaten, Billardtische und Dartscheiben.

Pole-Dance-Stangen, an denen sich ein paar Tänzerinnen winden, und silberne Käfige, in denen viel zu jung aussehende Mädchen sitzen, runden das Gesamtbild ab.

Mein gezischtes „Ach du heilige Scheiße!“, bringt den Enforcer neben mir zum Lachen.

„Gefällt dir, was du siehst?“

Nicht wirklich. Wobei ich das so eigentlich auch nicht sagen kann. Das hier ist ein Motorcycle Club und kein Museum, wahrscheinlich muss es hier so aussehen.

„Es ist interessant."

Ikers Lachen wird lauter, seine Hand landet auf meinem Hintern und drückt fest zu.

„Du wolltest das volle Programm, Frau Doktor."

Ja, das wollte ich wohl ...

Jemand rempelt mich an, ich gerade ins Straucheln und Iker fängt mich wie selbstverständlich auf.

„Brauchst du noch einen Martini oder bist du bereit für das, was ich mit dir vorhabe?"

Ein leichtes Flattern macht sich in meinem Bauch bemerkbar.

„Das kommt darauf an, was du mit mir vorhast."

Seine Augen glitzern spöttisch.

„Du hast Angst."

Ein bisschen, aber das werde ich garantiert nicht zugeben.

„Vor dir? Garantiert nicht."

„Ach nein?"

Iker drückt mich noch etwas fester an sich, meine Brüste pressen sich gegen seine Kutte, ich spüre sein Knie zwischen den meinen und etwas Hartes am Arm, das wahrscheinlich eine Waffe ist.

Ich bin gefangen von stahlharten Muskeln.

Sein kantiges Gesicht mit dem Fadenkreuz auf der Stirn, und die lange Narbe, die sich silbern auf seiner Haut abzeichnet, locken meine Aufmerksamkeit.

Unsere Blicke begegnen sich, mein Herz rast, während ich seinen Körpergeruch atme.

Die Welt zieht sich zusammen, das Chaos um uns herum, die viel zu laute Musik und die unzähligen Rocker, die sich um uns tummeln, verlieren an Bedeutung.

Alles, was ich noch wahrnehme, ist der Vollstrecker, der mich mit solch einem Hunger betrachtet, dass ich mir für eine Sekunde sicher bin, dass er mich jetzt und hier bei lebendigem Leib auffressen wird.

Er senkt den Kopf, jetzt sind wir uns so nah, dass sich unsere Nasenspitzen beinahe berühren.

„Ich kann deine Furcht schmecken, Baby."

Was? So etwas geht doch gar nicht. Oder etwa doch?

Um meine stetig wachsende Unsicherheit zu überspielen, ziehe ich den Kopf zurück und sehe ihn herausfordernd an.

„Wenn du mich woanders hinbringst, kannst du noch viel mehr von mir kosten."

Iker reagiert wie erhofft. Seine Nasenflügel blähen sich und die Sehnen an seinem Hals treten deutlich hervor.

„Frau Doktor will geleckt werden?“

Die Art, wie er das ausspricht, hat etwas Verdorbenes und macht mich ungemein an.

Er reibt mit seiner mit Bartstoppeln überzogenen Wange über die meine.

Ein schönes Gefühl. Verzweifelt nach Halt suchend, kralle ich mich am Revers seiner Kutte fest und erwidere seinen düsteren Blick.

„Fick mich, Outlaw.“

Von mir selbst überrascht, beobachte ich das Zucken seiner Mundwinkel, dann küsst er mich so wild, dass mein Herz zu rasen beginnt.

Unsere Lippen verschmelzen, unsere Zähne schlagen krachend aufeinander, während ich seinen Atem trinke.

Als ich kraftlos gegen ihn sinke, gibt er meinen Mund wieder frei und grinst zufrieden.

„Oh ja, wir werden viel Spaß miteinander haben, Charlotte.“

Bis zu diesem Moment fand ich meinen Namen immer langweilig, ja sogar altmodisch. Aber Iker schafft es, ihn so auszusprechen, dass er verrucht und sexy klingt.

Liegt das am Martini? Vielleicht.

Ich schiebe mir die nach unten gerutschte Brille wieder etwas weiter auf die Nase, streiche mir die Locken über die Schulter und stelle mich aufrechter hin.

Himmel ... Um meine Contenance kämpfend, weiche ich einen Schritt zurück und schaffe so den dringend benötigten Abstand.

Iker beobachtet mich argwöhnisch, wartet ab, bis ich mich wieder ein wenig gefangen habe, nur um mich erneut an sich zu ziehen und mich noch härter zu küssen als zuvor. Seufzend erwidere ich das sündige Zungenspiel und jammere leise, als er sich viel zu schnell wieder von mir trennt.

Seine langen Finger schlingen sich um mein Handgelenk, wir setzen unseren Weg fort.

„Wohin bringst du mich?“

Er lacht.

„Die Frage kommt etwas spät, oder?“

Eventuell ...

„Antworte mir einfach.“

„In meine Wohnung.“

Überrascht runzle ich die Stirn.

„Du wohnst *hier*?“

„Jep, oben befinden sich Wohnungen.“

Mehr sagt er nicht, sondern zerrt mich hinter sich her, während er mit großen Schritten auf eine Metalltreppe zusteuert. Die Stufen bestehen aus stählernen Gittern, die den Tod für meine Manolo Blahniks bedeuten werden.

„Gibt es noch einen anderen Weg?“

„Wieso?“

Ich deute auf meine geliebten Schuhe, was dem Rocker ein ungläubiges Zischen entlockt.

„Echt jetzt?“

„Mehr als echt.“

Sein gemurmeltes „Weiber!“, amüsiert mich.

Iker reibt sich mit der freien Hand über die Stirn und scheint sich die gleiche Frage zu stellen, die mir ebenfalls schon durch den Kopf geschossen ist:

Er und ich? Was tun wir hier eigentlich?

Der *Hell Bone* mit dem Fadenkreuz auf der Stirn und ich, die Psychologin mit den 600-Dollar-Schuhen. Wir stammen aus zwei völlig unterschiedlichen gesellschaftlichen Schichten. Die Stadt ist groß – eigentlich hätten wir uns nie über den Weg laufen dürfen.

Aber wir sind es und jetzt stehen wir hier, mitten im Clubhaus, und ich weigere mich, meine geliebten Heels an diesem Unding von einer Treppe sterben zu lassen.

Iker handelt sofort, beugt sich vor und wirft mich mit Schwung über seine Schulter.

Ich kreische, halte mich an ihm fest und versuche, mich hochzustemmen. Es funktioniert nicht. Kichernd gebe ich auf, stelle mir vor, welch merkwürdigen Anblick wir wohl gerade bieten, und muss kichern.

Der Rocker und die Psychologin – ob das gut geht?

Mühelos, so als würde ich nicht mehr als eine Feder wiegen, trägt er mich Stufe für Stufe nach oben, einen nur schwach beleuchteten Gang entlang, dessen Wände schwarz angemalt sind, und bleibt dann vor einer hölzernen Türe stehen.

Das Herz schlägt mir bis zum Hals. Wenn ich jetzt „Stopp!“ sagen würde, was dann? Würde Iker mich gehen lassen?

Ich bin mir nicht sicher. Was für ein Glück, dass ich überhaupt nicht von hier verschwinden will ...

Iker holt einen Schlüsselbund aus der Hosentasche, sperrt auf und schleppt mich ins Innere.

Es riecht nach Mann, genauer gesagt nach dem Mann, über dessen Schulter ich gerade hänge.

„Willkommen in der Höhle des Löwen, Mädchen.“

Was?

Ich bin mir nicht sicher, was mich mehr verstört: dass er sich selbst als Löwen oder dass er mich als Mädchen bezeichnet hat.

Er macht sich nicht die Mühe das Licht einzuschalten, ich erkenne nur schemenhafte Umrisse. Sehe zum Beispiel, dass Bilder an der weißen Wand hängen, erkenne aber nicht, was auf ihnen abgebildet ist.

Schade. Meine Neugierde ist geweckt.

Der Rocker trägt mich immer tiefer in seine Höhle, bleibt dann plötzlich stehen und verpasst meinen Po einen Klaps, ehe er mich an seiner harten, mit Leder bedeckten Brust nach unten gleiten lässt und die Bewegung erst stoppt, als sich unsere Gesichter vis-à-vis gegenüber befinden.

Oh verdammt!

Trotz der vielen Tinte auf seiner Stirn und der langen Narbe ist dieser Outlaw mit Abstand der attraktivste Mann, der mir jemals begegnet ist.

„Iker ...“

Seinen Namen wispernd schlinge ich ihm die Arme um den Nacken, halte mich an ihm fest und hauche ihm einen sanften Kuss auf die Lippen.

Er knurrt, schüttelt langsam den Kopf und vergräbt seine Faust in meinen Locken, ehe er mich zurückküsst, aber so wie er es braucht: grob, tief und bestimmend. Unsere Zungen finden sich, ich genieße jede Sekunde. Iker schmeckt nach Scotch und Abenteuer. Diese Mischung berauscht mich mehr als die Martinis, die durch meinen Kreislauf pumpen.

„Fuck! Ich will dich, Charlotte.“

Wieder gelingt es ihm, meinen Namen sexy klingen zu lassen.

„Dann fick mich endlich, *Hell Bone*.“

Wieder tackert er seinen Mund auf den meinen, raubt mir nicht nur den Atem, sondern auch den Verstand.

Ich streife mir die Hells von den Füßen. Als sie mit einem leisen Klackern auf den Boden gefallen sind, werde ich durch die Luft geworfen.

Ich erschrecke und schreie, lande jedoch in einem Berg aus weichen Kissen. Iker ist keine Sekunde später über mir, verschlingt meine Lippen, reißt meine Bluse auf und beginnt, mich auszuziehen. Die kleinen Perlmuttknöpfe fliegen wie Konfetti durch die Luft, landen leise neben dem Bett.

Schwielige Hände, spitze Zähne und kratzige Bartstoppeln ...

Ich winde mich schwer atmend, lecke an seinem Hals entlang und knabbere an seinem Ohrläppchen.

„Mach langsam, Baby."

Seine Warnung ignorierend, lasse ich meine Hände unter seine Kutte gleiten und genieße das Gefühl von harten Muskeln. Zumindest tue ich das so lange, bis meine Fingerspitzen auf kalten Stahl treffen. Ich zucke instinktiv zurück, Iker bemerkt es und lacht.

„Was? Bist du etwa empfindlich?"

Na ja ... Ja ... schon ... Irgendwie ...

Pistolen gehören für gewöhnlich nicht zu meinem Alltag.

„Wie wäre es, wenn du das Ding ablegst? Die einzige Waffe, die du heute Nacht noch brauchst, ist die zwischen deinen Beinen."

Der Satz klingt so furchtbar abgedroschen, aber er passt gerade perfekt.

Iker schaut aus zusammengekniffenen Augen auf mich herab, seine weißen Zähne glänzen in der Dunkelheit.

„Angst?"

Was würde es bringen zu lügen?

„Ein bisschen."

Er nickt, so als ob er das schon wusste.

„Du bist bei mir völlig sicher, Charlotte."

Als Psychologin bin ich darauf geschult, zu erkennen, wenn mich jemand anlügt und daher erkenne ich sofort, dass Iker die Wahrheit sagt.

Meine Furcht löst sich auf, hinterlässt nichts als Lust und Begierde.

„Gut. Dann leg das Ding ab, bevor wir weitermachen."

Seine Mundwinkel ziehen sich nach oben, er richtet sich zwischen meinen gespreizten Schenkeln zu seiner vollen Größe auf und starrt auf mich herab. Ohne unseren Blickkontakt zu unterbrechen, zieht er sich das Leder aus. Darunter kommt ein Holster zum Vorschein.

Das verschwindet als Nächstes, dann greift er nach hinten und zieht eine weitere Schusswaffe aus seinem Hosenbund. Darauf folgen ein Klappmesser und ein langer Dolch, der in einer schwarzen Scheide steckt. Das alles landet auf dem kleinen Glastisch, der ihm als Nachtkästchen dient.

Halleluja!

„Was hattest du vor? Wolltest du in den Krieg ziehen?"

Ich meine das als Witz. Iker hingegen scheint in dieser Hinsicht jedoch keinen Spaß zu verstehen.

„Ich bin der Vollstrecker, Baby. Meine Existenz besteht nur aus Krieg."

Wow ... das ist heftig ...

„Das tut mir leid für dich."

Und das meine ich ernst, ein solch blutiges Leben stelle ich mir schrecklich vor.

„Muss es nicht. Niemand hat mich gezwungen das *Enforcer-Patch* auf meine Kutte zu nähen. Alles ist so, wie ich es will."

Das ist noch heftiger ...

„Hast du deshalb auch das Blut an den Händen?"

Für eine Sekunde kommt keine Reaktion. Dann steigt er aus dem Bett, sofort vermisse ich seine Nähe und die Wärme, die er ausstrahlt.

Schweigend beobachte ich, wie er sich die schweren Bikerboots abstreift und dann barfuß aus dem Raum verschwindet.

Ich will ihn fragen, wo er hingeht, mein Blick fällt auf das Waffenarsenal und ich bringe keinen Mucks über die Lippen.

Was um alles in der Welt tue ich hier nur?

Noch bevor ich eine Antwort finde, höre ich Wasser rauschen.

Wenige Minuten später kommt Iker zurück, schaltet ein kleines Licht an und stemmt die frisch gewaschenen Hände in die Hüften.

Geballte Männlichkeit schlägt mir entgegen.

Dieser *Hell Bone* ist imposant und böse. Verdammt böse und gefährlich und genau das zieht mich wie magisch an.

Hätte er kein Fadenkreuz auf der Stirn gehabt und keine Kutte getragen, sondern stattdessen einen teuren Anzug angehabt und einen Aktenkoffer mit sich herumgeschleppt, hätte ich ihn keines Blickes gewürdigt.

Brav und anständig langweilt mich. So war es schon immer.

Ich will keinen Traumprinzen, sondern den schwarzen Ritter.

Der Blick, mit dem er mich mustert, lässt mich erschaudern und noch feuchter werden. Selbstsicher setze ich mich auf, streife mir die zerrissene Bluse ab und gehe dann auf die Knie, um mich meines Rockes zu entledigen. Iker beobachtet mich genau, sein Atem kommt immer schneller und ich weiß, dass ihm gefällt, was er sieht.

Jetzt trage ich nur noch meine elfenbeinfarbenen Dessous. Seine Nasenflügel blähen sich und seine Iriden glühen wie Kohlen inmitten einer finsteren Sommernacht.

„Fuck, bist du schön!

Das Kompliment ist rau und hart, genau wie der Rocker, der es mir gemacht hat.

Iker ist durch und durch ein *Hell Bone*. Er spielt diese Rolle nicht, er täuscht auch nichts vor – er ist, was er ist. Ein Vollstrecker, ein gesetzloser Outlaw – ein gnadenloser Killer.

Nervös beiße ich mir auf die Unterlippe, dann sinke ich auf alle viere und krabble auf ihn zu. Erst direkt vor ihm gehe ich wieder auf die Knie und beginne seinen Gürtel zu öffnen.

5. Kapitel

Der Enforcer

Charlotte ... Fuck!

Ihr köstlicher Geruch steigt mir in die Nase, ich betrachte ihre vollen Titten, die von einem Nichts aus Spitzen zusammengepresst werden.

Mit jedem neuen Atemzug verschwindet meine Selbstbeherrschung ein Stückchen mehr.

Holy Fuck!

Ich strecke die Hände aus, packe das feste Fleisch.

Ihre Brüste passen zu einhundert Prozent in meine Handflächen und ihr Arsch ...

Bei allen Hell Bones ... der wird mein Untergang sein.

Wenn ich sie jetzt packen und brutal ficken würde, würde sie schreien und sich wehren oder mich um mehr anbetteln?

Ich weiß es nicht, werde es aber schon in wenigen Minuten herausfinden.

Meine Lungenflügel mit ihrem Geruch füllend, umfasse ich ihren zarten Nacken, ziehe sie zu mir und beiße mich an ihren weichen Lippen fest.

Ich schmecke Blut, meine Lust schnellt in die Höhe.

Sie wimmert, ich fluche – und verdammt – ich spüre bis in die Knochen, dass der Sex mit ihr unbeschreiblich gut werden wird.

Ich bin ein *Hell Bone*, ich bin es gewohnt, mir zu nehmen, was ich will, und jetzt will ich diese furchtbar süße Psychologin ficken.

Und ganz genau das werde ich auch tun!

Die ganze Nacht – wieder und wieder, so lange bis ich vor Erschöpfung keinen Finger mehr rühren kann.

Ich lasse sie meinen Hunger sehen, beobachte zufrieden, wie ein Hauch Furcht in ihren Augen aufflackert.

Kluges Mädchen ...

Sie weiß, was ich bin. Im Grunde sollte sie gar nicht hier sein. Charlotte gehört nicht in meine Welt, für sie lauern hier überall Gefahren. Aber ich werde auf sie aufpassen – ich werde sie beschützen. Zumindest werde ich das so lange tun, bis wir uns goodbye sagen und dann wahrscheinlich nie wiedersehen.

Dass es so kommt, ist unausweichlich, dennoch gefällt mir der Gedanke nicht.

Anstatt auf Abstand zu gehen, leckt sie mit ihrer rosanen Zungenspitze über die von mir blutig gebissene Unterlippe.

Noch immer sind unsere Blicke miteinander verschlungen, das, was diese Frau in mir auslöst, sollte verboten sein. Es ist gefährlich und es könnte uns beide zerstören.

Jede Faser meines Körpers ist angespannt, dank meiner eisernen Zurückhaltung beginnen meine Muskeln zu zucken. Ich muss mich noch mehr kontrollieren.

Die kleine Psychologin ist mutig, das muss ich ihr lassen. Mutiger, als gut für sie ist, dennoch kann ich mir nicht vorstellen, dass sie es gut finden würde, wenn ich mir die Hose runterreiße und sie innerhalb weniger Minuten ins Koma ficke.

Sie küsst mich, ihre geschickte Zunge setzt mich in Brand.

Die Hände über ihren kleinen Körper gleiten lassend, ertasten sie jedes Fleckchen ihrer samtenen Haut, ehe sie sich besitzergreifend um ihre vollen Titten legen.

Hart und gierig drücken sich mir ihre Nippel entgegen und ich spüre, wie sich mein Schwanz immer mehr mit Blut vollsaugt.

Ich bin so hart, dass es schmerzt.

Fuck, kann diese Frau küssen!

Charlotte schluchzt und fleht mich an, sie endlich zu nehmen. Ich reagiere so, wie sie es will, und presse sie rücklings auf die Matratze. Viel zu sanft streifen ihre Finger über meinen Rücken, legen sich auf meinen Po und treiben mich auf direktem Weg in den Wahnsinn. Charlotte muss lebensmüde sein, anders kann ich mir nicht erklären, warum sie mich noch mehr anspornt, anstatt sich um ihre Sicherheit zu sorgen.

Wie zu Hölle soll ich mich so nur zurückhalten?

Und warum zum Teufel sollte ich es überhaupt tun?

Diese Frau hat mich in der Kneipe angesprochen, sie ist zu mir aufs Bike gestiegen, obwohl sie genau wusste, was für ein Mann ich bin ... *Verdammt!*

Warum sollte ich mich beherrschen, wenn sie es ganz offensichtlich auf eine harte Nummer abgesehen hat?

Bullshit!

Das Letzte, was ich will, ist sie zu zerbrechen, aber wenn sie so weitermacht, werde ich wie eine Bestie über sie herfallen und sie besinnungslos ficken!

Fauchend und nach Atem ringend beende ich unseren Kuss, fange ihre Hände ein und nagle sie über ihrem Kopf in das Kissen.

„Fuck, Charlotte! Fuuuuuuccccckkkkk! Mach langsamer oder ich drehe durch.“

Ihr rosa Mund ist feucht und von meinen Küssen geschwollen, sofort stelle ich mir vor, wie es wohl sein muss, wenn er sich um meinen Schwanz schließt und zu saugen beginnt ...

Allein die Fantasie reicht aus, um mich beinahe in meiner Hose kommen zu lassen.

Teufel! Was ist nur los mit mir?

Fast so, als ob sie es drauf anlegt, das letzte bisschen Kontrolle, das mir geblieben ist, zu pulverisieren, schlingt sie mir ihre wohlgeformten Beine um die Mitte.

Ich reibe mich an ihr, presse meine Erektion durch den Stoff meiner Jeans hindurch gegen den winzigen Stofffetzen, der ihre Pussy bedeckt.

Wie gebannt beobachte ich, wie sich ihre Lippen für ein lustvolles Seufzen öffnen und sie die Augen schließt, während sie sich meinen rhythmischen Bewegungen entgegendrängt.

Mag sein, dass ich auf ihr bin, mag sein, dass ich derjenige bin, der ihre Hände gefangen hält, aber in Wirklichkeit hat sie die Kontrolle.

Die Psychologin hat mich voll an den Eiern!

6. Kapitel

Die Psychologin

Iker keucht heiser, sein harter Schwanz gleitet grob über meine Mitte, allein die Reibung lässt mich beinahe kommen.

Wenn sich diese Sache hier halb angezogen schon so gut anfühlt, wie unglaublich muss es dann erst sein, wenn wir endlich nackt sind?

Der Tag war so beschissen, wenn ich gewusst hätte, dass er so ein perfektes Ende nimmt, wäre er leichter zu ertragen gewesen.

Leise stöhnend schließe ich die Augen und überlasse mich Ikers Führung.

Er beißt mich, neckt mich und bringt mich mühelos dazu, alles um uns herum zu vergessen. Ich liege zitternd unter ihm, während ich es kaum erwarten kann, dass er sich endlich in mich rammt.

Die Frage, ob das hier richtig oder falsch ist, stelle ich mir erst gar nicht. Die Antwort würde falsch lauten! Sehr falsch! Aber das ist mir egal ...

Rau und heiß leckt seine Zunge über mein Schlüsselbein, ich japse nach Luft, als er meine Hände abrupt loslässt, aufsteht und sich die restlichen Sachen vom Leib reißt.

Ich starre ihn an, verfolge jede seiner ruckartigen Bewegungen.

Er grinst selbstgefällig, während es mir die Sprache verschlägt.

Angespannte Muskeln, schwarze Tattoos und gezackte Narben, die mir auf den ersten Blick schon so einiges über den Rocker verraten, dem ich mich gleich hingeben werde.

Ein riesiger, bedrohlich wirkender und in Flammen stehender Totenkopf nimmt den Großteil seines Rückens ein. Die schwarzen Augenhöhlen scheinen mich direkt anzusehen. Ich erschaudere und lasse den Blick über die restlichen schwarzen Konturen gleiten. Den Namen seines Clubs hat er sich in großen Buchstaben in die Brust stechen lassen und an der Stelle, an der das *Enforcer-Patch* seine Kutte ziert, prangt es auch auf seiner straffen Haut.

Vollstrecker ...

Mein Blut kocht und meine Nerven sind zum Zerreißen gespannt, als er seine Daumen am Bund seiner Jeans einhakt und sie mit einem Ruck nach unten zieht.

Auweia!

Wenn ich dachte, dass sein Oberkörper nicht mehr zu toppen ist, habe ich mich getäuscht. Und zwar gewaltig.

Ikers Oberschenkel sind definitiv einen zweiten Blick wert, genau wie sein knackiger Arsch, aber was meine Aufmerksamkeit wirklich an sich fesselt, ist sein dicker, etwas nach oben gebogener, steinharter Schwanz.

Holy Shit! Wirklich beeindruckend.

Iker bemerkt, dass ich ihn anstarre, und grunzt zufrieden.

„Bereit, Baby?“

„Komm her und finde es heraus.“

Die Muskeln in seinen starken Armen spannen sich an, seine Bizepse treten deutlich hervor, als er sich auf mich legt und mit seinem Gewicht tief in die Matratze drückt.

Wir küssen uns, seine Zunge windet sich um die meine – mein Puls rast.

Überraschend zärtlich lässt er seine Fingerspitzen über meine Beine tanzen, dann zerreißt er mit einem Ruck meinen String.

Bebend schließe ich die Augen, während ich verzweifelt versuche, etwas Sauerstoff in meine Lunge zu bekommen.

In der Sekunde, in der er meine bereits feuchten Schamlippen teilt, bin ich endgültig verloren. Mein erregtes Keuchen erfüllt die Stille.

Eine dünne Schweißschicht überzieht meinen Nacken, während er mit einem Finger langsam und stetig in mich eindringt.

Ich wimmere und genieße das Gefühl, das er mir schenkt.

Iker beugt sich über mich, seine Zunge umrundet träge kreisend meine Brustwarzen, erst die linke, dann die rechte, ehe er die linke sachte in seinen Mund saugt.

Seine scharfen Zähne beißen sachte zu, schicken eine Welle bittersüßen Lustschmerz durch mein Nervensystem. Als sich sein Glied heiß und schwer gegen meinen Oberschenkel drückt, wächst meine Ungeduld.

Ich brauche diesen Rocker. Jetzt. Sofort. Tief in mir.

Jede Zelle meines Körpers schreit nach seinem Eindringen und wenn er mir nicht bald gibt, was ich will, sterbe ich ...

„Bitte, Iker ...“ Meine Worte verlieren ihre Bedeutung, als er mit einem zweiten seiner Finger in mich gleitet.

Laut keuchend kralle ich mich an seinen Schultern fest, zerkratze seine tätowierte Haut und hinterlasse meine Spuren auf dem furchteinflößenden *Hell Bone.*

„Schau mich an, Baby.“

Als ich seinem Befehl nicht sofort nachkomme, zieht er erbarmungslos seine Finger aus mir heraus und verpasst meiner empfindlichen Mitte einen harten Klaps.

Sofort reiße ich die Augen auf, er belohnt mich, indem er von neuem damit beginnt, mich zu fingern. Meine inneren Muskeln ziehen sich bebend zusammen und meine Körpertemperatur schnellt in die Höhe.

Zu dem leichten Schmerz mischt sich pure Begierde.

Der Druck, der sich in mir aufbaut, ist beinahe unerträglich, ich jammere und dann passiert es ... ich explodiere. Fliege in einem Meer aus Farben zum Himmel und verglühe wie ein irregeleiteter Komet in der Atmosphäre.

Meine Beine beginnen zu zittern und ich vergesse zu atmen.

„Fuck! Du bist der Hammer, Charlotte."

Ikers tiefe Stimme hallt in meinem Unterleib nach, leitet mir den Weg zurück auf die Erde.

Wow. Das war wow.

Dieser Rocker bringt mit seinen Fingern fertig, was die meisten Männer nicht mal mit ihren Schwänzen schaffen.

Keuchend reiße ich die Augen auf, sehe den Biker über mir an und ertrinke in den azurblauen Abgründen seiner Iriden.

Ich spüre, wie er seine Finger ganz langsam aus mir herauszieht, und sehe, wie er sie sich an den Mund hält, meinen Geruch inhaliert und die glänzende Nässe meines Verlangens ableckt.

Das wilde Knurren, das sich daraufhin aus seiner Kehle löst, ist mit das Erregendste, was ich je gehört habe.

Animalisch. Wild. Undomestiziert.

Dieser *Hell Bone* ist genau das, was ich brauche. Schade, dass ich ihn nach dieser Nacht nie wiedersehen werde.

Er ist der Bad-As-Rocker und ich die Psychologin. Unsere Wege hätten sich nie kreuzen dürfen, und wenn doch, dann nur wenn die Polizei ihn verhaftet und der Staatsanwalt mich damit beauftragt, ein psychologisches Gutachten über den Enforcer der *Hell Bones* anzufertigen.

Und es würde nicht zu Ikers Gunsten ausfallen.

Das, was mich so an ihm anturnt, ist seine kranke, brutale und gnadenlose Seite. Es ist der Killer in ihm, auf den er mich ab und an einen Blick werfen lässt ...

Es ist der Tanz mit dem Teufel, der mich so erregt. Und das ist okay, ich bin privat hier.

Aber wenn wir uns beruflich begegnet wären, würde ich ihm all das, was mich jetzt so anturnt, als etwas Negatives auslegen.

Und das würde Ikers Untergang bedeuten.

Leider.

7. Kapitel

Der Enforcer

Charlottes abwesender Blick und der süße Geruch ihrer Erregung lassen mich beinahe durchdrehen.

Ich will diese Frau mit einer Intensität, die mich erschreckt.

Fuck! Das, was ich in diesem Moment fühle, ist heftig.

Warum?

Weil ich sonst nie etwas fühle. Nichts. Nichts als Wut und Zorn.

Aber bei Charlotte ... da ist das anders. Und das erschreckt mich.

Was ist an dieser Psychologin so anders als an all den Frauen, die ich sonst ficke?

Die Antwort liegt auf der Hand: alles, absolut alles.

Sie ist selbstbewusst, gebildet, steht mit beiden Beinen fest im Leben und weicht meinen finsteren Blicken nicht aus, sondern erwidert sie, ohne mit der Wimper zu zucken. Charlotte ist mir ebenbürtig, und das ist verdammt sexy.

Weich und nachgiebig windet sich ihr kleiner Körper unter mir, löst einen verfickten Funkenflug in meinem Hirn aus. Mir brennen die Sicherungen durch und ich kann nichts dagegen tun.

Ausgerechnet ich, der immer alles kontrolliert, verliere die Kontrolle.

Was ein Witz.

Treffen sich ein Rocker und eine Psychologin in einer Bar ...

Bullshit!

Mein Schwanz presst sich pochend gegen ihre feuchte Pussy und ich hoffe echt, dass ich nicht komplett die Beherrschung verlieren werde.

Charlotte ist etwas Besonderes, ich will sie anbeten und nicht verletzen.

Zumindest will das ein Teil von mir. Der Killer in mir hingegen sehnt sich nach ihrem Blut, nach ihren Tränen und den Schreien, die sie ganz sicher von sich geben wird, wenn ich mit aller Kraft über sie herfalle.

Fuuuccckkkkkkkkkk!

Mit dem Daumen über ihren Kitzler reibend, reize ich ihre bloßliegenden Nervenenden und beobachte mit zusammengebissenen Zähnen, wie sie leise jammernd ihre Schenkel weiter für mich spreizt.

„Fick mich endlich, *Hell Bone*. Fick mich hart! Mach, dass ich diese Nacht nie wieder vergessen werde."

Ihre Worte lösen etwas in mir aus. Schon die Vorstellung, dass Charlotte mich vergessen könnte, schürt die Wut, die wie ein zerstörerischer Waldbrand in meiner Seele schwelt.

„Du wirst mich nie vergessen. Ich verbiete es dir!"

Sie kichert, das Geräusch zuckt durch meine Brust und löst ein warmes Prickeln aus, das sich verdammt gut anfühlt. *Scheiße!*

„Du verbietest es?"

„Yeah. Tue ich!"

„Du bist süß."

Fuck! Was?

Das hat noch nie jemand zu mir gesagt.

Die Psychologin muss völlig durchgeknallt sein.

„Ich bin nicht süß!", stoße ich zwischen zusammengebissenen Zähnen hervor.

Charlotte richtet sich auf, kommt mir nahe und schiebt sich die schief sitzende Brille zurück auf die Nase.

Ihr rosenroter Lippenstift ist verschmiert und ihre Locken stehen wild ab.

Noch nie habe ich eine schönere Frau gesehen.

Noch fucking nie. *Verdammt!*

Aus glasigen Augen sieht sie mich an, lässt dann die Zunge vorschnellen und leckt über die lange Narbe die mein Gesicht ziert.

„Süß und salzig. Hatte ich doch recht."

Sie ist irre. Total irre und so höllisch sexy und ich muss sie jetzt ficken. Sofort.

Mit einem Fluch drehe ich mich auf die Seite, fasse unter das Bett und hole ein Kondom hervor.

Mit zitternden Fingern reiße ich die silberne Verpackung auf – mit zitternden Fingern wohlgemerkt. Was echt absurd ist.

Scheiße! Meine Finger zittern nie, ich bin immer ruhig und kontrolliert, und nur darum bin ich auch so gut in dem, was ich tue.

Aber diese Frau schafft mich, und das bereitet mir Kopfzerbrechen.

Bis jetzt war ich mir sicher, keine Schwachstelle zu haben – doch heute Nacht habe ich sie gefunden. Sie ist circa 1,70 Meter groß, hat braune Haare, moosgrüne Augen, trägt eine Brille, hat rote Lippen und eine Schwäche für völlig überteuerte Schuhe, mit denen sie nicht mal Treppen steigen kann.

Meine Schwachstelle heißt Charlotte und ist ein fucking Psychodoc.

Einfach nicht zu fassen!

Ich muss diese Frau ficken und sie dann so schnell es geht loswerden.

Wir dürfen uns nie wiedersehen.

Nie wieder!

Alles andere würde unschöne Konsequenzen heraufbeschwören. Konsequenzen, mit denen keiner von uns beiden zurechtkommen würde, und die für einen von uns tödlich enden könnten!

Wütend auf mich, auf Charlotte und das gottverdammte Schicksal rolle ich mir den Gummi über den Schwanz, sehe das vor mir liegende Mädchen an und schüttle fassungslos den Kopf.

Dann knie ich mich zwischen ihre weichen Schenkel, bringe mich in Position und befeuchte meinen Schwanz mit ihrer Lust, ehe ich mich mit einem gnadenlosen, viel zu brutalen Stoß bis zum Anschlag in sie ramme.

Das ist die Strafe. Für sie – für mich – für uns beide.

Charlotte keucht und schreit. Sie zuckt und bebt und kommt mir zu meiner Überraschung willig entgegen.

Bämmmmmmm!

Noch bevor ich es verhindern kann, stoße ich wieder und wieder zu. Nagle sie unter mir in dem Bett fest und realisiere zufrieden, dass sie mich nicht anfleht aufzuhören, sondern mich ankreischt, es ihr fester zu geben.

Ihre inneren Scheidenwände dehnen sich für mich, passen sich meiner Größe an und umschließen mich wie eine Faust.

„Fuck, Baby!“

Mein Schädel ist wie leer gefegt, was ich fühle, werde ich nicht analysieren.

Das darf ich nicht. Es ist zu gefährlich.

Charlotte stöhnt immer lauter.

In einem schnellen, harten Rhythmus nehme ich jeden Millimeter ihres Körpers in Besitz.

Dieser Fick ist so intensiv und so unfassbar geil, dass ich nicht will, dass er jemals wieder endet. Aber das wird nicht klappen, ich kann jetzt schon spüren, wie sich meine Hoden puckernd zusammenziehen.

Ihr Wimmern ist Musik in meinen Ohren, ihr Körper spannt sich an und ich fühle, wie sich ihre süße Pussy für den nächsten Orgasmus bereit macht.

Ich treibe mich erneut so tief wie nur möglich in sie, stütze mich mit den Händen auf der Matratze ab und lasse sie spüren, wie schutzlos sie in genau diesem Augenblick ist.

Ich könnte sie töten, wenn ich wollte, aber ich will nicht.

Charlotte sieht mir vertrauensvoll in die Augen, ihre Pupillen weiten sich, als sie sich zitternd unter mir in ihrer Lust verliert.

Brüllend pumpe ich mich immer energischer in ihre pulsierende Öffnung. Kann vor Erregung kaum noch atmen.

Meine Augen sind offen, aber ich sehe nichts.

Einzelne Schweißperlen rinnen mir über den Rücken.

Charlotte krallt ihre Fingernägel in meine Arme, kratzt mich blutig.

Der Schmerz tut gut und gibt mir den Rest.

Heiß schießt mein Sperma aus mir heraus. Ich fühle mich, als würde ich einen Teil meines Selbst in das fucking Latex spritzen.

Keuchend kneife ich die Augen zusammen und genieße das fantastische Gefühl, das Charlotte in mir auslöst.

Bloody Hell! Yeah!

Ich muss diese Frau loswerden, oder sie wird mein Untergang sein ...

8. Kapitel

Die Psychologin

„Verschwinde! Wir sind fertig!“

Ikers Stimme vibriert vor Zorn, an seiner Schläfe pocht eine Ader, die Hände hat er zu Fäusten geballt.

Uns trennen keine drei Meter, die Tatsache, dass er nackt ist, tut seinem respekteinflößenden Anblick keinen Abbruch.

Egal, ob mit Kutte und Stiefeln oder so wie Gott ihn schuf – Iker ist ein furchterregender Biker. Er braucht keine Waffe und auch keine Messer, um jemanden zu töten – er kann das mit bloßen Händen.

Was zum Teufel mache ich hier eigentlich?

Der Sex hat dabei geholfen, die Martinis abzubauen. Ich fühle mich zwar immer noch etwas beduselt, aber nicht mehr so betrunken wie noch vor einer Stunde.

Die wachsende Nüchternheit führt mir vor Augen, was für eine Schnapsidee es war, mich auf den Rocker einzulassen.

Schnapsidee im wahrsten Sinne des Wortes.

Ohne den vielen Alkohol hätte Iker mich zwar interessiert, aber ich wäre nie so verrückt gewesen, mit ihm Sex zu haben.

Diese perfide Neugierde allem Bösen gegenüber bringt mich ein ums andere Mal in ganz dumme Situationen.

Meine jetzige unterstreicht diese These.

Ich stehe zitternd, frisch gevögelt und barfuß bis zum Hals vor dem Enforcer des *Hell Bones Motorcycle Clubs* und habe keine Ahnung, wo meine Klamotten eigentlich sind oder wie ich nachhause kommen soll.

Ganz toll gemacht, Charlotte!

Wirklich ganz toll!

Die fiese Stimme meines Unterbewusstseins verscheucht das postkoitale Hoch, das der Biker in mir ausgelöst hat, und lässt mich mit einem schmerzhaften Plumps auf dem Boden der Tatsachen landen.

Scheiße! Scheiße! Scheiße!

Warum kann ich mich nicht einfach für einen netten Kerl interessieren?

Einen Anwalt oder vielleicht einen Arzt? Jemanden, der Gutes tut und seinen Lebensunterhalt nicht mit Brutalität und Blut verdient.

Ich habe mich auf einen Vollstrecker eingelassen, auf einen Henker – auf einen Mann, dessen Existenz auf dem Leid und dem Tod seiner Feinde thront.

Himmel!

Die Augen verdrehend, schlage ich mit mir der Handfläche gegen die Stirn.

Keine Ahnung, warum Iker so plötzlich wütend auf mich ist, es spielt auch keine Rolle. Er schmeißt mich raus und das passt, denn jetzt, wo ich nüchterner bin, will ich schnellstmöglich von hier verschwinden.

Rocker gehören nicht zu der Kategorie Liebhaber, in deren Armbeuge Frau sich nach dem Sex kuschelt. Das passt einfach nicht ... Irgendwie ...

Seltsamerweise hätte ich das jedoch trotzdem gerne getan.

Auf meine Frage, wie Rocker ihre Nächte verbringen, habe ich bis jetzt noch immer keine Antwort erhalten und es würde mich wirklich brennend interessieren.

Aber na ja ... Manche Dinge sollten vielleicht einfach unentdeckt bleiben ...

„Charlotte, verschwinde von hier!“

Ein Zittern durchläuft Ikers Körper, ich schlucke meine Nervosität runter und schüttle verwirrt den Kopf.

„Hör auf, so ein Arschloch zu sein, ich gehe ja schon.“

Er wirkt erleichtert, was mir einen Stich versetzt. Wider besseren Wissens drehe ich mich noch mal zu ihm um.

„Aber bevor ich das tue – seid ihr Rocker nach dem Ficken immer solche Arschlöcher? Oder hast du dir das Arschlochmonopol in deinem Club gesichert?“

Arschlochmonopol? Uiuiui ... *was rede ich denn da?*

Die Stimme in meinem Kopf erinnert mich daran, dass es vielleicht nicht so schlau ist, einen Killer zu reizen, doch ich bin so wütend, dass ich sie einfach ignoriere.

Wenn mein Temperament mit mir durchgeht, bin ich nicht mehr zu bremsen.

„Halt die Klappe, Baby!“

Oh. Ich reagiere absolut allergisch darauf, wenn Männer mir den Mund verbieten wollen.

„Typen, die mich nach dem Sex rausschmeißen, haben kein Recht, mich *Baby* zu nennen, Arschloch!“

Ich kann es mir nicht verkneifen, ihn ein weiteres Mal zu beleidigen.

Ich bin einfach zu wütend, um mich zurückzuhalten. Wütend auf mich selbst und wütend auf Iker, weil er nun mal ist, was er ist: ein Idiot!

„Nenn mich noch ein Mal Arschloch, Baby, und du kannst was erleben!“

Die Drohung, die in seiner rauen Stimme mitschwingt, ist nicht zu überhören.

Eine unangenehme Gänsehaut rieselt an meinem Rückgrat herab. Plötzlich stört mich meine Nacktheit. Die Arme vor der Brust verschränkend, verdecke ich einen Teil meiner Blöße und kratze meinen ganzen Stolz zusammen.

„Ach, und was? Willst du mir dann das Genick brechen? Mich in Stücke hacken und in den Hudson werfen oder dein Messer an mir wetzen?“

Von meiner Direktheit überrascht, reißt Iker die Augen auf, mein Blick fällt auf das Fadenkreuz auf seiner Stirn ...

Sehr verlockend!

Am liebsten würde ich mir jetzt irgendetwas schnappen und meine Zielgenauigkeit unter Beweis stellen.

Warum tue ich es nicht? Iker hätte eine Abreibung verdient!

Schnaubend bücke ich mich nach seinem Stiefel, hole aus und schleudere ihn mit voller Wucht Richtung Rocker. Iker bückt sich blitzschnell, der Schuh saust an ihm vorbei – ich verfehle ihn um Haaresbreite.

„Fuck, Charlotte! Bist du irre?“

Anscheinend.

„Was? Überrascht? Erst lässt du dir eine Zielscheibe aufs Hirn tätowieren und dann wunderst du dich, wenn jemand versucht, ins Schwarze zu treffen? Schön blöd, Iker. Wirklich schön blöd!“

Mich darüber ärgernd, dass ich ihn nicht getroffen habe, wende ich mich von ihm ab, sammle meine Sachen auf und versuche, den vor Wut bebenden Rocker, der mich aus weit aufgerissenen Augen beobachtet, auszublenden.

Fünf Minuten später renne ich barfuß und mit wackeligen Beinen aus dem Clubhaus, überquere den Hof und stürme direkt auf die bewaffneten Wachposten zu, die mich interessiert mustern.

Ich will mir gar keine Gedanken darüber machen, wie beschissen ich gerade aussehe.

Es ist sowieso egal. Mit den Rockern bin ich fertig!

Erst kurz vor dem Typen mit der Knarre bleibe ich kurz stehen, schlüpfe in meine Manolo Blahniks und streiche mir mit gespielter Selbstsicherheit durch die wild abstehenden Haare.

Der Tag war scheiße – der Sex war gut und danach war sofort wieder alles scheiße!

An manchen Tagen wäre es echt besser, einfach im Bett zu bleiben.

Ich will zumindest einen einigermaßen stilvollen Abgang hinlegen, blende den muskelbepackten Kerl aus und visiere das Tor an.
Doch ich komme nicht weit, ehe er mir ein „Stopp!“ zubrüllt.
Genervt wirble ich zu ihm herum, reiße die Hände hoch und schleudere ihm ein aufgebrachtes „Was?“ entgegen.
„Wohin willst du?“
Echt jetzt?
„Auf den Mond.“
Irritiert legt er die Stirn in Falten.
„Du bist vorhin mit dem Enforcer gekommen. Richtig?“
„Bin ich.“ Und es war ein Fehler.
„Ohne seine Erlaubnis kann ich dich nicht gehen lassen.“
Wirklich?
„Fick dich, *Hell Bone*. Ich brauche niemandes Erlaubnis. Ich kann tun und lassen, was ich will! Also tritt beiseite, bevor ich deine Eier mit den Absätzen meiner Blahniks zermalme!“
Obwohl mir der Anblick seiner Waffe echt Angst macht, bin ich fest entschlossen, mich nicht einschüchtern zu lassen.
Diese Rocker leiden definitiv an einem überzogenen Selbstbewusstsein.
Machohafte Egomanie kann ich dazu nur sagen.
„Du drohst mir?“
„Jep, tue ich und jetzt. Geh. Mir. Aus. Dem. Weg!“
Er schaut kurz über meine Schulter, presst die Lippen zu seinem dünnen Strich zusammen und tritt beiseite. Für den Bruchteil einer Sekunde bin ich naiv genug zu glauben, dass ich diesen Sieg meinem Durchsetzungsvermögen zu verdanken habe. Aber dann spüre ich Ikers Blick in meinem Rücken und weiß, dass der Enforcer dem Wachmann die *Erlaubnis* gegeben hat, mich gehen zu lassen.
Ich könnte kotzen.
Hoch erhobenen Hauptes trete ich raus auf die Straße, erlaube mir keinen Blick zurück und schaffe, so schnell es geht, möglichst viel Abstand zwischen das bewachte Tor, den arschigen Enforcer, die *Hell Bones* und mich.
Ich komme nicht weit, bis ich umknicke, mir den Knöchel verstauche und bei einem meiner geliebten Blahniks der Absatz abbricht.
Zu viel ist zu viel.
Ich schluchze, wische mir die Tränen aus den Augen und trete den Heimweg an.
Ihr *Hell Bones*, nehmt euch in Acht.

Man sieht sich immer zweimal im Leben und beim nächsten Mal werde ich ganz sicher nicht mit angeknackstem Selbstbewusstsein und kaputtem Schuh durch die Dunkelheit humpeln.

9. Kapitel

Der Enforcer

Emotionslos ziehe ich meine Waffe, warte, bis die zwei Typen, die seit geraumer Zeit Schulden beim Club haben, das Casino verlassen, ziele und drücke ab.

Zwei Kugeln, zwei Treffer, zwei Kopfschüsse. Der Bullshit wäre erledigt.

Früher hätte ich so eine Aktion genossen.

Früher hätte ich mir mehr Zeit gelassen, ihnen nach und nach die Knochen gebrochen und mich an ihrem warmen Blut auf meinen Händen geweidet.

Früher war vor zwei Wochen. Früher war vor Charlotte!

Doch jetzt? Jetzt will ich einfach nur fertig werden.

Daran ist diese blöde Psychologin schuld.

Seit ich sie gefickt und fortgeschickt habe, ist meine Laune auf dem Tiefpunkt.

Warum? *Bullshit!* Keine Ahnung ...

Diese Verrückte hat sich von mir in einer Kneipe aufreißen lassen, sie ist mit mir in den Club gekommen und hat sich dann so hart ficken lassen, dass mein Schwanz zwei Tage lang wund war. *Charlotte ...*

Sie hat mich nicht nur Arschloch genannt, sondern auch mit meinem verdammten Stiefel beworfen. Meinem Stiefel. Und sie wollte mich treffen!

Nicht. Zu. Fassen!

Ihr Temperament und der süße Geschmack ihrer Lippen verfolgen mich bis in meine Träume und das, obwohl ich diese Frau einfach nur vergessen will.

Eine Psychologin. *Fuck!*

Ein Rocker und eine Psychologin, das kann nicht gut gehen. Niemals.

Und selbst wenn es das könnte, will ich das gar nicht.

Doppel Fuck!

Ich weiß nicht, was ich will – was ich aber weiß, ist, dass mich all die Nutten, die ich nach Charlotte gefickt habe, langweilen.

Diese Psychotussi hat meinen Schwanz mit einem Fluch belegt, und ganz egal, was ich tue, ich werde ihn nicht mehr los.

Vielleicht sollte ich in eine Kirche fahren und ihn in Weihwasser waschen?

Hölle und Verdammnis!

Allein, dass ich auf so eine bescheuerte Idee komme, beweist, wie irre ich seit der Nacht mit Frau Doktor bin.
Die Leichen vor dem Eingang des Casinos liegen lassend, stecke ich meine Waffe ein und fahre zurück zum Club.
Ich brauche Scotch und ich brauche viel davon. Sofort!

Eine halbe Stunde später bediene ich mich an der Bar, kippe mir den Alkohol in die Kehle und kneife die Augen zusammen.
Meine Leber wehrt sich gegen den übermäßigen Scotchkonsum der letzten Wochen. Ich ignoriere die aufsteigende Übelkeit und trinke immer weiter.
Erst als die Flasche halb leer ist, setze ich sie ab und lehne mich mit geschlossenen Augen an die Wand.
Die Musik ist laut und die Luft schlecht.
Das Blut pumpt mir durch die Adern, meine Gedanken schweifen ab, entgleiten mir und drehen sich um Charlotte.
Trifft ein Rocker eine Psychologin in einer Bar ...
Von wegen Witz, das ist ein gottverdammter Albtraum.
„He Iker, hast du einen Moment?"
Devils Stimme dringt zu mir durch, ich erkenne sofort die Anspannung, die darin mitschwingt.
„Was los, Präsident?"
„Wir haben ein Problem."
Ach was ...
„Das haben wir doch immer."
„Aye. Aber in diesem Fall ist es dein Problem."
Ich sehe ihn genervt an.
„Jetzt spuck's schon aus, Devil."
„Deine Bewährung läuft in drei Wochen aus. Der Clubanwalt hat sich gemeldet, deine Bewährungshelferin will ein abschließendes Gutachten über dich anfertigen lassen."
Devil bleckt die Zähne. „Sie misstraut dir und zweifelt daran, dass du zu einem wertvollen Mitglied der Gesellschaft geworden bist."
Interessant ...
„Die Gesellschaft kann mich mal!"
Er lacht.
„Aye, mich auch. Dennoch musst du dieses Gutachten machen lassen, zumindest, wenn du auf freiem Fuß bleiben willst."
Ich gehe auf keinen Fall zurück in den Knast! Nie wieder, nicht für eine verfickte Minute.

Ich habe ein knappes Jahr eingesessen, bis Devil die geniale Idee hatte, einen neuen Anwalt zu engagieren. Der hat mich rausgehauen. Wie? Er hat Beweismittel zerstört, eine falsche Spur gelegt und Cops bestochen. Das Ticket zur Freiheit hat mich 30000 Dollar gekostet. Eine horrende Summe und trotzdem ein Schnäppchen, wenn man bedenkt, dass ich im Sinne der Anklage schuldig bin.

Die Leiche wurde dank Jacob alias Skull, unserem Vizepräsidenten, nie gefunden. Nicht mal ich weiß, was er mit dem blöden Bastard, dessen Mord mir so viele Probleme bereitet, gemacht hat.

Ich hoffe, das Grab ist tief – verdammt tief.

Zorn kocht in mir hoch.

Diese dämliche Bewährungstussi kann froh sein, dass ich keine Frauen töte.

Andernfalls wären ihre Atemzüge längst gezählt.

Genervt zünde ich mir eine Kippe an, sauge den mentholhaltigen Rauch tief in meine Lunge und halte ihn dort gefangen, ehe ich ihn aus der Nase entweichen lasse.

„Was soll das für ein Gutachten sein?“

„Ein psychologisches.“

Fuck!

Fuuuccckkk!

Das Schicksal und alle verdammten Götter lachen sich gerade wahrscheinlich schlapp.

„Willst du mich verarschen?“

„Nope, sorry. Die Sekretärin unseres Anwalts hat dir einen Termin gemacht.“

Natürlich hat sie das.

„Wann?“

Devil fasst sich in die Hosentasche, zieht einen zerknitterten Zettel hervor und reicht ihn mir.

Das Datum bereitet mir Kopfschmerzen.

„Schon morgen?“

„Es muss schnell gehen.“

Offensichtlich.

„Wieso?“

„Das wollte ich dich auch fragen. Ist etwas vorgefallen?“

„Nein.“ Zumindest nicht, dass ich wüsste.

Und das ist nicht gelogen.

Selbst meine Drogentests waren alle negativ.

Ich nehme nichts, nichts außer Kippen und Alkohol – bevorzugt Scotch. Pur.

Ich drehe den Zettel um und entdecke einen Namen und eine Adresse: Harvard Street 97 – Smith.

„Wer ist das?“

„Der Psychologe, der das Gutachten erstellen wird.“

Der Drang, auf etwas einzuschlagen, wird beinahe übermächtig.

Anstatt meiner Wut freien Lauf zu lassen, setze ich die Flasche erneut an und trinke. Foltere gnadenlos meine Leber.

„Reg dich ab, Iker. Du schaffst das. Sei einfach cool und auf keinen Fall du selbst.“

Was ein Ratschlag.

„Na danke.“

Devil boxt mir gegen die Schulter und verschwindet lachend in seinem Büro.

Hinter meinen Schläfen beginnt es schmerzhaft zu pochen.

Was für eine Scheiße!

Ich bin, was ich bin, und wenn mir dieser Psycho auf die Schliche kommt, bin ich so was von am Arsch!

Die elf Monate hinter Gittern waren die Hölle. Eingesperrt zu sein, stellt mit einem Mann seltsame Dinge an. In dieser winzigen Zelle habe ich das letzte bisschen Menschlichkeit, das ich mir bewahren konnte, verloren.

Die Kippe fertig rauchend, verpasse ich der Wand einen Tritt, stoße mich von ihr ab und verschwinde rauf in meine Bude.

Ich brauche Ruhe, ich brauche eine Pause und ich muss mir unbedingt einen Plan zurechtlegen ... sonst bin ich geliefert.

10. Kapitel

Die Psychologin

Ruhelos streife ich durch mein Büro, hole mir eine kalte Coke aus dem Kühlschrank und bleibe vor dem kleinen Spiegel stehen, um meinen Lippenstift nachzuziehen.

Die innere Unruhe, die mich seit der Nacht mit dem Enforcer der *Hell Bones* quält, will sich einfach nicht abschütteln lassen.

Dieser Rocker hat sich in meinem Hirn festgebissen und treibt mich nun schon seit zwei Wochen in den Wahnsinn.

Egal, was ich mache, ich kriege Iker einfach nicht mehr aus dem Kopf.

Die Nacht bei den Bikern hat mich aus der Bahn geworfen.

Dieser kurze Blick in die aus Waffen, Leder und Motorrädern bestehende Welt hat ausgereicht, um meine Neugierde zu wecken.

Um meinen inneren Frieden wiederzufinden, habe ich sogar mit dem Joggen angefangen. Gebracht hat es nichts, außer dass ich feststellen musste, dass ich absolut keine Kondition habe.

Was ich dringend ändern muss.

Sport war noch nie meine Stärke, trotzdem ist mein Entschluss, mich in einem Fitnessstudio anzumelden, gefallen.

Ob es mir dabei helfen wird, Iker zu vergessen?

Wahrscheinlich nicht.

Noch nie in meinem Leben hat mich ein Mann so gut gevögelt und anschließend so scheiße behandelt.

Schon gar nicht innerhalb weniger Minuten.

Eigentlich sollte ich ihn für das, was er getan hat, hassen, tue ich aber nicht.

Schön blöd, ich weiß.

Typen wie er sind so, sie sind wankelmütig und unberechenbar – das macht ja erst den Reiz aus.

Was mich am meisten schmerzt, ist der Verlust meiner heißgeliebten Manolo Blahniks.

Diese Schuhe habe ich echt geliebt, sie hatten es nicht verdient, wegen so einem Arschloch zu sterben.

Für gewöhnlich stehe ich auf Männer, die mich nachhause bringen, und die sicherstellen, dass mir nichts passiert. Iker hingegen scheint es völlig egal gewesen zu sein, wie ich heimkomme oder ob ich in Sicherheit bin, und genau das nehme ich ihm übel.

Es ist nicht gerade ungefährlich, als Frau alleine mitten in der Nacht durch New York zu laufen, schon gar nicht in dem Stadtviertel, in dem sich der Motorcycle Club befindet, und erst recht nicht in dem Outfit, in dem ich unterwegs war.

Es hat eine Ewigkeit gedauert, endlich ein Taxi zu finden.

An meiner Bluse war kein einziger Knopf mehr und mein Slip ist irgendwo in Ikers Schlafzimmer verloren gegangen.

Ich war quasi nackt, mit verwischter Schminke und nur einem funktionsfähigen Schuh, und will mir gar nicht vorstellen, was für einen Anblick ich geboten habe. Ich sah auf jeden Fall so schlimm aus, dass mir der Taxifahrer von sich aus angeboten hat, mich zur nächsten Polizeidienststelle zu fahren. Und das will was heißen, in seinem Job bekommt man sicherlich allerhand zu sehen.

Aber genug mit dem Selbstmitleid. Es ist, wie es ist, und daran lässt sich jetzt im Nachhinein auch nichts mehr ändern.

Der heutige Tag ist das absolute Chaos. Mia, meine Assistentin, hat sich heute Morgen überraschend krankgemeldet, sodass ich völlig alleine dastehe.

Mein Terminplan ist voll und eine meiner Sitzungen hat wesentlich länger gedauert als geplant, ich komme kaum hinterher.

Was ärgerlich ist, denn nun müssen meine anderen Patienten warten. Es herrscht ein heilloses Durcheinander und das jetzt gerade, ist meine erste kurze Pause.

Und die habe ich nur, weil sich mein nächster Patient verspätet.

Leider stand im Kalender kein Name, sondern nur eins schwarzes X. Keine Ahnung, was sich Mia dabei gedacht hat, ich konnte sie telefonisch nicht erreichen.

Mir steht also eine Überraschung bevor.

Vor den Fenstern ist es längst dunkel geworden, es ist kurz vor acht Uhr abends, nur noch eine Sitzung und ich habe es für heute geschafft.

Hoffentlich fühlt sich Mia morgen wieder fit genug, um zur Arbeit zu kommen. Die vergangenen zwölf Stunden haben mir vor Augen geführt, wie aufgeschmissen ich ohne sie bin. Das Telefon klingelt ununterbrochen, und neue Termine zu vereinbaren ist undenkbar gewesen.

Erschöpft lasse ich mich auf den Sessel neben dem Fenster sinken, lege die Füße hoch und trinke meine Coke.

Der Uhrzeiger dreht unermüdlich seine Runden, von dem geheimnisvollen X fehlt jede Spur. Meine Ungeduld wächst, noch ein paar Minuten und ich schalte das Licht ab und gehe nachhause.

Ich schiebe die Brille nach oben, schließe die Augen und seufze erschöpft.
Ein lautes Klopfen lässt mich zusammenzucken.
Es klang ungeduldig und aggressiv und sagt schon viel über die mit einem X gekennzeichnete Person aus.
Gespannt stehe ich auf, gehe am Empfang vorbei und öffne die Türe.
Im ersten Moment bin ich mir sicher, dass mir mein Verstand einen Streich spielt. Einen ziemlich realen, heftigen und bösen Streich, der mich taumeln lässt.
Der Geruch von Mann, Motoröl und Leder steigt mir in die Nase und verwirrt meine Sinne. Ich hatte ihn in Erinnerung, aber in echt ist diese markante Mischung noch viel leckerer als in meiner Vorstellung.
Leider. *Verdammt!* Leider hat die Anziehung, die der Enforcer der *Hell Bones* auf mich ausübt, nichts von ihrer Kraft verloren.
Seit vierzehn Tagen denke ich an diesen Rocker – und jetzt steht er plötzlich vor mir und ich habe keine Ahnung, wie ich reagieren soll.
Soll ich ihm die Türe vor der Nase zuschlagen? Seinem Schienbein einen Tritt verpassen? Oder ihm all das ins Gesicht schreien, was ich mir nachts, wenn ich nicht schlafen kann, ausdenke?
Meine Wut schnellt in die Höhe, trotzdem stelle ich amüsiert fest, dass der Biker genauso perplex ist wie ich.
Wuumm – Wummmm – Wum!
Mein Puls rast, mir wird heiß und kalt.
„Was willst du hier?"
Keine Antwort – keine Reaktion. Iker starrt mich einfach nur aus finster zusammengekniffenen Augen an. Ich wiederhole meine Frage.
„Was, verflucht noch mal, willst du hier, Iker?"
„Das weiß du genau!"
Sein Kiefer mahlt, seine Hände ballen sich zu Fäusten, instinktiv weiche ich einen Schritt zurück. Wir sind allein, niemand ist hier und sein Name steht nicht im Planer.
Auf den Punkt gebracht: Niemand weiß, dass er hier ist und wenn mir etwas passiert ...
Ich zwinge meine Gedanken in eine andere Richtung.
„Nein, weiß ich nicht!"
„Ach nein, Mrs. Smith?"
Hohn und Spott schwingen in seinem Namen mit.
„Wenn du wegen neulich Nacht da bist, verschwinde! Ich hasse es, wenn mein Privatleben in meiner Praxis auftaucht."
Das bedrohliche Knurren, das sich nun aus seiner Kehle löst, lässt mich erschaudern.

Hilfe.

„Nun sag schon, was du willst, und verschwinde."

Iker fasst sich schneller als ich, strafft die Schultern und schiebt sich an mir vorbei in das Vorzimmer und sieht sich interessiert um.

Ich nehme mir eine Sekunde Zeit und mustere ihn.

Er ist genauso groß wie in meiner Erinnerung, seine Schultern hingegen sind breiter – massiver. Seine Kutte ist sexy und passt perfekt zu seinen markanten Gesichtszügen. Der dunkle Bartschatten, der seinen kantigen Kiefer bedeckt, zieht meine Finger wie magnetisch an. Muskeln, Muskeln, Muskeln, schwarze Tinte und silbrige Narben. Obwohl Iker sich bei unserer letzten Begegnung wie ein mieser Arsch benommen hat, ist die Anziehungskraft zwischen uns ungebrochen.

Die Luft knistert und meine verräterischen Brustwarzen ziehen sich lustvoll zusammen.

Nein. Nein. Nein.

Heute muss ich mit dem Hirn und nicht mit meinem Unterleib denken ...

„Iker! Raus hier."

Langsam, mit sichtlich unterdrückter Aggressivität, dreht er sich zu mir um.

„Geht nicht."

In seinen blauen Augen glüht es dämonisch.

„Und warum? Hat sich der arme kleine Iker verlaufen?"

Kaum dass die Worte meine Lippen verlassen haben, macht er einen großen Schritt auf mich zu und schleudert mich mit Wucht an die Wand.

Sämtliche Luft wird mir aus der Lunge gequetscht. Er folgt mir, baut sich vor mir zu seiner beeindruckenden Größe auf und lässt die Muskeln spielen.

Zwischen der Wand und seinem durchtrainierten Brustkorb gefangen, gibt es kein Entkommen für mich. Wir sind uns so nah, dass sein warmer Atem über meine Stirn streift und das raue Leder seiner Kutte über meine Wange reibt.

Mein Blick fällt auf das *Enforcer-Patch* und ich erinnere mich daran, dass eine identische Kopie davon seine straffe Haut ziert.

Yummie ...

Trotz meiner Furcht und der Wut über sein plötzliches Auftauchen, breitet sich ein sehnsüchtiges Ziehen in meinem Schritt aus.

Scheiße!

Nervös lasse ich meine Augen an ihm nach oben gleiten, mustere seinen virilen Hals, die eckige Kontur seines Kiefers und die gerade Nase. Unsere Blicke treffen sich, ich vergesse zu atmen.

Die Intensität, mit der sich sein Blick in meine Augen bohrt, lässt meine Knie weich werden.

„Deine rot geschminkten Lippen und diese verfickte Brille!"

Er brummt mehr, als dass er spricht, ich kann ihn gerade so verstehen.

Sprachlos und mit der Situation *etwas* überfordert, schnappe ich, als sich meine Lunge süchtig nach Sauerstoff zusammenzieht, japsend nach Luft.

Meine Kopfhaut prickelt genau wie mein Bauch.

„Lass mich los."

Zu meinem Leidwesen klinge ich nicht halb so kämpferisch, wie ich es mir gewünscht hätte.

„Und was, wenn nicht?" *Tja? Was dann?* „Willst du mir dann wieder etwas an den Kopf werfen? Deinen Schuh vielleicht?"

Iker benutzt nicht nur seine körperliche Überlegenheit, um mich einzufangen, sondern macht sich auch noch über mich lustig.

„Arschloch!"

„Bitch!"

Wow. Sehr einfallsreich. Wirklich.

„Bist du verbal impotent oder erinnerst du dich gerade nur daran, welche Frauen eher deinem Niveau entsprechen?"

Herausfordernd sehe ich ihn an und versuche dabei, die erregende Wirkung, die dieser Biker auf mich hat, zu ignorieren. Was leider verdammt schwierig ist.

Meine Vagina, das falsche Miststück, will den *Hell Bone* – ganz egal, was für ein Arsch er auch ist.

Anstatt mich anzubrüllen oder mich erneut als Prostituierte zu bezeichnen, bleibt Iker stumm, starrt mich einfach nur an und senkt dann langsam, wie in Zeitlupe, seinen Kopf.

Ich ahne instinktiv, was er vorhat, trotzdem weiche ich ihm nicht aus – trotzdem trommle ich nicht mit den Fäusten auf ihn ein oder fordere ihn auf, mich gefälligst loszulassen. Meine Lippen bleiben stumm, sie wollen geküsst werden, sie wollen es so sehr, dass sie mir ihren Dienst verweigern.

Himmel Halleluja!

Nicht bereit, kampflos aufzugeben, kratze ich meine Entschlossenheit zusammen und zwinge meinen Körper, mir zu gehorchen. Es funktioniert teilweise.

„Lass mich sofort los."
Iker schmunzelt, an seiner rechten Wange bildet sich ein sexy Grübchen.
„Warum sollte ich? Du willst es doch auch. Oder täusche ich mich da, Frau Doktor?"
Ich will auch mit Haien tauchen, Rodeo reiten und Fallschirmspringen, aber ich tue es nicht, weil es zu gefährlich ist. Genauso gefährlich, wie diesen Biker zu küssen.
„Was ich will, ist nicht von Belang."
Amüsiert zieht er eine Augenbraue in die Höhe.
„Ach nein?"
Ich schüttle vehement den Kopf.
„Nein."
„Was für ein Pech, dass ich grundsätzlich nur das tue, worauf ich Lust habe, und im Moment, Baby, will ich deine roten Lippen blutig beißen!"
Dummerweise will ich das auch, ich will, dass er es macht, ich will den Schmerz und die Lust ... aber das behalte ich für mich.
„Warum bist du hier?"
Zorn flackert in seinen Augen. Er zwingt ihn nieder und tackert seinen Mund bestimmend auf den meinen. Grob, geradezu brutal windet sich seine Zunge zwischen meine Lippen, öffnet sie und wühlt sich dann durch die Höhle meines Mundes.
Anstatt mich zu wehren, stöhne ich zufrieden, sinke gegen ihn und reibe mich an seinem harten Oberschenkel. Ich spüre die beeindruckenden Konturen seiner Erektion, die sich ungeduldig gegen seine Jeans presst.
Der Kuss ist weder sanft noch zärtlich, er ist vereinnahmend – wie ein Krieg. Bleibt mir nur zu hoffen, dass es keine Toten geben wird.
Unsere Lippen verschmelzen, Iker lässt mich seine Zähne spüren und beißt sich wie angekündigt an mir fest. Die bittere Pein entlockt mit ein Wimmern, ehe sie wie ein Blitz in meinem Unterleib einschlägt und dafür sorgt, dass mein Slip feucht wird.
Mein Körper erinnert sich noch genau daran, wie gut es sich angefühlt hat, sich von diesem Rocker ficken zu lassen.
Versöhnend leckt er mit seiner rauen Zunge über die malträtierte Stelle an meiner Unterlippe, dann wandelt sich der Kuss, wird vorsichtiger und auch intimer.
Unsere Lippen necken sich, sie verschmelzen und beginnen ein gefährliches Vorspiel.

Mit den Händen über das raue Leder streichend, genieße ich, wie sich der Biker anfühlt, und welche Emotionen er in mir auslöst.

Es darf nicht sein ...

Die Stimme meines Unterbewusstseins hat recht und ruft mich zur Vernunft.

Unter Aufbringung all meiner Kraft drehe ich das Gesicht zur Seite und beende so das sündige Spiel unserer Münder.

Atemlos fülle ich meine Lunge mit frischer Luft, ehe ich mir seinen herben Geschmack von den Lippen lecke und ihn von mir stoße. Er lässt es zu, gibt mir meine Freiheit zurück und reibt sich grob über die Stirn. Dann stemmt er sich die Hände in die Hüften und gibt ein düsteres Fauchen von sich, das mich an Graf Dracula höchstpersönlich erinnert. Ein passender Vergleich, wie ich finde, wenn man bedenkt, wie gerne dieser *Hell Bone* mich blutig beißt.

Ich gehe zu meinem Schreibtisch, suche dahinter Schutz und versuche, meine Professionalität zu wahren, wenn es dafür nicht längst zu spät ist.

Zum Glück ist X bis jetzt nicht aufgetaucht.

„Du musst gehen. Sofort."

Zu meinem Leidwesen schüttelt Iker den Kopf.

„Geht nicht. Meine Bewährungshelferin verlangt ein psychologisches Gutachten."

Er knirscht den Satz zwischen zusammengebissenen Zähnen hervor.

Was? Nein! Oh Gott!

Die Erkenntnis schlägt ein wie eine Bombe.

„Du bist das X?"

Jetzt wirkt der Rocker irritiert.

„Wovon redest du?"

„Nichts. Vergiss es!"

Ich betrachte seine Hände, heute sind sie nicht blutverschmiert.

„Warum kommst du deswegen zu mir?"

Er zuckt mit seinen breiten Schultern.

„Den Termin hat die Mitarbeiterin meines Anwalts ausgemacht."

Interessant.

„Und das ausgerechnet bei mir?"

„Scheint so?"

In seinen Augen schimmert es amüsiert.

„Offensichtlich."

Ich lasse mich in meinen Sessel fallen, verschränke die Arme vor der Brust und kann nichts gegen das fiese Grinsen tun, zu dem sich meine Lippen verziehen.

So viel zu meiner Theorie, dass man sich immer zwei Mal im Leben sieht ...

Seine Bewährungshelferin will ein psychologisches Gutachten?

Warum wundert es mich nicht, dass Iker schon im Gefängnis saß?

Und warum wundert es mich erst recht nicht, dass seine Bewährungshelferin berechtigterweise daran zweifelt, dass der Rocker zu einem wertvollen Mitglied der Gesellschaft geworden ist?

Des *Hell Bones* Zukunft hängt von mir ab.

Wenn ich wollte, könnte ich ihm ein richtig böses Gutachten schreiben, ein Gutachten, das ihm für den Rest seines Lebens Sicherungsverwahrung einbringen könnte.

Ich müsste nur ein paar Schlagworte benutzen, bei denen bei jedem Richter dieses Landes die Alarmglocken schrillen würden.

Das würde mich keine Stunde kosten, Iker so richtig in die Scheiße zu reiten und sein Leben für immer zu ruinieren.

Der Rocker zischt ein wütend klingendes „Fuck!“. Etwas an meiner Mimik muss mich verraten haben.

„Tu das nicht, Charlotte.“

Ach nein?

„Warum nicht?“

Er sagt nichts, starrt mich einfach nur finster an und zieht eine zerknautschte Schachtel Kippen aus der Hosentasche.

Eigentlich herrscht in meiner Praxis Raucherverbot. Aber na ja ...

In diesem Fall bin ich bereit, eine Ausnahme zu machen. Dem Enforcer des gefürchtetsten *Motorcycle Clubs* des Landes geht bestimmt der Arsch gerade auf Grundeis.

„Ich will nicht zurück in den Knast!“

Kann ich verstehen.

„Und ich will nach dem Sex nicht wie eine billige Hure rausgeschmissen werden!“

Auf seiner Stirn tritt eine Ader hervor, verleiht dem Fadenkreuz eine gewisse 3D-Optik.

Er brummt, zündet sich die Zigarette an und steckt das Sturmfeuerzeug wieder weg.

So fies es auch sein mag, aber ich genieße den Moment wie ein vorzügliches Drei-Gänge-Menü, dessen Nachspeise aus verdammt viel Schokolade besteht.

„Du verstehst das nicht!“

Ach nein?

Scheiße! Wut lodert in mir auf.

„Du hast mich frisch gefickt, ohne Slip und mit kaputter Bluse mitten in der Nacht vor die Türe gesetzt und ich musste sehen, wie ich allein zurechtkomme. Verdammt! Und das in diesem Stadtviertel. Ist das die Art, wie du mit den Frauen umgehst, die du vögelst? Ehrlich? Wenn ja, dann solltest du dich ins Eck stellen und schämen, Iker."

Mir ist klar, dass ich wie eine spießige Lehrerin klinge, aber das ist mir egal. Wenn ihm das bis heute keiner gesagt hat, dann wird es verdammt noch mal Zeit.

„Ich bin nicht so wie du. Ich bin weder zwei Meter groß noch bestehe ich nur aus Muskeln. Ich trage keine Waffen bei mir und ich bin auch nicht bereit, andere Leute umzubringen. Du hast Scheiße gebaut, Iker, und jetzt hast du Angst, dass du dafür die Quittung kassierst!

Er zieht eine gewaltige Portion Nikotin in seine Lunge und hält den Atem an. Die Zeit verstreicht, wir starren uns an, liefern uns ein Blickduell, aus dem dieses Mal ich als Siegerin hervorgehe.

Iker lässt den Rauch geräuschvoll entweichen und schüttelt dann den Kopf.

„Es tut mir leid, Baby!"

Wow. Himmel! Echt?

Der gnadenlose Enforcer der *Hell Bones* entschuldigt sich bei mir?

Natürlich könnte er es auch einfach nur sagen, um mich zu beruhigen und milde zu stimmen, aber er wirkt ehrlich niedergeschlagen. Iker macht auf mich den Eindruck, als würde es ihm wirklich leidtun.

Und das überrascht mich.

Sprachlos senke ich den Blick, in meinem Inneren herrscht ein heilloses Durcheinander.

Was jetzt?

Das Schicksal hat mir einen Freifahrtschein ausgestellt, ich könnte Iker sowas von fertigmachen. Aber das wäre nicht fair, außerdem würde das meine Berufsehre nie zulassen, dass ich meine persönlichen Gefühle mit der Arbeit vermische. Das wäre nicht professionell – es wäre nicht anständig.

Aber selbst wenn Iker mich nicht rausgeschmissen hätte, sondern mich anständig nachhause gebracht hätte, könnte ich ihm nicht das Gutachten erstellen, das er sich wünscht und das ihm seine Freiheit garantiert.

Die Gespräche, die wir geführt haben, die Waffen, die er in seinem Schlafzimmer vor dem Sex abgelegt hat, und die Tatsache, dass seine Hände mit dem Blut seines letzten Opfers verschmiert waren, als wir uns kennengelernt haben, macht es mir unmöglich, ihn als normal oder harmlos zu attestieren.

Insbesondere, weil Menschen, die auf Bewährung raus sind, keine Schusswaffen tragen dürfen. Das war ein Verstoß gegen die Bewährungsauflagen.

Wenn ich ehrlich bin, dann weiß ich, dass dieser Biker eine Gefahr für die Gesellschaft darstellt und dass er im Gefängnis am besten aufgehoben wäre.

Aber es gibt ein Schlupfloch, es gibt eine Möglichkeit, wie ich aus der Nummer rauskomme. Nämlich, indem ich Iker zu einem meiner Kollegen schicke.

Die Frage ist nur, ob ich so nett sein möchte?

Der Rocker scheint meine Gedankengänge erraten zu haben. Er kommt auf mich zu, bleibt direkt vor dem Schreibtisch stehen und sieht mich aus zusammengekniffenen Augen an.

„Willst du wissen, warum ich mich wie ein Arschloch verhalten und dich rausgeschmissen habe?"

Oh ja, allerdings ...

„Natürlich." Diese Frage hat mich nächtelang wachgehalten.

Er seufzt, klemmt sich die Zigarette in den Mundwinkel und stemmt sich mit den Händen an der Kante meines Schreibtischs ab.

Sein unverkennbarer Geruch, gewürzt mit Menthol und Nikotin, steigt mir in die Nase und verwirrt meine Sinne.

Iker lässt sich Zeit, ein ungläubiges Lächeln huscht über seine sonst so ernste Mimik.

Bevor er zu reden anfängt, nimmt er die Kippe aus dem Mund und gibt ein leises Schnalzen von sich.

„Während ich dich gefickt habe, ist etwas zwischen uns passiert. Etwas, das ich nicht beschreiben kann. Mit jedem Mal, mit dem ich mich in dich gerammt habe, ist das Bedürfnis, dich behalten zu wollen, stärker geworden, und das hat mir eine Scheißangst gemacht. Du bist anders, Charlotte. Du unterscheidest dich maßgeblich von den Tussis, mit denen ich sonst ficke."

Na, das will ich doch hoffen!

„Nach dem Sex war ich durcheinander. Ich wollte dich wieder ficken, wieder und wieder, und das ist untypisch für mich. Normalerweise kann ich es nach dem Abspritzen kaum erwarten, die Pussys loszuwerden. Aber dich wollte ich behalten ... Glaube mir, Baby, das Beste, was ich für dich tun konnte, war, mich wie ein Arschloch zu verhalten. Meine Welt ist nichts für ein Mädchen wie dich!"

Seine Stimme klingt dunkel und heiser, an manchen Stellen ist es deutlich hörbar, dass es ihm schwerfällt die Worte auszusprechen.

„In den vergangenen zwei Wochen musste ich jede Nacht an dich denken, Charlotte. Und das ist neu für mich. Also, wenn es dir guttut, dann häng mich hin. Aber das ändert nichts an den Tatsachen."

Halleluja!

Als Psychologin erkenne ich, wenn jemand lügt, und Iker spricht die Wahrheit. Er denkt wirklich, dass er mich beschützt hat, indem er mich nachts alleine und halb nackt durch Brooklyn laufen ließ.

Dummer Rocker ...

Ich räuspere mich und kämpfe gegen die aufsteigenden Emotionen an, die seine Worte in mir ausgelöst haben.

Scheiße! Scheiße! Scheiße!

„Dann war ich also nicht die Einzige, die etwas gespürt hat? Dann habe ich mir die Verbindung zwischen uns also nicht einfach nur eingebildet?"

Iker hebt den Kopf und sieht mich an.

„Nein, Baby. Hast du nicht."

Nicht sicher, was ich darauf erwidern soll, lehne ich mich in meinem Sessel zurück und schließe die Augen.

Keine Ahnung, was es über mich aussagt, aber ich werde Iker nicht hinhängen, ich werde ihn nicht zurück in den Knast befördern, das bringe ich nicht übers Herz.

Als ich die Augen wieder öffne, werde ich sofort von Ikers Blick gefesselt.

Seine Iriden sind tief und blau wie das Meer und ich laufe Gefahr, mich in ihnen zu verlieren ...

„Ich werde dir dieses Gutachten nicht ausstellen."

Wut flackert in seinen schönen Augen auf.

„Du willst, dass ich einfahre?"

Will ich nicht.

„Dieses Mal bin ich diejenige, die dich schützt. Ich kann nicht lügen, Iker. Du warst bewaffnet und deine Hände waren blutverschmiert. Indem ich das Gutachten *nicht* erstelle, helfe ich dir. Ich sage, dass ich befangen bin, dass wir uns kennen und verweise dich an einen meiner Kollegen."

Tief durchatmend lehne ich mich an den Tisch, komme ihm so näher.

„Wie das Gutachten ausfällt, liegt also an dir."

Er nickt mehrmals, so als würde die Bedeutung meiner Worte erst langsam in sein Hirn sickern.

Das Schicksal hat mir die seltene Chance gegeben, die Königin des Karmas zu sein, und ich nutze sie nicht.

Vielleicht werde ich das später bereuen?

Vielleicht ist es falsch?
Vielleicht setze ich die Einwohner New Yorks so einer unnötigen Gefahr aus?
Das alles ist möglich, aber ich kann nicht anders.
Es ist, wie es ist, auch wenn ich es gerne anders hätte.
Sein gemurmeltes „Danke!“ zeigt mir, dass ihm sehr wohl klar ist, dass ich gerade getan habe, was ich für ihn tun konnte.
„Wir sind noch lange nicht quitt, Biker.“
Irritiert sieht er mich an.
„Nein?“
„Nein! In der Nacht ist der Absatz meiner geliebten Blahniks abgebrochen. Du schuldest mir also ein neues Paar.“
„Blahniks? Was ist das?“
„Das sind Schuhe, besonders schöne, tolle und kostspielige Schuhe. Und du wirst sie ersetzen!“
Seine Augenbrauen wandern in die Höhe.
„Ich?“
„Ja, du.“
Ich stehe auf, umrunde den Tisch und bleibe direkt vor ihm stehen.
„So wie ich das sehe, schuldest du mir noch viel mehr.“
Bin ich bescheuert, dass ich jetzt mit dem Arschlochbiker flirte, den ich die letzten zwei Wochen verflucht habe?
Wahrscheinlich!
Aber es fühlt sich gut an. Wirklich verdammt gut. Und jetzt, wo ich weiß, s ich ihm nicht egal bin, bin ich durchaus bereit, ein weiteres Mal mit dem Feuer zu spielen.
„Und was schulde ich dir noch?“
Die Unterlippe zwischen die Zähne saugend, sehe ich zu ihm hoch, lasse meine Hände unter seine Kutte gleiten und zucke dieses Mal, als ich seine Waffe spüre, nicht zurück.
„Sex. Guten, harten Sex.“
Erregung glüht in seinen Augen, die Muskeln unter meinen Fingern spannen sich an und zucken.
„Die Psychologin will schmutzigen Sex mit dem Outlaw?“
„Will sie. Also leg los.“
Das muss ich ihm nicht zweimal sagen. Iker hebt mich mühelos hoch, instinktiv winde ich ihm die Beine um die Mitte und lasse zu, dass er mich stürmisch küsst.
Seine Faust landet in meinen Haaren, seine Zunge wühlt sich durch meinen Mund – pure Ekstase rauscht durch meine Venen.

Ich brenne und verzehre mich nach dem Mann, der eine Gefahr für die Gesellschaft darstellt.

11. Kapitel

Der Enforcer

Fuck!

Ich habe mit allem gerechnet. *Bullshit!* Mit allem.

Aber nicht damit, plötzlich ausgerechnet der Frau gegenüberzustehen, die mir seit fucking vierzehn Tagen durch den Kopf spukt.

Egal, was ich tue, ganz egal, womit ich beschäftigt bin, Charlotte geht mir nicht mehr aus dem Sinn.

Eine Psychologin? Nicht zu fassen!

Ihre Klamotten, der enganliegende Rock, die weiße Bluse und die Brille lassen sie streng aussehen, aber dann kommt der feuerrote Lippenstift dazu, der das alles auflockert.

In Kombination mit den wilden Locken ist Charlotte der Traum aller Männer.

Brav und sexy – streng und dennoch wild und leidenschaftlich.

Das Wissen, dass sie mich ohne Probleme zurück hinter Gitter befördern könnte, es aber nicht tut, turnt mich an.

Sie hätte jeden Grund, wütend auf mich zu sein, denn sie hat recht, ich habe mich ihr gegenüber wie ein Arschloch benommen.

Doch anstatt ihre Macht zu nutzen, verzichtet sie auf ihre Rache und will stattdessen von mir gefickt werden.

Holy Shit!

„Du bist der Hammer, Baby! Der fucking Hammer!"

Ohne den Kuss zu beenden, trage ich sie durch den Raum, presse sie an die Wand und schiebe meine Hand unter ihren Rock.

Das winzige Ding, das ihr Höschen darstellen soll, schafft es nicht, ihre Schamlippen zu bedecken. Mit den Fingern reibe ich über das weiche Fleisch, spüre die Hitze und tränke meine Fingerspitzen in der Feuchtigkeit, die aus ihr heraussickert.

Das Paradies und zugleich die Hölle.

Das, was ich zu ihr gesagt habe, war mein Ernst.

Ich bin verheerend für dieses Mädchen. In meiner Nähe ist sie in Gefahr. Die Welt, in der ich lebe, passt nicht zu Charlotte, und dennoch will ich sie packen, auf mein Bike setzen und in meinen Club bringen.

Ich will diese Frau in meinem Bett, ich will sie an die Pfosten fesseln und jeden Zentimeter ihrer seidigen Haut ablecken.

Mein Schwanz pocht und ist hart, meine Eier sind prall und fühlen sich so an, als würden sie gleich platzen.

Fuck!

„Fick mich endlich, Rocker."

Den Slip zerreißend, lege ich ihre Mitte frei, stoße mit zwei Fingern tief in sie hinein und genieße die Zuckungen, die mein Eindringen in ihrem Inneren auslösen.

Charlotte stöhnt, reitet meine Hand und gibt sich völlig hemmungslos.

Ich werde sie jetzt ficken, ihr geben, was sie braucht, und mich dann um das verdammte Gutachten kümmern. Und wenn ich es schaffe, auf freiem Fuß zu bleiben, wird mir diese Psychologin nicht mehr so schnell entkommen.

Charlotte sollte beten, dass ich erneut im Knast lande, nur so wäre sie vor mir in Sicherheit.

12. Kapitel

Die Psychologin

Seine Finger in mir und seine Lippen auf meinem Mund ...

Ich stöhne in unseren Kuss, vergesse alle Wenns und Abers und blende die mahnende Stimme meines Unterbewusstseins entschlossen aus.

Ich brauche keine Erinnerung daran, dass dieser Mann gefährlich ist und dass dieser Sex ein Fehler ist, das weiß ich auch so und will es trotzdem.

Vielleicht sollte ich mich ebenfalls bei einem meiner Kollegen auf die Couch legen und mir professionelle Hilfe holen.

Irgendetwas stimmt mit mir nicht, aber verdammt, die falschen Entscheidungen zu treffen, fühlt sich richtig gut an.

Besonders, wenn sie mit dem Enforcer der *Hell Bones* zu tun haben.

Iker bewegt sich, beißt sich an meinem Hals fest und sinkt mit mir in seinen Armen auf den Boden. Der Schmerz zuckt durch meine Nervenbahnen, entlockt mir ein heiseres Ächzen. Einen Atemzug später werde ich von harten Muskeln, brauner Haut und heroischer Kraft auf den Boden gepresst. Ikers heißer Atem streift mein Gesicht, sein Blick bohrt sich unnachgiebig in den meinen.

Sein unverkennbarer Geruch steigt mir in die Nase, macht mich high.

Ich reagiere instinktiv auf diesen Biker. Er hat auf mich die gleiche zerstörerische Wirkung wie ein Streichholz auf einen Benzinkanister.

Roh presst er seine Lippen auf die meinen, dringt mit seiner Zunge tief in mich ein, raubt mir die Luft zum Atmen.

Erregt liege ich unter ihm, werde von seinem schweren Gewicht auf die Holzdielen gedrückt.

Ich versuche, mir etwas Bewegungsfreiheit zu verschaffen – es gelingt mir nicht.

Ikers Berührungen sind nicht bittend oder zärtlich, sondern besitzergreifend und fordernd. Der *Hell Bone* nimmt sich, ohne zu zögern, was er will – mich.

Da mir klar ist, dass sie keine Chance gegen ihn habe, stelle ich meine Gegenwehr ein und überlasse Iker die Führung. Er bemerkt die Veränderung sofort.

Unser Kuss wird zärtlicher.

Seine Lippen überwältigen mich nicht mehr, sie verführen mich zu einem sinnlichen Tanz.

Ein heißer Schauer lässt mich erbeben, ich wimmere leise und wünsche mir mehr ... Mit dunkler Stimme flüstert er mir ins Ohr, dass ich mich fallen lassen und ihm die Kontrolle überlassen soll, und dass ich bei ihm sicher bin.

Ich glaube ihm. Ich will ihm einfach glauben.

Meine Kehle umfassend, tackert er erneut seine festen Lippen auf die meinen.

In einem verboten guten Rhythmus reibt er seine Erektion zwischen meinen Beinen auf und ab. Und trotz des störenden Stoffs seiner Hose reagiert mein Unterleib mit purer Lust.

Ich bin längst feucht und bereit für ihn. Ein sehnsüchtiges Pochen pulsiert in meinem Unterleib. Seine Hand landet zwischen meinen Schenkeln, er stößt ein wildes Fauchen aus und dringt erneut mit seinen Fingern in mich ein.

„Du bist so perfekt, Charlotte. Viel zu perfekt für ein Monster wie mich."

Ich will ihm widersprechen, doch er lässt es nicht zu, sondern hält mir energisch den Mund zu.

„Kein Wort. Wir wissen beide, dass ich recht habe."

Er krümmt seine tief in mir steckenden Finger, trifft so auf meinen G-Punkt.

Oh mein Gott ...

Ich winde mich, vor meinen Augen dreht sich alles.

Ikers große Hand, die noch immer auf meinem Mund liegt, erstickt mein lautes Stöhnen.

Hilflos hebe ich meine Hüfte an, komme ihm willig entgegen und flehe so stumm nach mehr. Seine blauen Augen fixieren die meinen, fasziniert beobachte ich, wie er seine Finger aus mir herauszieht und sie, wie schon in unserer ersten Nacht, ableckt.

„Von deinem Geschmack werde ich nie genug kriegen."

Das zwischen diesem Rocker und mir fühlt sich so gut an – zu gut, dafür, dass es eigentlich falsch ist.

„Wenn ich meine Hand wegnehme, versprichst du mir dann, ein braves Mädchen zu sein und mir nicht mehr zu widersprechen?"

Ich nicke.

Kaum dass er meinen Mund freigegeben hat, schnappe ich keuchend nach frischem Sauerstoff. So schnell, dass ich es kaum mitbekomme, springt er auf, zieht erst sich und dann mich aus.

Wieder hat er Waffen am Leib getragen, ich will erst gar nicht darüber nachdenken, warum er sie mit in meine Praxis gebracht hat.

Wollte er den Psychologen umbringen, wenn er ihm ein schlechtes Gutachten rausgeschrieben hätte? Vielleicht!

Himmel!

Allein, dass ich ihm das zutraue, beweist, dass Iker definitiv hinter Gitter gehört.

Wahrscheinlich muss ich froh sein, dass ich noch am Leben bin, und dass er mich lieber vögelt, als mich zu erschießen.

Stark und massiv kniet er sich zwischen meine gespreizten Beine und verschlingt mich gierig mit seinem Blick.

Ungestüm spreizt er meine Knie noch etwas weiter, leckt sich die Lippen und betrachtet meine, seinen Augen schutzlos ausgelieferte, Mitte.

Langsam streifen seine schwieligen Fingerspitzen durch meinen Spalt, dringen in mich ein, rauben mir den Atem und den Verstand.

Erschauernd beobachte ich, wie er den Kopf senkt und sich zu mir nach unten beugt. Quälend langsam leckt seine heiße Zungenspitze über meinen Kitzler.

Züngelnd verwöhnt er meine Muschi, er fingert mich immer heftiger, vor meinen Augen zucken goldene Blitze.

„Ohhhhhh jaaaaaa ..."

Mein Schrei hallt durch die Praxis, vermischt sich mit den animalischen Geräuschen, die der Rocker von sich gibt, während er mich leckt.

Eine unbeschreibliche Erregung baut sich in mir auf.

Jeder Zentimeter meiner Haut glüht und prickelt. Ich verliere den Bezug zur Realität, alles, was ich noch wahrnehme, ist der *Hell Bone*, der mich regelrecht auffrisst. Über seine Glatze streichend, presse ich seinen Mund noch etwas fester auf gegen mich.

Der Orgasmus ist so nah – zum Greifen nah, sodass sich meine Zehen kringeln.

Gerade als ich glaube, dass er mich endlich kommen lässt, stoppt Iker sein Zungenspiel.

Hilflos reibe ich mich an ihm, genieße das Kratzen seiner Bartstoppeln auf meiner empfindlichen Haut, doch der Outlaw kennt kein Erbarmen.

Frustriert sehe ich ihn an und stelle fest, dass er mich beobachtet.

„Warum hörst du auf?"

„Ich genieße den Anblick."

„Willst du mich verarschen? Mach weiter!"

Seine Kieferpartie spannt sich an, seine Augen glühen teuflisch.

Auf einmal wirkt alles an diesem Biker hart, einschüchternd und tödlich.

Umso erstaunter bin ich, als der nächste Kuss, den er mir schenkt, so zärtlich und sanft ist, wie noch keiner zuvor.

Es sollte sich nicht so gut anfühlen, in seinen starken Armen zu liegen.

Sehnsüchtig kralle ich mich an seinen Schultern fest und ziehe ihn auf mich.

Ich bin so feucht, dass mir mein Verlangen an den Beinen hinabrinnt und auf den Boden tropft.

„Ich will dich, Charlotte."

Ikers Stimme klingt rau und heiser und ich weiß instinktiv, dass er damit nicht nur auf das Hier und Jetzt anspielt.

Bestimmend zieht er mich ein Stückchen nach unten, umfasst mit seinen Fingern meine Scham und dringt wieder mit zweien in mich ein. Meine linke Brustwarze in den Mund saugend, lässt er mich seine Zähne spüren und beißt sachte zu.

Ich kreische. Das ist beinahe zu viel.

Auf einmal löst er sich von mir, greift nach seiner neben uns liegenden Hose und zieht seinen Geldbeutel hervor. Noch bevor ich kapiere, was er vorhat, holt er ein Kondom heraus, reißt die silberne Verpackung auf und rollt sich den Gummi über sein zuckendes Glied. Jetzt wird es ernst!

„Bullshit, Baby! Danach sehne ich mich seit zwei langen Wochen."

Nicht nur er ...

Keine drei Atemzüge später liegt er wieder auf mir.

Endlich spüre ich die dicke Spitze seiner Eichel an meiner Öffnung. Und während unsere Blicke miteinander verschmelzen, schiebt er sich tief in mich hinein.

So tief, dass ich nicht mehr spüren kann, wo er endet und wo ich anfange.

Das perfekte Gefühl der Dehnung und die Art, wie er mich festhält, während er seinen Schwanz in mich schiebt, sind der Wahnsinn.

Jammernd presse ich mich ihm entgegen, genieße seine Härte und wie er mich fickt. Mit jedem Zentimeter, mit dem er mich ausfüllt – mit jedem geteilten Atemzug und jedem zarten Kuss wird die Bindung zwischen uns stärker. Für einen Moment verharrt er in mir, dann beginnt er sich zu bewegen und fällt in einen gnadenlosen, guten, geradezu göttlichen Rhythmus.

Einen Fluch murmelnd, packt er mich noch fester und sieht mir tief in die Augen. Verschwitzt und atemlos spanne ich meinen Unterleib an, beobachte wie in Trance sein Mienenspiel und genieße es, dass er voll und ganz auf mich konzentriert ist.

„Fuck, Charlotte, davon werde ich nie genug bekommen!"

Seine harten Stöße löschen die Realität aus.

Leise seufzend vergrabe ich meine Finger in seinen Armen, suche verzweifelt nach Halt, während sich meine Begierde ins Unermessliche steigert ...

Dank der Wucht seiner Stöße rutsche ich auf dem Holzboden hin und her, und obwohl er wirklich hart ist, fühle ich mich wie auf Wolken.

Zuckend, bebend und laut schreiend verliere ich mich in einem unglaublichen Höhepunkt, der alles, was ich bisher erlebt habe, in den Schatten stellt.

Bei unserer ersten Begegnung war ich betrunken, aber jetzt bin ich stocknüchtern und genieße das Erlebnis mit allen Sinnen.

Ikers Stöhnen wird immer lauter, sein gebrülltes „Jesus!" hallt genau wie mein Schrei durch den Raum, ehe er sich heiß in mir ergießt.

Kraftlos liege ich unter ihm, zwinge mich, die Augen zu öffnen und das markante Gesicht, das direkt über dem meinen schwebt, zu betrachten.

Kantig, rau und so attraktiv.

Das schwarze Fadenkreuz, die silberne Narbe und der entschlossene Ausdruck in seinen blauen Augen brennen sich für immer in mein Gedächtnis.

„Oh verdammt!"

Iker flucht, zieht sich aus mir heraus und lässt sich neben mir auf den Boden fallen.

„Das war, Fuck! Das war der Hammer, Baby!"

Oh ja ... Meine Ekstase schwingt noch immer in meinem Inneren nach.

Dort herrscht gerade das totale Chaos. Bis jetzt dachte ich wirklich, dass ich Sex und Gefühle trennen kann, dass ich erfahren genug bin, mein Herz abzuschotten.

Falsch gedacht ...

Wie er mich angefasst, geküsst und genommen hat, war unglaublich.

Iker hat mir das Gefühl gegeben, kostbar und wichtig zu sein.

Welche Frau mag das nicht?

Erschöpft drehe ich mich zu ihm um, er nimmt meine Hand und verwebt seine Finger mit meinen.

Der Rocker und die Psychologin.

Wer hätte das gedacht?
Wer hätte gedacht, dass das Schicksal noch so eine Wendung nimmt?
Nicht sicher, ob er vielleicht wieder so ausflippt wie nach unserem ersten Mal, sehe ich ihn an. Doch anstatt aufzuspringen und die Flucht zu ergreifen, bleibt er liegen, führt unsere verflochtenen Hände an seinen Mund und haucht mir einen sanften Kuss auf den Handrücken.
Diese unerwartete und zärtliche Geste entwaffnet mich.
„Das will ich wieder."
Er lacht und schüttelt den Kopf.
„Was ein Glück, dass du das wieder bekommen wirst."
Oh ja, was ein verdammtes Glück ich doch habe.
„Wie geht es jetzt weiter?"
Iker zögert, wirkt plötzlich ernst und nachdenklich.
„Wenn ich nicht zurück in den Knast muss, hast du mich am Arsch."
Das gefällt mir.
„Und wenn doch?!"
„Dann hoffe ich doch sehr, dass du mich besuchen kommst."
Ich schätze, dass ich sogar verrückt genug wäre, das zu tun ...

Epilog

Die Psychologin

Ich setze den Blinker, der Wachmann erkennt mich, öffnet das Tor und lässt mich passieren. Kein Wunder, in den vergangenen Tagen war ich oft hier.

Vielleicht sogar etwas zu oft.

Iker erwartet mich, ich parke neben einem riesigen Truck, auf dessen Motorhaube der gleiche Skull zu erkennen ist, der auch den Rücken meines Rockers ziert.

Nervös steige ich aus, streiche mir die Haare über die Schulter und nehme mir fest vor, tapfer zu sein.

Iker hat heute sein Gutachten erhalten und sich geweigert, mir am Telefon zu sagen, wie es ausgefallen ist. Auf der Fahrt hierher ist meine Nervosität in ungesunde Höhen gestiegen, es ist ein Wunder, dass ich keinen Unfall gebaut habe.

Ich komme genau sechs Schritte weit, da kommt mir der Enforcer auch schon entgegen. Er wirkt auf den ersten Blick nicht wie ein Mann, der mit einem Bein im Knast steht, aber der Eindruck kann täuschen.

Oder?

Ich eile auf ihn zu und er zieht mich in seine starken Arme.

In der Sekunde, in der ich meine Lunge mit seinem Geruch fülle, spüre ich instinktiv, dass alles gut werden wird.

Bevor ich ihn fragen kann, was los ist, pinnt er seinen Mund auf den meinen, küsst mich tief und langsam und treibt mich damit in den Wahnsinn.

Erst als meine Knie zittern und mein Puls rast, gibt er mich wieder frei und verpasst meinem Po einen Klaps.

Atemlos lecke ich mir über die Lippen, koste seinen süchtig machenden Geschmack bis auf den letzten Tropfen aus.

„Was ist jetzt?“

Er stellt sich dumm.

„Was meinst du?“

„Na, wie ist dein Gutachten ausgefallen?“

Um mich zu ärgern, lässt er sich mit der Antwort Zeit, führt mich ins Innere des Clubhauses und in sein Büro. Auf dem Weg kommt uns Devil, der Präsident der *Hell Bones* entgegen.

Mit seinen langen schwarzen Haaren ist er das absolute Gegenteil von Iker. Aber er ist trotzdem heiß, also auf diese düstere, so typische Bikerart, die nur echte Outlaws an sich haben.

„He, Charly."

Der Devil zwinkert mir zu, was Iker ein Zischen entlockt.

Der Enforcer hat sich als ziemlich eifersüchtig und verdammt besitzergreifend herausgestellt. Iker hasst es, wenn mich einer seiner Brüder zu lange ansieht oder mir, wie der Devil eben, zuzwinkert.

Dabei ist das lächerlich. Der Präsident hat eine tolle Lady. Lauren ist mir sehr symphytisch, sie ist Krankenschwester im University Hospital hier in Brooklyn und hatte mit dem Club genauso wenig zu tun wie ich, zumindest bis zu dem verheerenden Tag, an dem sie das erste Mal dem Teufel begegnet ist.

Aber so ist das mit den *Hell Bones*, wer sie einmal gekostet hat, kommt nicht mehr von ihnen los ...

In Ikers Büro angekommen, werde ich gepackt, gegen die Wand getackert und beinahe bewusstlos geküsst.

Ikers gezischtes „Ich habe dich vermisst, Baby", amüsiert mich. Schließlich haben wir uns erst gestern gesehen. Letzte Nacht konnten wir nicht zusammen verbringen, da gab es irgendwelche Clubangelegenheiten, um die sich der Enforcer kümmern musste.

Ich habe nicht nachgefragt um was genau, in diesem Fall ist eine gewisse Unwissenheit wahrscheinlich das Beste.

Je besser ich die Rocker kennenlerne, umso sicherer bin ich mir, dass ich auf meine Frage, wie die *Hell Bones* die Nacht verbringen, nicht unbedingt eine Antwort erhalten möchte.

Gespannt sehe ich ihn an, wenn ich nicht gleich erfahre, was los ist, drehe ich verdammt noch mal durch.

„Was ist jetzt? Haben wir bald Knastsex? Oder bleibst du New York erhalten?"

Er lacht, küsst mich erneut und streicht mit seiner schwieligen Fingerspitze über meine Unterlippe.

„Ich bleibe nicht New York erhalten", er macht eine kurze Pause und ich bin kurz davor, in Tränen auszubrechen, „sondern dir!"

Waasssss???

„Du musst nicht zurück ins Gefängnis?"

„Nein, Baby."

Um mich für den Schreck, den er mir eingejagt hat, zu rächen, boxe ich ihm mit aller Kraft gegen die Schulter.

„Über so etwas macht man keine Witze!"

In seinen Augen funkelt pure Belustigung.
„Ach nein? Aber das mit uns hat doch mit einem Witz angefangen. Treffen sich ein Rocker und eine Psychologin in einer Bar ...“
Ich lasse ihn nicht aussprechen, sondern erobere seine Lippen mit den meinen.
Doch anstatt mich wie erwartet zurückzuküssen, löst er sich von mir, wendet sich ab und durchquert das Büro. Dann holt er etwas aus dem Schrank und kommt mit einem roten Karton, auf dem eine goldene Schleife klebt, zu mir zurück.
Er reicht mir das Geschenk, verwirrt nehme ich es entgegen.
„Was ist das?“
„Mach es auf und finde es heraus.“
Das muss er mir nicht zweimal sagen, ich liebe Überraschungen.
Das Papier knistert, ich lasse es fallen und erstarre.
Meine Reaktion bringt ihn zum Lachen.
„Gefallen sie dir?“
Ich bin sprachlos, streiche ehrfürchtig über die wunderschönsten Schuhe, die ich je gesehen habe.
„Wo hast du die her? Die sind aus der neuen Kollektion und die gibt es noch gar nicht zu kaufen.“
Er zuckt mit den Schultern und kann anscheinend nicht nachvollziehen, warum ich wegen ein paar High Heels so ausflippe.
„Manchmal hat es auch Vorteile, mit einem Outlaw zusammen zu sein. Männer wie ich haben Kontakte, von denen können Frauen wie du nur träumen.“
Ich muss grinsen.
„Kontakte zu wem? Zur Schuh-Mafia?“
„Fuck, Yeah. Bei dem Preis muss man zur Mafia gehören, damit man sich die Dinger leisten kann.“
„Tja, Manolo Blahniks sind teuer, aber sie sind eben auch die Besten.“
Aufgeregt probiere ich sie an und sie passen, wie nicht anders zu erwarten, perfekt.
Zufrieden schmiege ich mich an ihn, küsse ihn auf die Kerbe am Kinn und hauche ihm ein „Danke“ entgegen.
„Ich kann es kaum erwarten, dich zu ficken, wenn du die Teile anhast. Du, nackt mit nichts anderem als den Dingern an den Füßen, die neben meinen Ohren hin und her wackeln.“
Klingt gut.
„Ich bin bereit, wenn du es bist.“
Er fasst mir unter den Rock und knurrt anerkennend.

Wir küssen uns erneut, dieses Mal wild und stürmisch und mit dem letzten logischen Gedanken, der durch meinen Kopf huscht, wird mir bewusst, wie unfassbar glücklich ich dank dem Enforcer der *Hell Bones* bin.

Treffen sich ein Rocker und eine Psychologin in einer Bar ...

Der Rocker und die Kellnerin

Prolog

Der Vizepräsident

Ein Zischen ausstoßend starre ich auf den schwarzen Dolch, der bis zur Hälfte in meinem Oberschenkel steckt. In den wenigen Zentimetern der silbernen Klinge, die nicht in meinem Fleisch stecken, spiegelt sich der orangene Schein des Feuers.

Die lodernden Flammen recken sich flackernd dem schwarzen Nachthimmel entgegen. Der einsam am Firmament funkelnde Stern ist der einzige Zeuge, den ich nicht zum Schweigen bringen kann.

Wobei das auch gar nicht nötig ist, ein tausende Meilen weit entfernter Planet wird mich wohl kaum bei den Bullen hinhängen können.

Schmerzensschreie erfüllen die Nacht, ich empfinde weder Schmerz noch Mitleid, sondern nichts als pure Wut. Einen Fluch murmelnd lehne ich mich an den Müllcontainer hinter mir, zünde mir eine Lucky an und hoffe, dass sich so etwas wie Zufriedenheit oder Glück in meinem Brustkorb ausbreitet.

Aber da ist nichts, nichts als gähnende Leere.

Erst als ich die Kippe bis zur Hälfte geraucht habe, beiße ich die Zähne zusammen, lasse meine verspannte Nackenmuskulatur knacken und schnippe den Rest der Zigarette in den Dreck. Dann umfasse ich den stählernen Griff des Dolches und ziehe ihn mit einem Ruck aus meinem Bein.

Jetzt ist es so weit, ein stechender Schmerz flutet meine Nervenbahnen, setzt sie in Flammen so wie ich das Gebäude, das keine zehn Meter von mir entfernt niederbrennt.

Ich brülle, schleudere die mit meinem Blut bedeckte Klinge auf den Asphalt und kämpfe um meine Kontrolle.

Es wäre so leicht aufzugeben, auf den Boden zu sinken und darauf zu warten, bis die Bullen auftauchen und mich einkassieren.

Dann hätte dieser ganze Bullshit ein Ende.

Das ewige Versteckspiel zwischen Gut und Böse wäre vorbei, genau wie das Jagen und Morden, aus dem meine Existenz besteht.

Ich will mich nicht beklagen, das Leben meint es gut mit mir, andernfalls wäre ich eine der vielen verkohlten Leichen, die die Feuerwehr noch vor dem Morgengrauen aus dem brennenden Haus bergen wird.

Alles, was ich heute Nacht zurücklassen werde, ist Schutt und Asche, Tod und Verwüstung, und obwohl mir das mehr als bewusst ist, verspüre ich keine Reue.

Das Wort Mitleid kommt in meinem Vokabular nicht vor und den Geschmack von Gnade habe ich noch nie gekostet.

Als Vizepräsident des *Hell Bones Motorcycle Clubs* hier in New York gehört es zu meinem Aufgabengebiet, den Club und meine Brüder zu schützen, und genau das habe ich heute Nacht getan.

Ich stoße mich von dem Container ab, betrachte die Stichwunde in meinem Bein und ärgere mich über mich selbst.

Ich war nachlässig – so ein Mist hätte nicht passieren dürfen.

Immer mehr Blut rinnt aus dem Schnitt und färbt meine Jeans dunkel. Wahrscheinlich muss ich auch noch froh darüber sein, dass der Wichser keine Arterie getroffen hat, sonst würde ich jetzt verbluten.

Fuck!

Genervt blende ich den Schmerz aus und überquere die Straße, um sicherzugehen, dass es keine Überlebenden geben wird.

In dem zweistöckigen abbruchreifen Haus am Rand von Brooklyn hatte sich eine Horde von Bastarden niedergelassen, die fest entschlossen waren, den *Hell Bones* Konkurrenz zu machen. Die Idioten hatten sich sogar einen Namen gegeben, sie waren dumm genug, einen eigenen Club aufzumachen und das mitten in unserem Revier.

Das war ihr Todesurteil.

Wenn man es nüchtern betrachtet – und ich bin stocknüchtern – dann entgeht einem der Witz bei der Sache nicht.

Diese Typen haben ihre Kutten mitten in unserem Territorium getragen, sie waren sogar so dreist, sich in unseren Casinos blicken zu lassen und von kleinen Geschäften, die längst an uns bezahlen, Schutzgeld zu erpressen.

Die *Bastards* waren gerade dabei ins Drogengeschäft einzusteigen – es wurde also Zeit, sie kaltzustellen.

Das wäre hiermit erledigt. Zumindest fast.

Ich bleibe vor einem der *Bastards* stehen, das neue Leder seiner lachhaften Kutte weist Brandflecken auf, das Gummi seiner Turnschuhe ist angekokelt.

Er war im Haus und hat es geschafft, sich vor der tödlichen Feuersbrunst zu retten, nur um nun in den Lauf meiner Waffe zu starren.

Welch eine Ironie ...

Der Bastard sieht mich panisch an, der Geruch von verbranntem Fleisch steigt mir in die Nase und lässt mich würgen.

Furcht zeichnet sich in seinen mexikanischen Gesichtszügen ab, die Vorfreude lässt einen Schauer zwischen meinen Schulterblättern hinabrieseln.

Mit dem Töten hatte ich noch nie ein Problem, es liegt mir im Blut und bereitet mir kein Kopfzerbrechen. Diesem Talent habe ich es zu verdanken, dass das *Vizepräsidenten-Patch* meine Kutte ziert. Nichts bringt einen *Hell Bone* schneller voran als ein gewisses Maß an effizienter Gnadenlosigkeit.

Der Mexikaner murmelt etwas, doch wegen der Verletzungen in seinem Gesicht kann ich ihm kaum verstehen. Nett wie ich bin, gehe ich neben ihm in die Hocke.

„Tu das nicht, Skull."

Er fleht um sein Leben, ein weiterer Beweis dafür, dass er und seine Bande nie eine Chance hatten, sich hier in New York zu etablieren.

Die Angst vor dem Tod macht einen Mann angreifbar und schwach. Wer nicht bereit ist, für seinen Club zu sterben, ist es nicht wert, ein Backpatch zu tragen.

Ich zünde mir eine weitere Kippe an, inhaliere das Nikotin und tippe mit dem Lauf meiner Glock auf das Colour der *Bastards*.

„Das Schicksal hat einen beschissenen Humor, was?"

„Bitte Skull. Nicht."

Abscheu steigt in mir auf. Es ist nicht verwunderlich, dass er meinen Straßennamen kennt. Hier, in der Schattenwelt New Yorks, gelte ich als der Sensenmann höchstpersönlich. Diesen Umstand habe ich meiner Sammelleidenschaft, was die Schädel meiner Feinde angeht, zu verdanken.

Einige von ihnen stehen sicher verwahrt in der Vitrine in meinem Wohnzimmer. Sie erinnern mich tagtäglich daran, für was ich stehe und wozu ich fähig bin.

Es gibt nur einen *Hell Bone,* der noch gefürchteter ist als ich. Devil, unser Präsident, ist ganze zwölf Jahre jünger als ich. Sein schneller Zeigefinger und die Art, wie er seine Opfer abschlachtet, haben ihn landesweit berühmt gemacht.

Ein Ruhm, um den ich ihn nicht beneide.

„Nenn mir einen Grund, aus dem ich dich verschonen sollte – und ich werde es mir überlegen."

Das ist gelogen, aber ich bin gespannt, welche Argumentation er vorbringt.

Sein Blick fällt auf das *Expect-No-Mercy-Patch,* das mein Leder ziert, Resignation blitzt in seinen braunen Augen auf.

„Die *Bastards* werden die *Hell Bones* besiegen, wir werden euch vertreiben, abschlachten und in die Erinnerung verbannen."

Das klang schon fast poetisch.

„Ja, sicher." Meine Stimme trieft nur so vor Ironie. „Aber das wirst du nicht mehr erleben!"

Ein Rasseln entweicht seinen Lippen. Bevor mir der Bastard wegstirbt, platziere ich meine Waffe mittig auf seiner Stirn, erwidere, ohne mit der Wimper zu zucken, seinen Blick und krümme meinen Zeigefinger.

Es knallt, das Geschoss bahnt sich seinen Weg, durchschlägt den Schädel, gleitet durch die Hirnmasse und zerfetzt seinen Hinterkopf, ehe es im Asphalt der Straße einschlägt.

Ein kühler Nieselregen setzt ein, bedeckt meine Lider und wäscht den bitteren Geschmack des Todes von meinen Lippen.

Das Heulen der sich nähernden Sirenen schallt durch die Häuserschluchten. Nicht mehr lange und es wird hier nur so von Einsatzwagen wimmeln.

Ich stehe auf, stecke meine Knarre wieder ein und erlaube mir einen letzten Blick auf das Feuer, ehe ich zurück zu meinem Bike gehe, aufsteige und den Helm aufsetze.

Eine Bewegung rechts von mir erregt meine Aufmerksamkeit. Eine alte Frau in verschlissenen Klamotten taucht am Randstein auf, in ihren knochigen Händen hält sie eine Kalaschnikow, die wohl schon einige Jahrzehnte auf dem Buckel hat.

Dem ersten Schreck folgt Belustigung.

Sollte es tatsächlich mein Schicksal sein, von dieser Oma erschossen zu werden, dann hat der Sensenmann einen schrägen Humor.

Anstatt meine Glock zu ziehen, bleibe ich einfach ruhig sitzen, erwidere den Blick der Fremden und gebe ihr die Chance, New York von einem *Hell Bone* zu befreien.

Sie legt das sowjetische Sturmgewehr an, zielt auf meine Brust und legt den faltigen Finger auf den Abzug.

Es hat angefangen zu regnen. Die grauen Haare der Frau beginnen sich in der feuchten Luft zu kräuseln. Auf den ersten Blick wirkt sie harmlos, geradezu schutzbedürftig, aber die Situation, in der wir uns befinden, ist der beste Beweis dafür, dass der Eindruck täuscht.

Ihre Mimik wirkt entschlossen und ihr Mut verrät mir, dass es die Vergangenheit alles andere als gut mit ihr gemeint hat.

Wäre sie jemand anderes, egal wer, einfach jemand anderes, würde ich nicht zögern, ihr die Kalaschnikow aus der Hand zu schlagen und sie mit ihrem eigenen Gewehr zu erschlagen.

Aber so wie die Dinge stehen, werde ich das nicht tun.

Es gibt nur eine Sache, vor der ich Respekt habe, und das ist das Alter.

Und diese Frau ist alt, der Ausdruck in ihren verwaschenen blauen Augen scheint beinahe allwissend zu sein.

Diese Frau hat erkannt, was oder wer ich bin, und sich dazu entschlossen, sich mir in den Weg zu stellen.

Ein letztes Mal bewusst tief einatmend, koste ich den Geschmack des Regens und inhaliere den geliebten Geruch dieser Stadt, der in dieser Nacht mit dem stechenden Gestank meiner verbrannten Opfer durchzogen ist.

Das Jaulen der heranrasenden Einsatzwagen wird schriller und zerreißt die Nacht.

Vor dem Sterben habe ich keine Angst – der Tod ist nichts, wovor ich mich fürchte.

An so manchen Tagen hätte ich ihn mit offenen Armen empfangen, an wieder anderen war ich nicht bereit zu gehen und habe mich mit aller Kraft am Leben festgekrallt.

Meine Zeit auf dieser Welt war aufregend und spannend. Sie war nicht einfach nur gut, sie war bedeutend mehr als das, und sollte sie jetzt abgelaufen sein, ist das okay für mich.

Um ehrlich zu sein hatte ich als junger Bursche nie damit gerechnet, jemals so alt zu werden. Die 47 Jahre auf diesem Planeten haben mich geformt und zu dem Mann gemacht, der ich bin: Ein Mörder, ein Verbrecher – ein Outlaw, der mit Stolz das 1 %-Zeichen auf der Kutte trägt und seine Gesetzlosigkeit somit problemlos zur Schau stellt.

Ich werde keine meiner Taten beschönigen und nichts von dem, was ich getan habe, entschuldigen. Es ist, was es ist. Ich bin, wer ich bin. Damit habe ich längst meinen Frieden geschlossen. Jetzt, während ich diesen Atemzug nehme, mischt das Schicksal seine Karten neu und ich bin mit dem zufrieden, was kommt.

Die Zeit steht still, die Regentropfen werden immer dicker und ein kühler Wind kommt auf. Reglos verharre ich auf meiner Harley, es passt, dass ich schlussendlich auf meinem Bike und durch eine Kugel sterbe.

Die alte Frau und ich, wir starren uns an, keiner regt sich – die Sirenen werden immer lauter und lauter.

Gerade als ich mir sicher bin, dass sie abdrückt, sehe ich, wie sich ihre Lippen bewegen. „Peng! Peng!“ Mit überraschender Lautstärke imitiert sie die Schüsse, dann beginnt sie laut zu lachen, nimmt das Gewehr runter und sieht mich aus alterslosen Augen an. Selbstbewusst, ohne einen Funken Furcht, dreht sie mir den Rücken zu und verschwindet Schritt für Schritt in der Finsternis.

Perplex sehe ich ihr nach und versuche zu verstehen, was da gerade passiert ist.

Es ergibt keinen Sinn.

Aber so ist es nun mal, vieles ergibt keinen Sinn. Es passiert einfach, und wir müssen es nehmen, wie es kommt.

In meinem Kopf überschlagen sich die Gedanken, mein hyperaktives Gehirn sucht nach Antworten – es gibt keine.

Dieses seltsame Erlebnis passt zu dieser verrückten Stadt.

Ich reibe mir über die Stirn, starte mit einem Kick den Motor und genieße das vertraute Geräusch.

Dann gebe ich Gas, rase die Straße entlang und folge den Kurven, die mich zurück zu meinem Club bringen.

Es birgt schon eine gewisse Ironie, dass ausgerechnet ich, der gefürchtete Vizepräsident des *Hell Bones Motorcycle Clubs,* beinahe von einer alten Oma erschossen wurde, der ich meines Wissens nie etwas getan habe.

Die Stichwunde an meinem Oberschenkel pocht und blutet. Ich heiße den Schmerz willkommen, denn er ist der beste Beweis dafür, dass ich noch am Leben bin.

Zurück am Clubhaus steige ich ab und mache mich auf die Suche nach Lauren, der Old Lady des Präsidenten. Mit ein bisschen Glück finde ich sie in Devils Büro, wenn ich Pech habe, hat sie heute Nachtschicht. Lauren ist Krankenschwester im University Hospital hier in Brooklyn.

Es wäre nicht das erste Mal, dass sie sich in ihrer Freizeit um die Verletzungen, die in einem OMC nun mal so anfallen, kümmert.

Lauren ist ein tolles Mädchen, sie ist intelligent und sexy, hat keine Probleme mit Stich- oder Schussverletzungen, stellt keine falschen Fragen und hat eine große Portion Humor.

Devil kann sich glücklich schätzen, dass er sie hat. Wäre sie noch frei, könnte ich glatt in Versuchung geraten ... Lauren war die erste Lady in unserem Chapter, mittlerweile ist noch eine weitere hinzugekommen.

Iker, unser Enforcer, ist nun schon der zweite *Hell Bone*, der seine Freiheit für eine Pussy an den Nagel gehängt hat. Seit er Charlotte in einer Kneipe begegnet ist, hat sich Iker verändert. Er wirkt weniger wütend, nicht mehr wie eine Granate, bei der die Sicherung gezogen wurde.

Charlotte trägt erst seit wenigen Tagen sein Leder. Sie ist nett, trotzdem meide ich ihre Gesellschaft. Die Tatsache, dass sie Psychologin ist, lässt mich Abstand halten.

Meine Seele ist schwarz, tiefschwarz, und das stört mich nicht. Aber ich habe keinen Bock, von einer Psychotante analysiert zu werden.

Eine diagnostizierte Schizophrenie, oder wie man das nennt, wenn ein Killer kein Mitleid mit seinen Opfern hat, ist das Letzte, was ich brauche.

Ich finde Lauren wie erwartet in Devils Büro, sie sitzt auf der Couch, nippt an einem Weißwein und wartet darauf, dass Devil mit seiner Arbeit fertig ist und sie zu ihrer Wohnung fahren. Unser Präsident hat viele Jahre hier im Clubhaus gewohnt und irgendwann beschlossen, dass er mehr Ruhe braucht.

Zuerst fand ich das beschissen und konnte seine Entscheidung nicht verstehen, mittlerweile hat sich das geändert. Der stetige Lärm und die rege Betriebsamkeit auf dem Clubgelände zerren auch an meinen Nerven. Mittlerweile habe ich mir schon mehr als ein Mal überlegt, ob es vielleicht besser wäre, mir ebenfalls einen Rückzugsort zu suchen.

Umgesetzt habe ich diesen Gedanken jedoch bisher nicht.

Ich bezweifle, dass es gut für die *Hell Bones* ist, wenn sich zuerst der Präsident und dann der Vize verpisst.

Die *Hell Bones* sind mein Leben, sie stehen über meinem Wohlbefinden – ihnen gilt meine hundertprozentige Loyalität. Ich verdränge die Gedanken aus meinem Schädel und konzentriere mich auf das Wesentliche: die Stichwunde an meinem Bein.

Lauren soll sie versorgen, und sobald das getan ist, verschwinde ich ins *‚Green‘*, eine abgefuckte Kneipe nur wenige Straßen von hier entfernt.

Der Scotch dort schmeckt beschissen – echt beschissen. Aber das ist okay. Er ist auch nicht der Grund, warum es mich dort hinzieht.

Bullshit!

Er ist ganz und gar nicht der Grund, und genau das könnte mir, wenn ich nicht aufpasse, zum Verhängnis werden ...

1. Kapitel

Die Kellnerin

„Scheiße, Chloe! Was hast du dir nur dabei gedacht?“

Nicht bereit, mich wegen meiner Entscheidung zu rechtfertigen, ignoriere ich Jaspers Frage, lasse den Gastraum hinter mir und verziehe mich raus auf den Hinterhof.

Jasper ist mein Chef, und so gut wir uns auch die meiste Zeit über verstehen, komme ich mit einigen seiner Ansichten nicht klar.

Ich bin wirklich nicht prüde – ehrlich nicht. Aber verdammt, als Frau muss ich stark genug sein, meine Grenzen zu ziehen. Wenn ich das nicht mache, gehe ich in dieser von Männern dominierten Welt sang- und klanglos unter.

Es ist für mich völlig okay, wenn mir die Typen auf die Brüste starren, und ich habe auch gegen den ein oder anderen Flirt nichts einzuwenden, immerhin verbessern sie mein Trinkgeld, aber bei Körperkontakt ziehe ich eine Grenze.

Mag sein, dass es meine Vorgängerin nicht gestört hat, wenn man ihr auf den Arsch gehauen oder sie angetatscht hat, aber mich ärgert es.

Ich bin keine Nutte, sondern Kellnerin.

Nur weil ich das Bier einschenke, bedeutet das noch lange nicht, dass ich im Preis inbegriffen bin.

Aber das scheint mein Chef nicht zu verstehen.

Soll er doch mal einen Abend in einem Frauenkörper durch die Gegend rennen und sich von einer Horde betrunkener Affen angrapschen lassen, das würde seine Meinung sicherlich in Windeseile ändern.

Das *‚Green‘* ist eine kleine Eckkneipe im miesesten Teil von Brooklyn. Hier treffen sich Dealer, Zuhälter, Geldhaie, Biker und jede Menge anderer Krimineller. Aber auch Handwerker, Köche und gestresste Künstler, die einfach mal abschalten wollen.

Die meiste Zeit fühle ich mich echt wohl hier, ich mag die lockere, freundschaftliche Stimmung, die im *‚Green‘* herrscht. Meistens zumindest. Aber heute ist einer dieser Abende, an denen sich die Uhrzeiger nur mit größter Mühe von Minute zu Minute schleppen.

Die Zeit vergeht schleichend und ich will einfach nur nachhause, ich will in mein Bett und mich unter meiner weichen Decke verstecken.

Kaum dass ich mich auf die Stufe vor dem Lieferanteneingang gesetzt und mir eine Zigarette angezündet habe, taucht auch schon Jasper hinter mir auf.

„Verdammt Chloe, hör auf, vor mir wegzulaufen, wenn ich mit dir rede."
Ich mache mir gar nicht erst die Mühe ihn anzusehen, sondern starre einfach in die Dunkelheit.
„Du redest nicht mit mir, du machst mir Vorwürfe, das ist ein gewaltiger Unterschied, Jasper."
„Willst du mich verarschen?"
Am Tonfall erkenne ich, dass er echt wütend ist, was mich zum Lachen bringt.
„Richtig. Es geht hier um meinen Arsch. Um meinen! Und ich entscheide, wer mich anfassen darf und wer nicht. Ich habe dem Idioten drei Mal gesagt, dass er gefälligst seine Finger von mir lassen soll und er wollte nicht hören. Selber schuld."
Er geht an mir vorbei, baut sich direkt vor mir auf und sieht mich zornig an.
„Und du glaubst, das rechtfertigt dein Verhalten?"
Mein Verhalten? Soll das ein Witz sein?
„Du tust ja gerade so, als ob ich einen Fehler gemacht hätte, dabei war er derjenige, der sich falsch verhalten hat."
Jasper schüttelt entschieden den Kopf.
„Du hast den Fehler gemacht, Chloe."
Es ist nicht zu fassen!
„Nein, habe ich nicht."
Wir starren uns an, sein Blick wird eiskalt und ich ahne, dass mir das, was jetzt gleich kommt, absolut nicht gefallen wird.
„Wenn du dich dem *‚Green'* nicht anpasst, musst du gehen."
Fassungslos stehe ich auf. Die Bedeutung seiner Worte sickert langsam zu mir durch, mir wird schlecht und meine Knie beginnen zu zittern.
„Du feuerst mich?"
Wenn er das macht, bin ich erledigt. Ich brauche diesen Job dringend, und Jasper weiß das.
„Noch nicht. Aber solltest du dich noch ein Mal so daneben benehmen, kannst du deinen Scheiß packen und verschwinden. Dann will ich dich hier nie wieder sehen."
Ich kenne Jasper gut genug, um zu wissen, dass er das vollkommen ernst meint.
Tränen steigen mir in die Augen – Wuttränen.
Mir ist klar, was das bedeutet, mir ist klar, was er von mir verlangt.

Entweder akzeptiere ich, dass mich die Idioten antatschen oder ich gehe. Es gibt keinen Mittelweg und keinen Kompromiss. Ich bin so oder so die Verliererin.

„Das ist unfair!“

Ich schreie fast, aber das lässt ihn völlig kalt.

„Das ganze Leben ist unfair. Wird Zeit, dass du das kapierst.“

Mit diesem Kommentar geht er zurück ins *‚Green‘* und lässt mich sprachlos stehen.

Bis gerade eben dachte ich wirklich, dass Jasper und ich gut miteinander auskommen, dass wir eine Art Freundschaft haben, aber damit lag ich wohl falsch.

Scheiße!

Jasper und ich sind fast gleich alt, ich bin 29 und er ist 33, also kein alter Bock mit verqueren Weltanschauungen wie mein ehemaliger Boss. Irgendwie habe ich damit gerechnet, dass Jasper nachvollziehen kann, wie ätzend es ist, wenn einem ständig irgendwelche Typen an den Arsch fassen.

Wahrscheinlich versteht er es sogar und es ist ihm einfach nur egal. Ihm geht es um den Umsatz. *Dollars – Dollars – Dollars ...*

Hauptsache, das Bier fließt und die Gäste sind glücklich – wie ich mich dabei fühle, spielt keine Rolle.

Der Idiot hat es verdient, was ich mit ihm gemacht habe.

Ich habe ihn drei Mal gewarnt – mindestens. Aber er wollte ja nicht hören. Anstatt seine Finger von mir zu lassen, ist er immer aufdringlicher geworden.

Ich bereue nichts. Gar nichts. Der einzige Fehler, den ich begangen habe, ist der, dass ich mich in Jasper getäuscht habe.

Jetzt weiß ich es besser. Jasper ist genau wie alle anderen Männer: egoistisch und arrogant.

Die Enttäuschung in mir wird von einer bitteren Resignation abgelöst.

Obwohl drinnen die Hölle los ist und ich mir diese Pause eigentlich nicht leisten kann, lasse ich mich wieder auf die Stufe sinken, rauche meine Zigarette fertig und wische mir die Tränen weg.

Selbstmitleid hat noch keinem geholfen.

Schon gar keiner Frau!

Erst als ich am Filter angekommen bin, schnippe ich den Stummel in die Dunkelheit, und stehe auf. Nicht bereit, Schwäche zu zeigen, verschwinde ich kurz auf die Toilette und riskiere einen Blick in den Spiegel.

„Verdammt ...“

Meine langen schwarzen Haare habe ich im Nacken zu einem locker sitzenden Knoten zusammengebunden. Mein grauer Lidschatten ist verschmiert, genau wie die Wimperntusche und mein kohlschwarzer Kajalstrich. Der glänzende Lipgloss ist das Einzige, was heil geblieben ist.

Ich gehöre zu der Kategorie Mensch, die stundenlang in der Sonne sitzen kann und dennoch nicht braun wird. Meine Haut ist weiß wie Papier und bildet so einen starken Kontrast zu dem Schwarz, das ich so liebe.

Meine Klamotten sind schwarz, die Kette, die ich trage, ist schwarz – alles an mir ist schwarz.

Rosa, Pink und Pastellfarben widern mich an.

Allein bei der Vorstellung, dass ich mich wie ein Sahnebonbon kleiden muss, wird mir schlecht.

Glitzer und Bling-Bling, Pailletten und High Heels – das alles ist nichts für mich.

Ich bin kein Mädchen im klassischen Sinn, seit meiner Schulzeit war ich eher die Rebellin, die sich geweigert hat, mit Puppen zu spielen. Waffen, Autos und Motorräder fand ich immer schon viel interessanter als den ganzen plüschigen Mist.

In meiner Nase steckt ein silberner Ring, unter meiner Unterlippe befindet sich ein weiteres Piercing.

Schwarze Tinte windet sich von meiner rechten Schulter an meinem Hals entlang bis hin zu meinem Dekolleté.

Rosen, Lilien und verschlungene Ornamente – ein filigraner Schmetterling rundet das Gesamtbild ab. Das Blüten-Tattoo auf meinem rechten Handrücken passt perfekt dazu, genauso wie das an meinem Knöchel und das an meinem Bauchnabel.

Nervös zupfe ich mein Trägertop zurecht, ziehe meine enganliegende Jeans hoch und wische mit den Fingern an meinen Augen entlang, um die Kajal- und Maskaraspuren zu beseitigen. *Schon viel besser ...*

Wenn mir jemand tief in die Augen sieht, wird er erkennen, dass etwas nicht stimmt, aber das macht eh keiner.

Die ganzen Typen starren mir nur auf den Arsch oder auf die Titten.

Eine Tatsache, über die ich lieber nicht nachdenken sollte, zumindest nicht, wenn ich einen weiteren Streit verhindern will.

Jasper hat seinen Standpunkt mehr als klargemacht. Entweder akzeptiere ich die Dinge, wie sie sind, oder ich kann gehen.

Letzteres ist leider nicht möglich.

Ich brauche den Job, aber vor allem das Trinkgeld.

Im *‚Green‘* mag vieles schlecht sein, die Bezahlung gehört nicht dazu.

Zurück im Gastraum trifft mich fast der Schlag.

Drei bullige Typen, groß, breit und mit Leder bekleidet, sitzen an der Bar. Auch ohne ihre Kutten genauer zu betrachten, weiß ich, dass sie Member des *Hell Bones Motorcycle Clubs* sind, der hier in Brooklyn unweit des *‚Green‘* sein Hauptquartier hat.

Diese Rocker sind gefährlich, wirklich gefährlich. Neben ihnen erscheinen all die anderen Verbrecher, die sich hier die Klinke in die Hand geben, wie kleine, harmlose Hundewelpen. Die *Hell Bones* sind immer bewaffnet und kampfbereit. Woher ich das weiß? Erstens machen sie sich nicht die Mühe, ihre Pistolen und Messer zu verbergen, und zweitens erkennt man das an dem tödlichen Funkeln in ihren Augen.

Die Kampfbereitschaft steht ihnen ins Gesicht geschrieben und das *Expect-No-Mercy-Patch,* das sie gut sichtbar auf ihren ledernen Westen tragen, überlässt der Fantasie keinen Spielraum.

Diese Biker sind Raubtiere, sie sind die Löwen, und New York ist ihr Revier. Wer sich ihnen in den Weg stellt, wird gefressen. So einfach ist das.

Ich habe erst vor vier Wochen im *‚Green‘* angefangen, aber seitdem sind mir schon einige dieser Outlaws begegnet. Die meisten sehen zwar so aus, als würden sie Kleinkinder zum Frühstück fressen, aber unter der rauen Schale verbirgt sich eine nette Seite, zumindest, solange man nicht den Fehler macht und sie reizt oder sonst irgendwie gegen sich aufbringt.

Devil, der Präsident des MCs lässt sich nur selten blicken. Iker, der Enforcer, der gerade an der Bar sitzt und mich ungeduldig ansieht, war früher auch schon mal öfter hier.

Wenn die Gerüchte stimmen, dann hat sich nicht nur der Präsident, sondern auch der Enforcer eine Old Lady genommen.

Das finde ich interessant. Diese Biker wirken auf mich nicht wie Männer, die im Stand sind, für irgendwen oder irgendetwas Gefühle zu entwickeln. Besonders Iker nicht. Das schwarze Fadenkreuz, das mittig auf seiner Stirn prangt, verrät viel über den Vollstrecker des Clubs. Dieser Rocker jagt mir echt Respekt ein, und ich bin niemand, der sich schnell in Angst und Schrecken versetzen lässt.

Aber Iker? *Huiuiuiuiuiui ...*

Wobei ich ihm wahrscheinlich Unrecht tue, zu mir ist er immer höflich gewesen, na ja, so höflich wie ein Bad as Biker eben sein kann.

Aber im Gegensatz zu den anderen Gästen, hat mich bis jetzt keiner dieser *Hell Bones* blöd angemacht oder mir auf den Arsch gehauen.

Sie sind einfach nur da und füllen mit ihrer Präsenz den kompletten Raum.

Sobald sie die Kneipe betreten, schlägt die Stimmung bei den anderen Gästen sofort um.

Selbst der größte Macho und der lauteste Schreihals hält dann die Klappe und versucht, alles in seiner Macht Stehende zu tun, um nicht ins Visier der Rocker zu gelangen.

Neben Iker sitzt River, der Sergeant at Arms der *Bones* und direkt neben ihm hat Skull, der Vizepräsident des Clubs, Platz genommen.

Und dieser Vize ist wirklich eine Nummer für sich.

Er ist so groß wie der Präsident, also locker zwei Meter, seine Schultern sind breit und sein Gesicht kantig, hart und auf eine düstere Art verdammt attraktiv.

Wenn ich ihn mit einem Wort beschreiben müsste, würde ich mich für *dämonisch* entscheiden. Natürlich hat er weder Hörner noch Flammen in den Augen, aber trotzdem würde ich ihm durchaus zutrauen, nicht von dieser Welt zu sein.

Er ist älter als ich, garantiert Mitte Vierzig, hat giftgrüne Augen, kurze blonde Haare und gepflegte, mit Tattoos überzogene Hände.

Mehrere Ringe stecken an seinen Fingern, zwei davon ziehen meine Aufmerksamkeit ganz besonders auf sich: der silberne Skull und der schwarze Sarg. Die Tatsache, dass sich diese beiden Ringe direkt nebeneinander befinden, ist garantiert kein Zufall, sondern eine Warnung. Eine Warnung an mich, an Jasper und den Rest der Welt.

„Bring uns Whisky, Mädchen."

Iker widerspricht dem Sergeant.

„Für mich Scotch. Pur."

Genau wie die letzten Male, als der Vizepräsident da war, fällt es mir schwer, ihn nicht anzustarren. Er hat einfach irgendetwas an sich, das mich die Anwesenheit aller anderer Männer vergessen lässt.

Entschlossen, mich nicht zu blamieren, reiße ich mich zusammen und mache mich daran, die Bestellung auszuführen. Jasper taucht neben mir auf, sein Blick fällt auf die Rocker und sein Gesicht verliert im selben Moment jegliche Farbe.

Interessant.

Bis jetzt war mir nicht aufgefallen, dass mein Boss und die *Hell Bones* Probleme miteinander hätten oder irgendwelche Geschäfte machen, aber das hat nichts zu bedeuten.

Hier im *‚Green‘* läuft so einiges, von dem ich besser nichts mitkriegen sollte.
Wenn ich eine Sache aus den vielen Mafiafilmen, die ich so gern schaue, gelernt habe, dann, dass Menschen, die zu viel wissen, nicht lange leben.
Routiniert stelle ich vier Gläser vor die Biker, dazu eine Flasche Whisky und eine Flasche Scotch.
Der Vizepräsident, der passenderweise von allen *Skull* genannt wird, sieht mich an und brummt ein Danke.
So weit so gut. Das wäre nichts Außergewöhnliches – die Tatsache, dass er meinen Blick gefangen hält, an sich fesselt und seine dämonisch grünen Augen so tief in die meinen bohrt, dass es mir den Atem verschlägt, hingegen schon.
Ich weiß nicht, was das zwischen dem Vize und mir ist, ich weiß nicht, ob er das gleiche Knistern spürt wie ich, was ich aber sehr wohl weiß, ist, dass dieser Rocker für mich um einiges gefährlicher ist als all die anderen *Hell Bones*, die sich in unregelmäßigen Abständen im *‚Green‘* blicken lassen.
Ich bin wie erstarrt, als Jaspers Stimme zu mir durchdringt.
„Chloe? Shit! Chloe! Beweg deinen Arsch oder du kannst endgültig verschwinden. Deine Extravaganzen gehen mir langsam auf den Sack!“
Na wunderbar ... ganz wunderbar!
Geht es eigentlich noch peinlicher? Was ist schlimmer als vor dem Kerl, den man heiß findet, zusammengeschissen zu werden?
Ich zucke zusammen, verkneife mir eine bissige Antwort und erinnere mich stumm daran, dass ich auf das Geld angewiesen bin.
Dann wende ich den Blick von Skull ab, der plötzlich alles andere als entspannt wirkt, und mache mich an die Arbeit.
Die nächsten Stunden vergehen wie im Flug.
Zuerst verschwindet Iker, der Rocker mit der Zielscheibe auf der Stirn, dann verabschiedet sich River. Der Vizepräsident bleibt allein zurück. Beinahe reglos sitzt er auf dem Barhocker, nippt an seinem Scotch und behält auf seine typische Art und Weise alles im Auge. Er wirkt nicht wie ein Mann, der andere beobachtet, dennoch bin ich mir sicher, dass er ganz genau weiß, wie viele Leute da sind, wie viele davon betrunken sind, und wie viele Waffen bei sich tragen.
Im Grunde genommen sitzt er einfach nur da und dennoch ist er ganz Herr der Lage.
Jasper bleibt die ganze Zeit über in meiner Nähe, er beobachtet mich und findet immer irgendetwas zum Aussetzen.

Er. Kotzt. Mich. So. An.

Heute ist anscheinend der Tag, an dem er seine Maske fallen lässt und sein wahres Gesicht zum Vorschein kommt.

Die ersten vier Wochen fand ich meinen neuen Chef wirklich nett und sympathisch und jetzt muss ich echt mit mir kämpfen, damit er nicht der Nächste ist, dem ich ein Bier ins Gesicht schütte.

2. Kapitel

Der Vizepräsident

Äußerlich ruhig sitze ich auf meinem Platz, kippe den widerlichsten Scotch von ganz New York in mich hinein und beobachte die Scheiße, die hier abgeht.

Ich koche innerlich, die Flamme meiner Wut schwelt an, wird immer größer und zerstörerischer.

Dennoch lasse ich mir nichts anmerken, beiße, wann immer ich kurz davor bin die Kontrolle zu verlieren, die Zähne zusammen und balle die Fäuste.

Nicht mein Problem.

Nicht mein Problem.

Nicht mein verdammtes Problem.

Fuck!

Jasper ist ein Wichser, ein blöder, ignoranter und dummer Wichser, der längst die Gunst der *Hell Bones* verloren hat.

Dass wir seine Kneipe nicht kurzerhand in Kleinholz verwandeln, verdankt er Devil und der Tatsache, dass unser Präsident sich sicher ist, dass uns dieses Arschloch auch weiterhin nützlich sein kann.

Im *'Green'* laufen viele Dinge, Geschäfte werden gemacht und Deals geschlossen. Hier beginnen Kriege, in die ganze Clans involviert sind, und von denen der Club wissen muss.

Jasper ist seit einigen Jahren unser Informant, und so ungern ich es auch zugebe, in der Vergangenheit ist er uns schon mehr als einmal von Nutzen gewesen. Aber das ändert nichts an der Tatsache, dass meine Faust in seine Fresse will.

Ich hasse Typen, die sich am Leid Schwächerer profilieren müssen.

Vor Chloe, der kleinen Schwarzhaarigen, die hier seit kurzem arbeitet, hat Jasper dieselbe Scheiße mit Maria abgezogen. Maria war ein süßes Ding, das nichts in einer Kneipe wie dem *'Green'* zu suchen hatte. Sie war eine illegale Einwanderin, die frisch aus Mexiko gekommen war und hier in New York ihr Glück finden wollte.

Gefunden hat sie jedoch nur den Tod. Glaube ich zumindest.

In Wirklichkeit weiß ich nicht, was mit ihr passiert ist. Eines Tages war sie plötzlich verschwunden, genau wie ihre Vorgängerin und genau wie das Mädchen davor und das davor ... und so weiter.

Was mit all den Frauen passiert, ist ein Rätsel, das keinen so sehr interessiert, dass ihm jemand nachgehen würde, um es zu lösen.

Ich kann Japser keinen Vorwurf machen, ich bin wie er: ein Mörder, der Menschen verschwinden lässt.

Die Frauen, die für ihn arbeiten, werden von der Nacht verschluckt und innerhalb kürzester Zeit von neuen Frauen ersetzt.

So läuft das nun mal. Die einen leben und die anderen sterben.

Der Sensenmann hat schon vor langer Zeit in New York sein Lager aufgeschlagen, er lauert in den dunklen Straßen, stets bereit, die verlorenen Seelen mit sich in die Tiefe zu ziehen und der ewigen Verdammnis auszusetzen.

Bis jetzt hat mir das kein Kopfzerbrechen bereitet, aber in diesem Fall – bei Chloe ist das anders. Sie ist anders und das gefällt mir.

Ich will nicht, dass sie von den Monstern, die hier in Brooklyn ihr Unwesen treiben, verschlungen wird.

Kein rosa Nagellack, keine Blumen im Haar und kein Glitzerzeug im Gesicht.

Chloe versucht, ihre Verletzlichkeit unter jeder Menge Schwarz zu verstecken. Sie will die Welt glauben lassen, dass sie hart im Nehmen und gefühllos ist, so wie das Publikum, das sich im *‚Green‘* herumtreibt.

Aber das ist nur eine Fassade.

Ich erkenne, was sie wirklich ist: Ein kleines Mädchen, das krampfhaft bemüht ist, stark zu sein und in dieser von Killern kontrollierten Stadt zu überleben.

Wann immer ich ihr begegne, überkommt mich der Drang, sie beschützen zu wollen.

Echt Scheiße. Aber so ist es.

Dass ich nicht der Einzige bin, der Interesse an ihr hat, ist mir längst aufgefallen.

All die vielen Kerle, die hier ihre Nächte verbringen, verschlingen sie mit ihren Blicken, sie fressen Chloe gedanklich auf und ficken sie in ihrer Fantasie.

Ich bilde da keine Ausnahme, ich bin keinen Deut besser als die ganzen Arschlöcher.

Im Gegenteil, wahrscheinlich bin ich sogar der Schlimmste von allen.

Wenn ich Chloe schützen will – und das will ich, verfickte Scheiße noch mal – sollte ich ihr Angst machen, ich sollte ihr so eine höllische Todesangst einjagen, dass sie aus New York flieht und sich nie wieder im *‚Green‘* blicken lässt.

Als Vizepräsident der *Hell Bones* könnte ich natürlich auch einfach aufstehen, Japser packen und ihm mit wenigen Worten klarmachen, was ich mit ihm tun werde, wenn Chloe dasselbe mysteriöse Schicksal ereilt wie Maria und all die Mädchen zuvor.

Aber das würde Fragen aufwerfen – Fragen, auf die ich keine Antwort habe – Fragen, die ich nicht beantworten will.

Fuck the world!

Und darum sitze ich hier, schütte schlechten Scotch in mich rein und lasse die zerstörerische Flamme in meinem Inneren vor sich hin lodern.

Die Stunden vergehen, das dumpfe Pochen in meinem Oberschenkel erinnert mich daran, wie knapp die Scheiße heute gewesen ist.

Es sieht mir nicht ähnlich, meine Feinde so nah an mich herankommen zu lassen, dass sie mich zum Bluten bringen.

Und dann die Scheiße mit der Oma und der Kalaschnikow.

Der Tag war lang und beschissen, meine Augen brennen – ich bin müde.

Trotzdem bleibe ich sitzen, beobachte das Mädchen mit dem Ring in der Nase und versuche zu analysieren, was genau der Grund dafür ist, dass es mich mehr interessiert, als all die anderen Tussis, die meinen Weg kreuzen, und die ich in der Sekunde, in der sie aus meinem Blickfeld verschwinden, wieder vergesse.

Ihr Schicksal ist mir egal, Jasper kann sie von mir aus alle verschwinden lassen.

Aber nicht Chloe, sie nicht.

War es bei Devil und Iker genauso?

War Faszination der Grund, aus dem sie ihre Freiheit aufgegeben, und sich eine Lady genommen haben?

Bullshit!

Ich weiß es nicht.

Und ich will es auch nicht wissen.

Soll die Welt verrücktspielen, soll sie brennen – ich werde nicht so bescheuert sein und mir ein Mädchen schnappen, für das ich schlussendlich die Verantwortung trage.

Das ist mir zu viel.

Ich bin gut darin, Menschen sterben zu lassen, nicht sie am Leben zu halten.

Mal rein hypothetisch gesehen. Nehmen wir mal an, ich wäre wahnsinnig genug, Chloe aus dem Sumpf, in dem sie feststeckt, zu befreien und unter meine Obhut zu stellen: Es wäre ihr Todesurteil.

Sie würde verwelken wie eine Pflanze, der man das Sonnenlicht gestohlen und die man in die Dunkelheit verbannt hat.

Zum Teufel!
Über was denke ich hier eigentlich nach?
Mit einem Fluch kippe ich mir den Rest des billigen Scotchs in die Kehle, knalle das Glas verkehrt herum auf die abgewetzte Holzplatte und stehe auf.
Chloes Schicksal geht mich nichts an.
Irgendwann werde ich wieder herkommen, ich werde mich auf genau diesen Platz setzen und eine andere Frau als Chloe wird mich fragen, was ich trinken will.
Für Chloe wird es dann zu spät sein. Aber das ist nicht mein Problem.
Nicht. Mein. Problem.
Entschlossen, diesem Bullshit den Rücken zuzuwenden, bahne ich mir einen Weg durch die Tische, bleibe vor besagtem Mädchen mit den traurigen Augen stehen, fasse in meine Tasche, ziehe eine Rolle Dollarbündel hervor und stecke sie Chloe in den Ausschnitt. Meine Finger berühren ihre weiche Haut, mein Schwanz zuckt.
Ich. Muss. Hier. Weg.
Sie wirkt irritiert und will etwas sagen, doch ich lasse sie nicht zu Wort kommen, marschiere aus der Kneipe und hinaus auf die Straße. Eiskalter Regen prasselt auf mein Gesicht, wäscht mich von der brennenden Sehnsucht rein, die der kurze Körperkontakt in mir ausgelöst hat.
Keine Ahnung, wie viel Geld ich ihr gegeben habe.
Fünfhundert, vielleicht tausend Dollar?
Es interessiert mich nicht, das Geld schmerzt mich nicht, aber es könnte für sie ein Ticket in die Freiheit sein,
Wenn sie ein kluges Mädchen ist, dann nutzt sie diese Chance und haut ab.
Wenn sie aber dumm genug ist zu bleiben, dann kommt das ihrem Todesurteil gleich.
So oder so – es ist ihre Entscheidung und ich werde sie auf keinen Fall beeinflussen.
Mit geballten Fäusten setze ich mich auf mein Bike, starre auf die Türe und schrecke überrascht zusammen, als Chloe herauskommt. Sie sieht mich an, die Dollarscheine, die ich ihr gegeben habe, hält sie in der linken Hand.
Sie sieht verwirrt aus, wie sollte sie auch nicht?
Unsere Blicke begegnen sich, irgendetwas an meiner Mimik hält sie davon ab, zu mir zu kommen. Also bleibt sie einfach nur stehen, wirkt in dieser schäbigen Umgebung irgendwie verloren.
Wie ein Märchenwesen inmitten der Hölle.

Klein und zerbrechlich steht sie in der übelsten Straße Brooklyns und fordert ihr Schicksal mit jedem weiteren Atemzug mehr und mehr heraus.

Ahnungslos, wie sie ist, fordert sie mich heraus, ohne es überhaupt zu bemerken.

Ihre schneeweiße Haut, die blutroten Lippen und das rabenschwarze Haar ...

Mir wird heiß, meine Rippen dehnen sich schmerzhaft dank dem tiefen Atemzug, mit dem ich meine Lunge bis auf den letzten Millimeter mit der kalten Nachtluft fülle.

Es wäre so leicht ...

So verdammt leicht, dass es mich in den Fingern juckt.

Ich müsste nur absteigen, Chloe packen und vor mir auf das Bike zwingen, ich könnte sie in den Club bringen und behalten.

Wie ein Haustier, wie ein kleines Kätzchen, das der Gnade seines Besitzers hilflos ausgeliefert ist.

Fuck! Ich will diese Frau, ich will sie wie noch keine zuvor und darum muss ich jetzt gehen.

Mit einem Fluch zwinge ich meine Augen, Chloe zu verlassen, starte mit einem Kick den Motor und rase ohne einen Blick zurück davon.

Das war vielleicht das letzte Mal, dass wir uns gesehen haben.

Wenn sie Glück hat, nimmt sie das Geld und flieht, wenn sie aber Pech hat, ereilt sie das gleiche Schicksal wie Maria und all die Frauen zuvor.

Was auch passieren wird, es ist okay.

Es liegt nicht an mir, das Mädchen zu retten. Ich bin nicht der Gute, ich bin der Böse. Das war ich schon immer und das werde ich auch immer bleiben.

3. Kapitel

Die Kellnerin

In meinen Gedanken versunken, fülle ich die Bar auf, bereite die Bestellung vor und wische über die Theke.

Es ist Sonntag, kurz vor fünf Uhr am Morgen.

Der Sonnenaufgang steht kurz bevor, ich fühle mich so erschöpft, dass ich am liebsten im Stehen einschlafen würde.

Seit der seltsamen Begegnung mit Skull ist mehr als eine Woche vergangen.

In der vergangenen neun Tagen habe ich versucht, aus dem Verhalten des Vizepräsidenten der *Hell Bones* schlau zu werden – und Überraschung – es ist mir nicht gelungen.

Was sollte das?

Warum hat er mir so viel Geld zugesteckt und was am wichtigsten ist, was hat dieser eindringliche, warnende und zugleich sehnsüchtige Blick zu bedeuten, mit dem er mich draußen auf der Straße beinahe in die Knie gezwungen hat.

Diese zutiefst grünen Augen. *Himmel* ... sie sind dämonisch und haben eine fatale Wirkung auf mich.

Das, was zwischen diesem Outlaw und mir abgelaufen ist, war mehr als merkwürdig und es hat mich völlig aus der Bahn geworfen.

Aber der Rocker ist nicht der Einzige, der sich besorgniserregend verhält.

Jasper hat sich ebenfalls verändert.

Aus dem einst so netten und aufmerksamen Chef ist ein despotischer Tyrann geworden, der sich keine Gelegenheit entgehen lässt, mich zu erniedrigen und anzuschreien.

Wenn ich es nicht besser wüsste, könnte ich fast meinen, dass Jasper einen Zwilling hat, und dass dieser sich nun als mein Boss ausgibt.

Aber das ist mehr als unwahrscheinlich.

Scheiße!

Ich sollte kündigen und aus Brooklyn verschwinden.

Es wäre das Beste für mich, wenn ich Skull nie wiedersehen würde und zu einer Erinnerung werden lasse.

Aber was dann?

Aye, die 1900 Dollar, die er mir im wahrsten Sinne des Wortes zugesteckt hat, helfen mir, zumindest würden sie das tun, wenn ich sie behalte. Die Frage ist nur, ob ich das wirklich soll? Wenn ich zumindest wüste, warum er mir so viel Geld gegeben hat, wäre es leichter, auf diese Frage eine Antwort zu bekommen.

Was, wenn er mich für eine Nutte hält, und denkt, dass ich ihm jetzt gewisse *Gefälligkeiten* schulde?

Verflixt!

Die Vorstellung, dass es tatsächlich so ist, kränkt mich.

Ehrlich. Vor allem, weil ich auch ohne einen einzigen Dollar mit diesem Rocker ins Bett gestiegen wäre.

Die Gedanken beginnen wild umherzuwirbeln, sie drehen und drehen sich und werden dabei immer schneller, werden zu einem verwirrenden Gedankenkarussell, das mir Kopfschmerzen bereitet.

Entschlossen, mich von meinem Leben nicht in den Wahnsinn treiben zu lassen, schnappe ich mir ein Glas, schenke mir zwei Fingerbreit von dem Scotch ein, kippe mir die braune Flüssigkeit auf die Zunge und bereue es sofort.

Gott! Ist der widerlich!

Wie kann Skull diesen Mist nur trinken?

Nur mit viel Mühe gelingt es mir, das Zeug runterzuschlucken, ich huste und keuche und klopfe mir gegen die Brust. Der Fusel brennt mir fast ein Loch in den Magen.

Jasper taucht hinter mir auf, mit einem missbilligenden „*Tztztz*" nimmt er mir die Flasche ab und stellt sie zurück an seinen Platz.

„Das werde ich dir vom Gehalt abziehen."

Ach ja? Ehrlich?

Arschloch!

Ich lasse mir meinen Zorn nicht anmerken, zucke mit den Schultern und erwidere tapfer seinen Blick.

„Tu, was du nicht lassen kannst, Chef."

Meine Gleichgültigkeit macht ihn nur noch wütender, so langsam komme ich zu der Überzeugung, dass es vielleicht wirklich das Beste für mich wäre, zu kündigen und mir einen anderen Job zu suchen. Das Problem an dieser genialen Idee ist, dass es in dieser Stadt zu viele Frauen wie mich gibt. Es gibt zu viele Jane Does, die auf der Suche nach einem Job sind und für ein regelmäßiges Einkommen beinahe alles tun würden.

In der Vergangenheit habe ich Fehler gemacht, Fehler, auf die ich nicht stolz bin und für die ich immer noch bezahle –und das nicht nur im übertragenen Sinn.

Ich brauche das Geld, das ich hier im ‚*Green*' verdiene, um mir die Russen vom Hals zu halten. Mehr als die Hälfte meines Gehalts geht an Alexey und nur das rettet mich davor, als Vergewaltigungsopfer im Hudson zu landen.

Im Vergleich zu den Russen ist Jasper ein harmloses Schoßhündchen, das mit ein bisschen Glück nur bellt und nicht beißt.

Wobei ... wem mache ich da eigentlich etwas vor?

Das Glück hat mich schon vor langer, sehr langer Zeit verlassen, und ich glaube nicht, dass es jemals wieder zu mir zurückkommt.

Jasper beobachtet mich, der Ausdruck in seinen Augen lässt mich erschaudern und sorgt dafür, dass sich die feinen Härchen in meinem Nacken warnend aufstellen.

Ich muss hier weg. Sofort!

„Chloe?"

Mit zitternden Fingern spüle ich das Glas aus, trockne es ab und stelle es ins Regal.

„Fertig für heute!"

Es gelingt mir, meine Stimme laut und selbstsicher klingen zu lassen.

Mit einem Seitenblick und einem aufgesetzten Lächeln sehe ich zu Jasper, hole zeitgleich meinen Rucksack aus der untersten Schublade und werfe ihn mir auf den Rücken.

Vor den Fenstern wird es immer heller, violette Wolken begleiten die ersten Sonnenstrahlen.

„Ich bin dann mal weg."

Montag hat das *‚Green'* geschlossen und ich kann es kaum erwarten, den ganzen Tag lang faul im Bett zu liegen, Chips zu essen und den Mist, der am Dienstag wieder auf mich wartet, zu vergessen.

Jasper will noch was sagen und versucht, sich mir in den Weg zu stellen. Flink tauche ich unter seinem ausgestreckten Arm hindurch, eile zur Türe und verschwinde raus in die Dunkelheit.

Ich heiße die kalte Luft, die mir entgegenschlägt, willkommen, fülle meine Lunge damit auf und kann nicht verhindern, dass meine Augen instinktiv zu der Stelle wandern, an der ich Skull das letzte Mal gesehen haben.

Er saß groß und stark auf seinem Bike, die Füße lässig auf dem Boden hat er das Gewicht der Harley mühelos ausbalanciert. Ich schlucke. Erinnere mich an die Kutte, die Patches und die Waffe, die vorne in seinem Hosenbund gesteckt hat.

Vergiss den Rocker ... vergiss ihn! Vergiss ihn! Vergiss ihn!

Auf dem Heimweg schwirren mit genau zwei Zahlen durch den Kopf.

Neun Tage und 1900 Dollar!

Wie passt das alles zusammen?

Und warum ergibt es überhaupt keinen Sinn?

Nach langen zwanzig Minuten und gut eintausend nervösen Blicken über meine Schulter, komme ich endlich vor dem heruntergekommenen Haus, in dem sich mein winziges Ein-Zimmer-Apartment befindet, an.

Die Tür hängt schief in den Angeln und das Flurlicht flackert.

Es riecht nach verwittertem Holz und kaltem Rauch. Es gibt keinen Aufzug, also kämpfe ich mich die Treppe hoch in den sechsten Stock, ehe ich die Schlüssel aus der Tasche ziehe und in meinem Reich verschwinde.

Sofort fühle ich mich besser.

Ich besitze nicht viel, aber das, was ich habe, macht mich glücklich.

Durch das Dachfenster strömt Tageslicht herein. Die Sonne hat, genau wie ich, ihren alltäglichen Kampf gegen die Dunkelheit gewonnen.

Die Sonne und ich, wir sind beide Überlebenskünstler, denn ganz egal, wie finster die Nächte auch sein mögen, wir schaffen es jedes Mal aufs Neue, uns in den nächsten Tag zu retten.

Total erledigt lasse ich den Rucksack fallen, gehe zu meinem Bett und ziehe mich in Windeseile aus, ehe ich mich in die Kissen fallen lasse, mich bis über die Augen zudecke und innerhalb von Sekunden einschlafe.

Ich träume von grünen Augen, langen Fingern, Ringen, silbernen Totenköpfen und schwarzen Särgen ...

4. Kapitel

Der Vizepräsident

„Fuck, Bro. Du hast gesagt, du kümmerst dich um die Bastarde!“

Gelangweilt sehe ich Devil an. Es ist Dienstag und die Woche war bis jetzt beschissen. Dabei spielt es keine Rolle, dass sie erst zwei Tage alt ist.

„Das habe ich auch. Ihr Hauptquartier liegt in Schutt und Asche. Alles, was sie besessen haben, ist in Rauch aufgegangen. Die Typen sind keine Bedrohung mehr für uns.“

River lacht. Sein gemurmeltes: „Das waren sie doch nie.“, bestätige ich mit einem Nicken. Ich ziehe meinen Dolch, lasse ihn durch meine Finger tanzen und versuche so die Unruhe, die in mir tobt, zu bändigen. Einfach nur ruhig dazusitzen, ist mir schon immer schwergefallen.

Devil beobachtet mich aus zusammengekniffenen Augen.

Wenn ich es nicht besser wüsste, würde ich behaupten, er hat mit seiner Lady Ärger.

Aber Lauren ist bis eben noch auf seinem Schoß gesessen, also kann ich diese Möglichkeit ausschließen, was mich zu der Schlussfolgerung bringt, dass ihm die *Bastards* anscheinend tatsächlich Sorgen bereiten.

Was ich nicht nachvollziehen kann. Diese Horde wilder Köter war nie eine ernstzunehmende Bedrohung für uns.

Ein Ärgernis ja, aber nie ein echtes Problem

Wutschnaubend erhebt er sich aus seinem Sessel, stemmt sich mit den Fäusten auf der Kante seines Schreibtischs ab und gibt ein lautes Fauchen von sich.

„Was ihr denkt, ist mir egal. Ich habe dir einen unmissverständlichen Befehl gegeben, Skull, und du hast versagt!“

Shit! Was?

Mein Dolch stoppt, Devil und ich starren uns an, River beobachtet uns gespannt, bereit dazwischenzugehen, sollte ich beschließen, meinem Präsidenten eine aufs Maul zu hauen.

Was ich aber nicht tue. Noch nicht zumindest.

Dennoch! *Fuck!* Niemand untergräbt meine Autorität. Nicht mal Devil.

„Wo ist dein verficktes Problem, Bruder? Ich habe die Bude in die Luft gejagt und jeden der anwesenden Bastarde kaltgemacht. Ende der Geschichte. Wenn dir meine Vorgehensweise nicht passt, kümmere dich das nächste Mal selber um die Scheiße, die auf deinem Tisch liegt! Im Gegensatz zu dir habe ich mich nicht verpisst, um mir ein süßes kleines Frauchen zu suchen."

Die Luft ruht schwer auf unseren Schultern, Devil zuckt nicht mit der Wimper, das muss er auch nicht, der Zorn, der in Wellen von ihm ausgeht, ist deutlich spürbar.

„Was soll das heißen, VP? Wenn du ein Problem damit hast, dass ich im Gegensatz zu dir ein Leben habe, das mich glücklich macht, dann kann ich das verstehen. Ehrlich. Deine Existenz ist jämmerlich. Kämpfen und Töten. Tagein, tagaus, das ist doch zum Kotzen. Das muss sogar dir klar sein."

Bämmmmm!

Seine Worte schlagen ein wie eine Bombe, sie treffen mich mit voller Wucht in den Magen und quetschen mir sogar das letzte Quäntchen Sauerstoff aus der Lunge.

Was er da gerade gesagt hat, ist hart und unschön, aber es ist die Realität und ich habe noch nie jemanden gekillt, nur weil er die Wahrheit gesprochen hat.

River, dem die Nummer zu heiß wird, steht auf und verschwindet aus dem Büro.

Kluger Mann.

Ich will es nicht, aber Chloes Bild flackert vor meinen Augen auf.

Klein und verletzlich, tätowiert und wunderschön ...

Fuck!

Fuuuccckkk!

„Worum geht es hier, Präs? Um Lauren? Darum, dass ich Nutten ficke oder um die Tatsache, dass es tatsächlich ein paar *Bastards* überlebt haben?"

Letzteres kann ich mir kaum vorstellen, ich sehe das eher so, dass sie bei dem Brand nicht dabei waren. Was halb so schlimm ist, es kann nicht so schwer sein, die Wichser aufzuspüren und zu eliminieren.

Wir starren uns noch immer an, dann wendet er den Blick ab, lässt sich zurück in seinen Sessel fallen und kneift sich mit zwei Fingern in den Nasenrücken, ehe er sich eine Kippe anzündet. Die Klinge zwischen meinen Fingern nimmt ihren Tanz wieder auf.

Etwas stimmt mit unserem Präsidenten nicht.

Dieses Verhalten ist nicht typisch für ihn.

„Was ist los, Bro?"

Er zieht den Rauch auf Lunge und sieht mich wieder an.

„Lauren ist schwanger."

Wow. Verdammt.

Mit dieser Antwort hätte ich nicht gerechnet. Mit allem, aber nicht damit.

„Das sind gute Nachrichten. Dann sind wohl Glückwünsche angebracht."

Dazu sagt er nichts, was mich irritiert.

„Was ist los? War das Kind nicht geplant oder wo ist das Problem?"

Er antwortet nicht sofort, ich stecke den Dolch weg und gönne mir ebenfalls eine Zigarette. Gespannt, was ich gleich zu hören bekommen werde, lehne ich mich vor und stütze mich mit den Ellenbogen auf den Knien auf.

Die Stichwunde an meinem Oberschenkel verheilt gut, sie schmerzt kaum noch.

„Geplant? Fuck! Ich habe meine Lady Tag für Tag mit meinem Sperma vollgepumpt. Seit Lauren mir gehört, kann ich an nichts anderes mehr denken, als in ihr zu sein, sie zu beißen und zu ficken. Was ich für diese Frau empfinde, ist gefährlich und ich muss aufpassen, dass ich sie nicht zerstöre."

Ich enthalte mich jeden Kommentars.

Was Devil mit seinem Mädchen macht, geht mich nichts an.

Für eine Weile herrscht eine drückende Stille.

Ich sage nichts und er hängt seinen Gedanken nach.

„Wie soll ein Mann wie ich ein guter Vater sein?"

Ah ..., daher weht der Wind.

„Pass auf deine Frau auf und beschütz dein Kind, der Rest kommt wahrscheinlich von allein."

Er nickt, wirkt aber nicht sonderlich überzeugt.

„Ich muss wissen, dass Lauren und das Baby in Sicherheit sind, diese *Bastards* stellen eine Gefahr dar, und darum müssen wir sie bis auf den letzten Mann auslöschen. Ich bin nicht bereit, ein Risiko einzugehen, ganz egal wie klein es auch sein mag."

Das kann ich nachvollziehen.

Wenn ich an seiner Stelle wäre, würde es mir ganz genauso gehen.

„Gut. Dann werden wir uns auf die Jagd machen."

Devil sieht mich an, und das, was ich in seinen Augen sehe, überrascht mich.

In all der Zeit, in der ich ihn nun schon kenne, hat er nie Furcht gezeigt.

Aber jetzt zeichnet sich Angst in seinem Gesicht ab.

„Die Welt ist so viel leichter zu ertragen, wenn man nichts zu verlieren hat."

Er spricht so leise, dass ich ihn kaum verstehen kann, was mich vermuten lässt, dass er diese Worte mehr an sich selbst als an mich richtet.

„Die Welt ist aber auch so viel schöner, wenn man etwas hat, das man lieben kann."

Meine Stimme ist genauso leise wie seine. Doch Devil hört die Worte und wirkt ebenso verwundert darüber, dass ich das laut ausgesprochen habe, wie ich es selbst bin.

Emotionen und diese ganze Gefühlsduselei sind nichts für mich.

Ich liebe den Club, mein Bike und das Leder, das ich trage. Das reicht mir vollkommen.

Die Liebe zu einer Frau habe ich in meinen 47 Jahren nie kennengelernt. Keine Ahnung, ob das gut oder bemitleidenswert ist, irgendwann wird der Tag gekommen sein, an dem ich das herausfinde.

Und bis dahin ...

„Wann willst du die Sache angehen, Bro?"

Devil reibt sich die Hände.

„Sofort!"

Gute Antwort.

„Wo willst du beginnen? Oder weißt du, wo sich die *Bastards* aufhalten?"

„Ich nicht, aber Jasper wird es wissen. Dieser Wichser kann sich ruhig mal wieder als nützlich erweisen."

Fuck!

Elf Tage. Elf lange Tage habe ich es geschafft, mich vom ‚*Green*' und von Chloe fernzuhalten. Es war hart, aber es ist mir gelungen.

Zweimal war ich kurz davor, auf meine Maschine zu steigen und zu der Kneipe zu fahren, doch anstatt nach dem Mädchen zu sehen, das mich nichts angeht, habe ich mir einfach irgendeine Bitch geschnappt und mir die Seele aus dem Leib gefickt.

Das hat für einen kurzen Moment geholfen, Chloe aus meinem Schädel zu verbannen.

Aber der Moment war schnell vorüber und die Unruhe ist mit voller Wucht zurückgekehrt.

Für die Dauer eines Atemzug bin ich versucht, Devil aufzufordern, die Informationen alleine zu beschaffen und mir, sobald er etwas herausgefunden hat, Bescheid zu geben.

Aber Bullshit! Wer bin ich? Warum sollte sich der Vizepräsident der *Hell Bones* vor einem netten, kleinen Ding mit einem Ring in der Nase verstecken?

„Wunderbar! Lass uns loslegen!"

„Yeah, Bro."

Eine Stunde später parken wir vor dem *‚Green'*.

Genau wie erwartet, wollte es sich River, unser Sergeant at Arms, nicht entgehen lassen, ein paar Arschlöcher zu töten, und begleitet uns.

Entschlossen, Jasper auf den Zahn zu fühlen, stoße ich die Kneipentüre auf. Abgestandene Luft, durchtränkt von Schweiß und dem Geruch von schalem Bier, schlägt mir entgegen.

Der Laden ist gerammelt voll. Laute Stimmen, dummes Gelächter und derbe Flüche ...

Ohne es zu wollen, suche ich die Menge nach Chloe ab. Als ich sie nicht sehe, zieht sich mein Magen krampfend zusammen.

Die Reaktion ist instinktiv und verrät mir mehr, als mir lieb ist.

Allein die Möglichkeit, dass Jasper mit ihr das Gleiche getan hat, wie mit ihren Vorgängerinnen, löst eine Wut in mir aus, die die Macht hat, alles und jeden im Umkreis von hundert Meilen zu zerstören.

Aber wenn es so ist, wenn Chloe etwas passiert ist, dann geht das auch auf mein Konto. Dann ist es meine Schuld, dass ihre wunderschönen Augen ihren Glanz verloren haben.

Ich wusste, was für ein Wichser ihr Boss ist, und habe sie dennoch schutzlos zurückgelassen.

Devil bemerkt meinen Stimmungswechsel und sieht mich prüfend an.

„Was los, Vize?"

Fuck!

Wie soll ich ihm das nur erklären?

Gar nicht. Ich beschließe zu lügen.

„Nichts. Es ist nichts."

Er nickt, glaubt mir jedoch offensichtlich kein Wort.

Wie gehen zur Bar, von dem Mädchen fehlt weiterhin jede Spur.

River knurrt etwas und zeigt mit dem Finger auf Jasper.

„Lasst uns ein paar Fragen stellen."

„Gute Idee."

Das Dumme ist nur, dass die Frage, die mir beinahe die Zunge verbrennt, nichts mit den *Bastards* oder mit dem Club zu tun hat, sondern mit einem Mädchen, das einen gottverdammten silbernen Ring in der Nase hat und mir einfach nicht mehr aus dem Kopf gehen will.

Jasper sieht uns kommen, seine Körperhaltung wirkt defensiv. Der Killer in mir kann seine Furcht wittern, meine Nasenflügel blähen sich, die Waffe, die in dem Holster unter meiner Kutte steckt, scheint plötzlich doppelt so viel zu wiegen wie noch vor wenigen Minuten.

Dieser Wichser wird sterben. Nicht heute, aber bald und definitiv durch meine Hand.

Wir umzingeln ihn, Devil lehnt sich scheinbar entspannt an die Wand neben ihm, River zündet sich eine Kippe an und ich ... *Fuck!*

Ich spreche aus, was sich nicht verhindern lässt.

„Wo ist Chloe?“

Devil zieht irritiert eine Augenbraue in die Höhe, da er natürlich erwartet hat, dass ich sofort auf die *Bastards* zu sprechen komme.

Um meinen Patzer zu überspielen, rede ich schnell weiter.

„Ich brauche einen Scotch. Jetzt!“

River grunzt zustimmend. „Ein Whisky wäre tatsächlich nicht schlecht. Meine Kehle ist so trocken wie eine sandige Wüste.“

Gut. Das war knapp. Mit ein bisschen Glück hat niemand mein persönliches Interesse an der Kellnerin erkannt.

Es dauert eine gefühlte Ewigkeit, bis Jasper sich räuspert, und endlich das Maul aufmacht.

Er schluckt, und für einen Moment bin ich mir sicher, dass er uns gleich mitteilen wird, dass das Mädchen weg ist. Als ich dann aber was anderes zu hören bekomme, wird das Blut in meinen Adern klumpig und fließt nur noch stockend.

Bloody Hell!

„Chloe ist hinterm Haus, sie bringt den Müll raus.“

Täusche ich mich, oder klingt irgendetwas an dem Satz komisch?

Klar ist es möglich, dass er die Wahrheit sagt, aber daran, wie er redet, erkenne ich, dass da deutlich mehr dahintersteckt.

Der Drang, in den Hof zu marschieren, um zu prüfen, was da los ist, wird beinahe übermächtig.

„Hol sie her! Sie soll sich um was zu trinken kümmern, ehe unser Sergeant verdurstet. Dann müssen wir reden. Ungestört.“

Devils Worte halten mich davon ab, mich unter irgendeinem fadenscheinigen Grund auf die Suche nach Chloe zu machen.

An sich ist das gut.

Aber der Seitenblick, den er mir dabei zuwirft, zeigt, dass er mich durchschaut hat.

Was weniger gut ist.

Jasper nickt hektisch und drückt sich an mir vorbei, um den Befehl auszuführen. River geht zu einem abgelegenen Tisch in der Ecke, zieht seinen Dolch und knallt ihn vor der Gruppe junger Typen, die da sitzen, mit so viel Wucht auf das abgewetzte Holz, dass eine der Bierflaschen umkippt.

„Verpisst euch.“

Die fünf zögern nicht, springen panisch auf und suchen das Weite.

Wir nehmen Platz. Jasper taucht mit Chloe auf, mein Puls beschleunigt sich, ganz besonders, als mir ihre verheulten Augen auffallen.

Verflucht!

„Etwas stimmt da nicht."

Der Sergeant folgt meinem Blick und brummt.

„Das Schicksal der Tussi ist längst besiegelt. Wart ab, wenn wir das nächste Mal hier auftauchen, schenkt uns ein neues Mädchen Whisky ein."

Er sagt das so emotionslos, als würden wir über das Wetter reden.

Bis vor wenigen Wochen war es mir genauso egal wie River, was Jasper mit den Frauen macht. Jetzt aber ist das anders und so, wie der Präsident mich beobachtet, ist ihm das auch aufgefallen. Aber was soll's? Devil soll sein Maul halten. Im Gegensatz zu ihm bin ich ein freier Mann. Ich habe keine schwangere Lady am Arsch kleben, die mir das Leben erschwert. Ich kann ficken, wen ich will, und wenn ich Chloe will, dann werde ich sie mir nehmen. So einfach ist das.

Chloe sieht, wo wir uns sitzen, eilt mit einem Putzlappen auf uns zu und wischt das verschüttete Bier auf. Sie wirkt gehetzt und verängstigt und es kostet mich einiges an Kraft, dass ich ruhig sitzen bleibe, und nicht meine Hand nach ihr ausstrecke, meine Finger um ihr schmales Handgelenk schlinge und sie auf meinen Schoß ziehe, damit sie mir sagen kann, was für eine Scheiße hier abgeht.

Sie vermeidet es, mich anzusehen, was interessant ist, denn Devil und River schenkt sie sehr wohl einen kurzen Blick.

Der Drang, eine Erklärung aus ihr rauszuschütteln, wird beinahe übermächtig. Und ihr Duft, der mir in die Nase steigt, macht es mir nicht leichter, scheinbar unbeteiligt dazusitzen.

„Ihr wollt das Übliche?"

Die Antwort übernehme ich.

„Wollen wir."

Sie nickt und verschwindet aus meiner Reichweite.

Fuck! Nicht gut. Das alles ist nicht gut. Der Abend entwickelt sich langsam, aber sicher zu einer Katastrophe. Meine Augen folgen ihr, ich entdecke die blauen Fingerabdrücke auf der Rückseite ihres Arms. Mein Kopf ruckt zu Jasper, der Chloe anstarrt.

Ich kann es ihm nicht verübeln. Aber ich werde ihn für das, was er ihr angetan hat, töten.

Das Mädchen trägt heute einen kurzen schwarzen Rock, dazu schwarze Netzstrümpfe und ausgelatschte Chucks. Ihr Top ist enganliegend und verdeckt weder die aus schwarzer Spitze bestehenden Träger ihres BHs noch das große Tattoo, das sich von ihrer Schulter bis hin zum Ansatz ihrer Brüste zieht.

Diese Rosenblüte zieht meinen Blick wie magnetisch an. Ich will über die Konturen lecken und mit meiner Nase über die samtene Haut streichen, aus der die Blume besteht.

Dieses Mädchen ist ein einziger wandelnder Widerspruch und genau das macht es so interessant.

Chloe verschwindet hinter der Bar, ich zwinge meine Konzentration wieder auf die vor mir liegende Aufgabe.

„Wir brauchen Informationen."

Jasper täuscht Selbstsicherheit vor, lehnt sich mit gespielter Arroganz in dem Stuhl zurück. Meine Faust will in sein Gesicht. Dieser Wichser will uns glauben lassen, dass er Herr über die Situation ist. Aber damit liegt er falsch. Komplett falsch. Wenn ich will, könnte ich jetzt meine Waffe ziehen und ihm vor den Augen aller Anwesenden eine Kugel ins Hirn jagen, und niemand, absolut niemand, würde mich davon abhalten. Das Leben dieses Idioten gehört dem Club. Und er weiß das.

„Was für Informationen?"

Devil schnaubt, zündet sich eine Zigarette an und legt das silberne Sturmfeuerzeug vor sich auf den Tisch.

„Was weißt du über die *Bastards*?"

„Ich weiß, dass Skull sie ausgeräuchert hat."

Eines muss ich dem Pisser lassen, er ist gut informiert.

„Was weißt du noch?"

„Nichts."

Das kaufen weder Devil noch River ihm ab, und ich schon gar nicht. Der Dolch des Sergeants liegt noch immer auf dem Tisch. Eine stille Drohung, die bei Jasper anscheinend noch nicht angekommen ist.

„Das ist aber schlecht für dich." Es gelingt mir, meine Stimme monoton klingen zu lassen. „Der einzige Grund, aus dem wir das *‚Green'* nicht schon vor langer Zeit geschlossen haben, ist der, dass du bis jetzt immer Antworten auf unsere Fragen hattest. Wenn sich das jetzt ändern sollte, wenn du für uns keinen Nutzen mehr hast, wieso sollten wir dich dann noch länger in unserem Revier tolerieren?"

Die Frage hängt im Raum, Chloe kommt zurück, stellt drei Gläser vor uns ab, dazu eine Flasche Whisky und den Scotch.

Ich lehne mich kaum merklich zu ihr vor, atme ihren Geruch und betrachte die dunklen Male, die sich gut sichtbar auf ihrer milchweißen Haut abzeichnen.

Sie zieht sich zurück und wirft mir dabei einen ängstlichen Blick zu.

Ich könnte ihn als Hilfeschrei deuten oder auch einfach ignorieren, wobei mir Letzteres wohl kaum möglich sein wird.

Jasper legt die Hände auf den Tisch und gibt sich weiterhin unwissend.

„Ich weiß nichts über die *Bastards*, das müsst ihr mir glauben."

Das kaufe ich ihm nicht ab – meine Brüder ebenso wenig.

Mir reicht's. Fest entschlossen, diese Scheiße etwas zu beschleunigen, nehme ich mir Rivers Dolch, streiche mit dem Daumen über die scharfe Klinge und lächle Jasper mit aufgesetzter Freundlichkeit an.

„Sicher?"

„Ganz sicher! Ehrlich."

Gut.

Blitzschnell, so schnell, dass er es nicht kommen sieht, hole ich aus und nagle mit dem Dolch seine Hand auf der Tischplatte fest. Das Silber bohrt sich ohne Probleme durch die Hautschichten und das darunter liegende Muskelgewebe. Der Verräter brüllt vor Pein und starrt auf seine weit gespreizten Finger, die vor Schmerz zu zittern beginnen. Etwas Blut rinnt auf die hölzerne Tischplatte. Pure Genugtuung breitet sich in mir aus.

Die Geräusche um uns herum verstummen kurz, beginnen dann aber von neuem. Alle tun so, als ob sie sich für das, was hier passiert, nicht interessieren. Keiner der Anwesenden ist lebensmüde genug, sich in die Angelegenheiten der *Hell Bones* einzumischen.

Devil wirkt zufrieden – River nicht.

„Fuck, Bro, hättest du dafür nicht dein Messer benutzen können? Meins war frisch gereinigt."

„Sorry, aber deins lag grad so praktisch rum."

Jasper, der noch immer zu verstehen versucht, was gerade geschehen ist, starrt unablässig auf seine Hand. Er kann froh sein, dass er sie noch hat. Wobei die Betonung auf dem *noch* liegt. Wenn er uns nicht bald sagt, was wir wissen wollen, wird sich dieser Zustand ganz schnell ändern.

„Hat das deine Zunge gelockert? Oder muss ich sie dir erst abhacken, damit du ausspuckst, was du weißt?"

Jasper wirkt blass, seine Augen sind glasig. Er schluckt nervös, ich nehme einen Schluck des widerlichen Scotchs. Allein dafür, dass er so einen Mist in seiner Kneipe ausschenkt, gehören ihm beide Hände amputiert.

„Schon gut. Ja, schon gut. Ich sag euch, was ihr wissen wollt."

Rivers „Warum nicht gleich so?", klingt genervt. Ich kenne unseren Sergeant und darum weiß ich auch, dass er für solche Spielchen keine Geduld hat.

„Die wenigen, die noch übrig sind, haben sich in der Bronx verschanzt."

Interessant.

„Wo genau?"

Falls überhaupt möglich, wird sein Gesicht noch bleicher. Dicke Schweißperlen rinnen ihm über die Stirn. „In dem Haus meines Cousins."

Fuck, was?

„Hast du gerade wirklich erzählt, dass du und deine Familie unseren Feinden Unterschlupf gewähren?"

Devils Stimme klingt hart. Der Ausdruck in seinen Iriden ist eiskalt. Jaspers Todesurteil ist soeben gefallen.

„Es ... e... es tut mir leid. Ehrlich."

Dass er nun auch noch zu stottern anfängt, macht die Sache auch nicht besser.

„Wie ist die genaue Adresse?"

Jasper nennt sie und River teilt uns mit, dass er weiß, wo wir hinmüssen.

Bevor wir aufstehen, ziehe ich meinen Dolch aus der Scheide an meinem Gürtel, grinse den Drecksack freundlich an und befehle ihm, die zweite Hand auf den Tisch zu legen.

Jasper schluckt, sein Kehlkopf hüpft nervös. Er ist schlau genug, mich nicht noch weiter zu reizen, sondern zu tun, was ich von ihm verlangt habe.

„Die Strafe dafür, dass du uns hintergangen und dich mit unseren Feinden verbündet hast, bekommst du später. Das hier", ich ramme den Dolch mitleidslos durch seine Hand, zerschneide Knochen und spüre genau, wann die Klinge sich in das Holz des Tisches gräbt, „ist dafür, dass du Chloe angefasst hast!"

Das laute Lachen meines Präsidenten übertönt beinahe Jaspers erneuten Schmerzensschrei.

„Ach Fuck, Skull. Dachte ich mir doch gleich, dass du dich für das Mädchen interessierst."

Mit einem gezischten „Halt die Fresse, Bro“, stehe ich auf, leere mein Glas und ziehe das Telefon aus der Innentasche meiner Kutte.

Luis, der Vielversprechendste unserer Prospects, geht nach dem zweiten Läuten ran.

„Was gibt’s, Skull?“

„Komm ins ‚Green‘.“

„Mach ich. Was soll ich tun?“

„Alles im Blick behalten.“

Er lacht.

„Was alles? Das Mädchen?“

Ach Fuck!

Es war ein Fehler, dass ich ihn letzte Woche angewiesen habe, herzukommen und nach dem Rechten zu sehen. Beziehungsweise nach Chloe zu sehen. Luis ist verschwiegen, ich kann darauf bauen, dass er diesen Auftrag für sich behält. Aber ich kann nicht verhindern, dass er seine Schlüsse zieht.

„Auch, aber hauptsächlich auf Jasper. Wobei ich bezweifle, dass der irgendwo hingehen wird.“

Luis bemerkt den Unterton.

„Was habt ihr mit ihm gemacht?“

„Nichts. Wir hatten nur eine *nette*, kleine Unterhaltung.“

Der Prospect versteht sofort und stößt ein Pfeifen aus.

„Jetzt bin ich neugierig.“

„Dann komm her. Wir werden schon weg sein, wenn du eintriffst.“

„Du kannst dich auf mich verlassen, Skull.“

Aye, das weiß ich, darum habe ich ihn ja angerufen.

Ich lege auf, stecke das Telefon wieder ein und sehe zur Bar, Chloe steht mit weit aufgerissenen Augen hinter der Theke und starrt auf die Hände ihres Chefs.

Sie sollte zufrieden sein, jetzt kann er sie wenigstens nicht mehr anrühren. Und ich kann auch zufrieden sein, denn so an den Tisch gepinnt, kann er Chloe nicht verschwinden lassen.

Das ist also eine Win-win-Situation, wie man so schön sagt.

Ich unterdrücke den Drang, zu ihr zu gehen, und folge Devil und River raus zu unseren Bikes. Wir steigen auf, der Sergeant fährt voran. Unser Ziel ist die Bronx und das Rattennest, in dem sich die restlichen *Bastards* verschanzt haben.

Es wird Zeit, diesen Mist ein für alle Mal zum Ende zu bringen.

Der Präsident will seine schwangere Old Lady in Sicherheit wissen, alles andere ist unwichtig.

5. Kapitel

Die Kellnerin

Mir ist schlecht und ich zittere. Das, was die *Hell Bones* da gerade getan haben, ist krass. Wirklich total krass. Mein Chef sitzt reglos am Tisch, starrt seine mit Dolchen aufgespießten Hände an und wirkt so, als würde er unter Schock stehen.

Ich denke, es sagt verdammt viel über das *‚Green‘* aus, dass keiner der anwesenden Gäste entsetzt ist. Obwohl sicherlich alle mitbekommen haben, was hier gerade geschehen ist. Dafür waren Jaspers Schreie einfach viel zu laut.

Allein bei dem Gedanken, wie es sich anfühlen muss, wenn einem ein Messer durch die Haut und durch die Knochen gerammt wird, läuft es mir eiskalt den Rücken runter.

Niemand steht auf, niemand mischt sich ein, niemand kommt Jasper zu Hilfe.

Er sitzt ganz alleine an dem Tisch, einzig die Flasche Whisky und Skulls Scotch leisten ihm Gesellschaft. Der rationale Teil meines Gehirns will die Polizei und einen Notarzt rufen, aber es gelingt mir, das Richtige zu tun: nämlich gar nichts.

Japser hat es verdient.

Er hat es so was von verdient!

Mein Boss ist kein guter Mensch, er ist böse und falsch und spielt alle Menschen in seinem Umfeld gegeneinander aus.

Dass er so dumm war und den *Hell Bones Motorcycle Club* verarscht hat, wird schlussendlich seinen Tod bedeuten.

Niemand legt sich ungestraft mit den Rockern an und kommt einfach so mit zwei aufgespießten Händen davon.

Die Tatsache, dass es Skull war, der sich meinen Chef vorgenommen hat, überrascht mich nicht.

Dieser Vizepräsident ist gnadenlos und gefährlich und dennoch fühle ich mich, sobald er in meiner Nähe ist, sicher.

Total bescheuert, ich weiß. Aber so ist es nun mal.

Der heutige Tag war schlecht, noch schlechter als alle Tage zuvor.

Jasper ist völlig ausgeflippt. Er hat mich angeschrien und behauptet, dass ich mich an der Kasse bedient habe, was aber nicht stimmt.

Ich mag vieles sein, aber bestimmt keine Diebin.

Er hat mich grob gepackt und gegen die Türe geschleudert. Seine Finger haben sich dabei so fest in meinen Arm gegraben, dass ich blaue Flecken davon bekommen habe.

Es ist also ein Wink des Schicksals, dass ihm das jetzt passiert ist.
Man könnte es auch Karma nennen.
Aber was mich noch viel mehr beschäftigt als mein am Tisch festgenagelter Chef, ist Skull. Die Art, wie er mich ansieht, wie mich seine Augen verfolgen und wie er mich immer im Blick behält, löst ein seltsames Prickeln in meinem Magen aus.
Ich weiß nicht, was ich von all dem halten soll.
Denn wenn er wirklich Interesse an mir hätte, dann würde er wohl kaum einfach mal so elf Tage wegbleiben. Oder?
Himmel! Keine Ahnung.
Je mehr ich über Männer herausfinde, umso komplizierter erscheinen sie mir. Falls es einen Gott gibt, und das bezweifle ich stark, frage ich mich, was er sich dabei gedacht hat, Männer und Frauen so unterschiedlich zu erschaffen?
Wäre das nicht einfacher gegangen?
Oder verdanken wir diese ganzen Komplikationen Adam, Eva, der verdammten Schlange und dem köstlichen, reifen Apfel?
Ich zwinge mich zur Konzentration, blende Jasper und die Dolche in seiner Hand aus und versuche, einfach meine Arbeit zu machen.
Ich brauche das Trinkgeld, ich bin maßgeblich darauf angewiesen und darum kann ich mich von so einem *Zwischenfall* nicht ablenken lassen.
Keine halbe Stunde nachdem die drei Biker verschwunden sind, taucht Luis, ein weiterer *Hell Bone* auf. Er ist noch ein Prospect, was bedeutet, dass er sich erst beweisen muss, ehe er ein vollwertiges Mitglied des Clubs werden kann.
Seine Kutte hat nur wenige Aufnäher, aber das täuscht nicht darüber hinweg, dass er seinen Brüdern in nichts nachsteht.
Fehlende Patches hin oder her, niemand sollte sich mit diesem Anwärter anlegen.
Bevor er sich zu mir an die Bar setzt und mir grüßend zunickt, bleibt er bei Jasper am Tisch stehen, grinst breit und reibt sich mit der Hand übers Kinn.
„Sieht schlimm aus. Wenn du das überlebst, Arschloch, wirst du wohl nie wieder schmerzfrei wichsen können.“
Ich höre, was er zu meinem Boss sagt, und muss gegen ein hysterisches Lachen ankämpfen.
Selbstbefriedigung ist im Moment wohl das kleinste Problem, das mein Chef hat ...

6. Kapitel

Der Vizepräsident

„Sollen wir uns aufteilen oder die Scheiße einfach hinter uns bringen?"

Der Sergeant denkt über meine Frage nach.

„Massaker oder Strategie?"

Devil lacht und zieht seine Waffe.

„Ich bin fürs Massaker. Wie schaut's bei euch aus, Brüder?"

Was für eine Frage.

Ich hasse Schach und sämtliche anderen Strategiespiele.

Rein, *Bumm – Bumm – Bumm* und wieder raus ist viel mehr mein Fall.

„Ihr kennt meine Einstellung: Weniger grübeln, dafür mehr prügeln."

River hebt seine Faust, ich schlage mit meiner dagegen.

Wir sind uns einig.

„Was denkt ihr? Mit wie vielen *Bastards* müssen wir rechnen?"

Ich habe keine Ahnung und es ist mir auch völlig egal. Egal, ob zehn oder zwanzig – bevor die Sonne aufgeht, werden sie alle tot sein.

Mit den Schultern zuckend, drehe ich mich zu Devil um.

„Wie gesagt, die meisten werden bei dem Brand umgekommen sein, das hier sind nur die kläglichen Reste."

Sein gezischtes „Hoffentlich!", lässt darauf schließen, dass ihm die Sache hier nicht gefällt und dass er lieber bei Lauren wäre.

„Ich gehe zuerst rein. Ihr gebt mir Deckung."

Der Sergeant will widersprechen, aber ich lasse ihn nicht zu Wort kommen, sondern gehe mit großen Schritten auf das Haus zu. Es ist finster und es gibt keine Straßenlaternen, die etwas Licht spenden könnten. Wir bewegen uns wie Schatten durch die Nacht und bleiben vor dem unscheinbaren Gebäude stehen.

Zuerst habe ich mit dem Gedanken gespielt, die Türe kurzerhand einzutreten, mich aber dann für die klassische Methode entschieden – nämlich die, einfach zu klingeln.

Wir haben den Überraschungseffekt auf unserer Seite, was soll schon schief gehen?

Die Wichser rechnen nicht mit uns, sie wissen nicht, dass wir kommen. Dafür, dass Jasper sie nicht warnen und anrufen kann, habe ich gesorgt.

Vorfreude pulsiert durch meine Venen. So ist es immer, wenn ich kurz davor bin, jemanden zu töten.

Zu Devils Entsetzen drücke ich mit dem Lauf meiner Knarre auf den Messingklingelknopf.
„Bist du jetzt völlig bescheuert, Alter?"
Vielleicht.
„Mir war heute mal nach der *Old-School-Methode.*"
„Und die Nummer mit den Dolchen und den Händen war nicht Old School genug? Verdammt, Skull. Ich bin mir vorgekommen wie in einem zwanzig Jahre alten Mafiafilm."
Das höre ich gern.
„War 'ne geile Nummer, oder?"
Bevor er antworten kann, hören wir eine undeutliche Stimme von drinnen.
„Wer ist da?"
Rivers genuscheltes: „Klasse. Jetzt wissen sie, dass wir da sind", amüsiert mich.
„Jasper schickt mich."
Kurze Stille.
„Weshalb?"
Und jetzt kommt die Zauberformel, die bis jetzt noch jeden Idioten dazu gebracht hat, die Türe zu öffnen.
„Nutten, Whisky und jede Menge Koks."
Wieder Stille, dann wird ein Schlüssel herumgedreht.
Devil schüttelt ungläubig den Kopf.
„Du bist so was von bescheuert, Alter!"
„Falsch. Die sind bescheuert und darum waren sie auch niemals eine ernstzunehmende Konkurrenz."
Die Türe geht auf, ein junger Kerl, gerade mal zwanzig, steht mir gegenüber.
Seine Pupillen sind stecknadelgroß, er ist total zugedröhnt.
Bullshit!
Wahrscheinlich hätte ich auch behaupten können, fucking Tinker Bell stehe vor der Türe, um ihn in Feenstaub zu baden, und er hätte aufgemacht.
Die Kutte, die ihn als Member der *Bastards* kennzeichnet, sitzt schief, seine Hose steht offen, er hat nur einen Schuh an den Füßen.
„Hey, Cinderella ..."
Es dauert eine kleine Ewigkeit, bis er kapiert, wer wir sind, und dass wir ganz offensichtlich keine Nutten dabeihaben.
Bis er zu seiner im Gürtel steckenden Waffe greifen kann, habe ich ihm längst mit einem entschlossenen Ruck das Genick gebrochen und seinen erschlaffenden Körper auf den Boden fallen lassen.

Wir steigen darüber hinweg, begegnen noch drei *Bastards,* die jeweils eine Kugel ins Hirn kriegen, ehe wir uns in den ersten Stock hocharbeiten.

Wir hinterlassen eine Spur aus Toten, Blut und starren Augen.

Zehn Minuten später haben wir das Haus gesichert, ich lehne mit dem Rücken an der Wand und warte, bis Devil sein perfides Spielchen mit dem letzten Überlebenden beendet hat.

Mit einer Kippe im Mundwinkel sehe ich dabei zu, wie der Präsident den Griff seiner Waffe wieder und wieder auf den Schädel des Bastards knallen lässt.

Blut spritzt, die Haut klafft auf, es ist eine ziemliche Sauerei. Die Augen seines Opfers schwellen zu, die Lippen sind längst aufgeplatzt.

Das Gesicht als solches ist kaum mehr zu erkennen.

Nach dem x-ten Hieb trifft er auf den kahlen Schädel, macht jedoch immer weiter.

Ich stoppe ihn nicht, mir ist klar, dass er das braucht, um Druck abzubauen.

Devil muss seine Gedanken sortieren, und das hilft ihm dabei.

River telefoniert und tut dabei sehr geheimnisvoll, was darauf schließen lässt, dass sich am anderen Ende der Leitung eine Frau befindet.

Sehr interessant.

Erst als er verschwitzt und atemlos ist, stoppt Devil, richtet sich auf und betrachtet zufrieden sein Werk.

„Geht's jetzt besser?"

„Jep. Viel besser."

„Können wir los?"

Er wischt das Blut an der Jeans des bis zur Unkenntlichkeit Entstellten ab, steckt die Waffe wieder ein und gönnt sich ebenfalls eine Kippe.

„Können wir."

Sehr gut.

„Ich schätze, die *Bastards* sind jetzt endgültig Geschichte."

Mein Präsident wirkt zufrieden und nickt.

„Und das nur, weil mein Vize so schön geklingelt hat."

Wir lachen und verlassen das Haus.

Devil beschließt, auf direktem Weg in seine Wohnung und zu seiner Frau zu fahren. Mich zieht es zurück ins *‚Green',* aber nicht, um mich ein weiteres Mal mit Jasper zu unterhalten, sondern um nachzusehen, wie es dem Mädchen geht, das mich bis in meine Träume verfolgt.

7. Kapitel

Die Kellnerin

Der Geräuschpegel wird leiser, die Tische leeren sich nach und nach und die Gläserspülmaschine rumpelt leise vor sich hin.

Vor den Fenstern ist es immer noch dunkel, nach einem Blick auf die Uhr weiß ich, dass es gerade mal drei Uhr in der Früh ist. Aber dienstags ist es immer etwas ruhiger.

Der Prospect sitzt noch immer an der Bar, nippt an einer Cola und behält alles im Blick.

Und Jasper ... *scheiße!* Er hat sich aus offensichtlichen Gründen keinen Millimeter von der Stelle bewegt.

Unter seinen Händen haben sich rote Pfützen gebildet, seine Mimik ist angespannt und seine Stirn verschwitzt.

Mein Chef sieht nicht gut aus. Um ehrlich zu sein, glaube ich nicht, dass die *Hell Bones* bereits mit ihm fertig sind. Ich schätze eher, dass sie ihn da nur *geparkt* haben, damit sie sich um gewisse Dinge kümmern können, ehe sie sich wieder mit Jasper auseinandersetzen.

Bei dem Gedanken läuft es mir kalt den Rücken runter.

Wo bin ich da nur reingeraten?

Wenn Skull Jasper tötet, was geschieht dann mit mir?

Bin ich dann die Nächste?

Ich denke nicht. Was auch immer Jasper getan hat, hat nichts mit mir zu tun.

Dennoch wird diese Nacht Folgen für mich haben.

Das *‚Green‘* gehört Jasper und wenn Jasper tot ist, was geschieht dann mit dem *‚Green“*?

Soweit ich weiß, sterben die Kneipen mit ihren Inhabern, was bedeutet, dass die Rocker das *‚Green‘* anzünden werden.

Ich bin also so gut wie arbeitslos.

Luis, der mich beobachtet hat, rutscht von dem Hocker, umrundet die Theke und bleibt direkt neben mir stehen.

„Schnaps oder Wein?“

Irritiert sehe ich ihn an.

„Was?“

Er wiederholt die Frage.

„Schnaps oder Wein?“

„Für dich?“

Der Prospect schüttelt den Kopf.

„Nein, Baby, für dich. Du siehst so aus, als könntest du etwas Alkohol brauchen."

Damit könnte er recht haben.

„Jasper mag es nicht, wenn ich während der Arbeit was trinke."

Luis' Mundwinkel zucken, in seinen blauen Augen blitzt es belustigt auf.

„Was Jasper mag, interessiert keine Sau mehr."

Ich schlucke.

„Ihr werdet ihn umbringen. Richtig?"

Er sieht mir in die Augen.

„Richtig."

„Was geschieht dann mit mir?"

Er hebt seine breiten Schultern.

„Nichts."

„Sicher?"

„Ganz sicher. Außer du wusstest, dass Jasper die *Bastards* vor uns versteckt hat?"

„Wusste ich nicht." Aber das erklärt mir zumindest, warum seine Hände mit zwei Dolchen an der Tischplatte fixiert wurden. Mein Chef hat Devil und seinen Motorcycle Club verraten und auf Verräter wartet der Tod.

„Schnaps. Ich entscheide mich für Schnaps."

„Kluge Entscheidung, Mädchen."

Ja, finde ich auch.

Ich trinke und arbeite und arbeite und trinke und meine Sorgen werden mit jedem Schlückchen kleiner und kleiner.

Ich weiß nicht genau, was Luis mir da immer wieder nachschenkt. Die Flasche hat er von ganz weit hinten vorgezogen, ich wusste nicht mal, dass da eine Flasche steht. Es gibt kein Etikett, das mir verraten könnte, was zur Hölle ich da eigentlich trinke. Die Flüssigkeit ist klar und durchsichtig wie frisches Wasser – hat es aber so richtig in sich.

Ich tippe auf einen Moonshiner, einen selbstgebrannten Schnaps, der nicht nur meinen Magen in Brand setzt, sondern mit dem man wahrscheinlich auch das *'Green'* anzünden könnte. Die letzten Gäste verabschieden sich, ich räume die Tische ab, mache sie sauber und frage mich währenddessen, ob ich mir diese Mühe umsonst mache, weil Skull die ganze Scheiße sowieso in Flammen aufgehen lassen wird?

Ein beängstigender Gedanke.

Aus den Boxen dröhnt noch immer laute Musik, ich gehe zu der Anlage und drehe sie leiser. Endlich Ruhe. Der Boden unter meinen Füßen schwankt.

Luis verschwindet auf dem Klo, ich nutze die Chance, um das von ihm frisch aufgefüllte Glas in den Ausguss zu schütten.

Wenn ich noch einen Schluck von diesem Teufelszeug trinke, wird sich mein Hirn in Matsch verwandeln, und das ist nicht gut. Ganz und gar nicht gut. Besonders, wenn man bedenkt, dass mein Chef an den verdammten Tisch gedolcht wurde.

Gibt es das Wort gedolcht überhaupt? Wahrscheinlich nicht. Warum sollt es auch? Es ist ja nicht so, dass viele Hände mit Dolchen festgenagelt werden.

Gedolcht ... gedolcht ... gedolcht ...

In meinen Ohren klingt das richtig gut.

Mir wird schlecht, mein Magen wehrt sich gegen den Schnaps, ich bekomme Schluckauf.

Ich schätze, wenn so etwas noch öfters passiert, wenn Skull aus dieser Scheiße ein neues Hobby macht, dann wird *gedolch*t schon bald in den Wortschatz mit aufgenommen.

„Chloe?“ Jasper flüstert meinen Namen. „Chloe, du musst mir helfen.“

Widerwillig sehe ich zu ihm. Obwohl er wirklich fertig aussieht, will sich einfach kein Mitleid einstellen.

„Was willst du?“

Er bewegt sich und keucht schmerzerfüllt.

„Du musst die Dolche rausziehen.“

Niemals! *Verdammt!* Niemals!

Erstens kann ich das nicht – keine Chance. Und zweitens würde ich damit die geballte Wut der *Hell Bones* auf mich lenken.

Jasper ist todgeweiht, selbst wenn ich wollte, könnte ich ihn nicht retten.

Niemand kann das.

„Das kann ich nicht.“

„Du musst, wenn du es nicht machst, wird Skull mich umbringen.“

„Das wird er sowieso. Du hast Scheiße gebaut, Boss.“

Zorn lodert in deinen Augen auf.

„Tu nicht so, als ob du was Besseres wärst, Chloe. Du bist eine blöde Schlampe. Ich habe dir einen Job gegeben. Ich war gut zu dir und habe dir geholfen und so dankst du es mir?“

Ich kann nicht glauben, dass er die Dreistigkeit besitzt, zu behaupten, dass er gut zu mir war. Das mag die erste Zeit so gewesen sein, aber die letzten zwei Wochen war er einfach nur ein Arschloch.

„Soll das ein Witz sein?“

„Lache ich etwa?“

Wir starren uns an, ich sehe auf seine Hände, eine Gänsehaut überzieht meine Arme.

„Ich glaube, du wirst nie wieder lachen, Boss.“

Kaum dass meine Stimme verstummt ist, wird die Türe aufgestoßen und Skull betritt die Kneipe. Unsere Blicke treffen sich, in meinem Bauch beginnt es wie verrückt zu kribbeln.

Bei dem Ausdruck in seinen Augen in Kombination mit dem vielen Schnaps, der durch meinen Kreislauf rauscht, gerate ich ins Wanken.

Huiuiuiuiuiui ...

Skull bemerkt es, runzelt die Stirn und kommt auf mich zu.

„Fuck, Chloe. Alles okay bei dir?“

Okay? Okay?

Ich bin allein mit einem Prospect und mit dem Vizepräsidenten des gefährlichsten Motorradclubs des Landes in einer heruntergekommenen Kneipe im schlechtesten Viertel von New York. Mein Chef wurde ... na ja ... wir alle wissen, was ihm passiert ist. Ich bin betrunken und mein dummes, verräterisches Hirn hat nichts Besseres zu tun, als einen Kurzfilm abzuspielen, in dem es um Skull, mich und wilden, hemmungslosen Sex geht.

Wie es sich wohl anfühlen muss, wenn seine großen, rauen Finger mit den vielen Ringen über meine nackte Haut streichen?

Bestimmt wahnsinnig gut.

Mir wird heiß, mein Puls schnellt in die Höhe und Skull hält meinen Blick weiterhin gefangen.

„Chloe. Geht’s dir gut?“

Hmmm ... Keine Ahnung.

„Ist es schlimm, wenn ich das nicht weiß?“

Ein lauter Hickser löst sich aus meiner Kehle.

Skull zieht eine Augenbraue in die Höhe.

„Bist du betrunken?“

„Nein.“ Wobei … „Na ja, vielleicht ein bisschen.“

Der Rocker nickt und stemmt die Hände in die Hüften.

Seine Kutte klafft auf, die Waffe kommt zum Vorschein, die abgewetzte Jeans und die schweren Bikerboots komplettieren das Gesamtbild des gesetzlosen Outlaws.

Groß, böse, stark und sooooo sexy!

„Wo ist der Prospect?“

„Ich bin hier, VP.“

Skull blickt über meine Schulter.

„Du solltest aufpassen und nicht das Mädchen abfüllen.“

Vorwurf schwingt in seiner dunklen Stimme mit.

„Nach deiner Nummer hat die Kleine den Schnaps dringend gebraucht.“

Ich nicke zustimmend, doch keiner der beiden Biker schenkt mir Beachtung. Mit einem Seufzen drehe ich mich zu dem Prospect um und stelle fest, dass er von der Rüge seines Vizes wenig beeindruckt ist.

Respekt. Wenn Skull mich so finster anstarren würde, würde ich sofort die Flucht ergreifen.

Die beiden scheinen sich wortlos auszutauschen, was ich ziemlich ermüdend finde, also gehe ich zurück zur Bar und schenke mir doch noch mal etwas von der klaren Flüssigkeit ein.

Mein Instinkt sagt, dass die Nacht noch lange nicht vorbei ist, und wenn ich das alles ohne einen Nervenzusammenbruch durchstehen will, brauche ich dringend einen Mutmacher. Oder zwei. Oder drei ... Oder am besten gleich die ganze Flasche.

8. Kapitel

Der Vizepräsident

Das Mädchen ist betrunken, Jasper jammert vor sich hin und winselt um Gnade und der Prospect ist keine wirkliche Hilfe.

Der steht an der Bar, kippt eine Cola nach der anderen in sich hinein und scheint das alles viel zu sehr zu genießen. Und ich? *Fuck!* Ich steh inmitten des Chaos und kann an nichts anderes denken, als Chloe endlich zu packen und zu ficken.

Entschlossen, diesen Bullshit zum Ende zu bringen, gehe ich auf Jasper zu, ziehe meinen Dolch aus seiner Hand und entlocke ihm so einen lauten Schrei.

Luis lacht und Chloe wirkt panisch.

Ich kann es ihr nicht verdenken. Für ein Mädchen wie sie ist das alles sicherlich nicht leicht zu ertragen.

Aber da muss sie jetzt durch.

Da Devil sich verpisst hat und es kaum erwarten konnte, zu seiner Lady zurückzukommen, bleibt diese Sache an mir hängen. Unser Präsident hat recht gehabt, dank dem *‚Green‘* sind wir an die Informationen gekommen, die notwendig waren, um die *Bastards* ein für alle Mal kaltzustellen.

Es wäre schlecht für uns, wenn wir zukünftig auf diese Quelle verzichten müssen.

Das *‚Green‘* muss bestehen bleiben, aber Jasper muss weg. Sofort.

Ich wische den blutigen Dolch an seiner Schulter ab, stecke ich ihn wieder ein und denke kurz nach.

Ich glaube, ich habe soeben eine Lösung für die ganze Scheiße gefunden.

Zufrieden drehe ich mich zu Chloe um und sehe, wie sie sich gerade einen neuen Schnaps einschenkt.

„Das reicht!“

Mit zwei Schritten überwinde ich die Distanz und wische mit einer zornigen Bewegung den Schnaps vom Tisch. Chloe wirkt entsetzt, aber das ist mir egal.

„Du hast genug.“

Sie sieht mich herausfordernd an.

„Wer sagt das?“

Blöde Frage.

„Ich.“

In ihren Augen blitzt es kampflustig, mein Schwanz zuckt.

„Was ein Pech, dass du das nicht zu entscheiden hast, Rocker."
Wenn sie wüsste ...
„Du musst bei klarem Verstand sein. Ich muss ein paar wichtige Entscheidungen treffen, Entscheidungen, die auch dich betreffen, also hör auf, dich mit Casanovas Selbstgebranntem zu besaufen."
Sie wirkt irritiert.
„Casanova? Du meinst den italienischen Frauenhelden?"
Fuck!
„Nein! Ich meine unseren Road Captain."
Sie murmelt ein „schade", das mein Interesse weckt.
„Warum schade?"
Chloe vermeidet es, mich anzusehen, ich packe sie am Kinn und hebe ihren Kopf an, sodass sie meinem Blick nicht länger ausweichen kann.
„Na ja. Ein sexy Lover wäre jetzt nicht das Schlechteste."
Ihre Stimme ist nur ein leises Wispern, trotzdem schießt sie mir wie ein Blitz in den Unterleib.
„Wenn du gefickt werden willst, Baby, dann sag es. Ich bin mehr als bereit, diese Aufgabe zu übernehmen."
Zu meiner Belustigung färben sich ihre Wangen leicht rot.
Sexy und zugleich schüchtern – welch eine verführerische Kombination.
„Ach ja? Glaubst du denn, dass du mir gewachsen bist, Vizepräsident?"
Bloody Hell!
„Soll das eine Herausforderung sein, Mädchen?"
„Vielleicht. Finde es heraus ..."
Fuuucckkkkk!
Das werde ich, aber zuerst muss ich mich um Jasper kümmern.
„Konzentriere dich, Chloe. Ich muss jetzt ein paar Dinge von dir wissen."
Sie wankt, ich packe sie an der Hüfte und setze sie auf den Tisch.
„Was für Dinge?"
„Würdest du dir zutrauen, das ‚*Green*' zu übernehmen?"
Chloe fallen fast die Augen aus dem Kopf.
„Was? Meinst du das ernst?"
„Jep. Jasper wird diese Nacht nicht überleben und das ‚*Green*' muss weiterlaufen. Die Buchhaltung kann der Club übernehmen, die Frage ist, ob du dir den Rest zutraust."
Sie zögert, saugt ihre Unterlippe zwischen die Zähne und beginnt auf ihr herumzukauen. Fasziniert beobachte ich sie dabei.

Es kostet mich eine fast übermenschliche Anstrengung, Chloe nicht einfach auf die Tischplatte zu schubsen, ihren Rock nach oben zu schieben und mich mit einem kraftvollen Stoß in sie zu rammen.

Oh Jesus ...

„Und das Finanzielle?"

„Übernimmt der Club. Du würdest ab jetzt für die *Hell Bones* arbeiten, nicht mehr für Jasper. Du wärst die Chefin. Mit einem guten Gehalt natürlich."

Sie wirkt interessiert, zögert aber noch immer.

„Was ist mit Typen, die mich belästigen?"

Ich verstehe die Frage nicht.

„Was soll mit denen sein?"

„Darf ich ihnen ein Bier ins Gesicht schütten?"

Luis, der interessiert zuhört, beginnt lauthals zu lachen.

„Wenn dich jemand belästigt, sag mir Bescheid und ich breche ihm beide Hände."

Das scheint sie zu überzeugen. Ich wüsste nur zu gerne, was sie dazu gebracht hat, mir diese Frage zu stellen?

„Gut. Dann bin ich einverstanden."

Perfekt. Dann wäre diese Sache schon mal erledigt.

Chloe übernimmt die Führung, wenn das funktioniert – gut. Und wenn nicht, können wir uns immer noch etwas anderes überlegen.

„Dann arbeitest du ab jetzt für die *Hell Bones*. Was das bedeutet, wird dir sicherlich noch klar werden, Baby."

Sie grinst, ich gebe dem Impuls nach, beuge mich vor und presse meinen Mund auf den ihren. Der Kuss ist hart und kurz, meine Zunge fährt nur einmal schnell über die ihre, dann löse ich mich wieder von ihr, drehe mich zum Prospect um und atme tief durch.

„Bring das Mädchen raus, aber lass es nicht aus den Augen. Hier wird es jetzt unschön."

Er reagiert sofort, umfasst ihren Oberarm und zieht sie vom Tisch. Die beiden verschwinden durch die Vordertüre, Jasper und ich bleiben alleine zurück.

Das Arschloch sieht mich angsterfüllt an – Zeit der Abrechnung.

„Du hast dich mit dem Feind verbündet."

Er jammert und versucht, mir auszuweichen, was wegen der Hand, die noch immer mit dem Dolch fixiert ist, nicht geht.

„Das war keine Absicht, Skull. Ehrlich. Ich wusste nicht, was ich tue. Die haben mich erpresst."

Von wegen.

„Was jetzt? Wurdest du erpresst oder hast du es nicht gewusst?“ Ich mache eine Pause und zünde mir eine Zigarette an. „Oder hast du dich absichtlich mit unseren Feinden verbündet, um den *Hell Bones* zu schaden?“

Jasper stottert und heult.

„Komm schon, Skull. Das war ein Fehler. Ein lächerlicher, winzig kleiner Fehler.“

„Verrat ist kein Fehler, Verrat ist unentschuldbar.“

Seine Zunge schnellt vor, er versucht, mit der verletzten Rechten den Dolch aus seiner Linken zu ziehen. Ich gehe nicht dazwischen, sondern warte gespannt ab.

Es funktioniert natürlich nicht. Wie sollte es auch?

Er gibt auf, ich gehe ihm nicht nur sprichwörtlich zur Hand und reiße die Klinge aus seinem Fleisch. Jasper brüllt – Musik in meinen Ohren.

„Letzte Worte?“

„Fick dich, Skull!“

„Ich werde ficken. Genau hier, genau an der Stelle, an der ich dich jetzt töten werde. Ich werde Chloe über den Tisch beugen und sie zum Kreischen bringen und dabei keinen Gedanken an dich verschwenden!“

Die Finger fester um Rivers Messer schlingend, hole ich aus und steche zu.

Zuerst ramme ich die Klinge in seinen Bauch, dann in seinen Arm und die nächsten Stiche sind wahllos platziert. Blut spritzt, Jaspers zuerst lauten Schreie werden leiser und leiser und enden in einem tödlichen Gurgeln.

Die nun einkehrende Stille hilft mir, wieder runterzukommen, reines Adrenalin pumpt durch meine Adern. Ich atme schnell, betrachte meine blutverschmierten Hände und gehe zum Waschbecken, um meine Finger unter kaltes Wasser zu halten.

Ich wische mein Leder ab, befreie es von den Spuren der Nacht.

Dann gönne ich mir einen großen Schluck Scotch, spüle den kupfernen Geschmack von meiner Zunge und mache mich auf den Weg zu Chloe.

Ich habe genug Zeit damit verschwendet, diese Frau vor mir zu beschützen – ich habe ihr lange genug widerstanden. Damit ist jetzt Schluss!

Chloe arbeitet ab jetzt für die *Hell Bones*, das macht sie faktisch zu Clubeigentum, und ich werde als erster Anspruch auf sie erheben.

Das, was ich zu Chloe gesagt habe, war mein voller Ernst. Sollte sie ein anderer Mann anrühren, werde ich ihm sämtliche Knochen brechen.

Dieses Mädchen verfolgt mich bis in meine Träume, es gehört mir und darum werde ich es mir jetzt nehmen!

Es war falsch zu glauben, dass Chloe ohne mich sicherer wäre, in Wirklichkeit wird es ihr unter meinem Schutz viel besser gehen ...

9. Kapitel

Die Kellnerin

Es fühlt sich merkwürdig, beinahe schon skurril an, mit dem schweigsamen Prospect am Straßenrand zu stehen und Jaspers Schreien zu lauschen.

Mein vom Alkohol benebelter Verstand versucht zu begreifen, was hier gerade geschieht, und scheitert.

Zu viel ist zu viel ...

Mir war seit dem ersten Tag bewusst, dass Brooklyn quasi das Wohnzimmer der *Hell Bones* ist, und dass in dieser gottverdammten Stadt andere Gesetze gelten als im Rest des Landes. Und das war okay für mich. Aber erst jetzt, in genau diesem Moment, wird mir klar, was es wirklich bedeutet und wie hart die Konsequenzen sind, wenn man sich gegen den Club wendet.

Ich kämpfe gegen den Drang an, mir die Ohren zuzuhalten. Als die Schreie dann plötzlich verstummen, kommt mir die eintretende Stille gespenstisch vor.

„Es ist vorbei, Baby."

„Ja, das ist es."

Mein Boss ist tot, gestorben durch die Hand des Mannes, der meinen Schlüpfer in Brand setzt. Und ich soll seinen Platz einnehmen und die neue Chefin des *‚Green'* werden.

Das ist verrückt – völlig verrückt und trotzdem bin ich bereit, mich dieser Aufgabe zu stellen. Was wahrscheinlich noch verrückter ist als der Rest, der in den letzten Stunden passiert ist. Jasper war ein schlechter Mensch und ich werde seinen Tod nicht betrauern.

Das Leder von Luis' Kutte ist neu und glatt und wartet darauf, mit jeder Menge bedeutsamen Aufnähern bestickt zu werden.

Ein kühler Wind kommt auf, streicht über meine nackten Arme und lässt mich erschaudern.

Ich mache einen Schritt zur Seite, der Prospect folgt mir sofort.

Er ist wirklich ein aufmerksamer Babysitter.

Ob es dafür auch ein Patch gibt?

Vielleicht.

Meine Mundwinkel zucken, ein Kichern löst sich aus meiner Kehle. Die Vorstellung, dass schon bald ein rosaner Schnuller seine Weste ziert, amüsiert mich.

Luis beobachtet mich aus zusammengekniffenen Augen.

„Drehst du gleich durch?"

Eine berechtigte Frage.
„Hoffentlich nicht."
Er nickt.
„Gut. Wenn du ausflippen willst, warte bitte damit, bis ich dich Skull zurückgegeben habe."
Zurückgegeben? Welch seltsame Wortwahl ...
Luis ist süß, ehrlich ... Natürlich nicht auf die nette Art und Weise, aber dennoch süß.
Auf Skull trifft das nicht zu. An dem Vizepräsidenten ist nichts süß, an ihm ist alles hart und kantig und gnadenlos – dämonisch und grausam und so verdammt heiß, dass es mir schwerfällt die Finger von ihm zu lassen.
Der Boden unter meinen Füßen wankt, ich gerate ins Stolpern und lehne mich an die Hauswand.
„Wie geht es jetzt weiter?"
Der Prospect zögert.
„Ich schätze, ich werde die Sauerei wegräumen und Skull wird sich um dich kümmern."
Hmmm... Kümmern gefällt mir.
Meine volltrunkene Erinnerung huscht zurück zu dem kurzen, jedoch eindringlichen Kuss, den Skull mit so entschlossen auf den Mund gedrückt hat.
Eine Wiederholung wäre nicht schlecht.
Das Tête-à-Tête war so kurz, dass ich es gar nicht richtig genießen konnte.
Was wirklich schade ist. Wie oft wird ein Mädchen in ihrem Leben schon von einem Mann wie Skull geküsst?
Viel zu selten – so viel ist gewiss.
Die Türe wird aufgestoßen, ich schrecke zusammen. Skull taucht auf – wenn man von Teufel spricht.
„Geh rein und mach sauber. Benutz Bleichmittel und Chlor. Es darf nicht der Hauch einer DNA-Spur zurückbleiben."
Luis nickt, es passiert genau so, wie er es vorhergesagt hat.
Bevor er in der Kneipe verschwindet und mich mit dem Vize alleine lässt, wünscht er mir eine gute Nacht und zwinkert mir frech zu, was Skull ein wütendes Zischen entlockt, was ich wiederum äußerst interessant finde.
Skull stellt sich neben mich, plötzlich sind wir uns so nah, dass ich seinen Geruch atme und seine Wärme spüren kann.
Huiuiuiui ...
„Wie geht's dir, Chloe?"

Komische Frage.
„Du meinst, davon abgesehen, dass ich gerade dabei zuhören musste, wie du meinen Chef ermordet hast?“
Der Ausdruck in seinen Augen wird hart.
„Du hättest dir die Ohren zuhalten können.“
Ach, was er nicht sagt.
„Das wollte ich, aber ...“ Ich bringe den Satz nicht zu Ende.
„Was aber?“
„Das kam mir kindisch vor.“
Skull wirkt amüsiert – Arschloch!
Wir sehen uns an und schweigen. Eine merkwürdige Stimmung breitet sich zwischen uns aus. Einerseits will ich mich an ihn lehnen und seine Kraft tanken, andererseits will ich die Flucht ergreifen, über die Straße rennen und mich vor ihm verstecken.
Was ich fühle, ist ambivalent und verwirrt mich extrem.
„Gottverdammt. Ich brauche mehr Moonshiner.“
Mir wird erst klar, dass ich das laut ausgesprochen habe, als der Rocker neben mir ein bellendes Lachen ausstößt.
„Du hast genug, Mädchen.“
Damit hat er wahrscheinlich recht.
„Was geschieht jetzt?“
Langsam streckt er den Arm nach mir aus und streicht mit der Rückseite seiner Hand über meine linke Wange.
Ich erschaudere, schließe die Augen und genieße die sanfte Berührung.
„Wie es weitergeht, liegt ganz bei dir, Baby.“
Der Klang, den seine Stimme angenommen hat, lässt meine Knie weich werden.
Obwohl ich ahne, was er meint, frage ich noch mal nach.
„Wie meinst du das?“
Er dreht seine Hand, sodass ich meine Wange an seine Handfläche schmiegen kann.
Ich tue es, ganz egal, ob das Spiel, das ich gerade spiele, gefährlich oder vielleicht sogar tödlich für mich enden könnte.
„Du weißt, was zwischen uns ist, Chloe. Du weißt es und du spürst es. Die Frage ist nur, ob du mutig genug bist, den nächsten Schritt zu tun.“
Ohhh ...
„Was wäre der nächste Schritt?“
Noch immer stehen wir in der Dunkelheit, während Luis damit beschäftigt ist, die Überreste meines Chefs zu beseitigen.

„Der nächste Schritt führt dich auf mein Bike."
„Und der nächste?"
Skull bleckt die Zähne.
„Der führt dich in mein Bett, Baby."
Halleluja!
Will ich das?
Die Antwort darauf ist ganz klar ja.
Aber was dann? Was, wenn wir Sex hatten?
Wie geht es dann weiter?
In meinem Kopf dreht sich alles: Sehnsüchte, Ängste und geheime Wünsche kollidieren und ergeben eine explosive Mischung.
Mein Herz will ja sagen – mein Verstand ruft laut nein.
Noch bevor ich eine Entscheidung treffen kann, schlingt Skull seine Finger um meinen Nacken, zieht mich zu sich heran und streift mit seinen festen Lippen über die meinen.
Ich schmelze, verliere jegliche Standhaftigkeit und sinke gegen seine massive Brust.
Mein Herz rast, ein sehnsüchtiges Pochen breitet sich in meinem Unterleib aus.
Leise wimmernd öffne ich mich ihm, gewähre seiner Zunge Einlass und trinke seinen Atem. Träge wühlt er sich durch meinen Mund, nimmt mich in Besitz und beginnt einen wilden Tanz, der definitiv als Vorspiel gewertet werden kann.
Nach Halt suchen kralle ich mich an seiner Kutte fest, spüre das raue Leder an den Fingern und die Beule seiner harten Erektion an meinem Bauch.
Ich will diesen Biker – selbst wenn das meinen Untergang bedeutet ...
Skull brummt in den Kuss, legt seinen starken Arm um meine Taille, hebt mich hoch und trägt mich zu seiner am Straßenrand stehenden Harley. Ich spüre den Stahl an meinem Rücken, biege mich dem Vizepräsidenten entgegen und fordere ihn auf, sich zu nehmen, was immer er will.
Mit einem letzten Zungenschlag beendet er den Kuss, hebt mich auf den Sozius und flucht dabei leise.
Casanovas Moonshiner gibt mir den Mut, den ich brauche, um zuzulassen, dass Skull mich auf sein Motorrad setzt.
„Wenn ich dich erst in meinen Club gebracht habe, gibt es kein Zurück mehr, Baby. Das ist deine letzte Chance, die Flucht zu ergreifen."
Danke für die Warnung.
„Ich will aber nicht flüchten, ich will ficken."

Seine Wangenmuskulatur zuckt, meine Brustwarzen ziehen sich erregt zusammen.

„In dem Fall ...“ Skull schwingt sich vor mir auf das Bike, packt sich meine Hände und zieht sie um seine Mitte. „Halt dich an mir fest!“

Ich tue es, er startet mit einem kraftvollen Tritt den Motor und wir rasen davon.

Der kühle Fahrtwind zerrt an meinen Haaren, ich schmiege mich näher an den Rocker vor mir und schließe die Augen.

Dank der Geschwindigkeit und dem Schnaps, komme ich mir fast so vor, als würde ich fliegen ...

10. Kapitel

Der Vizepräsident

Im Club angekommen, parke ich mein Bike, mache den Motor aus und sehe an mir herab.

Kleine Hände mit schwarz lackierten Fingernägeln ruhen auf meinem Bauch, der Anblick löst eine mir bislang unbekannte Sehnsucht in mir aus.

Fuck!

Keine Ahnung, wann das letzte Mal ein Mädchen auf meiner Maschine gesessen ist – es ist Jahre her. Aber es fühlt sich gut an.

Zu gut, um genau zu sein.

Chloe macht keine Anstalten abzusteigen, sondern bleibt reglos sitzen und sieht sich genau um.

Die bewaffneten Wachen am Tor, die halb nackten Bitches, die sich betrunken an meine Brüder ranmachen, und die in verrosteten Ölfässern flackernden Feuer, die ihre schwarzen Schatten an die Hauswand werfen – für eine Frau wie sie muss das ziemlich viel auf einmal sein, besonders, wenn man bedenkt, dass sie die Scheiße mit Jasper aus nächster Nähe mitbekommen hat.

In der Sekunde, in der sie die Hände von mir löst und absteigt, vermisse ich das Gefühl ihres winziges Körpers, der sich an den meinen schmiegt.

Chloe taumelt, nicht zum ersten Mal verfluche ich den Prospect dafür, dass er sie mit Casanovas Selbstgebranntem abgefüllt hat.

Dass ich ihr die Leitung des *‚Green'* angeboten habe, war eine spontane Entscheidung, die ich hoffentlich nicht bereuen werde.

Wenn Chloe das schaffen will, muss sie tough sein und darf sich nicht von ein paar Dolchen und einer Leiche einschüchtern lassen.

Hier in Brooklyn, besonders in der Kneipe, deren Chefin sie jetzt ist, passieren viele Dinge. Blutige, unschöne Dinge, die nicht an die Öffentlichkeit gelangen dürfen, und die einem süßen kleinen Prinzesschen schon mal Angst machen können.

Wollen wir hoffen, dass Chloe keine zartbesaitete Elfe, sondern eine verdammte Drachenreiterin ist, die mit der düsteren Welt der *Hell Bones*, in die ich sie hineinziehe, klarkommt.

Chloe dreht sich um ihre eigene Achse, sieht sich alles genau an und hält sich stützend am Lenker meiner Harley fest.

„Ich denke, es gefällt mir hier."

Drachenreiterin, ganz klar ...

„Wollen wir hoffen, dass das so bleibt."
Mein Blick fällt auf ihr Tattoo, mir läuft das Wasser im Mund zusammen.
Ich will dieses Mädchen an mich ziehen und mit der Zunge über die schwarze Tinte lecken, die sich um ihr Schlüsselbein windet.
So fucking schön und so fucking sexy ...
Die Harley umrundend, gebe ich meinem Verlangen nach, greife mir Chloe und schleudere sie grob an die Wand.
Sie keucht, spreizt instinktiv die Beine und schlingt sie mir um die Taille, während ich ihren Mund erobere und meine Zunge tief in ihren Hals schiebe.
Chloe wimmert, reibt sich an mir und erwidert stürmisch meinen Kuss.
Ich sehe rot, das Blut in meinen Adern beginnt zu kochen.
Bullshit! Sie geht mir unter die Haut.
Mein Unterleib stößt rhythmisch gegen ihre Mitte.
Nicht fähig, es zu stoppen, schiebe ich ihren Rock nach oben, zupfe ihren String beiseite und lege ihre Pussy frei.
Feucht, weich und geschwollen ist sie. Ich streiche mit den Fingern über die rasierte Haut, umkreise ihren Kitzler und entlocke ihr ein raues Stöhnen.
Hungrig beiße ich mich an ihrer weichen Unterlippe fest, packe sie am Arsch und knete das feste Fleisch.
„Fick mich, Skull."
Das werde ich, aber nicht hier.
Trotzdem gebe ich ihr, was sie braucht, gleite mit zwei meiner Finger tief in ihre gierige Öffnung und teile die feuchte Hitze. Chloe windet sich, ich krümme die Finger, treffe auf den schwammigen Punkt über ihrem Schambein und höre zufrieden ihr wildes Kreischen.
Sie drückt den Kopf gegen die Mauer, entblößt so ihre Kehle. Ich kann nicht widerstehen und lecke über die weiche Haut. Ihr Geschmack explodiert auf meiner Zunge, meine Hoden ziehen sich puckernd zusammen.
Fuck! Fuck! Fuck!
Wir stehen mitten auf dem Hof, ich ficke sie nur mit den Fingern und trotzdem fühlt sich das mit Chloe besser an als der ganze Sex mit den dummen Nutten, die ich sonst unter mir liegen habe.
Dieses Mädchen mit dem Ring in der Nase ist anders, es ist etwas Besonderes und ich werde es nicht wieder entwischen lassen.
„Skull ..." Chloe stöhnt meinen Namen und ich spüre, dass diese Nacht einfach alles verändern wird.

Ich mache weiter und immer weiter, treibe Chloe höher und spüre, wie sich ihre Scheidenwände pochend um meine Finger herum festzurren.

Unter halb gesenkten Lidern heraus sieht sie mich an – dann passiert es.

Sie explodiert um meine Finger herum, keucht und stöhnt.

Schauer lassen sie erbeben, der unverkennbare Geruch weiblicher Lust steigt mir in die Nase und lässt mich beinahe durchdrehen.

Fuuuuccckkkkk!

Ich warte, bis die Spastiken in ihrem Inneren nachlassen, ziehe meine Finger aus ihr heraus, und stecke sie mir in den Mund, um ihren Saft zu schlürfen.

Nie habe ich etwas Besseres gekostet. Nie. Da bin ich mir sicher.

„Oh Gott, Skull!“

Chloes Stimme ist leise und rau bringt meine Nerven zum Vibrieren.

„Yeah, Baby.“

River geht an uns vorbei, stößt ein anerkennendes Pfeifen aus und klopft mir auf die Schulter.

„Wurde auch echt Zeit, dass du dir das Mädchen packst, Bro.“

Das lasse ich unkommentiert, picke Chloe von der Wand und stelle sie vorsichtig ab.

Sie zittert und hält sich an mir fest. Es sollte sich nicht so gut anfühlen, ihre Hand schutzsuchend auf meinem Arm zu spüren.

Aber das tut es und genau das könnte zu einem echten Problem für mich werden ...

11. Kapitel

Die Kellnerin

Der Club ist laut und wild, die Rocker gleichen einer Horde wilder Wölfe, die Frischfleisch wittern.

Und das Frischfleisch bin ich.

Skull steht neben mir, er beobachtet mich und versucht abzuwägen, was ich gerade denke.

Dabei wünsche ich ihm viel Glück: Denn das weiß ich ja selbst nicht.

Die Nummer draußen an der Hauswand hat mein Hirn ausgeknockt. Mein Verstand ist offline. Ich kann immer noch nicht fassen, dass das wirklich passiert ist.

Der Vizepräsident des *Hell Bones Motorcycle Clubs* hat mich vor den Augen seiner Brüder gefingert und zum Orgasmus gebracht und ich habe es genossen.

Heilige Scheiße!

Das ist heftig, genau wie all die anderen Dinge, die heute Nacht passiert sind.

Mein Leben wird gerade auf den Kopf gestellt, aber, so seltsam das auch klingen mag, es stört mich nicht.

Das zwischen Skull und mir hat sich schon lange angebahnt.

Es wurde Zeit, dass es passiert – denke ich zumindest.

Er beobachtet mich, seine Augen ruhen auf meinem Gesicht, ich sehe zu ihm hoch und muss grinsen.

„Geht es dir gut, Mädchen?“

„Überraschenderweise ja.“

Seine Hand legt sich auf die untere Hälfte meines Rückens, er schiebt mich durch die Menge, mein Puls rast.

Billardtische, Flipperautomaten, von der Decke hängende Boxsäcke und eine lange Bar mit verspiegelten Regalböden – alles ist so, wie ich es mir vorgestellt habe. Alles außer den nackten Frauen, die in großen Käfigen gefangen gehalten werden und sich zu den harten Bässen der Musik räkeln.

„Machen die das freiwillig?“

Skull folgt meinem Blick und lacht.

„Die Gittertüren sind nicht abgesperrt, falls du das meinst.“

Mir ist klar, dass das nicht wirklich die Antwort auf meine Frage ist, trotzdem hake ich nicht weiter nach.

Es gibt Situationen im Leben, in denen es besser ist, nicht so genau Bescheid zu wissen.

Skull führt mich zu einer Treppe, deren Stufen aus einfachen Stahlgittern bestehen.

Ich sehe ihn zweifelnd an.

„Wohin bringst du mich?“

„Angst?“

Nervös fahre ich mir mit der Zungenspitze über die Unterlippe.

„Im Gegensatz zu dir bin ich eine Kellnerin und keine Killerin. Also ja, ein bisschen.“

Skulls Mimik verfinstert sich.

„Es gibt keinen Grund für dich, mich zu fürchten.“

Gut zu wissen.

„Bist du dir da sicher?“

Er nickt, ohne zu zögern.

„Ganz sicher.“

Kann ich das glauben?

Hoffentlich.

Mit einem Dutzend Schmetterlingen im Bauch betrete ich die erste Stufe, traue mich, die Treppe emporzusteigen, und spüre Skull in meinem Rücken.

Oben angekommen, bleibe ich stehen, drehe mich zu ihm um und sehe ihn an.

„Sind wir verrückt?“

Seine Zähne blitzen im schummrigen Licht auf.

„Das wird sich zeigen.“

Plötzlich werde ich durch die Luft gewirbelt und finde mich in starken Armen wieder.

Feste Lippen pressen sich auf die meinen, während ich mit großen Schritten einen langen Flur entlanggetragen werde.

Wir stoppen vor einer Türe, Skull stößt sie auf und verschleppt mich in sein Schlafzimmer.

Der Raum ist groß, genau wie das Bett.

Im Eck brennt eine rote Lampe, die den ganzen Raum in unheimliche Schatten taucht.

Wir küssen uns wieder, meine Sinne spielen verrückt, als Skull wie ein Pirat meine Lippen entert.

Ich ergebe mich, überlasse mich seiner Führung und lasse meine restlichen Zweifel sterben.

Das hier fühlt sich gut an, sehr gut sogar.

Warum sollte es also falsch sein?

12. Kapitel

Der Vizepräsident

Holy Fuck!

Tief einatmend, suche ich ihren Blick.

Zu viel ist zu viel ...

Ich bin verdammt noch mal kein Heiliger. Alles, was ich in diesem Moment will, ist, diese furchtbar süße Frau zu ficken. Und genau das werde ich jetzt tun!

Der Bullshit mit Jasper, die *Bastards* und der ganze andere Mist treten in den Hintergrund.

Alles, was in diesem Augenblick zählt, sind Chloe und ich.

Zufrieden beobachte ich, wie sie meine Gier nach ihr in meinem Blick erkennt.

Anstatt auf Abstand zu gehen, leckt sie sich mit ihrer Zungenspitze über ihre Unterlippe.

Ohne groß darüber nachzudenken, werfe ich sie in mein Bett, lasse mich auf sie fallen, schiebe meine Hand über die Seite ihres Gesichts und vergrabe meine Faust in ihren rabenschwarzen Haaren.

Noch immer sind unsere Blicke ineinander versunken und ich weiß, dass mir diese eine Nacht nicht reichen wird.

Ein letztes Mal tief durchatmend, schließe ich die Augen, dann küsse ich das Mädchen, das mir seit Wochen nicht mehr aus dem Schädel gehen will.

Jede Zelle meines Körpers ist angespannt, meine Muskeln zucken, trotzdem halte ich mich zurück und kontrolliere meine inneren Dämonen.

Die süße Kellnerin scheint es genauso dringend zu brauchen wie ich. Aber ich kann mir nicht vorstellen, dass es hilfreich wäre, sie jetzt so hart zu ficken, dass sie in zwei Teile zerbricht.

Ich erobere ihren Körper, ertaste jedes Fleckchen ihrer seidigen Haut, ehe sich meine Hände besitzergreifend um ihre vollen Titten legen. Hart und gierig drängen sich ihre Nippel gegen meine Handflächen, und ich spüre, wie mein Schwanz vor Lust fast zu bersten scheint.

Anstatt scheu oder zurückhaltend zu sein, erwidert Chloe meinen Kuss mit so einem Eifer, dass es mir den Atem verschlägt.

Sie kommt mir entgegen, fordert mich so auf, mir zu nehmen, was ich will. Viel zu sanft streifen ihre Finger über meinen Rücken, legen sich auf meinen Po und treiben mich in auf direktem Weg in den Wahnsinn.

Dieses Mädchen muss lebensmüde sein, anders kann ich mir nicht erklären, warum sie mich noch anfeuert, anstatt um Gnade zu winseln.

Sie war dabei, sie hat gesehen, was ich mit ihrem Boss gemacht habe.

Sie weiß also genau, wozu ich fähig bin.

Bloody Hell!

Das Letzte, was ich will, ist, sie zu verletzen, aber wenn sie so weitermacht, werde ich sie besinnungslos ficken!

Ein Fauchen ausstoßend, beende ich unseren Kuss.

„Fuck! Wenn du nicht langsamer machst, verliere ich die Kontrolle!"

Chloes Lippen glänzen feucht und sind von meinen Küssen geschwollen, ihre perfekten Titten kommen mir bei jedem Atemzug entgegen. Ihre Beine hat sie um meine Mitte geschlungen, wodurch ihr Rock nach oben gerutscht ist.

Ohne es beenden zu können, reibe ich mich an ihrer Pussy.

Wie gebannt sehe ich dabei zu, wie sie ihre Augen schließt und sich meinen Bewegungen hingibt.

13. Kapitel

Die Kellnerin

Skulls harter Schwanz gleitet rhythmisch über meine Mitte und ich weiß, dass ich verloren bin.

Ich will diesen Rocker, ganz egal, wie verrückt das auch sein mag.

Leise stöhnend, schließe ich die Augen und überlasse mich seiner Führung.

Seine spitzen Zähne finden mein Ohrläppchen, beißen sachte zu.

Erschrocken schnappe ich nach Luft, seine Lippen verziehen sich zu einem selbstgefälligen Grinsen.

„Das will ich schon seit Wochen tun."

Seine Küsse haben meinem Verstand die Lichter ausgeblasen und so dauert es ein wenig, bis ich den Inhalt seiner Worte verstehe.

„Und warum hast du es dann nicht?"

„Wärst du denn schon früher dazu bereit gewesen?"

Keine Ahnung.

„Wohl eher nicht ..."

„Das beantwortet dir deine Frage."

Schon, aber ...

„Und woher wusstest du, dass ich dich heute nicht abweisen werde, Rocker?"

„Ich bin ein Jäger, ich kann spüren, wenn sich meine Beute ergibt."

Seine Finger wandern zu meinem Slip, er zieht ihn nach unten, mein Top folgt und mein Rock ist ebenfalls eine Sekunde später verschwunden.

Skull kniet sich zwischen meine gespreizten Schenkel und lässt seine moosgrünen Augen über meinen nackten Körper gleiten.

In meinem ganzen Leben habe ich mich noch nie so schutzlos gefühlt.

„Du bist der Hammer, Chloe."

Überraschend zärtlich lässt er seine rauen Finger über meine Beine gleiten.

In der Sekunde, in der sie meine bereits feuchten Schamlippen teilen, bin ich unwiderruflich verloren.

Winzige Schweißtropfen bilden sich in meinem Nacken, während er mit einem seiner langen Finger langsam in mich eindringt.

Ich stöhne und genieße das Gefühl, das er in mir auslöst.

Der Rocker beugt sich über mich, seine heiße Zunge umrundet gierig meine Brustwarzen, ehe er die linke sachte in seinen Mund saugt. Er knabbert an ihr, schickt eine Welle bittersüßen Lustschmerz durch meine Adern.

Zitternd versuche ich seinen Gürtel zu öffnen, ich will ihn endlich nackt auf mir spüren, ich will seinen muskulösen Körper sehen, seinen harten Schwanz in die Hand nehmen und ihn in mich einführen.

Ich will, dass er mich so hart nimmt, dass ich die unschönen Bilder der vergangenen Stunden vergesse ...

„Bitte, Skull. Bitte fick mich!"

Ich verstumme in dem Moment, in dem er mit einem weiteren Finger in mich eindringt.

„Schau mich an, ich will deine Augen sehen, wenn du für mich kommst!"

Blinzelnd komme ich seinem Befehl nach, während sich mein Inneres bebend zusammenzieht. Der Druck, der sich in meinem Unterleib aufbaut, ist beinahe zu stark. Atemlos sehe ich zu ihm auf und dann passiert es ...

Meine Zehenspitzen rollen sich ein und mein ganzer Körper spannt sich an.

Heiser und atemlos erfüllt mein lustvoller Schrei die Stille seiner Wohnung, während mich ein unglaublich intensiver Höhepunkt überrollt.

Ich brenne, fliege zu den Sternen und will überhaupt nicht mehr zurück in die Realität.

Verdammt! Das war der Wahnsinn!

Noch immer wie in Trance spüre ich, wie er seine Finger aus mir herauszieht, dann steigt er aus dem Bett und beginnt sich auszuziehen.

Endlich! Seit ich Skull das erste Mal gesehen habe, frage ich mich, wie der Vizepräsident wohl ohne sein Bad-as-Biker-Outfit aussieht.

Zuerst legt er seine Kutte ab, zwei Waffen kommen zum Vorschein. Die eine steckt hinten in seinem Hosenbund, die zweite befindet sich in einem ledernen Holster, das sich eng an seine Muskeln schmiegt.

Er legt sie ab und wirft mir dabei einen prüfenden Blick zu, fast so, als ob er damit rechnen würde, dass ich ausflippe und die Nerven verliere.

Tue ich aber nicht.

Nach dem, was ich heute schon alles erlebt habe, bringt mich der Anblick zweier Pistolen nicht mehr zum Hyperventilieren.

Skull öffnet den Gürtel, an dem die Scheide befestigt ist, in der der Dolch steckt, mit dem er Jasper ... öhm ... lassen wir das. Er legt die Knarren ab, fasst nach hinten und zieht sich das schwarze Hemd über den Kopf.

Oh, wow ... *lecker!*

Muskeln, Tattoos und Muskeln mit Tattoos.

Der von zwei Knochen eingerahmte brennende Totenkopf, der das offizielle Zeichen der Hell Bones ist, nimmt Skulls kompletten Brustkorb ein.

Ich liebe Tattoos und schwarze Tinte und kann mich kaum sattsehen.

Skulls massiver Oberkörper verjüngt sich zu seiner Taille hin zu einem sexy Dreieck, sein perfekt definiertes Sixpack lässt mir das Wasser im Mund zusammenlaufen.

Blonde Haare bedecken seinen Brustkorb, aber nicht so, dass er mich an einen Bären erinnert, sondern gerade so viel, dass meine Fingerspitzen kribbeln, weil ich ihn endlich berühren möchte.

Als Nächstes entledigt er sich seiner schweren Stiefel und seiner Hose.

Yummi ...

Jetzt ist dann wohl der Zeitpunkt gekommen, an dem ich zu sabbern anfange.

Die Beine des Bikers sind mindestens so beeindruckend wie sein knackiger Arsch.

Und bei allen Göttern! Sein Schwanz ist einfach perfekt! Lang, dick und steinhart wartet er nur darauf, endlich zum Einsatz zu kommen.

Dieser Anblick entschädigt mich für alles, für jeden Tropfen Blut, den ich heute zu sehen bekommen habe, und jeden Schmerzensschrei, den ich hören musste.

Brooklyn ist die Hölle und Skull ist der leibhaftiger Teufel, der es kaum erwarten kann, sich meiner Seele zu bemächtigen.

14. Kapitel

Der Vizepräsident

Chloes abwesender Blick und der süße Duft ihrer Erregung lassen mich beinahe durchdrehen.

Fuck! Dieses Mädchen ist der Hammer.

Bis ich ihr begegnet bin, konnte ich nicht verstehen, warum Devil und Iker ihre Freiheit an den Nagel gehängt und sich eine Old Lady genommen haben. Aber jetzt, wo ich das Mädchen nackt in meinem Bett liegen habe, wird mir so einiges klar.

Ich habe Chloe noch nicht mal gefickt, und dennoch bin ich nicht bereit, sie so schnell wieder entkommen zu lassen.

Allein der Gedanke, dass ein anderer Mann sie berührt oder sogar bumst, weckt den Killer in mir.

Mit dieser Frau ist alles anders und so merkwürdig das auch sein mag, ich bin bereit, mich auf das Experiment einzulassen.

Was auch immer die Zukunft für uns bereithalten mag, ich kann es kaum erwarten.

Chloe wird für den Club arbeiten, sie wird die Leitung des *‚Green‘* übernehmen und unter meinem Schutz stehen.

Das ist gut, denn so bleibt sie in meiner Reichweite und steht, ohne es zu bemerken, unter meiner Beobachtung. Diese Frau entkommt mir nicht – nie mehr! So viel ist schon mal sicher.

Der Drang, meine Zähne in ihr weiches Fleisch zu rammen, wird immer stärker, gewinnt beinahe die Oberhand.

Wie in Teufels Namen soll ich nicht wie ein Monster über sie herfallen, wenn sie sich mir so willig anbietet?

Weich und nachgiebig liegt ihr kleiner Körper unter dem meinen, mit der Fingerspitze streiche ich über die Konturen ihres Tattoos und lecke über die Rosenblüte, an der ich schon seit einer gefühlten Ewigkeit schnuppern will.

Ich lasse Chloe mein Gewicht spüren, drücke sie tief in die Matratze und nagle sie unter mir fest.

Mein Schwanz drückt sich pochend gegen ihre feuchte Pussy, ich beiße die Zähne zusammen und zwinge mich zur Ruhe.

Mit dem Daumen reibe ich über ihren Kitzler, reize ihre Nervenenden und beobachte zufrieden, wie sie leise wimmernd ihre Schenkel noch ein Stückchen weiter für mich spreizt.

„Ich will dich, Skull.“ Das ist auch ihr Glück. „Jetzt!“

Das muss sie mir nicht zweimal sagen.

Ich hole ein Kondom aus der Schublade meines Nachtschranks, reiße die goldene Verpackung auf und rolle mir das schwarze Latex über den Schwanz.

Chloe gehört mir und das werde ich sie jetzt spüren lassen.

Knurrend spanne ich meine Oberschenkel an und bringe mich vor ihrer tropfenden Grotte in Position.

Die Zähne aufeinanderbeißend, schiebe ich meine Eichel in ihre pochende Hitze, tauche in die Nässe, die meine empfindliche Spitze umschließt, und gleite stetig tiefer. *Wämmmm...*

Das ist es. Das ist besser als alles, was ich jemals gespürt habe.

„Gib es mir, *Hell Bone*!"

Ich wollte mich wirklich zurückhalten, ich wollte wirklich behutsam mit ihr sein, aber Fuck! Ihre erneute Aufforderung, sie endlich zu ficken, zerfetzt meinen Plan und lässt mich hart zustoßen.

Mit Wucht ramme ich mich bis zum Anschlag in sie, fülle sie aus und werde mit einem lauten Schrei belohnt.

Chloe bäumt sich auf, zerkratzt die Haut an meinen Oberarmen und bringt mich zum Bluten.

Ich spüre keinen Schmerz, dafür bin ich viel zu sehr auf das Gefühl in meinem Schwanz fokussiert. Ich spüre, wie sich ihre Scheidenwände für mich dehnen, wie sie sich anspannen und meine Erektion beinahe zerquetschen.

„Fuck! Yeah Baby!"

Mein Schädel ist wie leer gefegt, dennoch realisiere ich erleichtert, dass ich ihr nicht wehgetan habe, dafür presst sich sie sich nur allzu willig meinen harten Stößen entgegen. Geschickt verändere ich den Winkel, mit dem ich in sie eindringe, und höre ihren wilden Schrei.

Meins. Meins. Meins.

In einen schnellen, harten Rhythmus fallend, nehme ich jeden Millimeter ihres Körpers in Besitz.

Dieser Sex ist so intensiv, so unfassbar echt, dass ich jetzt schon süchtig nach dieser süßen Kellnerin bin.

Meine anschwellenden Hoden klatschen gegen ihren Damm, ich versinke in ihren Augen.

Chloes Wimmern wird immer leiser, ihr Bauch spannt sich an und ich fühle, wie sich ihre heiße Muschi für den nächsten Orgasmus bereit macht.

Einen Fluch brüllend, ramme ich mich erneut so tief es geht in sie, stütze mich mit den Händen auf der Matratze ab und lasse Chloe spüren, wie schutzlos sie in genau diesem Moment ist. Anstatt mich zu fürchten, sieht sie mir vertrauensvoll in die Augen – ich bin verloren, kann nicht fassen, welche Gefühle dieses Mädchen in mir auslöst.

Sie schreit und wälzt sich auf den Laken, ihre Pussy explodiert regelrecht an meinem Schwanz und reißt mich so mit sich.

Schneller und schneller pumpe ich mich in ihre glitschige Öffnung.

Einzelne Schweißtropfen rinnen mir über den Rücken. Ich komme so hart, dass es schmerzt.

Heiß und schnell schießt mein Sperma aus mir heraus und in das Kondom, das unsere Körper voneinander trennt.

Oh Yeah!

Chloe gehört mir und daran kann so schnell niemand mehr etwas ändern.

Weder der Club noch das Leben und schon gar nicht das Mädchen, das mich aus verschleierten Augen ansieht und sich schutzsuchend an mich schmiegt.

Die bisherige Nacht war scheiße, aber das hier war verdammt gut!

15. Kapitel

Die Kellnerin

Leise vor mich hin summend, gehe ich mit der Tequila-Flasche über die Reihe Schnapsgläser, die vor mir auf der Theke steht, fülle sie so in einem Schwung und stelle die Schale Zitronenschnitze auf das Tablett, ehe ich mich zu den Salzstreuern, die hinter mir im Regal stehen, umdrehe.

Das ‚*Green*' ist voll und pulsiert vor Leben. Testosteron liegt in der Luft, genauso wie Schießpulver und Leder. Seit Jaspers Tod vor vier Wochen ist viel passiert.

Einige Dinge haben sich geändert, vieles ist besser geworden.

Es hat eine Zeit gedauert, bis sich die hauptsächlich männlichen Gäste des ‚*Green*' daran gewöhnt haben, dass jetzt eine Frau das Regiment führt.

Im Grunde genommen ist alles so geblieben, wie es war – alles, bis auf die Tatsache, dass mein Arsch mir gehört und ich alle Typen, die mich anfassen oder blöd anmachen, rauswerfe. Entschlossen und ohne Ausnahme! Und diese Schweine sollten mir dankbar dafür sein, anstatt mich zu verfluchen. Denn wenn Skull jemals mitkriegt, dass ich belästigt werde, fließt Blut – so viel ist sicher.

Den Tisch, an dem Jasper gestorben ist, habe ich stehen gelassen. Zuerst wollte ich ihn austauschen, aber dann habe ich den Gedanken verworfen.

Er ist eine gute Mahnung, er erinnert mich daran, zu was mein Rocker fähig ist, und dass er weder süß noch plüschig, sondern knallhart und tödlich ist.

Mein Lover ist der Vizepräsident des *Hell Bones Motorcycle Clubs* und ich bin auf dem besten Weg, mich in diesen Rocker zu verlieben.

Seit unserer ersten Nacht ist wahnsinnig viel passiert, mein Leben hat eine 180-Grad-Kehrtwende gemacht und meine Zukunft ist offen.

Ich weiß nicht, was das Schicksal noch für mich bereit hält, aber in einer Sache bin ich mir absolut sicher: Das zwischen Skull und mir wird mit jedem Tag ernster.

Keine Ahnung, wann ich das letzte Mal in meinem Bett geschlafen habe – es ist auf jeden Fall eine gefühlte Ewigkeit her. Der MC ist meine neue Heimat geworden.

Zugegeben, es hat eine Weile gedauert, bis ich mich an diese aus Schießpulver, Waffen und schnellen Bikes bestehende Welt gewöhnt habe, aber mittlerweile fühle ich mich zwischen all den bärtigen und Kutten tragenden Kerlen mehr als wohl.

Lauren, die Old Ladys des Präsidenten, ist klasse, sie arbeitet als Krankenschwester im University Hospital hier in Brooklyn, zumindest hat sie das bis vor wenigen Tagen.

Bis ein betrunkener Asiate mitten in der Notaufnahme eine Schießerei begonnen hat, bei der einer der Ärzte ums Leben gekommen ist. Danach hat Devil beschlossen, dass Lauren ab jetzt im Mutterschutz ist. Er packt sie quasi in Watte, was ich wirklich süß finde. Wenn es um seine schwangere Frau geht, versteht der landesweit gefürchtete Rockerpräsident keinen Spaß.

Neben Lauren gibt es eine weitere Lady, sie gehört Iker, dem Enforcer der *Hell Bones*, dem Member mit dem Fadenkreuz auf der Stirn. Sie ist eine in New York hochangesehene Psychologin, die eine eigene Praxis besitzt und einen tollen schwarzen Humor hat. Ich mag die beiden Ladys sehr und beneide sie ein bisschen um die Kutten, die sie tragen. Noch bin ich nicht bereit, eine Old Lady zu werden und ein *Property of Skull* auf dem Rücken zu tragen, aber irgendwann, eines Tages, will ich das, was Lauren und Charlotte haben, eines Tages will ich ein festes Mitglied des Clubs sein und Skull voller Stolz mein eigen nennen können.

Aber bis es so weit ist, werde ich einfach glücklich sein und das Leben mit meinem Rocker in vollen Zügen genießen.

Bevor ich mich wieder umdrehen und den Salzstreuer zu dem Tequila stellen kann, schlingen sich zwei starke Arme um meine Mitte. Mein Körper erkennt Skull sofort, wird weich und anschmiegsam. Raue Bartstoppeln schaben über meine Wange, während sich eine große, mit Ringen besetzte Hand auf meinem Bauch legt.

„Hey Baby, hast du mich vermisst?“

Skulls Brummen löst einen angenehmen Schauer aus, meine Nippel ziehen sich erregt zusammen und in meinem Bauch beginnt es wie verrückt zu kribbeln.

Den Kopf an seine Schulter legend, drehe ich den Kopf und sehe Skull an.

„Ich vermisse dich immer, wenn du nicht bei mir bist.“

„Brav. Genau das wollte ich hören.“

Er wirbelt mich herum, pinnt mir einen wilden Kuss auf den Mund und raubt mir mit gewohntem Geschick den Atem.

„Ist es glatt gelaufen?“

Er brummt ein „ja“ und löst sich mit sichtlichem Widerwillen von mir.

„Alles lief wie geplant."

Ich weiß zwar nicht was Skull, River und Casanova die letzten Stunden getrieben haben, aber es freut mich, dass kein *Hell-Bones*-Blut geflossen ist.

Skull erzählt mir viel, wahrscheinlich sogar mehr, als er sollte, dennoch bleiben gewisse Clubangelegenheiten unausgesprochen.

Und obwohl mich meine Neugierde in so mancher Nacht beinahe umbringt, bin ich froh darüber. Es ist besser für mein Seelenheil, wenn ich nicht alles weiß, was die Männer so treiben.

„Gut."

„Mehr als gut. Wir sind schnell fertig geworden, was bedeutet, dass ich dich später nachhause bringen kann."

Seit wir zusammen sind, wurde ich jeden Tag, wenn ich die Kneipe zusperre, im Morgengrauen abgeholt.

Wenn Skull es nicht selber tun konnte, hat er Luis oder einen der anderen Prospects geschickt.

Seit ich mich mit gnadenlosen Killern umgebe, lebe ich sicherer als jemals zuvor.

Die Ironie der Sache entgeht mir nicht.

Skull sagt zwar, dass es ihm dabei nur um meinen Schutz geht, aber ich weiß, dass er auf diesem Weg sicherstellen kann, dass ich jede Nacht in seinem Bett lande.

Skull setzt sich zu River und Iker an die Bar, ich schenke den beiden Whisky ein und stelle Skull eine Flasche Scotch vor die Nase, aber nicht den schlechten, den Jasper ihm immer serviert hat, sondern einen guten, einen, der das Leben feiert und der jeden gottverdammten Schluck wert ist.

Ich nehme mir eine Sekunde Zeit, betrachte die drei Rocker und mache mich dann daran, den Tequila, das Salz und die Zitronenschnitze wegzubringen, dabei zuckt mir einer dieser Postkartensprüche durch den Kopf.

Gibt das Leben dir Zitronen, frag nach Salz und Tequila.

Genau das habe ich getan, und seitdem fühlt sich mein Leben besser an, als ich es mir je hätte vorstellen können.

Der Rocker und die Polizistin

Prolog

Die Polizistin

Unzufrieden zupfe ich an meiner Uniform herum, drehe mich auf die Seite und ziehe den Bauch ein. Es hilft nichts. Gar nichts. Ich sehe scheiße aus oder ich fühle mich scheiße – was wahrscheinlich aufs Gleiche herauskommt.

Ich wollte nie Polizistin werden, ich wollte immer eine Lehrerin sein. Ich liebe Kinder, ich liebe ihre Gesellschaft und alles, was damit zusammenhängt. Das Lachen, den Lärm und das kreative Chaos.

Kinder sind der Inbegriff des Lebens, sie führen uns vor Augen, was wir während des Erwachsenwerdens alles verlernt haben.

Die Freude an den kleinen Dingen des Alltags, wie das Rascheln von getrockneten Blättern im Herbst, oder das Gefühl von einer schmelzenden Schneeflocke auf der Zunge.

Doch anstatt meinen Traum zu verwirklichen, stehe ich hier, im Polizeirevier in Brooklyn, und tue, was meine Familie von mir verlangt.

Mein Vater, mein Großvater und mein Urgroßvater, sie alle haben die Uniform angelegt und es weit gebracht.

Wir sind die typische Polizeifamilie und wer sich weigert, die Tradition fortzusetzen, wie mein großer Bruder Luis, wird zur Persona non grata erklärt.

Vielleicht hätte unsere Familie ihm irgendwann verziehen, dass er seinen eigenen Weg geht, wenn ihn dieser nicht ausgerechnet in den *Hell Bones Motorcycle Club* hier in New York geführt hätte.

Luis ist nicht einfach nur kein Cop geworden, oh nein, er hat sich bewusst für die falsche Seite des Gesetzes entschieden und ist somit zum Feind geworden.

Er wird weder zu Weihnachten noch zu irgendeiner anderen Familienfeier eingeladen.

So lächerlich das auch klingen mag, aber es ist ein bisschen wie in diesen Harry-Potter-Filmen, die ich so liebe. Luis ist bei uns der Name, der nie genannt werden darf.

Dad behandelt seinen Sohn, als wäre er zu Lord Voldemort geworden – zum Inbegriff des Bösen – was ich nicht verstehen kann.

Ja gut, mein Bruder hat sich für ein Leben in der Schattenwelt New Yorks entschieden, aber das ändert nichts daran, dass ich seine Schwester bin.

Krimineller Biker hin oder her, er ist und war mein Bruder, und daran kann nichts und niemand etwas ändern. Ich vermisse ihn. Sehr. In den letzten Monaten bin ich mehr als einmal zum Hauptquartier der *Hell Bones* gefahren, ich habe vor dem stets bewachten Tor gehalten und mein Lenkrad umklammert, aber ich habe mich nie getraut auszusteigen. Dafür hat mir einfach der Mut gefehlt.

Wir haben uns jetzt seit zwei Jahren nicht mehr gesehen, seit dem Tag, an dem er unseren Eltern mitgeteilt hat, dass er die Familientradition brechen und keine Polizeikarriere einschlagen wird. Vor vierzehn Monaten ist er dann den *Hell Bones* beigetreten. Jetzt ist er einer von diesen kuttentragenden Kerlen, die auf ihren schweren Harleys durch die Straßen rasen, Schutzgeld erpressen und Verbrechen begehen.

Fairerweise muss ich zugeben, dass ich keine Ahnung habe, wie das Leben in diesem Rockerclub aussieht oder womit er sein Geld verdient, aber ich kenne die vielen Gerüchte, die über die *Hell Bones* im Umlauf sind, und die sind zum Teil ein Grund, warum ich mich nie getraut habe, die Suche nach Luis fortzusetzen.

Diese Biker stehen nicht gerade in dem Ruf, zimperlich mit Frauen umzugehen. Angeblich betreiben sie nicht nur Bordelle, Casinos und illegale Fight-Clubs, sondern dealen mit Drogen, handeln mit Waffen und bringen alles und jeden, der sich ihnen in den Weg stellt, um.

Es liegt auf der Hand, dass Luis nun zu den Bösen gehört, aber das stört mich nicht so, wie es das wahrscheinlich sollte.

Meine Mum hat, kurz nachdem sie erfahren hat, dass ihr einziger Sohn zu einem kriminellen Biker geworden ist, angefangen zu trinken und Tabletten zu schlucken.

Sie ist unglücklich und leidet, was meinen Dad wiederum völlig egal zu sein scheint.

Für ihn ist Luis gestorben. Ende der Geschichte.

Schon verrückt, wir wohnen in der gleichen Stadt – wir atmen dieselbe Luft und führen trotzdem völlig unterschiedliche Leben.

Nach der Sache mit meinem Bruder habe ich mich nicht mehr getraut, Lehrerin zu werden, sondern habe getan, was meine Familie von mir verlangt hat.

Glücklich bin ich deswegen nicht, aber meine Eltern sind es und nur darauf kommt es an.

Eine weitere Tragödie hätte meine Mum nicht verkraftet und deswegen stehe ich jetzt hier, betrachte die schreckliche Uniform und versuche, mich an das Gefühl der Dienstwaffe an meiner Hüfte zu gewöhnen.

Jetzt, an meinem ersten Tag, werde ich offiziell zur Feindin meines Bruders.

Das Gesetz verlangt von mir, dass ich Luis, sobald ich ihm begegne, verhafte und dabei helfe, ihn am besten für die nächsten zwanzig Jahre hinter Gitter zu bringen. Aber das kann ich nicht. Niemals. Es ist mir egal, dass mein Dad Luis hasst. Er ist mein Bruder und ich liebe ihn, und sollten wir uns irgendwann auf den Straßen New Yorks begegnen, werde ich alles in meiner Macht Stehende tun, um ihn zu beschützen.

Blut ist dicker als Wasser, Blut ist bedeutender als die Uniform, die ich trage, oder der Eid, den ich schwören musste.

Meine langen, braunen Haare habe ich im Nacken zu einem ordentlichen Knoten zusammengebunden und die Schirmmütze mit dem US-Police-Abzeichen bedeckt zur Hälfte meine Stirn.

Ich starre mir selbst in die Augen, sie sind blau und wirken genauso traurig, wie ich mich gerade fühle.

Meine neuen Kollegen haben mir erzählt, dass sie an ihrem ersten Tag vor lauter Aufregung kaum stillstehen konnten, meine Füße hingegen scheinen mit dem Boden verschmolzen zu sein.

Mein Dad hat gesagt, sobald ich meine Uniform trage, werde ich tief in meinem Herzen spüren, dass ich die richtige Entscheidung getroffen habe. Aber in Wirklichkeit muss ich schwer darum kämpfen, mir das Ding nicht sofort vom Leib zu reißen. Der Stoff fühlt sich falsch und schwer an und zwingt mich beinahe in die Knie.

Allein bei der Vorstellung, für mein restliches Leben in dieses Ding gezwungen zu werden, wird mir kotzübel. Ich sehe genauso aus, wie es meine Familie erwartet, und das bringt mich beinahe um.

Für meine Eltern gibt es nur schwarz und weiß – nur gut und böse.

Das ist lächerlich. Es gibt auch schlechte Cops. Cops, die ihre Position ausnutzen, um sich die eigenen Taschen zu füllen, oder ihre Macht dazu verwenden, ihr mickriges Ego zu polieren. Ich kenne Luis, nur weil er jetzt ein Member der *Hell Bones* ist, bedeutet das noch lange nicht, dass er ein schlechter Mensch ist. Genauso wenig sind alle Polizisten automatisch heldenhafte Samariter.

Es muss eine Grauzone zwischen diesen Seiten geben und ich hoffe, dass ich irgendwann einen Weg finde, meinen Bruder zurückzugewinnen. Und wenn er dabei eine Kutte trägt und ich eine Uniform, dann soll es so sein ...

1. Kapitel

Der Sergeant at Arms

Spitze Steine drücken sich in meine Kniescheiben, kalter Schweiß überzieht meinen Nacken. *Peng. Peng. Peng.*

Schüsse hallen durch die Luft und zerreißen die Alltagsgeräusche.

Wenn sich unser Präsident besser angestellt hat als ich, dann ist er derjenige, der den Abzug drückt. Wenn nicht, wird das ein schwarzer Tag für den *Hell Bones Motorcycle Club*.

Als Sergeant at Arms ist es mein Job, den Club und meine Brüder zu beschützen, heute habe ich versagt und uns direkt in eine Falle locken lassen.

Fuck!

Der bittere Geschmack des Versagens breitet sich an meinem Gaumen aus und lässt mich hart schlucken.

Ich hasse Schwäche und ich hasse es zu verlieren.

Das Arschloch vor mir grinst mich siegessicher an, für ihn scheint kein Zweifel daran zu bestehen, dass ich heute sterben werde.

Seine Zuversicht ist berechtigt. Schließlich bin ich derjenige, der im Dreck kniet und den Lauf einer Kalaschnikow am Schädel spürt. Die lederne Kutte, die er trägt, verhöhnt mich, sie ist der beste Beweis dafür, dass diese Bastarde versuchen, uns zu kopieren. Sie wollen uns aus unserem Revier drängen, sie wollen, was uns gehört: New York.

Ich bilde mir ein, den vertrauten Geruch des Stahls riechen zu können. Eine Mischung aus Schießpulver und Blut liegt in der Luft und reizt meinen Kampfgeist.

Aufgeben ist keine Option. Bis zu der Sekunde, in der mir der Wichser das Hirn mit Blei vollpumpt, werde ich nicht aufgeben.

Doch im Moment stehen meine Chancen denkbar schlecht.

Fuck! Ich kann nicht fassen, dass ich auf diese Weise abtreten werde – durch die Hand eines Mexikaners ... *Bullshit!*

Die Welt, in der ich lebe, erlaubt keine friedvollen Tode. Keiner von uns – kein *Hell Bone* ist jemals friedlich und als alter Mann in seinem Bett eingeschlafen und einfach nie mehr aufgewacht.

Wir *Bones*, wir sterben auf den Straßen unseres Reviers – und das tun wir blutig.

Der Tod ist auch nicht das Problem, ich fürchte mich weder vor der Hölle noch vor dem letzten Atemzug. Wieso sollte ich auch?

Jeder von uns zahlt für seine Sünden, die einen früher, die anderen später. Kein Mann kann seinem Schicksal entkommen. Nicht mal ich.

Wenn ich jetzt und hier draufgehen sollte, ist das okay für mich.

Was allerdings tatsächlich ein Problem für mich ist, ist die Tatsache, dass ich zwei meiner Brüder mit ins Verderben gestürzt habe.

Es war meine Entscheidung, hierher zu fahren, und mich mit einem angeblichen Informanten zu treffen. Devil, der Präsident des New Yorker Chapters, und Luis, unser ehemaliger Prospect, haben mich nur begleitet.

Luis war von Anfang an dagegen. Er hat mich gewarnt, doch ich wollte nicht auf ihn hören. *Bullshit!* Was ein Mist!

Luis, der erst vor zwei Monaten sein Anwärter-Jahr hinter sich gebracht und das Back Patch verliehen gekriegt hat, vertraut auf sein Bauchgefühl.

Bis heute habe ich mich immer über dieses lustig gemacht. Wenn ich die nächste Stunde überlebe, wird sich das ändern.

Die einen sprechen von Instinkt, die nächsten vom siebten Sinn und die anderen eben von Bauchgefühl – im Grunde ist das alles das Gleiche.

Luis hatte recht und ich unrecht.

Wenn das bedeutet, dass mich der blöd grinsende Mexikaner über den Haufen ballert, soll es so sein. Devil und Luis haben jedoch Besseres verdient.

Verdammt! Verdammt!

Lauren, Devils Old Lady, ist schwanger, und wenn kein Wunder geschieht, wird dieses Baby ohne seinen Vater aufwachsen müssen.

Zorn kocht in mir hoch, vor Wut fällt es mir schwer, zu atmen.

Äußerlich ruhig, hebe ich den Kopf, starre den Maisfresser vor mir an und gehe geistig meine Optionen durch. Das geht schnell – ich habe keine.

Der Ausgang dieser Situation liegt nicht in meinen Händen.

„Wie eine Ratte ..." Das Arschloch spricht nicht weiter, das ist auch gar nicht nötig. Ich weiß auch so, dass es mich meint.

„Nimm die AK runter und ich zeige dir, wer die Ratte ist."

Er lacht, laut und falsch, dabei knallt der Lauf der Waffe gegen meinen Hinterkopf.

Wenn ich schnell bin, schaffe ich es dann, ihm das Gewehr aus der Hand zu schlagen, oder löse ich damit nur den finalen Schuss aus?

Die Frage lässt mir keine Ruhe, droht mich in den Wahnsinn zu treiben.

Peng.

Ein letzter Schuss hallt um die Ecke.

Fuck!

Mein eigenes Schicksal ist mir egal, aber nicht zu wissen, was mit Devil und Luis ist, lässt mich beinahe durchdrehen.

Das letzte Mal, als ich den Präsidenten gesehen habe, hat er einen Mexikaner die Straße runter verfolgt. Luis ist ihm gefolgt und mich hat der Wichser erwischt, dem ich gedanklich längst das Genick gebrochen habe.

Ich starre ihn an, er starrt zurück.

Mir kommt eine Idee.

„Du weißt ja, wie's ist. Richtig?"

Da er natürlich keine Ahnung hat, wovon ich rede, runzelt er die Stirn.

„Was weiß ich?"

Ich zucke mit den Schultern und deute auf seine Jeans.

„Du hast mich eine Ratte genannt."

„Ja, na und?"

„Wir Ratten haben riesige Schwänze." Mit den Händen deute ich eine übertriebene Länge an. „Aber ihr Bohnenfresser seid ja bekannt für eure winzigen Dinger. Darum tragt ihr auch immer so große Waffen mit euch herum, um eure Mini-Pimmel zu kompensieren. Und darum kommen eure Frauen auch in Scharen über die Grenze, sie wollen unbedingt, dicke, amerikanische Monster-Schwänze reiten."

Die Provokation zeigt die erhoffte Wirkung.

Der Lauf der Waffe verschwindet von meinem Hinterkopf, dafür knallt der Griff mit voller Wucht gegen meinen Kiefer. Ich kippe nach hinten, falle auf den Rücken und spucke Blut. Der Mexikaner baut sich siegessicher vor mir auf, verpasst mir einen harten Tritt in die Eier und entlockt mir ein schmerzerfülltes Keuchen.

Oh verflucht!

In der Theorie hat sich mein Plan besser angefühlt.

„Dein Schwanz ist nichts. Du bist nichts *Hell Bone*. Mexikanische Mädchen lachen über dich, sie wollen eine Schlange."

Er fasst sich in den Schritt und wackelt dabei mit seiner Zunge, was wohl die Imitation einer Schlange darstellen soll.

Das ist so lächerlich. Wenn der Schmerz, der von meinen Eiern bis in meinen Bauch zuckt, nicht so heftig wäre, würde ich lachen.

So aber schnappe ich nach Luft, winkle die Knie an und bin kurz davor zu kotzen.

Ein Tritt in die Eier ist krass und sollte nicht leichtfertig provoziert werden, aber Shit! In dem Fall hängt mein Leben davon ab und vielleicht auch das des Präsidenten.

Meine übrig gebliebene Willenskraft zusammenkratzend, richte ich mich auf, balle die rechte Hand zur Faust und verpasse dem Arschloch einen rechten Haken.

Damit hat er nicht gerechnet, er taumelt zurück – meine Chance.

Ich versuche mich aufzurichten, aber das Stechen in meinem Unterleib lässt einfach nicht nach. Vor meinen Augen dreht sich alles, Säure verätzt meine Kehle.

Was für eine Scheiße!

Bevor ich es in eine stehende Position schaffe, fängt sich der Mexikaner wieder, der Griff der AK landet mit voller Wucht auf meiner Schläfe. Ein Sternenregen explodiert in meinem Sichtfeld.

Es fühlt sich so an, als würde der Boden kippen, in Wirklichkeit bin ich derjenige, der erneut im Dreck landet.

Heute. Ist. Echt. Nicht. Mein. Tag.

Nicht bereit so leicht in den Tod zu gehen, verpasse ich seinem Knie einen Tritt, der Gringo gerät ins Wanken, stürzt und lässt dabei die Kalaschnikow fallen.

Noch bevor ich sie ihm abnehmen kann, packt er sich die AK und zielt mitten in mein Gesicht.

„Fick dich, Sergeant."

Allerdings, ich bin gefickt. Das war meine letzte Chance und die habe ich vertan.

Getötet von einem Maisfresser – eine echt beschissene Art zu sterben!

Einen Fluch auf den Lippen setze ich mich aufrecht hin und stelle mich dem Unvermeidlichen.

„Komm schon. Komm. Drück ab. Arschloch!"

Davon überrascht, dass ich ihn nicht um Gnade anflehe, reißt er die Augen auf. Das Gewehr zuckt nach oben – jetzt ist es so weit.

Peng!

Ein einzelner Schuss löst sich, ich warte auf den Schmerz – er kommt nicht. Dafür landet jedoch ein Schwall warmes Blut in meinem Gesicht.

Der unverkennbare Kupfergeschmack breitet sich in meinem Mund aus, mein Hirn ist mit der Situation überfordert.

Irritiert taste ich meinen Brustkorb ab, finde jedoch kein Einschussloch.

Was zur Hölle geht hier vor sich?

Es dauert eine Sekunde, bis ich kapiere, dass das nicht mein Blut, sondern das des Mexikaners ist, der mit weit aufgerissenen Augen umfällt.

Es knallt ein weiteres Mal. *Peng!* Der Körper des Maisfressers zuckt, die Kalaschnikow entgleitet seinen erschlaffenden Fingern.

Überrascht drehe ich mich um, Luis steht hinter mir, die Knarre in der Hand und ein zufriedenes Grinsen im Gesicht.

„Das war echt beschissen knapp, Bro."

Fuck!

„Knapp ist kein Ausdruck für diese Scheiße!"

Die Waffe wegsteckend, streckt er mir eine Hand entgegen und hilft mir auf.

In meinem Schritt pocht und schmerzt es, mein Schwanz ist nicht das Einzige, das etwas abbekommen hat, mein Ego ist mehr als angeknackst.

Gerettet von einem ehemaligen Prospect. *Gott verdammt!*

Von Wut getrieben, bücke ich mich nach der AK, entsichere sie und ziele auf die Stirn des Mexikaners. Ich spanne den Zeigefinger an und zerfetze dessen Schädel in tausend kleine Stücke. Es ist mir egal, dass er bereits tot ist, ich brauche das, um Druck abzubauen, und es fühlt sich gut an. Echt gut.

Fast so gut wie ein Fick! Und das will was heißen.

Ich mache weiter, so lange bis das Magazin leer und von dem Arschloch kaum etwas übrig ist. Eine Kalaschnikow und wenig Distanz ergeben eine ziemliche Sauerei.

Luis, der unbeeindruckt neben mir steht und geduldig wartet, zündet sich eine Kippe an und verschränkt dann die Arme vor der Brust.

„Fertig, Sergeant?"

So viel Sauerstoff wie nur möglich in meine Lungenflügel quetschend, werfe ich das sowjetische Sturmgewehr in die aus Knochensplittern, Hirn, Haaren und Blut bestehende Pfütze.

„Das musste jetzt sein."

Er nickt.

„Verstehe ich."

Aye, das dachte ich mir schon.

Luis ist jung, aus dem richtigen Holz geschnitzt und durch und durch loyal.

Er ist kaltblütig, brutal und immer zur Stelle – wie das eben Geschehene nur zu gut beweist.

„Wo ist Devil?"

„Bei den Bikes, er hat was abgekriegt."

„Schlimm?"

„Nein. Nur eine Schramme an der Schulter."

Das sind endlich mal gute Nachrichten – gute Nachrichten in einem Riesenhaufen Bullshit. Ich habe einen Fehler gemacht und für den muss ich geradestehen, aber bevor es so weit ist ... Ich sehe zu Luis und bleibe stehen. Er stoppt ebenfalls.

„Was? Hast du auch was abgekriegt?"

Bis auf meine Eier und meinen Stolz?

„Nein."

„Was ist dann?"

„Danke für eben."

Seine Augen verengen sich zu Schlitzen.

„Halt die Klappe, Sergeant. Das war selbstverständlich. Du hättest es genauso gemacht."

Daran besteht kein Zweifel.

„Trotzdem, ich schulde dir was."

Mit einem Winken wehrt er ab.

„Tust du nicht."

Oh doch.

„Du weißt, dass ich recht habe. Warts ab. Es kommt der Tag, an dem du was brauchst, und ich werde nicht *Nein* sagen."

Luis zögert, macht den Mund auf, um etwas zu sagen, klappt ihn dann wortlos wieder zu.

„Gut."

Er akzeptiert den Deal.

„Gut."

Seite an Seite machen wir uns auf den Weg zu Devil, mal sehen, was der Präsident abbekommen hat. Hoffentlich wirklich nur eine Schramme, die kann seine Lady locker versorgen. Lauren hat viele Jahre als Krankenschwester in der Notaufnahme gearbeitet, eine Tatsache, die dem Club schon mehr als einmal geholfen hat.

Ich zünde mir ebenfalls eine Kippe an, inhaliere das Nikotin und freue mich darüber, noch am Leben zu sein.

So knapp wie heute war es schon lange nicht mehr ...

Zurück im Club stelle ich mich Devils Kreuzverhör.

Mein Präsident ist wütend und das zu Recht. Ich war so versessen darauf, zu hören, was mir dieser Mexikaner über die *Bastards,* einen feindlichen Motorcycle Club, der sich in unserem Revier niederlassen will, zu sagen hat, dass ich dem Risiko gegenüber zu blind war. Das passiert, wenn man zu lange keine Kugel mehr abbekommen hat.

Ich war mir zu sicher. Ich war zu arrogant. Die letzte Stunde hat mich zurück auf den Boden der Tatsachen geholt und das wortwörtlich.

Eigentlich waren wir uns sicher, dass die *Bastards* keine Gefahr mehr für uns darstellen, aber fuck! Damit lagen wir falsch. So fucking falsch. Diese Hurensöhne sind wie Unkraut. Kaum dass man es an einer Stelle rausgerissen hat, wuchert es an einer anderen Stelle aus dem Dreck empor.

Skull, unser Vize, hat den *Bastards* den Krieg erklärt, er hat sie gejagt und getötet und dennoch scheinen ein paar dieser Arschlöcher überlebt zu haben.

Das ist zum Kotzen.

Diese Gruppierung (ich weigere mich, sie als echten MC anzuerkennen) ist für uns so gefährlich, weil sie sich maßgeblich von den *Hell Bones* unterscheidet.

Es scheint keine Aufnahmekriterien zu geben: Hast du einen Schwanz und kannst du mit einer Waffe umgehen, bist du dabei. So einfach.

Die Nationalität, die Hautfarbe und das Alter, das alles scheint den *Bastards* völlig egal zu sein.

Es gibt keine Anwärter wie bei uns. Es gibt nichts, was diesen zusammengewürfelten Haufen, bestehend aus menschlichem Abschaum, definiert.

Keine Loyalität, keine Bruderschaft und keinen Kodex.

Ehre ist für diese Bastarde ein Fremdwort.

Das Einzige, das sie antreibt, ist das Bedürfnis nach Macht und die Gier nach Geld.

Wir *Hell Bones* haben eine klare Hierarchie und wir haben Gesetze, an die sich jeder von uns halten muss. Es hat seinen Grund, warum unser Club der mächtigste des Landes ist. Und bei allen Höllen!

Ich werde nicht zulassen, dass uns Typen die wie *Bastards* noch länger ans Bein pissen.

Fuck! Ich war mir so sicher, dass dieses Kapitel abgehakt ist.

Skull ist gut in seinem Job, es hat seinen Grund, warum er unser Vizepräsident ist.

Er hat bei diesen Wichsern keine Gnade walten lassen und dennoch versagt.

Wut kocht in mir hoch, ich bestelle mir bei der Bitch, die heute Thekendienst hat, einen Whisky und kippe mir die goldene Flüssigkeit, kaum dass sie vor mir steht, in den Hals.

Ich würge sie hinunter und bestelle mir sofort einen neuen.

Whisky ist das Einzige, was mich heute noch retten kann. Whisky und ein Fick. Ein harter, guter, tiefer und unbedeutender Fick mit irgendeiner Schlampe, die nie auf die Idee kommen würde, Ansprüche an mich zu stellen.

Aber bevor ich mir eine feuchte Pussy gönne, muss ich meine Gedanken sortieren. Ich brauche einen Plan, eine Strategie, mit der ich die Straßen unserer Stadt von diesem Unkraut reinigen kann, ehe es Schaden anrichtet.

Nach der heutigen Scheiße mache ich diese *Bastards* zu meiner Aufgabe – einer dieser Wichser hat mich heute beinahe ins Jenseits befördert – das macht die Sache zu etwas Persönlichem.

Die nächste Stunde konzentriere ich mich auf den Whisky und nehme die Aufgabe, die Flasche zu leeren, verdammt ernst.

Erst als der Schmerz in meinem Schwanz und das Pochen in meinem Schädel nachgelassen haben, stehe ich auf, lehne mich an die Theke und kneife mir in den Nasenrücken.

Wann zur Hölle hat das Leben angefangen, so verdammt kompliziert zu werden?

„Was ist los, River? Bist du einsam?“

Sunny, eine kleine süße Nutte mit dicken roten Lippen, prallen Titten und dick geschminkten blauen Augen kommt auf mich zu und schmiegt sich an mich.

Sie riecht nach Vanille und Sex und ich weiß, dass ich nicht der Erste bin, den sie heute ranlässt.

Das ist okay, ich bin nicht wählerisch, Hauptsache ich kann etwas Druck ablassen.

Charlotte, die Old Lady unseres Enforcers, betritt den großen Hauptraum, der mit Billardtischen, Postern, Flipperautomaten und jeder Menge anderen Kram ausgestattet ist und kommt auf mich zu. Sie und Iker sind erst seit Kurzem zusammen, dennoch trägt sie bereits das Ladyleder, das sie als seine Frau und als Eigentum der *Hell Bones* ausweist. Um ehrlich zu sein, überrascht es mich, dass sie es überhaupt angezogen hat. Charlotte ist anders als die Frauen, die ich kenne, sie unterscheidet sich maßgeblich von den Huren, die ich ficke. Sie ist eine Frau Doktor, eine Psychologin mit Brille, perfektem Aussehen und einem verdammten Bleistift in den Haaren.

Sie ist loyal, ehrlich und geradeheraus. Das ist okay, denn sie kann nicht nur austeilen, sondern auch einstecken. Und das bewundere ich.

Alles an Ikers Lady ist kostspielig. Die High Heels an ihren kleinen Füßen kosten Tausende von Dollars, genau wie das Täschchen, das an ihrer Schulter baumelt.

Der dunkelrote Lippenstift, den sie heute trägt, betont den sinnlichen Schwung ihrer Lippen, dazu die schwarze Brille und der eng anliegende, knielange Rock, der ihre langen, schlanken Beine betont und ihren runden Apfelarsch perfekt zur Geltung bringt.

Charlotte ist der wahrgewordene Traum eines jeden Mannes, der sich in seiner Jugend zu der spießigen Bibliothekarinnen-Fantasie einen gewichst hat.

Und obwohl ich Ikers Lady wirklich mag, meide ich ihre Nähe.

Warum? Das ist einfach erklärt. Psychologen sind mir unheimlich, ich kann es nicht ausstehen, wenn sich Leute in meinen Kopf schleichen und versuchen, mich zu analysieren.

Das ist fast noch gruseliger als ein Besuch beim Urologen.

Urgs ...

Allein bei der Vorstellung, dass Charlotte längst von uns allen ein Profil angelegt hat, läuft es mir eiskalt den Rücken runter.

Ich weiß auch ohne Charlotte, dass ich ein klassischer Soziopath bin, das brauche ich nicht schwarz auf weiß, schon gar nicht von einer Frau, die meinem Bruder gehört und meinen Schwanz hart werden lässt.

Sunny missachtet Charlotte, und Charlotte schürzt die Lippen und zieht belustigt die Augenbrauen in die Höhe.

„Wirklich, River?“

Mehr sagt sie nicht, und das ist auch gar nicht nötig.

Ich weiß auch so, was sie meint.

Sunny hat kein Schamgefühl und keine Tabus – und keinen Respekt vor sich selbst. Sie ist ein gebrochenes Mädchen, das für ein paar Dollars oder ein Tütchen Koks absolut alles tun würde.

Ich will gar nicht erst genauer darüber nachdenken, zu was es mich macht, dass ich ihre Sucht ausnutze, um ficken zu können.

Wahrscheinlich zu einem Arschloch.

Aber das ist okay. Ich. Bin. Ein. Arschloch!

Also, was solls?

„Geh zu deinem Kerl und lass mich in Ruhe.“

Charlotte grinst, schüttelt tadelnd den Kopf und zieht beim Vorbeigehen den Bleistift aus den braunen Locken, sodass sie ihr in sanften Wellen über die schmalen Schultern fallen.

Fuck! Das ist unfair! So fucking unfair.

Während ich mich mit einer kleinen Crackhure begnügen muss, hat Iker sich eine gottverdammte Königin gekrallt.

Wir *Hell Bones* nehmen, was wir kriegen können. Eine Frau wie Lauren oder Charlotte ist mir bisher nie begegnet, und selbst wenn mir mal eine über den Weg stolpert, weiß ich nicht, ob ich die Chance ergreifen und zupacken würde.

Eine Old Lady bedeutet jede Menge Verantwortung und Ärger. Ärger, für den ich absolut nicht bereit bin. Ich bin 32, ich habe noch alle Zeit der Welt, um mir irgendwann eine süße, kleine Hausmaus zu nehmen, und bis dahin weiß ich, was ich will und was ich brauche: Eine anspruchslose Nutte mit kleinem Hirn und großen Titten, zwischen denen ich mein Gesicht vergraben und den ganzen Mist, der vor den Toren des Clubs auf mich wartet, vergessen kann.

Charlotte verschwindet, hinterlässt einen Hauch von Patchouli, der mir in die Nase steigt und mir das Wasser im Mund zusammenlaufen lässt.

Ikers Lady sieht nicht nur sexy aus, sie riecht auch noch gut.

Sunny reibt ihre Brüste an meiner Kutte, erkämpft sich so meine Aufmerksamkeit zurück und lässt ihre pinken Fingernägel an meinem Arm entlanggleiten.

„Komm schon, Sergeant. Lass uns ein bisschen Spaß haben."

Spaß klingt gut. *Fuck!* Sehr gut sogar.

„Dazu sag ich nicht nein."

Die Bitch grinst zufrieden, ich packe sie am Nacken, dirigiere sie durch den Raum bis zu den Billardtischen und befehle ihr, sich auszuziehen.

Sie zögert, mir reißt der Geduldsfaden.

„Sofort!"

Jemand klopft mir auf die Schulter, ich mache mir nicht die Mühe, mich umzudrehen.

„Verpiss dich. Ich bin beschäftigt."

„Das sehe ich. Trotzdem."

Skulls Stimme klingt rau. Die Zähne zusammenbeißend, drehe ich mich zu unserem Vize um. Er sieht mich aus zusammengekniffenen Augen an.

„Devil hat mir gerade gesagt, was passiert ist."

„Es ist noch mal gut gegangen."

Skull flucht und ballt die Fäuste. Er ist sichtlich wütend, und so wie ich ihn kenne, richtet er seine Wut auf sich selbst.

„Es tut mir leid, Bro."

„Muss es nicht!"

Und das meine ich ernst.

„Ich habe gesagt, dass ich mich um die *Bastards* kümmere, und ich habe versagt."

Versagt ist ein hartes Wort.

„Eine Stadt wie New York von Ratten zu befreien, ist eine langwierige Aufgabe, von der keiner weiß, wann sie erledigt ist."

„Wie auch immer. Du wurdest heute beinahe getötet. Ich wollte mich nur versichern, dass du okay bist."

Bin ich. Zumindest bin ich das, wenn ich endlich die Bitch ficken könnte.

„Es war ein guter Tag. Wieder eine Ratte weniger."

Er nickt und brummt, dann wendet er sich ab und marschiert davon. Wahrscheinlich ist er auf dem Weg ins *‚Green',* einer Kneipe, die seit Kurzem dem Club gehört und in der er seine Frau kennengelernt hat. Chloe ist anders als die meisten Mädchen in ihrem Alter und sie passt perfekt zu unserem Vize. So wie ich die Sache sehe, wird sie die nächste Lady des *Hell Bones Motorcycle Clubs*.

Damit wären es dann drei innerhalb kürzester Zeit.

Ob das ein Fluch oder ein Segen ist, wird sich wohl erst in den nächsten Jahren zeigen.

Was definitiv ein Fluch ist, ist die Tatsache, dass Sunny, als ich bei ihr weitermachen will, nicht mehr da ist.

„Fuck!"

Ich raufe mir die Haare und sehe mich um, von der Nutte fehlt jede Spur.

Plötzlich geht mir alles auf den Sack.

Das Lachen der anderen, die laute Musik und das Gejammer der Flipperautomaten.

Frustriert gehe ich raus auf den Hof und sehe Lucy, eine weitere Clubbitch, auf einer Bank sitzen. Sie starrt in eines der eben erst angezündeten Feuer, die in den verrosteten Ölfässern lodern und bis weit in die Nacht das Gelände in ein orangenes Licht tauchen. Sie raucht einen Joint und beobachtet die Flammen.

Als sie mich kommen sieht, rutscht sie zur Seite und macht mir neben sich Platz. Schweigend setze ich mich auf die Bank, ziehe sie auf meinen Schoß und nehme ihr die Haschzigarette ab.

Den süßlichen Rauch inhalierend, halte ich die Luft an und gebe dem Marihuana so die Möglichkeit, seine Wirkung zu entfalten.

Schweigend schiebt Lucy ihre Hände unter meinen Hoodie, streicht über die Rillen meines Sixpacks und öffnet dann meinen Gürtel.

Ich lasse den angehaltenen Rauch entweichen, forme unterschiedlich große Ringe und blase sie in die Richtung des dunkler werdenden Himmels.

„Wie man hört, hattest du heute einen echt beschissenen Tag, Sergeant."

Es wundert mich nicht, dass sich der Bullshit in Windeseile herumgesprochen hat.

Anstatt darauf zu antworten, vergrabe ich meine Faust in ihren langen, schwarzen Haaren und drücke sie vor mir auf den Boden.

Sie folgt willig, ihre nackten Knie landen auf den rauen Pflastersteinen.

Lucy beschwert sich nicht, sondern leckt sich die Lippen, zieht meine Jeans nach unten und packt mich an den Eiern.

Die sind dank dem Tritt, den sie abbekommen haben, immer noch empfindlich.

„Mach vorsichtig."

„Keine Sorge, ich weiß, was du brauchst."

Und das tut sie – das hat sie schon immer.

Vielleicht war es ganz gut, dass Sunny sich verpisst hat, Lucy ist mir eh viel lieber.

Mag sein, dass sie eine Bitch ist, aber eine Bitch mit Klasse.

Sie spielt in einer ganz anderen Liga als die vielen Huren, die zu jeder Tages- und Nachtzeit im Club herumwimmeln.

Mein Schwanz reagiert sofort auf ihre geschickten Berührungen und pumpt sich mit Blut voll. Lucy spielt mit mir, reibt über die komplette Länge und kreist mit dem Daumen über den Schlitz an der Spitze.

„Yeah!"

Sie lächelt zufrieden und gibt willig nach, als ich sie bestimmend auf meine Erektion drücke.

Ich tauche in die feuchte Hitze ein, beiße die Zähne zusammen und genieße das einzigartige Gefühl, das uns Männern nur die enge Kehle einer Frau geben kann.

Ich rauche den Joint fertig, schnippe den Stummel in die Flammen und kneife dann die Augen zusammen.

Das ist genau das, was ich brauche.

Etwas Lebensbejahendes, etwas, das die Schatten des Todes zurück in die dunklen Ecken meiner Existenz verdrängt.

Entschlossen mir alles zu nehmen, was sie mir zu bieten hat, gleite ich tiefer in Lucys Mund und reibe mit meiner Eichel wieder und wieder über ihren glatten Gaumen.

Mit der Raffinesse einer geübten Hure beginnt Lucy mit ihrer Zunge meinen Schwanz zu massieren. Unter halb gesenkten Lidern sieht sie zu mir nach oben, unsere Blicke treffen sich und ich ramme mich mit einem Ruck tiefer in ihre Kehle.

Sie würgt, stemmt die Hände auf meine Schenkel und versucht sich abzudrücken, was ich jedoch verhindere.

Entschlossen sie in Position zu halten, umfasse ich ihren Nacken und drücke zu.

„Hör auf zu zicken, Bitch!"

Für einen Moment wehrt sie sich noch, gibt dann jedoch nach und fügt sich meinem Willen.

„So ist es brav."

Eine Träne rinnt ihr über die Wange, das Böse in mir gibt ein zufriedenes Brummen von sich.

Holy Fuck!

Das hier ist der perfekte Abschluss eines echt miesen Tages.

Langsam – jeden Zentimeter genießend – ziehe ich mich aus ihrem Hals zurück, nur um mich einen Herzschlag später erneut in ihren Rachen zu schieben.

Eng und nass umschließen ihre vollen Lippen meine Erektion.

Speichel tropft ihr über das Kinn und ihre Wimperntusche ist verschmiert.

Lucy hat kapiert, was ich brauche, sie überlässt mir die Kontrolle und fügt sich meinem Willen. Ich lockere meinen Griff und lasse ihr etwas mehr Spielraum.

Ihr Kopf wippt auf und ab, mir wird heiß.

Sie saugt sich an mir fest, umspielt die sensible Unterseite meines Schafts und fällt in einen göttlichen Rhythmus, der mein Blut zum Kochen und meine Gedanken zum Zerplatzen bringt.

Keuchend lasse ich den Kopf in den Nacken fallen und genieße die feuchte Hitze.

Genau das brauche ich jetzt.

Mit jedem weiteren Atemzug fällt mehr und mehr der Anspannung von mir ab.

Ich schließe die Augen und denke an nichts.

Lucys leises Stöhnen vibriert durch meinen Schwanz, sorgt dafür, dass sich meine Hoden erregt zusammenziehen.

Die Bitch ist tapfer, schluckt wieder und wieder meine Härte und gibt verdammt noch mal alles, um mich zufriedenzustellen.

Kluges Mädchen.

Entschlossen mir alles zu nehmen, beginne ich ihre Kehle zu ficken.

Keine Ahnung wie lange ich den tiefen Rhythmus beibehalte – es fühlt sich wie eine Ewigkeit an.

Irgendwann jedoch halte ich die Reibung nicht mehr aus, das Blut rauscht von meinem Schädel in meinen Schwanz und explodiert.

Laut brüllend ramme ich mich ein letztes Mal bis zum Anschlag in ihre zuckende Kehle und pumpe meinen Samen Schub für Schub in den Bauch der Bitch.

Fuck the world! Das. War. Gut!

Es dauert, bis ich wieder aufnahmefähig bin und etwas von meiner Umgebung mitbekomme.

Ich fühle mich, als hätte Lucy mir das Hirn aus dem Schwanz gesaugt – es wie durch einen verdammten Strohhalm getrunken. Die Realität bahnt sich einen Weg zurück in mein Bewusstsein und mir wird klar, dass dieser Blowjob nicht das Geringste geändert hat. Ich mag mich besser fühlen, aber die Welt ist genauso beschissen wie zuvor.

Der Tag war schlecht, die einzigen guten fünf Minuten waren die, die ich in der Kehle dieser Bitch verbracht habe.

Eine traurige Tatsache, die mich nicht mal der Joint vergessen lassen konnte.

Vielleicht sollte ich Lucy noch ficken und mir so ein paar weitere friedliche Minuten gönnen, ehe ich mich wieder um die Clubangelegenheiten kümmere, die darauf warten, von mir erledigt zu werden?

„Steh auf."

Sie wischt sich mit dem Handrücken über die geschwollenen Lippen, ehe sie meinem Befehl nachkommt.

„Lehn dich über die Bank."

Sie tut es, jedoch nicht, ohne mir einen verwunderten Blick zuzuwerfen.

„Was hast du vor?"

Blöde Frage.

„Ist das nicht offensichtlich?"

Ich schiebe ihren Rock nach oben und entblöße ihre runden Arschbacken, zwischen denen ein schwarzer Stoffstreifen verschwindet.

Ich mache mir nicht die Mühe, ihr den String auszuziehen, sondern zerreiße ihn einfach. Lucy murmelt ein „Scheiße!", was mich zum Lachen bringt.

Wie schön muss das Leben sein, wenn ein bisschen zerrissene Unterwäsche einen Fluch wert ist?

Süchtig nach dem Gefühl von feuchter Muschi reibe ich durch den nassen Spalt und tauche meinen Finger ein paar Zentimeter in ihre zuckende Öffnung ein.

Lucy stöhnt, mein Schwanz pumpt sich erneut mit Blut voll.

Ich verpasse ihrem Arsch einen leichten Klaps und beobachte zufrieden, wie sich die Haut an der Stelle rot färbt.

„Wenn du nicht willst, dass ich deine restlichen Sachen auch kaputt mache, dann zieh dich aus. Schnell!“

Hektisch entledigt sie sich ihrer Klamotten, behält nur die zugeschnürten Stiefel an.

Meine Ungeduld wird stärker, ich kneife ihr in die Nippel und entlocke ihr so ein gepeinigtes Wimmern.

Musik in meinen Ohren.

Es ist ihr deutlich anzusehen, dass sie gerade nicht weiß, wie sie mit mir umgehen soll.

Kein Wunder. Ich weiß ja selbst nicht, was die Nahtoderfahrung vor wenigen Stunden in mir ausgelöst hat.

Bullshit!

Ich hatte echt ganz vergessen, wie beschissen es ist, besiegt zu werden.

Ich war unvorsichtig und hätte für diesen Fehler beinahe mit meinem Leben bezahlt.

Tief einatmend zwinge ich mich dazu, zumindest einigermaßen ruhig zu bleiben.

Es ist nicht Lucys Schuld, dass ich kurz davor bin durchzudrehen.

Sie lehnt sich wieder auf die Bank, erkundend lasse ich meine Finger über ihren Bauch gleiten, der Gedanke, dass da mein Sperma drinnen ist, gefällt mir.

Ich arbeite mich weiter nach unten vor, schiebe meine Finger tief in sie hinein und drücke gegen die zuckenden Innenwände, was ihr einen lauten Schrei entlockt.

Sie zuckt und biegt den Rücken durch, kommt mir willig entgegen.

Ich will mehr, also lege ich so richtig los.

An ihrem Hals knabbernd, genieße ich den unverkennbaren Geschmack von Frau, der sich auf meiner Zunge ausbreitet.

Lucy bringt sich ins Spiel ein und packt mich am Schwanz.

Ich erschaudere – die Bitch weiß, wie’s läuft.

Grob schiebe ich ihre Beine noch etwas weiter auseinander, teile mit den Fingern ihre Schamlippen und betrachte im orangen Schein des Feuers das kleine, feuchte Loch, in das ich mich gleich rammen werde.

Ihre Pussy ist nass und geschwollen, und das absolute Paradies für einen Todgeweihten wie mich.

Ohne die Augen von ihrer Mitte abzuwenden, hole ich ein Kondom aus meinem Portemonnaie, rolle es auf mein Glied und bringe mich vor der Nutte in Position.

Fuck! Jetzt! Jetzt oder ich verliere den Verstand.

Froh darüber noch am Leben zu sein, streife ich mit den Fingern durch den nassen Schlitz, gehe leicht in die Knie und züngle durch die zuckende Spalte.

Ihr blumiger Duft steigt mir in die Nase, während ich ihre Lust koste. Ich spüre die wachsende Spannung in ihrem Unterleib und ramme zwei meiner Finger tief in sie hinein. Lucy kreischt.

Kurz bevor sie kommt, höre ich auf und beiße mich an ihrem Nacken fest.

Irgendwo hinter uns ruft jemand meinen Namen, ich höre Casanovas Stimme.

„Was jetzt, River. Seit wann spielst du mit den Nutten, die du fickst?"

„Fick dich, Captain."

Er lacht.

„Ich spiele nicht, ich nehme mir, was ich brauche. Und jetzt verpiss dich!"

Etwas neidisch betrachtet er die fast nackte Bitch unter mir.

„Lass mir auch noch was übrig."

„Hast du nicht gehört? Du sollst dich verpissen!"

Nicht bereit, mir diese Nummer hier verderben zu lassen, blende ich Casanova einfach aus und ramme mich mit einem wütenden Stoß in die geile Bitch.

Lucys Pussy zuckt und passt sich meinem Schwanz an.

Gott. Ist. Das. Gut.

„Fick mich, River."

Sie feuert mich an und sorgt dafür, dass mir die Sicherungen durchbrennen.

Ich gebe ihr, was sie braucht, und ramme mich wieder und wieder in ihren weichen Körper.

Vor meinen Augen verschwimmt alles. Nicht fähig, mich auch nur eine Sekunde länger zu beherrschen, nehme ich mir, was ich brauche.

Lucys Schreie werden immer lauter, sie zuckt unkontrolliert und ihr Inneres zieht sich krass zusammen.

Eine dünne Schweißschicht überzieht meine Stirn, der Schmerz kehrt in meine Hoden zurück.

Das ist, was ich brauche. Ich werde noch härter, mein Glied zuckt. Ich werfe den Kopf in den Nacken und brülle meine Erlösung heraus.

Lucy kommt zeitgleich mit mir, ich pumpe meinen Samen in das Latex und beiße die Zähne so fest zusammen, dass es knackt.

Casanova, der uns beobachtet hat, lacht und gibt ein anerkennendes Pfeifen von sich.

„Nicht schlecht. Der Bitch hast du's gegeben."

Falsch. Die Bitch hat mir gegeben, was ich brauche, das ist ein Unterschied.

Ganz egal wie beschissen der Tag auch gewesen sein mag, ich bin am Leben, ich ficke kleine Nutten und es geht mir gut.

Die *Bastards* haben versucht, uns zu schaden, sie wollten mich töten und sie sind gescheitert.

Und so wird es weitergehen. Kampf um Kampf – Schlacht um Schlacht.

Schlussendlich werden wir triumphieren. New York gehört den *Hell Bones*, so ist es schon immer gewesen und so wird es auch immer sein.

2. Kapitel

Die Polizistin

Seit meinem ersten Tag in Brooklyn ist viel passiert.

Wir haben drei Leichen von den Straßen gekratzt, mehrere Körperteile aus dem Hudson River gefischt und einige Frauen verhaftet, die sich nun dem Vorwurf der Prostitution stellen müssen.

Hier finden beinahe täglich Schießereien statt und die Dealer stehen an so ziemlich jeder Ecke. Meine anfängliche Begeisterung für den Job ist nicht größer geworden, wie auch bei so viel Brutalität und Tod, aber ich muss gestehen, dass das Leben als Polizistin spannend und abwechslungsreich ist.

Der Nervenkitzel macht einen süchtig.

Bei Dienstbeginn nicht zu wissen, was einen erwartet, hat schon einen gewissen Reiz.

Trotzdem graust es mir bei der Vorstellung, die Uniform für die nächsten dreißig Jahre oder vielleicht noch länger tragen zu müssen.

Im Moment sehe ich das alles als großes, spannendes Abenteuer. Meinen Gedanken nachhängend, sehe ich aus dem Seitenfenster, das Funkgerät raschelt, es wird eine Schießerei durchgegeben – mal wieder. Ben, der Officer, dem ich zugeteilt wurde, brummt genervt. Der Funk knistert erneut, die Frau in der Zentrale klingt aufgeregt. Irgendetwas ist anders als sonst.

>>Schusswechsel Ecke Flatbush Ave und Farragut Road.<<

„Das ist gleich bei uns um die Ecke. Halt dich fest, Turner."

An die Tatsache, dass mich auf dem Revier immer alle nur beim Nachnamen nennen, habe ich mich längst gewöhnt. Keiner meiner Kollegen nennt mich Catalina, ich bin für alle nur Turner – der Neuling – dem man noch alles beibringen muss.

Es ist nervig, Dinge zu lernen, die ich eigentlich überhaupt nicht lernen will, Dinge, die ich am liebsten sofort wieder vergessen würde.

Aber es ist wie es ist. Ich habe mich dazu entschieden, diesen Weg zu gehen, und jetzt muss ich da durch.

Ben schaltet die Sirene an, das Blaulicht erhellt die Straßenschluchten.

Er gibt durch, dass wir uns darum kümmern. Das schlechte Gefühl in meinem Bauch wird stärker. Es vergehen einige Sekunden, bis sich die Frau aus der Zentrale erneut meldet.

„Es besteht der dringende Verdacht, dass ein Mitglied der *Bones* in den Schusswechsel verwickelt ist."

Luis ... Ich muss sofort an meinen Bruder denken.

Die nun einkehrende Stille ist gespenstisch. Auf Bens Reaktion gespannt, sehe ich ihn an und bemerke, wie sein Gesicht jegliche Farbe verliert.

Wenn diese Information sofort durchgegeben worden wäre, hätte er den Funkspruch ignoriert und an der nächsten Kreuzung gewendet. Er hätte alles getan, um nicht mal in die Nähe der Flatbush Ave zu kommen. Aber dafür ist es jetzt zu spät.

„Verdammt, Turner. Drück die Weste fest, das könnte heftig werden."

Mit der Weste meint er das schusssichere Kevlar, das meinen Oberkörper vor herumsurrenden Kugeln schützen soll. Während meines ersten Dienstjahres bin ich verpflichtet, die schusssichere Weste zu tragen, danach ist es freiwillig.

Wobei es im Optimalfall kein *danach* gibt. Ein Jahr reicht mir voll und ganz.

Er gibt Gas, wir rasen die Straße entlang und ignorieren eine rote Ampel. Wütendes Gehupe verfolgt uns. In diesem Stadtviertel New Yorks haben wir Cops keine Freunde.

Wir gelten als der Feind. Warum?

Keine Ahnung. Vielleicht werde ich irgendwann durch Zufall eine Antwort zu dieser Frage finden.

Kaum dass wir in der Flatbush Ave ankommen, verlangsamt Ben das Tempo, während mein Puls in die Höhe schnellt.

Was, wenn tatsächlich Luis in die Schießerei verwickelt ist? Was, wenn er getroffen wurde? Wenn er verletzt ist?

Ich will Ben anschreien, dass er sich gefälligst beeilen soll, beiße mir jedoch auf die Zunge.

Es wäre mehr als verdächtig, wenn ich, eine Anfängerin, es kaum erwarten könnte, endlich am Tatort anzukommen.

Bis jetzt weiß keiner meiner Kollegen, dass mein Bruder ein *Hell Bone* ist, und ich würde es begrüßen, wenn das so bleibt. Als Frau hat man es in diesem von Männern dominierten Job schon schwer genug, da will ich nicht, dass sie mich auch noch für einen Spitzel halten. Das Knallen der Schüsse dringt an mein Ohr – wir sind in der Nähe.

Eine dünne Schweißschicht überzieht meinen Nacken, in meinen Ohren beginnt es zu rauschen. *Hilfe!*

Keine Ahnung was mir mehr Angst macht?

Die Möglichkeit, meinen Bruder wiederzusehen, oder dass wir gleich in eine Schießerei geraten werden?

Beides, wobei es am schlimmsten sein wird, wenn Luis tatsächlich da ist, mich erkennt und sieht, zu was ich geworden bin.

Zu Dads Idealvorstellung und zu seiner Feindin.

Die Cops und die *Hell Bones* hassen sich bis aufs Blut, aber ich kann meinen Bruder nicht hassen. Er ist meine Familie.

Ich stecke in einer Zwickmühle, aus der es kein Entkommen gibt. Das Funkgerät knistert wieder, zwei weitere Einsatzwagen bieten sich zur Verstärkung an. Mir wird schlecht und meine Finger zittern.

An der Ecke zur Farragut Road angekommen, bricht die Hölle los.

Zwei Geschosse schlagen in der Windschutzscheibe ein, das Glas splittert und ich kreische vor Schreck. Ben flucht. Wir stehen weiter unter Beschuss. Sie treffen die Reifen, die Motorhaube – einfach alles.

„Scheiße, Turner. Wir sitzen in der Falle."

Ben hat recht. So sehr ich es auch versuche, ich kann nicht mal ausmachen, aus welcher Richtung geschossen wird. Die Kugeln kommen von überall.

Der Lärm ist unglaublich. Ich will etwas tun, etwas sagen oder mich bewegen, aber es geht nicht. Ich bin wie erstarrt.

„Runter!" Ben packt mich und drückt mich eine Sekunde, bevor das Seitenfenster zersplittert, in den Sitz. Nur dank seiner blitzschnellen Reaktion bin ich noch am Leben. Hätte er mich nicht gewarnt, würde jetzt eine Patrone in meinem Kopf stecken.

In den ersten zwei Dienstwochen erschossen – das wäre sicherlich ein neuer Rekord.

„Wir müssen hier weg!"

Ich atme hektisch, taste mit zitternden Fingern zu der Waffe an meiner Hüfte und löse den Druckknopf, mit dem sie in dem Holster befestigt ist.

Dann entsichere ich sie und lege den Finger auf den Abzug.

Keine Ahnung was mir das bringen soll. Aber kaum dass ich den kalten Stahl spüre, geht es mir besser.

Ich war nicht die Beste in meiner Klasse und auch jetzt im Dienst bin ich nur mit mäßigem Eifer dabei. Aber auf dem Schießstand kann mir keiner so schnell das Wasser reichen.

Wieder folgt eine schnelle Reihe von Schüssen, nur zwei treffen den Streifenwagen, die restlichen scheinen nicht mehr uns zu gelten. Ein schwarzer Schatten taucht neben mir auf, sieht durch das zersplitterte Fenster und richtet den Lauf einer silbernen Pistole auf mich. Es ist so dunkel, dass ich kaum etwas sehen kann, die Gesichtszüge des Mannes sind nichts als grobe Umrisse.

Jetzt! Jetzt!

Mein Hirn schreit mich an meine Waffe zu heben und zu feuern.

Ich kann nicht, meine Lunge streikt – Panik flutet meine Venen.

Ben brüllt etwas, das Monster neben mir drückt ab – dann ist mein Kollege tot.

Der Lauf der Knarre richtet sich wieder auf mich, ich vergesse zu atmen, vergesse zu denken, vergesse einfach alles, was ich auf der Polizeischule gelernt habe.

Jetzt ist es so weit. Ich sterbe.

3. Kapitel

Der Sergeant at Arms

Fuck!

„So war das nicht geplant, Bro. Nimm die Waffe runter."

Iker rührt sich nicht, dreht sich nicht mal zu mir um, sondern zielt weiterhin in die Bullenkarre.

„Du kennst meine Philosophie, Sergeant. Keine Zeugen – kein Problem."

In den meisten Fällen mag das stimmen, aber nicht in diesem Fall. Wir reden hier nicht von ein paar dummen Russen oder unwichtigen Maisfressern, sondern von Bullen.

Ein toter Cop macht schon Ärger, aber zwei? *Bullshit!* Bei zwei ermordeten Polizisten wird die Sache unschön. Die meisten Dienstwaffenträger hassen uns, drücken aber für ein paar grüne Scheine die Augen zu. Es ist eine göttliche Fügung, dass Polizisten so beschissen bezahlt werden, das spielt uns seit Jahren in die Hände.

Selbst der ehrlichste Mann will seine Familie ernähren und seine Kinder aufs College schicken oder seiner Frau an Weihnachten ein paar Geschenke unter den Baum legen können. Die ehrlichsten Männer sind die teuersten, was ein Glück, dass unsere Kassen gut gefüllt sind und wir uns eine gewisse Großzügigkeit leisten können.

„Nimm die Waffe runter, Iker."

Keine Reaktion. Ich versuche einen Blick in den Wagen zu werfen, kann jedoch nichts erkennen.

Mit einem Fluch ziehe ich das Handy aus meiner Tasche, aktiviere die Kamerafunktion und richte den Lichtstrahl in das Innere des Streifenwagens, dann erstarre ich.

Bloody Hell!

Helle Haut, große, vor Furcht weit aufgerissene Augen, eine schmale Nase und rote Lippen. Die junge Frau, die neben ihrem toten Kollegen sitzt, ist so fucking schön, dass es mir dem Atem verschlägt.

Sie ist jung – viel zu jung, um in dieser Nacht zu sterben.

Was hier abgeht, ist nicht ihr Problem, sie kann nichts für die Scheiße, die hier abläuft.

Die Uniform, die sie trägt, lässt keinen Zweifel darüber aufkommen, was sie ist, doch das spielt keine Rolle. In erster Linie ist dieses Mädchen ein Mädchen und kein Bulle. Es ist durch einen blöden Zufall zwischen die Fronten eines Krieges geraten, der nicht ihr Problem ist.

Iker zeigt keine Reaktion, ihm scheint es egal zu sein, dass der Cop ein wehrloses Mädchen ist, das absolut keine Gefahr für uns darstellt.

Die Kleine schluchzt und weint, sieht irritiert in den Lichtstrahl und schnappt japsend nach Luft.

Sie darf nicht sterben ...

Keine Ahnung wo der Drang, die Frau zu beschützen, herkommt, aber er ist da und lässt sich nicht ignorieren.

„Wenn du sie abknallst, breche ich dir das Genick."

Meine Drohung hängt schwer in der Luft, bringt Iker dazu, sich kurz zu mir umzudrehen.

„Dein Ernst?"

Absolut.

„Knallst du sie ab, mache ich dich fertig."

Wir starren uns an, er findet die Bestätigung in meinen Augen und knirscht mit den Zähnen.

„Sie ist ein Cop."

Mag sein.

„Sie ist eine Frau."

Er flucht und schüttelt den Kopf.

„Du spinnst."

„Ich sehe es ganz klar."

„Daran zweifle ich."

Die Polizistin schluchzt, in meiner Brust zieht sich etwas zusammen.

„Du willst dich wegen einer Bullenpussy gegen einen deiner Brüder wenden?"

„Von wollen war nie die Rede."

Iker kapiert, dass ich es ernst meine, und nimmt die Waffe runter.

„Und jetzt? Was willst du jetzt mit ihr machen? Sie aus dem Wagen zerren, auf die Motorhaube drücken und ficken?"

Klingt gut, werde ich aber nicht tun.

„Nichts."

„Wie nichts? Du willst, dass ich sie am Leben lasse, damit du sie hier zurücklassen kannst? Dir ist klar, was uns das bringt? Nichts als eine Tonne Ärger."

Der Enforcer hat recht, es ergibt keinen Sinn.

„Sie wird nicht sterben. Punkt."

„Wir alle werden sterben."

„Mag sein. Aber diese Frau stirbt nicht durch deine Hand. Nicht, solange ich es verhindern kann!"

Und das meine ich ernst.

„Wenn wir sie hierlassen, wird sie ihren Kollegen erzählen, dass ein *Hell Bone* ihren Kollegen abgeknallt hat, ein *Hell Bone* mit einem verfickten Fadenkreuz auf der Stirn."

Iker hat recht. Wenn dieses Mädchen ein Mann wäre, würden wir diese Diskussion nicht führen. Aber es ist wie es ist ... ganz davon abgesehen, sind zwei tote Bullen einfach zu viel Ärger.

Iker zischt, dreht sich wieder zu der Polizistin um und zielt auf ihre Stirn.

Er wirft mir einen Seitenblick zu.

„Wenn du mir das Genick brechen willst, nur zu, ich lasse mich nicht erpressen – von niemandem."

Fuck! Fuck! Fuck!

Das Mädchen weicht entsetzt zurück, hebt in einer abwehrenden Geste die Hände und schluchzt herzzerreißend. Was lachhaft ist, denn bis zu diesem Moment war ich mir nicht mal sicher, ob ich überhaupt ein Herz besitze.

Meine Vergangenheit ist von Gnadenlosigkeit geprägt und nicht von Mitgefühl.

„Bitte ..." Sie spricht so leise, dass ich sie kaum verstehen kann. „Bitte tut das nicht. Ich will euch gar nichts tun."

Iker lacht.

„Du befindest dich wohl kaum in der Lage, uns etwas zu tun, Bitch." Seine Stimme trieft nur so vor Spott. Es fällt mir schwer, ihm keine aufs Maul zu hauen.

„Mein Bruder …"

Iker verliert die Geduld, tritt einen Schritt vor und presst den Lauf seiner Knarre gegen ihre Schläfe. Sie erstarrt und ich kann nur allzu gut nachvollziehen, wie sie sich gerade fühlt.

Es ist noch nicht so lange her, da war ich in beinahe der gleichen Situation wie das Mädchen jetzt. *Verflucht!*

Erinnerungen schwappen hoch. Der Drang, die Frau zu beschützen, wird immer stärker.

„Was ist mit deinem Bruder? Hä? Wird er dich rächen? Wird er mich jagen und töten, nur weil ich deinem hübschen Köpfchen ein Loch verpasst habe?"

Sie erschaudert und sieht Iker nun direkt an. Es kostet sie sichtlich Mut, weiterzureden.

„Mein Bruder ist einer von euch."

Wämmm! Die Info schlägt ein wie eine Bombe.

„Lüg nicht!"

Ihr Blick huscht zu mir, ich ertrinke beinahe in den Tiefen ihrer himmelblauen Augen.
„Tu ich nicht."
„Wie heißt er?"
„Luis."
Iker wirkt irritiert, mir geht es ganz genauso.
„Luis hat uns nie was von einer Schwester erzählt. Und schon gar nichts darüber, dass sie ein verfickter Bulle ist."
Die Geräusche, die das Mädchen von sich gibt, treiben mich beinahe in den Wahnsinn.
Wenn es einen Gott gibt, woran ich stark zweifle, warum lässt er dann so eine Scheiße zu?
„Unsere Eltern haben ihn verstoßen. Wir haben keinen Kontakt."
Das würde vieles erklären.
Iker dreht sich zu mir um, er wirkt genauso ratlos wie ich.
„Die Info ist heftig."
Ich nicke.
„Wir können das nicht ignorieren."
„Nein, können wir nicht."
Fuck!
„Was jetzt?"
Der Vollstrecker steckt seine Waffe ein, der Druck in meinem Inneren wird weniger.
„Zum Teufel, Iker! Du weiß wie's ist. Ich schulde Luis was. Wenn das wirklich seine Schwester ist, kannst du sie nicht umlegen."
„Aber wir können sie genauso wenig zurücklassen."
Piss doch die Wand an ...
„Wir nehmen sie mit."
Die Entscheidung fällt ad hoc, ist nicht gut durchdacht und wird uns garantiert eine Wagenladung voll Ärger einbringen, aber mir will im Augenblick nichts Besseres einfallen.
Iker sieht zu mir, ich zu dem Mädchen und das Mädchen zu Iker.
„Gut."
Er reißt die Wagentüre auf, packt Luis angebliche Schwester am Handgelenk und zerrt sie grob aus dem Streifenwagen. Sirenen werden laut – die Verstärkung kommt – aber nicht unsere.
„Lass mich los!"
Sie wehrt sich und versucht, sich aus dem Griff zu befreien, was lächerlich ist.
Wie groß mag die Kleine sein? 1,60 Meter? Wenn überhaupt ...
Und arg viel wiegen wird sie auch nicht.

Süß, dass so etwas Winziges überhaupt den Polizeidienst antreten darf.

Ich verstehe das einfach nicht.

Warum wird so ein wehrloses Püppchen in eine Uniform gezwängt und dann der Stadt zum Fraß vorgeworfen?

Diese Frau ist für mich nichts weiter als ein kleiner Mitternachtssnack. Wenn ich wollte, könnte ich sie mit einem Happs verschlingen und sie hätte mir nichts entgegenzusetzen. Der einzige Grund, warum ich sie nicht einfach auf den Boden schleudere und ficke, ist der, dass sie höchstwahrscheinlich Luis Familie ist und dass bereits jede Menge Bullen auf dem Weg hierher sind.

„Lass mich los, du widerliche Pestbeule!“

Das Mädchen kämpft und brüllt, es schreit und wirft Iker die witzigsten Schimpfwörter an den Kopf.

„Die Maus hat Temperament, das muss ich ihr lassen. Vielleicht ist sie ja doch Luis Schwester?“

Sie nutzt die Chance, holt aus und verpasst Ikers Schienbein einen kraftvollen Tritt, der gerät ins Stolpern und hat prompt eine Waffe im Gesicht.

Eine Dienstwaffe, um genau zu sein.

„Ich bin keine Maus, ich heiße Catalina. Und ja, Luis ist mein Bruder, aber ich brauche ihn nicht, um mich zu beschützen, das kann ich auch selber. Also geh mir aus dem Weg *Hell Bone*, oder ich feuere mein komplettes Magazin auf dich ab!“

Iker ist sprachlos. *Verflucht!* Und ich? *Holy Shit!* Mein Schwanz war noch nie so hart wie in diesem Moment. In meinem ganzen Leben habe ich nie etwas Heißeres gesehen als diese Frau in der Polizei-Uniform, mit unverfälschter Todesangst in den Augen und dem Mut, der eine ganze verdammte Armee beeindrucken würde.

Catalina – Cat – die Katze hat Kampfgeist und das gefällt mir.

Das gefällt mir sogar sehr.

Iker ist kurz vorm Austicken.

Kein Wunder, ich kann ihn verstehen. Das letzte Mal, als mir jemand eine Knarre an den Schädel gehalten hat, habe ich das nur knapp überlebt, genauer gesagt habe ich das nur dank Luis überlebt und darum schulde ich ihm was. Ich schulde es ihm, dass ich seine Schwester beschütze und heil zu ihm in den Club bringe.

Wie es dann mit dem Mädchen weitergeht, weiß ich nicht, und es soll nicht meine Sorge sein. Ich schiebe den vor Zorn bebenden Enforcer beiseite, schirme Cat mit meinem Körper vor ihm ab.

Auf sie mag das so wirken, als würde ich Iker schützen, in Wirklichkeit beschütze ich gerade sie.

Weder für ihn noch für mich ist es eine große Sache, ihr die Glock abzunehmen, sie auf den Boden zu befördern und zu töten.

Die Aktion würde keine zehn Sekunden dauern. Bis sie überhaupt bemerken würde, was Sache ist, hätte ich ihr die Kehle aufgeschlitzt und sie würde an ihrem eigenen Blut ersticken.

Die rechte Hand nach ihr ausstreckend, suche ich ihren Blick und konzentriere mich darauf, ruhig zu bleiben.

„Komm schon, Cat. Mach keinen Scheiß und nimm die Pistole runter.“

Sie zuckt nicht mal mit den Wimpern und macht auch sonst keine Anstalten, auf mich zu hören.

„Vergiss es, Rocker.“

Fuck! Zähes kleines Ding.

„Nimm die Waffe runter, bevor du dich noch verletzt.“

Das höhnische Lachen, das ihr über die Lippen kommt, vermischt sich mit dem stetig lauter werdendem Sirenen-Geheul.

„Uns läuft die Zeit davon, Sergeant.“

Das muss Iker mir nicht erst sagen, das weiß ich auch so.

Er versucht, sich an mir vorbeizuschieben, was ich nicht zulasse. Wenn er sich um das süße Problem vor uns kümmert, geht das für Cat nicht gut aus.

Ich kenne Iker, er wird ihr, ohne zu zögern, das Handgelenk brechen, sie auf den Boden befördern und zum Bluten bringen.

Das kann ich nicht zulassen!

„Cat, ich will dir nicht wehtun.“

Irgendwas in meinen Augen muss ihr verraten haben, dass ich das absolut ernst meine. Die Belustigung weicht aus ihrer Mimik, die Waffe richtet sie jedoch immer noch auf mich – direkt auf meinen Kopf. So wie man es ihr auf der Polizeischule beigebracht hat.

Wirklich sehr vorbildlich. *Verdammt!*

„Wenn, bin ich diejenige, die dir wehtut, Arschloch!“

Ich mache mir gedanklich eine Notiz, dass ich sie irgendwann, in naher Zukunft, für dieses *Arschloch* büßen lasse. Am besten ist sie dabei nackt, mit wundgeküssten Lippen, verwuschelten Haaren und hängt dabei über meinen Knien, während ich ihr den Hintern versohle.

Ich verdränge die sexy Fantasie, die in meinem Schädel aufploppen will, ignoriere das ungeduldige Pochen in meinem Schwanz und konzentriere mich ganz auf die Tatsache, dass wir langsam, aber sicher ein echtes Problem haben.

„Hier ist weder der richtige Ort noch ist jetzt der passende Zeitpunkt für irgendwelche Spielchen. Waffe runter!“

Sie schüttelt entschieden den Kopf und zischt mir dabei ein „Vergiss es!“ zu.

Klasse. Echt ganz klasse ...

Nach dieser Nummer sind Luis und ich quitt.

„In wenigen Minuten ist die Verstärkung da. Ihr werdet für den Mord an meinem Kollegen bezahlen müssen.“

Aye, und zwar mit unseren Leben, wenn ich die Scheiße hier nicht abkürze.

„Ich zähle jetzt bis drei. Entweder nimmst du dann die Knarre runter, hältst die Klappe und steigst wie ein braves Mädchen auf mein Bike, oder es wird unschön und ich kann dir nicht garantieren, in welchem Zustand du dich befinden wirst, wenn ich dich deinem Bruder übergebe.“

Furcht blitzt in ihren himmelblauen Augen auf. Cat scheint endlich zu kapieren, dass sie in der Scheiße steckt.

„Vergiss es, Arschloch!“

Ding – Ding – Ding. Jetzt sind es schon zwei Spankings. Ihr Hintern wird glühen, wenn ich sie ficke!

„Eins ...“ Sie bleibt standhaft. „Zwei ...“ Ihre Hand beginnt zu zittern, doch sie gibt nicht auf, wofür ich sie ironischerweise bewundere. „Drei ...“ Ich atme ein weiteres Mal tief durch, verlängere ihre Gnadenfrist so um eine unausgesprochene Sekunde und mache dann meine Drohung wahr.

Mit einem Ausfallschritt nach vorne überwinde ich die Distanz zwischen uns, schlage ihre Hand nach oben, wobei sich ein Schuss löst, und entwinde ihren eiskalten Fingern dann die Glock.

Das alles geht so schnell, dass sie nicht dazu kommt, zu schreien oder sich zu wehren.

Bis Catalina überhaupt kapiert, was Sache ist, steckt ihre Dienstwaffe in meinem Hosenbund und ich habe ihr beide Arme auf den Rücken gebogen, während ich sie grob auf die Motorhaube des Streifenwagens presse, in dem ihr toter Kollege sitzt.

Mitleidslos lege ich ihr ihre eigenen Handschellen an und ignoriere dabei ihren runden Po, der sich verführerisch gegen meinen Schritt presst.

Jesus! Mein Schwanz fühlt sich an, als würde er gleich platzen, und meine Eier sind garantiert schon blau.

„Du blöder Wichser! Du arrogantes, blödes, fieses und gemeines Arschloch! Wie konntest du nur? Bist du irre?! Ich bin Polizistin, du kannst mich nicht so anfassen. Dafür wirst du büßen!“

Die Einzige, die hier büßen wird, ist sie. Nacht für Nacht – wieder und wieder.

Niemand hat es je gewagt, so respektlos mit mir zu reden. Nicht bevor ich das Leder angelegt habe, noch danach. Wäre sie ein Mann, würde ich ihr für diese Unverschämtheit das Genick brechen. Aber sie ist eine Frau, eine wunderschöne, mutige und tapfere Frau, die noch dazu meinem Clubbruder gehört.

Catalina ist tabu. Selbst für die Gedankenficks, die ich mir die letzten Minuten mit ihr gegönnt habe, könnte Luis mir die Kehle aufschlitzen.

Er hätte jedes verfluchte Recht dazu!

Aber bevor es so weit kommt, müssen wir hier weg. Sofort!

Wir haben, dank Catalinas Spielchen, schon genug Zeit verloren.

„Wie willst du sie zum Club bringen?“

Iker steht neben mir, die Hände in den Taschen und mit einem mörderischen Funkeln im Blick. Wenn ich nicht da gewesen wäre, wäre Catalina tot.

„Auf meinem Bike.“

Ihr zorniges „Niemals!“, lässt Iker die Augenbrauen in die Höhe ziehen.

„Noch ist es nicht zu spät. Wir können ihr eine Kugel verpassen und so tun, als ob das nie passiert wäre.“

Können wir, tun wir aber nicht.

„Ich stehe in Luis Schuld.“

Iker zögert, zischt ein „Fuck!“ und geht dann wortlos zu unseren Maschinen. Ich reiße Cat hoch, schlinge meine Finger um ihre Kehle und drücke zu. „Dein Leben hängt an einem seidenen Faden. Machst du Zicken, stirbst du. Kapiert?“

Das ist gelogen, aber das weiß sie zum Glück nicht.

Cat kapiert, dass sie verloren hat, und nickt niedergeschlagen.

Ihre Niederlage bringt mein Blut zum Kochen.

Wäre sie nicht Luis Schwester, würde sie nach dem, was zwischen uns passiert ist, mir gehören. Kriegsbeute.

Ich habe sie gefunden und gefangen. Nach den Gesetzen des Clubs macht sie das zu meinem Eigentum. Zumindest wäre es so, wenn sie nicht zu Luis Familie gehören würde.

Was ein Pech, das verkompliziert die Sache. Trotzdem wird es passieren, trotzdem werde ich sie nackt unter mir liegen haben und meinen Schwanz so tief in sie rammen, dass sie meinen Namen schreit und mich um Gnade anfleht und, wenn ich Lust habe, werde ich sie ihr gewähren, aber auch nur wenn ich Lust habe.

Was ich stark bezweifle.

Gnade passt nicht zu mir, was das *Expect-no-Mercy-Patch*, das meine Kutte ziert, beweist.

4. Kapitel

Die Polizistin

Das Herz trommelt mir gegen die Rippen, mir ist schlecht und in meinem Magen prickelt es unheimlich. Das, was hier passiert, überschreitet meine unheimlichsten Albträume um ein Tausendfaches. Ben ist tot, einfach so. Erschossen von einem *Hell Bone*, einem *Hell Bone* mit einem schwarzen Fadenkreuz auf der Stirn. Was wirklich unheimlich ist.

Und mein Entführer, oder sollte ich ihn lieber Retter nennen?????? Hat mich einfach so überwältigt, beinahe mühelos, und mich dann mit meinen eigenen Handschellen gefesselt.

Wütend auf mich selbst kneife ich die Augen zusammen und versuche zu rekonstruieren, wie es so weit kommen konnte, dass ich jetzt auf dem Motorrad eines *Hell Bone* sitze und mich an ihn festklammere, als würde mein verdammtes Leben davon abhängen?

Wie. Zur. Hölle. Konnte. Es. Nur. So. Weit. Kommen?

Himmel Hilfe!

Wenn ich meinen Stolz mal kurz zum Schweigen bringe und mich auf die harten, unschönen Tatsachen konzentriere, dann muss ich mir leider eingestehen, dass mein Leben tatsächlich von dem Rocker vor mir abhängt.

Obwohl er meine Hände wieder befreit hat und der kalte Stahl nun warnend an meinem linken Handgelenk baumelt, bin ich noch lange nicht frei.

Ich würde gerne behaupten, dass ich mich erniedrigt und panisch fühle, aber so ist es nicht, zumindest nicht ganz.

Klar habe ich Angst – Todesangst, um genau zu sein – aber da ist noch *mehr*. Nur dieses *mehr* will und kann ich nicht genauer beschreiben. Dazu ist es einfach zu komplex und zu gefährlich.

In den letzten Jahren habe ich mir immer wieder vorgestellt, wie die erste Begegnung zwischen Luis und mir wohl aussehen mag. Wie sie wohl ablaufen wird ...

Ich hatte eintausend verschiedene Szenarien im Kopf, aber in keiner saß ich in einer Dienstuniform und mit Handschellen am Gelenk baumelnd auf dem Bike einer seiner Clubbrüder. In keiner von ihnen wurde ich quasi aus einem Streifenwagen heraus entführt.

Scheiße!

Nur weil ich ihn vermisst habe, bedeutet das noch lange nicht, dass es ihm auch so gegangen ist. Vielleicht will er ja nichts mehr mit mir zu tun haben?

Vielleicht empfindet er für mich denselben Hass wie für unseren Vater?

Wie er wohl reagieren wird, wenn er mit eigenen Augen sieht, dass ich die Erwartungen unserer Eltern erfüllt habe und Polizistin geworden bin?

Wird er das als Verrat empfinden?

Wahrscheinlich!

Was, wenn er mich verachtet? Wenn er mich als seine Feindin sieht?

Gott!

Der Drang, von der Harley zu springen, wird beinahe übermächtig. Der Rocker, dessen breiter Rücken mich vor dem kalten Fahrtwind abschirmt, und dessen Helm ich trage, scheint zu spüren, was mit mir los ist, fasst nach hinten und streicht mir erstaunlich sanft über den Oberschenkel.

Diese beinahe schon zärtliche Geste verpasst mir einen Schock.

Natürlich bin ich froh, dass mich diese beiden Biker nicht genauso skrupellos abgeknallt haben wie Ben. Dennoch spüre ich instinktiv, dass ich noch lange nicht in Sicherheit bin.

Wie könnte ich auch?

Ich, eine Polizistin, werde gegen meinen ausdrücklichen Willen von zwei gesetzlosen Outlaws in den *Hell Bones Motorcycle Club* verschleppt.

Sicherheit sieht anders aus. Ganz anders.

Dass ich diese Nacht überlebe, ist nicht sicher, nichts ist sicher, und das lässt mich in Panik ausbrechen.

Wir stoppen an einer roten Ampel – das ist meine Chance.

Doch noch bevor ich von der Maschine springen kann, dreht sich der Rocker vor mir um, er sieht mich über seine Schulter hinweg an und bohrt seine Augen tief in die meinen. So tief, dass ich vergesse zu atmen, dass ich alles vergesse, alles außer dem Gefühl, das sein harter Körper in mir auslöst.

„Wenn du von dem Bike springst, wird Iker dich töten.“ Er macht eine dramaturgische Pause, ich kann noch immer nicht atmen. „Ich bin deine einzige Sicherheit, Cat.“

Seltsamerweise glaube ich ihm. Alles.

Dieser Mann, der von dem Typen mit dem Fadenkreuz auf der Stirn River genannt wird und der einen Aufnäher auf seiner Kutte trägt, der ihn als Sergeant at Arms der *Hell Bones* ausweist, hat mir das Leben gerettet.

Ihm verdanke ich es, dass ich noch atme und nicht mit einer Kugel im Kopf im Dreck liege und zu einer Zahl in der Statistik werde.

„Ich habe Angst."

Die Worte kommen mir wie von selbst über die Lippen und sie sind nichts als die Wahrheit.

Noch immer sind unsere Blicke ineinander verschmolzen.

„Ich werde dich beschützen, Mädchen."

Wieder glaube ich ihm, was meine Emotionen völlig verrücktspielen lässt.

„Versprich es mir."

Seine Mundwinkel zucken. Jetzt, wo die Todesangst etwas nachlässt, fällt mir erst auf, wie attraktiv dieser Outlaw ist. Düster und gefährlich, tödlich und gnadenlos, aber auch sehr attraktiv. Er hat kurze braune Haare, die leicht verstrubbelt sind, genau wie ich blaue Augen, obwohl der Farbton ein völlig anderer ist, und eckige Gesichtszüge, die wie aus Stein gehauen wirken. Seine Iriden sind kalt und von einem so dunklen Blau, dass sie mich an die Tiefsee erinnern, was wirklich passend ist, denn niemand weiß wirklich, welche Gefahren in der Tiefsee lauern.

Die Ampel springt auf Grün, die Autos vor uns setzen sich in Bewegung, aber River sieht mich einfach nur weiter an, so als würde die Zeit für uns stillstehen, als wäre außer uns nichts von Bedeutung.

Iker befindet sich rechts von uns, sodass ich ihn nicht sehe.

Keiner der Wagen hinter uns traut sich zu hupen – nicht einer ist so verrückt, den Unmut der *Hell Bones* auf sich zu ziehen.

Ein weiterer Beweis dafür, wie mächtig diese Rocker wirklich sind.

„Ich verspreche es dir!"

Damit dreht er sich wieder nach vorne und gibt Gas. Während der restlichen Fahrt halte ich mich einfach nur weiter an ihm fest, spüre, wie sich seine beeindruckenden Muskeln anspannen und wie die Hügel seines Sixpacks unter meinen Fingern arbeiten, wenn er die Harley in die nächste Kurve zwingt.

Das alles erinnert mich an Sex.

Ein weiterer Beweis dafür, dass ich unter Schock stehen muss.

Erst als wir am Gelände des MCs ankommen, an der meterhohen Mauer entlangfahren und vor dem bewachten Tor stoppen, überkommt mich eine neue Panikwelle.

Ich bin schon so oft bis hierher gekommen und habe jedes Mal wieder einen Rückzieher gemacht. Heute wird das anders sein. Das Schicksal hat mir die Kontrolle entzogen, es hat die Zügel in die Hand genommen und mich auf das Motorrad dieses *Hell Bones* gesetzt. Warum? Oder was es damit bezwecken will, weiß ich nicht.

Aber ich werde es sicherlich gleich herausfinden.

Die mit Maschinengewehren bewaffneten Wachposten gewähren uns Einlass. Das massive Stahltor öffnet sich, mir wird auf einen Schlag kotzübel.

River gibt Gas, wir passieren die Grenze des Clubs und nun befinde ich mich mitten in der Hölle.

Einer Hölle, bestehend aus bärtigen, mit Leder bekleideten Dämonen, die mich alle anstarren, als wäre ich ein mit Weihwasser und Kreuzen bewaffneter Engel, der ihre verlorenen Seelen gegen ihren Willen ins Licht führen will.

Was lachhaft ist. Wenn hier jemand verloren ist, dann bin ich das.

Keiner der Anwesenden *Hell Bones* kann nachvollziehen, wie um alles in der Welt eine Polizistin auf das Motorrad ihres Sergeant at Arms gekommen ist.

Mir geht es da genauso ...

Das alles ist so surreal, dass es mich nicht wundern würde, wenn ich gleich aufwache und feststelle, dass das alles nur ein böser Traum gewesen ist.

River bremst, wir halten direkt vor dem riesig wirkenden Betonwürfel, der den Outlaws als Hauptquartier dient. Mir läuft es eiskalt den Rücken runter. Der Motor verstummt, das kraftvolle Bollern zwischen meinen Schenkeln erstirbt.

Laute, wütend klingende Musik schallt über den Hof, wird dann und wann von derben Flüchen oder weiblichem Gelächter durchbrochen.

In verrosteten Ölfässern lodern orange Flammen, die gespenstische Schatten an die Wände zaubern.

Von all den vielen Eindrücken überwältigt, vergesse ich, dass ich den Biker vor mir loslassen kann. Erst als er mir auf den Oberschenkel klopft, wird mir klar, dass ich mich noch immer an ihm festklammere. Wie peinlich.

Schnell lasse ich ihn los, rutsche nach hinten und schaffe so möglichst viel Abstand zwischen uns, ehe ich etwas ungeschickt absteige und prompt gegen Iker stoße, der wie aus dem Nichts neben mir auftaucht.

Ich war so auf River konzentriert, dass ich ihn irgendwie total vergessen habe. Ein weiterer Beweis dafür, welch fatale Wirkung der Sergeant auf mich hat. Iker fängt mich auf und lächelt mich freudlos an. Er wirkt wie der klassische Psychopath aus einem der vielen Thriller, die ich so gerne lese.

„Langsam, Mädchen."

„Lass mich sofort los!"

Noch immer breit grinsend, nimmt er die Hände von mir und hebt sie in einer abwehrenden Geste in die Luft. Falls mir das eine gewisse Sicherheit vermitteln soll, scheitert der Versuch.

Ich fühle mich genauso sicher wie eine Maus inmitten eines Rudels hungriger Katzen.

Je länger ich hier stehe, umso mehr Blicke ruhen auf mir.

„Was bei allen *Bones* hat eine Bullenschlampe hier verloren?"

Die Beleidigung an sich perlt an mir ab, aber der tief empfundene Hass, mit der mich der Typ mustert, geht mir bis ins Mark.

River beobachtet mich, stellt sich dann vor mich und ballt die Fäuste.

„Verpiss dich, Fletscher. Außer du willst, dass ich dir die Zunge rausreiße und sie anschließend mit meinem Dolch an deinem dummen Schädel festpinne."

Oh Shit!

Dieser Fletscher, mir fällt auf, dass er keine Kutte trägt, kapiert genau wie ich, dass das keine leere Drohung war und sucht das Weite.

River dreht sich zu mir um, mustert mich kritisch und murmelt dann etwas über Weiber, Uniformen, Stripperinnen und das verdammte Schicksal.

Ich werde aus den wenigen Worten, die ich aufschnappe, nicht schlau und sehe ihn verwirrt an.

„Komm schon, Kätzchen, lass uns deinen Bruder suchen."

Dass er mich Kätzchen nennt, gefällt mir nicht! Oder? Na ja, vielleicht doch. Egal ... Es sollte mir auf jeden Fall nicht gefallen. Und das ist der Punkt.

Dieser Biker ist viel gefährlicher für mich als der gesamte Club zusammengenommen.

„Fuck Sergeant. Luis wirds die Füße wegziehen, wenn er die Tussi sieht. Ich wette tausendmal, dass sie nie und nimmer seine Schwester ist. Er hätte es uns erzählt, wenn er einen Cop in seiner Familie hätte."

Das bringt mich zum Lachen. Ehrlich.

„Scheiße, seid ihr dumm. Unsere ganze Familie besteht seit Generationen aus Polizisten!"

Das scheint die beiden Rocker fast vom Hocker zu hauen, was mir eine gewisse Genugtuung verschafft.

„Das habt ihr wohl nicht gewusst, oder?“

River und Iker werfen sich einen kurzen Blick zu.

„Hör mal Mädchen. Bist du dir sicher, dass wir hier vom gleichen Luis reden?“

„Ganz sicher. Die Frage ist nur, seid ihr euch sicher, dass ihr euren Clubbruder überhaupt kennt?“

River flucht, packt mich und zerrt mich grob an sich heran.

Ich knalle gegen seinen harten Brustkorb, sämtliche Luft wird mir aus der Lunge gequetscht. Der Duft von Leder, Mann und Schweiß steigt mir in die Nase, anstatt auszuweichen, atme ich instinktiv tief ein.

„Pass auf, was du sagst, Cat. Wenn du nicht aufpasst, bringst du deinen Bruder in echte Schwierigkeiten. Schwierigkeiten, die ihm den Kopf kosten können.“

Scheiße!

Und wieder rettet River meinen Arsch, oder in dem Fall meine Zunge.

„Das war mir nicht bewusst.“

„Jetzt ist es das, also handle dementsprechend.“

„Werde ich. Danke.“

River nickt zufrieden.

Iker beobachtet uns mit finsterer Miene.

Es gefällt ihm nicht, dass River mich an sich presst. Es gefällt ihm nicht, dass ich noch am Leben bin. Tja! Pech gehabt.

Ich bin es und ich werde alles tun, damit ich es auch bleibe.

„Lass uns Luis suchen. Wird Zeit, die Familie zusammenzuführen.“

Mein Puls rast so schnell, dass es fast schon wehtut.

Vor diesem Moment fürchte ich mich seit einer kleinen Ewigkeit. Wenn ich die Wahl hätte, würde ich die Flucht ergreifen, ich würde mich umdrehen und so schnell ich kann davonlaufen.

Aber ich kann nicht. Rivers Finger schlingen sich brutal um meinen Oberarm, sie halten mich an Ort und Stelle und machen mir unmissverständlich klar, dass ich nicht diejenige bin, die entscheidet, was passieren wird.

Er zerrt mich an einem der verrosteten Ölfässer vorbei, in dem ein munteres Feuer brennt, bis hin zu der offen stehenden Türe, die uns ins Innere des Clubhauses lässt.

Zuerst schaffe ich es wirklich, tapfer zu sein. Als mein Blick dann aber auf die riesigen, schwarzen Käfige fällt, die links und rechts neben dem Eingang stehen, beginnt sich in meinem Kopf alles zu drehen.

Die Käfige an sich sind nicht das Schlimmste, sondern die komplett nackten Frauen, die sich zu den harten Rhythmen der Rockmusik winden.

Vor Schreck stolpere ich beinahe über meine eigenen Füße, ich wäre auf den harten Boden gefallen, wenn River mich nicht aufgefangen hätte.

„Langsam, Kätzchen."

„Das ist die Hölle."

Er lacht.

„Nein, das ist das Zuhause deines Bruders. Was bedeutet, dass du hier sicher bist ..." Er stoppt, scheint abzuwägen, ob er die nächsten Worte aussprechen soll. „Du bist hier sicher, obwohl du dich für die falsche Seite entschieden hast."

Ich schlucke.

„Wie nett!"

„Nur die Wahrheit."

„Aus dem Mund eines Killers."

„Das Wort eines Killers ist mehr wert als das aus dem Mund eines Bullen."

Perplex sehe ich ihn an.

„Ach ja? Warum?"

Seine Mundwinkel biegen sich nach oben.

„Weil wir nichts zu verbergen haben. Wir sind, was wir sind und stehen dazu."

Eigentlich ist das eine sehr löbliche Lebenseinstellung, zumindest wenn man ausblendet, dass er gerade, ohne mit der Wimper zu zucken, zugegeben hat, dass er ein Killer ist.

Heilige Scheiße!

River kapiert, was meine Furcht in schwindelnde Höhen schießen lässt und schnippt mit den Fingern gegen das offen stehende Schloss von einem der Käfige.

„Sie können gehen, wann immer sie wollen."

Märchen sind was für kleine Mädchen.

„Ja genau, und ich glaube an Hexen, Feen und schöne Prinzessinnen."

„Diese Frauen in den Cages glauben an gar nichts mehr. Sie versuchen einfach nur, zu überleben. Hier im Club sind sie sicher, vor was auch immer sie sich verstecken. Wir sorgen für sie und schieben ihnen Dollars in die Pussys. Wenn sie gehen wollen, können sie gehen. Aber sie bleiben und das sollte dir zu denken geben, Catalina."

Sollte es das?

Vielleicht!

„Willst du dich gerade als einer der Guten darstellen?“

Meine Frage scheint ihn zu erheitern.

„Ich bin einer der Guten. Wenn ich es nicht wäre, wärest du nicht hier, sondern würdest mit einer Kugel im Schädel neben deinem toten Kollegen sitzen. Und jetzt komm.“

Sprachlos lasse ich zu, dass er mich immer tiefer in die Welt der *Hell Bones* zieht.

An jammernden Flipperautomaten, von der Decke hängenden Sandsäcken und einer großen Bar vorbei, bis in einen langen, dunklen Flur, dessen Wände schwarz angemalt sind und an der Fotos aus längst vergangenen Zeiten hängen.

Rivers Worte surren wie tödliche Geschosse durch meinen Kopf. Sie würden mich nicht so verwirren, wenn ich nicht sofort erkannt hätte, dass sie bis zu einem gewissen Grad der Wahrheit entsprechen.

Oh Gott! Was passiert hier?

Anstatt den Rocker, der mich hierher geschleppt hat, zu hassen, beginne ich langsam, ihn zu verstehen.

Iker, der uns gefolgt ist, stößt eine Tür auf, River schubst mich in das Büro und dirigiert mich zu dem schwarzen Ledersofa, das ganz hinten im Eck steht.

Vor den zwei Fenstern, die zum Hof rausführen, befinden sich dicke Gitterstäbe, die eine Flucht unmöglich machen.

Ich stecke in der Falle, und Ikers zufriedener Mimik nach, ist ihm das nur allzu deutlich bewusst.

„Setz dich!“

Nicht bereit auf den *Hell Bone* mit dem Fadenkreuz auf der Stirn zu hören, bleibe ich stur stehen und recke die Nase in die Luft.

Dieses Arschloch hat mir gar nicht zu sagen!

Erst als River warnend meinen Namen brummt, lasse ich mich auf die Couch sinken.

Die Handschellen baumeln immer noch an meinem Gelenk. Sie sind eine Mahnung, sie erinnern mich daran, dass ich froh sein kann, nicht längst in einem dunklen Kellerloch an ein Heizungsrohr gefesselt worden zu sein.

River baut sich vor mir auf, zündet sich eine Zigarette an und kneift sich anschließend in den Nasenrücken.

Dann wendet er sich zu Iker um.

„Such Luis!“

Iker reagiert nicht, Rivers Mimik wird hart.

„Jetzt!“

Iker verschwindet, aber nicht ohne mir vorher noch einen tödlichen Blick zuzuwerfen.
Kaum dass er weg ist, kann ich endlich wieder normal atmen.
„Was war das gerade?"
Er runzelt die Stirn.
„Was?"
„Das zwischen dir und ihm."
Der Rocker zögert, dann tippt er auf den Sergeant-Aufnäher auf seinem Leder.
„Ich bin ranghöher. Iker muss tun, was ich ihm sagen."
Interessant.
„Der Sergeant steht also über dem Vollstrecker?"
„Richtig. Über mir stehen nur der Präsident und sein Vize."
Wow! Das ist beeindruckend, denke ich zumindest.
Um mich von der Tatsache, dass ich Luis gleich wiedersehen werde, abzulenken, halte ich das Gespräch am Laufen.
„Was musstest du tun, um der dritthöchste *Hell Bone* New Yorks zu werden?"
In seinen tiefseeblauen Augen blitzt es warnend auf.
„Willst du das wirklich wissen, Kätzchen?"
Etwas an seiner Stimme verrät mir, dass ich besser nicht auf die Antwort bestehen sollte.
„Nein, ich glaube nicht."
„Kluge Entscheidung."
Meine Nervosität lässt sich nicht austricksen und schnellt in astronomische Höhen.
„Kann ich auch eine haben?"
Ich deute auf seine Zigarette.
Er reicht mir die Schachtel und gibt mir Feuer, dabei kommen wir uns so nah, dass ich erneut seinen Geruch inhalieren kann.
Der immer stärker werdende Drang, ihn zu berühren, mit den Fingerspitzen über seine, mit Bartstoppeln überzogene Wange zu streifen, erschreckt mich.
Es ist falsch, dass ich ihn berühren will. Es ist falsch, dass er so eine unbeschreibliche Anziehungskraft auf mich ausübt, aber sie ist da und will sich einfach nicht verleugnen lassen.
Ich ertrinke in seinem Blick. Meine Lippen kribbeln und meine Sinne spielen verrückt.
Hilfe! Hilfe! Hilfeeeee …
Was wird das?
Will ich ihn küssen?

Will er mich küssen?

Bevor ich das herausfinden kann, werden Schritte laut, eine befehlsgewohnte Stimme dröhnt durch den Club und lässt mich instinktiv zusammenzucken.

„Wer ist das?“

River richtet sich auf.

„Devil, der Präsident.“

Scheeiiiißßßße!

Vor diesem *Hell Bone* kann River mich nicht beschützen.

Meine Finger beginnen zu zittern, so viel Nikotin wie möglich in meine Lunge quetschend, versuche ich tapfer zu sein.

Präsident hin oder her. Im Grunde genommen ist dieser Rocker auch nur ein Mann mit etwas Leder auf den Schultern und einem unheimlichen Namen.

5. Kapitel

Der Sergeant at Arms

„Und du bist Luis Schwester?“

Devil mustert Catalina mit unverhohlenem Spott.

„Und du bist der Präsident des Clubs?“

Sie ist mutig, aber in dem Fall sollte sie lieber die Klappe halten.

Devil ist kein Mann, den man reizen sollte. Anstatt wütend zu werden, bleibt Devil ruhig – er wirkt fast schon belustigt.

Was wir ganz klar Lauren, seiner Old Lady, zu verdanken haben. Bevor er seiner Frau begegnet ist, war unser Präsident alles andere als locker. Hätte er damals erfahren, dass einer unserer Member aus einer Polizisten-Familie kommt, wäre er ausgeflippt.

Er hätte nicht nur Catalina, sondern auch Luis hingerichtet, und es wäre an mir gewesen, die Leichen zu zerstückeln und im Hudson River zu entsorgen.

Jetzt sitzt eine kleine Polizistin in Devils Büro und der Teufel bleibt ruhig.

Fuck! Ein Wunder!

„Wo ist mein Bruder?“

Der Präsident setzt sich in seinen Sessel hinter dem Schreibtisch, streckt die Beine aus und überkreuzt sie an den Knöcheln.

Wenn ich es nicht besser wüsste, könnte ich fast glauben, dass er entspannt ist.

„Er kommt.“

„Weiß er, dass ich da bin?“

Devils Mimik bleibt ausdruckslos.

„Er weiß, dass eine Polizistin da ist und dass sie nach ihm gefragt hat.“

Catalinas gezischtes „Scheiße!“ verrät mir, dass Luis keine Ahnung davon hat, dass seine Schwester eine Uniform trägt.

Die kommenden Minuten werden nicht leicht für das Mädchen, der Drang, sie zu beschützen, wird immer stärker.

Das Ende dieses Aufeinandertreffens steht völlig offen, bleibt mir nur zu hoffen, dass es in keinem Blutbad endet.

Ich muss mich beherrschen, klammere mich an meiner Kippe fest und kämpfe dagegen an, meine Waffe zu ziehen und mich vor Catalina zu stellen.

Bullshit!

Was hat dieses Mädchen nur an sich, dass ich es beschützen will, und das sogar vor meinem eigenen Club?

Fuck the world!

Cat ist Polizistin, sie hat zuerst Iker und dann mich mit einer Waffe bedroht, was sie zu meiner Feindin macht, und dennoch bin ich um ihre Sicherheit besorgt.

Wenn ich schlau wäre, würde ich jetzt gehen, mir eine Nutte besorgen und Catalina ihrem Schicksal überlassen.

Es liegt nicht an mir, für ihre Sicherheit zu sorgen, das ist Luis Job.

Doch ich bin nicht klug, ich bin dumm, so dumm, dass ich bleibe und kaum die Augen von dem schönen Mädchen abwenden kann, was meinem Präsidenten natürlich nicht entgeht.

Er bleckt die Zähne und grinst wissend.

Meine Faust juckt und will in sein Gesicht.

Anstatt ihn zu schlagen, atme ich tief durch, rauche meine Kippe fertig und warte auf das, was kommt ...

6. Kapitel

Der Bruder

Noch bevor ich das Büro meines Präsidenten betrete, weiß ich, was mich erwartet. Meine Schwester. Ich erkenne ihre Stimme und höre sofort, dass sie verängstigt ist.

Kein Wunder. Ich weiß nicht, was passiert ist, oder unter welchen Umständen sie bei den *Hell Bones* gelandet ist, aber fuck! Ich kann es mir durchaus denken. Iker hat mir nur mitgeteilt, dass eine Polizistin hier ist und dass sie mich sehen muss.

Ich rechne eins und eins zusammen und weiß, noch bevor ich Catalina sehe, dass unser Vater gewonnen und sie in die Familientradition gezwungen hat.

Was eine Scheiße!

Catalina hatte schon immer eigene Pläne, sie wollte nie in Vaters Fußstapfen treten, sondern immer ihren eigenen Weg gehen.

Schlussendlich hat der alte Mistkerl gewonnen und zumindest eines seiner Kinder zu einem unglücklichen Leben verdammt.

Meine Schwester ist die Einzige aus meiner Familie, die mir immer etwas bedeutet hat – die mir immer wichtig war. In der Hoffnung, sie so zu beschützen, habe ich mich von ihr ferngehalten und den Kontakt abgebrochen. Aber jetzt ist sie hier, als Polizistin und steckt bis zum Hals in Schwierigkeiten.

Wäre sie ein Mann, wäre sie längst tot. Dass sie noch atmet, verdankt sie garantiert der Tatsache, dass sie meinen Namen genannt und so offenbart hat, dass sie die Schwester eines *Hell Bone* ist.

Das könnte mir Probleme bereiten, aber das ist okay.

Alles ist okay, solange sie nur in Sicherheit ist und lebend aus der Sache rauskommt.

Als ihr großer Bruder ist es meine Aufgabe, sie zu beschützen, es ist meine gottverdammte Pflicht und die habe ich die letzten Jahre sträflich vernachlässigt.

Wenn der Umstand, dass ich ein Outlaw geworden bin, nun dazu beiträgt, dass sie diese Nacht übersteht, habe ich zumindest eine Sache richtig gemacht.

Skull ist bei mir. Ich lasse mir nicht anmerken, wie sehr es mich bewegt, meine Schwester wiederzusehen, und betrete mit neutraler Miene Devils Büro.

Zuerst bemerke ich Iker, dann River, der mit ernstem Gesichtsausdruck neben meiner Schwester steht. Es macht auf mich den Eindruck, als würde er neben ihr Position beziehen, aber nicht, um den Club vor einem Cop zu schützen, sondern um sie zu schützen.

Catalina bemerkt mich, sie erschaudert. Wir sehen uns direkt an. Ich will zu ihr eilen, sie packen, an mich drücken und ihr all das sagen, was mir durch den Kopf schießt.

Ich will mich bei ihr entschuldigen, dass ich so ein beschissener großer Bruder war, und ihr versichern, dass sich das zukünftig ändern wird.

Ich will vieles, ich will alles – aber ich tue nichts.

Solange ich nicht weiß, wie die Sachlage ist, muss ich mich zurückhalten und alle Optionen abwägen.

Wenn diese Scheiße meinen Tod bedeutet, dann ist das okay, aber Catalina darf nichts passieren.

„Also, wie schaut's aus, Luis? Ist dieser Cop deine Schwester?"

Iker hat die Hand auf der Waffe liegen, die in seinem Hosenbund steckt.

„Aye – das ist meine Schwester."

River wirkt erleichtert, Devil amüsiert und Skull. *Fuck!*

Kein Mensch kann wissen, was in dem Schädel unseres Vizepräsidenten vor sich geht.

So sehr Catalina auch versucht, tapfer zu sein, bemerke ich die Furcht in ihrem Blick.

Ich kann mir nicht mal annähernd vorstellen, wie sie sich gerade fühlen muss.

Noch immer gebe ich mich unbeteiligt.

„Wo habt ihr sie gefunden?"

Iker grunzt und drückt den Rücken durch.

„Neben ihrem toten Kollegen in einem verfickten Streifenwagen."

„Du hast den Kollegen erschossen?"

Die Frage ist eigentlich überflüssig, Iker hat bis jetzt noch jeden Bullen gekillt. Aber ich muss herausfinden, was verdammt noch mal vorgefallen ist. Ich muss wissen, was passiert ist, wenn ich Catalina helfen will.

Iker nickt.

„Ich wollte beide kaltmachen, aber dann ist dein Name gefallen."

Zum Glück war Catalina geistesgegenwärtig genug zu sagen, dass sie einen Bruder bei den *Hell Bones* hat, sonst wäre ihr Schicksal besiegelt gewesen.

River beißt die Zähne zusammen, was mir verrät, dass Iker ein paar wesentliche Details ausgelassen hat.

Ich zwinge mich ruhig zu bleiben, gehe zu Devil und bleibe vor seinem Schreibtisch stehen.

„Die Regeln sind einfach. Catalina ist meine Schwester und somit mein Eigentum. Das macht sie zu Clubeigentum, was wiederum bedeutet, dass sie unter dem Schutz der *Hell Bones* steht!“

Auch wenn ich selbstsicher klinge, in Wirklichkeit ist das ein Bluff. Ich pokere und meine Karten sind beschissen.

Was ich sage, entspricht der Wahrheit. So einfach wäre es, wenn Catalina ein normales Mädchen und keine Polizistin wäre. Aber der Umstand, dass es meinem Vater gelungen ist, sie in diese verdammte Uniform zu zwingen, verkompliziert die Sache um ein Tausendfaches.

Devil nickt.

„Sie ist ein Cop.“

Und da haben wir die Scheiße!

„Sie ist meine Schwester!“

Iker mischt sich ein.

„In erster Linie ist sie eine Zeugin. Ihr wisst, was das bedeutet.“

Noch nie zuvor wollte ich einen Mann so dringend tot sehen, wie in diesem Moment unseren Vollstrecker. Es wird Zeit, meine Position zu festigen. Blitzschnell, voller Entschlossenheit und ohne Vorwarnung ziehe ich mein Messer, wirble zu Iker herum und drücke ihm die frisch geschliffene Klinge an den Hals.

„Wage es noch einmal, das Leben meiner Schwester zu bedrohen, und ich schlitze dir die Kehle auf.“

Es herrscht absolute Stille, na ja fast, das Einzige, was zu hören ist, sind Catalinas keuchende Atemzüge. Sie hat Angst, und das sollte sie auch.

Wir haben ein Problem und bis jetzt ist mir noch keine Lösung eingefallen.

Skull beobachtet mich, Devil ebenfalls und River wirkt zufrieden, was meine Vermutung, dass er derjenige war, der Catalina den Arsch gerettet hat, bestätigt.

Devil bleibt ruhig sitzen, auf Ikers Stirn bilden sich Schweißperlen, er weiß genau, dass ich das vollkommen ernst meine.

Loyalität steht für mich an erster Stelle.

Ich bin den *Hell Bones* gegenüber immer loyal gewesen, aber Catalina ist meine Schwester und somit bin ich ihr gegenüber ebenfalls loyal.

Ich stehe inmitten eines Minenfeldes, ein falscher Schritt könnte nicht nur meinen, sondern auch Catalinas Tod bedeuten.
Ich muss vorsichtig sein und mit Bedacht vorgehen, wenn ich uns beide retten und gleichzeitig meine Kutte behalten will.
Devil richtet sich auf, stemmt die Ellenbogen auf den Tisch und formt mit den Fingern eine Pyramide. Dann richtet er das Wort an mich.
„Du hast deinen Standpunkt klargemacht, Bro. Also, was schlägst du vor? Wie willst du die Angelegenheit klären?“
Gute Frage.
Wenn es so gelaufen ist, wie ich mir das vorstelle, dann lief da heute eine Riesenscheiße ab. Catalina war im Dienst, ihr Kollege ist tot und von ihr fehlt jede Spur. Sie gilt offiziell als vermisst und wird garantiert von jedem Cop in fucking New York gesucht.
So ungern ich es auch laut ausspreche, aber:
„Sie muss von der Bildfläche verschwunden bleiben. Zumindest so lange, bis wir eine Lösung für diesen Bullshit gefunden haben.“
Während ich das sage, sehe ich zu meiner Schwester und stelle fest, dass sie erleichtert aussieht.
„Du willst sie hierbehalten?“
Ich nicke. Meine Klinge drückt sich noch immer gegen Ikers Hauptschlagader.
„Das wäre das Beste.“
Devil scheint mir nicht ganz zuzustimmen.
„Aber sie ist Polizistin.“
„Nicht freiwillig. Sie wurde in diese Uniform gezwungen. Ich zweifle keine Sekunde daran, dass Catalina die Uniform mit Freuden ablegt, sobald sich ihr eine Möglichkeit bietet.“
Meine Schwester nickt zustimmend und untermauert damit meine Aussage.
Kluges Mädchen.
So wie es aussieht, ist das Schlimmste abgewendet ...
Hier wird nicht über ihre Hinrichtung diskutiert, sondern darüber, wie wir ihren Arsch retten können.
Was mich für alle Zeit in Devils Schuld stellt.
Der Präsident überlegt, mit einem Stoß befördere ich Iker zu Boden und stecke das Messer wieder ein.
Ich schätze, ich habe meinen Standpunkt klargemacht.
Devil richtet sich auf und stemmt sich mit den Händen an der Tischkante ab.
Sein Blick war bis eben auf mich gerichtet, jetzt wandert er zu Catalina, zu River und dann zurück zu mir.

„Deine Schwester bleibt hier, ich stelle sie unter Rivers Aufsicht."

Die gerade aufwallende Erleichterung schlägt in Wut um.

„Was? Sie ist meine Schwester. Es ist meine Aufgabe, mich um sie zu kümmern."

Devil nickt.

„Unter normalen Umständen würde ich dir recht geben, aber sie ist ein Cop. Du bist ihr Bruder, du bist befangen und kannst dich in dieser Sache nicht neutral verhalten. Das birgt Risiken – Risiken, die ich nicht bereit bin, einzugehen."

Das kann ich verstehen. *Aber Fuck! Bullshit!*

River ist kein Mann, dem man guten Gewissens seine Schwester anvertraut.

Mein Leben ja, mein Bike ebenfalls – alles. Aber nicht Catalina.

Ich will Devil widersprechen, tue es jedoch nicht. Unser Präsident ist mir schon sehr entgegengekommen. Noch vor wenigen Monaten hätte er nicht gezögert und Catalina und mich kurzerhand umgebracht.

Er hätte uns hingerichtet, unsere Überreste beseitigt und wäre dann, ohne zu zögern, zur Tagesordnung zurückgekehrt.

Der Präsident spürt meinen Widerwillen, sieht zu River und macht ihm wortlos klar, was passiert, wenn er sich Catalina gegenüber nicht respektvoll verhält.

Als Nächstes rückt Iker in Devils Fokus.

„Dieses Mädchen genießt nun den Schutz der *Hell Bones,* also auch deinen Schutz. Vergiss das nicht!"

Er brummt etwas und springt vom Boden auf.

Iker ist wütend, ihm gefällt das nicht. Das kann ich verstehen, wäre die Sachlage eine andere, würde es mir genauso gehen.

Es ist wie es ist: Catalina ist meine Schwester und eine Polizistin – und damit müssen wir jetzt klarkommen.

„Luis, bring das Mädchen hoch in deine Wohnung, dann komm wieder runter. Es gibt einiges zu klären, und ich bin mir sicher, dass du ebenfalls hören willst, was vorgefallen ist."

Darauf kann er wetten!

7. Kapitel

Der Sergeant at Arms

„... Dann habe ich sie auf mein Bike gesetzt und hergebracht."

Die Geschichte ist erzählt, Skull flucht, Luis schweigt und Devil wirkt aufgebracht.

„Habt ihr eure Spuren verwischt?"

Fuck! Haben wir nicht.

Iker wirft mir einen finsteren Blick zu, was wohl ein Witz sein soll.

„Wenn wir Spuren hinterlassen haben, dann werden die Cops sie finden."

Devil steht auf, schenkt sich einen Whisky ein und rauft sich die schulterlangen schwarzen Haare.

„Iker, du fährst zurück. Kümmere dich um die Angelegenheit. Tu was nötig ist, um den Club aus der Sache rauszuhalten."

Unser Enforcer nickt und verschwindet.

„Luis, du triffst dich mit dem Captain. Er steht auf unserer Gehaltsliste. Mach ihm klar, dass es hier um deine Schwester geht und dass er sie aus der Scheiße raushalten soll. Keine Suchaktion – nichts. Am besten taucht ihr Name in dem Polizeibericht gar nicht erst auf. Er soll dafür sorgen, dass es so ausschaut, als ob der tote Bulle allein auf Streife war. Wie er das hinkriegt, ist sein Problem! Verstanden?"

Luis nickt, wirft mir einen misstrauischen Blick zu und verschwindet aus dem Büro.

Der Präsident und ich bleiben alleine zurück.

Er setzt sich wieder, ich folge seinem Beispiel, lasse mich auf den Stuhl sinken und zünde mir eine Kippe an.

„Was eine Scheiße!"

Devil brummt zustimmend.

„Das kannst du laut sagen, Sergeant."

Für einen Moment schweigen wir. Ich kann spüren, dass Devil etwas sagen will, aber nicht genau weiß, wo er anfangen soll.

„Spuck es schon aus, Boss."

„Du wirst es nicht hören wollen, Bro."

„Seit wann interessiert dich das?"

Er lacht.

„Das Thema ist heikel."

Meine Neugierde wächst.

Devil lässt sich nicht drängen, steht auf und holt mir ebenfalls ein Glas, dann schenkt er mir drei Fingerbreit der goldenen Flüssigkeit ein und lässt sich wieder in den Sessel fallen.

Ich gönne mir einen großen Schluck, genieße das rauchige Aroma und warte gespannt, was nun kommt.

Fuck!

Devil beginnt zu reden und ich bin mehr als überrascht. Selbst wenn ich eine Million Versuche gehabt hätte, hätte ich nie erraten, was jetzt kommt.

„Luis Schwester mag eine Uniform tragen, aber sie ist völlig schutzlos ..."

Aye, das ist mir aufgefallen.

„In der Vergangenheit hatten wir schon viele Probleme, aber dieser Bullshit ist neu. Das Mädchen gehört zur Hälfte dem Club und zur Hälfte den Bullen. Wir müssen schnell machen – wir müssen dafür sorgen, dass sich die Kleine ganz schnell für eine Seite entscheidet. So ein Mist kann einen Mann zerbrechen. Das alles kann Luis schaden und das müssen wir verhindern."

Richtig.

„Da stimme ich dir voll und ganz zu."

Devil wirkt zufrieden, ich leere mein Glas und schlucke den Whisky.

„Ich habe gesehen, wie du das Mädchen angestarrt hast, Sergeant."

Verdammt!

Natürlich könnte ich mein Interesse leugnen, ich könnte es abstreiten und meinen Präsidenten belügen. Aber was würde mir das bringen? Nichts.

„Keine Sorge, mir ist bewusst, dass das Mädchen tabu ist."

Devil bleckt die Zähne.

„Es mag merkwürdig klingen, aber in der Sekunde, in der ich Lauren das erste Mal gesehen habe, wusste ich, dass diese Frau mir gehören muss. Woher? Keine Ahnung. Ich wusste es einfach. Ohne sie wäre meine Zukunft sinnlos gewesen. Also habe ich sie mir genommen und es nie bereut."

Ich ahne, wohin das führt, stoppe ihn jedoch nicht.

„Wenn es dir mit Luis Schwester genauso geht, dann zögere nicht, steh auf und nimm dir, was du willst. Geh hoch und fick sie, beiß sie. Tu in Teufelsnamen, was notwendig ist, damit dieses Mädchen bei Sonnenaufgang dir gehört! Sorg dafür, dass sie zu deinem Eigentum wird, und lös damit all unsere Probleme."

Ich kapiere, worauf er hinauswill.

Wenn ich Cat für mich beanspruche, dann würde sie mir und Luis gehören und hätte somit doppelten Schutz. Der Club könnte anders agieren, um sie in Sicherheit zu wissen.

Im Normalfall würde es reichen, dass sie Luis Schwester ist, aber dank der Uniform ist es dieses Mal komplizierter.

„Luis wird ausflippen."

Devils Mundwinkel ziehen sich nach unten.

„Im ersten Moment garantiert. Aber er wird erkennen, dass es das Beste ist, was dem Mädchen passieren konnte."

„Deswegen hast du Luis fortgeschickt."

Devil setzt sein Pokerface auf.

Fuck the world!

„Das ist eine schwere Entscheidung."

„Nein." Er schüttelt den Kopf. „Eigentlich nicht. Wenn es dir mit der Kleinen genauso geht wie mir mit Lauren, dann ist die Sache denkbar einfach! Dann tue ich dir in gewisser Weise sogar einen Gefallen!"

Sagt der Mann, der seine Freiheit längst an den Nagel gehängt und seiner Lady einen dicken Bauch verpasst hat.

„Das ist eine sehr endgültige Sache."

„Aye, ist es. Wenn du sie fickst, gehört sie dir – für den Rest deines gottverdammten Lebens."

Dummerweise will sich bei der Vorstellung keine Angst einstellen, sondern nur Hoffnung. Hoffnung auf ein ausgefülltes Leben – Hoffnung auf ein unbestimmtes mehr, das ich seit der Sekunde will, seit ich Catalina das erste Mal gesehen habe.

Devil hat recht.

Ich will das Mädchen.

Ich will es wider besseren Wissens.

„Wenn ich sie mir vornehme, ist der Club in Sicherheit?"

Devil zieht skeptisch eine Augenbraue in die Höhe.

„Willst du dir jetzt einreden, dass du deinen Schwanz für den Club opferst?"

Das würde mir die Entscheidung erleichtern.

Aber es wäre gelogen.

Cat gehört mir, sie gehört seit der Sekunde mir, in der ich ihr die verfluchte Waffe abgenommen und sie danach auf mein Bike gesetzt habe.

Entschlossenheit pumpt durch meine Venen.

Wahrscheinlich besiegle ich gerade meinen eigenen Untergang. Aber das ist okay, fucking okay! Wie schlimm kann es schon sein, mit einem süßen Kätzchen auf dem Schoß unterzugehen?

8. Kapitel

Die Polizistin

Nervös laufe ich in der kleinen Wohnung auf und ab wie ein Tiger im Zoo, oder wohl eher wie ein Spatz im Käfig.

Luis hat gesagt, ich soll warten und das tue ich. Aber meine Nerven liegen blank.

Wann immer ich an Ben denke, überkommt mich ein Zittern und der laute Knall des Schusses hallt wie ein Donnerschlag durch meine Erinnerung.

Es ist kein Geheimnis, dass es nie ein gutes Ende nimmt, wenn die Cops und die *Bones* aufeinandertreffen – aber es mit eigenen Augen zu sehen und mitten drinnen zu sein, ist eine ganz andere Nummer.

Ich wollte nie eine Polizistin sein. Nie! Trotzdem habe ich es versucht, ich habe versucht, meinen Vater glücklich zu machen, aber damit ist jetzt Schluss.

Ich wäre heute Nacht beinahe gestorben. Und wofür?

Weswegen? Wegen eines nie endenden Krieges zwischen Gut und Böse.

Natürlich könnte ich jetzt die ganze Schuld auf den *Hell Bones Motorcycle Club* schieben, aber was würde mir das bringen?

Wenn wir nicht in eine Schießerei der Rocker geplatzt wären, dann halt in die einer rivalisierenden Gang ... Oder vielleicht hätte auch nur irgendein zugedröhnter Junkie den Abzug gedrückt.

Das macht überhaupt keinen Unterschied.

Ben ist tot und wenn ich den Rockern irgendetwas vorwerfen kann, dann, dass sie mich am Leben gelassen haben.

Der Einzige, der tatsächlich schuld daran ist, dass ich heute beinahe gestorben wäre, ist mein Dad. Er hat mich gezwungen, die Uniform anzulegen und jemand zu sein, der ich gar nicht bin.

Ich will nicht die Welt retten, ich will auch nicht New Yorks Straßen von irgendwelchen Verbrechern befreien – ich will einfach nur mein Leben leben und glücklich sein.

Ist das wirklich so verkehrt?

Ich öffne das Fenster, inhaliere die kühle Luft und starre runter auf den Hof. Das aschfahle Mondlicht bricht sich im Chrom der Motorräder, dass laute Sirenengeheul meiner Kollegen hallt über die Dächer.

Ob sie mich suchen? Wahrscheinlich.

Für den Bruchteil einer Sekunde spiele ich mit dem Gedanken, im Revier anzurufen und Bescheid zu geben, dass es mir gut geht. Aber dann müsste ich erklären, warum ich vom Tatort abgehauen und Ben einfach zurückgelassen habe. Und das kann ich nicht, nicht ohne die *Hell Bones* oder meinen Bruder zu belasten.

Also lasse ich es.

Der Präsident hat mir versichert, dass er sich um alles Notwendige kümmern wird, und so verrückt das auch sein mag, aber ich glaube ihm.

Scheiße!

Meine Menschenkenntnis war nie die beste, was die lange, erbärmliche Schlange meiner Ex-Freunde beweist. Trotzdem bin ich mir sicher, dass der Präsident des Clubs kein schlechter Mann ist.

Was an sich schon total verkehrt sein muss. Immerhin ist er ein landesweit gefürchteter Mörder, ein Zuhälter und ein Glücksspiel-Baron.

Trotzdem vertraue ich ihm. Irgendwie ...

Okay. Gut. Das ist dumm. Total bescheuert. Ich bin so verwirrt, dass ich kaum noch zu einem klaren Gedanken fähig bin.

Aber es ist nicht alles schlecht. Ich habe meinen Bruder wiedergesehen, wir haben ein paar Worte gewechselt und er scheint mich nicht zu hassen. Wenn ich meinem Bauchgefühl vertraue, und das hat mich noch nie im Stich gelassen, dann hat es die Vergangenheit nicht geschafft, unsere Beziehung ganz zu zerstören, was bedeutet, dass wir vielleicht eine gemeinsame Zukunft haben.

Luis hat sich verändert. Die letzten zwei Jahre haben ihn geformt und erwachsen werden lassen. Er ist nicht mehr der Mann, den ich einst kannte, er ist jetzt anders. Größer, entschlossener, brutaler und selbstbewusster.

Seine Schultern sind breiter und der Glanz in seinen Augen verrät mir, dass er Dinge getan hat, die mich wahrscheinlich verschrecken würden.

Aber das ist okay. Alles ist okay. Sogar die Kutte, die er trägt.

Allein wie er das Messer gezogen und seinem Freund an den Hals gehalten hat, um mich zu beschützen, reicht aus, um mir ein zerbrechliches Grinsen ins Gesicht zu zaubern.

Es mag falsch sein, dass ich gut finde, dass er mich so brutal verteidigt hat, aber welches Mädchen wünscht sich keinen großen, starken Bruder, der es beschützt?

Eben ...

Ich habe keine Lust mehr, mich an diesen verqueren Moralvorstellungen der Gesellschaft festzuklammern und mir selbst etwas vorzulügen.

Vielleicht bin ich tief in meinem Inneren meinem Bruder viel ähnlicher, als ich bis heute dachte. Vielleicht war ich bis jetzt einfach nur besser als er, wenn es darum ging, mich zu verstellen?

Gott! Das ist alles zu viel. Ich brauche Alkohol. Jetzt!

Allein das Wissen, dass die Männer unten sind, über mich reden und gerade über mein Schicksal entscheiden, ist so gemein.

Ich bin kein Ding und auch keine Puppe, ich will wissen, was Sache ist – ich will mitreden. Um meinen Frust zu ersäufen, schnappe ich mir den Wodka vom Wohnzimmertisch, der aus einer total zerkratzten Glasplatte und einem alten Motorradreifen besteht, drehe den silbernen Schraubverschluss auf und halte die Luft an. Dann setze ich die Flasche an und trinke. Ich trinke und trinke, selbst als mir irgendwann der widerliche Geruch in die Nase steigt und der intensive Geschmack mich beinahe zum Würgen bringt.

Ich mag keinen Wodka, ich finde dieses russische Zeug einfach nur widerlich.

Aber da hier leider kein Prosecco, Weißwein oder irgendein fruchtiger Liquor herumsteht, muss ich mich mit dem begnügen, was das Leben mir gibt.

In dem Fall: Kartoffelschnaps.

Je mehr ich in mich reinkippe, umso besser fühle ich mich: Zauberei.

Erst als sich mein Magen gequält zusammenzieht und meine Leber streikt, setze ich die Flasche ab und warte darauf, dass sich die betäubende Wirkung einstellt.

Zu meinem Leidwesen schafft es nicht mal der Wodka, den Sergeant at Arms aus meinem Kopf zu verbannen. Dieser Rocker hat etwas an sich, das mich fasziniert und das mein Interesse weckt.

Einem Mann wie ihm bin ich noch nie begegnet.

Einzig seine Nähe und die Art, wie er mich ansieht, haben mir dabei geholfen, in den letzten Stunden nicht den Verstand zu verlieren oder vor Angst zu sterben.

Ich wandere ziellos umher und bleibe vor dem kleinen, zerbrochenen Spiegel, der neben der Eingangstüre an der Wand hängt, stehen. Der Wodka entfaltet langsam seine Wirkung, ein hysterisches Kichern bahnt sich seinen Weg tief aus mir empor.

Den Kopf schief legend, betrachte ich mein Äußeres und kann plötzlich nicht mehr atmen. *Wääämmmmm!*

Der Anblick von mir in der Uniform ist wie ein Schlag in die Magengrube, sämtliche Luft wird mir aus der Lunge gequetscht, vor meinen Augen bilden sich schwarze Punkte.

Das ist so falsch. So verdammt falsch.

Die Uniform windet sich wie eine Würgeschlange um meine Mitte, ich kämpfe dagegen an, reiße sie mir vom Leib und schleudere sie auf den Boden. Ich bin wie manisch, drehe völlig durch und fühle mich erst besser, als ich nur noch in Unterwäsche in dem Wohnzimmer meines Bruders stehe. Die Handschellen baumeln an meinem Handgelenk, die Härchen in meinem Nacken richten sich warnend auf.

Jetzt ist es so weit – ich verliere völlig den Verstand!

Noch bevor ich weiß, was ich tue, nehme ich die Klamotten und werfe sie aus dem Fenster. Mit einer tiefen Zufriedenheit sehe ich dabei zu, wie sie durch die Luft segeln und dann auf dem Pflaster des Clubs landen. Ein wirklich skurriler Anblick: eine Polizeiuniform vor dem Eingang des *Hell Bones Motorcycle Clubs*.

Das hat es so sicherlich noch nie gegeben.

9. Kapitel

Der Sergeant at Arms

Kaum dass ich Devils Büro verlasse, kommt mir Green, unser neuer Prospect entgegen.

An sich nichts Ungewöhnliches, aber die Tatsache, dass er eine Polizeiuniform an seine Brust gedrückt hält, macht mich stutzig. Ich stoppe ihn.

„Woher hast du die?“

„Lag im Hof.“

Fuck!

„Wo ist das Mädchen?“

Er wirkt irritiert.

„Welches Mädchen?“

Mein Geduldsfaden reißt. Ich verpasse ihm einen Schlag, der ihn gegen die Wand knallen lässt. Allein die Vorstellung, dass Catalina nackt durch das Clubhaus rennt, lässt mich rotsehen.

„Das Mädchen, dem die Uniform gehört.“

Green wirkt ratlos.

„Keine Ahnung. Ich habe es nicht gesehen.“

Das will ich ihm auch geraten haben.

„Wenn du es siehst, mach gefälligst die Augen zu. Klar?“

„Klar. Aber ehrlich, Sergeant. Ich habe keine Ahnung, wovon du redest.“

„Das ist auch besser so.“

Ich nehme ihm die Uniform ab, presse sie in mein Gesicht und inhaliere den unverkennbar weiblichen Duft, der sich darin verfangen hat. Mein Schwanz wird hart. So schnell ich kann, renne ich rauf in den ersten Stock. Wenn es dieses verrückte Mädchen gewagt hat, die Sicherheit von Luis Wohnung zu verlassen und nackt durch den Club zu spazieren, dann gnade ihm Gott.

Sollte sich aber einer meiner Brüder an Catalina vergriffen und ihr die Uniform ausgezogen haben, kann ihm nicht mal Gott helfen!

Immer zwei Stufen auf einmal nehmend, eile ich hoch, den Flur entlang bis zu der Türe, hinter der sich Catalina im Optimalfall befindet.

Ich knalle meine Faust dagegen, die Scharniere quietschen, geben unter meinem Ansturm beinahe nach.

„Aufmachen!“

Es passiert nichts, den Schlüsselbund aus der Jeans ziehend, suche ich nach dem Generalschlüssel. In genau der Sekunde, in der ich ihn gefunden habe, taucht plötzlich Catalina in meinem Sichtfeld auf.

Zuerst empfinde ich nur Erleichterung. Erleichterung darüber, dass sie in Sicherheit ist, weder angegriffen wurde noch nackt durch die Weltgeschichte spaziert.

Aber dann wird mir klar, in welchem Aufzug sie mir die Türe öffnet und mich überkommt eine solche Wut, dass ich nicht in der Lage bin, auch nur ein Wort zu sagen.

Grob stoße ich sie zurück, knalle die Türe hinter uns zu und kneife kurz die Augen zusammen, ehe ich sie wieder aufreiße und betrachte, was der Teufel mir so großzügig schenkt.

Sie ist so schön, dass es mir den Atem verschlägt.

Klein und mit perfekten Kurven, ihre langen dunklen Haare fallen ihr locker über die schmalen Schultern, und betonen die Reinheit ihrer sahneweißen Haut.

Das alles kann mir gehören – es wird mir gehören – ich muss es mir nur nehmen.

Sie trägt nur Dessous, die hauptsächlich aus schwarzer Spitze bestehen und meinen Untergang besiegeln.

Ich. Bin. Am. Arsch!

Vollkommen.

Ich scheiße auf die Tatsache, dass sie ein Bulle ist.

Ich scheiße auf die Tatsache, dass diese Frau das Eigentum meines Bruders ist.

Ich scheiße auf alles, Hauptsache diese Frau wird mir gehören.

Bevor ich mit Iker zusammen aufgebrochen bin, um der Spur der *Bastards* zu folgen, einem feindlichen MC der sich in unserem Revier ausbreiten will, war das ein ganz normaler Tag.

Selbst die daraus entstandene Schießerei war nichts Außergewöhnliches. So was passiert. Aber dann kam der Streifenwagen und dann war alles anders.

Diese Frau ist anders und das macht mich anders.

„Warum verflucht noch mal bist du fast nackt?“

Catalina wirkt verlegen, dann beginnt sie laut zu kichern.

Der unverkennbare Geruch von Wodka steigt mir in die Nase und mir ist klar, dass sie getrunken hat.

„Was macht denn der große, böse Biker hier?“

Sie kichert wieder und leckt sich die Unterlippe.

Mein Schwanz zuckt, er will unbedingt in diese Frau.

„Warum hast du dich ausgezogen und deine Sachen aus dem Fenster geworfen?“

Anstatt mir zu antworten, lässt sie mich einfach stehen, dreht sich um und läuft mit wiegenden Hüften vor mir davon.

Fuck! Sie hat keine Ahnung, was sie damit heraufbeschwört.

„Weil ich ab jetzt keine Polizistin mehr bin.“

Das vereinfacht die Sache.

„Freut mich zu hören.“

Wieder kichert sie, schnappt sich die Wodkaflasche und schüttet die klare Flüssigkeit in sich hinein.

Respekt! Sie trinkt wie ein Seemann.

Ich verfolge sie, lasse die Uniform fallen und tackere meinen Blick auf dem dünnen Stoffstreifen fest, der zwischen ihren runden Arschbacken verschwindet.

„Wenn du kein Bulle mehr bist, was bist du dann?“

Sie hört meine Frage und dreht sich zu mir um, dabei lässt sie die Flasche sinken und die bis eben zur Schau gestellte Heiterkeit bricht in sich zusammen.

Ihr Kichern verstummt, dafür sammeln sich Tränen in ihren Augen.

„Ich weiß es nicht ...“

Hölle!

Mit einem großen Schritt bin ich bei ihr, vergrabe die rechte Hand in ihren weichen Haaren und lege die linke auf ihre Hüfte.

Die Berührung lässt sie zusammenzucken und löst in mir eine nie zuvor gekannte Sehnsucht aus.

Die Sehnsucht zu beschützen und zu behalten – die Sehnsucht zu besitzen.

Ihre Tränen laufen über, sie sieht aus verklebten Wimpern zu mir empor.

Noch nie zuvor habe ich etwas Schöneres gesehen wie diese Frau.

„Halt mich fest!“

Sie spricht so leise, dass ich sie kaum verstehen kann.

„Das werde ich.“

Ein Zittern durchläuft sie, ich drücke sie fest an meinen Brustkorb, klappe meine Kutte auf und wickle sie darin ein.

Catalina schmiegt sich willig an mich, schlingt ihre Arme um meine Taille und schließt die Augen. So stehen wir da, mitten im Wohnzimmer – schweigend.

Ihre Nähe löst etwas in mir aus, dass ich nicht beschreiben kann, dass jedoch absolut alles verändert. Das zwischen ihr und mir wird kein belangloser Fick, sondern etwas Echtes, etwas Bedeutsames, das meinem Leben nach all den Jahren endlich einen verdammten Sinn geben wird. Das Mädchen hat keine Ahnung, was sie in mir auslöst oder was da auf sie zukommt.

Das Gefühl, sie warnen zu müssen, beschleicht mich und lässt sich einfach nicht mehr abschütteln.

Zwei Finger unter ihr Kinn legend, reibe ich mit der Daumenkuppe über ihren weichen Mund.

„Wenn du mich jetzt nicht anflehst, dich loszulassen und dich freizugeben, werde ich dich behalten."

Sie öffnet flatternd die Augen und sucht meinen Blick.

„Meine Mutter ist tablettenabhängig und meistens so zugedröhnt, dass sie mich nicht erkennt. Mein Vater liebt mich nur, wenn ich die Uniform trage, und mein Bruder ist ein krimineller Outlaw, zu dem ich schon seit Jahren keinen Kontakt mehr hatte. Und ich?" Sie schnieft. „Ich habe keine Ahnung, wer ich bin oder was ich will. Ich fühle mich seit einer Ewigkeit allein, einsam und verloren. Aber jetzt und hier, in deinen Armen, geht es mir gut. So gut wie schon lange nicht mehr ... Lass mich nicht los, River. Bitte!"

Sie fleht mich an und ich bin nicht stark genug, ihr zu widerstehen ...

Warum sollte ich auch? *Verdammt!*

Aye, sie ist betrunken, aber ich glaube nicht, dass nur der Alkohol aus ihr spricht. Es ist die Einsamkeit und die Verletzlichkeit einer Frau, die in dieser Welt verzweifelt nach ihrem Platz sucht.

Ich bin bereit, ihr diesen Platz zu geben, bei mir, in meinem Club und an meiner Seite!

Cats köstlicher Geruch steigt mir in die Nase und ich spüre die angenehme Wärme ihres nackten Körpers.

Mit jedem weiteren Atemzug, den ich mühevoll in meine Lunge quetsche, verabschiedet sich meine Selbstbeherrschung ein Stückchen mehr.

Holy Fuck!

Wie muss es sich wohl anfühlen, ihren vollen Mund an meinem Schwanz zu spüren?

Ihre perfekten Brüste sind für meine Hände wie gemacht und ihr Arsch ...

Oh Jesus ...

Wenn ich sie jetzt packen und mit meinem Gewicht auf den Boden drücken würde, würde sie sich gegen mich wehren, oder ihre nasse Muschi an meinem Ständer reiben?

Gedanklich habe ich das Kätzchen bereits auf ein Dutzend Arten gefickt.

Ich bin verdammt noch mal kein Heiliger, alles, was ich in diesem Augenblick will, ist, diese Polizistin unter mir zu begraben, und ganz genau das werde ich jetzt auch tun!

Entschlossen nichts vor ihr zu verbergen, lasse ich sie meine Gier nach ihr in meinem Blick erkennen. Anstatt auf Abstand zu gehen, leckt sie sich die Lippen.

Holy Shit!

Ohne groß darüber nachzudenken schiebe ich meine Hand an der Seite ihres Gesichts entlang, sodass ich mit den Fingerspitzen ihre zarten Nacken umfassen kann.

Ab jetzt gibt es kein Zurück mehr für uns.

Bestimmend ziehe ich ihren Kopf nach hinten, streife mit meinen Lippen über die ihren und koste so das weiche Fleisch ihres Mundes.

Jede Zelle meines Körpers feuert. Dank meiner eisernen Zurückhaltung beginnen die Muskeln in meinen Armen zu schmerzen.

Noch nicht ... Ich muss mich noch etwas kontrollieren.

Catalina scheint mich genauso zu wollen wie ich sie.

Doch ich kann mir nicht vorstellen, dass es besonders hilfreich wäre, sie auf den Boden zu schleudern, ihr die Arschseide vom Leib zu reißen, um mich einen Herzschlag später bis zum Anschlag in sie zu rammen.

Unsere Zungen lernen sich kennen und mit jeder Sekunde, die vergeht, verwandelt sich der Kuss in etwas Wildes.

Mit den Händen über ihren Körper streichend, ertaste ich jedes Fleckchen ihrer samtenen Haut, ehe sie sich besitzergreifend um ihre weichen Brüste legen.

Hart und zusammengezogen pressen sich ihre Nippel in meine Handflächen und ich spüre, wie mein Schwanz vor Lust zu pochen beginnt.

Anstatt ängstlich oder zurückhaltend zu sein, erwidert Cat meinen Kuss mit der gleichen Gier, die auch in meinen Adern brennt.

Wimmernd presst sie sich an mich, ehe ich sie hochhebe und wir zusammen auf den Boden sinken. Ziellos streifen ihre Fingernägel über meinen Rücken, zupfen an meinem Leder und legen sich auf meinen Po. Catalina macht mich wahnsinnig.

Sie muss lebensmüde sein, anders kann ich mir nicht erklären, warum sie mich antreibt, anstatt zu bremsen.

Wie bei allen Dämonen soll ich mich so zurückhalten?

Das Letzte was ich will, ist, ihre Knochen zu brechen, aber wenn sie so weitermacht, werde ich über sie herfallen und besinnungslos ficken!

Fluchend und nach Atem ringend, gebe ich ihre Lippen frei, fange ihre Hände ein und presse sie über ihrem Kopf auf den Boden.

Der Stahl der Handschellen klappert. Ich erinnere mich, dass ich den Schlüssel in der Hosentasche habe und dass ich sie mühelos fesseln könnte, entscheide mich aber dagegen. Catalina hat heute schon genug durchgemacht, ich will sie nicht noch mehr ängstigen.

„Mach langsam, Weib!"

Sie lacht und sieht mich herausfordernd an.

Fucking Wodka!

Ihre himbeerroten Lippen sind feucht und von meinen Küssen geschwollen, und ihre Titten kommen mir bei jedem ihrer schweren Atemzüge entgegen.

Verdammtes Klischee ... Diese Frau ist mein Untergang!

Nicht fähig mich länger zurückzuhalten, reibe ich meinen Schwanz an ihrer Pussy.

Die Jeans stört, aber fuck! Die wird auch noch verschwinden.

Wie gebannt beobachte ich, wie mein Mädchen die Augen schließt, laut stöhnt und mir nur allzu willig die Kontrolle überlässt.

10. Kapitel

Die Polizistin

Verzweiflung, Sehnsucht und Furcht ...

Ich weiß nicht genau, was mich in die muskulösen Arme dieses Rockers treibt, aber ich weiß, dass ich mich noch nie zuvor so geborgen gefühlt habe wie in diesem Moment.

Das, was heute geschehen ist, hat mir die Augen geöffnet und mir gezeigt, wie schnell das Leben vorbei sein kann.

Ich bin beinahe gestorben.

Und das Dramatische daran wäre nicht mal der Tod selbst, sondern eher die Tatsache, dass ich bis jetzt gar nicht richtig gelebt habe.

Ich bin vierundzwanzig Jahre alt und habe immer nur getan, was andere von mir erwartet haben.

Aber damit ist jetzt Schluss!

Mag sein, dass es ein Fehler ist, mich auf den Sergeant at Arms des *Hell Bones Motorcycle Clubs* einzulassen, vor allem, weil ich absolut nichts über diesen Biker weiß, aber es ist *mein* Fehler und *meine* Entscheidung und darum fühlt es sich vielleicht auch so gut an.

Ab jetzt mache ich nur noch, was ich will und lasse mir von niemandem mehr vorschreiben, wie meine Zukunft auszusehen hat.

Der Boden unter mir ist hart, doch ich fühle mich wie auf Wolken!

Ein prickelndes Glücksgefühl jagt durch meinen Körper und bringt meine Nervenbahnen zum Glühen. Rivers große Hand hält die meinen mühelos über meinem Kopf gefangen, während er mich mit seinem Gewicht festpinnt.

Seine Erektion gleitet wieder und wieder über meine Mitte und ich weiß, dass ich verloren bin.

Wenn sich das hier mit störendem Stoff schon so gut anfühlt, wie fantastisch muss es dann erst sein, wenn er sich endlich auszieht?

Wobei, die Kutte dürfte er ruhig anlassen, die ist verdammt sexy!

Seine Zähne finden mein Ohrläppchen, atemlos liege ich unter ihm und kann es kaum erwarten, ihn endlich in mir zu spüren.

Sein Gewicht verschwindet. Ich schnappe erschrocken nach Luft.

In einer geschmeidigen Bewegung steht er auf und hebt mich dann mühelos in seine starken Arme. So viel Kraft. Für ihn wiege ich nicht mehr als eine Feder.

Eine warme Blase steigt in mir auf. So etwas wie ein Schmetterling erwacht in meinem Bauch zum Leben. *Huiuiui ...*

„Was hast du vor?"

Er grinst mich selbstsicher an.

„Ich werde dich bei unserem ersten Mal nicht auf dem harten Boden ficken. Du hast etwas Besseres verdient, Kätzchen."

Kätzchen? Ich denke kurz darüber nach und beschließe, dass es mir gefällt, wenn er mich so nennt.

„Unser erstes Mal?"

„Aye, es wird noch tausend weitere geben!"

Mehr sagt er nicht, trägt mich stattdessen aus der Wohnung meines Bruders an zwei geschlossenen Türen vorbei, bis er vor einer weiteren stehen bleibt.

„Wo sind wir?"

„Bei mir."

Er sperrt sie auf, Dunkelheit empfängt uns.

Wahrscheinlich ist jetzt der Moment gekommen, an dem ich mich fürchten sollte, aber das tue ich nicht. Im Gegenteil, ich fühle mich absolut sicher bei diesem Rocker. River geht weiter, durch ein Wohnzimmer hindurch bis in sein Schlafzimmer.

Das silbrige Licht des Mondes weist mir den Weg und lässt mich gewisse Umrisse erkennen. Er lässt sich mit mir in seinen Armen in das Bett sinken, legt mich vorsichtig auf der weichen Matratze ab.

„Viel besser als der Boden ..." Mit einem Kuss bringt er mich zum Schweigen.

Geschickt zieht er mir den BH aus, nun trage ich kein bisschen Stoff mehr am Leib, im Gegensatz zu mir ist River jedoch komplett angezogen.

Groß und mächtig kniet er sich zwischen meine gespreizten Beine und lässt seine geheimnisvollen Augen über meine Schenkel gleiten.

„Du bist der Hammer, Mädchen!"

Überraschend zärtlich lässt er seine rauen Finger über meine Mitte tanzen, an meinem Schamhügel hinab bis zu meinen empfindlichen Falten. Ein Seufzen von mir gebend, schließe ich die Augen, während ich verzweifelt versuche, mich nicht vollends an ihn zu verlieren.

In der Sekunde, in der seine Fingerspitzen meine bereits feuchten Schamlippen teilen, geht mein Verstand offline. Meine Synapsen sprühen goldene Funken, eine dünne Schweißschicht überzieht meine Stirn.

River verführt mich, er erobert mich und gleitet mit einem seiner langen Finger tief in mich hinein ...

Seufzend genieße ich das Gefühl, das dieser Biker in mir auslöst, und verliere immer mehr den Bezug zur Realität. River beugt sich über mich, seine Zunge umrundet träge meine Brustwarzen, ehe er die linke hungrig in seinen Mund saugt.

Er beißt leicht zu, schickt eine Welle bittersüßen Lustschmerz durch mein Nervensystem.

Verzweifelt und von Ungeduld getrieben, versuche ich seine Jeans zu öffnen – ich will ihn endlich nackt auf mir spüren. Ich will seinen harten Körper sehen, seine Erektion in die Hand nehmen und in mich einführen.

Ich will alles. Jetzt!

„Bitte *Hell Bone* ...“ Ich verstumme, als er einen zweiten seiner Finger in mich schiebt.

Atemlos kralle ich mich an seinem Leder fest.

„Schau mich an. Ich will, dass du siehst, wer dich kommen lässt.“

Als ob ich mir darüber nicht vollkommen bewusst wäre ...

Unsere Blicke begegnen sich, während er mich rhythmisch mit seinen Fingern fickt.

Meine Vagina zieht sich pulsierend zusammen. Der Druck, der sich in meinem Inneren aufbaut, ist zu stark. Hilflos sehe ich River an und dann passiert es ...

Meine Beine beginnen zu zittern, meine Atmung stockt und mein ganzer Körper fühlt sich so an, als würde er lichterloh in Flammen stehen.

Heiser und atemlos erfüllt mein verzweifelter Schrei die Stille seiner Wohnung. Ich fliege zu den Sternen, werde herumgewirbelt und verglühe in der Erdatmosphäre.

Der Orgasmus, der über mich hinwegrollt, knockt mich beinahe aus.

Oh wow ...

Nach Luft schnappend, spüre ich, wie er sich aus mir herauszieht und aus dem Bett steigt. Noch immer wie in Trance beobachte ich jede seiner Bewegungen, während er sich *endlich* auszieht.

Sein breites Kreuz besteht nicht nur aus einem massiven, von Muskeln geprägten Rücken, der sich an seiner Taille zu einem sexy Dreieck verjüngt, sondern er hat auch eine perfekt definierte Brust, die mit schwarzer Tinte überzogen ist.

River ist ein unglaublicher Mann, der aus viel mehr als einfach nur Brutalität besteht.

Er hat wohlproportionierte Beine, einen echt geilen Hintern und sein Schwanz ...

Shit! Sein Schwanz ist einfach perfekt. Dick, lang und leicht nach oben gebogen, wartet er nur darauf, endlich zum Einsatz zu kommen.

11. Kapitel

Der Sergeant at Arms

Catalina rekelt sich auf dem Laken wie ein rolliges Kätzchen. Ihr leicht abwesender Blick und der süße Geruch ihrer Pussy lassen mich beinahe durchdrehen.

Bis jetzt wusste ich nicht, wie die perfekte Frau für mich auszusehen hat – jetzt weiß ich es. Catalina gehört mir, sie weiß es nur noch nicht.

Ich lege mich zu ihr, nagle sie unter mir fest und bin nicht bereit, sie jemals wieder gehen zu lassen.

Fuck the world!

Aus einem einfachen Auftrag und einer Schießerei mit unseren Feinden wurde so viel mehr. Wer hätte das gedacht?

Klein und nachgiebig liegt ihr graziler Körper unter dem meinen und mir wird erst langsam bewusst, dass ich mich zusammenreißen muss, wenn ich das mit ihr und mir richtig angehen will.

Diese Frau ist keine wertlose Bitch, sie wird meine Old Lady.

Mein Schwanz presst sich pochend gegen ihre feuchten Schamlippen, die mir das Paradies versprechen. Ich fasse zwischen ihre willig geöffneten Schenkel und reibe mit dem Daumen über ihre empfindliche Klit.

„Ich will dich, River. Ich will dich jetzt."

Sie wird mein Untergang sein.

Ungeduldig nehme ich mir ein Kondom, rolle es mir über den Schwanz und beiße zischend die Zähne zusammen.

„Bereit?"

Mein Kätzchen nickt.

Knurrend spanne ich die Muskeln in meinen Oberschenkeln an und bringe mich vor ihrer feuchten Öffnung in Position.

Wenn ich sie nicht gleich ficke, verliere ich den Verstand ...

Dank der eisernen Zurückhaltung, die ich mir auferlegt habe, beginnen meine Muskeln zu schmerzen. Langsam lasse ich meine Eichel in ihren warmen Körper gleiten.

Bummmmmm!

In meinem Inneren explodiert etwas.

Noch bevor ich kapiere, was Sache ist, verliere ich die Kontrolle und stoße mich mit einem kräftigen Ruck tief in ihr Inneres.

Ein animalisches Brüllen ausstoßend, spüre ich, wie sich ihre inneren Scheidenwände für mich dehnen, wie sie sich mir anpassen und meinen Schaft regelrecht melken.

„Fuck, Mädchen. Fuck!“

Mein Schädel ist wie leer gefegt, und dennoch realisiere ich erleichtert, dass ich ihr anscheinend nicht wehgetan habe. Catalina presst sich meinen harten Stößen entgegen, fordert mehr und immer mehr. Ich verändere den Winkel, mit dem ich in sie eindringe und werde mit einem wilden Schrei belohnt.

Yeah – das ist es!

In einem schnellen, harten Rhythmus nehme ich mein Mädchen in Besitz.

Dieser Fick ist so unfassbar gut, dass ich jetzt schon süchtig nach dieser süßen kleinen Katze bin.

Meine prallen Hoden klatschen bei jedem weiteren Vorstoß gegen ihr enges Poloch und ich weiß, dass ich nicht mehr lange brauche, bis ich mich in ihr verliere.

Ihr lustvolles Wimmern wird leiser, ihre Mitte spannt sich an und ich fühle, wie sich ihre perfekte Pussy für den nächsten Höhepunkt bereit macht.

Schweiß rinnt an meiner Wirbelsäule herab – ich mache immer weiter und treibe mich bis zum Anschlag in ihr Inneres. Ich stütze mich mit den Händen auf der Matratze ab und lasse mein Kätzchen spüren, wie schutzlos es in genau diesem Moment ist. Sie sieht mich an, ehe sich ihre Pupillen weiten und sie sich zuckend unter mir in ihrer Lust verliert.

Einen Schrei später pumpe ich mich immer schneller in ihre glitschige, pochende Öffnung. Cat krallt sich an mir fest, der leichte Schmerz gibt mir den Rest.

Heiß und schnell schießt mein Sperma aus mir heraus und landet in der dünnen Latexhülle, die unsere Körper trennt.

Laut keuchend schließe ich die Augen und genieße das fantastische Gefühl, das sich in mir ausbreitet.

Catalina gehört mir. Mir. Mir. Mir.

Scheiß auf das Schicksal, Luis, die Uniform, die sie normalerweise trägt, und den ganzen anderen Rest.

Es wird Zeit brauchen, aber dieses Mädchen wird ein Teil meiner Welt – es wird meine Kutte tragen und Eigentum des *Hell Bones Motorcycle Clubs* werden.

Etwas anderes lasse ich nicht zu.

12. Kapitel

Die Polizistin

Der Sex war fantastisch, meine Beine zittern und auch mein Herzschlag hat noch nicht in seinen ursprünglichen Rhythmus gefunden.

Den Kopf auf Rivers Brust bettend, schließe ich die Augen und genieße das Gefühl, das dieser Rocker in mir ausgelöst hat. River ist es gelungen, die Schrecken dieser Nacht zu vertreiben. Er hat mich aus dem Loch geholt, in das ich schon vor Jahren gefallen bin.

Gut und Böse interessieren mich nicht mehr.

Das hier fühlt sich gut an, das ist alles, was zählt.

Zumindest tut es das, bis ein lautes Poltern die Stille durchbricht.

Ich zucke erschrocken zusammen und drücke mich Schutz suchend an den Mann, dessen Geschmack noch immer meine Lippen bedeckt.

„Was ist das?“

Ein lautes Brüllen hallt durch die Wohnung.

Im Gegensatz zu mir bleibt River völlig ruhig.

„Das, mein Kätzchen, ist dein Bruder.“

Oh Scheiße!

Den habe ich total vergessen ...

Ich will aus dem Bett kriechen und mich irgendwo verstecken, aber River hält mich davon ab.

„Bleib hier. Egal was passiert, bleib unter der Decke und geh nicht dazwischen. Verstanden?“

Himmel ...

Mit der Situation überfordert, antworte ich ihm nicht gleich. Was ihm ein wütendes Knurren entlockt.

„Hast du mich verstanden, Catalina?“

„Ja, ja habe ich.“

„Gut.“

River steigt aus dem Bett, noch bevor er sich seine Hose anziehen kann, stürmt Luis in das Schlafzimmer. Er umfasst die Situation mit einem Blick, zieht dann blitzschnell seine Waffe und zielt direkt auf Rivers Stirn.

Lieber Gott!

„Du blöder Wichser. Wie konntest du nur? Sie ist meine Schwester!“

Während ich vor Angst erstarre, bleibt River völlig ruhig.

Er steigt in die Jeans, schließt den Gürtel und sieht dann erst zu meinem Bruder.

Anders als erwartet, macht er keine Anstalten, sich zu rechtfertigen oder ebenfalls nach seiner Waffe zu greifen. Er steht einfach da, mit nackter Brust, und überlässt es Luis, über sein Leben oder seinen Tod zu entscheiden.

Ich will „Stopp!“ kreischen, die Zeit anhalten und so das Schlimmste verhindern, stattdessen bin ich wie gelähmt und bringe keinen Ton zustande.

„Sie ist keine Bitch, Sergeant. Sie ist Familie! Dafür fülle ich deine Brust mit Blei.“

Das Blut in meinen Adern gefriert.

Sind denn jetzt alle verrückt geworden?

„Catalina ist jetzt auch *meine* Familie.“

Mein Blick, der gerade an Luis klebt, schnellt zurück zu River.

„Wovon zur Hölle sprichst du?“

„Ich mache sie zu meiner Lady.“

Keine Ahnung wer überraschter ist, mein Bruder oder ich.

„Das kann nicht dein Ernst sein?“

Bilde ich es mir ein oder klingt mein Bruder plötzlich nicht mehr ganz so wütend, sondern eher ungläubig? River bleibt weiterhin total cool, er benimmt sich, als wäre nicht gerade eine Beretta auf seine bloße Brust gerichtet.

„Ich meine das todernst. Wenn du der Meinung bist, dass ich deine Schwester nicht verdiene, dann nur zu. Knall mich ab. Aber wenn du mir vertraust, Bro, dann schwöre ich dir, dass ich alles in meiner Macht Stehende tun werde, um Catalina glücklich zu machen.“

Wassss?

Das ist alles zu viel für mich.

Die letzten Stunden sind einfach zu viel für mich.

„Das wäre dann Lady Nummer vier im Chapter.“

River grinst und nickt.

„Yeah. Keine Ahnung, ob das ein Fluch oder ein Segen ist. Aber das wird sich garantiert noch zeigen.“

Die Stimmung ändert sich. Trotzdem liegt Wut in der Luft.

„Du hättest mich um Erlaubnis fragen sollen, Sergeant.“

Zuerst kapiere ich nicht, was Luis meint, aber dann wird es mir klar. Zorn kocht in mir hoch, ich schüttle den Schrecken ab, springe aus dem Bett und stapfe auf Luis zu.

Ich bin so wütend, dass es mir egal ist, dass ich nackt bin – mir ist gerade absolut alles egal.

Mit ausgestrecktem Zeigefinger stürme ich auf meinen Bruder zu, hole aus und verpasse ihm eine schallende Ohrfeige.

Obwohl er sie kommen sieht, wehrt er sie nicht ab.
„Du eingebildeter Idiot, was denkst du eigentlich, wer du bist? Zwei Jahre hast du dich einen Scheiß für mich interessiert und jetzt willst du dich als großen Beschützer aufspielen? Soll das ein Witz sein? Mit wem ich Sex habe, ist ganz allein meine Sache. Die letzten Typen, mit denen ich gefickt habe, hast du nicht mal kennengelernt, also warum sollte dich River jetzt um Erlaubnis fragen?"
Mir entgeht nicht, dass River, als ich meine ehemaligen Liebhaber erwähne, ein wildes Fauchen von sich gibt. Ich blende es einfach aus ...
Luis, der noch immer nicht fassen kann, dass ich ihn geschlagen habe, flucht, eilt zum Bett und legt mir die Decke über die Schultern. Dann lässt er sich auf die Matratze sinken und sieht mich schuldbewusst an.
Mein Atem geht schnell und stoßweise, aber ich bin noch lange nicht fertig.
„Du bist nicht unser Vater, also verhalte dich nicht genauso beschissen wie er. Du bist wesentlich besser als das."
Mit einer Bewegung meiner rechten Hand deute ich auf die Waffe. Sein Finger liegt noch immer auf dem Abzug.
„Wenn du dich weiter so verhältst, brauche ich dich nicht in meinem Leben!"
Es ist offensichtlich, dass ihn dieser Satz wesentlich härter trifft als die Ohrfeige, die ich ihm verpasst habe.
Erschöpft lasse ich mich neben ihm auf das Bett sinken und nehme ihm die Pistole ab.
Ich sichere sie und lege sie dann auf das Nachtkästchen.
„Es tut mir leid Schwesterchen."
Ich glaube ihm. Was für eine skurrile Situation ...
Für eine Weile herrscht eine drückende Stille, dann beginnt River plötzlich laut zu lachen.
Überrascht drehe ich mich zu ihm um, was ihn dazu veranlasst, auf mich zuzugehen, mich von der Matratze zu ziehen und tief und langsam zu küssen.
Seine Zunge überwältigt mich nicht, sondern sie verführt mich, umschmeichelt die meine und lässt einen Schwarm Schmetterlinge in meinem Bauch entstehen.
Mir ist mehr als bewusst, dass Luis uns beobachtet, aber das ist mir egal.
Ich bin kein kleines Kind mehr, sondern eine erwachsene Frau. Ab heute treffe ich meine eigenen Entscheidungen.

Ich werde nie wieder zulassen, dass jemand anderes über mein Leben entscheidet, außer ich selbst.

River gibt meinen Mund frei, umfasst sanft mein Gesicht und sucht meinen Blick.

„Du bist perfektes Old-Lady-Material, Kätzchen."

Er tupft mir einen feuchten Kuss auf die Stirn.

Meine Knie werden weich.

Stirnküsse sind Seelenküsse ...

„Ich will, dass du bei mir bleibst. Gib uns eine Chance, lass dich von mir beschützen und verbring etwas Zeit mit deinem Bruder."

Ich schüttle verwirrt den Kopf.

„Aber was ist mit ..." River lässt mich nicht aussprechen, sondern fällt mir ins Wort.

„Der Club hat sich längst um alles gekümmert."

Luis brummt zustimmend.

„Ich war gerade bei deinem Chef. Er weiß, wo du bist, und er hält dich aus der Scheiße, die heute Nacht passiert ist, raus. Für dich wird es so sein, als wäre nie etwas gewesen."

Für Ben jedoch nicht ...

Was meinem Kollegen passiert ist, tut mir leid, aber es herrscht Krieg in den Straßen dieser Stadt. Er wusste es und hat sich trotzdem dafür entschieden, sich in die Schlacht zu stürzen. Wir alle treffen unsere eigene Entscheidung – wir alle sind unseres Glückes Schmied.

Das wird mir erst jetzt so richtig bewusst.

Ich verdiene es, glücklich zu sein – ich verdiene es, meinen Spaß zu haben und etwas Zeit mit meinem Bruder zu verbringen.

Also warum nicht?

Warum sollte ich nicht hierbleiben, ein Abenteuer erleben und ein Risiko eingehen?

River und Luis sehen mich abwartend an, die Entscheidung liegt ganz bei mir, was sie mir um einiges leichter macht. Würde River mich drängen oder auf irgendeine andere Art und Weise seine Macht benutzen, um mich zurück in sein Bett zu zwingen, würde ich mich umdrehen und gehen, so aber beschließe ich zu bleiben.

Ich weiß nicht, was das Schicksal für uns geplant hat, aber ich bin mehr als bereit, es herauszufinden ...

Der Rocker und die Bewährungshelferin

Prolog – vor sechs verdammten Jahren

Der Killer

Ich stehe in einer Pfütze aus geronnenem Blut, letzte Atemzüge erfüllen die Stille, mein Herz klopft ruhig und gleichmäßig.

Der gelbliche Schein der nackten Glühbirne, die über unseren Köpfen von der Decke hängt, schwingt hin und her.

In dem großen silbernen Spülbecken liegen kalte Reisnudeln, eine herausgerissene Zunge und drei Finger. Das Schlitzauge war zäh, es wollte nicht reden, was mich die Beherrschung verlieren ließ.

Es war ein Fehler, Mian die Zunge rauszureißen. Warum?

Aus dem einfachen Grund, dass man einen Mann ohne Zunge nicht zum Reden bringen kann und das nicht mal dann, wenn man ihm drei verdammte Finger abhackt.

Das hätte mir eigentlich klar sein müssen.

Ach Fuck!

Es war mir klar, aber es ist schon wieder passiert.

Ich habe die Kontrolle verloren!

Meine Wut auf die Schlitzaugen hat meinen Schalter umgelegt und ich bin völlig ausgeflippt.

Dass diese Aktion umsonst war, geht auf mein Konto.

Genervt wische ich mit einem herumliegenden Tuch über die Kutte, die mich als Member des landesweit mächtigsten Rockerclubs ausweist, und schleudere es anschließend zu der Zunge und den Fingern in das Spülbecken. So schwer es mir auch fällt, es mir selbst gegenüber einzugestehen, aber: *Ich. Habe. Versagt.*

Duke, der Präsident des *Hell Bones Motorcycle Clubs*, hat mir vertraut, er hat mir das Chinesen-Koks-Problem anvertraut, und ich habe es an die Wand gefahren.

Unsere Feinde mögen tot sein, aber das hilft dem Club nicht weiter.

Es lag an mir herauszufinden, wo die verdammten Stäbchenlutscher die zehn Kilo Schnee versteckt haben, und ich bin gescheitert.

Wenn ich eine Sache in dieser Nacht gelernt habe, dann, dass es besser ist, dem Wichser, dem man ein paar Informationen entlocken will, erst die Finger abzuhacken und ihm *erst danach*, wenn man in Erfahrung gebracht hat, was man hören wollte, die Zunge rauszureißen. Die Reihenfolge, die ich angewendet habe, war kontraproduktiv und ist schuld daran, dass Devil, ein weiterer Member der *Hell Bones*, und ich jetzt in der Falle stecken.

Das Geheule der sich nähernden Sirenen hallt in meinem Gehörgang wider, zerfetzt mein Trommelfell und lässt mich die Fäuste ballen.

Uns bleiben nur noch wenige Minuten, bis die Bullen eintreffen ...

Bis jetzt ist es uns immer gelungen, den Cops zu entwischen, das wird heute nicht funktionieren. Ich kann regelrecht spüren, wie die knorrigen Finger des Schicksals mir die tödliche Schlinge um den Hals legen und sie langsam zuziehen.

In wenigen Sekunden wird es mir den Boden unter den Füßen wegziehen und dann werde ich hängen. Und das ist okay, ehrlich.

Das hier war mein Job, es war meine Entscheidung, Mian hier aufzusuchen und den Mist heute Nacht zu klären.

Es war mein Plan und ich werde die Scheiße, die gleich passieren wird, auf mich nehmen. Restlos.

„Verpiss dich, Devil."

Die weit aufgerissenen Augen des Chinesen verspotten mich. Wenn ich es nicht besser wüsste, würde ich behaupten, dass sich der Tote über die Tatsache, dass sein Ableben meinen Untergang bedeutet, amüsiert.

Was unmöglich ist, der Wichser hat keinen Puls mehr und der Sensenmann kennt keinen Humor. Keinen. Außer Galgenhumor.

Devil sieht mich aus zusammengekniffenen Augen an, auf seiner Stirn tritt eine Ader hervor. Er weiß so gut wie ich, dass wir knietief in der Scheiße stecken.

Das Blut an meinen Stiefeln gerinnt, klebt mich regelrecht am Boden fest.

„Nicht ohne dich, Bro."

Von wegen.

„Verschwinde, der Club braucht dich. Ich nehm das auf mich."

Devils Augen glühen, er ist wütend. Das kann ich verstehen. Aber es ist, wie es ist. Der Club braucht Devil. Sobald Duke abtritt, und das wird er dank dem Krebs in seiner Lunge müssen – wird Devil der neue Präsident.

„Wenn dich die Bullen erwischen, landest du für unzählige Jahre hinter Gittern. Vielleicht für immer."

Das ist mir schmerzlich bewusst.

„Lieber ich als du. Jetzt geh."

Devil zögert noch immer. Ihm gefällt das nicht. Mir auch nicht.

Einer von uns muss den Kopf hinhalten und das wird nicht er sein.

„Führe weiter, was du begonnen hast, sorg dafür, dass die *Bones* stärker werden, ich deck uns im Knast den Rücken."

Er brummt etwas, seine Worte werden von den sich nähernden Sirenen verschluckt.

Uns läuft die Zeit davon.

„Verschwinde!“

„Nicht ohne dich, Fox.“

Seine Loyalität ist Gold wert, jedoch nicht in diesem Moment.

„Wir können nicht beide von hier abhauen. Die Kamera hat dich drauf. Noch vor Morgengrauen würde uns das FBI die Türen eintreten, den Club ficken und dich einkassieren. Ich bin entbehrlich. Also hau schon endlich ab!“

Was ich sage, ist die Wahrheit. Er weiß das.

Es ist kein Geheimnis, dass die Chinesen paranoide Wichser sind, darauf war ich vorbereitet. Das Sicherheitssystem von Mian hat einige Überwachungskameras, die ich der Reihe nach mit einem gezielten Schuss ausgeschaltet habe. Alle bis auf eine. Das war mein Fehler. Die Aufnahmen werden in Echtzeit an die passwortgeschützte Cloud übertragen, wir können sie weder löschen noch zerstören. Sie sind sicher, und das wiederum bringt den MC in Gefahr.

Ein weiterer Grund, aus dem ich nicht abhauen, sondern mich den Bullen stellen werde.

Devil und ich könnten Brüder sein. Meine Haare sind genau wie die seinen: schulterlang und schwarz. Wir sind ungefähr gleich groß und ähneln uns nicht nur von der Statur her, sondern auch von der Optik.

Wenn ich bleibe und die Schuld auf mich nehme, wird niemand daran zweifeln, dass ich die Morde auch begangen habe. Niemand wird Devil verdächtigen – der MC und unser Präsident werden sicher sein.

Es ist nicht unüblich, dass Member gewisse Taten auf sich nehmen, um einen Bruder in einer höheren Position zu schützen.

Für gewöhnlich ist das ein Prospect-Job.

Was ein Pech, dass gerade kein Prospect da ist.

Die Sirenen werden lauter, betonen die tödliche Stille, die sich um uns ausgebreitet hat. Aus der Pfütze steigend, gehe ich auf Devil zu, nehme ihm den Dolch aus der Hand, wische seine Fingerabdrücke ab und verpasse dem hölzernen Griff die meinen.

„Mordwaffe, Opfer und Täter. Der Fall ist so offensichtlich, dass dem Staatsanwalt bei der Anklageerhebung einer abgehen wird.“

Devil flucht und sieht mich missbilligend an.

„Du bist irre, Fox!“

Nicht irre, nur fest entschlossen, die Welt, in der ich lebe, zu schützen. Dieser Club ist alles, was ich habe, seine Member sind meine Familie. Und für die Familie tue ich alles.

Absolut alles.
Da Devil noch immer keine Anstalten macht zu gehen und uns die Scheiße hier gleich um die Ohren fliegen wird, verpasse ich ihm einen kraftvollen Stoß Richtung Türe.
„Verpiss dich endlich. Sofort."
Er ist des Präsidenten rechte Hand und ich bin einfach nur der Killer. Ich bin leicht ersetzbar – er nicht. Wir liefern uns ein heftiges Blickduell, das er gewinnt.
Bullshit!
Ich will nicht wieder in den Knast. Das letzte Mal saß ich sechs Monate in Sing Sing, einem ‚Maximum Security Prison', also einem Hochsicherheitsgefängnis, knapp dreißig Meilen hier von New York City entfernt. Ich wurde wie ein Tier in eine Zelle gesperrt, allein mit meinen Gedanken und den Stimmen in meinem Schädel, die mich mit jedem Tag mehr zu hassen begonnen haben.
Das kann einen Mann in den Wahnsinn treiben. Ich war nur einen Schritt davon entfernt, völlig durchzudrehen und so vielen Wärtern wie nur möglich die Gedärme rauszureißen.
Duke und die Anwälte des Clubs haben mich davor bewahrt.
Unser Präsident hat nicht nur ein Vermögen bezahlt, um mich da wieder raus zu bekommen, sondern auch einen Richter getötet.
„Du wirst wieder ein freier Mann sein, Fox. Das schwöre ich dir auf mein Leder."
Devils Stimme klingt ernst, in seinen grauen Augen lodert ein zerstörerisches Feuer. Das ist der einzige Unterschied zwischen uns, die Augenfarbe. Meine sind grün. Mit ein bisschen Glück wird das auf den Aufnahmen der Überwachungskamera nicht zu erkennen sein.
Nach einem letzten Blick auf die verstümmelten Chinesen zu unseren Füßen verschwindet er zur Hintertür raus und lässt mich mit der Endgültigkeit meiner Entscheidung zurück.
Vier Leichen – da wird weitaus mehr als ein toter Richter nötig sein, um mich aus dem Knast zu holen.
Wenn es dumm läuft, und das tut es meistens, werde ich für den Rest meines Lebens in Sing Sing verbringen. Hinter Gittern, allein auf vier Quadratmetern, mit einem Scheißhaus, einem Bett und keinem Fenster.
Jetzt wäre wahrscheinlich der richtige Zeitpunkt, um so etwas wie Furcht zu verspüren oder um meine blutigen Taten zu bereuen.
Aber Fuck! Ich tue es nicht.
Die *Hell Bones* sind mein Leben und ich bin durchaus bereit, es für sie zu opfern. Ich bin ein Killer und das, was gleich passieren wird, ist Berufsrisiko.

1. Kapitel

Die Bewährungshelferin

„Komm schon, Isabella. Es tut mir leid, ich wollte das nicht sagen. Ehrlich. Du kennst mich. Manchmal sage ich Dinge, die ich gar nicht so meine."

Ja, das weiß ich. Das weiß ich nur zu gut. Und auch wenn Matthew jedes Mal wieder schwört, dass er es eigentlich gar nicht so gemeint hat, weiß ich, dass er mich damit belügt.

In dem Moment, in dem ihm die Worte über die Lippen kommen, hat er jedes davon ganz genau so gemeint, wie er es gesagt hat.

Bei Gott! Wenn jede seiner Beleidigungen ein Nagel wäre, würde mein Herz nur noch aus verrostetem Eisen bestehen.

Ich bin so dumm, so furchtbar dumm, dass ich zugelassen habe, dass er mich wieder und wieder verletzt.

Damit muss Schluss sein. Jetzt!

Es wird Zeit, dass ich endlich damit aufhöre, in jedem nur das Gute zu sehen, und damit anfange zu akzeptieren, dass manche Menschen einfach schlecht sind.

All die vielen Märchen, die ich als kleines Mädchen so geliebt habe, hätten mich eigentlich lehren müssen, dass es immer zwei Seiten gibt. Die gute Fee und die böse Hexe – den tapferen Ritter und den finsteren Schurken.

Es gibt das Gute und es gibt das Schlechte, und ich als Bewährungshelferin sollte das eigentlich wissen, denn ich komme jeden Tag mit dem Bösen in Kontakt.

In meinem Job habe ich es mit verurteilten Kriminellen zu tun. Mit Männern und Frauen, die das Gesetz brechen, die Angst und Schrecken verbreiten und an deren Händen das Blut ihrer Opfer geklebt hat.

Manche von ihnen haben einfach nur ein Auto oder einen Fernseher gestohlen, andere hingegen sind Entführer und Mörder.

Ich komme mit jedem von ihnen klar und bin bereit, jedem Einzelnen zu helfen, mit zwei Ausnahmen: Ich übernehme keine Vergewaltiger und Kinderschänder. Solche Menschen verdienen in meinen Augen keine zweite Chance.

Eher kündige ich, als dass ich auch nur einen Finger rühre, um diesen Monstern zu helfen.

Matthew kennt mich, er weiß, wie ich bin, und hat meine Gutmütigkeit lange genug ausgenutzt. Wir sind jetzt ein Jahr zusammen, oder besser gesagt: Wir waren ein Jahr zusammen, denn unsere Beziehung endet jetzt und hier.

Ich schiebe mit dem Zeigefinger meine Brille nach oben, verschränke die Arme vor der Brust und atme tief durch, ehe ich ausspreche, was mir schon lange auf der Zunge lag.

„Ich will, dass du aus meinem Leben verschwindest.“

Er zuckt getroffen zusammen, streicht sich durch die Haare, was absolut typisch für ihn ist, und kneift seine wunderschönen blauen Augen zusammen, die überhaupt erst schuld daran sind, dass ich so lange bei ihm geblieben bin.

Oh gut, sie sind *auch* schuld daran, aber nicht nur. Der Sex mit Matthew ist der beste, den ich jemals hatte. Aber Orgasmen können nicht der Grund sein, aus dem ich weiter mit ihm zusammenbleibe. Es gibt andere Möglichkeit für uns Frauen, Möglichkeiten, die batteriebetrieben sind, und die uns nicht an den Kopf werfen, dass wir unfähig, dick und langweilig sind.

„Du machst Schluss mit mir?“

Es ist beinahe beleidigend, wie überrascht er klingt.

„Richtig. Die blöde, fette Kuh, die dir nicht mal richtig einen blasen kann, serviert dich ab.“

Dass er meine Blow-Job-Künste kritisiert hat, nehme ich ihm wirklich übel.

Ich meine, *verdammt*, vor ihm habe ich das noch nie getan und das aus gutem Grund. Ich finde es irgendwie erniedrigend, vor einem Mann zu knien und an seinem Glied zu lutschen.

Jede Frau hat so ihre Tabus und das war, bis Matthew mich überredet hat, das meine.

Er hat mir versprochen, dass er mir Zeit lässt und Rücksicht nimmt.

Aber das war gelogen, wie so vieles in unserer Beziehung.

Er findet meine Brille schrecklich, meinen Hintern zu breit und meine Brüste zu klein.

In den letzten Wochen hat ihn immer mehr an mir gestört und er hat kein Blatt vor den Mund genommen, wenn es darum ging, mir meine Unzulänglichkeiten vorzuhalten.

Um ehrlich zu sein, ist mein Selbstwertgefühl in unserer Beziehung auf Haselnussgröße zusammengeschrumpft und wenn ich jetzt nicht die Reißleine ziehe, wird es immer winziger und winziger werden und sich irgendwann komplett auflösen.

Matthew überwindet seinen Schock, kommt auf mich zu und versucht, mich an sich zu ziehen, was ich mit aller Willenskraft verhindern kann.

Der Versöhnungssex mit ihm ist noch besser als Schokolade, und das will was heißen.

Seine verbale Inkompetenz gleicht er mit einigen ausgefallenen Sextricks wieder aus.

Und obwohl er immer behauptet, mein Po wäre zu fett, hat er es geliebt, mich von hinten zu nehmen.

„Ach komm schon, Baby, das meinst du nicht so."

Doch. Zu 100 Prozent.

„Ich bin gerade dabei dich rauszuwerfen, also nenn mich nicht Baby."

Er grinst, doch ich erkenne die Unsicherheit in seinem Blick.

„Du liebst mich. Schon vergessen?"

Arschloch!

Verrückt. Bis jetzt war ich mir sicher, dass sich ihn liebe, aber nun, wo ich endlich stark genug bin, ihm eine Abfuhr zu verpassen, wird mir klar, dass meine Liebe zu ihm längst verwelkt ist, genauso wie der Strauß roter Rosen, der auf dem Küchentisch steht. Den hat er mir erst letzte Woche geschenkt, nachdem er betrunken vor meiner Tür stand und mich so laut angeschrien und beleidigt hat, dass mein Nachbar die Polizei gerufen hat.

Was mir immer noch sehr peinlich ist.

„Ich liebe dich nicht mehr, Matthew."

Getroffen stolpert er zurück.

„Das meinst du nicht ernst."

„Doch. Im Gegensatz zu dir meine ich es todernst. Im Gegensatz zu dir gehört es nicht zu meinen Gewohnheiten, mich für alles, was ich sage, zu entschuldigen."

Er packt mich, schlingt seine Finger schraubstockartig um mein Handgelenk und schubst mich an die Wand. Mein Hinterkopf knallt gegen die Mauer, der stechende Schmerz, der durch meinen Schädel zuckt, raubt mir den Atem.

„Du bist nichts weiter als eine blöde Schlampe."

Jetzt ist es wieder so weit ...

„Zeigst du wieder dein wahres Gesicht?"

„Wie konnte ich nur so lange bei dir bleiben? Du bist zu blöd zum Kochen, zu blöd zum Putzen und zu blöd, um mir einen zu blasen. Einfach zu blöd für alles!"

Bämm – Bämm – Bämm – Bämm.

Das sind vier weitere Nägel in meinem Herzen.

„Geh einfach, Matthew."

Meine Augen bleiben trocken, mir fehlt einfach die Kraft zu weinen.

„Du meinst das echt ernst?"

„Absolut ernst."
Sein Gesicht verzieht sich zu einer Fratze der Wut.
Furcht kriecht in mir hoch, wird zu einem dicken Klumpen in meinem Magen.
„Aber glaub ja nicht, dass ich jemals wieder zurückkomme, nicht mal dann, wenn du mich anflehst. Kapiert, Baby?"
Soll das ein Witz sein?
Ich? Ihn anflehen?
Sobald er zur Türe raus ist, werde ich drei Kreuzzeichen machen.
„Keine Sorge. Ich bin glücklich, wenn wir uns nie wiedersehen! Du bist einfach nur erbärmlich. Ein erbärmlicher kleiner Wurm ohne Charakter und Rückgrat."
Matthew zittert vor Wut, ballt die Faust und holt aus. Keine Ahnung, wo ich den Mut hernehme, doch anstatt ihm auszuweichen oder in Panik zu verfallen, bleibe ich ruhig stehen, sehe ihn einfach nur an und warte, bis er zuschlägt.
Der Aufprall schleudert meinen Kopf nach links, schwarze Sterne zerplatzen vor meinen Augen. Der Schmerz ist heftig und presst mir sämtliche Luft aus den Lungen.
„Der passende Abschluss für ein beschissenes Jahr. Und jetzt raus, bevor ich die Polizei rufe."
Matthew beißt die Zähne zusammen, dreht sich um und geht.
Was auch sein Glück ist: Wenn ich mir noch eine weitere von seinen Entschuldigungen hätte anhören müssen, wäre ich durchgedreht.
Die Türe fällt mit einem Klicken ins Schloss.
Der Schlag hat nicht annähernd so wehgetan wie die vielen verbalen Hiebe, die ich in den letzten Monaten einstecken musste. Manchmal sind Worte verletzender als Fäuste.
Die drückende Stille zwingt mich beinahe in die Knie. Ich bin allein mit einer pochenden Gesichtshälfte und jeder Menge Nägel im Herzen.
Und trotz der ganzen Scheiße fühle ich mich erstaunlich gut.
Es ist vorbei. Endgültig vorbei. Ab jetzt kann ich heilen.
Ich stoße mich von der Wand ab, gehe in die Küche, hole mir eine Flasche Pinot Grigio aus dem Kühlschrank und versuche, den Schrecken abzuschütteln.
Zu meiner Überraschung bleibe ich erstaunlich ruhig. Es ist fast so, als ob ich gewusst hätte, dass es so weit kommen musste, um endlich stark genug zu sein, Matthew ein für alle Mal aus meinem Leben zu verbannen.
Ab jetzt konzentriere ich mich voll und ganz auf meine Arbeit.
Männer können mir gestohlen bleiben ...

Dieser Überzeugung bleibe ich solange treu, bis ich mich ins Wohnzimmer auf die Couch setze und die braune Akte, die ich mir aus dem Büro mitgenommen habe, aufschlage.

Bei allen sieben Göttern!

Unfassbar grüne Augen nehmen meinen Blick gefangen, sie wirken zeitlos und irgendwie allwissend. Lange Wimpern rahmen die geisterhaften Iriden ein, dazu kommen gerade Augenbrauen, eine aristokratisch wirkende Nase, die sicherlich schon ein paarmal gebrochen war, und ein kantiger Kiefer, der von dunklen Bartstoppeln bedeckt ist. Die vollen, sinnlichen Lippen strafen die harte Ausstrahlung des Bikers Lügen. Sie verraten, dass irgendwo tief in seinem Inneren zumindest ein winziges bisschen Sanftheit zu finden sein muss. Er hat eine hohe Stirn und lange rabenschwarze Haare, die ihm bis auf die mit Leder bedeckten Schultern fallen.

Je länger ich das Foto, das mit einer Büroklammer an seinem Personalbogen befestigt wurde, anstarre, umso deutlicher wird mir klar, dass dieses Bild nicht einen Hauch von Freundlichkeit ausstrahlt.

Der Rocker ist ernst. Todernst.

Und das im wahrsten Sinne des Wortes, wenn man bedenkt, wegen was er die letzten sechs Jahre im Knast saß.

Ich bin niemand, der andere vorverurteilt, aber wieso dieser *Hell Bone* auf Bewährung rausgelassen wurde, ist mir ein Rätsel.

Ich meine, *heilige Scheiße*!

Männer wie er sind der Grund, warum Frauen wie ich sich davor fürchten, nachts in Tiefgaragen zu fahren oder sich davor hüten, im Dunkeln alleine nach Hause zu gehen.

Ich blättere um, ignoriere das warnende Kribbeln, das sich in meinem Nacken ausbreitet und an meiner Wirbelsäule hinabrieselt, und sehe mir die Tatortfotos an.

Mir wird schlecht.

Sie sind nur in schwarz-weiß, aber das reicht völlig aus.

Wenn sie auch noch in Farbe wären, müsste ich mich wahrscheinlich übergeben.

Mehrere Leichen liegen auf dem dreckigen Boden einer kleinen Küche. Unterschiedlich große Töpfe hängen an der Wand, in dem Schädel eines der Opfer steckt ein Beil, das man eigentlich zum Hacken von Fleisch verwendet.

Und Blut, so unfassbar viel Blut, das sich als schwarze Flecken auf dem Foto abzeichnet.

Hilfe! Ehrlich ... Hilfe!

Ein Mann, der zu so etwas fähig ist, sollte für alle Zeiten weggesperrt werden und nicht laufen gelassen werden.

An dem Wein nippend studiere ich den mehrere Seiten langen Polizeibericht.

In manchen Fällen kommt es tatsächlich vor, dass Menschen unschuldig im Gefängnis landen. Das passiert zum Glück nur sehr selten, aber es passiert. In den vergangenen Jahren ist es mehrfach vorgekommen, dass ich mir Akten durchgelesen habe und mich echt wundern musste, wie man einen Menschen aufgrund so weniger Beweise und mit fadenscheinigen Begründungen verurteilen konnte. Aber in diesem Fall hier, bei diesem *Hell Bone*, besteht nicht der geringste Zweifel daran, dass er dieses grausame Verbrechen begangen hat.

Nicht nur auf dem Beil wurden seine Fingerabdrücke sichergestellt, sondern auch auf einer weiteren Tatwaffe, einem etwa zwanzig Zentimeter langen Dolch, mit dem einem der Chinesen die Kehle aufgeschlitzt wurde. Hinzu kommt, dass eine Sicherheitskamera den Rocker aufgezeichnet hat, und was am schwersten wiegt, ist die Tatsache, dass der Rocker mit dem Blut seiner Opfer an den Fingern am Tatort erwischt wurde.

In diesem Fall gibt es keine Zweifel, gar keine. Was mich erneut zu der Frage bringt, warum um Himmels willen er auf Bewährung rauskommt?

Die nächsten Stunden verbringe ich damit, die Weinflasche zu leeren und mich durch die Lebensgeschichte des *Hell Bone* zu blättern.

Das, was da zusammengetragen wurde, liest sich wie ein spannender und brutaler Krimi. Dieser Biker ist für die Polizei kein Unbekannter. Im Rockermilieu wird er einfach nur Killer genannt, in Wirklichkeit heißt er James Fox und ist neununddreißig Jahre alt.

Am Ende des gewaltigen Dokumentenstapels angekommen, entdecke ich ein Foto von seiner Lederkutte, das mit roten Textmarker-Strichen verziert wurde.

Zuerst verstehe ich nicht, was das soll, aber dann wird mir einiges klar.

Einer meiner Vorgänger hat sich die Mühe gemacht und die Bedeutung der vielen Aufnäher, die besagte Kutte zieren, recherchiert.

Und was ich da lese, ist einfach unglaublich.

Als Erstes widme ich mich dem *Unholy-Ones–Patch.*

Es wird nur an Mitglieder verliehen, die eine langjährige Zugehörigkeit vorweisen können und die bereit sind, sich für den MC zu opfern. Das ist heftig. Genauso wie die in einer anderen Farbe hinzugefügte Notiz, dass das *Unholy-Ones–Patch* auch an den Kutten der Member zu finden ist, die bereits einen Mord für den Club begangen haben.

Das ist heftig. Ehrlich!

Als Nächstes kommt das *Men-of-Mayhem-Patch.*

Es deckt sich in gewisser Weise mit dem *Unholy Ones*, denn es wird nur von *Hell Bones* getragen, die bereits für ihren Club Blut vergossen haben.

Und so geht es weiter ... und weiter ... und weiter ...

So langsam kapiere ich, dass diese ganzen Aufnäher nichts anderes als Trophäen sind, die sich die Rocker im Laufe der Jahre mit bestimmten Taten verdienen können.

Der Träger des roten rautenförmigen *1 %-Patches* zeigt bewusst, dass er sich nicht an die Gesetze der normalen Welt hält und dass er nach seinen ganz eigenen Regeln lebt.

Kurz: Er scheißt auf die zehn Gebote, auf Gut und Böse – auf Richtig und Falsch und macht nur, worauf er Lust hat.

James Fox alias *Der Killer* hat ebenfalls diese rote Raute auf seinem Leder, die dem Justizsystem verspricht, dass er sich niemals an seine Bewährungsauflagen halten wird, und dennoch hat man ihn vorzeitig aus seiner Haft entlassen.

Ich verstehe das einfach nicht.

Irgendetwas ist an dieser Sache faul, aber was?

Es ist kein Geheimnis, dass der *Hell Bones Motorcycle Club* sehr mächtig ist und sogar Richter, Politiker und jede Menge Cops auf seiner Gehaltsliste stehen hat.

Aber kann es sein, dass diese Connections so gut sind, dass sie einen verurteilten Mörder aus Sing Sing holen können?

Anscheinend. Es muss fast so sein, denn anders kann ich mir das alles nicht erklären.

Mit einem leisen Seufzen lehne ich mich in die weichen Polster der Couch, presse das kühle Weinglas an meine geschwollene Wange und schließe die Augen.

Was ein beschissener Tag!

Für eine Weile bleibe ich einfach so sitzen, genieße die Stille und frage mich, wie es nun weitergehen soll?

Als mir auch nach einiger Zeit keine Antwort einfallen will, schnappe ich mir das Bild des Rockers und sauge jedes Detail seines harten Gesichts in mich auf.

Warum müssen diese finsteren Typen immer so verflucht attraktiv sein?

Es ist fast wie in diesen Märchen, in denen die Bösen einen Pakt mit dem Teufel haben. All diese richtig gefährlichen Kerle versprechen ihre Seelen dem Höllenfürsten und erhalten dafür zehn Leben, eine Überdosis Sexyness, göttliche Schwänze und eine übernatürliche Ausdauer. Dazu noch ein paar Muskeln, Tattoos und ein markanter Kiefer und zack --- zauber --- zauber --- haben wir eine Horde wilder, unwiderstehlicher Outlaws, die es schafft, ganze New York in Angst und Schrecken zu versetzen und allen Frauen dieser Welt mühelos die Köpfe zu verdrehen.

Aber ich bin immun. Immun. Immun. Immun. Ich bin immun ...

Von wegen! *Scheiße!*

Ich wäre wirklich gerne unempfänglich. Aber ich bin es nicht.

Nicht wirklich. Klar weiß mein Verstand, dass brave, gute und langweilige Typen für mich besser wären ... aber ... ABER!

Matthew ist der beste Beweis dafür, dass ich ein Händchen für falsche Männer habe.

Wann immer ein mit Sixpack bewaffnetes Problem in meiner Nähe auftaucht, geht mein Hirn offline und die Katastrophe beginnt.

Es ist wie ein schlechter Witz, über den ich längst nicht mehr lachen kann.

Alles, was ich je wollte, war ein netter Mann, der mich um meiner selbst willen liebt, der mich beschützt und mit dem ich glücklich werden kann.

Mehr nicht.

Theoretisch verfolge ich dieses Ziel schon eine kleine Ewigkeit.

Praktisch hingegen ... tja ...

Immer mehr von dem Wein in mich rein schüttend, konzentriere ich mich wieder auf das Foto des Killers, der sich wie Harry Houdini aus dem Gefängnis befreit hat.

Wenn es nicht so beängstigend wäre, würde ich die Effizienz des *Hell Bones Motorcycle Clubs* beinahe schon beeindruckend finden.

Ab morgen liegt es an mir, aus diesem 1,98 Meter großen, 130 Kilo schweren, nur aus Muskeln bestehenden, schwarzhaarigen und grünäugigen Monster ein wertvolles Mitglied der Gesellschaft zu machen.

Allein der Gedanke bringt mich zum Schmunzeln.

Genauso gut könnte ich versuchen, Berge zu versetzen oder zum Mond zu fliegen ...

Die Wahrscheinlichkeit, dass ich mich in Tinker Bell höchstpersönlich verwandle, ist bedeutend höher, als dass es mir gelingen wird, aus diesem gesetzlosen Onepercenter einen braven Mitbürger zu machen, der keine Gefahr für die Menschen dieser Stadt darstellt.

2. Kapitel

Der Killer

Bräääämmmmmm ... Bräääämmmmmm ... Bräääämmmmmm ...

Das Geräusch reißt mich aus dem Schlaf, es dauert einen Moment, bis mir klar wird, dass ich nicht mehr auf der schmalen Gefängnispritsche liege, sondern in einem Bett im Club.

Das Kissen riecht sauber, genau wie die Decke, in deren weichen Fasern noch immer der Geruch des Waschmittels hängt.

Ich weiß, wem ich diesen Willkommensgruß zu verdanken habe.

Devils Frau, Lauren. Sie ist wunderschön, sanft, freundlich und schwanger.

Bräääämmmmmm ...

So hat es immer geklungen, wenn die Wärter mitten in der Nacht mit ihren Schlagstöcken an den Gittern der Zellen entlanggestreift sind.

Dieses Geräusch hat nie etwas Gutes bedeutet und ich werde es wohl niemals vergessen.

Bräääämmmmmm ... Hier gibt es keine Gitterstangen und keine Wärter, das Geräusch existiert nur noch in meinem Kopf.

Fuck! Ich saß zu lange hinter Gittern, die letzten Jahre sind nicht spurlos an mir vorbeigegangen. Sing Sing hat mich verändert. Es hat mich geformt, die vergangenen Jahre haben mich zu einem wilden Tier werden lassen, einem Tier, das ich selbst nur schwer kontrollieren kann.

Der Schalter in meinem Inneren war schon immer da, schon seit meiner frühesten Kindheit wusste ich, dass ich anders bin als die anderen Kinder aus meiner Schule.

Und es war okay. Ich habe gelernt, mit mir auszukommen und meinen Schalter zu kontrollieren.

Ich wusste, wann ich ihn umlegen muss und wie ich verhindern kann, dass er kippt.

Das ist jetzt anders. Ich habe die Kontrolle über die Dunkelheit in meinem Schädel verloren.

Die vier glatten Striche auf meinem Oberkörper sind meine Zeugen dafür, dass ich im Knast mehr als ein Mal die Beherrschung verloren habe und ausgerastet bin.

Zuletzt habe ich einen der Wärter angegriffen.

Was mich genau dazu gebracht hat, auszuticken, ihn auf den Boden zu befördern und ihm so lange ins Gesicht zu treten, bis er nicht mehr aufgestanden ist, kann ich nicht sagen.

Der Drang, das zu tun, war einfach da, und ich konnte ihn nicht unterdrücken.

Bullshit! In dem Moment wollte ich es gar nicht. Ich wollte seine Visage mit meinem Fuß zermatschen, ich wollte ihm das selbstgefällige Grinsen, mit dem er immer an mir vorbeimarschiert ist, ein für alle Mal austreiben, und das habe ich dann auch getan.

Die Aktion hat mir einigen Ärger eingebracht. Eine punktierte Lunge, mehrere gebrochene Rippen und zwölf Monate Isohaft.

Nach diesem Jahr war es dann endgültig um mich geschehen.

Kein Wunder. Die Zelle war unterirdisch, ohne Tageslicht und frische Luft.

Das Licht hat vierundzwanzig Stunden, 365 Tage lang durch gebrannt.

Nur Stille, nur meine Gedanken und ich. Keine Bücher, kein Fernseher – keine Ablenkung.

Devil hatte mich gewarnt, dass es so kommen wird, doch ich wollte nicht auf ihn hören.

Dass ich nicht mehr in diesem Loch sitze, verdanke ich ihm. Devil ist jetzt seit knapp eineinhalb Jahren der neue Präsident. Duke, sein Vorgänger, hat länger als erwartet dem Lungenkrebs getrotzt.

Bei meinem Bike, ich habe keine Ahnung, wie Devil es geschafft hat, mich da rauszuholen, aber er hat es geschafft und deswegen werde ich mein restliches Leben in seiner Schuld stehen.

Eine Stimme in meinem Kopf brüllt mir unaufhörlich zu, dass es besser für den Club gewesen wäre, wenn Devil mich einfach in dem Loch hätte verrotten lassen.

Ich blende sie aus, ignoriere die Warnung und versuche, mich daran zu erinnern, was für ein Mensch ich war, bevor ich verurteilt wurde.

Ich bemühe mich, wieder zu dem zu werden, was ich einst war. Der Killer der *Hell Bones*, ein Member, auf den sich meine Brüder verlassen konnten.

Aber das geht nicht so einfach.

Bräääämmmmmmm ...

Das Geräusch der Schlagstöcke an den Gittern hallt erneut in meinem Inneren wider und ich weiß, dass es noch eine Ewigkeit dauern wird, bis ich endlich wieder schlafen kann.

Ich bin aus dem Rhythmus raus, Sekunden, Minuten, Stunden, Tage, Wochen und Monate haben ihre Bedeutung für mich verloren. Die Dunkelheit ist zu etwas geworden, von dem ich nicht mehr genug kriegen kann.

Woher Devil wusste, dass ich kurz davor war, meine Stirn so oft gegen die Wand zu schlagen, bis mein Kopf platzt, weiß ich nicht. Aber er hat kapiert, dass ich, wenn er mich nicht da rausholt, umbringen werde.

Jetzt liege ich hier, in der Finsternis, fühle nichts und bin nichts.

Vor 48 Stunden wurde ich aus meiner Zelle geholt und in eine Welt entlassen, die mir fremd geworden ist.

Während mein Leben still stand, hat sich hier draußen alles verändert.

Neben Lauren gibt es drei weitere Ladys. Eine Psychologin, eine Kellnerin und eine ehemalige Polizistin. Devils Lady war bis zu ihrer Schwangerschaft eine Krankenschwester im University Hospital hier in Brooklyn.

Ich kenne Lauren kaum, aber der Beruf passt zu ihr. Sie scheint sich gerne um die Menschen in ihrer Nähe zu kümmern, was das frischgewaschene Bettzeug, sowie der Kühlschrank voller Lebensmittel und die weichen Handtücher im Badezimmer beweisen.

Ausgerechnet Iker, unser Enforcer, hat sich die Psychologin geschnappt.

Auf den ersten Blick fucking ungewöhnlich, aber auf den zweiten irgendwie passend.

Ich kenne niemanden, der so gestört ist wie er. Na gut. Außer mich. Aber das ist eine andere Geschichte. Vielleicht ist es ganz gut, dass er eine Frau an seiner Seite hat, die ungefähr eine Vorstellung davon hat, was für eine Scheiße in seinem Inneren vorgeht.

Ich bin Charlotte nur kurz begegnet, doch ich bin mir sicher, dass sie nur einen Blick auf mich werfen musste, um zu erkennen, dass es ein Fehler von Devil war, mich rauszuholen. Ich bin kaputt, irreparabel zerstört. Für mich gibt es keine Rettung.

Nicht mehr.

Wenn es dumm läuft, werde ich dem Club schaden, und das ist das Letzte, was ich will.

In wenigen Stunden habe ich einen Termin bei meiner Bewährungshelferin und wenn es so läuft, wie ich befürchte, werde ich die Frau töten und anschließend wieder in dem Loch landen, aus dem Devil mich gerettet hat.

Falls es wirklich so weit kommt, wird es besser sein, wenn er mich in Sing Sing verrotten lässt.

Die nächste Stunde liege ich wach in dem ungewohnt bequemen Bett, starre die blanke Zimmerdecke an und nehme die neuen Geräusche wahr.

Das kraftvolle Brummen der Motorräder, das helle Lachen der Frauen und die rauen Stimmen meiner Brüder.

In den vergangenen sechs Jahren hat sich viel verändert.

Doch manches ist geblieben. Die Kutte fühlt sich an wie damals, nur mit ihr fühle ich mich vollständig, und die Geschäftigkeit ist geblieben. Egal zu welcher Tages- oder Nachtzeit, auf dem Clubgelände ist immer was los.

Die Unruhe, die mich fest im Griff hat, lässt sich einfach nicht abschütteln. Wie ein Getriebener steige ich aus dem Bett und ziehe mir die Stiefel an, die direkt davor auf dem Boden stehen.

Ich hatte mir gar nicht erst die Mühe gemacht mich auszuziehen, mir war von vornherein klar, dass ich nicht schlafen werde.

Was ein verdammter Fluch ist. Denn ich bin so fucking müde, dass es schmerzt.

Das dumpfe Pochen hinter meinen Schläfen ignorierend, schnappe ich mir die volle Schachtel Luckys, zünde mir eine an und spüre, wie meine Lungenflügel das Nikotin in sich aufsaugen.

Nur wer über eine lange Zeit keine Kontrolle über sein Leben hatte, kann nachempfinden, welch ein Segen es ist, aufstehen und hingehen zu können, wohin man will.

Die Jeans, das Hemd und mein Leder.

Nichts habe ich so sehr gehasst wie die orange Anstaltskleidung.

Ich gehe zum Fenster, betrachte den endlos scheinenden Nachthimmel und sehe dann runter auf den Hof. Lodernde Flammen winden sich aus den verrosteten Ölfässern und tauchen die Umgebung in einen rötlichen Schein.

River, der Sergeant at Arms, drückt sein Mädchen an die Wand, er fickt es im Stehen und wickelt sich die langen schwarzen Haare um die Faust, während er sich wieder und wieder in seine Frau rammt.

Wie wird eine Polizistin die Old Lady des Sergeant at Arms der *Hell Bones*?

Rivers Mädchen heißt Catalina, wird jedoch von allen nur Cat genannt und ist außerdem die Schwester von Luis, einem der ehemaligen Prospects.

Eines Tages werde ich die Geschichte dieses Mädchens garantiert zu hören kriegen, aber bis es so weit ist, brauche ich eine willige Nutte und eine Flasche Rum.

Das letzte Mal, dass ich eine nackte Pussy auf meinem Schoß sitzen hatte, ist eine Ewigkeit her und zur Hölle! Ich kann mich nicht mal mehr daran erinnern, wie sich das angefühlt hat. Mit einem Ruck wende ich mich von dem Fenster ab, marschiere aus der Wohnung, die dank Devil für mich bereitstand, und gehe die Treppen runter in den großen Hauptraum, der den Mittelpunkt des Clubhauses darstellt.

Dutzende Eindrücke prasseln wie Schläge auf mich ein.

Die Melodie der Flipperautomaten, die verschiedenen Gerüche, die in der Luft hängen und all die vielen Menschen, die sich lachend und saufend die Nacht um die Ohren schlagen. Dank der Tatsache, dass ich das letzte Jahr in vollkommener Isolation verbracht habe, wird mir das alles schnell zu viel.

Ich bahne mir einen Weg durch die Menge, setze dafür meine Ellenbogen ein, und arbeite mich zur Bar vor.

Die Tussi, die heute den Ausschank macht, ignorierend, gehe ich hinter die Theke und hole mir eine Flasche Rum.

„He! Hier ist keine Selbstbedienung."

Das mag für die meisten gelten, aber nicht für mich!

Sie kennt mich nicht. Wie sollte sie auch? Sobald sie meine Kutte bemerkt, schlägt ihre Feindseligkeit in Interesse um. Sie checkt mich mit sichtbarem Interesse ab, betrachtet die Patches, die mein Leder zieren und leckt sich die Lippen.

„Wie kommt es, dass wir uns nicht früher begegnet sind?"

Ich mache mir nicht die Mühe, ihre Frage zu beantworten, öffne den Rum und kippe mir die hochprozentige Flüssigkeit in den Rachen.

Meine Leber wehrt sich, der ungewohnt gewordene Geschmack lässt mich die Augen zusammenkneifen.

Früher konnte ich die komplette Flasche saufen und war danach immer noch in der Lage einen Auftrag auszuführen.

Aber jetzt? *Fuck!*

Sie mustert mich noch immer interessiert, dann legt sie den Kopf schief und schnalzt mit der Zunge.

„Jetzt weiß ich es. Du bist der Kerl aus Sing Sing."

Meine Entlassung hat sich also rumgesprochen.

„Weißt du auch, wie ich genannt werde?"

Ihre Pupillen weiten sich, Neugier blitzt in ihren braunen Augen auf.

„Du bist der Killer!"

„Das schreckt dich nicht ab?"

Sie grinst, ihre Zähne leuchten weiß zwischen den pink geschminkten Lippen.

„Wenn ich Angst vor Killern hätte, dann wäre ich am falschen Ort."

Da ist was Wahres dran.

Sie kommt auf mich zu, streift mir ihrem Finger an meiner Kutte nach unten und stoppt kurz über meinem Hosenbund.

Mein Schwanz zuckt, nach so langer Abstinenz ist er nicht wählerisch.

Die Tussi riecht gut – nach Vanille wie ein fucking Kuchen. Mir läuft das Wasser im Mund zusammen.

„Wie heißt du?“

Sie leckt sich die Lippen.

„Hier nennen mich alle Cherry.“

„Ernsthaft? Du bist ’ne Kirsche?“

„Fick mich und du findest heraus, warum.“

Das muss sie mir nicht zweimal sagen.

Ich packe sie an der Hüfte, hebe sie auf den Bartresen und schiebe ihren Rock nach oben.

Die Kirsche trägt kein Höschen, ihre Pussy ist nackt, frisch rasiert und rosa.

Meine Hoden ziehen sich puckernd zusammen.

„Beine auseinander!“

Sie hört sofort, kann es offensichtlich kaum erwarten, gefickt zu werden.

Es stört sie nicht, dass wir Zuschauer haben.

Sehr schön. Mich auch nicht.

Ich will die Kirsche packen und sie vernaschen, also vergrabe ich meine Faust in ihren blonden langen Haaren, biege ihren Kopf nach hinten und überdehne ihren Nacken, ehe ich mich an ihrer Kehle festsauge, die zarte Haut koste und den unverkennbaren Geschmack von Frau, der an meinem Gaumen explodiert, genieße.

Bei allen Höllen! Es ist schon viel zu lange her ...

So fucking lange, dass mir die Tränen in die Augen steigen.

Mir wird heiß, ich reiße ihren Kopf wieder vor, tackere meinen Mund auf den ihren und beiße mich hungrig an ihrer Unterlippe fest.

Sie stöhnt, das Geräusch vibriert in meinen Ohren und mein Schwanz explodiert fast. Von einer unstillbaren Gier getrieben, dränge ich meine Zunge tief in sie hinein. Fordere alles, was sie mir zu geben bereit ist, und nehme mir noch mehr.

Die Kirsche biegt den Rücken durch, ich packe mir den Ausschnitt ihres Shirts, reiße es nach unten und sauge mich an ihrer linken Titte fest.

Cherry kreischt, krallt sich an meinen Haaren fest und schlingt ihre langen Beine um meine Mitte.

Shit yeah!

Das ist genau das, was ich jetzt brauche.

Casanova, der Road Captain des New Yorker Chapters, taucht auf der anderen Seite der Bar auf, beobachtet das Treiben und grinst wissend.

„Cherry hat Götterlippen. Oben und unten. Lass dir einen blasen und du wirst dich fühlen wie im Himmel."

Gute Idee.

Aber dafür brauchen wir mehr Platz,

Ungeduldig hebe ich die Bitch hoch, gehe zu einem schwarzen Sessel, setze mich und genieße den Anblick.

Volle, pralle Titten recken sich mir mitten ins Gesicht.

Wie reife Kirschen.

Ihre roten Nippel lassen mir das Wasser im Mund zusammenlaufen.

Das ist gut. Verdammt gut.

Ich sauge sie abwechselnd in den Mund, koste den Geschmack der Freiheit und stöhne rau, als sie anfängt, sich an mir zu reiben.

Was sie da macht, ist eine Art Lapdance und es treibt mich beinahe in den Wahnsinn.

Der Drang, die Sache abzukürzen, wird beinahe übermächtig. Ich zwinge mich zur Ruhe – bin fest entschlossen, jeden Moment bis zur Gänze auszukosten.

Ich habe viel zu lange auf Frauen verzichten müssen, als dass ich das jetzt überstürzen will. Ich überlasse der Kirsche für ein paar Minuten die Kontrolle, sie wackelt auf mir rum, reibt sich an meinem Bein und leckt sich lasziv die Lippen.

Erst als meine Ungeduld schmerzhaft wird, schiebe ich sie von meinem Schoß auf den Boden, positioniere sie zwischen meinen Knien und nicke zufrieden, als sie sich sofort daran macht, meine Jeans zu öffnen und mein hartes Glied rauszuholen.

Die Hose nach unten schiebend, lehne ich mich weiter zurück in die Polster, beiße die Zähne so fest zusammen, dass es knackt, und beobachte Cherry dabei, wie sie sich vorbeugt. Rau und heiß schnellt ihre Zungenspitze über meine Eichel. Der Kontakt dauert nur wenige Sekunden und bedeutet dennoch meinen Untergang.

Holy – bloody – Fuck!

Sechs verdammte Jahre ist es jetzt her, dass meinen Schwanz etwas anderes massiert hat als meine Faust. Sechs verdammte Jahre! Das ist eine verfluchte Ewigkeit.

Die Bitch funkelt mich wissend an. Sie hat längst kapiert, wie ausgehungert ich bin.

„Sag, was ich für dich tun soll, Killer."

„Saug mir das Hirn aus dem Schädel!"

Sie grinst, legt ihre Hände flach auf meine Oberschenkel und bringt sich vor meinem Schaft in Stellung.

Dann lässt sie sich langsam und konzentriert auf mich herabsinken und saugt jeden harten Zentimeter tief in ihren Rachen.

Es fühlt sich so an, als würde sie mich verschlucken, als würde ich in ihrem Bauch stecken.

Ihre Kehle krampft, sie kämpft gegen den Würgereiz an und gewinnt.

Die Zuckungen in ihrem Hals lassen mich beinahe kommen.

Das. Ist. Zu. Gut. Das. Ist. Zu. Viel.

Es ist einfach schon so unfassbar lange her!

Ich höre, wie sie tief durch ihre Nase einatmet, und dann geht es los ...

Cherrys Lippen werden zu einem Schraubstock, ihre Zunge verwandelt sich in einen Tornado, der unaufhörlich um meinen Schwanz wirbelt.

Sie leckt und saugt, knabbert und beißt, schmatzt und stöhnt mich beinahe ins Koma.

Nach Halt suchend kralle ich mich an den Lehnen des Sessels fest, überlasse ihr die Kontrolle und spüre, wie meine Beine zu Stein werden.

Meine Bauchmuskeln spannen sich an, sie wollen loslegen, zustoßen und die Nutte zum Schreien bringen. Aber ich untersage mir das Vergnügen und lasse mich stattdessen von ihr ficken.

Cherry wird wilder und nimmt mich noch etwas tiefer in sich auf.

Ihr Mund fühlt sich an wie ein verdammter Staubsauger.

Ich sehe, wie sich ihre Wangen wölben, als sie besonders stark an meinem Glied lutscht und sich tatsächlich daran macht, mir das Hirn aus dem Schädel zu saugen.

Vor meinen Augen wird es schwarz, mein Herz pumpt – ich balle die Fäuste.

Warmer Speichel rinnt ihr aus dem Mundwinkel und tropft auf meine Hoden.

Das alles ist gut. So gut, dass ich es nicht länger aushalte, meine Hände in ihren Haaren vergrabe und Cherry den Rhythmus vorgebe.

Sie versteift sich kurz, dann gibt sie nach und lässt mich gewähren. Ihre Lippen pressen sich so fest zusammen, dass es sich anfühlt, als würde mir gleich der Schwanz abreißen.

Ich knurre, zwinge so viel Sauerstoff wie nur möglich in meine Lunge und kämpfe darum, meinen Schalter nicht umzulegen. Wenn das passiert – wenn es klick macht, ist Cherry so gut wie tot.

River geht an uns vorbei, pfeift anerkennend und verschwindet raus auf den Hof.

Nicht fähig, diese süße Folter auch nur eine Sekunde länger auszuhalten, reiße ich Cherrys Kopf hoch, ziehe sie an ihren Haaren nach oben und platziere sie dann auf meinem Schoß.

„Setz dich, Baby."

Sie wankt leicht, wischt sich über die geschwollenen Lippen und nimmt dann langsam Platz.

Ihre Muschi stupst gegen meine Härte. Feuchtigkeit benetzt die empfindliche Krone, ehe sie sich mit einem Ruck auf mich hinabsenkt und sich so regelrecht selbst pfählt.

Ich komme ihr entgegen, um mich so tief wie nur möglich in ihr zu vergraben. Ramme mich bis zum letzten Millimeter in sie hinein und halte sie in dieser Stellung gefangen.

Cherry kann mir nicht entkommen, sie kann der Penetration nicht ausweichen und japst nach Luft.

„Oh Gott, du zerreißt mich."

„Was du schlucken kannst, kannst du auch ficken."

Sie nickt unsicher.

„Ich hoffe es."

Fuck, ich auch!

„Leg los. Reite mich!"

Ihre kleinen Hände landen auf meinen Schultern, sie spannt die Waden an und legt los.

Auf und ab – wieder und wieder.

Sie fällt in einen stetigen Galopp, den ich gnadenlos erwidere. Ihr steigen die Tränen in die Augen, sie schluchzt und ich wende noch mehr Kraft auf, um uns zu geben, was wir brauchen.

Heiß, weich und nass umschließt ihr Inneres meinen Schaft.

„Killer ..."

Sie haucht meinen Namen, ein Blitz zuckt an meinem Rückgrat entlang, setzt meine Nerven in Brand.

„Yeah, das ist es."

Sie fleht schluchzend nach mehr und ich gebe ihr mehr. So viel mehr wie möglich. Alles, was ich zu geben bereit bin.

Es ist nicht nur der Fick und das Gefühl ihrer engen Pussy. Allein schon berührt zu werden, stellt merkwürdige Sachen mit mir an.

Nach einem endlosen Jahr voller Einsamkeit ist es das Paradies, den weichen Körper einer Frau zu berühren. Ihr Gewicht, ihr Geruch – einfach alles.

Die Dämonen in meinem Schädel reißen an ihren Ketten, der Schalter ist kurz davor zu kippen. Ich bin nur ganz knapp davor, die Kontrolle zu verlieren ...

Die Nutte scheint es zu spüren, sieht mich unter gesenkten Lidern an und beugt sich dann zu mir herab.

Weich, geradezu federleicht streifen ihre Lippen über meine Stirn, bringen so den Sturm, der in meinem Verstand wütet, dazu, sich zu beruhigen.

„Ruhig Blut, Killer. Alles ist okay."

Ich bete, dass sie recht hat, denn wenn nicht, wenn sie sich täuscht, wird es ihr Blut sein, das meine Finger bedeckt.

Tief in meinem Inneren weiß ich, dass ich in der fensterlosen Zelle besser aufgehoben wäre, und dass es ein Fehler war, mich zu befreien.

Ich bin nicht gut – ich bin böse. Menschen wie ich gehören weggesperrt, bevor sie schlimme Dinge tun. Und dass ich sie tun werde, steht fest, es ist nur die Frage, wann es so weit sein wird ...

Cherry reitet mich immer wilder, sie wackelt mit ihrem Arsch und kippt ihr Becken nach vorne. Weich und voll pressen sich ihre Titten in mein Gesicht, ich inhaliere den Duft und lasse sie dann meine Zähne spüren.

Sie schreit, ich stöhne und stoße noch fester zu.

Das bringt's.

Die Bitch explodiert regelrecht an meinem Schwanz. Die Kontraktionen tief in ihrer Pussy lassen mich Sterne sehen. Sie zerquetschen mein Glied, pressen bis auf den letzten Tropfen alles aus mir heraus.

Schub für Schub pumpe ich meinen Saft in ihre Hitze, lasse den Kopf dabei in den Nacken fallen und lasse die Hüfte kreisen, um mich noch etwas weiter in sie hineinzubohren.

Heißer Schauder rieseln an meinem Arm herab, während die Kirsche erschöpft gegen mich sackt und ein zufriedenes Keuchen von sich gibt.

„Respekt, *Hell Bone*, das war der geilste Fick seit langem. Es ist immer wieder ein Vergnügen, einen Ex-Knacki zu bumsen."

Mit diesen Worten richtet sie sich auf, steigt von mir runter und zieht ihren Rock nach unten, ehe sie ihre Haare richtet und mir zuzwinkert.

„Wir sehen uns, Killer."

Sie zupft das zerrissene Top zurecht und knotet es am Bauch zusammen, dann verschwindet die Kirsche zurück an die Bar und lässt mich mit heraushängendem Schwanz und einem debilen Grinsen im Gesicht sitzen.

Jesus Christ, war das geil.

Ich sehe ihr nach, packe meine erschlaffende Erektion ein und zünde mir eine Kippe an.

Für eine Weile bleibe ich einfach da, wo ich bin, trinke mehr Rum und lasse den Club auf mich wirken.

Erst als mir die Musik zu laut wird, stehe ich auf und gehe raus in den Hof.

Der Alkohol zeigt, noch bevor ich mich auf eine der Bänke gesetzt und meine Augen auf die lodernden Flammen eines der Feuer gerichtet habe, seine Wirkung. Ich trinke weiter, rauche die Kippe und strecke die Füße aus.

Die Nachtluft streicht angenehm kühl über meinen verschwitzen Nacken und eine trügerische Zufriedenheit breitet sich in mir aus.

„Lust auf Gesellschaft?"

Skull, der Vizepräsident des New Yorker Chapters, taucht neben mir auf. Die Hände in die Taschen gesteckt und einen Joint im Mundwinkel.

Der süßliche Geruch des Marihuanas steigt mir in die Nase.

„Ist die Frage ernst gemeint?"

Er zuckt mit den Schultern.

„Kann sein, dass du lieber deine Ruhe hättest. Das alles ..." Er lässt seine Augen kurz über den Hof zucken. „Muss für den Anfang ziemlich viel sein."

Ist es.

„Ich war lang genug meine einzige Gesellschaft."

Skull nickt und nimmt neben mir Platz. Der Joint wandert in meine Richtung, ich lehne dankend ab. Drogen sind nichts für mich, das waren sie noch nie.

Ich bevorzuge es, Herr meiner Sinne zu sein, wobei das der Rum schon versaut hat.

„Was hast du jetzt, wo du wieder frei bist, vor?"

Wenn ich das wüsste, würde es mir besser gehen. Um ehrlich zu sein, habe ich keine Ahnung, was ich mit meiner wiedergewonnenen Freiheit anstellen soll.

Ich habe nie darum gebeten, aus dem Knast befreit zu werden, sondern mich mit meinem Schicksal abgefunden. Meine Entlassung kam für mich völlig unerwartet, mein Hirn hat noch nicht wirklich kapiert, dass ich wieder frei bin.

Mit der Freiheit hatte ich schon komplett abgeschlossen, vor mir lagen drei Mal lebenslänglich. Es war klar, dass ich im Knast verrecke! Zumindest war es das, bis Devil das Unmögliche vollbracht hat.

Skull drängt mich nicht zu einer Antwort, wofür ich ihm dankbar bin.

Die Minuten vergehen, ich trinke schweigend. Zu reden ist für mich noch immer ungewohnt.
„Am Leben bleiben."
Skull sieht zu mir und lacht. Aber nur so lange, bis er kapiert, dass das mein absoluter Ernst war.
„Mein einziges Ziel ist es am Leben zu bleiben, alles andere wird sich dann schon zeigen."
Das sollte eigentlich ein einfacher Plan sein. Eigentlich.
Für einen *Hell Bone* wie mich ist das jedoch nicht selbstverständlich.
„Lust auf einen Ausflug?"
Gespannt, was jetzt kommt, schnippe ich den Stummel meiner Kippe in die Flammen.
„Wohin?"
„Zu meiner Lady. Es ist kurz nach zwei, sie müsste jetzt dann Feierabend haben."
Es ist immer noch ungewohnt, dass es verdammte Ladys in unserem Chapter gibt.
„Dir gehört die Kellnerin."
„Sie heißt Chloe."
Ein schöner Name.
„Wo hast du sie kennengelernt?"
Skull grinst, die Geschichte scheint interessant zu sein.
„Wo wohl? Im *‚Green'*."
„Wenn ich richtig informiert bin, leitet sie die Kneipe mittlerweile?"
„Richtig. Und sie macht ihren Job verdammt gut."
Ich krame in meiner Erinnerung und suche raus, was ich über das *‚Green'* weiß. Der Typ, dem die Kneipe vorher gehört hatte, war ein blöder Wichser.
„Was ist mit Jasper passiert?"
Der Vize bleckt die Zähne und zieht seinen Dolch.
„Er wurde entlassen."
So kann man es auch nennen. Ich kenne Skull und ich zweifle keine Sekunde daran, dass Jasper keinen einfachen Tod hatte. Falls es so etwas wie einen einfachen Tod überhaupt gibt. Sterben ist scheiße! Immer.
Woher ich das weiß?
Ganz einfach. Ich bin ein Jahr lang lebendig begraben gewesen.
Den Rum auf den Boden stellend, stehe ich auf und sehe auf Skull herab.
„Lass uns dein Mädchen abholen."

Die Nacht vergeht zu schnell, der nächste Morgen kommt beinahe überraschend.

An Schlaf war nicht zu denken, dafür war der Zirkus in meinem Schädel einfach zu laut.

Mit einer Tasse Kaffee in der Hand sitze ich auf dem Flachdach des Clubhauses, beobachte, wie die Sonne aufgeht und spüre, wie sich die Feuchtigkeit des Morgens auf meine Kutte legt.

Der aromatische Dampf steigt mir in die Nase, während ich meinen Blick über die Straßenschluchten gleiten lasse.

Fuck! Ich liebe diese Stadt.

Die Gerüche und die Geräusche habe ich mindestens genauso vermisst wie das Gefühl des Windes auf der Haut.

Nur wer über einen längeren Zeitraum eingesperrt war, weiß seine Freiheit zu schätzen.

Die Füße auf eine umgekippte Kiste gestemmt, sehe ich zu der braunen Mappe, die vor mir auf dem Boden liegt.

Devil hat sie mir irgendwann vor die Türe gelegt, der Inhalt hat mich nicht überrascht.

Es sind Informationen über meine Bewährungshelferin.

Einfache Dinge wie ihr Geburtsdatum und ihre Sozialversicherungsnummer, aber auch das Kennzeichen ihres Wagens, ihr aktueller Kontostand und die Adresse ihres Apartments. *Bullshit!*

Devil hat wie gewöhnlich alles sorgfältig geplant.

Das Problem ist nur, diese Frau ist sauber.

Keine Spielschulden, keine Leichen im Keller und keine zur Adoption freigegebenen Kinder. Isabella Avens ist ein Engel und bietet uns somit keine Angriffsfläche.

Etwas ist aus der Mappe gerutscht, ein Foto.

Ich bücke mich danach, streiche mit den Fingern etwas Dreck ab und betrachte die Frau, die über meine Zukunft entscheidet.

Braune Haare, unfassbar hellblaue Augen und volle rote Lippen. Ihr Mund wirkt beinahe etwas zu groß für ihr schmales Gesicht, genau wie die schwarze Brille, die auf ihrer winzigen Nase sitzt.

Isabella Avens ist schön. Sie strahlt eine Kultiviertheit und eine Intelligenz aus, die mich beeindruckt.

Keine Ahnung, wann ich das letzte Mal einer Frau wie ihr begegnet bin.

Fuck! Es ist einfach alles zu lange her.

Ich stehe nicht auf dumme Tussis oder hilflose kleine Mädchen, sondern auf echte Frauen, die mit beiden Beinen im Leben stehen, und meine Bewährungshelferin fällt definitiv in mein Beuteschema.

Ob Devil das wusste, als er Isabella ausgesucht hat?

Und daran, dass er es getan hat, besteht für mich kein Zweifel.

Unser Präsident überlässt nichts dem Zufall. Nichts.

Was ich äußert beeindruckend finde.

Die Nutte von letzter Nacht hat null Ähnlichkeit mit der Frau, deren Foto ich anstarre. Cherry war nichts weiter als ein kleiner Snack für zwischendurch, eine nette Gelegenheit, um den aufgestauten Druck zu mildern und den schrecklichen Hunger, der dank der verlorenen Jahre in mir wütet, zu stillen.

Aber diese Bewährungshelferin ...

Fuck! Sie ist heiß, aber auf eine ganz andere Art. Doch das spielt keine Rolle, Isabella Avens ist tabu, sie ist mein goldenes Ticket in die Zukunft und das darf ich mir nicht versauen.

Devil hat mich rausgeholt, er hat mich aus der Zelle gerettet und dafür bin ich ihm was schuldig.

Ich will gar nicht wissen, was ihn meine Entlassung gekostet hat.

So etwas ist nur mit Geld nicht zu erreichen. Da wurden Knochen gebrochen und Gefallen eingefordert. Vielleicht steht der Club wegen mir bei irgendjemandem in der Schuld? Das ist durchaus denkbar. Und wenn es so ist, dann werde ich diese Schuld begleichen.

Es wird Zeit, die Schatten der vergangenen Jahre abzuschütteln und wieder zu dem Mann zu werden, der ich einst war. Der Killer der *Hell Bones* – Satans rechte Hand und der Schrecken dieser Stadt.

Den Kaffee trinkend und eine Lucky rauchend sauge ich das Farbenspiel des Sonnenaufgangs in mich ein, tackere jede einzelne Sekunde davon in meiner Erinnerung fest und widme mich dann wieder dem Foto.

Ich sollte es verbrennen und mit ihm die Fantasien, in denen ich Isabella Avens auf meinen Schoß setze, meine Faust in ihren Haaren vergrabe und mich an ihrer Kehle festbeiße. Der Club hatte wegen mir schon genug Probleme. Eine gekidnappte Bewährungshelferin ist das Letzte, was Devil jetzt braucht.

Ach Fuck!

Eine gekidnappte Bewährungshelferin ist das Letzte, was ich jetzt brauche.

3. Kapitel

Die Bewährungshelferin

Ich bin nicht nervös und laufe auch nicht aufgeregt durch mein Büro, während ich die leise vor sich hin tickende Wanduhr dafür verfluche, dass die Zeit viel zu schnell verrinnt.

Nein. So ist das nicht. Wirklich.

Ich sortiere nur meine Gedanken und lege mir eine passende Strategie für den Killer der *Hell Bones* zurecht.

Mehr als ein Mal war ich kurz davor, einen Richter anzurufen und mich zu erkundigen, wie um Gottes willen es möglich ist, dass so ein Mann auf Bewährung frei gelassen wird?

Das Einzige, was mich davon abhält, ist ... na ja ... was eigentlich?

Dass ich es nicht längst getan habe, grenzt an ein Wunder.

Unser Justizsystem ist gut, aber eben nicht perfekt. Es passieren Fehler, und das, was da passiert ist, ist ein Fehler. Jetzt liegt es an mir, diesen zu beheben oder wenigstens die anstehende Katastrophe abzuwenden.

Aber wie soll mir das gelingen? Wie?

Ich habe bereits ein paar Anrufe getätigt und meine Kontakte angezapft, um einen Job für James Fox zu bekommen. Aber sobald ich erwähne, dass er ein *Bone* ist, bekommen alle Panik. Niemand will Ärger mit dem Club. Was witzig ist, denn ich will keinen Ärger machen, sondern helfen. Aber das sehen die Leute am anderen Ende der Leitung anders. Sie sind sich sicher, dass sie die Wut des Killers auf sich lenken, wenn sie mit mir zusammenarbeiten. *Scheiße!* Sie befürchten, dass der Club sie bestrafen wird und das macht es mir unmöglich, meinen Job zu erledigen.

Seufzend lege ich einen kurzen Zwischenstopp an meinem Schreibtisch ein, schiebe mir ein großes Stückchen Schokolade in den Mund und setze dann meine Wanderung fort.

Es ist ein Wunder, dass sich nicht längst ein Loch in den grauen Teppich gelaufen habe.

Schokolade hilft immer. IMMER! Außer heute, außer man hat es mit einem Kutten tragenden Outlaw zu tun, der es sich zur Lebensaufgabe gemacht hat, Morde zu begehen.

Mit den Fingern streife ich mir durch die Haare, drehe sie am Hinterkopf zusammen und stecke einen Bleistift hindurch.

Wieder sehe ich zu der Uhr.

Es ist kurz vor acht, was bedeutet, dass mir nur noch wenige Minuten bleiben, bis der Biker eintrifft, und ich habe absolut keine Idee, was ich mit ihm anstellen soll.

Ablecken ...

Mein inneres Miststück weiß natürlich sofort, was es will. Aber das steht nicht zur Debatte. Keine Chance. Dieser Rocker ist keine zartschmelzende Schokolade, sondern eine scharfe unbekömmliche Chili, die meine Lippen verätzen und meine Zunge in die Hölle schicken würde.

Männer wie er sind ungenießbar. Glaube ich.

Wissen kann ich das natürlich nicht, immerhin habe ich noch nie einen der *Hell Bones* gekostet. Ich bleibe lieber bei meiner zartschmelzenden und ungefährlichen Schokolade, bei der ich mir sicher sein kann, dass sie mir guttut und nicht schadet.

Okay. Matthew war eine Ausnahme. Jeder macht mal Fehler!

Apropos Fehler.

Schnell hole ich den Kosmetikbeutel aus meiner Handtasche, ziehe mein Make-up raus und will gerade damit anfangen, die blauviolette Stelle an meinem Auge abzutupfen, als auch schon schwere Stiefelschritte ertönen.

Mein Büro befindet sich in einem ziemlich heruntergekommenen Gebäudekomplex im Erdgeschoss. Früher war hier eine kleine Schuh-Boutique, aber die ist dank Amazon und Co. längst pleite gegangen. Und da der Staat sparen muss und es für unsere Schützlinge (nicht, dass der Rocker, der gleich kommt, meines Schutzes bedarf) besser ist, wenn wir Bewährungshelfer in der ganzen Stadt verteilt und so besser für sie zu erreichen sind, wurden wir in teils fragwürdigen Gegenden untergebracht.

Ich bin in Brooklyn gelandet. Was ein Glück ... *Ironie off!*

Heute ist nicht der erste Tag, an dem ich mir wünschte, es wäre anders. Ein paar Kollegen wären mir gerade ganz recht, vielleicht sogar ein Großraumbüro – alles wäre besser, als mit dem Killer der *Hell Bones* alleine zu sein.

Oh verflucht!

Warum gibt es keinen Blumenpflücker oder einen Schokoladenfabrikanten bei den *Bones*? Warum müssen in diesem Motorradclub alle gefährlich, brutal und tödlich sein?

Es klopft zwei Mal: *Bumm – bumm.*

Verdammter Mist! Das Herz rutscht mir in die Hose.

Das Andenken, das Matthew mir verpasst hat, ist immer noch deutlich zu sehen.

James Fox wartet nicht darauf, dass ich ihn hereinbitte, sondern verschafft sich einfach Zutritt und steht plötzlich groß und maskulin mitten in meinem Büro.

Ich wirble herum, vor lauter Schreck fällt mir das Make-up-Fläschchen aus der Hand, landet auf dem harten Fliesenboden und zerspringt in unzählige Teile.

Fox starrt mich an, seine Augen verfolgen weder die durch die Luft surrenden Scherben noch sieht er sich in meinem Büro um. Er steht einfach nur da, bohrt seinen durchdringenden Blick in den meinen und presst die Lippen zu einem schmalen Strich zusammen.

Der kühle Wind, der durch die offene Türe hereinkommt, streicht durch seine schulterlangen, rabenschwarze Haare und verleiht ihm etwas Teuflisches.

Wenn ich es nicht besser wüsste, könnte ich fast glauben, dass ihn gerade die Hölle ausgespuckt hat.

Sei Kiefer, seine Wangenpartie und der virile Nacken: Alles an diesem Rocker wirkt unzerbrechlich – geradezu unzerstörbar.

Er bewegt sich nicht, steht einfach nur reglos da und füllt den kleinen Raum mit seiner bloßen Präsenz.

Seit ich sein Foto betrachtet und mich dabei mit Weißwein betrunken habe, wusste ich, dass dieser Killer eine beeindruckende Erscheinung ist.

Aber Halleluja!

Das dumme Foto ist diesem *Hell Bone* nicht mal ansatzweise gerecht geworden.

„Bist du Isabella?“

Was?

Hat er mich gerade tatsächlich mit dem Vornamen angesprochen?

Entschlossen, mich dem Rocker gegenüber zu behaupten, schüttle ich meine Angst ab, hebe den Kopf und drücke die Schultern durch.

Dann steige ich über die Sauerei vor meinen Füßen, zwinge mich zu einer neutralen Miene und gehe auf James Fox zu.

„Isabella nennen mich meine Freunde, für Sie Mrs. Avens.“

Noch immer zeigt seine Mimik keine Regung. Interessant.

Reglos wie ein Fels in der Brandung.

Mein Blick fällt auf seine großen, überraschend gepflegten Hände.

Lange Finger, saubere Nägel und straffe mit Tinte überzogene Haut.

Auf seinem Handrücken prangt ein großer Kompass, doch statt einer Kompassnadel befindet sich in der Mitte ein Revolver.

Ein kühler, warnender Schauder rinnt über meine Schulterblätter.

„Was ist passiert?“

Im ersten Moment weiß ich nicht, was er meint. Um mir auf die Sprünge zu helfen, tippt er sich ans Auge und erinnert mich so daran, dass es mir nicht gelungen ist, eine weitere Schicht Make-up aufzutragen. Nicht bereit, mich von dem Rocker in ein Gespräch über mein Privatleben verwickeln zu lassen, schüttle ich den Kopf.

„Nichts. Das war nur ein Abschluss."

Seine Augenbrauen wandern in die Höhe.

„Ein Abschluss? Fuck! Das war ein Schlag, ein kraftvoller."

Erwischt.

„Damit müssen Sie sich ja auskennen."

Das nuschle ich nur leise, lasse ihn stehen und suche hinter meinem massiven Holzschreibtisch Schutz. Wobei ich wirklich bezweifle, dass es irgendetwas auf der Welt gibt, das mich vor diesem Rocker beschützen kann.

Verflucht!

Nicht mal eine dreimal lebenslängliche Haftstrafe konnte diesen Biker unschädlich machen.

„Setzen Sie sich."

Ich deute auf den Plastikstuhl, doch Fox setzt sich nicht in Bewegung.

Als er auch nach einigen Augenblicken nicht reagiert, stemme ich die Hände in die Hüften und sehe ihn wieder direkt an.

„Gibt es irgendein Problem?"

Zu meiner Überraschung beginnt es in seinen grasgrünen Augen amüsiert zu blitzen.

„Nein, gar nicht. Sagen Sie, was Sie sagen müssen, Mrs. Avens und dann verschwinde ich wieder."

Die Art, wie er *Mrs. Avens* ausgesprochen hat, war pure Provokation.

Ablecken ... Ablecken ...

Ich bringe das Miststück erneut zum Schweigen und lecke mir automatisch über die Lippen.

Himmel! Was ist nur los mit mir!

In der Nähe dieses Killers sollte ich an Särge, frisch ausgehobene Gräber und den Geruch von feuchter Erde und nicht an zerwühlte Bettlaken, den herben Geschmack von männlicher Lust und wilden Sex denken.

Es war nicht mein Plan, ihn zu reizen, aber seine abweisende Haltung fordert mich geradezu heraus, ihm klarzumachen, dass ich ihm das Leben schwer machen kann.

„Wenn sie nicht kooperieren, schicke ich Sie zurück nach Sing Sing."

Oh Mist!

Das hätte ich lieber nicht sagen sollen, das wollte ich auch gar nicht. Aber seine Arroganz geht mir gegen den Strich.

Anstatt wütend zu werden oder mich zu bedrohen, beginnt der gefährliche Outlaw einfach nur laut zu lachen.

Fast so, als ob ich einen Witz gemacht hätte.

„Bullshit, Schätzchen ..."

Das war nicht die erhoffte Reaktion.

Um meine Drohung zu unterstreichen, hole ich einen Urinbecher und einen Drogentest aus der Schublade. Er ignoriert die Utensilien, kommt auf mich zu und stemmt sich mit geballten Fäusten auf meinem Schreibtisch ab. Der Geruch von Leder, Mann und Motoröl steigt mir in die Nase und löst ein unheilvolles Kribbeln in meinem Bauch aus.

Nicht gut. Gar nicht gut.

Fox grinst mich siegessicher an, ehe er weiterspricht.

„Ich war im Knast. Gottverdammte sechs Jahre ohne Aussicht auf Entlassung. Es war ganz unmöglich, dass ich Sing Sing jemals wieder lebendig verlasse, und dennoch stehe ich hier, vor dir und atme dich ein. Während ich mich unaufhörlich frage, wer dir dieses Veilchen verpasst hat."

Er atmet mich ein? *Huiuiuiui.*

„Die Wahrscheinlichkeit, dass du es schaffst, mich erneut in eine Zelle zu schicken, ist gleich null. Also hör auf, mir mit irgendeinem Mist zu drohen und unsere Zeit zu verschwenden. Zeit ist kostbar, und ich habe schon genug davon verloren!"

Wow. Das nenne ich mal eine Ansage. Es gibt viel, worüber ich nachdenken, und einiges, was ich erwidern sollte, aber mein Hirn ist noch immer mit der Tatsache beschäftigt, dass der Rocker mich einatmet.

Als ich stumm bleibe, stößt er sich von der Tischplatte ab und deutet auf den Drogentest.

„Ich rauche und ich trinke Rum. Viel davon. Aber mehr nehme ich nicht zu mir. Niemals! Wer sich ablenken lässt und nicht Herr seiner Sinne ist, stirbt."

In meinem Job habe ich schon viel gehört und viel erlebt. Es gehört zu meinem Alltag, dass ich belogen werde. Mittlerweile habe ich einen ganz guten Lügendetektor entwickelt und darum zweifle ich auch keine Sekunde an dem Wahrheitsgehalt seiner Worte."

Dieser *Hell Bone* wirkt auf mich nicht wie ein Junkie. Dafür ist er viel zu stark und zu diszipliniert.

Ich kann ihn mir nur schwer hinter Gittern vorstellen. Er ist wie ein Löwe, wie ein mächtiges Raubtier, das seine Freiheit braucht, um zu existieren.

Ich räuspere mich leise und versuche, wieder die Kontrolle über dieses Treffen zu erlangen.

Ablecken ... Aaaaabbbleckeeeeennnnn ...

Die fiese Stimme in meinem Unterbewusstsein klingt immer ungeduldiger.

Doch Ablecken ist keine Option!

„Sie wollen nicht sterben, Mister Fox, und ich will Sie beschützen. Also lassen Sie uns zusammenarbeiten."

Er wirkt verwundert.

„*Sie* wollen *mich* beschützen?"

„Natürlich, das ist mein Job."

An seinen Mundwinkeln zupft ein sexy Lächeln.

Bad boys do it better ...

„Wenn hier jemand Schutz braucht, dann bist du das, Schätzchen."

Mir ist klar, dass er erneut auf mein blaues Auge anspielt.

„Ich weiß Ihre Sorge zu schätzen, Mister Fox. Aber ich kann durchaus auf mich selbst aufpassen."

Mist!

Es sollte nicht wie eine Herausforderung klingen.

Wir liefern uns ein heftiges Blickduell, das er für sich entscheidet. *Game over*.

Damit steht fest, dass ich dieses Aufeinandertreffen verloren habe. Der erste Punkt geht an ihn. Kein Drogentest, keine Kontrolle, kein gar nichts ...

Die Minuten vergehen, wir schweigen. Das einzige Geräusch ist das leise Ticken der Uhrzeiger, die mich zu verhöhnen scheinen.

Der Rocker bekommt Mitleid, reibt sich über den eckigen Kiefer und schnaubt laut.

„Hör zu, ich kenne dieses Spiel. Laut meinen Bewährungsauflagen muss ich freitags hier aufkreuzen und mich bei dir melden. Ich bin verpflichtet, einen festen Wohnsitz vorzuweisen und mir einen sicheren Job zu suchen. Keine Drogen und keine Waffen. Punkt eins ist kein Problem, bei Punkt zwei mache ich ein Problem. Mein Bike, meine Knarre und mein Leder sind nicht verhandelbar!"

Fox macht eine kurze Pause und gibt mir so einen Moment, das eben Gehörte sacken zu lassen. Na ja, immerhin ist er ehrlich.

Das bringt ihm einen *Sympathiepunkt* ein.

Fox' rechte Hand verschwindet unter seiner Kutte – ich rechne mit dem Schlimmsten.

Doch statt einer Pistole zieht er eine Rolle Unterlagen hervor, die mit einem grünen Gummi zusammengehalten werden.

„Was ist das?"

Wieder huscht dieser Hauch eines Lächelns über seine sonst so harten Gesichtszüge.

„Das sind mein Miet- und mein Arbeitsvertrag."

Perplex nehme ich ihm die Dokumente ab und tatsächlich ...

Angeblich arbeitet er ab heute 40 Stunden die Woche in einer Kfz-Werkstatt und seine Wohnung befindet sich hier in Brooklyn.

Auf dem Papier sieht das alles gut aus. Trotzdem lasse ich mich nicht täuschen.

„Die Werkstatt gehört dem Club. Richtig?"

„Das ist unwichtig. Ich habe einen Job und einen Vertrag. Das Thema wäre erledigt. Genau wie der Nachweis eines festen Wohnsitzes. Wir sind hier fertig."

Um ehrlich zu sein, bin ich sprachlos und etwas aus der Bahn geworfen.

„Ach, sind wir das ...?"

Fox nickt.

„Sind wir."

Zu meinem Entsetzen umrundet er den Schreibtisch und steht plötzlich groß und stark vor mir. *Hilfe ... Hilfe!*

„Außer, du entscheidest dich dazu, mir zu sagen, wer dich geschlagen hat. Dann mache ich auf dem Weg zurück zum Club noch einen kleinen Ausflug und kläre die Sache für dich."

Ach du heilige Scheiße!

Hat er das gerade wirklich gesagt?

Hat er mir das gerade wirklich angeboten?

„Was meinst du damit?"

Der *Hell Bone* zögert und scheint genau abzuwägen, was ihm als Nächstes über die viel zu sinnlichen Lippen kommt.

Nervös schiebe ich meine Brille etwas weiter auf meine Nase, schaffe es jedoch, seinem finsteren Blick standzuhalten.

„Du willst mich beschützen? Das ist nett, aber nicht nötig. Ich brauche aus offensichtlichen Gründen niemanden, der mich beschützt. Du hingegen schon. Du bist winzig und jemand hat dich geschlagen. Also lass mich das für dich in Ordnung bringen."

Uffff...

Stellt sich hier der gesetzlose Killer des *Hell Bones Motorcycle Clubs* etwa gerade wirklich als der Gute heraus? Nein! Nie. Keine Chance.

Ein Killer kann niemals gut, sondern immer nur böse sein.

Wenn ich eines in meinem Beruf gelernt habe, dann, dass es keine Grauzonen gibt, sondern nur schwarz und weiß.

„Sie sollten jetzt gehen, Mister Fox."

Er zuckt mit den Schultern.

„Sicher?"

Oh ja.

„Ganz sicher."

„Das Angebot gilt, Isabella."

Gut zu wissen.

Fox lässt mich stehen, geht zur Türe und verschwindet ohne einen Blick zurück raus auf die Straße. Ich sacke zusammen, sämtliche Luft weicht mir aus der Lunge und meine Knie werden weich.

Erschöpft lasse ich mich auf meinen Sessel sinken, schließe die Augen und bemühe mich, zu verstehen, was um Himmels willen hier gerade passiert ist.

Du hast ihn nicht abgeleckt!

Das ist richtig. Das habe ich nicht und das ist auch gut so. Aber ich habe auch sonst nichts getan. Dieser Rocker hatte seit der Sekunde, in der er mein Büro betreten hat, die Kontrolle über das Gespräch.

Ich hatte absolut keine Chance gegen ihn.

So etwas ist mir noch nie passiert.

Aber er hat einen Arbeitsvertrag und eine Wohnung, das lässt mich vor meinem Chef nicht ganz so blöd dastehen.

Die letzte Viertelstunde hat mir gezeigt, dass der Killer ganz genau weiß, wie es läuft. Er kennt die Spielregeln und er ist nicht bereit, sich diesen zu unterwerfen.

Ich gehe jede Wette ein, dass sich unter seiner Kutte eine Waffe befunden hat.

James Fox hat, ohne mit der Wimper zu zucken, zugegeben, dass er sich nicht an diese Bewährungsauflage halten wird. Und ich? Was habe ich getan? Nichts!

Verflucht! Ich habe ihn nicht mal in diesen blöden Becher pinkeln lassen.

Das nächste Mal, wenn er hier ist, werde ich ihn einen Drogentest machen lassen und das nicht, weil ich denke, dass er irgendwelche verbotenen Substanzen konsumiert, sondern nur, um ihm zu zeigen, dass ich die Oberhand habe.

Wobei ich mir nicht so sicher bin, ob das wirklich den Tatsachen entspricht.

Noch immer etwas verwirrt, schiebe ich mir ein großes Stückchen Schokolade in den Mund und checke in meinem Kalender, wann ich den nächsten Termin habe.

Zu viel Arbeit und zu wenig Spaß.

Es ist Freitag und ich bin wieder Single – vielleicht wird es Zeit, endlich mal wieder auszugehen?

4. Kapitel

Der Killer

Gedankenverloren starre ich auf den Bastard, der vor mir auf den Knien rumrutscht und mich anfleht, ihn am Leben zu lassen.

Fuck!

Wenn ich wollte, könnte ich ihm befehlen, mir einen zu blasen, und er würde es machen. Ohne Zweifel.

Aber daraus wird nichts. Ich bin nicht schwul, nicht mal bi. Ich brauche Frauen, süße, kleine, runde Frauen mit einem prallen Hintern und schönen Titten.

Wobei es nicht nur der weibliche Körper ist, der mich anspricht, es ist das Gesamtpaket.

Frauen strahlen diese gewisse Schutzbedürftigkeit aus, die dafür sorgt, dass wir Männer in den Behütermodus schalten. Außerdem schenken sie uns etwas, das man mit keiner Gewalt der Welt erzwingen und mit keinem Geld kaufen kann: Geborgenheit.

Frauen erden uns und erinnern uns zugleich an das, was wirklich zählt:

Familie, ein Zuhause und das gottverdammte Glück – viele suchen, aber nur wenige finden es.

Es heißt, dass am Ende eines jeden Regenbogens ein Topf voll Glück darauf wartet, gefunden zu werden. Oder was es ein Topf voll Gold?

Shit! Ich weiß es nicht mehr. Wenn ich die Wahl hätte, würde ich das Glück wählen, Gold kann man stehlen oder verdienen. Glück nicht.

Mein letzter Kill ist schon lange her.

Keine Ahnung, wie das Schlitzauge, das ich in der Küche des chinesischen Schnellrestaurants getötet habe, ausgesehen hat.

Es spielt auch keine Rolle!

Jetzt stehe ich hier, mit gezogener Waffe, den Finger an Abzug und zögere den finalen Schuss hinaus. Aber nicht, weil ich zweifle oder in den Jahren hinter Gittern so etwas wie ein Gewissen entwickelt habe, sondern nur, weil ich diesen Moment bis zur letzten Sekunde auskosten will.

Was die kleine Bewährungshelferin wohl dazu sagen würde?

Was würde sie wohl mehr entsetzen?

Dass ich keine 72 Stunden nach meiner Entlassung erneut zum Mörder werde oder dass es mir Spaß macht, endlich wieder für den Club auf die Jagd zu gehen?

Isabella Avens ist in echt noch viel faszinierender als auf dem verfluchten Foto.

Ihre roten Lippen sind riesig und ihr Arsch hat genau die richtige Größe, um einen Mann all seine Probleme vergessen zu lassen.

Holy Bullshit!

Kaum dass ich ihr Büro betreten habe, wusste ich, dass ich am besten sofort wieder gehen sollte. Isabella ist ein fucking Törtchen mit einer Schwäche für Schokolade und ich bin so was von ausgehungert, dass es ein echtes Wunder ist, dass ich das Törtchen nicht an Ort und Stelle gefressen habe.

Sie ist das Rotkäppchen und ich bin der böse Wolf.

Das Blau, das ihre rechte Gesichtshälfte ziert, gefällt mir nicht. Dass sie jemand angerührt hat, macht mich wütend, und das wiederum verwirrt mich.

Diese Frau kann mir egal sein. Ich kenne sie nicht und es ist ihr Job, mir das Leben zu verkomplizieren, also warum bei allen *Bones* will ich sie beschützen?

Warum habe ich ihr angeboten, mich um den Wichser, der ihr das angetan hat, zu kümmern?

Die Gedanken kreisen wie irre in meinem Kopf, es fühlt sich an, als ob ich einen ganzen Zirkus im Schädel hätte. Mit Elefanten, jonglierenden Clowns und so ’nem Zeug. Das treibt mich noch in den Wahnsinn!

„Bitte, Killer. Lass mich laufen.“

Das Gejammer lenkt meine Aufmerksamkeit wieder auf das Arschloch vor mir.

„Und was dann? Machst du weiter wie bisher? Kämpfst gegen mich und den Club und versuchst, uns aus unserem eigenen Revier zu verdrängen?“

Er schüttelt hektisch den Kopf, Speicheltropfen fliegen durch die Luft, einer davon landet auf meinem Leder, wofür ich ihn mit einem harten Schlag bestrafe.

„Was soll das? Willst du deine DNA auf mir verteilen?“

Jetzt stottert er eine Entschuldigung, die mich völlig kaltlässt.

„Nein. Nein. Ehrlich ...“

Das Törtchen huscht erneut durch meinen Schädel und lenkt mich ab – es hat meinen Appetit geweckt. Ich muss ihn stillen, nur nicht mit Isabella. Sie ist tabu. Sie ist meine Bewährungshelferin.

Im Augenwinkel sehe ich eine Bewegung, ich drehe mich um, ein Bastard wollte sich an mir heranschleichen. *Fuck!*

„Ist hier ein ganzes Nest?“

Mehr genervt als erschrocken positioniere ich meine Waffe um, ziele auf den Bauch des Arschlochs und drücke zwei Mal ab. *Peng. Peng.*

Zum Teufel! Wie sehr ich dieses Geräusch vermisst habe.

Wenn man jemanden töten will, zielt man auf den Kopf oder das Herz. Wenn man aber jemanden leiden lassen will, nimmt man die Mitte des Körpers. Nichts ist so schmerzhaft und qualvoll wie ein Bauchschuss.

Der Idiot, der mich bis eben noch um Gnade angefleht hat, wittert seine Chance und krabbelt auf allen vieren davon.

Wie jämmerlich.

Wortlos schieße ich ihm in den Arsch!

Er schreit und bricht zusammen.

Manch anderer würde längst Mitleid mit dem Typen haben. Ich nicht.

Erstens bin ich kein besonders gefühlvoller Mensch und zweitens trägt dieser Kerl eine Kutte der *Bastards*, was ihn zu meinem Feind macht.

Es ist eine Frechheit, dass sich diese Hurensöhne einen Motorcycle Club schimpfen. Für mich ist dieser Haufen Versager kein Club, sondern eine Opfergemeinschaft.

Der *Bastards MC* besteht aus Taschendieben, Betrügern und anderen Arschlöchern, die während ihrer lächerlichen Existenz noch nie etwas erreicht haben.

Dieser Fake-Club kann am besten mit einem Spielkartenhaus verglichen werden.

Ein Windhauch bringt das ganze jämmerliche Gebilde zum Einsturz.

Dic *Bastards* haben sich während meiner Knastzeit zusammengerottet und sich mitten im *Hell-Bones*-Territorium niedergelassen.

Sie pfuschen uns in unsere Geschäfte, versuchen, uns zu kopieren und auf jede nur erdenkliche Art zu schaden.

Und das ist ihnen gelungen.

Skull und Devil haben schon alles versucht, um die *Bastards* zu zerschlagen und zu zerstören, aber ein paar der Ratten haben jedes Mal überlebt.

Ich dachte, es wäre eine nette Abwechslung, mich auf die Suche nach ihnen zu machen. Eine leichte Aufgabe, um nach den Jahren im Knast wieder reinzukommen.

Und ich hatte recht. Es tut gut, hier zu stehen. Fucking gut!

Es wäre noch besser, wenn mir dabei nicht das Törtchen durchs Hirn surren würde.

Aber verdammt, um dieses Problem kümmere ich mich heute Nacht.

Die *Bones* haben viele Clubs, Diskotheken, Kneipen und Bars. Es sollte nicht allzu schwer werden, in einem von den Lokalen was Fickbares aufzureißen.

Natürlich könnte ich mir auch einfach noch mal Cherry vornehmen, aber die Kirsche ist nicht das, was ich brauche. Nicht wirklich!

Das Arschloch mit der Kugel im Arsch lässt sich auf den Bauch fallen und robbt entschlossen weiter. Ihm ist sicherlich längst klar, dass es kein Entkommen vor mir gibt, dennoch kämpft er weiter. Und dafür respektiere ich ihn.

Aber das ändert nichts an der Sache. Es ändert nichts an der Tatsache, dass er jetzt sterben wird.

Das Mobiltelefon in meiner Jeans beginnt zu vibrieren. Diese Dinger sind in den letzten Jahren immer größer, immer komplizierter und immer lauter geworden.

Ich ziehe es aus der Tasche, will es mit Hilfe der Gesichtserkennung entsperren und fluche, als es nicht funktioniert.

Scheiß iPhone!

Was war noch mal der Code?

Ich probiere es mir jeder Menge Sechsern und es funktioniert.

Devils Name blinkt mir entgegen. Ich nehme das Gespräch an und folge mit kleinen Schritten dem *Bastard,* der winselnd über die Straße kriecht.

„Was gibt's, Boss?"

Einem Impuls folgend, bücke ich mich und zerre dem Wichser das Leder von den Schultern. *Yeah!* Das fühlt sich gut an.

„Bist du fertig mit spielen?"

Ich betrachte das Leder in meiner Hand.

„Fast."

Er brummt etwas, ich höre das unverkennbare Klicken seines Sturmfeuerzeugs.

Dann inhaliert er geräuschvoll den Rauch seiner Kippe.

„Ich habe einen Auftrag für dich."

„Worum geht's?"

„Das erzähl ich dir, wenn du zurück bist."

Wenn das kein Grund ist, schneller zu machen ...

„Bin in zwanzig Minuten da."

„Alles klar."

Devil beendet das Gespräch, ich stecke das Handy ein, lasse die Nackenmuskulatur knacksen und murmle ein „bye bye." Dann drücke ich ab.

Es ertönt ein letztes *Peng*, ich lasse den Bastard liegen, gehe zu meinem Bike und komme dabei an dem Arschloch mit dem Bauchschuss vorbei.

Genau wie erwartet stöhnt der Typ immer noch, eine große Pfütze hat sich neben ihm gebildet, Blut rinnt ihm aus dem Mundwinkel, er ächzt vor Schmerz.

Bauchschüsse eben.

„Mach's gut, Bastard!"

Er will etwas sagen, bringt jedoch nur ein Gurgeln zusammen.

Ich weiß, wie er sich anfühlt, ich weiß es ganz genau.

Atemlos, hilflos und voller Panik. Eine Kugel in den Bauch ist wie Isohaft. Man ist kurz vorm Sterben, aber der gottverdammte Sensenmann lässt sich einfach zu viel Zeit.

Viel zu viel Zeit.

5. Kapitel

Die Bewährungshelferin

Der Tag war lang, wirklich. Zu lang. Und hat aus zu viel Schokolade (böse Kalorien) und zu wenig Wein bestanden (meine Leber freut sich). Aber das wird sich jetzt ändern.

Nach dem Rocker ist nichts Ungewöhnliches mehr passiert. Zwei positive Drogentests und zwei meiner Schützlinge sind gar nicht erst aufgetaucht, was bedeutet, dass alle vier zurück in die Haftanstalt gehen werden, aus der sie auf Bewährung entlassen wurden.

Ganz am Anfang fand ich das immer furchtbar traurig. All die gescheiterten Existenzen und ungenutzten Zukunftschancen – das hat mir leidgetan.

Mittlerweile bin ich jedoch ziemlich abgehärtet.

Ich versuche, jedem so gut wie ich nur kann zu helfen, doch schlussendlich hat jeder sein Schicksal selbst in der Hand.

Bei den meisten meiner Neuzugänge weiß ich auf den ersten Blick, ob sie es schaffen werden oder nicht. Viele sind nach den Jahren hinter Gittern mit dem Leben in Freiheit überfordert. Sie stellen fest, dass die Welt nicht auf sie gewartet hat und fallen in ein tiefes Loch. Wenn das passiert, verstoßen sie mit Absicht gegen die Bewährungsauflagen, nur um wieder in Haft zu kommen.

Der Staat finanziert ihnen ein Dach über dem Kopf, einen Platz zum Schlafen und drei Mahlzeiten am Tag. Das ist mehr, als sie aus eigener Kraft erreichen können.

Meine Gedanken schweifen wieder zu dem Killer der *Hell Bones*, obwohl ich es mir strikt verboten habe, an den Rocker zu denken.

Er fasziniert mich wie noch kein Mann zuvor.

Dieser Biker ist unmöglich einzuschätzen.

Wenn ich wetten müsste, würde ich darauf setzen, dass er sich garantiert nicht an die Bewährungsauflagen halten wird. Das Gespräch über seine Waffe hat das sehr deutlich klargemacht. Trotzdem bin ich mir sicher, dass er nicht zurück nach Sing Sing muss.

Dass es den Cops damals gelungen ist, Fox auf frischer Tat zu ertappen, ist ein Wunder gewesen. Dass er dann auch ins Gefängnis musste, war geradezu unfassbar.

Ich weiß noch, wie ich vor all den Jahren die Nachrichten verfolgt habe und völlig sprachlos darüber war, dass sich tatsächlich ein Staatsanwalt getraut hatte, ein Member der *Hell Bones* anzuklagen.

Das hatten schon zwei vorher getan und die sind kurz darauf spurlos verschwunden, und wenn ich recht informiert bin, sind sie bis heute nicht wieder aufgetaucht.

Es kommt so gut wie nie vor, dass die Rocker für ihre Taten zur Rechenschaft gezogen wurden. Das, was mit dem Killer passiert ist, war ein Einzelfall, der sich so schnell garantiert nicht wiederholen wird.

Wie es sich wohl anfühlen würde, von einem Mann wie ihm berührt und geküsst zu werden? Bestimmt aufregend.

Du hast ihn nicht abgeleckt ...

Mein inneres Miststück ist noch immer beleidigt, aber da kann ich ihm auch nicht helfen.

Typen wie James Fox leckt man nicht ab, man berührt sie nicht mal, am besten blendet man ihre Existenz komplett aus und bringt sich in Sicherheit.

Wirklich blöd! Denn Ablecken würde bedeutend mehr Spaß machen.

Aber vielleicht finde ich ja ein anderes Prachtexemplar der Gattung Mann, das anbetungswürdig, beziehungsweise ableckungswürdig ist.

Gibt es Letzteres eigentlich?

Ich glaube nicht, aber spielt das überhaupt eine Rolle? Nein!

Ich finde, das Wort ableckungswürdig sollte unbedingt ins Rechtschreibwörterbuch aufgenommen werden. Wenigstens sollte es das für die Dauer, in der Männer wie James Fox noch auf dieser Welt existieren und es das Strafgesetzbuch nicht geschafft hat, die *Hell Bones* zum Aussterben zu zwingen. Danach kann es gerne wieder gestrichen werden, dann ist es eh überflüssig.

Apropos flüssig.

Mehrere große Weißweinschlucke direkt aus der Flasche nehmend, betrachte ich mein Spiegelbild und bin mehr als zufrieden mit mir.

Die Brille habe ich gegen Kontaktlinsen getauscht. Ein silberner Lidschatten betont meine blauen Augen und dank dem schwarzen Mascara wirken meine Wimpern endlos.

Das Rot meines Lippenstifts hat den gleichen Farbton wie meine High Heels, dazu trage ich eine enganliegende, schwarze Lederhose und eine ebenfalls schwarze Korsage, die einen tiefen Blick in mein Dekolleté zulässt und mir hoffentlich dabei hilft, einen heißen Typen aufzureißen, der mir die Nacht versüßen will.

Ich brauche Sex. Harten, langen, guten und schweißtreibenden Sex oder mein Schokokonsum gerät noch völlig außer Kontrolle und ich werde in absehbarer Zeit einhundert Kilo wiegen.

Matthew schwirrt mir durch den Kopf, weckt sofort meine alten Selbstzweifel.

Skeptisch gehe ich einen Schritt zurück und betrachte meinen Po.

Matthew fand ihn immer zu fett. Er hat gesagt, ohne Hintern wäre ich sexy. Ich hingegen ... na ja ... ich mag mich eigentlich so, wie ich bin. Und nur darauf kommt es an.

Ich trage noch einen Hauch Rouge auf, schalte dann das Licht im Badezimmer aus und mache mich daran, meine Handtasche zu packen.

Das Pfefferspray und ein Päckchen Kondome dürfen natürlich nicht fehlen.

Ich will ins ‚Boom Zone', einen Nachtclub in Queens, in den ich sonst mit meinen Freundinnen gehe. Aber heute Nacht will ich keinen Mädelsabend, heute befinde ich mich auf der Suche nach einem Mann, der mir den Rocker aus dem Kopf vögelt und mich den Stress der vergangenen Woche vergessen lässt.

Mittlerweile ist es kurz vor zehn, der Wein ist fast leer und ich habe einen leichten Schwips. Es hupt, mein Taxi ist da, das Abenteuer kann beginnen ...

6. Kapitel

Der Killer

Die lauten Bässe wummern in meinem Schädel. Es fühlt sich so an, als würde die Tanzmusik mein Hirn in Stücke zerfetzen.

Die bunten Lichtkegel, die wie ein Schwarm Bienen durch das ‚Boom Zone' huschen, verursachen mir Kopfschmerzen. Es dauert nicht mehr lange, bis mich ein Anfall von audiosensitiver Epilepsie in die Knie zwingt.

Vorhin im Club war ich mir sicher, dass es eine gute Idee ist, hierherzukommen.

Falsch gedacht. Ich hätte dort bleiben, mir die kleine Kirsche auf den Schoß setzen und mit der Bitch zufrieden sein sollen.

Das Problem? Ich bin es nicht. Also zufrieden ...

Ich fühle mich rastlos und unruhig wie diese Kinderspielzeuge, die erst jahrelang unbeachtet in der Ecke liegen und dann bis zum Anschlag aufgedreht werden.

Energie pulst durch meine Adern, der Geschmack von Freiheit treibt mich beinahe in den Wahnsinn.

Nach der endlosen Zeit in Sing Sing will ich alles. Sofort. Und auf einmal. Aber das ist nicht gut. Ich bin den Lärm, das Licht und die Geschäftigkeit nicht mehr gewohnt.

„Was hat der Präsident von dir gewollt?"

Für mich ist es immer noch ungewohnt, dass Devil jetzt der Präsident ist.

Aber das ist gut. Sehr gut. Devil ist der Mann, den wir am Kopfende des Tisches brauchen, aus diesem Grund habe ich damals auch alle Morde auf meine Kappe genommen. Damit Devil in Dukes Fußstapfen treten kann.

Casanova steht neben mir, ein Desperado in der Hand und eine Kippe im Mundwinkel.

Der Road Captain wirkt nervös. Wenn ich es nicht besser wüsste, würde ich glatt meinen, dass er in mir eine Art Konkurrenz sieht.

Aber das ist Schwachsinn.

Fuck!

Bevor ich in den Knast gewandert bin, hatte ich es auf das *Captain-Patch*, das jetzt seine Kutte ziert, abgesehen. Jetzt fühlt es sich so an, als sei das in einem anderen Leben gewesen.

„Mein Ehrgeiz, dir den Rang abzunehmen, ist gleich null. Das solltest du wissen, bevor es zwischen uns Probleme gibt."

Casanova brummt und nickt.

Keine Ahnung, ob er mir glaubt – es ist mir auch egal.

Im Augenblick bin ich durchaus damit zufrieden, frei zu sein, essen und trinken zu können, was ich will und mein Bike zu fahren.

Es fühlt sich gut an, das Leder wiederzuhaben und meine eigenen Klamotten zu tragen.

Mehr brauche ich im Moment nicht.

Bullshit!

Ich bin mit dem Lärm eines einfachen Nachtclubs überfordert, wie sollte ich mir da einen neuen Posten aufhalsen können.

Devil versteht das. Wir haben geredet und mein Präsident hat kapiert, dass mich Sing Sing aus der Bahn geworfen hat. Seine Idee war es, dass ich mich mit Charlotte zusammensetze. Was ich abgelehnt habe. Ikers Old Lady ist sicher ein toller Psychodoc, aber ich brauche niemanden, der in meinem Schädel herumspukt. Mein Schalter liegt auch so schon knapp auf der Kippe. Ich will nicht, dass sie ihn aus Versehen umlegt. Denn das, was dann passieren würde, wäre alles andere als schön und könnte nicht nur ihren, sondern auch meinen Tod bedeuten.

Was ich brauche, ist Zeit, das ist alles.

Hoffe ich auf jeden Fall!

Devil ist zufrieden mit mir, seiner Meinung nach sind zwei tote *Bastards* ein guter Anfang. Ich sehe das anders, aber das habe ich für mich behalten.

Es ist erst gut, wenn die Wichser endgültig ausgerottet sind. Devil hat mir den Auftrag gegeben, mich um dieses Thema zu kümmern, das werde ich tun.

Aber nicht heute. Ich bin hier, um Spaß zu haben und um mir eine Frau zu suchen, die keine Bitch ist und die das Potential hat, mich Isabella vergessen zu lassen.

Diese Bewährungshelferin ist nicht meine Aufgabe, ihr blaues Auge kann mir am Arsch vorbei gehen. Tut es aber nicht.

Fuck the world!

Ich bin kein guter Mensch, nicht mal ansatzweise. Trotzdem will ich die beschützen, was völlig verrückt ist.

Die letzten Stunden habe ich damit verbracht, zu analysieren, warum das so ist und ich denke, ich habe den Grund gefunden.

Ich bin frisch aus dem Knast, alle meine Brüder haben eine Aufgabe, nur ich, ich hatte bis vor wenigen Stunden keine. Was untypisch für mich ist, für gewöhnlich stecke ich bis zum Hals in Arbeit. Also hat sich mein Unterbewusstsein selbst eine Aufgabe gesucht und in Isabella Avens ein geeignetes Objekt gefunden.

Das Törtchen braucht Schutz und ist garantiert gut fickbar.

Vorhersehbarer Ärger und ein praller Arsch – die perfekte Kombination für einen Typen wie mich, der darauf programmiert ist, die Fäuste zu schwingen und die Umgebung nach einer lohnenden Beute abzuchecken.

Jetzt habe ich zwar eine Aufgabe, aber Isabella hat mein Interesse längst geweckt.

Casanova nippt an seinem Desperado und beobachtet mich aus zusammengekniffenen Augen.

„Du bist unruhig."

Ach, was er nicht sagt.

„Das ist jeder, der frisch aus dem Knast kommt."

Er nickt.

„Wahrscheinlich."

Casanova ist einer der wenigen *Bones*, der bis jetzt noch nicht das zweifelhafte Vergnügen hatte einzusitzen.

„Eines Tages wirst du es verstehen."

Sein „Hoffentlich nicht!" geht beinahe in den lauten Bässen unter.

Im ‚Boom Zone' ist die Hölle los, die Bars sind voll und auf der Tanzfläche wimmelt es nur so von scharfen Tussis. Doch bis jetzt konnte keine mein Interesse wecken.

„Such dir was zum Ficken. Dann geht es dir besser."

„Kümmere dich um deinen eigenen Schwanz."

Von seinen dummen Ratschlägen genervt, stoße ich mich von der Wand ab und bahne mir einen Weg durch die Menge.

Casanova ist noch dasselbe Arschloch wie vor ein paar Jahren.

Manche Dinge ändern sich eben nie.

Der Bass wird immer lauter. Der DJ wechselt die Songs in einer Geschwindigkeit, dass mein Trommelfell beinahe ein Schleudertrauma bekommt.

Vielleicht war es doch keine so gute Idee herzukommen?

Frustriert balle ich eine Faust und ramme sie mit voller Wucht ins Mauerwerk.

Putz rieselt zu Boden, ein heftiger Schmerz zuckt an meinem Arm nach oben und explodiert in meiner Schulter.

Fuck! Fuck! Fuck!

Ich sehe mich um, tausend fremde Gesichter, nicht eines ist dabei, das mein Interesse weckt. *Isabella ...*

Allein der Klang dieses Namens fühlt sich auf meiner Zunge an wie ein verdammtes Dessert. Diese Frau ist zur falschen Zeit und am falschen Ort in mein Leben getreten.

Devil wird nicht zulassen, dass ich wieder in den Knast gehe. Scheiß auf die Bewährungsauflagen und das Törtchen mit dem zu großen Mund und der riesigen Brille.

Es ist besser, wenn ich diese Frau nie wieder sehe. Es ist besser für mich und es ist besser für sie, aber es ist garantiert nicht besser für meinen Schwanz. Dem reicht es schon aus, wenn ich nur an meine Bewährungshelferin denke, um hart zu werden.

Was ein Witz!

Ausgerechnet ein Mädchen, dass von mir verlangt, dass ich in einen Plastikbecher pisse und meine Waffe ablege, hat sich mir ins Hirn gebrannt.

Scheiße! Scheiße! Scheiße!

Ich stehe auf einer Art Balkon, von hier aus habe ich einen guten Überblick über einen Großteil der ‚Boom Zone'. Ein pinker Lichtkegel saust an mir vorbei, landet dann in der Mitte der Tanzfläche und beleuchtet eine Frau.

Sie ist klein, bewegt sich wild und wackelt aufreizend mit dem Arsch.

Von meiner Position aus kann ich leider nicht viel erkennen, aber was ich sehe, lässt mir das Wasser im Mund zusammenlaufen.

Ihre Locken wellen sich über ihrem schmalen Rücken. Leider kann ich die Haarfarbe wegen des bunten Lichts nicht genau erkennen, aber das stört mich nicht.

Ihr Gesicht ist fein geschnitten und kommt mir irgendwie vertraut vor. Besonders die Lippen.

Was aber nicht sein kann, ich kenne niemanden hier, niemanden außer meinen Brüdern.

Die schmerzende Hand ausschüttelnd, betrachte ich meine aufgeschürften Knöchel und verfluche mich selbst. Ohne dass ich es will, gleiten meine Augen wieder zurück zu der Frau, die sich lachend um sich selbst dreht und ganz offensichtlich ihren Spaß hat.

Sie genießt das Leben und das gefällt mir.

Keine Ahnung, wann ich das letzte Mal etwas getan habe, was mir wirklich gut gefallen hat. Nein, falsch. Das stimmt so nicht. Die Bastarde zu killen, war ein verdammt guter Anfang.

Ich sehe wieder zu der Tänzerin, sie hat etwas an sich, das meinen Schwanz hart werden lässt.

Für eine Sekunde spiele ich mit dem Gedanken, sie mir zu schnappen, verwerfe diesen jedoch schnell wieder und mache mich auf den Weg Richtung Ausgang.

Was auch immer ich gesucht habe, hier werde ich es garantiert nicht finden.

7. Kapitel

Die Bewährungshelferin

Ich fühle mich wie elektrisiert.

Die Musik bringt meine Nerven zum Beben und das farbige Licht küsst meine geschlossenen Lider. Jauchzend lasse ich die Hüften kreisen, hebe die Arme über den Kopf und tauche ganz in die volltönenden Beats ein.

Das war so was von überfällig ...

Wir alle sind so im Alltag gefangen, dass wir uns viel zu selten trauen, unser Pflichtgefühl abzustreifen und einfach mal Spaß zu haben.

Die Zeit vergeht, der Alkohol zeigt seine Wirkung und mein Verstand geht endlich offline. Plötzlich legen sich große Hände auf meine Hüfte, ein harter Körper drückt sich von hinten an mich und weiche Lippen finden meinen Hals.

Wow! Der geht aber ganz schön ran.

Seine Berührungen fühlen sich nach Sex an, und das ist okay für mich. Aus genau dem Grund bin ich ja hier.

Als dann aber eine vertraue Stimme meinen Namen flüstert, ist das alles andere als okay.

Der Fremde hinter mir ist nicht fremd, der Fremde hinter mir ist mein Ex.

Scheiße!

Nicht bereit, mich auf dieses Experiment ein zweites Mal einzulassen, stoße ich mich von Matthew ab, drehe mich zu ihm um und sehe ihn wütend an.

„Was soll das?"

Ach Gott!

Er mag ein Arschloch sein, aber er sieht wirklich verdammt gut aus.

Nicht so gut wie der Rocker, aber na ja ... Es spielt keine Rolle. Das mit Matthew und mir ist vorbei. Endgültig!

Mein Ex setzt seinen Charme ein und benutzt das schiefe Lächeln, auf das ich früher schon immer reingefallen bin.

„Ich vermisse dich, Bella."

Von wegen! *Kotz!*

„Nenn mich nicht so. Sprich mich am besten nie wieder an und verschwinde!"

Matthew wirkt von meiner abweisenden Reaktion überrascht. Kein Wunder, in der Vergangenheit war ich so dumm, ihm jeden seiner Fehler zu verzeihen, aber damit ist jetzt Schluss. Für immer!

„Komm schon, Süße. Du weißt, dass es mir leidtut. Ich wollte dich nicht schlagen, aber du ..."

Ich lasse ihn gar nicht erst ausreden, sondern lasse ihn einfach stehen. Ich weiß auch so, was kommt. Er versucht, mir die Schuld für seine Fehler zu geben. Was ein Witz ist. Will er mir etwa einreden, dass ich selber schuld daran bin, dass er mich geschlagen hat?

Bei den Fledermäusen ist es so, dass die Männchen entweder ein großes Hirn oder große Hoden haben. Intelligent und potent geht nicht.

Vielleicht ist das ja bei Matthew auch so?

Sein Hirn ist definitiv kleiner als seine Hoden, es muss so sein, das ist die einzige Erklärung für den ganzen Mist, den er sich geleistet hat.

Wütend, dass er mir meinen Abend versaut, bahne ich mir einen Weg durch die feiernde Menge und verfluche das Schicksal dafür, dass es mir nicht mal ein paar Stunden Pause gönnen kann.

Auch ohne mich umzudrehen, weiß ich, dass Matthew mir folgt.

Woher wusste er eigentlich, wo ich bin? Diese Erkenntnis schlägt ein wie eine Bombe. Vor Zorn bebend, stoppe ich und wirble zu ihm herum.

„Sag, dass das nicht wahr ist. Sag mir, dass du das nicht getan hast!"

An seiner schuldbewussten Miene kann ich ablesen, dass ich mit meiner Vermutung richtig liege. Das Arschloch von einem Exfreund hat mein Handy geortet.

Das ist zu viel. Viel zu viel!

Ich hole aus und hebe meine Hand. Ich bin so wütend, dass ich mich nicht bremsen kann.

Noch bevor ich überhaupt weiß, was Sache ist, verpasse ich ihm eine laut klatschende Ohrfeige.

Matthew ist genauso überrascht wie ich, denn dieses Verhalten sieht mir eigentlich gar nicht ähnlich. Aber das ist es, was Matthew mit mir macht, er bringt mein schlimmstes Ich zum Vorschein und dafür hasse ich ihn.

„Wegen dir muss ich mir jetzt auch noch eine neue Handynummer zulegen. Was du machst, ist Stalking und das ist strafbar, das ist dir doch klar."

Anstatt sich zu entschuldigen, zuckt er nur mit den Schultern.

„Zeig mich an, vielleicht werde ich verurteilt und komme nach ein paar Monaten auf Bewährung wieder frei. Im besten Fall bist du dann meine Bewährungshelferin. Dann kannst du mich nicht mehr wegschicken, sondern musst deine Zeit mit mir verbringen."

Das ist krank.

So weit wird es nie kommen, ich wäre befangen und müsste Matthew an einen Kollegen abgeben. Mir liegen tausend Schimpfwörter auf der Zunge. Nur der Teufel weiß, was ich Matthew am liebsten alles ins Gesicht brüllen würde.

Doch ich lasse es. Dieser Idiot ist meine Zeit nicht wert.

„Such dir eine andere Frau, die du schikanieren kannst – ich bin mit dir fertig."

Er wirkt getroffen und überrascht.

Was ich lustig finde. Anscheinend war er echt so dumm zu glauben, dass ich ihm ein weiteres Mal verzeihe. Tja! Pech!

Im Gegensatz zu ihm bin ich keine Fledermaus – mein Hirn ist größer als meine Eierstöcke und darum lerne ich aus meinen Fehlern.

„Du machst echt Schluss?"

Himmel! War er schon immer so schwer von Begriff?

„Das habe ich schon lang. Schon vergessen?"

Matthew wirkt geknickt. Ich verspüre nicht das geringste Mitleid mit ihm, das Einzige, was ich fühle, ist Reue. Ich bereue es zutiefst, so viel meiner kostbaren Zeit an ihn verschwendet zu haben.

Wir sehen uns an, dann verschwindet er, ohne ein Wort zu sagen, in der Menge.

Endlich! Hoffentlich ist das Thema damit abgehakt. Ich brauche Alkohol. Viel davon. Also gehe ich zur Bar und bestelle mir einen doppelten Wodka mit extra viel Eis und einem Schuss Limettensaft.

Doch selbst als ich den und einen weiteren davon getrunken habe, will sich meine Feierlaune nicht wieder einstellen. Matthew hat mir die Lust am Tanzen verdorben und nicht mal der Wodka hat es geschafft, mich den Killer der *Hell Bones* vergessen zu lassen.

Verdammte Scheiße!

Ich schwöre es euch. Ich schwöre es allen ... Wenn mir dieser Rocker jetzt wie durch ein Wunder über den Weg laufen würde, ich würde ihn ablecken.

Garantiert!

Der Boden unter meinen Füßen beginnt sich zu bewegen, vor meinen Augen dreht sich alles. Im Moment kann ich mir gut vorstellen, wie sich Captain Jack Sparrow auf seiner heißgeliebten Black Pearl fühlen muss und warum er immer so seltsam durch die Gegend läuft.

Es liegt am Rum oder – in meinem Fall – an viel zu viel Wodka!

Die bunten Lichter, die mir bis eben noch so gut gefallen haben, werden mir zu viel, genau wie die laute Musik.

Ich denke, es wird Zeit zu gehen.

Wütend auf Matthew, auf mich selbst und die ganze verfluchte Welt, mache ich mich auf den Weg Richtung Ausgang und verbiete mir streng, an den Biker mit der ledernen Kutte, den langen schwarzen Haaren und den zeitlosen grünen Augen zu denken.

Es gelingt mir natürlich nicht.

Wie sollte es auch?

Seit er heute Morgen in mein Büro geplatzt ist, kriege ich den Killer einfach nicht mehr aus dem Kopf. Ich frage mich dauernd, wie er wohl schmeckt und wie es wohl wäre, ihn abzulecken. Meine Füße schmerzen, ich ziehe mir die Heels kurzerhand aus und setze meinen Weg barfuß fort, bis ich in eine warme Wand, bestehend aus Muskeln, Kraft und Leder laufe. Der Aufprall bricht meinem eh schon angeknacksten Gleichgewichtssinn das Genick. Ich gerate ins Stolpern, torkle nach hinten und lande beinahe auf meinem Hintern.

Also ich wäre gefallen, wenn da nicht wie aus dem Nichts starke Arme gewesen wären, die mich mühelos hochgehoben und an einen massiven Brustkorb gedrückt hätten.

Aber sie haben es getan und darum baumeln meine Füße jetzt in der Luft, während ich in zwei unglaublich moosgrünen Kreisen versinke und mich frage, was für ein Zeug mir der Barkeeper da in den Wodka gemischt hat?

Limettensaft war es jedenfalls nicht. Oder?

Gott, bin ich durcheinander.

Die Kreise bewegen sich. Es dauert ein paar Herzschläge, bis mein volltrunkener Verstand kapiert, dass es sich bei den grünen Kreisen um James Fox' Augen handelt, und dass er derjenige ist, in den ich reingerannt bin.

Halleluja!

Keine Ahnung, ob ich dem Schicksal jetzt dankbar bin, oder ob ich es lieber verfluchen sollte? Was ich jedoch genau weiß, ist, dass ich mir selbst geschworen habe, dass ich den Outlaw, wenn er mir jetzt wie ein Wunder über den Weg laufen sollte, ablecken werde.

Hmmmmm ... dann ist es jetzt wohl so weit.

Ohne lang darüber nachzudenken, ohne zu zögern, schlinge ich ihm meine Arme um den virilen Nacken, lehne mich nach vorne und lecke an seinem markanten Kiefer entlang, ehe ich meinen Mund auf den seinen drücke und ihn tief und langsam küsse.

Er weigert sich nicht, er wehrt sich nicht – sondern stößt ein wildes Brummen aus, pinnt mich an die nächste Wand und raubt mir geschickt den Atem.

Seine Zunge spielt mit der meinen, der Rocker verführt mich und entlockt mir so ein lustvolles Stöhnen. Herb und maskulin explodiert der unverkennbare Geschmack von Mann und Lust an meinem Gaumen und vertreibt meinen bescheuerten Ex endgültig aus meinem Kopf.

Nicht in der Lage, jetzt einen Rückzieher zu machen, schlinge ich meine Beine um seine Taille, lasse meine Heels los, die mit einem lauten Klackern auf den Boden fallen, und genieße das Zucken seiner harten Muskeln.

Heilige Scheiße!

Dieser Biker ist wie ein übergroßes Sexspielzeug, das einfach jede Frau zum Schreien bringen kann. Genauso schnell wie der Kuss angefangen hat, genauso schnell endet er jetzt wieder. Atemlos und keuchend suche ich seinen Blick.

Fox' grollendes „Fuck!" bringt mich zum Kichern.

„Was machst du hier, Isabella?"

Bevor ich es verhindern kann, kommt mir einfach so die Wahrheit über die Lippen.

„Dich vergessen!"

Er stößt ein lautes freudloses Lachen aus, das mein Höschen feucht werden lässt.

„Bullshit, Schätzchen. Das werde ich zu verhindern wissen!"

Seine großen Hände landen auf meinem Arsch und beginnen ihn zu kneten.

Meine Lippen prickeln und mein inneres Miststück ist mehr als zufrieden, während in meinem Großhirn der Alarm ausbricht.

Das ist ein großer Fehler, mit großen Händen, mit großen Muskeln und mit einem garantiert großen Schwanz ...

Ich sollte das nicht, ich sollte das nicht wollen – ich sollte laut „Stopp!" rufen und das Weite suchen. Stattdessen bleibe ich stumm, sehe den Biker einfach nur an und hoffe wirklich, wirklich, dass wir jetzt Sex haben.

8. Kapitel

Der Killer

Fuck! Wo kommt das Törtchen her?

Den ganzen Tag – die ganze Nacht über denke ich an diese Frau und dann läuft sie mir plötzlich in die Arme.

Das lässt meinen Schalter beinahe kippen.

Isabella sieht jetzt ganz anders aus als heute Morgen. Weniger streng, weniger spießig, aber dennoch verflucht heiß.

Der Bleistift ist aus ihren Haaren verschwunden, genau wie die schwarze Brille. Dafür trägt sie jetzt eine Korsage und eine so eng anliegende Lederhose, dass sie meiner Fantasie nicht viel Spielraum überlässt. Isabella war die Frau auf der Tanzfläche, die meine Aufmerksamkeit an sich gefesselt hat, ich habe sie nur nicht gleich erkannt. Das erklärt einiges. Ach Bullshit! Es erklärt alles.

Es wäre verdammt unwahrscheinlich gewesen, an einem Tag auf zwei verschiedene Frauen zu treffen, die ein und dieselbe Wirkung auf mich haben.

Was zur Hölle macht eine Bewährungshelferin in einem Nachtclub wie dem ‚Boom Zone'?

Tanzen offensichtlich.

Aber was noch?

Ich halte sie noch immer fest, tackere sie mit dem Rücken an die Wand und beobachte, wie sich das weiche Fleisch ihrer Titten bei jedem ihrer Atemzüge aus dem schwarzen Leder drückt.

Bloody Hell!

Mich beschleicht ein Verdacht, der mir ganz und gar nicht gefällt.

„Mit wem bist du hier?"

Sie blinzelt, ich rieche den Wodka in ihrem Atem.

„Allein."

Fuck! Sie ist auf der Jagd. Sie will gefickt werden und ich bin mehr als bereit, diese Aufgabe zu übernehmen.

„Warum?" Ich frage sie, obwohl ich die Antwort längst kenne. Ich muss die Bestätigung aus ihrem rot angemalten Mund hören. „Was machst du in einem Laden wie diesem, Isabella?"

Sie senkt verlegen den Blick, mein Schwanz pocht.

Hölllleeeeeee!

„Sag. Es."

„Tanzen."

Ich glaube ihr nicht.

„Das hast du getan ja, aber es war nicht der Grund, aus dem du hierhergekommen bist. Richtig?“

Nervös leckt sie sich die über die Lippen, mit den Augen verfolge ich den Weg ihrer rosa Zungenspitze und frage mich sofort, wie die sich wohl an meinem Schwanz anfühlen würde?

Sie sieht mich wieder an, in ihren Iriden funkelt es kampflustig.

Die Kleine hat Temperament, das gefällt mir. Sehr sogar.

„Lass mich runter.“

Von wegen.

„Wieso sollte ich?“

Sie blinzelt überrascht.

„Weil ich es von dir verlange.“

Süß. Wirklich süß.

„Aye, das habe ich schon kapiert, aber das ist noch lange kein Grund für mich, dich loszulassen.“

Isabella denkt nach, beginnt dann zu kichern.

Oh ja. Sie ist ziemlich betrunken.

„Du bist ein vorbestrafter Verbrecher und ich bin deine Bewährungshelferin. Du darfst mich nicht so anfassen. Das gehört sich nicht.“

Das gehört sich nicht? Ehrlich?

„Alles, was ich tue, gehört sich nicht.“

Sie nickt zustimmend.

„Und aus diesem Grund solltest du deine Hände von meinem Arsch nehmen.“

Schlechte Idee.

„Das ist genau das Gegenteil von dem, was ich mit deinem Arsch machen will, Baby.“

An ihrem linken Mundwinkel zupft ein Lächeln, meine Hoden ziehen sich schmerzhaft zusammen. Ich. Will. Diese. Frau.

„Und was willst du mit mir machen?“

„Mit dieser Frage fütterst du das Monster in mir, das ist dir klar, oder, Isabella?“

Sie kichert.

„Das Monster? Welches Monster? Meinst du deinen Schwanz?“

Ich könnte es ihr sagen, entscheide mich jedoch dagegen. Wenn sie erfährt, wie finster es in meiner Seele ist, wird sie mich um Gnade anflehen und in Panik ausbrechen.

Außerdem gefällt es mir, dass sie glaubt, dass mein Schwanz ein Monster ist.

Entschlossen, sie nicht mehr entkommen zu lassen, bringe ich mein Gesicht ganz nah an das ihre, senke meine Stimme und flüstere ihr leise ins Ohr:

„Du willst wissen, was ich mit dir anstellen werde?“

Sie nickt und ist dabei ganz atemlos vor Aufregung.

„Ich werde dich packen, unter mir festnageln und so lange, so hart ficken, bis du meinen Namen schreist, während du in tausend Teile zerbrichst!“

Ihre Augen werden groß, ihr von Wodka durchtränkter Atem steigt mir in die Nase.

Wer hätte es gedacht, aber mit Brille fand ich sie noch einen Ticken schärfer und dieser Bleistift im Haar ... *Jesus!*

Sie sieht mir tief in die Augen, ich erkenne den Kampf von Gut und Böse, der in ihr tobt.

Isabella will, dass ich sie in tausend Teile zerbreche, aber sie weiß auch, dass sie es nicht wollen sollte.

Aber Fuck!

Es ist süß, dass sie wirklich glaubt, bei dieser Sache auch nur ein Wörtchen mitreden zu können. Mein Schwanz hat sich entschieden – ich habe mich entschieden – diese Frau gehört mir!

„Du bist gefährlicher, als ich dachte, Killer.“

Ihre Mundwinkel zucken, die Art, wie sie meinen Clubnamen ausspricht, lässt meinen Schalter beinahe kippen.

„Dir droht keine Gefahr, Baby.“

Sie wirkt skeptisch und ich beschließe, ihrem in Wodka schwimmenden Verstand den Todesstoß zu geben. Grob nehme ich ihre Lippen in Besitz, wühle mich durch die samtene Höhle ihres Mundes und zeige ihr mit meiner Zunge ganz genau, was ich von ihr will. Isabella keucht und wimmert. Es mag sein, dass sie sich bis zu einem gewissen Grad vor mir fürchtet. Aber sie will das, sie will von mir gefickt werden!

Die Frage ist nur, ob sie mutig genug ist, sich auf einen *Hell Bone* einzulassen.

9. Kapitel

Die Bewährungshelferin

In meinem Kopf dreht sich alles, in meinem Unterleib pocht es sehnsüchtig und auf meinen geschwollenen Lippen ruht noch immer der Geschmack des Rockers.

Halleluja!

Was tue ich hier eigentlich?

Warum denke ich überhaupt darüber nach, den Biker mit zu mir zu nehmen?

Das geht gar nicht. Niemals. Nie und nimmer! Oder?

Na ja ...

Wenn man es nüchtern betrachtet – was mir im Augenblick ziemlich schwerfällt – ist diese Entscheidung längst gefallen.

Schließlich lehne ich mir dem Rücken an der Wand, während meine Beine um Fox' Taille geschlungen sind und seine Hände auf meinem Arsch liegen.

Ich habe längst die unsichtbare Grenze überschritten, die ich eigentlich nie hätte überschreiten dürfen. Wie heißt es so schön?

Ist der Ruf erst ruiniert, lebt es sich ganz ungeniert.

Da ist was Wahres dran, oder?

Natürlich könnte ich auch einfach von ihm verlangen, dass er mich abstellen soll, und mich mit dem Rest meiner Würde so schnell es geht in Sicherheit bringen.

Aber das will ich gar nicht.

Was für eine Katastrophe!

Ich hätte nicht herkommen dürfen – ich hätte gar nicht erst so viel trinken dürfen!

Scheiß Wodka!

An diesem ganzen Schlamassel ist nur Matthew schuld! Genau!

Wäre er nicht so ein Arschloch, wären wir noch zusammen und ich müsste mich nicht an Orten wie diesen auf die Suche nach Sex begeben.

Ich kann immer noch nicht fassen, dass er mein Handy geortet und mir hierher gefolgt ist. Mein Ex ist wirklich dümmer, als ich dachte.

Was das wohl über mich aussagt? Mit Sicherheit nichts Gutes.

Verdammt!

Energisch verdränge ich Matthew aus meinem Hirn und konzentriere mich wieder auf die dunkelgrünen Augen, die nur wenige Zentimeter vor meinem Gesicht schweben.

Wenn dieser *Hell Bone* nur nicht so verflucht sexy wäre, würde mir diese Entscheidung nicht so schwerfallen. Wobei die Entscheidung an sich längst gefallen ist, es geht quasi nur noch darum, genug Mut zusammenzukratzen, um das, was die Nacht verspricht, für mich einzufordern.

Trotz der Neugierde, die in mir schwelt, kann ich auf keinen Fall mit in seinen Club kommen. Das geht einfach nicht.

Ich meine, *Himmel*, ... ich bin Bewährungshelferin! Ich kann nicht einfach durch das Tor des *Hell Bones Motorcycle Clubs* marschieren und mich von einem von ihnen ficken lassen. Oder?

Ich sollte mich überhaupt von keinem dieser Biker ficken lassen.

Tja, Pech!. Das Schicksal hat entschieden und wer bin ich, mich gegen so etwas Mächtigem wie das Schicksal zu wehren?

Außerdem ist es mein Job, den Rocker im Auge zu behalten und dafür zu sorgen, dass er keine weiteren Straftaten begeht. Und wie könnte ich das besser als in meinem Bett.

Dort gibt es keine Waffen, keine Drogen und auch sonst nichts Illegales.

Indem ich diesen Killer mit zu mir nehme, stelle ich also sicher, dass er ein anständiger Bürger wird, und rette so seine Seele.

Gott! Ich bin eine Heilige ...

Der Gedanke lässt mich kichern, was den Outlaw dazu bringt, fragend eine Augenbraue in die Höhe zu ziehen.

Erregt bis in die Zehenspitzen lehne ich mich zu dem Biker vor, lecke an der Kante seines Kiefers entlang und stöhne dabei leise.

Mein inneres Miststück hatte recht, dieser Rocker schmeckt nach Abenteuer und unfassbar guten Orgasmen.

Ein Schauer durchläuft ihn. Ich kann regelrecht spüren, wie sich sämtliche seiner Muskeln anspannen und sein beeindruckender Körper plötzlich hart wie Stein wirkt.

Uiuiuiuiuiuiui ...

Keine Ahnung, wo ich den nötigen Mut hernehme, aber ich bringe meine Lippen direkt an sein Ohr, atme seinen unverkennbaren Geruch von Mann, Leder und Schießpulver ein und wispere ihm dann leise zu, dass er mich endlich ficken soll.

Das animalische Knurren, das sich daraufhin aus seiner Kehle löst, lässt meinen Slip nur noch feuchter werden.

„Oh, das hättest du nicht tun sollen, Schätzchen. Jetzt gibt es kein Zurück mehr für dich.“

Was ein Glück, dass ich überhaupt nicht zurück möchte ...

Mühelos zieht er mich von der Wand weg, befiehlt mir mit rauer Stimme, dass ich mich an ihm festhalten soll und trägt mich an den Türstehern vorbei raus auf den Parkplatz.

Die Nachtluft streicht angenehm kühl über meine erhitzte Stirn, der Himmel ist schwarz und sternenlos, während die weit entfernten Sirenen der Polizei die typische New Yorker Mitternachtsromantik perfekt machen.

Meine Lunge mit so viel frischem Sauerstoff wie möglich füllend, spüre ich, wie der Wodka nun endgültig seine Wirkung zeigt.

Ich fühle mich frei und unbeschwert, glücklich und zufrieden. Und gerade das ‚glücklich' grenzt an ein Wunder. Denn, um ehrlich zu sein, habe ich keine Ahnung, wann ich das letzte Mal wirklich glücklich war.

Es muss eine Ewigkeit her sein ... eine verdammt lange Ewigkeit!

Fox trägt mich an der ersten Reihe geparkter Autos vorbei, ums Hauseck herum, zu einem im Dunkeln stehenden Motorrad.

Es ist groß, schwarz-silber und wunderschön – genau wie sein Besitzer.

Noch könnte ich vielleicht die Reißleine ziehen und Stopp sagen. Aber sobald ich erst mal auf der Maschine sitze, gibt es kein Zurück mehr.

Fox scheint zu spüren, was in mir vorgeht, sieht mich abwartend an und drängt mich zu nichts. Wofür ich ihm echt dankbar bin. Nach Matthew habe ich die Schnauze von Männern, die mich bevormunden wollen, gestrichen voll.

„Du bist bei mir sicher, Schätzchen!"

Seine Stimme klingt rau und dunkel und streicht wie Schleifpapier über meine bloßliegenden Nerven.

Ich suche seinen Blick.

„Ist es verrückt, wenn ich dir das glaube?"

Ein flüchtiges Lächeln huscht über seine sonst so hart wirkende Mimik.

„Nein, meine Schöne. Das ist es nicht."

Wie beruhigend.

Für die Dauer von ein paar Herzschlägen sehen wir uns tief in die Augen.

„Ich kann nicht mit zu dir kommen, das geht einfach nicht. Aber wenn du willst, dann nehme ich dich mit zu mir."

Mein beschwipstes Hirn, denkt über das, was ich da gesagt habe, noch mal nach und ist zufrieden. Immerhin etwas.

„Dann komme ich mit zu dir."

Bämmm ...

Und mit diesen sechs einfachen Worten hat er unser Schicksal besiegelt.

Wir küssen uns. Wild und hat treffen unsere Zungen aufeinander. Seine Faust landet in meinen Haaren, mein Herz rast. Erst als ich atemlos gegen ihn sinke, setzt er mich auf seinem Bike ab, stülpt mir einen schwarzen Helm über den Kopf und lässt den Verschluss mit einem leisen *Klick* einrasten.

„Bereit?"

Öhm, nein.

„Ich bin noch nie auf einem Motorrad gesessen."

Diese Info scheint dem Rocker zu gefallen.

„Freut mich, wenn ich dein erstes Mal bin."

Er lässt das so zweideutig klingen, dass mir eine verräterische Röte in die Wangen steigt.

Mittlerweile bereue ich längst, so viel Wodka konsumiert zu haben. Wobei ... ohne den Wodka wäre ich jetzt nicht hier!

Fox nimmt vor mir Platz, packt sich dann meine Arme und zieht sie zu seinem Bauch nach vorne.

„Halt dich an mir fest. Lass nicht los. Unter keinen Umständen, ganz egal, was passiert."

Als keine Reaktion von mir kommt, sieht er über seine Schulter hinweg zu mir nach hinten.

„Verstanden?"

„Scheiße, ja!"

Meine Antwort erheitert ihn.

Mit einem kraftvollen Tritt startet er den Motor der Harley, einen Atemzug später gibt er auch schon Gas und wir rasen davon. Das Vibrieren zwischen meinen Schenkeln ist interessant und hat eine seltsam erregende Wirkung auf mich, genau wie die Nähe zu dem *Hell Bone,* an dessen breiten Rücken ich mich presse und genau wie die Tatsache, dass sich meine weit gespreizten Schenkel so fest an die seinen drücken.

Wer hätte gedacht, das Motorradfahren eine Art erotisches Vorspiel ist?

Weich und warm streicht das Leder seiner Kutte über meine Wange, während der Fahrtwind mit meinen Haaren spielt.

Wir rasen durch die Stadt, durch die Häuserschluchten und an roten Ampeln vorbei.

Geschwindigkeitsbegrenzungen oder andere Verkehrsregeln scheinen für den Rocker nicht zu gelten. Es dauert ziemlich lange, genauer gesagt bis zu dem Moment, in dem wir vor dem Haus anhalten, in dem sich meine Wohnung befindet, bis mir klar wird, dass er mich gar nicht nach meiner Adresse gefragt hat.

Das ist irgendwie unheimlich. Oder?

Fox stoppt direkt vor der Eingangstüre. Kaum dass der Motor verstummt ist, löse ich mich von ihm und springe ziemlich unelegant von der Harley. Ich lande prompt auf meinem Arsch. Aber dank des vielen Wodkas bin ich längst über den Punkt, an dem mir das peinlich wäre, hinaus. Betrunken zu sein, hat auch seine Vorteile. Selbst wenn das einfach nur ein mangelndes Schamgefühl sein mag.

Der *Hell Bone* beobachtet mich amüsiert, streift sich durch die langen, schwarzen Haare und gibt ein Schnauben von sich.

„Alles okay bei dir, Schätzchen?"

Ähm.

„Nein."

„Warum, was los?"

Das weiß er wirklich nicht? *Klasse!*

Etwas umständlich rapple ich mich wieder auf und stemme die Hände in die Hüften.

Ich bemerke erst jetzt, dass ich noch immer barfuß bin, und meine wunderschönen, geliebten Heels im ‚Boom Zone' zurückgeblieben sind.

„Scheiße!"

„Was ist scheiße?"

Ich deute auf meine Füße.

„Meine Schuhe. Ich habe sie vergessen."

„Und?"

Männer.

„Die waren teuer."

„Ich kümmere mich darum."

„Wie?"

Er zieht ein Handy aus der Tasche, entsperrt es umständlich und flucht.

Die Technik hat sich während seiner Zeit in Sing Sing weiterentwickelt, kein Wunder, dass er etwas überfordert ist.

Dann wählt er eine Nummer, es dauert einen kleinen Augenblick und dann scheint jemand ranzugehen.

„He, Casanova? Bist du noch im ‚Boom Zone'?"

Casanova? Wie Giacomo Casanova? Der italienische Schriftsteller, der alles gefickt hat, was nicht bei drei auf den Bäumen war?

Ist der nicht seit mindestens 500 Jahren tot?

Verdammt!

Der Boden unter meinen Füßen wankt, der Jack-Sparrow-Effekt setzt wieder ein.

Kurz: Ich wanke.

Himmel! Ich habe wirklich viel zu viel getrunken.

Fox fixiert mich wachsam.

„Am Ausgang liegen rote Absatzschuhe. Kümmere dich darum und verwahr sie bitte für mich."

Er legt auf, ich mustere ihn genau.

Wie er so dasitzt, ganz lässig mit auf den Boden gestemmten Füßen. Er balanciert mühelos das Gewicht des Motorrads aus und sieht dabei einfach nur so höllisch heiß aus, dass sogar der Teufel höchstpersönlich neidisch wäre. Die Kutte, die kantigen Gesichtszüge und die vielen Tattoos würden ja schon ausreichen. Aber nein, Mutter Natur hat es gut mit ihm gemeint und ihm breite Schultern, eine schmale Taille und unfassbar viele Muskeln geschenkt. Was den Killer der *Hell Bones* einfach nur unwiderstehlich macht. Selbst für mich. Und ich sollte es wirklich besser wissen, verdammt!

Wie es wohl ist, auf ihm zu sitzen? Seinen Schwanz in mich einzuführen und ihn wild zu reiten?

„Du starrst mich an, als würdest du mich in deinem Kopf längst ficken."

Ups ... Erwischt ...

„Tu ich nicht. Ehrlich."

Gut, das war gelogen. Aber er ist ein Outlaw, er macht tagtäglich Schlimmeres, als nur die Unwahrheit zu erzählen, also brauche ich deswegen kein schlechtes Gewissen zu haben.

Sein Handy piept, er liest die eingehende Textnachricht und nickt zufrieden.

„Deine Schuhe sind in Sicherheit, Cinderella. Also, warum bist du gerade vom Bike gesprungen, als wäre der Sensenmann höchstpersönlich hinter dir her?"

Ah ja, stimmt, da war was.

„Woher wusstest du, wo ich wohne?"

Bevor Fox antwortet, fischt er eine Schachtel zerknautschte Luckys aus der Tasche seiner Jeans und zündet sich eine an. Erst als er den Rauch durch die Nase entweichen lassen und sich mit einem Arm lässig auf den Lenker gelehnt hat, ergreift er das Wort.

Ablecken ...

Entschlossen ignoriere ich die Stimme meines Miststücks und konzentriere mich auf unser Gespräch. Das ist wichtig.

„Ich weiß alles über dich, Schätzchen."

Was? Wie? Nein. Oder?

Mein volltrunkener Verstand braucht ein paar Sekunden, um das Gehörte zu begreifen.

„Alles? Was alles?"

„Dein Alter, dein Geburtsdatum, deine Sozialversicherungsnummer, alles ... sogar deinen Kontostand. Und du hast recht, du solltest besser auf deine teuren Schuhe aufpassen. Denn du bist ziemlich pleite."

Meine Reaktion kommt prompt und ist ziemlich untypisch für mich.

„Arschloch!"

Er lacht.

„Nimm es nicht persönlich. Der Club ist stets gut vorbereitet. Devil will wissen, mit wem er es zu tun hat. Und ich auch. Aber fuck! Wenn deine Überprüfung nicht schon längst standgefunden hätte, dann hätte ich sie spätestens nach unserer ersten Begegnung heute Morgen angefordert."

Ich kann nicht glauben, was ich da höre.

„Warum?"

Er schmunzelt, auf seiner mit Bartstoppeln überzogenen Wange, bilden sich tiefe Grübchen. *So sexy ...*

„Weil du mich interessierst, Isabella Avens. Du interessierst mich mehr als jede Frau zuvor."

Das ist ein Kompliment. Oder?

„Du bist gefährlich!"

Seine Mundwinkel ziehen sich nach unten, er deutet ein verneinendes Kopfschütteln an.

„Nur für deine Pussy." Jetzt steigt auch er von der Harley. Kommt auf mich zu und bleibt so nah vor mir stehen, dass ich seinen intensiven Geruch einatme.

Die Zigarette zwischen die Finger geklemmt, streicht er mit seiner rauen Daumenkuppe über meine bläuliche Wange.

„So etwas würde ich dir nie antun. Niemals! Das schwöre ich dir auf meine Kutte!"

Ich glaube ihm. Seine Reaktion heute Morgen war sehr deutlich. Der Killer der *Hell Bones* mag keine Männer, die Frauen schlagen.

Was eine verrückte Welt!

Selbst so grausame Mörder wie er haben mehr Ehre als mein Ex.

Federleicht lässt er seinen Daumen an meiner Wange hinabgleiten, reibt dann über meine Unterlippe und knurrt dabei leise.

Seine Pupillen weiten sich, auf seiner Stirn tritt eine Ader hervor.

„Ich will dich, Isabella! Ich will dich jetzt, morgen und den Tag danach. Ich will dich kennenlernen, küssen und ficken. Ich will dir meinen Club zeigen und dich auf meinem Bike sitzen haben."

Wow.

„Du kennst mich nicht."

Seine Antwort kommt wie aus der Pistole geschossen.

„Ich weiß genug über dich."

„Das geht alles sehr schnell. Unsere erste Begegnung ist noch keine vierundzwanzig Stunden her."

Fox nickt.

„Glaube mir, Schätzchen. In den letzten Jahren hatte ich genug Zeit, mir über das, was ich will, Gedanken zu machen. Und du passt perfekt. Zu perfekt. Ich habe genug Zeit verloren. Jetzt will ich leben."

Das kann ich verstehen.

„Wie wäre es erst mal nur mit Sex? Und dann sehen wir weiter?"

Ich kann nicht fassen, dass ich das gerade wirklich gesagt habe.

Doch sein zufriedenes Grinsen verrät mir, dass es mir wirklich über die Lippen gekommen ist.

„Klingt fantastisch!"

Überraschenderweise kann ich ihm da nur zustimmen.

„Küss mich!"

Er tut es. Pinnt seinen Mund auf den meinen, schenkt mir seine Zunge und raubt mir den Verstand. Trunken vor Lust und high von seinem Körpergeruch, lasse ich zu, dass er mich hochhebt, an seine muskulöse Brust drückt und Richtung Türe drückt.

Sein Bike bleibt allein im Schein des Mondes zurück wie ein stiller Wächter, der alles Unheil von uns ablenkt.

Unser Kuss ist gut und tief und bringt mich völlig durcheinander.

Es hilft auch nicht gerade, dass er mir gerade mal genug Zeit lässt, die Türe aufzusperren, ehe er erneut über mich herfällt.

Wir landen über unsere Füße stolpernd im Aufzug, ich schaffe es gerade noch, auf die Fünf zu drücken, ehe sich seine Hand in meine Hose schiebt und mir so ein lautes Stöhnen entlockt.

Schwielige Fingerspitzen finden meinen Kitzler, umkreisen ihn sachte und lassen mich so beinahe kommen.

Halleluja!

Die Fahrt dauert nur wenige Minuten – zwei vielleicht – aber der Biker schafft es, mich an den Rand des Erträglichen zu führen.

Zuckend und keuchend hänge ich in seinen Armen, nicht sicher, ob ich mich seiner geschickten Hand entgegenpressen oder ihr lieber ausweichen will.

Was Fox in mir auslöst, ist schmerzlich intensiv, so intensiv, dass ich mich, noch bevor die silbernen Schiebetüren mit einem *Ping* auseinandergleiten, in meiner Lust verliere.

Mein Schrei hallt durch die enge Kabine und dank der verspiegelten Wände kommt es mir so vor, als wäre ich fünf Killern gleichzeitig ausgeliefert.

Der Alkohol, die Lust und der bittersüße Schmerz treiben mir die Tränen in die Augen.

Ich verliere nicht nur den Bezug zur Realität, sondern auch den Boden unter den Füßen, und es dauert erschreckend lange, bis mein postkoitaler Verstand kapiert, dass Fox mich hochgehoben und wie seine Braut an die Brust gedrückt hat.

Stark und selbstsicher trägt er mich den nur schwach beleuchteten Flur und bleibt direkt vor meiner Wohnungstüre stehen.

Wie selbstverständlich nimmt er mir den Schlüssel ab und trägt mich in mein Wohnzimmer.

Es sollte sich falsch anfühlen, ihm die Kontrolle zu überlassen, aber das tut es nicht.

Ganz und gar nicht.

Ich der Nähe dieses *Hell Bones* fühle ich mich sicher und beschützt, beinahe schon geborgen, und ich bezweifle, dass das dem Alkohol geschuldet ist.

Die Dunkelheit der Nacht hüllt uns ein.

Anstatt mich abzustellen, hält er mich einfach weiter fest, sieht mich an und verführt mich zu einem weiteren Kuss. Atemlos kralle ich mich an ihm fest, spüre die weiche Beschaffenheit des Leders an meinen Fingern und kann mich nicht daran erinnern, jemals etwas Besseres erlebt zu haben.

Erst nach einer kleinen Ewigkeit beendet Fox den Kuss, leckt über meinen rechten Mundwinkel und gibt mich wieder frei.

Ich fühle mich, als wäre ich Alice im Wunderland, die gerade ein undenkbares Abenteuer erlebt.

„Fuck, Schätzchen. Ich will dich."

Ich spüre instinktiv, dass das meine letzte Chance ist, die Sache zu stoppen.

Was ich nicht tue.

„Dann nimm mich ..."

Plötzlich legt er mich auf die Couch, tritt einen Schritt zurück und ballt die Fäuste.

Fox vibriert regelrecht vor unterdrückter Kraft.

„Wenn ich dich jetzt ficke, wird das für die nächste Zeit alles verändern."

Das ist mir mehr als bewusst.

Nach dem Sex mit diesem *Hell Bone* werde ich nicht mehr die Gleiche sein.

Aber das ist okay, ehrlich ...

Leck ihn ab! Wieder und wieder und wieder ...

Die Stimme meines Unterbewusstseins klingt zufrieden und schenkt mir den Mut, den ich brauche, um aufzustehen, ein kleines Licht einzuschalten und dem Rocker anschließend das Leder von den massiven Schultern zu streifen.

Als ich die Waffe sehe, die in seinem Hosenbund steckt, gerät mein Herz aus dem Takt und schlägt mit doppelter Geschwindigkeit weiter.

Wenn ich wollte, könnte ich ihn allein wegen ihr zurück nach Sing Sing schicken. Zumindest könnte ich es versuchen ...

Aber ich will es gar nicht. Wieso sollte ich auch?

Killer hin oder her, Fox war nicht derjenige, der mich geschlagen hat. Im Gegenteil, er hat sogar angeboten, mich zu beschützen.

Das macht die Sache zwischen uns zu etwas Besonderem ...

Ein Mix aus Adrenalin und Vorfreude rauscht durch meine Venen.

Ich suche seinen Blick, umfasse den Saum seines schwarzen Hoodies und ziehe ihn nach oben. Er hilft mir, wenige Sekunden später ist der Pullover verschwunden und ich stehe einem muskulösen, mit Tinte überzogenen und von Muskeln geprägten Oberkörper gegenüber.

Mein Mund wird trocken, ein noch nie zuvor verspürter Hunger breitet sich in mir aus.

„Wow! Sehr lecker."

Mir wird erst klar, dass ich das laut ausgesprochen habe, als Fox ein unterdrücktes Lachen von sich gibt.

Mittig auf seinem Brustkorb thront ein Totenkopf, der von zwei Knochen eingerahmt wird. Die schwarzen Augenhöhlen wirken wie das Tor zur Hölle.

Der Tätowierer muss ein echter Künstler gewesen sein, denn der Schädel wird wie echt.

Verschiedene Narben zeichnen sich auf Fox' straffer Haut ab. Sie sind stumme Zeugen der vielen Kämpfe, die dieser Rocker in der Vergangenheit ausgefochten hat.

Eine verwelkte Rose nimmt seine komplette linke Schulter ein – was sie wohl zu bedeuten hat?

Ich setze meine visuelle Rundreise fort, lasse meine Augen an seinem Bauch hinabgleiten und stöhne leise, als die Hügel seines Sixpacks zu zucken beginnen.

Heißer als Feuer!

Mir war von vornherein klar, dass dieser Biker ein wahres Kraftpaket ist, aber die Realität ist um einiges beeindruckender als gedacht.

Sein breiter Oberkörper verjüngt sich Richtung Taille zu einem sexy Dreieck. An der silbernen Schnalle seines Gürtels angekommen stoppe ich, sehe ihm wieder in die Augen und überwinde meine letzte Scheu, indem ich die Waffe aus dem Bund seiner Jeans ziehe und vorsichtig auf den Wohnzimmertisch lege.

Fox beobachtet mich aus zusammengekniffenen Augen. Tapfer öffne ich den Gürtel und drücke den Kopf durch das Loch, dann werde ich von einer Woge der Unsicherheit überrollt. Ich schüttle sie ab und atme mehrmals tief durch.

Fox' Jeans steht offen und wartet nur darauf, von mir nach unten gezogen zu werden.

Ich kann ihm ansehen, wie schwer es ihm fällt, mir die Führung zu überlassen und einfach nur ruhig dazustehen.

Das Grün seiner Iriden ist eine Nuance dunkler geworden und erinnert mich nun an einen dichten Wald. Geheimnisvoll, gefährlich und wunderschön.

Ein erregendes Prickeln rieselt an meiner Wirbelsäule nach unten, die feinen Härchen in meinem Nacken stellen sich erwartungsvoll auf.

„In meiner Fantasie habe ich dich längst gepackt, gegen die Wand gedrückt und ausgezogen. Deine weichen Haare sind um meine Faust gewickelt, während ich dich koste und mich an die festbeiße, ehe ich mich bis zum Anschlag in dich ramme."

Der winzige Porno, der dank seiner Worte in meinem Kopf aufploppt, lässt mich leise wimmern. Ich will das, was er will. Ich will es so sehr, dass es mir Angst macht.

Eine mir völlig unbekannte Sehnsucht überfällt mich, meine Brustwarzen ziehen sich zusammen, werden hart und empfindlich.

„Und warum lässt du deine Fantasie nicht wahr werden?"

Fox kneift die Augen zusammen, seine Bizepse zucken und seine Nasenflügel blähen sich. Von einem Moment auf den anderen steht ein völlig anderer Mann vor mir. Aus James Fox wird der Killer der *Hell Bones*.

„Weil ich dich nicht verletzen möchte."

Es beruhigt mich, dass sich so ein brutaler Mann wie er trotz der rauen Welt, in der er lebt, eine fürsorgliche Seite bewahren konnte.

Sachte lasse ich meine Finger über seinen Brustkorb tanzen.

Um den gewaltigen Größenunterschied ein bisschen auszugleichen, stelle ich mich auf die Zehenspitzen, lehne mich an ihn, genieße seine Wärme und hauche ihm einen sanften Kuss auf die Kerbe an seinem Kinn.

„Du wirst mich nicht verletzen. Ich vertraue dir."

Das animalische Fauchen, das sich nun aus seiner Kehle löst, erinnert mich an ein wildes, hungriges Raubtier.

„Du hast keine Ahnung, was du herausforderst, Isabella."

„Dann zeig es mir."

Im Moment bin ich ganz froh, dass ich so viel getrunken habe. Der Wodka schenkt mir den Mut, den ich brauche, um das hier durchzuziehen.

In der einen Sekunde stehe ich noch vor ihm, meine Finger auf seiner Schulter, in der nächsten werde ich durch die Luft gewirbelt. Meine Korsage verschwindet wie durch Zauberhand.

Dann macht er sich auch schon an meiner Hose zu schaffen.

Die Entschlossenheit, mit der ans Werk geht, gefällt mir.

Es fühlt sich gut an, begehrt zu werden. Das Gefühl seiner rauen Hände auf meinen Flanken, meinem Bauch und meinem Hintern sorgt dafür, dass ich zu keinem logischen Gedanken mehr fähig bin.

Der Rocker überfällt mich, fegt wie ein Wirbelsturm über mich hinweg und presst seine Lippen, kaum dass ich komplett nackt vor ihm stehe, so fest auf die meinen, dass es mir den Atem verschlägt.

Gierig windet sich seine Zunge um die meine, fordert mich zu einem leidenschaftlichen Kampf auf, in dem es keinen Verlierer geben wird.

Erst als ich mich so fühle, als würde ich zu den Sternen fliegen, lässt er von mir ab und tritt einen Schritt zurück. Er streift sich die Stiefel von den Füßen, steigt aus der Jeans und schleudert die Sachen auf den Boden.

Kraftvolle Oberschenkel, lange Beine – Tattoos und noch mehr Narben.

Ich lasse meine Augen zu seiner Mitte schweifen und bin sprachlos.

Ohhhhh Halleluja!

Sein Penis ist groß, echt groß, hart und verdammt lang. Violette Adern winden sich von der Basis am Schaft entlang bis zur Krone.

Dick und bereit reckt er sich mir entgegen.

Es kostet mich einiges an Disziplin, dass ich nicht sofort die Hand nach ihm ausstrecke und ihn für mich beanspruche.

„Gefällt dir, was du siehst?“

Fox klingt amüsiert.

Oh Shit! Erwischt ...

Ich hätte ihn nicht so anstarren sollen, aber das ist leichter gesagt als getan bei so einem Prachtexemplar.

„Oh ja und wie. Echt nett.“

Sein dunkles Lachen tönt durch den Raum. Ich strecke die Hand nach ihm aus, streiche über die Wölbungen seines Bauches und mache mich mit dem *Hell Bone*, der innerhalb kürzester Zeit meine Welt auf den Kopf gestellt hat, vertraut.

Fox schließt lustvoll die Augen und genießt, was da zwischen uns passiert.

„Fuck! Mach weiter.“

Ich werde mutiger, fasse an, was mich am meisten interessiert. Dick und hart drückt sich sein Glied gegen meine Finger. Fox’ Beine beginnen zu zucken, er flucht und sieht mit geballten Fäusten auf mich herab.

„Du bist der Hammer, Isabella. Du bist ...“

Er führt den Satz nicht zu Ende und bevor ich ihn fragen kann, packt er mich an den Schultern, drückt mich gegen die Wand und küsst mich so hart, dass ich fast keine Luft bekomme.

Rau und wild streicht seine linke Hand über meine Hüfte, knetet meine Brüste und zupft an meinen Nippeln. Meine Knie geben nach, Fox hält mich mühelos aufrecht, drückt meine Beine auseinander und streicht mit seinen Fingern durch meinen Spalt.

Wieder und wieder reibt er über meinen Kitzler, teilt dann meine Schamlippen und gleitet tief in mich hinein.

Ich keuche, mein Inneres zieht sich krampfend um seine zwei Finger zusammen, hinter meinen geschlossenen Lidern entstehen bunte Lichtreflexe.

„Schau mich an, Isabella.“

Zitternd komme ich seinem Befehl nach, ertrinke in den unendlichen grünen Tiefen, die mich regelrecht zu verschlingen drohen.

Fox’ Mimik ist angespannt, seine Wangenmuskulatur zuckt und auf seiner Stirn zeichnet sich eine dicke Ader ab.

Groß, böse und verdammt sexy.

Er schlingt seinen Arm um meine Taille und presst mich an sich.

„Wo ist dein Schlafzimmer?“

Ich zeige ihm den Weg. Vor dem Bett bleibt er kurz stehen, sieht mir tief in die Augen und lässt sich dann mit mir auf die weichen Kissen sinken.

Ich bin unter ihm begraben – zwischen seinem harten Körper und der Matratze gefangen – und sehe mit wild klopfendem Herzen zu ihm auf.

Süchtig nach seinem maskulinen Geschmack streife ich mit den Lippen über die seinen, entlocke ihm so ein raues Stöhnen und werde mit einem tiefen, langsamen Kuss belohnt.

Meine Haut glüht, meine Nervenbahnen beben und in meinem Bauch beginnt es wie verrückt zu prickeln.

„Ich will dich in mir spüren, Killer. Sofort!"

„Ich werde so tief in dir stecken, dass du mich um Gnade anbetteln wirst."

So weit wird es nicht kommen ...

„Ich kann es kaum erwarten!"

Nachsichtig streift er mit seinen schwieligen Fingerspitzen über meine Schläfe, hinab zu meinem Mund und bis zu meiner Kehle. Sachte umfasst er meinen Hals, lässt mich seine Kraft spüren und drückt leicht zu.

Meine Atmung wird instinktiv flacher, ich warte gespannt, was nun passiert.

Spätestens jetzt sollte ich endlich Angst kriegen und an meiner Entscheidung, ob es klug war, mich auf den Rocker einzulassen, zweifeln.

Ich tue es jedoch nicht.

10. Kapitel

Der Killer

Holy Fuck!

Die Monster in meinem Schädel schreien mich an zuzudrücken, sie wollen Isabella leiden sehen, sie wollen ihr klarmachen, dass sie keine Chance gegen uns hat und uns gnadenlos ausgeliefert ist.

Mein Schalter ist kurz davor zu kippen.

Einzig die Tatsache, dass ich diese Frau beschützen und nicht zerbrechen will, hält mich davon ab durchzudrehen.

Fuuuuuccckkk!

Nicht zum ersten Mal zweifle ich daran, ob es eine gute Entscheidung war, mich aus dem Knast zu holen. Vielleicht wäre es doch besser gewesen, mich in Sing Sing verrotten zu lassen. Diese Frau ist meine Bewährungshelferin, und verdammt, ich hätte die Finger von ihr lassen sollen. Dafür ist es jetzt zu spät und das ist okay.

Mit all meiner Willenskraft bringe ich das Chaos in meinem Kopf zum Schweigen und zwinge mich, meine Finger von Isabellas Hals zu lösen.

Sie schnappt nach Luft. Ich lasse sie atmen, presse meinen Mund auf den ihren und beiße mich an ihrer Unterlippe fest.

„Du kannst mir keine Angst machen, ich vertraue dir."

Dummes Mädchen ...

Um ihr zu zeigen, wie gefährlich das ist, lasse ich die Maske fallen und gewähre ihr einen Blick in mein Inneres. Ich will, dass Isabella sieht, wie kaputt ich bin.

Es funktioniert.

Zufrieden registriere ich, wie sie die Dunkelheit in meinem Blick erkennt und erschaudert. Doch anstatt auf Abstand zu gehen und das Weite zu suchen, leckt sie sich über die frisch aufgebissene Lippe und beginnt, ihre Pussy an meinem Oberschenkel zu reiben.

Oh verdammt!

Süchtig nach ihrer Nähe schiebe ich meine Hand über die Seite ihres Gesichts, umfasse bestimmend ihren Nacken und spüre, wie zerbrechlich sie ist.

Noch immer sind unsere Blicke miteinander verwoben und ich weiß, dass diese Nacht alles verändern wird.

Isabella ist nicht Cherry. Sie ist keine Frau, die man ein Mal fickt und weiterschickt.

Sie ist echt, sie ist etwas Besonderes.

Die mit ihrem Duft geschwängerte Luft inhalierend, presse ich meinen Mund auf den ihren, küsse sie tief und langsam und beiße mich anschließend an ihrer Kehle fest.

Ich spüre ihren Puls an meiner Zunge und beginne zu saugen.

Meine Muskeln sind so angespannt, dass es schmerzt und mein Schwanz ist so hart, dass es sich anfühlt, als würde er gleich explodieren.

Jeder einzelne meiner Nerven feuert wie wild um sich. Brandbomben rollen in meinem Herzen hin und her, sie sind kurz davor hochzugehen.

Das, was Isabella mich fühlen lässt, ist brutal, aber das ist es wert.

Diese Frau ist alles wert.

Isabella will mich – mich, den abgefuckten Typen aus der Zelle. Den Mann, der innerlich so zerstört ist, dass er es nicht verdient zu leben. Das bedeutet mir was. Das bedeutet mir viel. Ich will, dass sie mich will, aber ich kann mir nicht vorstellen, dass sie das immer noch tut, wenn ich mich innerhalb der nächsten Sekunde in sie ramme und so hart ficke, bis sie mittig auseinanderbricht.

Innerlich fluchend gebe ich ihren Hals wieder frei, betrachte voller Stolz das blaue Mal, das ich ihr verpasst habe und das sie als mein Eigentum kennzeichnet.

Ich ertaste jedes Fleckchen ihrer weichen Haut, ehe ich ihre perfekten Brüste knete.

Ihre Nippel pressen sich gegen meine Handfläche und ich spüre, wie sich meine Hoden zusammenziehen.

Anstatt scheu oder zurückhaltend zu sein, kommt Isabella mir willig entgegen. Sie keucht und presst sich an mich, ehe sie ihre Beine um meine Taille schlingt und ihre Schenkel so weit wie möglich für mich öffnet.

Ihre Fingernägel kratzen über meinen Rücken, legen sich auf meinen Po und treiben mich in den Wahnsinn.

Sie muss verrückt sein, anders kann ich mir nicht erklären, warum sie mich nicht längst angefleht hat, sie laufen zu lassen. Sie will keine Gnade, sie will mich.

Einfach fucking unglaublich.

Wie kann etwas so Perfektes etwas so Zerstörtes wie mich wollen?

Bullshit! Ich bin so was von erledigt ...

Isabella ahnt es nicht, aber sie ist der bunte Schmetterling und ich bin die schwarze Spinne, die ihn in ihr tödliches Netz gelockt hat.

Für sie gibt es kein Entkommen mehr. Zumindest keines, bei dem ihre Flügel nicht zerbrechen.

Das Letzte, was ich will, ist, ihr weh zu tun, aber wenn sie so weitermacht, kann ich für nichts mehr garantieren.

Fluchend richte ich mich auf, fange ihre Hände ein und presse sie über ihren Kopf auf das Kissen.

„Mach langsam. Du bist dem, was du da herausforderst, nicht gewachsen!“

Ihre von meinen Küssen geschwollen Lippen verziehen sich zu einem sanften Lächeln, ihre Brüste kommen mir bei jedem Atemzug entgegen und ihre Haut verströmt einen zutiefst erregenden Duft, der sich mir für immer ins Hirn brennt.

Erneut fällt mein Blick auf ihre bläulich schimmernde Gesichtshälfte – Wut flutet mein Denken.

Wer auch immer sie verletzt hat, ich kann ihm nur raten, sich eine Schlinge um den Hals zu legen oder von der nächsten Brücke zu springen. Wenn ich ihn erwische, wird sein Tod um ein Vielfaches schlimmer sein!

Um sie auf das Kommende vorzubereiten, presse ich meine Erektion gegen ihre Pussy und lasse sie jeden harten Zentimeter spüren.

Nicht mehr lange und ich werde Zentimeter für Zentimeter in sie eindringen und ihren Körper dem meinen anpassen.

11. Kapitel

Die Bewährungshelferin

Es fühlt sich so an, als würde ich der Sonne entgegenfliegen und in ihrer Hitze verbrennen. Glühende Lust kocht in meinen Venen und zwischen meinen Schenkeln pulst es ungeduldig.

Ich will Fox, ich will diesen Rocker. Jetzt. Sofort.

Dieser Mann ist ein brutaler Killer, er ist ein *Hell Bone* und was das bedeutet, ist klar.

Trotzdem will ich in diesem Moment nirgendwo anders sein als hier.

Seine große Hand hält die meinen mühelos über unseren Köpfen gefangen, während er mich mit seinem Gewicht tief ins Bett presst.

Sein dickes Glied reibt rhythmisch über meine Mitte und ich weiß, dass ich verloren bin.

Genussvoll schließe ich die Augen, erneut saugt er an meinem Hals und lässt mich seine Zähne spüren.

„Oh ja ..."

Meinem Verstand gehen die Lichter aus, ich kann nicht mehr denken, sondern nur noch fühlen. Vereinzelte Schweißperlen bilden sich in meinem Nacken, während sein Penis wieder und wieder durch meinen feuchten Spalt gleitet.

Ich genieße Fox' Kraft, seine Macht und die Tatsache, dass er die Kontrolle über mich übernommen hat.

Träge kreisend verwöhnt seine raue Zunge meine Brustwarzen, ehe er die linke sachte in seinen Mund saugt. Er neckt mich, schickt eine Welle bitteren Lustschmerz durch mein Nervensystem.

Plötzlich rammt er erneut zwei seiner Finger tief in mich hinein.

Ich schreie. Von Leidenschaft geleitet, jage ich meine Fingernägel in seine Schulterblätter und hinterlasse so meine Spuren auf seiner Haut.

„Isabella ... Augen auf! Du sollst mich sehen, während du kommst!"

Ich komme seinem Befehl nach, er nimmt mich weiter mit seinen Fingern und ich spüre, wie sich meine Muskeln krampfend zusammenziehen.

Der Druck, der sich in meinem Unterleib aufbaut, ist zu stark – zu stark. Flehend sehe ich ihn an und dann passiert es ... ich zerplatze.

Meine Zehenspitzen krümmen sich und meine Beine beginnen zu zittern.

Heiser und atemlos erfüllt mein Schrei die stille Wohnung. Der Orgasmus, der mich überrollt, zerlegt mich beinahe in meine Einzelteile. Ich fühle mich wie ein Meteor, der in der Erdatmosphäre verglüht.

Ich schreie seinen Namen. Schreie nach dem Killer der *Hell Bones.*

Es dauert eine Ewigkeit, bis ich wieder in die Realität zurückkehre und ihm in seine grünen Augen schauen kann.

Langsam zieht er seine Finger aus mir heraus, schiebt sie sich in den Mund und leckt sie ab. *Hilfe!*

Dass er mich kosten will, sollte mich nicht so anturnen.

Sprachlos beobachte ich ihn dabei und kann nicht glauben, dass er das gerade wirklich getan hat. Endlich spüre ich die dicke Wulst seiner Eichel an meiner Öffnung und weiß sofort, dass jetzt der Zeitpunkt, in dem sich zwischen uns alles verändern wird, gekommen ist.

Sobald es passiert ist, sobald sein riesiger Schwanz in mich eingedrungen ist, wird mein Leben auf einen Schlag anders sein. Und das unwiderruflich.

Ist es seltsam, dass ich das kaum erwarten kann?

12. Kapitel

Der Killer

Die Monster in mir reißen an ihren Ketten – mein Schalter zittert.

So perfekt, so wunderschön, so verletzlich ...

Isabella ist die Erfüllung all meiner Wünsche, sie verkörpert all das, was ich mir im Knast erträumt habe.

Ihr leicht abwesender Blick und der köstliche Geruch ihrer Lust lassen mich beinahe durchdrehen. Es gelingt mir gerade so, mich zurückzuhalten.

Weich und warm liegt ihr kleiner Körper unter dem meinen.

Langsam lege ich mich wieder komplett auf sie, drücke sie noch etwas fester in die Matratze und erobere ihren sinnlichen Mund.

Ich sauge ihr Stöhnen in mich auf und genieße ihre Hingabe.

Mein Schwanz zuckt und presst sich gegen das weiche Fleisch ihrer Pussy.

Nicht mehr lange und ich werde wissen, wie es ist, in ihr zu sein.

Seit heute Morgen habe ich mich gefragt, wie es wohl ist, diese Frau zu besitzen, gleich werde ich die Antwort erhalten.

Mit den Fingern reibe ich über ihren Kitzler und genieße es zufrieden, wie sie leise wimmernd die Schenkel noch ein Stückchen weiter für mich spreizt.

Sie will es genau wie ich.

Die Backenzähne fest zusammenbeißend, spanne ich meine Oberschenkel an und bringe mich vor ihr in Position.

Langsam – ganz langsam stoße ich zu, öffne ihren Körper für mich und gleite tief in sie hinein. So lange bis ich gegen ihre Gebärmutter stoße.

Sie wimmert und versucht mir auszuweichen. Aber das lasse ich nicht zu.

Um es zu vollenden, packe ich sie an der Taille, halte sie fest und ramme mich mit einem atemlosen Brüllen bis zum letzten Millimeter in das enge Paradies.

Isabella kreischt und bäumt sich auf.

In ihren großen Augen schwimmen Tränen, sie schnappt japsend nach Luft.

„Oh Gott! Du bist zu groß ... bitte ... du passt nicht.“

Falsch.

„Ich werde passen. Irgendwann. Du bist klein, dein Körper wird eine Weile brauchen, sich an mich zu gewöhnen.“

Anstatt es ihr einfacher zu machen, ziehe ich ihren Unterleib mit einem Ruck gegen mich.
Wieder schreit sie, mein Schwanz zuckt zustimmend.
Bei meinem Leben, noch nie hat sich etwas besser angefühlt, als meine Bewährungshelferin zu ficken.
„Killer ..."
Sie wispert meinen Namen und überlässt sich meiner Führung.
Es kostet mich unfassbar viel Kraft stillzuhalten. Doch ich schaffe es und zähle langsam bis drei. Dann spüre ich, wie sich ihr Inneres meiner Härte anpasst. Ihre Pussy dehnt sich für mich und heißt mich willkommen.
Ich bemerke die Veränderung, die in Isabella vorgeht und weiß, dass jetzt der Zeitpunkt gekommen ist, an dem ich sie so ficken kann, wie wir beide es brauchen.
„Augen zu mir!"
Sie sieht mich an, und das, was ich in ihrem Blick erkenne, schenkt mir Frieden. Einen Frieden, nach dem ich mich schon seit einer Ewigkeit verzehre.
Das. Ist. Was. Ich. Brauche. Wir finden das perfekte Zusammenspiel aus Vorstoß und Rückzug. Sie schreit und stöhnt und bettelt mich um mehr an.
Das, was ich fühle, ist beinahe zu viel, um es ertragen zu können, auf jeden Fall ist es zu viel, um es in Worte zu fassen.
Dennoch höre ich nicht auf, ich bin nicht mehr in der Lage, das, was da gerade zwischen uns passiert, zu stoppen!
„Fuck! Ohhhhh Fuck!"
Mein Schädel ist wie leer gefegt. Dennoch realisiere ich erleichtert, dass Isabella sich meinen kraftvollen Stößen entgegenpresst anstatt ihnen auszuweichen.
Ich verändere den Winkel, mit dem ich sie nehme und werde mit einem lauten Schrei belohnt.
Unser Rhythmus ist schnell und hart. Ich nehme jeden Millimeter ihres Körpers in Besitz, fülle ihn aus und brandmarke ihn zu meinem Eigentum.
Dieser Fick ist so intensiv, dass ich jetzt schon weiß, dass ich von dieser Frau niemals genug bekommen werde.
Meine Eier klatschen gegen ihren Damm. Ich reiße ihre Arschbacken auseinander, sehe an mir herab und sauge den Anblick ihres geschwollenen, tropfenden und empfindlichen Unterleibs in mich auf.
Ihr Wimmern wird leiser und ihr Körper spannt sich an.

Ich kann spüren, wie sich ihre zuckende Mitte für den nächsten Orgasmus bereit macht.

Fluchend treibe ich mich erneut tief in sie hinein, stütze mich mit den Händen neben ihrem Kopf auf der Matratze ab und lasse sie spüren, wie schutzlos sie in genau diesem Augenblick ist.

Meine Bewährungshelferin!

Bullshit!

Nicht zu fassen.

Isabella sieht mir vertrauensvoll in die Augen, ehe sich ihre verdrehen und sie zuckend unter mir kommt.

Immer schneller pumpe ich mich in sie hinein.

Sie bäumt sich auf und beißt sich an mir fest. Der leichte Schmerz gibt mir den Rest. Heiß und schnell schießt mein Sperma aus mir heraus und landet mit einem Schwall in ihrem Inneren. Und mir wird klar, dass wir das Kondom vergessen haben.

Shit!

Wenn ich einen Beweis dafür gebraucht hätte, wie sehr mich diese Frau durcheinanderbringt, habe ich ihn hiermit bekommen.

Den Gummi zu vergessen, ist mir noch nie passiert.

NOCH NIE!

Überraschenderweise will sich keine Panik einstellen.

Wäre mir das mit Cherry passiert. *Fuck!* Ich will gar nicht daran denken. Aber bei Isabella ... Irgendwie gefällt mir der Gedanke, dass ihre süße Muschi jetzt voll von mir ist.

Erschöpft und zufrieden kneife ich die Augen zusammen und genieße das Gefühl, das diese Frau in mir auslöst.

Sie flüstert meinen Namen, es klingt wie ein süßes Versprechen.

Keine Ahnung, wie es mit uns beiden weitergeht, aber eines ist sicher:

Dieser Fick und diese Nacht sind erst der Anfang!

13. Kapitel

Die Bewährungshelferin

Flüssiges Glück strömt durch meine Adern. Fox' Hand liegt auf meinem Po und sein Geschmack bedeckt noch immer meine wundgeküssten Lippen.

Ich fühle mich gut, der Sex war der Hammer und der Rocker ist ... ja, was ist er denn?

James Fox lässt sich nur schwer mit Worten beschreiben.

Vor meinem Schlafzimmer ist die Sonne dabei den Himmel orange zu färben und die Dunkelheit zu vertreiben.

Wir haben nicht geschlafen, sondern die ganze Nacht geredet, wir haben uns besser kennengelernt, und waren wie in einer Blase, abgeschirmt vom Rest der Welt, von all den Problemen und Ängsten, die draußen auf den Straßen dieser Stadt auf uns warten.

Sobald wir meine Wohnung verlassen, wird die Blase zerplatzen und ich hoffe, dass das dünne Band, das wir in den letzten Stunden geknüpft haben, nicht sofort von der Realität zerrissen wird.

Dieser *Hell Bone* ist viel mehr, als man auf den ersten Blick vermuten könnte. Er ist nicht einfach nur ein gnadenloser Killer, sondern ein gefühlvoller, intelligenter, beschützender und starker Mann, dessen Leben viel komplexer ist, als man es auf den ersten Blick vermuten könnte.

Bis jetzt habe ich in dem *Hell Bones Motorcycle Club* nur eine Horde böser Krimineller gesehen, die sich einen Dreck für die Gesetze interessieren und eine Spur der Verwüstung hinterlassen, wo sie auch gehen und stehen.

Aber so ist es nicht – zumindest nicht ganz.

Dank Fox' Erzählungen konnte ich einen Blick in diese Gesellschaft werfen und ich muss feststellen, ich bin neugierig geworden.

Die Frauen der Biker werden Old Ladys genannt. Und hier in New York gibt es vier davon: Eine Krankenschwester, eine Psychologin, eine Kellnerin und – nicht zu fassen, selbst eine Polizistin hat die Seiten gewechselt, um mit River, dem Sergeant at Arms der *Bones,* zusammen sein zu können.

Letzte Nacht war ich mir noch sicher, niemals einen Fuß in diesen Rockerclub setzen zu wollen, heute hingegen würde ich nur zu gerne mal einen Blick hinter die meterhohen Mauern werfen, die die Rocker vor dem Rest der Welt abschirmen.

Das, was zwischen dem Killer und mir passiert ist ... die Küsse, die Gespräche und der Sex ... das hat alles verändert. Ich fühle mich anders, irgendwie freier und glücklicher und ich bin nicht bereit, dieses Gefühl so schnell wieder aufzugeben.

Ich weiß nicht, was die Zukunft für uns bereithält, aber ich bin fest entschlossen, es herauszufinden ...

Der Rocker und die Bewährungshelferin, ich für meinen Teil finde ja, das klingt gar nicht so schlecht.

Der Rocker und die Autorin

Prolog

Die Autorin

Ich sitze im Schneidersitz auf der Couch, balanciere das MacBook auf den Oberschenkeln und versuche, mit schnellen Fingern die Idee einzufangen, die vor wenigen Minuten durch meinen Kopf gehuscht ist.

Die Idee war gut, wirklich gut, aber leider genauso flüchtig wie ein Traum. Sie entrinnt meinem Verstand genau wie ein Glas Wasser, das man mit bloßen Händen auffangen will.

Immer schneller und schneller haue ich auf die Tasten ein – wie im Wahn – und weiß jetzt schon, dass das, was ich geschrieben habe, nicht halb so gut ist wie die Idee, die ich einfach nicht einfangen konnte.

Verflucht ...

Nicht bereit aufzugeben, schreibe ich das Kapitel fertig und schüttle meine Finger aus.

Schon jetzt, noch bevor ich mir das Geschriebene noch mal durchgelesen habe, weiß ich, dass ich das soeben beendete Kapitel wieder löschen werde.

Scheiße! Scheiße! Scheiße!

Und genau so passiert es. Frustriert betätige ich wieder und wieder die Löschtaste. So lange, bis nichts übrig bleibt außer einer Zahl, einem Punkt und sieben lächerlichen Buchstaben. Der Cursor blinkt ganz entspannt auf dem leeren Worddokument, fast so, als ob er mich verhöhnen wollte.

An sich ist es nichts Ungewöhnliches, dass ich am Anfang eines Manuskriptes Schwierigkeiten habe, in die neue Geschichte reinzukommen.

Aber dieses Mal fällt es mir besonders schwer, mich in meine Protagonisten hineinzuversetzen. Es geht um eine Frau – das an sich ist in einem Liebesroman ja nichts Besonderes. Aber besagte Frau hat es nicht auf einen Postboten, einen Bäcker oder einen Polizisten abgesehen, sondern auf einen Member des *Hell Bones Motorcycle Clubs*, der hier in New York sein Unwesen treibt.

Das macht die Sache ziemlich kompliziert. Die letzten zwei Wochen habe ich mit intensiver Recherche verbracht. Gefühlt habe ich locker eintausend Zeitungsartikel über diese Rocker gelesen und sämtliche TV-Archive nach Beiträgen über den MC durchforstet. Meine Internetleitung ist heiß gelaufen und das mit Erfolg.

Ich habe so viele Informationen über diesen Club gesammelt, dass mich diese kuttentragenden, Harley-fanatischen Kerle bis in meine Träume verfolgen.

Natürlich kann ich aus rechtlichen Gründen nicht den echten Clubnamen verwenden, sondern muss ihn ein bisschen abändern, um keine Probleme zu bekommen, aber das macht nichts. Nur weil ich die Namen der Rocker und den Schauplatz etwas ändern muss, ist es trotzdem mein Bestreben, dass meine Geschichte möglichst authentisch ist.

Es war nicht meine Idee, eine Biker Romance zu schreiben, sondern die meiner Verlegerin. Sie war sich sicher, dass so ein Roman wie eine Bombe in den Bestsellerlisten einschlagen wird. Und nach der ganzen Vorarbeit, die ich bis jetzt geleistet habe, hoffe ich wirklich, dass sie mit dieser Prognose recht behält.

Mein Konto ächzt dank der Rechnungen, die ich zahlen muss, der Vorschuss, den ich nach Vertragsabschluss erhalten habe, ist so gut wie aufgebraucht.

Ich muss fertig werden, der Abgabetermin steht und ich habe gerade mal eine Zahl, einen Punkt und sieben verdammte Buchstaben geschrieben!

Mit diesem Buch wollte ich ein Zeichen setzen, es sollte mein Durchbruch werden und jetzt sitze ich in dem abgedunkelten Raum, lasse die Tage an mir vorbeiziehen und stopfe Unmengen von Schokolade und anderen Naschkram in mich rein.

Wenn das so weitergeht, werde ich 100 Kilo wiegen, bevor ich endlich *Ende* schreiben kann.

Ich weiß, dass die Member des *Hell Bones MCs* nur Harleys fahren und dass die verschiedenen Aufnäher, die ihre ledernen Kutten zieren, Patches genannt werden.

Jedes dieser Patches hat eine besondere Bedeutung und der Träger muss es sich im Laufe der Zeit verdienen.

Sie sind wie Auszeichnungen oder wie die Sterne, die ein General der Army auf der Uniform trägt. Fast so wie ein Dienstgrad. Bei den *Bones* herrscht eine strenge Hierarchie, dennoch werden die meisten Entscheidungen durch die *First Nine*, also die neun wichtigsten Mitglieder, demokratisch beschlossen.

Das ist interessant. Genau wie die Tatsache, dass sich fünf der Rocker eine Frau genommen haben, die im Biker-Jargon Old Lady genannt wird. Aber was ich noch viel spannender finde, ist, dass es einem der Rocker sogar gelungen ist, sich in das Herz einer Polizistin zu schleichen.

Einfach unglaublich. Das ist, als würde sich das Lamm in den Löwen verlieben, oder als würde Rotkäppchen den bösen Wolf heiraten. Keine Ahnung, wie es River, dem Sergeant at Arms der *Bones* gelungen ist, dieses Wunder zu vollbringen, aber ich finde es irgendwie romantisch. Ein sehnsüchtiges Seufzen ausstoßend, schließe ich das Worddokument und klicke auf *Safari* um diesen River in der Suchleiste von Google einzugeben. Muskeln, Macht und Tätowierungen. Himmel, dieser Rocker ist heiß. Verdammt heiß! Genau wie seine Brüder, aber mein Herz schlägt für Casanova, den Road Captain des MCs. Allein schon sein Name lässt meine Fantasie auf Hochtouren laufen. Casanova ... das erinnert mich an Venedig, Gondoliere, den Geruch von Salzwasser. Spektakuläre Sonnenuntergänge, romantische Musik und guten Sex. Meine Fantasie geht mit mir durch.

Unschöne Dinge in eine rosarote Blase zu verpacken, gehört zu meinem Beruf. Als Schriftstellerin ist es meine Aufgabe, mit den Worten zu spielen und mit Adjektiven zu jonglieren.

Aus Romantik wird: Überschwang, Gefühlsüberschwang, Begeisterung, Glut, Feuer, Leidenschaft, Passion, Enthusiasmus, Inbrunst, Eifer, Ekstase, Rausch, Verzückung und Faszination ...

Meine Lektorin hasst Wortwiederholungen und scheut sich nicht, das auch laut zu verkünden. Es gilt also kreativ zu sein und meinen Lesern mit bunten Sätzen und jeder Menge Einfallsreichtum eine Geschichte zu servieren.

Ich finde ja, ein gutes Buch ist wie ein Drei-Gänge-Menü und das am besten von einem hochgelobten Sternekoch. Am wichtigsten ist die Vorspeise – also die Einleitung.

Sie muss dem Leser auf der Zunge zergehen, der Leser muss in die Zeilen eintauchen wollen und sich gierig nach dem nächsten Löffel beziehungsweise nach dem nächsten Kapitel sehnen. Der Hauptteil muss satt machen, er muss alle Wünsche erfüllen und dem Leser ein gutes Gefühl schenken. Zum Schluss ... mhhhhh ... da kommt die Nachspeise.

Sie muss süß und zugleich würzig sein, vollgepackt mit den verschiedensten Aromen – im Fall eines Buches mit den verschiedensten Emotionen. Und wenn der Leser dann das letzte Wort verschlungen hat, wenn er es leise für sich liest und den Nachgeschmack inhaliert – ihn regelrecht festhält, weil er noch nicht bereit ist den Löffel beziehungsweise das Buch beiseitezulegen, dann habe ich gewonnen.

Der Nachgeschmack ist das, was in Erinnerung bleibt ...

Und bei dieser Geschichte will ich, dass er Lust auf mehr weckt, ich will, dass meine Leser süchtig nach der rauen Rockerromantik werden, die ich auf die Seiten zaubern will.

Das Problem ist nur, wie soll ich etwas glaubhaft erzählen, was ich selber noch nie erlebt habe?

Rocker. R-O-C-K-E-R.

Was assoziieren wir mit diesem Wort?

Was sind die ersten zehn Begriffe, die uns dazu einfallen? Also, für mich sind es:

Waffen, Motorräder, Gewalt, Sex, Leder, Kutten, Schießpulver, Boots, geballte Fäuste, Nutten und Mord. Okay gut, das waren elf, aber wem ist das schon aufgefallen?

Wie soll ich über Schießpulverküsse schreiben, wenn ich selber noch nie einen bekommen habe? Ich stelle mir vor, dass diese gesetzlosen Männer kein Parfüm benutzen, das würde nicht zu ihrem maskulinen Image passen. Aber dass sie nach der Welt riechen, in der sie leben. Dass sich der scharfe Geruch von Schießpulver in ihren Kutten verfangen hat, dass sie der kalte Rauch der Zigaretten umgibt, die sie sich in die Mundwinkel klemmen, während sie groß und stark auf ihren schweren Maschinen sitzen und sich das von den Helmen verstrubbelte Haar aus dem Gesicht streifen. Das alles wird natürlich noch von einer Note Benzin abgerundet, die das Bikerbouquet perfekt abrundet. *Hmmmm lecker ...*

Markante Gesichtszüge, geballte Fäuste, eckige Kiefer, dunkle Bartschatten, zeitlose Augen und silbrig schimmernde Narben.

Ja, ich muss zugeben, meine Neugierde ist geweckt.

Mehr als das ...

Vielleicht fällt es mir ja auch nur so schwer, diese Geschichte über die *Hell Bones* zu schreiben, weil ich gerne meine ganz eigene mit einem dieser Rocker erleben würde.

Und wenn ich mir dann auch noch einen dieser *Bones* aussuchen dürfte, würde ich den Casanova nehmen – Giacomo Casanova, um genau zu sein. Den Road Captain mit den faszinierend blauen Augen, den mit Tinte überzogenen Händen und den silbernen Ringen, die seine Finger zieren. Sein Teint lässt vermuten, dass er italienische Wurzeln hat, was seinen Namen erklären würde. Denn im Gegensatz zu den meisten Rockern, die sich Skull, Devil oder River nennen, ist das sein tatsächlicher Geburtsname.

Devil ist der Präsident, Skull ist dessen rechte Hand und River der Sergeant. Dann gibt es noch Iker, den Enforcer der *Bones,* und viele weitere Member, die den Club zu dem machen, was er heute ist.

Ich wechsle zu Word, betrachte den blinkenden Cursor und versuche erneut, das erste Kapitel zu schreiben. Eine Stunde später ist mir endgültig klar, dass es so nicht funktionieren wird. Die Lösung für meine Schreibblockade ist so einfach wie genial, aber mindestens auch so gefährlich.

Ich muss selbst in den Club, ich muss die Rocker erleben, testen, kosten, anfassen und beobachten, damit ich ein authentisches Buch schreiben kann.

Aber wie soll das gehen?

Ich kann ja nicht einfach in ein Taxi steigen, zu den Hell Bones fahren, klingeln und die Rocker fragen, ob ich bitte für eine gewisse Zeit bei ihnen bleiben und einen Blick in die aus Blut und Gefahr bestehende Welt werfen darf, damit ich das dann zu Papier bringen kann. *Ach verflucht!*

Warum eigentlich nicht?

Ein spannender Rockerroman mit jeder Menge Abenteuer, Erotik und fliegenden Kugeln wird garantiert gut bei meinen Lesern ankommen.

Mein Buch wird ein verdammt leckeres Drei-Gänge-Menü:

Als Vorspeise köstliche Spannung, als Hauptgang würzige Erotik und als Dessert bittersüße Romantik.

Aber damit das funktionieren kann, muss ich einen Fuß in den Club bekommen. Das Dumme ist nur, dass ich keine Ahnung habe, wie.

Nudelsalat. Das ist es! Meine Mum hat immer gesagt: „Mit einem guten Nudelsalat schleicht man sich sogar in das Herz des härtesten Typen. “

Und meine Mum hat, wenn es um Männer geht, eigentlich immer recht.

Ich meine, welche Frau schafft es sonst, in zehn Jahren sechs Männer vor den Altar zu schleppen?

Nudelsalat ist die Lösung für all meine Probleme!

1. Kapitel

Der Road Captain

Von New York nach Sussex sind es knapp 60 Meilen.

Die Strecke ist ein angenehmer Trip, den ich schon so einige Male hinter mich gebracht habe, die Stunde auf dem Bike ist eine dringend benötigte Auszeit.

Nur die Straße, mein Bike und ich. Der Fahrtwind hilft mir dabei, meine Gedanken zu sortieren. *Bullshit!*

Die vergangenen Monate waren eine verfickte Achterbahnfahrt.

Wann immer ich dachte, dass endlich wieder Ruhe einkehrt, ist eine weitere Bombe geplatzt. Die *Hell Bones* stehen gewaltig unter Druck und das nicht zuletzt wegen der verdammten *Bastards*, die sich als überraschend zäh herausgestellt haben.

Die *Bastards* sind ein Haufen Loser, der aus dem Bodensatz New Yorks besteht.

Autodiebe, Drogenhändler, kleine Zuhälter und Mörder.

Sie sind nichts Halbes und nichts Ganzes. Als MC würde ich sie niemals bezeichnen und das, obwohl sie Kutten tragen.

Die Tatsache, dass es uns ums Verrecken nicht gelingen will, die Straßen unseres Territoriums von diesem Abschaum zu befreien, macht mir zu schaffen.

Devil, der Präsident der *Bones* hat Killer mit der Aufgabe betraut, die *Bastards* endgültig plattzumachen. Noch so ein Punkt, mit dem ich nicht klarkomme.

Killer war die letzten sechs Jahre in Sing Sing, einem Hochsicherheitsgefängnis in Ossining, etwa 30 Meilen von New York entfernt.

Fuck! Es ist gut, dass er wieder auf freiem Fuß ist, theoretisch zumindest.

Es ist immer eine beschissene Sache, wenn ein Bruder einsitzt. Praktisch hingegen, sind Killer und ich noch nie besonders gut miteinander ausgekommen.

Bevor er in den Knast musste, war er auf das *Captain-Patch* scharf, das jetzt mein Leder ziert. Er sagt zwar, dass es kein Thema mehr für ihn ist, aber das glaube ich ihm nicht. Wir sind alle Wölfe, keiner von uns will ganz unten in der Hierarchie feststecken. Uns unterzuordnen liegt nicht in unserer Natur.

Die Tatsache, dass er sich zudem gut mit unserem Präsidenten versteht, lässt mich sauer aufstoßen. Seine Lady ist ausgerechnet auch seine Bewährungshelferin, wie ich das finden soll, weiß ich noch nicht.

Isabella ist okay. Aber sie steht in Kontakt mit den Bullen und dem Staatsanwalt, das macht mich nervös.

Rivers Lady war, bevor sie ihr Leder angezogen hat, Polizistin gewesen. Aber noch in derselben Nacht, in der unser Sergeant sie in den Club gebracht hat, hat sie ihre Uniform abgelegt. Bei Isabella ist das anders. Sie übt ihren Job noch immer aus, und das bereitet mir Sorgen.

In letzter Zeit läuft zu viel von dieser Scheiße!

Mein Schädel fühlt sich an, als würde er gleich platzen.

Vielleicht ist es auch einfach nur so, dass ich Killer sein Glück nicht gönne. Er war sechs Jahre im Knast, weil er die Schuld für die toten Chinesen komplett auf sich genommen und Devil aus der Nummer rausgehalten hat. Killer hat Rückgrat bewiesen, er hat seine Loyalität unter Beweis gestellt. Er war ein Jahr in Isolationshaft und hat da drinnen beinahe seinen Verstand verloren. Killer hat einem Wärter den Schädel zertreten, er hat ihn platzen lassen wie eine Walnuss. Ich will gar nicht wissen, was es den Club gekostet hat, ihn wieder auf freien Fuß setzen zu lassen.

Devil muss einige Kontakte genutzt und Gefallen eingelöst haben, um Killer aus Sing Sing zu holen.

Doch der Killer, der jetzt wieder da ist, ist ein anderer Mann als der, den die Bullen vor einer Ewigkeit einkassiert haben. Er ist mein Bruder, er hat es verdient, glücklich zu sein, und dennoch kotzt es mich an, dass er einen Auftrag und eine Frau hat, während ich scheinbar auf der Stelle trete. Aye, ich habe das Patch, das Killer wollte, aber die Freude darüber ist längst verflogen. Mit der Zeit ist es einfach nur ein Aufnäher von vielen.

Die Fahrt nach Sussex dient der Ablenkung. Es wird Zeit, einige der hart verdienten Dollars in eine neue Waffe zu investieren. Vielleicht wird meine Laune dann besser. Brian ist der beste Waffenschmied im Umkreis von tausend Meilen.

Wenn er nicht hat, was ich will, dann hat es keiner.

Sämtliche Gedanken aus meinem Schädel verbannend, konzentriere ich mich nur auf die Straße. Mein Bike frisst die Meilen, es war eine gute Idee zu fahren.

Fuck! Eine verdammt gute!

Brians Werkstatt befindet sich direkt am Ortsrand, ich halte an der gewohnten Stelle und weiß sofort, dass etwas nicht stimmt. Die Türe zu seinem Laden steht offen, das Fenster an der Ostseite ist eingeschlagen und das Zeichen der *Bastards,* ein gehörnter Skull mit raushängender Zunge, prangt in dunklem Blau an der Mauer.

Noch bevor ich absteige, um nachzusehen, was passiert ist, weiß ich, dass ich den Waffenschmied tot vorfinden werde.

Gottverdammt ...

Brian hatte mit diesem Krieg nichts zu tun, er war ein Freund der *Bones* – er war mein Freund und musste wegen der Verbindung zum Club sterben.

Zorn kocht in mir hoch, ich balle die Fäuste, verbiete mir jegliche Emotion und marschiere auf die offen stehende Türe zu. Der widerliche Gestank von verbranntem Fleisch steigt mir in die Nase und ich ahne, dass der Anblick, der sich mir gleich bieten wird, brutal sein wird. Der unverkennbare Geruch von Diesel hängt in der Luft und ich weiß, was passiert ist. Die Schweine haben zuerst seinen Laden leergeräumt, ihn anschließend mit Diesel überschüttet und angezündet.

Warum Diesel und kein Benzin? Ganz einfach, Diesel brennt heißer und länger.

Der Gedanke, dass das Opfer durch Diesel mehr leidet, finden die meisten Täter auf eine perverse Art anturnend. Diese grausame Vorgehensweise verrät mir, dass der Typ, der Brian auf dem Gewissen hat, eine soziopathische Ader hat. Einem normalen Mann reicht es aus, sein Opfer einfach nur brennen zu sehen. Wie lange und wie heiß die Flamme schwelt, ist dabei egal. Der Tod ist das, worauf es ankommt, und der tritt bei beiden Brennstoffen ein. Garantiert.

Brians verkohlte Überreste liegen in Embryonalstellung in einem Haufen Asche, sein Kiefer steht offen, ich bilde mir ein, seinen letzten schmerzerfüllten Schrei zu hören.

Wer auch immer das getan hat, wer auch immer dafür verantwortlich ist – ich werde ihn ausfindig machen und ihm jeden Knochen einzeln brechen.

Ganz langsam werde ich mich Stück für Stück an seinem Körper von unten nach oben arbeiten und dabei darauf achten, dass er bei Bewusstsein bleibt und alles, was ich ihm antue, genießen kann.

Niemand vergreift sich an meinem Club und niemand vergreift sich ungestraft an meinen Freunden.

Es stinkt so brutal, dass es mich Überwindung kostet, weiterzuatmen.

Um mich selbst zu schützen, ziehe ich mir das Hemd über die Nase und sehe mich weiter um. Die Bastarde haben nichts übrig gelassen. Nichts.

Der Raum, in dem Brian liegt, ist beinahe unversehrt, nur um seine Leiche herum ist der Fliesenboden schwarz gefärbt.

Da war ein Profi am Werk. Unter anderen Umständen würde ich ihm für diese Leistung meinen Respekt zollen. So aber? Niemals! Das Einzige, was dieser Wichser von mir erwarten kann, ist Leid und Schmerz! Und davon jede Menge.

Das Handy in meiner Tasche vibriert. Ich ignoriere es und setze meine Erkundungstour durch das Haus fort.

Nicht nur die Waffen sind verschwunden, sondern auch sämtliche Wertsachen wie der Fernseher, der an der Wand hing, und der kleine Safe, der immer auf dem Schreibtisch in seinem Büro stand.

Brian war ein einfacher, unkomplizierter Mann. Mag sein, dass er Waffenschmied war, aber im Gegensatz zu mir war er kein Mörder. Er hat diesen Tod nicht verdient!

Ich zünde mir eine Marlboro an, inhaliere den Rauch und vertreibe damit den Geschmack des Todes, der sich, seit ich das Haus betreten habe, auf meiner Zunge ausgebreitet hat.

Ein letztes Mal bleibe ich vor meinem alten Freund stehen, gehe in die Hocke und betrachte den von den Flammen zerfressenen Schädel.

Wäre ich ein gläubiger Mensch, würde ich jetzt für Brians Seele beten. So aber tue ich, was ich kann, und schwöre ihm, Rache zu nehmen.

Dann richte ich mich auf, rauche die Kippe fertig und verlasse das Haus.

Erleichtert fülle ich meine Lungenflügel mit frischem Sauerstoff und gehe zurück zu meinem Bike.

Der Grund, aus dem ich hierhergekommen bin, war der, New York und der ganzen Scheiße, die dort auf mich wartet, für ein paar Stunden den Rücken zu kehren.

Was hat es gebracht?

Die Erkenntnis, dass wir die *Bastards* unterschätzt haben. Mal wieder.

In meiner Tasche vibriert es erneut, dieses Mal gehe ich ran und höre Devils Stimme.

„Wo bist du, Bro?“

„In Sussex.“

„Brauchst ’ne neue Waffe?“

Fuck!

„Das war der Plan.“
Devil brummt etwas.
„Richte Brian Grüße aus.“
Würde ich gerne.
„Er ist tot!“
Stille.
„Was sagst du?“
„Brian wurde von den *Bastards* verbrannt.“
Ein wütendes Zischen dringt an mein Ohr.
„Woher weißt du, dass es die *Bastards* waren?“
„Sie waren so *nett* und haben ihr Zeichen hinterlassen.“
Wieder Stille.
„Dafür werden die Wichser bluten.“
„Wir lassen sie seit Monaten bluten und was hat es gebracht?“
Frust erfüllt meine Worte.
„Auch wenn es nicht so aussieht, aber wir haben viel geschafft. Stell dir vor, was los wäre, wenn wir nicht so viele ihnen gekillt hätten? Dann wären die Straßen New Yorks voller Bastarde.“
Diese Typen sind wie Ratten, bringt man drei von ihnen um, kommen fünf neue aus irgendwelchen Löchern.
„Das hilft Brian auch nicht mehr. Checkst du, was da abgeht, Boss? Sie nehmen sich jetzt unsere Freunde vor.“
Der Präsident grunzt zustimmend.
„Das werden wir nicht zulassen.“
Von wegen.
„Es ist doch schon passiert.“
Mir fehlt der Nerv für dieses Telefonat, ich lege auf, schnippe den Kippenstummel beiseite und zünde mir sofort eine neue an.
Fuck the Hell!
Erschöpft lehne ich mich an mein Bike, rauche die Zigarette und starre auf das Haus. Von außen kann man nicht erkennen, welches Drama sich innerhalb der Mauern abgespielt hat. Niemand, der die Straße entlangfährt, würde ahnen, dass darin eine völlig verkohlte Leiche liegt.
Bis auf das zerbrochene Fenster und den Skull der *Bastards* wirkt alles ruhig, geradezu beschissen perfekt. Der blaue Himmel, das Zwitschern der Vögel, die in den grünen Baumkronen sitzen und die rote, fette Katze, die durch den Vorgarten läuft ...
Diese Idylle kotzt mich an. Das alles kotzt mich an.
Es passieren beschissene Dinge und die Welt dreht sich einfach weiter.

Egal, wie viel Blut fließt, egal, wie viele Knochen gebrochen werden oder wie viele Männer ermordet werden, die Zeit vergeht immer gleich schnell, sie stoppt nicht und sie gerät nie ins Stolpern. Die Zeit ist fucking gnadenlos. Gnadenloser als wir alle!

Erst als ich die Kippe fertig geraucht habe, steige ich auf meine Maschine, gebe Gas und mache mich auf den Weg zurück nach New York.

Jede Meile fühlt sich an wie eine verdammte Dorne, die mir tief in die Haut gedrückt wird. Vor den Toren des Clubs gebe ich den beiden Wachen – Luis und einem der Prospects – zu verstehen, dass sie mir folgen sollen.

Es gibt wichtigere Dinge, als eine Zufahrt zu beschützen. Wenn die *Bastards* uns direkt angreifen wollen, sollen sie es tun. Wir sind bereit!

Aber für einen frontalen Angriff fehlen den Wichsern die Eier.

Sie sind feige und schwach und vergreifen sich lieber in einer Gruppe an einem Waffenschmied, anstatt sich ihren Feinden Mann gegen Mann – Auge um Auge zu stellen.

In einem fairen Kampf würden wir die Hurensöhne kaltmachen, das wissen sie und darum kämpfen sie nicht fair.

Die beiden folgen mir. Ohne anzuklopfen, stürme ich ins Büro des Präsidenten und bereue es sofort. Devil hasst es, gestört zu werden, wenn seine Lady bei ihm ist. Lauren sitzt auf dem Schreibtisch, Devils Hand ruht auf ihrem dicken Babybauch. Es wird sicherlich nicht mehr lange dauern, bis ihr Kind auf die Welt kommt.

„Fuck, Casanova. Was soll das?“

Sein Blick zuckt an mir vorbei, er bemerkt Luis und den Prospect und wird sofort noch wütender.

„Wieso habt ihr eure Posten verlassen?“

Keiner sagt etwas, Lauren rutscht vom Schreibtisch und bleibt hinter ihrem Mann stehen.

Die Spannung, die in der Luft liegt, ist beinahe greifbar.

„Ich habe ihnen gesagt, dass sie mir folgen sollen.“

Devil bebt, es ist offensichtlich, dass er vor Zorn kocht.

„Was soll diese Scheiße, Captain? Du solltest es besser wissen.“

„Was ich weiß, ist, dass Brian tot ist. Verdammt!“

Der Präsident steht auf. Langsam, wie in Zeitlupe, baut er sich vor dem Schreibtisch auf und stemmt sich mit den Händen auf der Kante seines Schreibtischs ab.

„Das mit dem Waffenschmied ist heftig. Aber Brian war kein Member, er war einfach nur ein Freund. Sein Tod ist ein herber Verlust. An seine Arbeit kommt keiner ran. Aber es ist, wie es ist, und das lässt sich jetzt nicht mehr ändern."

Ich will etwas sagen, aber er lässt mich nicht zu Wort kommen.

„Der Club steht an erster Stelle – unsere Sicherheit steht an erster Stelle, und die können wir nicht garantieren, wenn du die Wachen von ihren Posten abziehst. Scheiße, Alter. Was ist mit dir los?"

Gute Frage.

Was ist mit mir los?

Ich weiß es selbst nicht. Diese Unzufriedenheit, die sich seit Wochen in mir ausgebreitet hat, erreicht einen neuen Höhepunkt.

„Mich kotzt das alles so an, das kannst du dir gar nicht vorstellen, Präs. Die *Bastards*, die Chinesen, die Drogen und der ganze andere Bullshit hängen mir zum Hals raus. Wir buckeln und buckeln, versuchen, alles zu regeln, und kriegen einfach nichts geregelt. Brian ist der beste Beweis für unser Versagen. Mag sein, dass du Killer auf die *Bastards* angesetzt hast, aber ich werde mich bei dieser Sache nicht raushalten."

Gespannt, wie Devil auf meine Worte reagiert, drücke ich die Schultern durch und erwidere seinen durchdringenden Blick. Er ist wütend, gut. Das bin ich auch.

„Raus hier."

Luis und der Prospect verschwinden sofort, ich hingegen bleibe noch ein paar Herzschläge lang stehen, ehe ich mich abwende und an die Bar verschwinde.

Ich brauche Whisky. Sofort. Am besten viel davon.

Der Anblick von Brians verkohlten Überresten hat sich in meine Netzhaut eingebrannt. Egal wie sehr ich es auch versuche, ich werde das Bild einfach nicht mehr los.

Der Tod ist etwas, vor dem ich mich schon lange nicht mehr fürchte, dafür habe ich schon zu viel Leid gesehen und zu viele Morde begangen. Aber lebendig zu verbrennen, stelle ich mir brutal vor. Das ist in meinen Augen mit die schlimmste Art abzutreten.

Bibi, eine der Clubhuren, steht hinter der Bar. Devil nennt sie immer einen Goldfisch – das passt perfekt. Die Augen hat sie blau geschminkt, ihre dicken Lippen sind so krass aufgespritzt, dass man sie wahrscheinlich nur anschnippen müsste, um sie platzen zu lassen.

Widerlich. Einfach widerlich.

Ihre Haare hat sie in einem seltsamen Orangeton gefärbt – ich denke, sie wollte sie blondieren und das ist schiefgelaufen.

Die Nutte ist hässlich, aber im Dunkeln und nach einer Flasche Whisky spielen diese ganzen Details keine Rolle mehr und sie lässt sich gut ficken.

Wie erbärmlich. Fucking erbärmlich!

Devil, Iker, Skull, River und Killer haben es gut. Sie müssen sich nicht länger mit diesen Bitches beschäftigen, sie haben etwas Besseres gefunden.

Bitterer Neid wächst in mir. Eine große Menge Whisky in mich reinkippend, kneife ich die Augen zusammen und konzentriere mich auf die Wärme, mit der der Alkohol in meinen Magen strömt.

Jemand brüllt, etwas zersplittert und Holz bricht.

Gespannt, was jetzt schon wieder los ist, mache ich die Augen wieder auf und sehe zu den im hintersten Bereich des großen Hauptraums stehenden Billardtischen.

Owen, unser Kassenwart, hält einen zerbrochenen Queue in der Hand, ein fieses Grinsen verzerrt seine Mimik. Vor ihm steht Jett. Der Hangaround ist mit einer silbernen Klinge bewaffnet, er winkt Owen in einer arroganten Geste zu sich, zeigt ihm so, dass er bereit für den Fight ist.

Was ein beschissener Kindergarten ...

Ich blende die beiden Idioten einfach aus, fülle mein Glas erneut mit Whisky und kippe mir die bernsteinfarbene Flüssigkeit in den Hals.

Mein gezischtes „Idioten!“ bringt Bibi zum Kichern.

„Schlechte Laune, Captain?“

Ernsthaft?

„Willst du dich jetzt als Psychologin aufspielen, Bitch?“

Bibi wirkt überrascht, was schnell in Eingeschnapptheit umschwenkt.

„Sei kein Arschloch, ich weiß sehr gut, was ich bin.“

„Dann vergiss es nicht wieder!“

Mit einem zickigen Schnauben wirft sie mir einen Putzlappen ins Gesicht und stürmt davon.

Mein erster Impuls ist es, ihr zu folgen und sie zu bestrafen, aber was würde das bringen? Sie ist eine bedeutungslose Nutte und es gibt genug andere Dinge, um dich ich mich kümmern muss.

Über die Absurdität des Ganzen lachend, schiebe ich mein leeres Glas beiseite und trinke direkt aus der Flasche.

Die Schlägerei zwischen und Owen und Jett eskaliert, Stühle und Billardkugeln fliegen durch die Luft.

Die Acht knallt in die Bar, der gläserne Regalboden zerbricht, genau wie der Spiegel dahinter. Mehrere Glasflaschen fallen zu Boden und zerplatzen in tausend Scherben. Der hochprozentige Inhalt verteilt sich auf den Fliesen.

Nicht. Mein. Problem.

Ich bleibe stoisch sitzen, betrinke mich und zünde mir eine Kippe an.

Von mir aus sollen sie sich die Schädel einschlagen, ich bin nicht ihr Aufpasser.

Trotzdem ist das ein Witz.

Auf den Straßen unseres Reviers versammeln sich unsere Feinde, um unsere Freunde zu töten, und wir gehen uns gegenseitig an den Hals.

Ein klassisches Anzeichen für einen Lagerkoller.

Killer taucht blutverschmiert neben mir an der Bar auf und sieht mich mit hochgezogenen Augenbrauen an.

„Was ist hier los, Captain?"

„Wir sind von Idioten umgeben."

Er brummt zustimmend, nimmt mir den Jack Daniels ab und trinkt.

„Du siehst aus, als hättest du einen interessanten Tag gehabt."

„Hatte ich. Drei *Bastards* weniger."

Das sind gute Nachrichten, das sollte mich freuen, tut es aber nicht. Was viel über meine derzeitige Gemütsverfassung aussagt.

„Brian hat's erwischt."

An Killers Reaktion erkenne ich, dass der Präsident ihn bereits über diesen *Vorfall* informiert hat.

„Das mit dem Waffenschmied tut mir leid."

Ich sehe ihm an, dass er wirklich betroffen ist. Sein Glück. Würde er mir Scheiße erzählen, würde ich ihm die Zähne ausschlagen.

Mein Geduldsfaden hat sich in eine Zündschnur verwandelt. Es reicht ein winziger Funke aus, um mich explodieren zu lassen.

„Dieser Spuk muss endlich ein Ende haben."

Killer brummt zustimmend und trinkt mehr von meinem Whisky.

„Aye, ich weiß, ich bin schon dabei ..." Er deutet auf sein mit Blut besudeltes Leder. „Wie du siehst."

Ja, ich sehe es. Aber es reicht nicht. Egal, was wir tun, und egal, wie entschlossen wir vorgehen, diese beschissenen Hurensöhne sind uns immer einen Schritt voraus.

„Was sagt deine Bewährungshelferin zu deinem neuen Aufgabenfeld?"

Er lacht und setzt sich auf den Hocker neben mich.

„Nichts. Isabella hat sich mit den Tatsachen abgefunden, auch wenn sie sie nicht gutheißt!"

Das kann ich mir kaum vorstellen.
„Bist du dir sicher, dass sie auf deiner Seite steht und kein doppeltes Spiel spielt, um den *Hell Bones* zu schaden?“
Killers Augen verwandeln sich in Schlitze. Es ist ihm deutlich anzusehen, dass er mir am liebsten das Genick brechen würde. Er kann es gerne versuchen ...
„Was seit meiner Entlassung zwischen dir und mir abgeht, ist eine Sache. Und es wird der Tag kommen, an dem wir das klären. Aber lass meine Frau da raus. Wenn du ihr zu nahe kommst oder ihre Integrität in Frage stellst, bringe ich dich um. Selbst wenn mich das zurück nach Sing Sing bringt. Dann. Bringe. Ich. Dich. Um!“
Es besteht kein Zweifel daran, dass er das absolut ernst meint. Was ihm meinen Respekt einbringt. Es gibt nichts Erbärmlicheres als Männer, die leere Drohungen aussprechen. Ein *Bone,* der nicht zu seinem Wort steht, ist den Dreck an meinen Stiefeln nicht wert.
Die rote Drei fliegt durch die Luft, als Nächstes folgt die gelbe Eins.
Killer schüttelt genervt den Kopf. Doch anstatt dazwischenzugehen, zündet er sich ebenfalls eine Kippe an und verschwindet hoch in Richtung der Wohnungen, die sich in den oberen Etagen des Clubhauses befinden.
Das Chaos um mich herum ausblendend, nippe ich wieder und wieder an dem Whisky und konzentriere mich darauf, das Bild von Brians verbranntem Leichnam aus dem Schädel zu bekommen.
Es funktioniert natürlich nicht.
Wie sollte es auch?
So einen Anblick bekomme nicht mal ich häufig zu Gesicht.
Die Brutalität, mit der die Bastards ans Werk gegangen sind, erschreckt mich und zeigt mir, dass die Zeit beinahe abgelaufen ist. Wenn es uns nicht bald gelingt, die Wichser zu stoppen, wird das Undenkbare geschehen und wir müssen die Bastarde als das sehen, zu dem sie in den letzten Monaten wahrscheinlich geworden sind: ein ernstzunehmender Gegner.
Der auf keinen Fall unterschätzt werden sollte!

2. Kapitel

Die Autorin

Oh Gott! Lieber Gott! Steh mir bei ... bitte!

Noch nie zuvor in meinem Leben war ich so nervös wie in diesem Moment.

Noch nie. Aber gut, ich bin auch noch nie in einem kurzen roten Kleid, schwarzen Peeptoes und einer großen Schale frischem Nudelsalat vor den Toren des gefährlichsten Motorcycle Clubs des Landes gestanden. Schon gar nicht mit der Absicht, die Rocker darum zu bitten, eine Weile bei ihnen bleiben zu dürfen, damit ich dann das, was ich sehe und erlebe, für meinen Roman zu Papier bringen kann.

Skrupellose Outlaws mögen keine Zeugen.

Sie wollen nicht, dass Außenstehende zu viel über ihre Geschäfte wissen oder von ihren kriminellen Machenschaften erfahren.

Ich meine, na ja ... das kann ich wirklich verstehen. So geht es wahrscheinlich allen Menschen, die sich nicht an das Gesetz halten.

Mitwisser stellen immer ein potentielles Risiko dar und werden meistens spurlos beseitigt. Eine Gänsehaut überzieht meine Arme, die Härchen in meinem Nacken stellen sich warnend auf und mein Herz rast. Es schlägt mir so fest gegen die Rippen, dass es schmerzt.

Der vernünftige Teil meines Hirns, der, der für mein Überleben verantwortlich ist, brüllt mich laut an, dass das eine ganz bescheuerte Idee ist und dass ich sofort nachhause gehen soll. Aber das geht nicht. Wie soll ich denn dann meinen Roman fertig bekommen?

Ein guter Schriftsteller zeichnet sich dadurch aus, dass er bereit ist, für seine Geschichte Risiken einzugehen – und das bin ich. Ehrlich.

Trotzdem komme ich mir in diesem Moment wirklich ziemlich dumm vor.

Rocker und Nudelsalat! *Scheiße!*

Was habe ich mir nur dabei gedacht?

Wahrscheinlich hätte ich lieber eine Kiste Whisky oder eine Ladung Waffen und Munition mitbringen sollen.

Das Erste kann ich mir nicht leisten, das Zweite erst recht nicht. Davon abgesehen wüsste ich gar nicht, wie ich an nicht registrierte Schwarzmarkt-Knarren rankommen sollte. Bei gefälschten Handtaschen wäre das anders. Aber diese Biker sind nicht dafür bekannt, auf *Coco Chanel* oder *Louis Vuitton zu stehen. Sie bevorzugen Pistolen, Dolche und Sprengstoff.*

Allein die Vorstellung, wie Devil, der Präsident der Hell Bones, mit einem schicken Täschchen über der Schulter auf seine monströse Harley steigt, bringt meine Mundwinkel zum Zucken.

Das ist aber auch zu witzig.

Ich räuspere mich leise und lecke mir über die rot geschminkten Lippen, während ich meine Haare glatt streiche.

Konzentration! *Verdammt!*

Ich sehe es schon vor mir: Heute versuche ich mich mit Nudelsalat in die kalten Herzen dieser knallharten Biker zu schleichen und morgen wird die *New York Times* davon berichten, dass die leblosen Überreste einer unbekannten Autorin aus dem Hudson gefischt wurden.

Mein Magen zieht sich krampfend zusammen. Allein die Tatsache, dass das durchaus im Bereich des Möglichen liegt, sollte mich zum Umkehren bewegen.

Tut sie aber nicht. Ich bleibe stur stehen und atme mehrmals tief durch.

Ich bemerke erst jetzt, dass das Tor zum Clubgelände der *Hell Bones* nicht wie üblich bewacht ist.

Dank meiner Beobachtungen weiß ich ganz genau, dass hier eigentlich immer eine Wache steht, meistens sogar zwei. Und dass die für gewöhnlich ein großes, schwarzes Maschinengewehr über der Schulter hängen haben und einen grimmigen Gesichtsausdruck zur Schau stellen, was jeden Zivilisten, der auch nur mit dem Gedanken spielt, den Rockern einen Besuch abzustatten, seine Meinung ändern lässt.

Vielleicht ist das ein gutes Zeichen, eine Art Wink des Schicksals, dass meine Idee doch nicht so dumm ist, und dass mein Plan aufgehen könnte.

All meinen Mut zusammenkratzend, überschreite ich die Grenze, verlasse die normale Welt und betrete die des *Hell Bones Motorcycle Clubs.*

Etwa einen Meter hinter dem Tor bleibe ich stehen und warte gespannt, was passiert. Und es passiert nichts.

Im Gegensatz zu meinen Erwartungen passiert nichts!

Weder stürmt eine Horde Killer auf mich zu, noch ertönen Schüsse. Alles bleibt ruhig, der Himmel ist blau, die Sonne steht weit im Westen und ist kurz davor unterzugehen.

Die Erde dreht sich einfach weiter und das, obwohl ich es gewagt habe, mich mit einem Nudelsalat bewaffnet in die Höhle des Löwen vorzuwagen.

Ganz langsam gehe ich weiter auf das Clubhaus zu.

Vielleicht ist dieser Rockerclub ja doch nicht so schlimm, wie ich dachte?

Der Gedanke hält noch genau sechzig Sekunden, bis ein Holzstuhl aus der offen stehenden Türe fliegt und direkt vor meinen Füßen in seine Einzelteile zerbricht.

Heilige Scheiße! Das war knapp!

Ein wütendes Brüllen ertönt. Instinktiv weiche ich zurück, doch es kommt niemand raus. Erneut scheint etwas zu zerbrechen. Jemand flucht, das derbe „Fuck!“ hallt in meinen Ohren nach. Genau wie das „Du blöder Wichser“, das mit einem „ich breche dir sämtliche Knochen!“ vervollständigt wird.

Nicht schlecht. Da ist jemand anscheinend ziemlich wütend.

Eine Billardkugel rollt aus der Türe, es ist die schwarze Acht.

Ob das ein schlechtes Omen ist?

Vielleicht.

Diese schwarze Acht kann auf viele verschiedene Arten interpretiert werden, sie ist weit mehr als einfach nur eine Kugel von vielen.

In der Biker-Szene zum Beispiel ist sie ein beliebtes Tattoo-Motiv und es gibt auch ein Patch, auf dem sie abgebildet ist.

Last man standing. Diese Bedeutung hat die schwarze Billardkugel im Rocker-Milieu. Sie steht bei den Motorcycle Clubs für harte Kerle, auf die Verlass ist, und die bis zum Schluss für ihre Brüder kämpfen. Nichts kann sie erschüttern, sie wissen durchaus mit Problemen umzugehen und sie haben keine Skrupel, ihren Willen durchzusetzen. Diese Männer bleiben bis zum bitteren Ende – koste es, was es wolle.

Sie vergießen Blut und kämpfen bis zum Tod. So lange, bis sie die Letzten sind, die auf dem Schlachtfeld noch stehen.

Und jetzt ... *Himmel!* Jetzt liegt diese bedeutungsvolle schwarze Acht direkt vor meinen Füßen und scheint mich stumm zu verhöhnen.

Ich starre sie an und wenn sie Augen hätte, würde sie zurückstarren.

Die Zeit vergeht, irgendwann tauchen zwei schwere, abgewetzte Stiefel in meinem Blickfeld auf. Mein Hals zieht sich panisch zusammen, es kostet mich unfassbar viel Kraft zu schlucken.

Da mir der Mut fehlt, meinem Gegenüber direkt in die Augen zu sehen, lasse ich meinen Blick langsam an den in einer ausgewaschenen Jeans steckenden Beinen nach oben gleiten. Eine silberne Gliederkette baumelt auf Hüfthöhe. Mit dem einen Ende ist sie an einem Gürtel befestigt, an dem anderen befindet sich ein Geldbeutel.

Ich betrachte die bullenkopfförmige Gürtelschnalle und beiße mir verlegen auf die Unterlippe.

Die visuelle Reise fortsetzend, zucke ich geschockt zusammen, als ich die schwarze Waffe entdecke, die im Hosenbund des Rockers steckt.

Es folgt die berühmte lederne Kutte der *Hell Bones*, die zu meinem Entsetzen mit dutzenden Patches übersät ist, darunter – wie sollte es auch anders sein – die schwarze Billardkugel auf der eine weiße Acht prangt.

Uiuiuiuiuiui ...

Neugierig mustere ich der Reihe nach die verschiedenen Aufnäher und freue mich darüber, dass ich so viel über deren Bedeutung weiß.

Wobei das auch der Grund dafür ist, dass meine Furcht immer stärker wird. In diesem Fall wäre eine gewisse Unwissenheit wohl eher ein Segen als ein Fluch.

Ganz zuletzt, so, als wollte es für ein tosendes Finale sorgen, sticht mir das *Captain-Patch* in die Augen. Jetzt ist mir sofort klar, *wer* da vor mir steht. Es ist niemand Geringerer als ausgerechnet der *Hell Bone,* auf den ich am neugierigsten war: Casanova.

Mein Blick zuckt hoch, einen Atemzug später ertönt ein dunkles, animalisches Knurren, das mich erzittern lässt. Ich bin so nervös, dass mir beinahe der Nudelsalat aus den Händen fehlt.

In echt, *wow* ... also in der Realität ist dieser Captain um ein Tausendfaches heißer als auf den vielen Fotos, die ich schon von ihm gesehen habe.

Hot as hell ...

Leckerer als Schokolade und gefährlicher als eine Kiste voller hochexplosivem Sprengstoff. Wahrscheinlich wäre es das Schlaueste, ihm einfach die Salatschale in die Hand zu drücken, und so schnell ich kann um mein Leben zu laufen, in der Hoffnung, dass ihn die Nudeln so lange ablenken, bis ich in Sicherheit bin.

Unter normalen Umständen würde ich das sicherlich tun.

Aber so? Hier geht es um mein Buch mit einem ziemlich schnell näherkommenden Abgabedatum. Und ich habe nichts. Absolut nichts außer ein paar Buchstaben.

Verzweifelte Situationen erfordern verzweifelte Maßnahmen. Also bleibe ich, und das, obwohl mir absolut nicht wohl bei der Sache ist.

Die eisig blauen Augen des Captains stehen im deutlichen Kontrast zu seiner olivfarbenen Haut. Seine Bizepse wölben sich auf beeindruckende Weise, als er die muskulösen Arme vor der Brust verschränkt und mich interessiert mustert.

„Wer bist du, Baby?“

Er hat keine Ahnung, wer ich bin, aber er nennt mich Baby?

Das gefällt mir, das notiere ich mir gleich mal gedanklich für mein Manuskript.

„Mein Name ist Emma Watson und ich bin hier, wei..."

„Was willst du hier?

Casanova lässt mich gar nicht erst ausreden. Er kommt direkt zum Punkt, hebt die schwarze Acht auf und wirft sie lässig in die Luft, nur um sie eine Sekunde später aufzufangen. Er macht das echt gut. Mir wäre sie sofort wieder auf den Boden gefallen.

„Emma? Was willst du hier?"

Seine Geduld scheint im Gegensatz zu seinen Wangenknochen nicht sonderlich stark ausgeprägt zu sein.

Seine Frage verursacht eine Hitzewallung. Ich gerate ins Schwitzen.

Wie soll ich ihm erklären, warum ich hier bin?

Hallo, mein Name ist Emma Watson und ich bin gekommen, weil ich möchte, dass meine kriminelle Romanfigur so wird wie du.

Das ist lächerlich und erbärmlich und absolut nicht mein Stil.

Aber was sage ich dann?

Noch während mir unzählige Sätze durch den Kopf huschen, passiert das Unvorstellbare. Und wenn ich das so sage, meine ich das auch so.

Schüsse peitschen über den Hof. Das *Peng! Peng!* zerfetzt die Luft und lässt mir das Blut in den Adern gefrieren. Noch bevor ich herausfinden kann, wo die Schüsse herkommen, reagiert der Captain blitzschnell. Er packt mich und drückt mich grob nach unten.

Der Nudelsalat verteilt sich über den Asphalt, während unweit von meinem Kopf eines der Projektile im Boden einschlägt.

Gesteinsbrocken fliegen durch die Luft.

Das *Peng! Peng!* geht immer weiter. Casanova wirft sich auf mich, zieht mit der rechten Hand seine Waffe und erwidert das Feuer.

Mehrere *Hell Bones* stürmen aus dem Clubhaus und ballern ebenfalls los. Ich stecke mitten in einer echten Schießerei, während die Kutte des Road Captains über meine Wange reibt und mir sein maskuliner Duft in die Nase steigt. Er ist genau so, wie ich es erwartet hatte: Rauch – Mann und Schießpulver.

Peng! Peng! Peng!

Der laute Schrei einer Frau dringt in mein Ohr, es dauert einen Moment, bis ich kapiere, dass er von mir kommt.

Der Präsident kommt dazu, in seinen Händen hält er ein schwarzes Maschinengewehr. Wenn ich raten müsste, würde ich sagen, dass es sich dabei um eine Uzi handelt.

Casanovas Gewicht, die Rufe der Biker und die zu Boden fallenden, goldenen Hülsen der israelischen Maschinenpistole, mit dem Devil auf die Angreifer feuert, lassen mich fast durchdrehen.

Ich wollte einen Blick in die Welt der *Hell Bones* werfen, ich wollte am eigenen Leib erfahren, wie es in diesem Rockerclub abgeht, und jetzt?

Heilige Scheiße!

Jetzt bin ich plötzlich mittendrin. Casanova springt auf, reißt mich hoch und schubst mich in die Arme eines Typen, der mir für dieses Leben viel zu jung erscheint.

„Bring die Frau rein!"

Seine Stimme klingt kalt und hart. Er sieht mir kurz in die Augen, dann wechselt er das Magazin seiner Waffe, zieht eine weitere unter seiner Kutte hervor und marschiert direkt auf das Tor zu, hinter dem ein schwarzer Van steht, aus dem das Feuer auf die Rocker eröffnet wurde. Unerschrocken durchkreuzt er den Kugelhagel und betätigt dabei wieder und wieder den Abzug. Bei genauerem Hinsehen bemerke ich die Toten auf der Straße und erst dieser Anblick macht meinem unter Schock stehenden Gehirn klar, dass das alles absolut echt und nicht einfach nur ein wilder Actionfilm ist.

Das. Hier. Ist. Die. Verdammte. Realität.

Bevor ich sehen kann, wie es weitergeht, zerrt mich der Kerl, in dessen Obhut mich der Captain übergeben hat, ins Innere des Clubs, und das Einzige, woran ich denken kann, ist die schwarze Acht. Und ich bete zu Gott, dass der Captain der letzte Mann ist, der nach dieser Auseinandersetzung noch steht. *Last man standing ...*

Noch nie zuvor habe ich die Bedeutung dieser Worte besser verstanden als in diesem Moment.

Hier im Inneren ist das *Peng Peng* dank der dicken Mauern etwas abgedämpft, aber nicht weniger erschreckend.

Ich stehe direkt vor einer langen Bar. Der junge Typ, an dessen nacktem Leder ich erkennen kann, dass es sich um einen Anwärter handelt, steht direkt vor mir und sieht mich besorgt an. Er selber wirkt erstaunlich ruhig. Fast so, als würde da draußen im Hof nicht ein erbitterter Kampf um Leben und Tod stattfinden.

„Reg dich ab, Püppchen. Es wird schon gut gehen."

Püppchen? Gut gehen?

Wie kann er das nur so locker sehen?

Die Antwort liegt auf der Hand. Eine Schießerei wie diese scheint für die Hell Bones nichts Ungewöhnliches zu sein.

„Kann man sich an fliegende Kugel gewöhnen?“

Seine Mundwinkel biegen sich nach oben, schmunzelnd reibt er sich über die Stirn.

„Gewöhnen? Man wird süchtig nach so einer Scheiße!“

Das kann ich mir nur schwer vorstellen.

Aber gut ...

Nach einem weiteren Blick auf mich umrundet er die Theke, holt eine Flasche Wodka aus dem Eisfach und drückt sie mir eine Minute später in die zitternden Hände.

Er kapiert wohl, dass ich nicht in der Lage bin, sie aufzudrehen, also übernimmt er das für mich.

„Trink. Der wird deinen Nerven guttun.“

Sehr witzig. Ich habe keine Ahnung, wann ich das letzte Mal etwas Stärkeres als Wein getrunken habe. Das muss eine Ewigkeit her sein. Trotzdem befolge ich seinen Ratschlag, setze das eisige Glas der Flasche an meine Lippen und lasse das russische Nationalgetränk in meine Kehle laufen.

Gott, ist das widerlich!

Ich schlucke es mit Mühe. Dann gebe ich dem Anwärter den Wodka zurück.

„Das war gar nichts.“

„Glaube mir, es war ausreichend.“

Und das stimmt. Ich habe nur wenige Schlucke genommen, aber das warme Brennen in meinem Magen wirkt auf meine Nerven wahre Wunder.

Das unverkennbare Rattern der Uzi verstummt, nun ist nur noch das *Peng Peng* zu hören.

Um mich abzulenken, sehe ich mich genauer um und bemerke erst jetzt die Verwüstung, die sich durch den gesamten Hauptraum des Clubs zieht.

Zersplitterte Stühle liegen auf dem Boden. Es wirkt fast so, als hätte sie jemand durch die Luft geworfen. Vor meinen Füßen liegt ein zerbrochener Billardqueue, Blutflecken bedecken den nackten Betonboden, sie sehen frisch aus. Auch die Bar ist nicht unbeschadet davongekommen. Einige der gläsernen Regalböden sind zerbrochen, der Spiegel hinter den bunten Schnapsflaschen ist gesplittert, überall liegen Glasscherben.

Ich atme tief ein und stelle fest, dass der scharfe Geruch von Alkohol in der Luft hängt. Die herumliegenden Billardkugeln sind bunte Farbtupfer inmitten der Zerstörung. Es sieht so aus, als hätte die Schießerei auch hier drinnen stattgefunden, hat sie aber nicht.

„Was war hier los?“

Der Anwärter zuckt mit den Schultern.

„Nur ein kleiner Streit zwischen Owen und einem Hangaround.“

Ein kleiner?

„Ist das Blut?“

Ich deute auf die roten Flecken.

„Blut gehört dazu. Keine Sorge, es war nichts Ernstes.“

Fassungslos sehe ich den Nachwuchsrocker an und versuche zu verstehen, was er mir alles sagt. Es funktioniert nicht.

Dieses ganze Chaos, die zerbrochenen Stühle, die auseinandergeschlagenen Queues und die zerstörte Bar, all das kommt von einem Streit, der zwischen dem Kassenwart der Hell Bones und einem Clubfreund stattgefunden hat, und dieser Anwärter will mir sagen, dass das ganz normal ist?

Heilige Scheiße!

Ich nehme ihm die Flasche wieder ab, drehe den Deckel nun selbst auf und trinke.

Schluck für Schluck zwinge ich den Wodka in mich hinein, in der Hoffnung, dass er mir dabei hilft, nicht die Nerven zu verlieren.

Willkommen bei den Hell Bones, Emma ...

Mein Unterbewusstsein klingt schadenfroh, meine Knie fühlen sich so an, als würden sie jede Sekunde nachgeben.

Das *Peng Peng* wird weniger und verstummt schlussendlich ganz.

Ob es dem Casanova gut geht? *Himmel!* Ich hoffe es! Er ist schließlich die Vorlage für den Hauptprotagonisten in meinem Roman.

Ich setze meine visuelle Entdeckungstour weiter fort und staune nicht schlecht.

Meine Fantasie ist nicht ohne, aber die Realität schlägt sie um Längen. Neben dem Eingang befinden sich links und rechts zwei schwarze riesengroße Käfige, an deren Türen silberne Vorhängeschlösser baumeln.

Mir ist sofort klar, dass die Biker keine farbenfrohen Kanarienvögel besitzen, sondern dass da für gewöhnlich Frauen drin sind. Frauen, die wahrscheinlich nackt sind und sich zu der lauten Musik bewegen, die nachts aus den großen von der Decke hängenden Lautsprechern tönt.

Silberne Poledancestangen stehen auf großen Podien. Es gibt unzählige Sitzmöglichkeiten: Sofas, Sessel und verschiedene Stühle.

An den gut vier Meter hohen Wänden hängen Poster, auf denen vollbusige Tussis Sex mit Motorrädern haben. Ja, das klingt komisch, aber anders kann ich nicht beschreiben, was diese ‚Models‘ mit den Harleys machen.

Zwei Sandsäcke baumeln in der Luft, in meinem Kopf ploppt eine heiße Fantasie auf, in der der Captain mit entblößtem Oberkörper und tief sitzender Jeans auf einen der Säcke einschlägt. Seine Haut ist mit einer dünnen Schweißschicht überzogen, glänzt wie die eines eingeölten Strippers, und seine Muskeln sind dank der Anstrengung aufgepumpt und hart.

Mir läuft das Wasser im Mund zusammen und zwischen meinen Schenkeln breitet sich ein sehnsüchtiges Ziehen aus. Ich kann mir gut vorstellen, wie die Hügel seines Sixpacks arbeiten und wie sich die Muskelstränge an seinem Rücken anspannen.

„Alles okay bei dir?"

Die Frage des Prospects reißt mich aus meinem Tagtraum, was ich ihm sofort übel nehme.

„Ähm ja, alles gut."

Er nickt.

„Bleib hier. Ich sehe mal nach, was draußen los ist."

Das klingt gut, also nicke ich.

Er geht an den Käfigen vorbei und verschwindet draußen auf dem Hof.

Jetzt stehe ich ganz allein im Clubhaus, umgeben von Billardkugeln, die wie Konfetti auf dem mit Blutstropfen übersäten Boden liegen, und frage mich, wie ich so schnell so tief in die Welt der Rocker reingeraten konnte.

Allein die letzten zehn Minuten bieten mir genug Stoff für einen ganzen Roman.

Das ist krass. So krass, dass ich meiner Neugierde nachgebe und dem Anwärter folge. Neben einem der Käfige bleibe ich kurz stehen und streiche mit den Fingern über die massiven Eisenstangen.

Wie es sich wohl anfühlt, in so einem Ding eingesperrt zu werden?

Noch dazu nackt?

Wie es sich wohl anfühlt, vor den Augen dieser harten Biker zu tanzen und ihre gierigen Blicke auf der Haut zu spüren?

Machen die Frauen das freiwillig?

Vielleicht.

Ich schüttle die Gedanken ab und gerade als ich einen Schritt durch die Tür machen will, werde ich von einer harten Schulter zur Seite gestoßen. Ich gerate aus dem Gleichgewicht und falle neben dem Käfig auf den Boden.

Devil, Skull, der Vizepräsident, River, der Sergeant at Arms des Clubs, und Owen stürmen an mir vorbei. Casanova bildet das Schlusslicht, er zerrt einen Mann neben sich her, der ebenfalls eine

Kutte trägt, die sich aber deutlich von denen der *Bones* unterscheidet. Sie wirkt billig und irgendwie peinlich, wie eine schlecht gemachte Kopie. Das Gesicht des Mannes ist blutüberströmt, seine Lippe ist aufgeplatzt und auf Höhe seiner Rippen steckt ein Dolch in seinem Körper. Die Klinge ist komplett in ihn hineingerammt worden, sodass nur der schwarze Griff herausschaut.

Hilfe! Ich meine, echt jetzt ... *Hilfe!*

Wo bin ich da nur reingeraten?

Mir wird schlecht, mein Magen zieht sich gepeinigt zusammen und an der Stelle, an der das Messer in dem Mann steckt, breitet sich bei mir ein fieser Phantomschmerz aus.

Ich weiß sofort, dass er einer der Kerle aus dem Van ist, die das Feuer auf die *Bones* eröffnet haben. Bis zu einem gewissen Grad weiß ich, dass das, was diesem Mann jetzt passiert, nur gerecht ist. Aber trotzdem. *Verdammte Scheiße!*

Die *Hell Bones* sind hier in New York Berühmtheiten und absolut jedem Menschen, egal ob Kind oder Erwachsenem, ein Begriff.

Wir Außenstehende wissen nicht viel über den Club, aber uns allen ist klar, was passiert, wenn man sich mit Devil und seinen Brüdern anlegt: Es fließt Blut und man stirbt.

Diese Rocker sind die Richter und die Vollstrecker in ihrer Welt und wer sie angreift, muss damit rechnen, die geballte Brutalität der Kuttenträger am eigenen Leib spüren zu bekommen.

Dieser Kerl wusste also, worauf er sich eingelassen hat, und trotzdem tut er mir leid.

Schön blöd, ich weiß. Immerhin habe ich es nur Casanovas blitzschneller Reaktion zu verdanken, dass mich keine der Kugeln getroffen hat.

Niemand scheint mich wahrzunehmen, niemand beachtet mich. Ich bin wie Luft, eine durchsichtige Zeugin von dem, was gleich geschehen wird.

Moment mal ... eine Zeugin? Oh nein, das ist nicht gut. Gar nicht gut.

Wir alle wissen ganz genau, dass diese Outlaws keine Zeugen gebrauchen können und was mit den armen Seelen, die zu viel wissen, geschieht.

Also, was soll ich jetzt tun?

Die Hand heben, warten bis mich jemand aufruft und dann fragen, ob ich bitte gehen darf? Soll ich auf allen vieren davonkriechen? Waaas???

Einfach sitzen bleiben?

Das kommt mir als die dümmste Option vor.

Das Problem ist nur, dass meine Zunge wie gelähmt und mein Hirn mit der Situation völlig überfordert ist.

Selbst wenn ich jetzt aufspringen und davonlaufen könnte – und das ist ein dickes könnte! Wie weit würde ich kommen, bis mich einer dieser Rocker eingeholt hätte und an den Haaren zurückschleifen würde? Sechzig Sekunden?

Wahrscheinlich würde ich es nicht mal bis zum Tor schaffen, geschweige denn bis raus auf die Straße.

Ich. Bin. Am. Arsch. Aber Hauptsache, ich hatte Nudelsalat dabei.

Wirklich ganz klasse, Emma. Ganz klasse.

Ich bin so dumm!

So wie es im Moment aussieht, werde ich in diesem Sumpf aus Gewalt, Blut und Leder untergehen und dann kann einer meiner Autorenkollegen ja über mich ein Buch schreiben. Das würde bestimmt ein Bestseller werden.

Titel: *Die dumme Schriftstellerin, die ihre Nase in die tödlichen Angelegenheiten von gefährlichen Outlaws stecken musste und dabei erwischt und ermordet wurde.*

Okay. Der Titel ist zu lang. Aber na ja ... das kann man ja noch ändern.

Lieber Gott! Was tun?

Noch bevor ich eine göttliche Eingebung habe – ich bin so oder so nicht gläubig, also hätte ich darauf wahrscheinlich noch ewig warten können – nimmt das Drama seinen Lauf.

Der Captain verpasst dem Feind einen Tritt in die Kniekehlen, dieser fällt zu Boden und verzieht dabei das Gesicht zu einer Fratze aus Schmerz und Furcht.

Seine Augen schimmern glasig, der Dolch steckt noch immer zwischen seinen Rippen.

Fasziniert sehe ich dabei zu, wie sich Devil zu dem Mann nach unten beugt, die Faust ballt und sie ihm wieder und wieder mitten ins Gesicht schlägt.

Ein Knochen knackt, die Nase bricht und immer mehr Blut landet auf dem dreckigen Betonboden.

Ich bin keine zwei Meter von dem ganzen Trubel entfernt. Dank dem Adrenalin, das durch meinen Kreislauf pumpt, sind meine Sinne so geschärft, dass mir nichts entgeht.

„Du blöder Wichser hast meinen Club angegriffen!"

Bämm! Bämm! Bämm!

Drei weitere Schläge prasseln auf den Mann ein, sie lassen ihn umkippen, sein Hinterkopf knallt auf den Boden, landet direkt vor des Captains Stiefel. Dieser zögert nicht und verpasst dem Angreifer einen gnadenlosen Tritt.

Die zur Schau gestellte Brutalität lässt mich würgen.

Ja, ich wusste, dass die Rocker knallharte Killer sind, die mit ihren Gegnern kurzen Prozess machen. Aber es mit eigenen Augen zu sehen, ist noch mal etwas ganz anderes, als es zu vermuten oder in Zeitungsberichten zu lesen.

„Was willst du mit ihm machen, Präs?"

Die Frage kommt von Owen, dem Member, der sich hier drinnen einen so heftigen Kampf mit einem Hangaround geliefert hat, dass sogar das Mobiliar dran glauben musste.

Wenn ich diese Rocker mit drei Adjektiven beschreiben müsste, welche wären das?

Mein Hirn versucht, mich mit diesen blöden Spiel abzulenken und vor einer Panikattacke zu bewahren, ich gehe gerne drauf ein.

Wild – kompromisslos – barbarisch. Die Liste lässt sich noch ewig fortsetzen.

Und so unverständlich das auch klingen mag, genau diese Unerbittlichkeit, mit der diese Biker ihren Club verteidigen, imponiert mir.

Sie sind keine verweichlichten Machos, die bei einer drohenden Gefahr sinnlose Drohungen ausspucken, so wie es Lamas mit ihrem hochgewürgten Mageninhalt tun, um ihr Revier oder ihre Stellung in der Gruppe zu behaupten. Sie machen Ernst.

Der Präsident zündet sich eine Kippe an und inhaliert den ersten Zug, ehe er sich die Mühe macht, seinem Kassenwart zu antworten. Der Devil wirkt ruhig, die fliegenden Kugeln und die bevorstehende Hinrichtung des Mannes scheinen ihn kalt zu lassen. Es macht nicht den Anschein, als würde er mit Konsequenzen rechnen. Wie zum Beispiel einem von der Schießerei angelockten Polizeieinsatzkommando.

Was ist eigentlich mit den vielen Leichen, die vor den Toren des Clubs lagen, passiert? Sie werden sich wohl kaum selbst aufgeräumt haben.

„Wir werden an dem Bastard ein Exempel statuieren. Hackt ihm die Hände ab, schneidet die Kehle auf und zieht seine Zunge durch den Schnitt. Seine Kumpels sollen wissen, dass sich die *Bones* weder vor ihren Worten noch von ihren Taten beeindrucken lassen."

Für den Präsidenten scheint die Sache damit beendet zu sein, er wendet sich ab und verschwindet in einem nur schwach beleuchteten Gang.

Halleluja!

Skull grinst breit, er scheint sich auf die bevorstehende Hinrichtung zu freuen.

Casanova sagt: „Wir sollten das Schwein mit Diesel überschütten und bei lebendigem Leib anzünden. So ist Brian gestorben. Es wäre also nur fair!“

Zustimmung wird laut.

Der Prospect, der mir den Wodka gegeben hat, brummt mürrisch: „Es ist echt eine Schande, dass man einen Mann nur ein Mal töten kann.“

Oh ja ... das denke ich mir auch mehrmals am Tag. *Ironie off!*

Und während die Biker darüber diskutieren, wie beschissen die Einmaligkeit des Todes doch ist, frage ich mich unablässig, ob es etwas bringen würde, wenn ich die Augen ganz fest zukneife und mir gleichzeitig die Ohren zuhalte.

Dann würde ich nichts sehen und nichts hören, ich wäre also keine Zeugin und die Rocker müssten mich nicht für alle Zeit zum Schweigen bringen.

Der Captain beugt sich zu dem Typen nach unten, dessen Gesicht kaum mehr als solches zu erkennen ist und zieht den Dolch aus seinen Rippen.

Ein gepeinigter Schrei erfüllt den Club. River bringt ihn mit einem kräftigen Tritt in den Magen zum Verstummen. Aus dem Schrei wird ein Grunzen, das mir durch Mark und Bein geht.

Ich will nicht sehen, was vor sich geht, also mache ich schnell die Augen zu. Das Dumme ist nur, dass meine Neugierde siegt, und ich doch wieder zusehe, was als Nächstes passiert.

Mir ist einfach nicht mehr zu helfen.

Mein überforderter Verstand fällt, um sich abzulenken, in seine übliche Routine und beginnt damit, das Beobachtete in Sätze zu formulieren, die ich später für mein Buch nutzen kann.

Wenn ich das alles überlebe und in mein Manuskript einbaue, wird das der Hammer.

So etwas hätte ich mir nie ausdenken können. Nie. Ich meine, ich bin doch gerade eben erst mit dem Nudelsalat im Arm durch das Tor gelaufen, und jetzt stecke ich mitten in einer Rocker-Geschichte, die meinen Lesern den Atem verschlagen würde.

Himmel!

Meine Verlegerin wird ausflippen, wenn ich das alles aufgeschrieben und zu ihr gesendet habe. Aber die Betonung liegt auf dem *wenn*. Denn die Wahrscheinlichkeit, dass das passiert, ist ziemlich gering.

Schon ein Witz, ich hatte Nudelsalat dabei!

Nudelsalat ... nicht zu fassen! Als ob mir der auch nur irgendwie hätte weiterhelfen können.

Ausgerechnet Casanova, als der Rocker, der mein absoluter Favorit ist, verschwindet kurz hinter der Bar, kommt dann mit einer riesigen Machete zurück und befiehlt River, die rechte Hand des Angreifers auf dem Boden auszustrecken.

Nein. Nein. Nein. Das darf nicht passieren.

Ich will laut ‚Stopp' schreien, aber dafür fehlt mir der Mut. Also bleibe ich stumm und sehe dem Unausweichlichen zu.

Der Captain schwingt die mit braunen Flecken übersäte Klinge durch die Luft.

Und noch während ich mich wie in Dauerschleife frage, was um alles in der Welt eine Machete in einer Bar verloren hat, trennt er mit einem einzigen kraftvollen Hieb die Hand ab.

Ich sehe noch das Blut spritzen, ich sehe noch, wie der Körper des Opfers zuckt, dann breitet sich ein seltsamer Punkteregen vor meinen Augen aus und dann ist da nichts mehr. Nichts außer dem vertrauten Schrei einer Frau, der von pechschwarzer Dunkelheit abgelöst wird. Der letzte Gedanke, der mir durch den Kopf zuckt, ist der, dass es mir verdammt schwerfallen wird, meinen Arsch zu retten, wenn ich bewusstlos zwischen den bunten Billardkugeln auf dem Boden liege.

Es will sich noch etwas wie Angst einstellen, aber das lässt mein verwirrter Verstand nicht mehr zu. Er schottet sich ab und beschließt, dass es jetzt wirklich Zeit für das nächste Kapitel wird.

3. Kapitel

Der Road Captain

„Wer zum Teufel ist sie?"

Der Vizepräsident klingt wütend, ich kann es verstehen.

Diese Scheiße hier geht auf mein Konto.

Die *Bastards* hätten den Club nie so angreifen können, wenn ich die Wachen nicht von ihren Posten abgezogen hätte.

Aber verdammt! Woher hätte ich wissen sollen, dass die Wichser ausgerechnet heute genug Eier haben, uns frontal anzugreifen?

Ich bin kein fucking Hellseher.

Und dass die beiden Wachen so dämlich sind und nicht sofort auf ihren Posten zurückkehren, konnte ich doch auch nicht ahnen. Lieber haben sie sich an der Schlägerei beteiligt.

Wir stehen vor der Frau, der ich vor der Schießerei schon im Hof begegnet bin.

Da sah sie allerdings noch besser aus. Frischer irgendwie.

Jetzt liegt das Mädchen auf den dreckigen Boden, umgeben von Holzsplittern, Billardkugeln und Blutstropfen. Keine drei Meter von ihr liegt der Bastard, dem ich erst vor wenigen Minuten beide Hände abgehackt und die Zunge durch die Kehle gezogen habe.

„Sie hatte mir ihren Namen gesagt. Wenn ich mich recht erinnere, heißt die Tussi Emma."

Skull zieht beide Augenbrauen hoch.

„Die kommt mir nicht bekannt vor. Ist das eine von den neuen Nutten?"

Ich mustere ihr rotes Kleid, die ebenfalls rot angemalten Lippen und die sexy Schuhe an ihren winzigen Füßen. Das Mädchen ist heiß. Echt verdammt scharf. Aber auf eine anständige, stilvolle Art. Die Kleine ist sauber und das in mehr als nur einer Hinsicht. Sie wirkt nicht wie eine Frau, die Nacht für Nacht mit mehreren Typen fickt oder Drogen nimmt. Was sie grundsätzlich von all den Bitches, die sich hier für gewöhnlich herumtreiben, unterscheidet.

„Wohl kaum."

Skull nickt, so als wäre zu dem gleichen Schluss gekommen.

„Aber wer ist sie dann? Noch eine Schwester von irgendeinem *Hell Bone,* die aus der Versenkung auftaucht?"

Könnte gut sein.

„Sie hatte Nudelsalat dabei."

Dem Vize fallen fast die Augen aus dem Kopf.

„Hab mich schon gefragt, wie die Pasta in den Hof gekommen ist.“
„Der hätte bestimmt lecker geschmeckt. Eine Portion davon wäre mir lieber gewesen als die fucking Kugeln, die uns um die Ohren geflogen sind.
„Sie ist definitiv keine Hure. Die Nutten kochen nicht für uns. Das haben sie noch nie.“
Schade eigentlich. Aber gut.
„Sie haben andere Qualitäten.“
Skull lacht, die Anspannung fällt langsam von unseren Schultern.
Im Gegensatz zu den *Bastards* haben wir keine Opfer zu beklagen.
Zum Glück. Da ist es echt mit dem Teufel zugegangen. Devil und seine Uzi haben uns ohne Zweifel den Arsch gerettet.
„Was machen wir jetzt mit ihr? Wenn sie doch eine Schwester ist, sollten wir ihr vielleicht schon mal DNA abnehmen.“
DNA? Oh yeah ... mit dem Mädchen würde ich nur allzu gerne ein paar Körperflüssigkeiten austauschen.
„Lass uns erst mal abwarten, bis sie wieder aufwacht. Keine Ahnung, wie viel sie gesehen hat, aber es war definitiv zu viel, um sie einfach wieder laufen zu lassen.“
Skull brummt zustimmend.
Er hasst Zeugen mindestens so sehr wie ich.
„Wir müssen das Mädchen von hier wegschaffen. Es ist nur eine Frage der Zeit, bis die Bullen auftauchen, um sich ihre Fragen stellenden Mäuler mit Dollars vollstopfen zu lassen. Außerdem müssen wir noch den Bastard loswerden. Ich will diesen Abschaum nicht länger als nötig im Clubhaus rumliegen haben.“
River stellt sich neben mich und stemmt die Hände in die Hüften.
„Wer ist sie?“
„Emma.“
„Süß, die Kleine.“
Allerdings.
„Was macht sie hier?“
„Wissen wir nicht.“
Die drei Wörter kommen dem VP und mir gleichzeitig aus dem Mund.
„Dass sie diese Kacke mit ansehen musste, ist deine Schuld, Captain. Wären die Wachen am Tor gewesen, hätte sie nicht einfach so durch den Club spazieren können.“
Fuck! Er hat recht.

Genervt zünde ich mir eine Kippe an, betrachte die feinen Gesichtszüge der Fremden und frage mich, wie es sich wohl anfühlen muss, sie mir auf den Schoß zu setzen und meine Faust in ihren goldenen Haaren zu vergraben?

Garantiert gut. Wahrscheinlich sogar zu gut.

Es fühlt sich gut an, dass Emma längst tot wäre, wenn ich ihr nicht den Arsch gerettet hätte. Brian konnte ich nicht retten, aber dieses Mädchen schon.

Allein die Erinnerung daran, wie sich ihr winziger Körper unter dem meinen angefühlt hat, lässt meinen Schwanz hart werden.

Die Furcht in ihrem Blick, als ich sie dem Prospect übergeben habe, hat etwas tief in mir berührt. Das Mädchen hat mir vertraut. Es wollte bei mir bleiben, aber das war unmöglich.

„Ich bin dafür, dass es des Captains Aufgabe ist, sich um die Kleine zu kümmern. Immerhin ist er schuld, dass sie überhaupt erst auf das Gelände kommen konnte."

Rivers Ansage reißt mich aus meinen Gedanken.

„Was? Bist du irre? Die Frau ist nicht mein Problem."

Skull grinst fies. „Ab jetzt schon."

Oh nein. So leicht lasse ich mir nicht einen Haufen Ärger andrehen.

„Das kannst du nicht entscheiden, Skull."

Sein Grinsen wird noch breiter und unverkennbare Schadenfreude blitzt in seinen Augen auf, während er mit dem Zeigefinger auf das *Vize-Patch*, das seine Kutte ziert, tippt.

„Ihr seid allesamt blöde Arschlöcher. Das ist euch schon klar. Oder?"

River und Skull tauschen einen gespielt unschuldigen Blick und geben sich dann einen fist bump.

Ich sehe wieder zu Emma. Das Mädchen wurde gerade zu meinem Problem. Zumindest muss ich mich so nicht um den händelosen Bastard kümmern.

„Gut, dann kümmert sich der Sergeant am besten um die Beseitigung der Sauerei dahinten. Ich kann ja nicht alles machen."

Mit dem Daumen deute ich über meine Schulter zu dem Toten und der im Blut liegenden Machete. Rivers Mimik wird auf einen Schlag ernst.

„Tja. Pech. Ich bekomme das Mädchen und du die Drecksarbeit."

Seltsamerweise bleibt der Sergeant überraschend ruhig. Ich war mir sicher, dass er ausflippen würde.

Wieder tauschen er und Skull einen kurzen Blick, der mir das Gefühl gibt, einen wichtigen Punkt übersehen zu haben.

„Was?"

„Wir haben schon ein Mädchen, Casanova. Jetzt bist du dran."

Die beiden lachen und gehen davon, während mir auf einen Schlag eiskalt wird.

Fuck, nein. Never. Oder? Ich sehe wieder zu Emma, ihren roten Lippen, den goldenen Haaren und dem sanften Schwung ihrer Nase. Ihr Hals ist lang und zart und ihre Haut so rein wie Joghurt. Mir läuft das Wasser im Mund zusammen und mein Schwanz meldet nun schon zum zweiten Mal Interesse an.

Ich habe Emma das Leben gerettet, nach den Gesetzen des Clubs macht sie das zu meinem Eigentum. Wenn ich also will, kann ich sie behalten.

Der Gedanke sollte mir nicht so gut gefallen, und ihr Körper sollte sich nicht so gut an meinen Händen anfühlen, als ich mich zu ihr runterbücke, um sie vom Boden zu picken.

Jetzt stehe ich mit der Frau im Arm mitten im Club und habe keine Ahnung, was ich mit ihr anstellen soll. *Verdammt!*

Iker marschiert mit zwei Flaschen Bleichmittel in der Hand an mir vorbei.

„Bring die Tussi weg, hier wird's gleich unschön."

Von wegen. Das ‚Unschöne' ist schon passiert, und genau deswegen hat die Kleine auch das Bewusstsein verloren.

Eine Hinrichtung ist nichts für Frauenaugen, schon gar keine wie die, die gerade eben stattgefunden hat. Unschlüssig darüber, wie es jetzt weitergehen soll, trage ich Emma den Gang entlang, an Devils Büro vorbei bis zu den Gästezimmern, die sich im hintersten Teil des Clubs befinden.

Sie sind nicht groß, aber sauber. Zumindest sind sie das meistens.

Die letzten Wochen haben wir keinen Besuch von anderen Chaptern bekommen, es sollte also alles in Ordnung sein.

Mit dem Ellenbogen drücke ich die Klinke nach unten, dann stoße ich die Türe auf und lege Emma auf das saubere Bettlaken, das zu meiner Überraschung nach Waschmittel und Weichspüler riecht. So etwas hätte es noch vor einem Jahr nicht gegeben.

Aber seit der Präsident sich eine Lady genommen hat, ist vieles anders geworden. Lauren toleriert den Club nicht einfach nur, sondern sie kümmert sich richtig. Das gefällt mir. Sie ist jetzt im siebten Monat schwanger und ihr Nestbautrieb hat ein furchteinflößendes Maß angenommen. Sie kocht und putzt und hat sogar Vorhänge in Devils Büro aufgehängt. Nicht zu fassen! Vorhänge in einem Outlaw Motorcycle Club, das muss man sich mal auf der Zunge zergehen lassen.

Den Präsidenten scheint es nicht zu stören, er lässt sie gewähren, während er sie kaum aus den Augen lässt.

Das Mädchen betrachtend, zünde ich mir eine Kippe an, ziehe mir den Stuhl, der direkt neben dem Fenster steht – vor dem mittlerweile ebenfalls Vorhänge angebracht wurden – zurecht und lasse mich mit einem *Uff* darauf fallen.

Was für ein beschissener, anstrengender und verrückter Tag.

Brian ist tot, der Club wurde von den *Bastards* angegriffen, und ich kümmere mich um ein Mädchen, das mit Nudelsalat über unseren Hof spaziert ist.

Was für eine verdammte Scheiße!

4. Kapitel

Die Autorin

Ich fühle mich, als hätte ich den Wodka ausgetrunken, was ich aber definitiv nicht getan habe. Die Zuckerwatte in meinem Kopf ist nicht dem Alkohol geschuldet, sondern der Ohnmacht und den schrecklichen Dingen, die ich mit eigenen Augen gesehen habe.

Ausgerechnet Casanova, der *Hell Bone,* der mich am meisten interessiert und dessen Charakter ich unbedingt für meinen Roman verwenden möchte, hat dem Mann mit einer Machete die Hände abgehackt.

Ist das zu fassen?

Mit. Einer. Machete.

Und genau jetzt sitzt selbiger vor dem fremden Bett, in dem ich liege, und beobachtet mich mit einem nicht zu deutenden Blick.

Seine Augen bohren sich so eindringlich in die meinen, dass es mir schwerfällt zu atmen. Und obwohl ich aus nächster Nähe beobachtet habe, zu welchen Schreckenstaten dieser Rocker fähig ist, finde ich ihn nicht verabscheuenswürdig, sondern immer noch verdammt sexy.

Was völlig verrückt und bescheuert ist, aber daran kann ich auch nichts ändern.

Ich denke, das liegt daran, dass ich im Vorfeld, also bevor ich mit einer Schale Nudelsalat bewaffnet hierhergekommen bin, genauestens über diese Biker recherchiert habe.

Die Brutalität und die Gewaltbereitschaft waren keine wirkliche Überraschung.

Ich wusste genau, dass dieser Motorcycle Club kein Streichelzoo ist und ich will noch immer bleiben, selbst wenn das bedeutet, dass ich noch mehr Blut und Macheten zu Gesicht bekomme.

Das Chaos in meinem Kopf wird immer schlimmer statt besser und es hilft mir auch nicht gerade dabei, mich zu beruhigen, dass mich der Captain so eindringlich anstarrt, ohne ein verfluchtes Wort dabei zu sagen.

Nervös rutsche ich hin und her, streiche mir die Haare aus der Stirn und sehe mich genauer um. Der Raum in den er mich gebracht hat, ist bis auf das Bett, den Stuhl, auf dem er sitzt, und die bunten Vorhänge komplett leer.

Aber dass ich noch am Leben bin und mich über die so gar nicht in einen MC passenden Vorhänge wundere, ist ein gutes Zeichen. Denn es bedeutet, dass mich die Biker noch nicht umgebracht haben.

Vielleicht schaffe ich es ja doch noch, das Erlebte für mein Buch aufzuschreiben.

Die Hände auf meinem Schoß faltend, sehe ich wieder zu Casanova, dessen herber, maskuliner Geruch das winzige Zimmer erfüllt. Keine Ahnung, wie lange ich ohnmächtig war. Eine Stunde, länger? Vor dem Fenster ist es jedenfalls schon dunkel und laute Rockmusik dröhnt durch das Clubhaus. Die Beats hämmern auf mein Hirn ein, als wäre dort ein kleines Männchen mit einem Vorschlaghammer.

„Für eine Aspirin würde ich jetzt töten."

„Mit solchen Aussagen wäre ich vorsichtig, Mädchen."

Ein lapidarer Satz, der in der restlichen Welt nichts zu bedeuten hat und auch von sonst niemandem ernst genommen wird. Aber hier? Bei den gefürchteten *Hell Bones* ...

Himmel und Hölle!

Die raue Stimme des Captains streicht über meine blank liegenden Nerven und hat eine überraschend beruhigende Wirkung auf mich.

„Ähm, ja. Was ich meinte, war ..."

Er lacht, was mich völlig aus dem Konzept bringt.

„Keine Sorge, du musst keinen Mord begehen, ich besorge dir gleich eine Tablette."

„Sehr beruhigend."

Sein Lachen verwandelt sich in ein Schmunzeln, in meinem Bauch beginnt es wie verrückt zu kribbeln.

„Geht es dir gut?"

Plötzlich ist er absolut ernst und klingt sogar besorgt.

Von den Stimmungsschwankungen dieses Mannes kann man ohne weiteres ein Schleudertrauma bekommen.

„Es gehört eigentlich nicht zu meinen Gewohnheiten, einfach umzukippen. Aber das, was ihr da mit diesem Mann gemacht habt ...", ich schlucke und suche nach den richtigen Worten. Normalerweise habe ich nie Probleme damit, mich zu artikulieren, sollte ich auch nicht bei meinem Beruf. Aber jetzt ... *Halleluja!* „war einfach heftig."

Casanova nickt streng.

„Der Bastard hat es nicht anders verdient. Er und seine Männer haben uns angegriffen, nicht anders herum. Die Wichser hätten dich ohne weiteres töten können. Sie haben blind vor Hass das Feuer eröffnet und auf alles geschossen, was sich bewegt hat. Hätten sie Lauren getroffen, hätten sie nicht nur eine unschuldige Frau, sondern auch gleich ihr ungeborenes Baby getroffen. So eine Scheiße darf nicht sein. So eine Scheiße dulden wir nicht. Also keine Sorge, er hat verdient, was ich mit ihm getan habe."

Daran zweifle ich keine Sekunde. Ich erinnere mich nur zu gut daran, wie nah die Kugeln an mir vorbeigesurrt sind und wie Casanova mich beschützt hat.

Dass mich keines der Geschosse getroffen hat, grenzt an ein Wunder und ich glaube eigentlich nicht an Wunder.

„Danke, dass du mich gerettet hast."

Er nickt und tut meinen Dank einfach so ab, als ob es das Selbstverständlichste für einen Mörder wie ihn wäre, eine wildfremde Frau mit seinem Körper vor tödlichen Kugeln abzuschirmen.

Knallhart und brutal und trotzdem beschützend und aufmerksam ...

Welch eine betörende Mischung. Das hat fast schon etwas von altertümlicher Ritterlichkeit. Und ich muss wohl nicht extra erwähnen, dass ich genau wie alle anderen Frauen auf diesem Planeten auf so eine komplexe Mischung aus Gut und Böse stehe?

Oder?

Der Captain beugt sich vor, stemmt sich mit den Ellenbogen auf seinen Knien ab und zündet sich eine Zigarette an.

„Was machst du hier, Emma?"

Allein wie er meinen Namen ausspricht ... Seufz ...

Das ist dann wohl der Moment, in dem ich die Karten auf den Tisch legen muss. Ich wäre nie darauf gekommen, dass ich das tun muss, während ich in einem Bett sitze.

Aber na gut. Das Schicksal hat eben einen schrägen Humor.

„Wenn ich dir das sage, wirst du mir wahrscheinlich nicht glauben."

Seine Stirn legt sich in Falten.

„Bist du auf der Suche nach deinem Bruder? Vater oder vielleicht sogar nach dem Vater deines Kindes?"

Was? Echt jetzt?

„Ähm, nein. Nichts davon."

Casanova wirkt erleichtert.

„Bist du ein Bulle? Oder arbeitest du fürs FBI?"

„Nein, natürlich nicht."

Er nickt und brummt.

„Gut. Dann kann der Grund ja nicht so schlimm sein. Also spuck's schon aus, Mädchen."

„Okay. Aber versprich mir, dass du keine voreiligen Schlüsse ziehst und mich aussprechen lässt, ehe du ausflippst. Ach so, und keine Macheten oder sonstigen Waffen."

Der *Hell Bone* wirkt verdattert.

„Warum sollte ich dir überhaupt etwas versprechen? Du bist eine Fremde!"

Stimmt.
„Weil ich dich darum bitte und weil ich wegen eurer Clubangelegenheiten beinahe erschossen wurde. Du schuldest mir das, Rocker."
Anstatt wütend zu werden, ziehen sich seine Mundwinkel wieder nach oben.
„Meine Neugierde ist geweckt. Also red schon."
Ich wähle meine Sätze mit Bedacht, erzähle ihm, dass ich Autorin bin und dass ich eine Biker Romance schreiben will, was ihn zu erheitern scheint.
Casanova hält sein Versprechen, raucht seine Zigarette und lässt mich ausreden.
Als ich fertig bin, schlägt mir das Herz gegen die Rippen und mein Puls rast. Wenn er jetzt nein sagt, dann war alles umsonst. Dann wurde ich wegen nichts beinahe über den Haufen geschossen.
„Nur damit ich das richtig verstehe. Du denkst, dass es okay ist, wenn du über das, was heute passiert ist, schreibst? Und du willst noch länger im Club bleiben, um noch mehr Informationen und Beweismittel über uns zusammenzubekommen, die du dann in einem fucking Roman veröffentlichen kannst?"
„Na ja, nicht ganz. Mein Roman würde nicht in New York, sondern in einer anderen Stadt spielen, und ich würde den Club natürlich nicht *Hell Bones*, sondern anders nennen, genau wie ich natürlich nicht eure echten Namen verwenden würde. Keiner, der das Buch liest, wird wissen, dass es sich dabei um euch handelt, oder dass die Ereignisse, über die ich geschrieben habe, tatsächlich passiert sind und nicht einfach nur reine Fiktion sind."
Das scheint den Captain zu beruhigen.
„Du weißt, was passiert, wenn du ein Wort über das, was du gesehen hast, verlierst?"
„Ich kann es mir vorstellen."
Sein „Gut!", lässt mich erschaudern.
„Also, was ist, darf ich bleiben und einen Blick in eure Welt riskieren?"
Stille.
„Findest du nicht, dass du schon genug riskiert hast, Mädchen?"
„Findest du nicht, dass ich das selber entscheiden sollte, Rocker?"
Noch mehr Stille.
„Diese Entscheidung kann ich nicht treffen. Das ist Präsidentensache."

Ja, das dachte ich mir schon. Unsicher steige ich aus dem Bett, wanke leicht und finde dann zum Glück mein Gleichgewicht wieder.

Casanova steht ebenfalls auf und beobachtet mich mit zusammengekniffenen Augen.

„Was soll das werden?"

Blöde Frage.

„Na was wohl. Ich will zu deinem Präsidenten."

Das bringt ihn dazu, den Kopf zu schütteln und sich über die Stirn zu reiben.

„Du bist mutiger, als du es sein solltest, Emma."

Vielleicht. Vielleicht bin ich aber auch einfach nur verzweifelt oder wahnsinnig.

So oder so, es macht keinen Unterschied.

Wenn Devil mich fortschickt, dann kann ich meine Biker Romance vergessen.

Wobei ich nach all dem, was ich beobachtet habe, froh sein sollte, wenn er mich überhaupt noch gehen lässt.

„Auf jeden Fall bin ich fest entschlossen. Also, wie sieht es aus? Bringst du mich zu deinem Präsidenten oder muss ich mich allein auf die Suche machen?"

Allein bei der Vorstellung, dass die handlose Leiche noch immer mitten im Clubhaus liegt, läuft es mir eiskalt den Rücken runter. Aber davon werde ich mich nicht abschrecken lassen. Ich bin hier, um einen Blick in die harte, gnadenlose, brutale und tödliche Welt der *Hell Bones* zu werfen – koste es, was es wolle.

Casanova, der kapiert, dass ich das völlig ernst meine, nickt und stößt einen lauten Fluch aus. Es ist ihm deutlich anzusehen, dass ihm diese ganze Geschichte nicht gefällt.

Pech gehabt. Mir gefällt die Vorstellung, dass der Abgabetermin immer näher rückt und ich noch kein einziges Kapitel fertig habe, genauso wenig.

Erfolg ist kein Glück. Erfolg ist das Ergebnis aus Blut, Schweiß und Tränen und ich bin gewillt zu bluten, wenn ich nur bei den Rockern bleiben darf. Von mir aus auch nur eine Woche lang. Wenn ich daran denke, was alles in den letzten Stunden passiert ist, dann kann ich mir nicht mal annähernd vorstellen, was hier alles in einer Woche abgeht.

Wahrscheinlich habe ich nach sieben langen Tagen bei den Bikern genug Stoff für drei Bücher gesammelt.

Vielleicht sollte ich gleich eine Trilogie schreiben?

In meinem Hirn ploppen tausend Möglichkeiten auf und eine ist besser als die andere.

„Den Flur entlang, die dritte Tür rechts ist Devils Büro.“

Perfekt. Ich mache mich sofort auf den Weg. Der Captain folgt mir, ich kann seinen Blick auf meinem Hintern spüren, was die Schmetterlinge in meinem Bauch völlig durchdrehen lässt. Dieser Rocker hat eine sehr intensive Wirkung auf mich. Schlimmer als Wodka und gefährlicher als Koks. Wenn ich wirklich bleiben darf, muss ich mich vor diesem Casanova in Acht nehmen. Oder vielleicht auch nicht? Ein bisschen Erotik kann schließlich nicht schaden. Und woher soll ich wissen, wie Rockersex ist, wie soll ich ihn beschreiben, wenn ich ihn nicht am eigenen Leib gespürt habe?

Mein Ziel war es herauszufinden, wie sich Schießpulverküsse anfühlen, und solange ich keine Antwort auf diese Frage bekommen habe, werde ich nicht gehen.

Daran kann auch der Präsident des gefürchtetsten Motorcycle Clubs des Landes nichts ändern. Mag sein, dass diese Rocker gefährlich sind, aber ich kann verdammt stur sein. Stur genug, um mich für meine Ziele einzusetzen.

Ich bin eine Autorin und mit so einer sollte sich nicht mal der unerschrockenste Outlaw anlegen.

So selbstsicher wie nur irgend möglich strecke ich die Hand aus und lasse meine Fingerknöchel drei Mal in schneller Abfolge gegen das Holz knallen.

Das *Klopf – Klopf – Klopf* hallt unnatürlich laut in meinen Ohren wider, am liebsten würde ich, so schnell ich kann, davonlaufen.

Aber nein. Ich bin kein Feigling.

Es dauert eine Ewigkeit, bis der Präsident reagiert, es dauert so lange, dass ich fast schon befürchte, dass er nicht da ist.

Aber dann ertönt ein genervtes „Herein“. Ich zucke zusammen, was den Captain zum Schmunzeln bringt. *Blödes Arschloch!*

Mit zitternden Fingern mache ich die Türe auf, drücke die Schultern durch und marschiere in die Höhle des Löwen.

Der Präsident sitzt groß und mächtig hinter seinem Schreibtisch und hat seine Lady auf dem Schoß. Die beiden wirken verliebt, der Augenblick ist so intim, dass ich sofort bereue, gestört zu haben.

„Was soll das, Captain. Was ist los?“

Die dämonisch wirkenden Augen des Präsidenten bohren sich in die meinen, spießen meinen Blick regelrecht auf. *Hilfe!*

„Ähm, es war nicht der Captain, der geklopft hat, sondern ich.“

Casanova ist direkt hinter mir, ihn in meiner unmittelbaren Nähe zu wissen, hat eine seltsam beruhigende Wirkung auf mich. Keine Ahnung wieso, aber in der Nähe des Captains fühle ich mich sicher.

Schön blöd. Ich weiß.

„Du bist die Tussi, die sich in den Club geschmuggelt hat."

Na ja.

„So würde ich es nicht nennen. Ich bin aufrecht durch das Tor marschiert. Eure Sicherheitsvorkehrungen lassen wirklich zu wünschen übrig. Zum Glück hatte ich nur Nudelsalat bei mir und keinen Sprengstoff."

Die Frau auf Devils Schoß kichert, während der Teufel dem Casanova einen zornigen Blick zuwirft.

Habe ich etwas Falsches gesagt?

„Und was willst du hier?"

Gut, er kommt also direkt auf den Punkt.

„Darf ich mich setzen?"

Der Präsident reagiert gar nicht. Lauren, seine Lady, erteilt mir mit einem Nicken die Erlaubnis, auf einem der Stühle Platz zu nehmen.

Ich beschließe spontan, sie zu mögen.

Dank meiner Recherchen weiß ich, dass sie Krankenschwester ist und Devils Kind erwartet. Vielleicht sollte ich ihre Geschichte aufschreiben, sie war bestimmt spannend, romantisch und einzigartig. Genau wie es mein Buch werden soll.

„Komm auf den Punkt, Emma."

Der Präsident nennt mich beim Namen, um mir zu zeigen, dass er über alles, was in seinem Club abgeht, informiert ist.

Die Warnung ist angekommen.

Tief durchatmend, wünsche ich mir plötzlich den Prospect und seinen Wodka an die Seite, aber das hier muss ich leider nüchtern durchstehen.

Die Hände auf dem Schoß verschränkend, fange ich an zu reden und dem Chef-Rocker zu erzählen, warum ich hergekommen bin.

Während er fassungslos wirkt, zeichnet sich auf der Mimik seiner Old Lady sichtliche Neugierde und aufrichtiges Interesse ab. Schnell, bevor Devil mich unterbrechen kann, verspreche ich ihm das Gleiche, das ich schon dem Captain zugesichert habe. Dass ich weder echte Namen noch die *Hell Bones* erwähnen werde, sondern dass es nur darum geht, die Ereignisse zu nutzen. Und dass es absolut nicht mein Interesse ist, den *Bones* auf irgendeine Art und Weise zu schaden.

Ich respektiere die Gesetze der Rocker und ihre Art zu leben, es steht mir nicht zu, ein Urteil über Menschen zu fällen, die ich überhaupt nicht kenne.

„Du willst alles, was wir tun, aufschreiben? Bist du bescheuert, Mädchen?“

Okay. Gut. Das war nicht die erhoffte Reaktion.

„Ja, aber es wird keiner wissen, dass das alles wirklich passiert ist. Es gibt da diesen Satz, der in all meinen Büchern auf der ersten Seite steht. Der darauf hinweist, dass sämtliche Figuren, Firmen und Ereignisse frei erfunden sind. Und dass jede Ähnlichkeit mit Personen, egal ob lebend oder tot, rein zufällig und von mir nicht beabsichtigt ist. Keiner kann nachweisen, dass irgendetwas von dem, was ich geschrieben habe, wirklich real ist.“

Das scheint den Präsidenten nicht wirklich zu beruhigen. Im Gegenteil.

„Allein das, was da heute mit dem Mann, der die Schießerei begonnen hat, dem Captain und der Machete passiert ist, ist so heftig und brutal, dass es meine Leser für reine Fiktion halten werden. Die meisten Menschen wollen gar nicht wissen, dass solche Dinge tatsächlich passieren, schon gar nicht in ihrer Stadt. Aber sie wollen spannende Geschichten lesen und dann in ihrer langweiligen Realität weiterleben ...“

Der Devil brummt etwas. Ich bin mir sicher, dass er zuerst nein sagen und dann eine Drohung aussprechen wird, in der es darum geht, dass ich gefälligst meine Klappe halten soll, wenn ich nicht als Jane Doe im Hudson landen will. Doch bevor er dazu kommt, lehnt sich Lauren zu ihm vor und flüstert ihm irgendetwas ins Ohr. Der Präsident sieht seine Lady ungläubig an, dann rauft er sich die schulterlangen schwarzen Haare, kneift sich in den Nasenrücken und küsst dann seine Frau so hart und so tief, dass sogar ich atemlos werde.

Das ist sie, die Rockerromantik, die ich unbedingt zu Papier bringen will.

5. Kapitel

Der Road Captain

„Du wirst die Frau nicht aus den Augen lassen. Stell sicher, dass sie keinen Ärger macht. Wenn sie Probleme bereitet, geht das auf deine Kappe, Bro.“

Ungläubig sehe ich meinen Präsidenten an und kann nicht glauben, dass er sich auf diesen Bullshit mit dem Buch einlässt.

Das kann echt nicht wahr sein. Eine Autorin im *Hell Bones Motorcycle Club*. Einfach fucking unfassbar. Das Mädchen neben mir vibriert regelrecht vor Aufregung. Emma wirkt aufgekratzt und wie auf Droge, die Vorstellung, einen Blick in unseren Alltag zu werfen, scheint ihr gut zu gefallen.

Wenn sie wüsste.

Die Ernüchterung wird kommen. Garantiert.

Das heute war gar nichts. Die Schießerei, die Bastards und die darauf folgende Hinrichtung waren für mich und meine Brüder nichts Außergewöhnliches, aber das Mädchen hat es von den Füßen gehauen.

Ein klares Zeichen, dass sie nicht für die Brutalität meiner Welt geschaffen ist.

Seit wir Ladys haben, versuchen wir, unsere Angelegenheiten außerhalb des Clubs zu regeln, aber das ist, wie der heutige Tag bewiesen hat, nicht immer möglich.

Lauren, Charlotte, Chloe, Catalina und Isabella sind innerhalb kürzester Zeit zum Mittelpunkt des MCs geworden. Wir *Bones* tun alles, um sie zu schützen und dafür zu sorgen, dass sie nicht dabei sind, wenn wir Knochen brechen, Hände abhacken oder töten. Aber diese Autorin will genau bei diesen Aktionen dabei sein, sie will in die dunklen Schatten unseres Business eintauchen und die Gefahr spüren, damit sie sie dann zu Papier bringen kann.

Das ist bescheuert. Total bescheuert. Ich will nicht den Babysitter für ein Mädchen spielen, das bei jedem Scheiß in Ohnmacht fällt.

Fuck! Ich muss Devil gar nicht fragen, warum er sich auf diesen Bullshit eingelassen hat. Die Antwort sitzt breit lächelnd auf seinem Schoß.

Lauren hat die Vorstellung, in einem Roman mitzuspielen, sichtlich gefallen, also hat der Präsident beschlossen, seiner Frau diese Freude zu machen.

Es ist längst kein Geheimnis mehr, dass unser Präsident einfach alles tun würde, um seine schwangere Old Lady glücklich zu machen.

Zur Hölle!

Möge Gott mich vor verliebten Männern beschützen.

Wollen wir hoffen, dass das nicht unser aller Untergang sein wird.

Warum Devil so entschieden hat, ist offensichtlich.

Er ist immer noch wütend auf mich und will mir, indem er mir die Verantwortung für die Autorin überträgt, eine Lektion erteilen.

Ein Schuss ins Knie wäre mir lieber gewesen!

Devil wendet seinen Blick von mir ab und sieht zu dem Mädchen vor mir.

„Du wirst bis zur Fertigstellung des Buches bei uns bleiben. Sobald du das letzte Wort geschrieben hast, gibst du das Manuskript meiner Lady. Sie wird es lesen und entscheiden, ob du noch was ändern musst. Kapiert?“

Die Autorin will widersprechen, überlegt es sich dann aber wohlweislich anders.

„Abgemacht.“

Fuck!

Damit wurde mein Schicksal besiegelt.

Ich. Bin. Am. Arsch.

Emma bedankt sich überschwänglich, dreht sich glücklich zu mir um und zwinkert mir zu.

Doppel Fuck!

In dieser Frau steckt so viel Energie, so viel Leben und so viel Temperament und Mut, dass ich einfach beeindruckt sein muss.

Mein Schwanz zuckt erneut, er will das Mädchen ficken und ihr so genug Stoff für einen ganzen Porno liefern. Anstatt sie zu packen, an die nächste Wand zu nageln und mich mit einem harten Stoß bis zu den Eiern in ihr zu vergraben, halte ich mich zurück.

Aber nicht, weil ich es nicht tun will, sondern nur, weil Devils wissender Blick auf mir ruht, und das Letzte, was ich gebrauchen kann, blöde Sprüche und ein verdammtes Lady-Leder sind, auf dem mein Name eingestickt wurde.

Property of Casanova ...

Never! Niemals! Nicht, solange ich es verhindern kann.

Ohne es zu wollen, muss ich an Killer und seine Bewährungshelferin denken und daran, wie schnell er dank Isabella nach all den Jahren in Sing Sing zurück in die Realität gefunden hat. Jeder meiner Brüder, der den Mut hatte, seine Freiheit für eine einzige Pussy an den Nagel zu hängen, wirkt so verdammt glücklich, dass ich an meinem Entschluss, für immer allein zu bleiben, zweifle.

Wie es wohl wäre, ein Mädchen wie Emma zu besitzen?

Wie es wohl wäre, eine Autorin mein eigen zu nennen?

Bei allen *Bones*, mit einem Mädchen wie Emma würde es mir garantiert nie langweilig werden.

Aber das wird es mir dank Devil auch so nicht werden. Keine Ahnung, wie lange es dauert, ein Buch zu schreiben, doch bis es fertig ist, bin ich für die Sicherheit der Autorin zuständig.

Und, *heilige Scheiße*, das Mädchen hat sich mit einer Schale Nudelsalat in den wohl gefährlichsten MC des Landes geschlichen, was eine gewisse Risikobereitschaft voraussetzt. Es wird also alles, nur nicht leicht werden, dafür zu sorgen, dass ihr hübscher Hals nicht bricht, bevor sie das kleine Wörtchen *Ende* unter ihre Geschichte gesetzt hat.

Ach Fuck!

Den Bastard mit der Machete zu bearbeiten, war definitiv die angenehmere Aufgabe.

6. Kapitel

Die Autorin

Die Tage und die Nächte vergehen wie im Flug.

Ich schreibe, esse und trinke mit dem Prospect Wodka. Ich fahre zum ersten Mal in meinem Leben auf einer Harley und kralle mich dabei an dem Captain der *Hell Bones* fest, als würde mein Leben davon abhängen. Wahrscheinlich weil das ganz einfach der Tatsache entspricht. Ich rede mit den Rockern, lästere mit den Clubhuren über die Männer und nasche mit den Old Ladys Kekse.

Ich helfe Lauren beim Babyklamotten-Shoppen, frage sie über den Präsidenten aus und sehe mir Skulls Schädelsammlung an. Ich muss zugeben, der Vizepräsident ist gleich nach Iker, dem Member mit der Zielscheibe auf der Stirn, der Unheimlichste der Rocker.

Jetzt mal im Ernst.

Welcher normale, psychisch stabile Mann sammelt die gereinigten Schädel seiner Opfer in einer hell beleuchteten Vitrine in seinem gottverdammten Wohnzimmer?

Das ist krank. Total krank und abschreckend, aber zugleich auch megagutes Material für mein Buch. So etwas hätte ich mir nie im Leben ausdenken können. Nie!

Der Killer, alias James Fox, ist ebenfalls eine interessante Persönlichkeit.

Die ersten vier Tage habe ich mich von ihm ferngehalten und ihn einfach nur beobachtet. Dieser *Bone* erinnert mich an eine tickende Zeitbombe, von der keiner so genau weiß, wann sie *Boom* macht.

Seine Lady ist seine Bewährungshelferin, was ich echt geil finde. Diese Frau versteht sich darauf, die Arbeit mit nachhause zu nehmen.

Der Rocker und die Bewährungshelferin. Das passt einfach perfekt. Genau wie die Faust aufs Auge oder der Arsch auf den Eimer.

Anfänglich haben mir alle misstraut, mittlerweile komme ich jedoch gut klar in dieser aus Killern und gewalttätigen Kriminellen bestehenden Gesellschaft.

Manchmal vergesse ich sogar, wo ich bin, und fange an, mich wirklich wohl zu fühlen.

Meinem Vorsatz, niemandem Fragen zu stellen, der mir keine Antworten geben will, bin ich treu geblieben und das hat mir das Vertrauen der Männer eingebracht.

Mittlerweile ist es egal, wo ich gehe und stehe, einer der harten Biker kommt immer, um mir eine möglichst spannende und aufregende Geschichte zu erzählen, in der Hoffnung, dass ich sie in mein Manuskript mit einbauen werde.

Gott! Seit meiner Ankunft habe ich so viele Narben gesehen wie noch nie zuvor.

Die meisten stammen von Klingen aller Art, andere hingegen sind verheilte Schusswunden.

Ich habe so viele Waffen gesehen, dass ich mir nicht mal alle Fabrikate merken konnte. Kurzum, diese aus Kutten, Knarren, Tattoos und Bikes bestehende Welt ist um einiges facettenreicher, aufregender und interessanter, als ich es mir in meinen kühnsten Träumen hätte vorstellen können. Und das will was heißen.

Erst vor einer Stunde hat mir Luis, einer der Member, voller Stolz seine neue Tätowierung gezeigt. Bevor ich überhaupt wusste, was Sache ist, hat er einfach seinen Gürtel geöffnet und die Jeans nach unten gezogen.

Öhm ja. Was soll ich sagen? Die Tinte auf seiner Haut war interessant, aber viel interessanter war die Tatsache, dass dieser Mann ganz offensichtlich eine Abneigung gegen Boxershorts hat und er somit nichts unter der Jeans anhatte, was mir noch ganz andere Einblicke gewährt hat. Große, gut proportionierte Eindrücke, die mit roten Adern überzogen waren und einer Frau sicherlich jede Menge Orgasmen bescheren können.

Das Wort Schamhaftigkeit hat bei den *Hell Bones* sowieso keine Bedeutung.

Sex in der Öffentlichkeit ist für die Rocker kein Problem und gehört zum ganz normalen Alltag. Zumindest für die Member, die keine Old Lady haben. Iker, Skull, River, Killer und die anderen würden nie auf die Idee kommen, ihre Frauen einfach so auf dem Bartresen zu ficken. Dieses besondere Vergnügen ist den Bitches vorbehalten, wie die unzähligen Nutten, die sich hier herumtreiben, allgemein genannt werden.

Zu meiner Überraschung habe ich mich schneller im Club eingelebt, als ich es mir erhofft hatte, was ich garantiert Lauren zu verdanken habe.

Und die Ansage des Präsidenten, dass ich gefälligst mit Respekt behandelt werde, hat natürlich auch nicht geschadet.

Devil ist ein furchteinflößender Mann, den man sich besser nicht zum Feind machen sollte.

Und meine Wortanzahl? Yeah! Die ist innerhalb kürzester Zeit in astronomische Höhen geschossen. Nacht für Nacht, während im Clubhaus wilde Partys steigen, verziehe ich mich in das Gästezimmer, in das Casanova mich nach meiner Ohnmacht getragen hat, klappe mein MacBook auf und haue in die Tasten.

Das Manuskript wächst und gedeiht.

Seite für Seite fülle ich es mit den Worten, den Flüchen, den Träumen und den Erlebnissen der Rocker.

Manchmal ist es ein wenig derb, aber dafür verdammt authentisch.

Noch nie zuvor war ich in eine Geschichte so verliebt wie in diese.

Meine Hauptfigur ist Casanova, was er natürlich nicht weiß.

Mein Buch spielt in Seattle und Casanova heißt natürlich nicht Casanova, sondern Giacomo (ja, ich weiß, das ist nicht sehr originell). Aber na ja, ich wollte meine Romanfigur möglichst wenig von meinem realen Vorbild abweichen lassen.

Casanova ist perfekt so, wie er ist, da kann auch meine Fantasie nicht viel verbessern.

Im nächsten Kapitel kommt endlich etwas Erotik ins Spiel, nachdem es auf den letzten zehn Seiten um eine Drogenlieferung auf einem Schrottplatz ging, bei dem drei Chinesen auf unglückliche Art und Weise ums Leben gekommen sind ...

Während der Übergabe war ich starr vor Angst. Ernsthaft! Ich konnte kaum noch atmen. Die Stimmung zwischen all den zerstörten, zum Teil demontierten und verrosteten Autos war unheimlich, dagegen ist ein mitternächtlicher Friedhofsbesuch eine nette Sache. Aber da Casanova seine Aufgabe als mein Beschützer sehr ernst nimmt, war ich sicher. So sicher, wie man eben als Zivilistin zwischen fliegenden Kugeln, detonierenden Handgranaten und mit Messern bewaffneten Schlitzaugen eben sein kann. Für mich war das wirklich heftig, für die *Bones* hingegen war es nichts weiter als ein hübscher, kleiner Spaziergang, bei dem sie mal schnell 30 Kilo reines Heroin einkassieren konnten, ohne auch nur einen Cent dafür zu bezahlen.

Devil nannte das alles, während er neben mir stand und wir dabei zugesehen haben, wie die Schrottpresse damit beschäftigt war, die Leichen mit ein paar alten Autos zusammen zu handlichen Würfeln zu formen, eine schöne Sache.

Ich war mit der ganzen Aktion so überfordert, dass ich es nicht geschafft habe, mir auf meinem Block ein paar Notizen zu machen.

Schlussendlich habe ich die Szene aus dem Kopf nachgeschrieben und ich denke, ich habe das gut hinbekommen. Wobei es eine völlig neue Erfahrung für mich war, das Geräusch von zerbrechenden

Knochen, das sich mit dem Quietschen von sich verbiegendem Stahl vermischt, zu beschreiben.

Wie gesagt, im nächsten Kapitel soll es heiß hergehen. Doch ... *Scheiße!*

In dieser Hinsicht bin ich genauso schlau wie vorher.

Woher um alles in der Welt soll ich wissen, wie sich Schießpulverküsse anfühlen, wenn ich selber noch keinen bekommen habe?

Woher soll ich wissen, wie es ist, mit einem echten Outlaw Sex zu haben, wenn ich in dieser Hinsicht meine Recherche noch nicht vorantreiben konnte?

Ihr versteht sicherlich, dass das ein echtes Problem ist, das ich heute Nacht unbedingt angehen muss.

Ich sage nur Giacomo Casanova ...

Zwischen dem Captain und mir ist die Luft elektrisch geladen, es sprühen die Funken. Ehrlich. Ich bin mir zu 100 Prozent sicher, dass er Interesse an mir hat. Die Frage ist nur, warum er dann noch nichts bei mir versucht hat?

Was Männer angeht, bin ich kein Profi, trotzdem bin ich fest entschlossen, heute im Bett des Road Captains zu landen.

Ich werde mich sexy anzuziehen und dann alles auf eine Karte setzen. Luis wird mein Lockvogel sein. Mit ein bisschen Glück wird es dem Captain nicht gefallen, mich in der Nähe seines Bruders zu sehen, und er wird einschreiten. Aus irgendeinem Grund mag es der Casanova nicht, wenn ich mich in Luis' Nähe aufhalte.

Irgendetwas scheint da im Hintergrund zu laufen, von dem ich nichts weiß, was ich aber dennoch zu meinem Vorteil nutzen werde.

Ich werde Luis bitten, mir ein paar Billardtricks beizubringen, und mich dabei schön an ihn ranmachen. So wie ich Casanova einschätze, wird er dazwischengehen und das ist dann meine Möglichkeit, die Sexszene in trockene Tücher zu bringen.

Etwas nervös durchsuche ich meine Taschen, die ich zusammen mit dem Prospect aus meiner Wohnung geholt habe, nach einem geeigneten Outfit und werde sofort fündig.

Der schwarze Lederrock passt perfekt zu den Kutten der Rocker, dazu will ich ein enganliegendes, tief ausgeschnittenes Top tragen und meine geliebten Peeptoes, die die Schießerei bei meiner Ankunft bei den *Hell Bones* zum Glück überlebt haben.

Der Bastard hatte nicht so viel Glück.

Ich weiß, dass sich Devil, Killer und Casanova auf der Jagd nach diesem feindlichen MC befinden, aber aus dieser Sache halten sie mich komplett raus. Der Präsident will nicht, dass ich irgendetwas darüber erfahre. Diese Unwissenheit soll angeblich meinem Schutz dienen. Ob das wahr ist, weiß ich nicht. Was auch immer zwischen den *Bastards* und den *Hell Bones* vorgefallen ist, muss unfassbar schlimm gewesen sein, anders kann ich mir den grenzenlosen Hass, den der Captain und seine Brüder gegen die *Bastards* hegen, nicht erklären.

Mehr als zufrieden mit meinem Plan lege ich mein Outfit zurecht, klappe dann mein MacBook auf und lese mir die heute entstandenen Zeilen noch mal durch. Ich wechsle etliche Adjektive aus und stelle ein paar Sätze um. Das wäre dann hiermit erledigt.

Vorfreude rauscht durch meine Venen, aber da ist auch ein leiser Zweifel in meinem Kopf, der einfach nicht verstummen will.

Ein Teil meines Unterbewusstseins ist sich nicht sicher, ob ich wirklich so weit gehen soll, Sex mit einem dieser *Hell Bones* zu haben.

Er findet, dass das zu weit geht und dass ich diesen Schritt nicht wagen sollte, nicht wegen der Arbeit – nicht wegen meines Buches.

Aber er irrt sich. Hier geht es nicht nur um Recherche, hier geht es um Neugierde und Verlangen. Ich will mit dem Captain vögeln und das nicht wegen des Manuskriptes, sondern weil ich unbedingt am eigenen Leib spüren will, wie es sich anfühlt, mit einem Rocker zu ficken. So eine Gelegenheit bietet sich einer Autorin wie mir nur ein Mal im Leben und darum werde ich sie garantiert nicht ungenutzt verstreichen lassen.

Halleluja! Selbst wenn der Sex nur annähernd so gut ist wie in meiner Fantasie, wird das der beste Orgasmus meines Lebens werden.

Aber damit es so weit kommen kann ... Seufzend stelle ich das MacBook beiseite, steige aus dem Bett und mache mich daran, mich umzuziehen.

Das Leder fühlt sich glatt und gut auf der Haut an, bei meinem Make-up halte ich mich nicht zurück, sondern greife zu starken Farben und meine Haare lasse ich glatt und offen über meinen Rücken fallen. Als Letztes schlüpfe ich in meine Peeptoes und stecke mir die silbernen Creolen ins Ohr. Fertig. Ich bin bereit. Es kann losgehen ...

Mehr als nur nervös öffne ich die Türe. Die Luft, die mir entgegenschlägt, ist mit der unverwechselbaren Süße von Marihuana durchzogen. Es riecht nach Männern, Leder und Schweiß. Laute Musik hallt durch das Clubhaus und bringt den Boden unter meinen Füßen zum Beben.

Tief durchatmend setze ich einen Schritt vor den anderen, bereit, meinen Plan in die Tat umzusetzen ... Der Captain weiß es vielleicht noch nicht, aber ich habe ihn schon so gut wie um den Finger gewickelt.

7. Kapitel

Der Road Captain

Ich sitze mit Skull, Iker und Killer im hinteren Teil des Hauptraums, nippe an meinem Bier und rauche eine Kippe nach der anderen. Auch wenn ich es mir nicht anmerken lasse, aber meine Geduld ist aufgebraucht. Ich stehe unter Strom, träume nachts von goldenen Haaren und blauen Augen und wenn ich dann morgens aufwache, ist mein Schwanz so hart, dass ich mir erst mal unter der Dusche einen runterholen muss.

Emma treibt mich mit ihrer bloßen Anwesenheit in den Wahnsinn. Ihr Geruch bleibt in meiner Nase hängen und lässt sich einfach nicht abschütteln.

Ganz egal, was ich tue oder womit ich auch beschäftigt bin, diese Autorin geht mir einfach nicht mehr aus dem Schädel.

Es wäre viel leichter, wenn ich sie mir einfach packen und sie hart ficken würde, aber das erscheint mir als keine gute Idee. Shit! Sie ist eine Schriftstellerin, sie schreibt alles, was sie erlebt hat, auf, um es mit dem fucking Rest der Welt zu teilen.

Das Letzte, was ich gebrauchen kann, ist, dass mein Schwanz in einem verdammten Buch vorkommt.

Ich gehöre nicht zu der Sorte Mensch, die aus Sex mehr macht, als er ist. Ich ficke, wann und wo ich will und wer mir dabei zusieht, ist mir egal.

Trotzdem. Das mit dem Buch ist mir zu krass. Zumindest war es das bis jetzt, mittlerweile bin ich so weit, dass mir selbst das egal ist.

Ich will diese Frau. Und Fuck!

Wenn das so weitergeht, werde ich sie mir nehmen.

Killer hat sich seine Bewährungshelferin geschnappt und der Sergeant gleich eine Polizistin. Dagegen ist eine Autorin noch ziemlich harmlos.

„Zieh nicht so ’ne Fresse und nimm dir die Kleine endlich.“

Killer reißt mich aus meinen Überlegungen.

„Wovon sprichst du, Mann?“

Er lacht, er hat mich längst durchschaut, was meine Laune rasant verschlechtert.

Skull grinst wissend und zündet sich eine Kippe an, während Iker damit beschäftigt ist, eine Textnachricht zu schreiben.

„Von der kleinen Buchstabenklickerin.“

„Von der was?“

„Na von der Autorin. Seit Devil dich damit beauftragt hat, den Wachhund zu spielen, bist du beschissen drauf.“

Ich will widersprechen und ihm meine Faust mitten ins Gesicht schlagen.

Aber er hat recht. Chloe, des VPs Lady, gesellt sich zu uns und mischt sich natürlich in unser Gespräch ein.

„Emma ist süß, und wenn du nicht aufpasst, schnappt sie dir ein anderer weg.“

Die Vorstellung gefällt mir nicht. Ganz und gar nicht.

„Wovon zur Hölle sprichst du?“

Sie zieht die Augenbrauen in die Höhe, nimmt Skull sein Bier ab und gönnt sich einen großen Schluck, während sie es sich auf seinem Schoß bequem macht.

Chloe ist anders als die meisten Frauen, die ich kenne. Sie mag kein Glitzer, kein Rosa und auch keine Einhörner. Aber dafür Tattoos und die Farbe Schwarz.

„Ich rede von deiner Autorin und davon, dass sie sich gerade mit einem anderen amüsiert.“

„Fuck! Was?“

Sie deutet mit dem Bier Richtung Billardtische, ich folge der Bewegung mit den Augen und dann sehe ich sie ... Emma ... in einem knappen Rock und einem Oberteil, das fast bis zu ihrem Bauchnabel ausgeschnitten ist. Sie lacht, ihre Lippen sind rot angemalt und an ihren Ohren baumeln Ringe. *Bloody Hell!*

Neben ihr steht Luis, sein Blick ist auf Emmas Arsch festgepinnt, während sie sich über den Billardtisch beugt und die Rote anvisiert. Der Wichser leckt sich die Lippen. Es ist offensichtlich, woran er gerade denkt: an das Gleiche wie ich. Daran, das Mädchen zu ficken. Hart und tief und wieder und wieder. Wobei sich gerade ein weiterer Gedanke in mein Hirn schiebt, und in dem geht es nicht um Sex, sondern um Fäuste und Blut – Luis’ Blut.

„Wenn du dich nicht beeilst, landet Emma unter dem falschen *Hell Bone*.“

Skull klingt schadenfroh. Er hat ja auch gut lachen, seine Frau wäre niemals so blöd, sich an einen anderen Mann ranzumachen. Aber Chloe gehört auch ihm, sie ist sein Eigentum und trägt sein Leder. Emma hingegen ist frei, sie gehört mir nicht und wenn ich nicht bald meinen Anspruch auf sie erhebe, wird Luis sich nehmen, was von der ersten Sekunde an meins war.

Seit Emma mit diesem fucking Nudelsalat vor mir gestanden hat, wusste ich instinktiv, dass dieses Mädchen alles verändern wird. Dem Präsidenten war das ebenfalls klar, darum hat er Emma auch mir unterstellt. *Was ein Bullshit!*

Zehn lange Tage passe ich nun schon auf diese Frau auf, zehn Tage, an denen ich sie immer im Blick behalten habe. Ich bin jederzeit bereit, mir eine Kugel für sie einzufangen oder einen Mord zu begehen, nur um ihren Arsch zu retten. Genauer gesagt habe ich das schon getan – auf dem verfluchten Schrottplatz, auf dem wir die Chinesen in eine Falle gelockt und ihnen ihr ganzes Heroin abgenommen haben.

Der Ausdruck, der sich in Emmas Augen ausgebreitet hat, als sie kapiert hatte, dass es gleich Tote geben wird, hat mir die Knie weich werden lassen.

Anstatt meinen Posten zu halten, bin ich zu ihr gegangen und habe dafür gesorgt, dass sie weiß, dass sie in Sicherheit ist und dass ich niemals zulassen werde, dass ihr etwas passiert.

Fuck! Diese Autorin geht mir unter die Haut.

Aber all das hätte ich noch wegstecken können, den Drang, sie besitzen zu wollen, konnte ich so lange ausblenden, bis sie das erste Mal hinter mir auf dem Bike gesessen ist.

Das hat bis dahin noch keine Frau. In dieser Hinsicht bin ich eigen – genau wie meine Brüder. Doch bei Emma war das anders, es hat sich gut und richtig angefühlt, als sie hinter mir auf die Maschine gestiegen ist, als sich ihre Schenkel an die meinen gedrückt haben und sich ihre Arme um meine Mitte geschlungen haben. Dann war es zu spät. Ab dieser Sekunde wusste ich, dass diese Frau etwas Besonderes ist und dass ich sie mir nicht einfach so entgehen lassen darf.

Die Erkenntnis ist wie eine Bombe eingeschlagen, seitdem hat sich in meinem Schädel alles gedreht. Emma jetzt mit Luis zu sehen, bringt das Karussell zum Stoppen und plötzlich sehe ich alles ganz klar – glasklar.

Wenn ich jetzt nicht handle, verliere ich das einzige Mädchen, das mich jemals interessiert hat, an Luis. Das darf nicht passieren. Und obwohl mir das absolut klar ist, wende ich den Blick wieder ab, bleibe scheinbar ruhig sitzen, trink mein Bier leer und strecke die Beine aus.

„Dieses Mädchen ist nicht mein Problem."

Die Worte fühlen sich falsch an. Chloe kichert und schüttelt den Kopf, Skull verdreht nur die Augen und vergräbt seine Faust in den rabenschwarzen Haaren seiner Lady, ehe er seine Zähne in ihren Hals schlägt und Chloe so ein lustvolles Keuchen entlockt.

„Verdammt. Sucht euch ein Schlafzimmer!"

Skull steht auf.

„Gute Idee. Das Gleiche solltest du auch tun. Beiß dich an der Kleinen fest, fick sie und schüttle deine miese Stimmung ab, ehe ich dir ein paar aufs Maul haue.“

Nett. Sehr nett.

„Verpiss dich, Bro.“

Der Vize trägt sein Mädchen nach oben und lässt mich frustriert zurück.

Ich weiß, dass er recht hat. Trotzdem. *Fuck!* Trotzdem!

Emma ist keine Frau, die man einfach fickt und weiterschickt. Sie ist anders, sie ist etwas Besonderes und so muss sie auch behandelt werden. Die Autorin ist keine billige Bitch. Wenn ich sie ficke, wird das alles verändern ...

Ich zwinge mich, ihr keine weitere Beachtung zu schenken, sondern konzentriere mich ganz auf die Glasflasche in meiner Hand. Das funktioniert auch, zumindest tut es das so lange, bis ihr lautes Lachen die Musik übertönt, und ich im Spiegel hinter der Bar beobachte, wie Luis auf sie zugeht, sie von den Füßen reißt und durch die Luft wirbelt.

Das war's mit meiner Zurückhaltung.

Das war's mit meiner Selbstbeherrschung.

Noch bevor ich überhaupt weiß, was ich tue, springe ich auf die Füße und setze mich in Bewegung. Killer grölt zustimmend und Iker schüttelt einfach nur den Kopf.

Die Wichser sollen bloß die Fresse halten, sonst sind sie die Nächsten, sobald ich mit Luis fertig bin.

Der Trottel sieht mich nicht kommen, er stellt Emma ab und will sich gerade den Queue schnappen und die einsame Schwarze einlochen, als ich ihm mit Schwung die Bierflasche über den Schädel ziehe.

Er sackt zusammen, fällt auf die Knie und will sofort wieder hochspringen, was ich mit einem Tritt verhindere.

„Bleib unten, Arschloch! Ich habe dich gewarnt. Ich habe dir gesagt, dass du dich von Emma fernhalten sollst.“ Und das mehr als einmal. Aber der Idiot wollte ja nicht hören ...

Selber schuld, würde ich sagen.

Emma will auf den blutenden bierüberströmten Luis zugehen. Ich halte sie davon ab, indem ich sie packe und mir kurzerhand über die Schulter werfe.

Das. Hätte. Ich. Schon. Lange. Tun. Sollen.

Sie kreischt und windet sich, ich ignoriere ihre Gegenwehr und schleppe sie in ihr Zimmer. Killers und Ikers Jubelrufe folgen uns, genau wie die lauten Bässe des nächsten Rocksongs.

Mit einem Tritt befördere ich die Türe ins Schloss, presse die Autorin gegen die Wand und erobere grob ihren samtigen Mund.

Genug ist genug! Es reicht. Genug Selbstdisziplin. Genug Zurückhaltung. Von mir aus soll sie darüber schreiben – von mir aus soll sie meinen Schwanz zum Mittelpunkt des nächsten Kapitels machen. Es ist mir egal. Wenn ich Emma nicht gleich ficke, wenn ich mich nicht sofort in ihre heiße Pussy ramme, laufe ich Amok, und was dann passiert, sollte sie besser nicht in ihr verdammtes Buch schreiben.

8. Kapitel

Die Autorin

Oh, Scheiße!

Oh, du verdammte Scheiße!

Es hat geklappt, es ist passiert, aber wie ... *Himmel!*

Das mit Luis tut mir leid. Ehrlich!

Ich wollte nicht, dass er eine Flasche über den Schädel gezogen kriegt, nur damit ich endlich vom Captain gefickt werde.

Das schlechte Gewissen stiehlt dem Kuss einen Teil seiner Süße, zum Glück hält es jedoch nicht lange an, sondern löst sich mit jedem Zungenschlag mehr und mehr auf.

Zurück bleibt pure Lust, die ein erregendes Pochen in meinem Unterleib auslöst.

Die Mauer in meinem Rücken ist hart, Casanovas Körper ist hart, aber seine Zunge und seine Lippen sind weich und fühlen sich so verdammt perfekt an, dass mir gleich die Tränen in die Augen steigen. Der Geruch von Mann, Leder und Schießpulver steigt mir in die Nase und berauscht meine Sinne.

Endlich weiß ich, wie sich Schießpulverküsse anfühlen ...

Es hat auch wirklich lang genug gedauert.

Der Rocker löst sich von mir und knurrt mir ins Ohr, wie sehr er mich will und dass er den nächsten Typen, der sich an mich ranmacht, töten wird.

Das sollte mich schockieren. Wohlgemerkt *sollte* ...

Denn statt Abscheu oder Furcht, verspüre ich nichts als Lust und Ungeduld.

Diese düstere, raue und brutale Rockerromantik lässt meinen Slip feucht werden und bringt mein Herz aus dem Takt. Geschickt schiebt er meinen Rock nach oben, lässt mich seine Härte spüren und reibt mit seiner Erektion über den feuchten Stoff meines Höschens.

Etwas passiert mit mir, die Zweifel in meinem Kopf verstummen und ich spüre bis in die Knochen, dass dieser Mann der Richtige für mich ist.

„Casanova ...“

Ich stöhne seinen Namen und werde mit weiteren Küssen belohnt. Sein Mund findet meinen Hals, er saugt sich an mir fest und lässt mich dann seine Zähne spüren. Keuchend drücke ich mich seinem harten Schwanz entgegen und fordere so stumm nach mehr.

Das hier ist gut, aber es reicht mir nicht.

Ich brauche mehr – ich brauche alles – jetzt! Sofort!
Mein gehauchtes „Fick mich!“ geht in seinem wilden Fauchen unter.

9. Kapitel

Der Road Captain

Zu viel ist zu viel ... *Fuck!* Und das ist zu viel!

Ich bin ein *Hell Bone*, ein echter One Percenter und, verdammt noch mal, kein Heiliger. Alles, was ich in diesem Moment will, ist, diese furchtbar süße, schrecklich komplizierte Frau zu ficken.

Und ganz genau das werde ich jetzt tun!

Scheiß auf die Tatsache, dass sie eine Autorin ist, die absolut nicht in meine Welt passt. Bis das Buch fertig ist, werde ich sie behalten, und danach?

Fuck! Wenn das mit uns passt, auch danach.

Wenn eine Krankenschwester, eine Psychologin und eine Polizistin im Club klarkommen, dann eine Autorin erst recht.

Meine Zähne in ihrem Hals vergrabend, kämpfe ich um meine Beherrschung. Was ein Pech, sie scheint in den letzten Sekunden gestorben zu sein.

Emma seufzt und reibt sich an mir, während sie mich heiser darum anfleht, sie endlich zu ficken. Das ... Yeah! Das muss sie mir nicht zweimal sagen.

Ich suche ihren Blick, wir starren uns an und ich lasse sie meine Gier nach ihr in meinen Augen erkennen. Emma muss wissen, was sie erwartet. Anstatt auf Abstand zu gehen, leckt sie sich mit der Zungenspitze über die Unterlippe. Mein Schwanz zuckt.

Er will unbedingt in diese Frau! Extra langsam lasse ich meine Hand über die Seite ihres Gesichts gleiten, sodass ich mit den Fingerspitzen ihre schmalen Nacken umfassen kann.

Ein letztes Mal tief einatmend, schließe ich die Augen und ergreife erneut von ihren Lippen Besitz.

Emma schmeckt süß und weich und ich weiß schon jetzt, dass es mir nie gelingen wird, meinen Hunger nach ihr zu stillen.

Meine Arme sind angespannt. Dank meiner eisernen Zurückhaltung beginnen meine Muskeln zu zucken. Aber Fuck! Ich muss mich noch etwas kontrollieren.

Emma scheint mich ganz genauso sehr zu wollen wie ich sie.

Trotzdem kann ich mir nicht vorstellen, dass sie es gut finden würde, wenn ich ihr den Slip vom Leib reiße, um mich innerhalb der nächsten drei Sekunden mit einem harten Stoß in sie zu rammen.

Frauen stehen auf Romantik, Schriftstellerinnen besonders, das Dumme ist nur, mit so einem Scheiß kann ich nicht dienen.

Rosen, Pralinen und süße Worte sind nicht meine Stärke. Dafür bin ich jedoch jederzeit bereit, mich schützend vor sie zu stellen und mir eine Kugel einzufangen. Bullshit! Ich würde sogar für sie töten. Das ist doch auch etwas. Oder? In unserer Welt sind Schutz und Loyalität viel wichtiger als blöde, nach Rosenblüten schmeckende Schokolade.

Wieder tackere ich meinen Mund auf den ihren, sie gewährt mir sofort Einlass und schenkt mir willig ihre Zunge.

Ungeduldig ertaste ich jedes Fleckchen ihrer weichen Haut. Nehme endlich in Besitz, was von Anfang an mir gehört hat.

Ihre Titten füllen meine Handflächen. Mein Schwanz zuckt und pocht.

Zur Hölle, kann diese Frau küssen!

Anstatt zurückhaltend oder scheu zu sein, erwidert Emma meinen Kuss mit derselben Gier, die auch in mir brodelt. Wimmernd presst sie sich meinen Händen entgegen und scheint dabei keine Ahnung zu haben, was sie damit in mir auslöst.

Ich brauche mehr und um das zu bekommen, umfasse ich ihren Arsch und werfe sie auf das Bett. Einen Herzschlag später lasse ich mich auf sie fallen und fange sie mit meinem Gewicht ein.

„Jetzt gibt es kein Entkommen mehr, Darling."

Sie wirkt zufrieden, fast so, als ob sie genau das erreichen wollte.

Interessant. Hatte sie vielleicht gar nicht vor, sich von Luis ficken zu lassen?

Hat Emma nur mit mir gespielt? Offensichtlich. Dieses Biest!

Ich will sie danach fragen und sie dafür, dass sie mich dazu gebracht hat, meinem Bruder eine Flasche auf den Schädel zu schlagen, bestrafen. Doch noch bevor es so weit kommt, beißt sie sich an meiner Unterlippe fest und streift gierig mit ihren kleinen Finger über meinen Rücken.

Sie packt mich am Arsch und heizt mich mehr und mehr an.

Fuck off!

Ich will ihr wirklich nicht weh tun, aber wenn sie so weitermacht, werde ich über ihren Körper herfallen und sie so hart ficken, dass sie danach nicht mehr im Stande ist, ihr Buch fertigzuschreiben.

Fluchend und nach Atem ringend beende ich unseren Kuss, fange ihre Hände ein und drücke sie über ihrem Kopf auf das Kissen.

„Mach langsam."

Sie leckt sich die Lippen, meine Eier platzen beinahe.

„Warum sollte ich?"

Das Mädchen spielt tatsächlich mit mir.

„Weil du es sonst bereuen würdest!"

Emma kichert.

„Das glaube ich nicht."

Sie hat ja keine Ahnung!

Ich nehme mir einen Moment und betrachte ihr wunderschönes Gesicht.

Ihre Lippen sind feucht und von meinen Küssen geschwollen, ihre perfekten Titten kommen mir mit jedem Atemzug entgegen und ihre langen Beine hat sie um meine Mitte geschlungen.

Wieder und wieder reibe ich meinen Schwanz durch den Stoff unserer Klamotten an ihrer Pussy und beobachte wie gebannt, wie sie leise stöhnend die Augen schließt und sich meiner Führung ergibt.

Jetzt in diesem Augenblick gehört Emma mir.

Brians Tod, die *Bastards* und der ganze Bullshit lösen sich ins Nichts auf und zurück bleibt ein angenehmer Friede. Ein Friede, nach dem ich mich schon mein ganzes Leben lang gesehnt habe.

10. Kapitel

Die Autorin

Welle für Welle rast ein heißes Glücksgefühl durch meinen Körper.

Casanovas große Hand hält die meinen mühelos über meinem Kopf gefangen, während er mich mit seinem Gewicht tief in die Matratze drückt.

Sein dicker Schwanz reibt rhythmisch über meine Mitte und ich weiß, dass es jetzt kein Zurück mehr gibt.

Himmel hilf ... Mein letzter echter Sex ist schon so ewig lange her, dass ich ganz vergessen habe, wie es sich anfühlt, auf diese Weise berührt zu werden.

Die Frauen in meinen Büchern haben wesentlich mehr Orgasmen als ich. Ein Umstand, der viel über mein Leben aussagt, und der sich hoffentlich dank dem Captain der *Hell Bones* zukünftig ändern wird.

Leise stöhnend schließe ich die Augen, seine scharfen Zähne knabbern an meinem Ohrläppchen, ein Schauer lässt mich erbeben.

Ich liege zitternd und erregt unter einem der gefährlichsten Männer des Landes und kann es kaum erwarten, ihn endlich in mir zu spüren.

Das ist verrückt. Verrückt und gut. So gut, dass ich mir nicht mal sicher bin, ob ich dieses Erlebnis wirklich mit meinen Lesern teilen werde.

Die Frage, ob das hier richtig oder falsch ist, stelle ich mir gar nicht erst.

Denn die Antwort würde *falsch* lauten! **Falsch!** In großen, dick markierten und unterstrichenen Buchstaben mit einem fetten Ausrufezeichen!

Als er meine Hände abrupt loslässt und seine schwieligen Finger in meinen Slip gleiten, schnappe ich erschrocken nach Luft.

Casanova berührt mich sanft, dann beginnt er, mir die Klamotten vom Leib zu reißen.

Wenige Atemzüge später liege ich nackt und schutzlos vor ihm.

Der Rocker kniet sich zwischen meine gespreizten Schenkel und lässt seinen Blick über meinen entblößten Rundungen gleiten.

„Du bist der Hammer, Frau! So wunderschön und so verletzlich.“

Überraschend zärtlich lässt er seine Finger über meine Beine tanzen, bis sie die Innenseite meiner Schenkel erreicht haben.

Vor Lust bebend schließe ich die Augen, während ich verzweifelt versuche, etwas frischen Sauerstoff in meine Lunge zu bekommen.

In der Sekunde, in der seine Fingerspitzen meine bereits feuchten Falten teilen, bin ich endgültig und hoffnungslos verloren. Meine Synapsen fangen Feuer und kleine Schweißtropfen bilden sich in meinem Nacken.

Ich schaue ihm in die Augen, während er langsam mit einem seiner langen Finger tief in mich eindringt und mir so ein kehliges Stöhnen entlockt.

Nach Halt suchend kralle ich mich an seiner Kutte fest und lasse meine Knie noch etwas weiter auseinanderfallen, gewähre ihm so besseren Zugang zu meinem empfindlichen Inneren.

Casanova beugt sich über mich, seine raue Zunge umrundet träge kreisend meine empfindlichen Brustwarzen, ehe er eine davon in seinen Mund saugt und mich seine Zähne spüren lässt. Er beißt leicht zu, schickt so eine Welle süßen Lustschmerzes durch mein Nervensystem.

Verzweifelt und mit zitternden Fingern versuche ich seinen Gürtel zu öffnen – ich will ihn endlich nackt auf mir spüren. Doch es gelingt mir nicht, was ihm rau auflachen lässt.

„Bist du ungeduldig, Darling?"

Blöde Frage. Jede Zelle meines Körpers schreit nach seinem harten Schwanz, und wenn er mir nicht bald gibt, was ich will, schreie ich.

„Hör auf, mit mir zu spielen, *Hell Bone,* und fick mich endlich."

Seine Augen verengen sich zu Schlitzen.

„Du hast mit dem Spielen angefangen. Wegen dir habe ich Luis eine Flasche über den Schädel gezogen."

Ups ... Erwischt.

„Woher hätte ich wissen sollen, dass du so reagierst?"

Er fixiert mich eindringlich, in meinem Bauch beginnt es warnend zu prickeln. Casanova hat recht, ich hätte es mir denken können.

Aber das Denken fällt mir gerade mehr als schwer.

Sein Finger gleitet wieder und wieder in mich, ein zweiter gesellt sich dazu und dehnt meinen Eingang. Gekonnt touchiert er meinen G-Punkt und macht damit seinem Namensgeber Giacomo Casanova alle Ehre.

Ich zittere und schwitze und spüre, wie sich der lang ersehnte Orgasmus in mir aufbaut. Casanova fickt mich mit seinen Fingern. Gnadenlos. So lange, bis sich mein Innerstes bebend zusammenzieht. Der Druck in meinem Unterleib ist zu stark! Hilflos sehe ich Casanova an und dann passiert es ...

Meine Beine beginnen zu zucken und meine Atmung stockt.

Ich fühle mich, als würde ich brennen. Mein atemloser Schrei vermischt sich mit den dumpfen Bässen der Musik, die zu uns hereindringen, während mich ein unglaublich intensiver Höhepunkt überrollt.

Es fühlt sich so an, als würde ich zu den Sternen fliegen, ein buntes Farbspektakel explodiert vor meinen weit aufgerissenen Augen.

Langsam zieht er seine Finger aus mir heraus, was mir gar nicht gefällt. Als er dann aber damit beginnt sich auszuziehen, entschädigt mich das für die Tatsache, dass er einfach aus dem Bett gestiegen ist. Als Erstes legt er seine Kutte und seine Waffen ab. Ja, Plural, denn es sind drei und nicht nur eine.

Dazu kommt noch der lange Dolch, der in einer ledernen Scheide an seinem Oberschenkel hing, und ein silberner Schlagring, den er aus seiner Hosentasche gezogen hat. Sehr beeindruckend.

Muskeln, Tattoos und straffe Haut, so weit das Auge reicht.

Sein Rücken ist breit und mit Tinte überzogen. Ein riesiger Totenkopf prangt auf seinen Schulterblättern, darunter steht in geschwungenen Lettern *Hell Bones Motorcycle Club* geschrieben. Casanovas Brust ist mindestens so beeindruckend wie sein Sixpack.

Perfekt definierte Muskelberge, dazu noch mehr schwarze Tinte und ein Streifen dunkler Haare, der sich an seinem Sixpack nach unten zieht und dann in seinem Hosenbund verschwindet. *Lecker ...*

Seine Beine sind mindestens so beeindruckend wie der Rest von ihm.

Und sein Schwanz ... *Halleluja!* Sein Schwanz ist einfach perfekt und auf maskuline Weise wunderschön. Genau so, wie ich es erwartet hatte.

Dick, lang und steinhart wartet er nur darauf, endlich in mich einzudringen.

Violette Adern winden sich wie Schlangen um den Schaft und verschwinden dann in der Wulst der Eichel.

Wie er wohl schmeckt?

Keine Ahnung, aber mir läuft längst das Wasser im Mund zusammen.

Es ist echt eine Schande, dass mir die Worte fehlen, um seine männliche Perfektion zu beschreiben.

11. Kapitel

Der Road Captain

Emmas leicht abwesender Blick und der moschusartige Geruch ihrer Erregung lassen mich beinahe durchdrehen.

Wie soll ich nicht gnadenlos über sie herfallen, wenn sie mich mit solchen Blicken verschlingt?

Ihr kleiner Körper liegt weich und verführerisch unter dem meinen, und mir ist schmerzhaft bewusst, dass ich auf gar keinen Fall meine Kontrolle verlieren darf.

Emma ist anders als die Nutten, die ich sonst ficke.

Sie ist zerbrechlicher und kostbarer – sie ist für die Ewigkeit.

Langsam lege ich mich auf sie, lasse sie mein Gewicht und ihre Schutzlosigkeit spüren und presse sie tief in die Matratze.

Mein Schwanz drückt sich fest gegen ihren nassen Schlitz. Ich genieße den Moment und koste ihn so lange wie möglich aus.

Mit dem Daumen über ihren Kitzler reibend, entlocke ich Emma ein Stöhnen und beobachte zufrieden, wie ihre Schenkel zucken, während sie leise wimmert.

Das war's! Meine Geduld und stirbt einen jähen Sekundentod und meine Zurückhaltung löst sich in Luft auf.

„Hast du ein Kondom?"

Ihre Frage schlägt ein wie eine Bombe.

„Fuck, nein."

Sie grinst, während ich kurz vorm Durchdrehen bin.

„Ich habe eins, in meiner Tasche im Seitenfach."

Das sind gute Nachrichten. Auch wenn ich lieber nicht genauer darüber nachdenken will, warum Frau Autorin Kondome einpackt, wenn sie zu Recherchezwecken in einen verfluchten Motorcycle Club kommt.

Ich hole den Gummi, rolle ihn mir über den Schwanz und lege mich wieder auf das Mädchen, dessen Geruch mir den Verstand benebelt.

„Bist du bereit?"

Ihre Antwort ist eindeutig. Sie spreizt die Beine und bietet sich mir wortlos an. Ich spanne meine Oberschenkel an und bringe mich vor ihrer feuchten Pussy in Position.

Fuck! Endlich!

Die Zähne aufeinanderbeißend, lasse ich meine Eichel wenige Zentimeter in das nasse Paradies gleiten. Yeah, das ist es!

Emma fleht mich stöhnend um mehr an, und ich gebe es ihr, indem ich mich mit einem kraftvollen Stoß bis zum Anschlag in sie treibe.

Mir wird schwarz vor Augen. Das ist einfach zu gut. Dieses Mädchen ist einfach zu gut.

Ich spüre, wie sich ihre inneren Scheidenwände meiner Härte anpassen, wie sie sich anspannen und meinen harten Schaft massieren.

„Fuck, yes!“

Mein Schädel ist wie leer gefegt, und dennoch realisiere ich erleichtert, dass ich ihr zum Glück nicht weh getan habe, denn sie presst sich ungeduldig meinen harten Stößen entgegen.

Entschlossen, mir alles zu nehmen, was Emma zu bieten hat, verändere ich den Winkel, mit dem ich in sie eindringe, und werde mit einem wilden Schrei belohnt.

Ich kann nicht langsam, also falle ich in einen schnellen, harten Rhythmus und nehme die süße Autorin so endgültig in Besitz.

Das alles ist so intensiv und so unfassbar geil, dass ich jetzt schon süchtig bin.

Meine Hoden klatschen gegen ihren süßen Po und ich weiß, dass es nicht mehr lange dauert, bis ich abspritze.

Emmas Wimmern wird leiser, ihr Körper spannt sich an und ich fühle, wie sich ihre enge Pussy für den nächsten Orgasmus bereit macht.

Ein lautes Zischen ausstoßend, ramme ich mich wieder und wieder tief in ihr Inneres. Stütze mich dabei mit den Händen auf der Matratze ab und lasse sie spüren, wie perfekt wir zusammenpassen.

Sie sieht mir vertrauensvoll in die Augen, ehe sich ihre Pupillen weiten und sie sich zuckend unter mir in ihrer Lust verliert.

Um ihr alles zu geben, pumpe ich mich immer schneller in ihre zuckende Öffnung. Einzelne Schweißtropfen laufen über die Stirn, mein Atem kommt schnell und mein Puls rast.

Emma vergräbt ihre Fingernägel in meinen Unterarmen, hinterlässt blutige Kratzer und biegt den Rücken durch, um mich noch ein paar Millimeter tiefer in sich zu spüren.

Sie will alles, genau wie ich.

Der leichte Schmerz schickt mich über den Rand des Erträglichen.

Heiß und schnell schießt mein Samen aus mir heraus und landet in dem Kondom.

Schwer keuchend schließe ich meine Augen und genieße das fantastische Gefühl eines guten Ficks.

Ich stelle mir unweigerlich die Frage, wie es wohl wäre, Emma ohne Schutz zu ficken. Haut auf Haut und mein Sperma tief in ihr drinnen?

Der Gedanke gefällt mir. Zu gut, um genau zu sein.

Bloody Hell!

Egal, was kommt, eine Sache steht schon mal fest. Für wen auch immer sie dieses Kondom in ihrer Tasche hatte, ich werde nicht zulassen, dass sie in nächster Zeit mit irgendeinem anderen Kerl bumst.

Diese süße Autorin gehört mir.

Jetzt und für eine verdammte Ewigkeit.

12. Kapitel

Die Autorin

Erschöpft und glücklich liege ich auf dem Bauch, streiche mit den Fingerspitzen durch das krause Haar auf seiner Brust und schreibe gedanklich mein Buch zu Ende.

Auch wenn ich manuskripttechnisch erst bei der Hälfte angekommen bin, weiß ich schon jetzt, was in den nächsten Kapiteln passiert, und wie das Buch enden wird.

Das ist das Schöne an Romanen, ich als Autorin habe die Macht, das Schicksal meiner Protagonisten zu besiegeln.

Hier im wahren Leben ist das natürlich anders. Hier kann ich nur hoffen und planen, aber was dann tatsächlich passiert, steht in den Sternen.

Trotzdem hoffe ich, dass meine Geschichte hier im Club auch dann noch weitergeht, wenn ich bei meinem Buch längst *Ende* geschrieben habe. Denn genau wie Ava, die Frau aus meiner Biker Romance, habe auch ich ein Recht auf ein schnulziges Happy End, gespickt mit jeder Menge Spannung, Drama, Schießpulverküssen und Rockerromantik.

Der Rocker und die Autorin ...

Wer hätte gedacht, dass das eine so gute Kombination ergibt?

Und das sogar ganz ohne Nudelsalat, aber dafür mit fliegenden Kugeln, jeder Menge Blut und einer zerstückelten Leiche.

Die Welt der *Hell Bones* ist rau und gefährlich, aber auch kameradschaftlich und loyal. Mir gefällt diese einmalige Mischung aus gnadenlos und fürsorglich. Sie gefällt mir so gut, dass ich mehr als bereit bin, ein paar zusätzliche Kapitel bei Casanovas und meiner Geschichte einzubauen, nur damit uns noch etwas mehr Zeit bleibt ...

Und wenn es das Schicksal gut mit uns meint, bekommen auch wir beide hier im realen Leben ein zuckersüßes Happy End.

Der Rocker und die Köchin

Prolog

Die Köchin

„Also sind sie tot?"

Luis nickt.

„Die *Bastards* sind Geschichte. Das Problem ist endgültig erledigt. Fuck! Und das Beste ist, wir haben sogar einen ordentlichen Gewinn eingefahren, eine angemessene Entschädigung für den ganzen Ärger, den uns die Dreckskerle bereitet haben.

Es klingt irgendwie makaber, wenn er von einem Gewinn spricht. Krieg ist Krieg, da gibt es keine Entschädigungen, sondern nur Blut, Schmerz und Tod.

„Dir ist aber schon klar, dass, falls es Überlebende gibt, sie auf Rache aus sein werden?"

Luis schnalzt mit der Zunge und schüttelt den Kopf.

„Dieses Mal gibt es keine Überlebenden. Glaube mir, Süße."

Mir läuft ein Schauer über den Rücken.

Die Leichtigkeit, mit der mein Rocker über Mord und Totschlag spricht, setzt mir auch nach all den Wochen, die wir jetzt schon zusammen sind, zu.

Das mit uns ist geheim. Niemand weiß das von ihm und mir, und so soll es auch bleiben.

Die Welt des *Hell Bones Motorcycle Clubs* hier in New York ist gefährlich. Der MC hat viele Feinde und ich will nicht in irgendwelche Streitigkeiten mit reingezogen werden.

Ich habe ein schönes kleines Restaurant in Brooklyn, *Olivias Trattoria.* Es läuft gut und ich bin glücklich. Ich will nicht alles aufs Spiel setzen, wofür ich die letzten zehn Jahre gearbeitet habe, nur weil ich mit einem *Hell Bone* zusammen bin. So wichtig mir Luis auch ist, aber das ist es mir nicht wert.

Der Übermut, der ihm ins Gesicht geschrieben steht, macht mir Angst. Sorge breitet sich in mir aus.

„Versprich mir, dass du vorsichtig sein wirst. Griffin ist ein gerissener Fuchs, der stirbt nicht so leicht."

Mir ist klar, dass er das nicht hören will, aber darauf kann ich keine Rücksicht nehmen.

Mit gerunzelter Stirn stemmt er sich von der Matratze hoch und lehnt sich an das Bettgestell.

„Zum Teufel, Olivia. Woher kennst du Griffin?"

Griffin war der Präsident der *Bastards*, eines feindlichen Rockerclubs, der mitten im Revier der *Hell Bones* sein Chapter eröffnet und ihnen so echt heftigen Ärger gemacht hat.

Luis scheint immer wieder zu vergessen, dass ich mich seit Jahren in dieser Stadt durchschlagen muss. Ich kenne also die Guten und die Bösen, die in den Schatten der Häuserschluchten ihr Unwesen treiben.

„Er war vor ein paar Wochen bei mir essen."

Luis sieht mich ungläubig an.

„Verdammt, Olivia. So langsam komme ich zu der Überzeugung, dass du zu den Menschen gehörst, die Gefahren wie magisch anziehen."

Damit könnte er durchaus recht haben. Die Tatsache, dass ich in seinem Bett liege, untermauert seine Theorie.

„Ich und mein Restaurant sind neutral. So ein bisschen wie die Schweiz. Solange mir keiner etwas Böses will und für seine Bestellung bezahlt, ist bei mir jeder willkommen. Ich kann es mir nicht leisten, zahlende Gäste wegzuschicken.

„Das gilt sogar für unsere Feinde?"

Luis klingt geschockt. *Armer kleiner Rocker ...*

„Ja, sogar für die. Außerdem wollte ich es mir nicht mit den *Bastards* versauen. Manchmal ist es besser, sich aus der ganzen Scheiße, die in dieser Stadt läuft, rauszuhalten. Vor allem, wenn man eine Frau ist und alleine lebt. Aber das verstehst du nicht, stimmt's? Im Gegensatz zu dir kann ich nicht einfach meine Waffe ziehen und Leute abknallen. So läuft das in meiner Welt nicht!"

Luis ist wütend. Er steigt aus dem Bett, sofort gleitet mein Blick zu seinem Schwanz. Ganz egal, wie lange wir schon zusammen sind und wie oft wir auch schon Sex hatten, von diesem Rocker werde ich nie genug bekommen. Die Anziehung, die von der ersten Sekunde an zwischen uns geherrscht hat, lässt einfach nicht nach. Und das, obwohl ich mir das in manchen Nächten, in Nächten wie der heutigen, wünschen würde.

Ich war jahrelang neutral und bin damit gut zurechtgekommen, aber seit die Liaison zwischen ihm und mir läuft, bin ich es nicht mehr. Darum habe ich auch darauf bestanden, dass niemand von uns erfahren darf. Weder sein Club noch seine Schwester Catalina, die mit River, dem Sergeant at Arms der *Bones* zusammen ist, noch sonst wer.

Luis holt sich seine Zigarettenschachtel und zündet sich eine Marlboro an.

Mit versteinertem Gesichtsausdruck lehnt er sich neben der Türe an die Wand und sieht mich wütend an.

„Du bist jetzt aber nicht mehr allein. Bullshit, Olivia! Du bist auch nicht mehr neutral. Du liegst in *meinem* verdammten Bett und gehörst somit mir. Das ändert alles – vergiss das nicht!“

Es war ja so klar, dass er jetzt wieder damit kommt.

„Sei nicht so ein Macho!“

Er flucht.

„Du weißt, dass ich die Wahrheit sage!“

Sein Blick bohrt sich in den meinen, ich gebe nach.

Was bringt es mir zu lügen?

„Für den Moment habe ich meine Neutralität aufgegeben. Aber das kann sich ganz schnell wieder ändern.“

„Falsch! Das kann es nicht.“

Ach nein?

„Ich trage kein Lady-Leder, auf meinem Rücken steht kein *Property of Luis*, ich bin nicht deine Old Lady, sondern nur deine Geliebte: dein schmutziges kleines Geheimnis. Früher oder später wirst du das Interesse an mir verlieren und das ist okay. So läuft es nun mal und dann werde ich meine Neutralität wieder aufnehmen. Akzeptiere das, Luis!“

Trügerisch ruhig lässt er den Rauch durch seine geblähten Nasenlöcher entweichen.

„Richtig! Du trägst nichts. Du bist nackt und du bist bei mir. In meinem Bett! Ich würde sagen, das spricht für sich. Von mir aus kannst du dir selbst einreden, dass du frei bist. Aber du bist es nicht.“

Weil ich keine Lust auf einen Streit habe, lasse ich seine Aussage unkommentiert.

Manchmal ist es besser zu schweigen.

Ich deute auf seine Kippen.

„Kann ich auch eine haben?“

Luis wirft mir die Zigarettenschachtel zu.

Kaum dass ich den Deckel aufgeklappt habe, fällt mir etwas Kaltes auf den Oberschenkel. Neugierig hebe ich es auf und betrachte das im schwachen Licht funkelnde Gold.

„Ist das echt?“

Grinsend kommt Luis auf mich zu.

„Ich bezweifle, dass Griffin Falschgold in seinem Safe aufbewahrt hat.“

„Du hast seinen Safe leergeräumt?“

Schadenfreude blitzt in seinen silbernen Iriden auf.

„Logo.“ Er sagt das mit so einer selbstgefälligen Arroganz, dass man meinen könnte, dass es für seinen Club nichts Besonderes war, einen feindlichen MC auszulöschen und dessen Lager zu plündern.

Während ich noch das Goldnugget betrachte, rollen zwei Diamanten aus der Schachtel. Ich zucke überrascht zusammen.

„Oh, mein Gott! Was die wohl wert sind?“

„Jede Menge Blut und gut ein dutzend Leichen.“

Er zieht ein letztes Mal an seiner Zigarette und drückt dann den Stummel in dem Aschenbecher, der neben dem Bett auf dem Boden steht, aus.

„All diese Toten wollten auch leben. Genau wie du und ich.“

Er will mich unterbrechen, doch ich halte ihn davon ab.

„Was ist mit mir? Ich gehöre nicht zu den *Bones*, niemand weiß von mir. Wenn mich einer eurer Feinde tötet, weil er das mit uns herausgefunden hat, was passiert dann? Gibt es dann noch mehr Gewalt? Wirst du mich rächen und ein verdammtes Massaker anrichten?“

Ich kenne die Antwort auf meine Fragen bereits.

Luis würde, ohne zu zögern, für mich töten und das macht mir Angst. Diese ganze aus Kutten und Waffen bestehende Welt macht mir Angst.

Unruhig steige ich aus dem Bett, werfe ihm die wertvollen Steine entgegen und will ins angrenzende Badezimmer flüchten.

Keine Ahnung, wo die ganzen Emotionen auf einmal herkommen. Aber das alles wird mir plötzlich zu viel.

Das mit Luis und mir hätte nie sein dürfen. Es war ein Fehler.

Die Liebe macht uns blind und lässt uns dumme Sachen machen.

Luis, der von meinem plötzlichen Ausbruch genauso überrascht ist wie ich, sieht mich aus dunklen Augen an.

„Was ist los, meine süße Köchin? Kriegst du deine Tage?“

„Du bist so ein selbstgefälliges Arschloch!“

Seine Mundwinkel zucken amüsiert. Schön, dass ich ihn so gut unterhalte ...

Bevor ich im Bad verschwinden kann, streckt er seinen Arm nach mir aus und fängt mich ein.

„Bleib ruhig, Baby. Du bist in Sicherheit. Dir wird nichts passieren!“

„Ich bin kein kleines Kind mehr. Ich glaube längst nicht mehr an Märchen.“

Er nickt zustimmend.

„Es ist gut, dass du kein Kind mehr bist, sondern eine erwachsene Frau, denn sonst könnte ich nicht das hier mit dir machen.“

Warm und selbstsicher gleitet seine Hand an meinem Bauch nach unten und verschwindet zwischen meinen Schenkeln. Geschickt teilt er mit seinen langen Fingern meine Schamlippen und reibt kreisend über meine Klit.

Lust wallt in mir auf, vertreibt die Wut und all die verstörenden Gedanken an Leichen, Blut und fliegende Kugeln.

Ganz am Anfang, als wir frisch zusammengekommen sind, habe ich mir geschworen, niemals etwas mit all den Dingen, mit denen er seinen Tag verbringt, zu tun zu haben.

Das Problem ist nur: Wenn man einen Mann liebt, will man ein Teil seines Lebens sein. Man will seine Sorgen und Hoffnungen teilen und für denjenigen da sein.

Zuerst war es nur Sex – aber daraus wurde ganz schnell mehr.

Jetzt stecke ich bis zum Hals in einer Beziehung, die wahrscheinlich mein Untergang sein wird, und ich kann nichts dagegen tun.

Scheiße! Scheiße! Scheiße!

Obwohl sich das, was er da gerade mit mir macht, ganz unfassbar gut anfühlt, reiße ich mich von ihm los.

„Du kannst mich nicht jedes Mal, wenn ich wütend bin, ficken. So funktioniert das nicht!“

Ein spitzbübisches Grinsen stiehlt sich auf seine Lippen.

„Ach, und warum nicht?“

„Darum!“

Kampflustig verschränke ich die Arme vor der Brust, was ihn eine Augenbraue hochziehen lässt.

„Du bist so was von kompliziert, Frau.“

Kann sein.

Luis hebt die Diamanten auf, steckt sie zusammen mit dem Goldbrocken zurück in die Zigarettenschachtel und legt diese beiseite. Dann schnaubt er leidgeplagt und sieht mich an.

Ich zwinge mich dazu, seinen Blick zu erwidern und nicht seine unheimlichen und zugleich wunderschönen Tattoos zu bewundern.

Dieser Biker besteht nur aus Muskeln, Kraft und schwarzer Tinte.

>> EXPECT NO MERCY <<

Die großen Blockbuchstaben auf seiner Brust sind nicht nur eine Warnung, sondern verraten auch viel über den Mann, der sie mit Stolz auf seiner Haut trägt.

Erwarte keine Gnade. Das Lebensmotto meines Outlaws.

„Fuck, Olivia! Ich weiß, dass du gegen das Morden bist. Aber ich bin ein One Percenter und kein gottesfürchtiger Priester. Wenn du für die verlorenen Seelen meiner Feinde beten willst, dann tu das. Reue ist nichts für mich. Genau wie Gefühle. Zumindest war das so, bis ich dir begegnet bin. Du löst Dinge in mir aus, Gefühle, von denen ich nicht einmal wusste, dass ich zu ihnen imstande bin. Du willst wissen, was du mir wert bist? Fuck! Für dich würde ich durch die verdammte Hölle gehen. Zweifel nicht an dem, was zwischen uns ist, das lasse ich nicht zu. Niemals!“

Überrascht und überwältigt starre ich Luis an.

Ganz ehrlich, damit habe ich nicht gerechnet. Bis jetzt haben wir es tunlichst vermieden, über unsere Gefühle zu sprechen.

Und das war auch gut so. Aber jetzt?

Wie soll ich mich jetzt verhalten?

Was soll ich jetzt tun?

Derb fluchend kommt Luis auf mich zu und presst mir einen harten Kuss auf die Lippen. Mit seiner Zunge dringt er tief in mich ein, wühlt sich hungrig durch meinen Mund und entlockt mir so ein leises Keuchen. Mein Rocker schmeckt nach Mann, Rauch und purer Gefahr ...

„Meins!“

Er knurrt, ein wohliger Schauer rinnt über meinen Körper.

Mühelos hebt er mich hoch, legt sich mit mir in den Armen zurück ins Bett und presst seinen harten Schaft gegen meine feuchte Mitte.

Obwohl wir eigentlich gerade gestritten haben und wir vorhin schon harten Sex hatten, kann ich es kaum erwarten, ihn erneut tief in mir zu spüren.

Wieder und wieder lässt er seinen Schwanz durch meine geschwollenen Falten gleiten. „Du bist so heiß und nass und bereit für mich. Gib es zu, Süße. Du willst mich, auch dann noch, wenn du spürst, dass ich eigentlich zu gefährlich für dich bin.“

Er hat recht.

Oh Gott!

Er hat recht und dennoch kann ich nichts daran ändern.

Dieser *Hell Bone* ist mein Untergang.

„Sag, dass ich dich ficken soll. Sag es, und ich bringe dich zum Schreien!“

Als Luis keine Antwort von mir bekommt, umfasst er grob mein Kinn und fesselt meinen Blick an sich.

„Sag, dass du mir gehörst, Olivia. Schwöre mir, dass dein perfekter kleiner Körper nur mir gehört und dass ich das Recht habe, mich tief in dich zu rammen. Ich will hören, wie du dir gegenüber eingestehst, dass das zwischen uns mehr als nur eine Fickbeziehung ist.“

Ich beiße mir auf die Zunge und sehe ich ihn einfach nur an. Zu sagen, was er hören will, würde mir nicht schwerfallen, denn ich weiß längst, dass das zwischen uns mehr als einfach nur Sex ist. Aber mein italienischer Stolz lässt es nicht zu, er will ihn nicht so leicht gewinnen lassen.

Luis verliert die Kontrolle und bewegt seine Hüften. Mit einem harten, tiefen Stoß schiebt er sich in mich, dehnt meinen engen Kanal und gibt ein wildes Zischen von sich.

„Warum ist dir das so wichtig, *Hell Bone*?“

Es dauert. Als ich endlich eine Antwort bekomme, ist sie nichts weiter als ein leises, bedrohliches Flüstern, das sich direkt in meine Seele frisst.

„Weil du mein bist, Olivia. Du machst mich glücklich. Du wirst bei mir bleiben. Ich werde dich beschützen.“

Während Luis spricht, verändert sich seine Mimik. In seinen grauen Augen glimmt pure Entschlossenheit.

„Du bist total verrückt, *Hell Bone*.“

Er lacht rau.

„Bin ich. Nach dir. Aber es fühlt sich gut an, und darum ist es okay.“

Während er spricht, rollt er sich von mir runter, packt mich an den Knöcheln und zieht mich an die Bettkante.

Nervös sehe ich auf sein beeindruckendes, nach oben gebogenes Glied. Erneut flutet Feuchtigkeit meine Mitte.

„Nimm ihn in den Mund.“

Seine raue Daumenkuppe reibt über meine Unterlippe und schiebt sich in meinen Mund. Erwartungsvoll zitternd schließe ich die Augen und beginne an seinem Finger zu saugen, züngle an ihm und zeige Luis so, was ich nur zu gerne mit seinem Schwanz anstellen würde.

Er atmet grollend aus, zieht seinen Daumen aus meinem Mund, vergräbt seine Faust in meinen Haaren und zerrt meinen Kopf nach oben.

„Sieh mich an und öffne deinen Mund!“

Ich zögere, dann befolge ich seinen Befehl.

„Sei ein braves Mädchen und lutsch an mir.“

Die rote geschwollene Spitze seines Glieds schwebt nur wenige Zentimeter vor meinem Gesicht. Der moschusartige Geruch männlicher Lust steigt mir in die Nase.

Langsam lasse ich meine Zunge über den kleinen Schlitz an der Krone schnellen und werde mit einem Zucken seiner Bauchmuskeln belohnt.

Ungeduldig kommt er mit entgegen, schiebt sich weiter in meinen Mund und stöhnt dabei laut. Dick und schwer ruht seine Erektion auf meiner Zunge, erfüllt meine Sinne mit seinem köstlichen Aroma.

Noch bevor ich richtig loslegen kann, übernimmt Luis die Führung. Seine Hüfte bewegt sich, seine kraftvollen Oberschenkel spannen sich an, so als könnten sie es kaum erwarten.

Luis dringt tief in meinen Hals vor, ich kämpfe gegen meinen Würgereflex an, es gelingt mir. Nur gegen die Tränen, die mir in die Augen steigen, habe ich keine Chance.

„Saug an ihm, fest."

Erneut mache ich, was er verlangt. Meine Wangen wölben sich während ich ihn mit meinen Lippen und meinem Gaumen bearbeite.

Mag sein, dass ich diejenige bin, die vor ihm kniet, mag sein, dass er meinen Mund fickt, aber in Wirklichkeit habe ich gerade die Kontrolle über den sonst so mächtigen Outlaw.

Ich habe sein empfindlichstes Stück zwischen den Zähnen, und wenn ich wollte, könnte ich ihn mühelos entmannen.

Aber das will ich nicht, ganz im Gegenteil.

Luis ist der erste Mann seit einer Ewigkeit, der mir echt etwas bedeutet. Er hat sich in mein Herz geschlichen und sich darin festgebissen.

Die wenigsten Kerle kommen mit meinen Arbeitszeiten klar. Als Restaurantbesitzerin und Köchin arbeite ich Tag und Nacht, an Wochenenden und Feiertagen und das in den meisten Fällen sieben Tage die Woche.

Heute habe ich mir ausnahmsweise freigenommen, aber das kommt eher selten vor. Ich bin ein echter Workaholic und was die *Trattoria* angeht, ein totaler Kontrollfreak.

Es fällt mir schwer, einfach mal loszulassen – so bin ich eben. Luis kommt zum Glück damit klar, was wahrscheinlich daran liegt, dass er ebenfalls keinen typischen Acht-Stunden-Job hat, sondern einer der legendären *Hell Bones* ist. Der Motorcycle Club schläft scheinbar nie, genau wie seine Member.

In dieser Hinsicht ergänzen wir uns perfekt, was es so leicht macht, mit ihm zusammen zu sein. Oft, wenn ich in den frühen Morgenstunden heimkomme, ist er noch lange auf den Straßen dieser Stadt unterwegs.

Luis beobachtet mich, in seinen Augen lodert Begierde.

Eine Träne rinnt mir aus dem Augenwinkel, er streift mit der Fingerspitze darüber und kostet den salzigen Tropfen. Wieder und wieder schiebt sich sein Glied zwischen meine Lippen, jedes Mal weiter als zuvor.

„Yeah, Baby. Lass mich noch tiefer!“

Beim nächsten Vorstoß gleitet er so tief in mich hinein, dass ich instinktiv ausweichen will. Seine in meinen Haaren vergrabene Faust verhindert das, und so bleibt mir nichts anderes übrig, als meine Halsmuskulatur zu entspannen und jeden harten Zentimeter zu schlucken.

Luis wird immer unnachgiebiger. Er hält mich in Position, stößt immer kraftvoller zu und stöhnt lustvoll.

Es mag komisch klingen, aber beim Sex genieße ich es, ganz gegen meinen Gewohnheiten, die Kontrolle abzugeben und mich leiten zu lassen.

Zwischen meinen Schenkeln wird es immer nasser, während sich in meinem Unterleib ein wildes Prickeln ausbreitet.

„Stütz dich an mir ab.“

Das ist die einzige Warnung, die er mir zugesteht, ehe er meinen Mund in einem unglaublich schnellen und erregenden Rhythmus bearbeitet.

Etwas Speichel rinnt mir über das Kinn. Meine Lippen brennen, während ich mich darauf konzentrieren muss, Luft zu holen, zu schlucken und zu saugen.

„Fuck! Du bist so schön. Wie du da vor mir kniest mit Tränen in den Augen, meinen Schwanz im Mund und voll darauf konzentriert, mir Lust zu bereiten. Wie soll ich nicht immer verrückter nach dir werden, wenn du solche Sachen mit mir anstellst?“

Ich mit ihm? Im Augenblick ja wohl eher er mit mir!

Das nächste Mal, als er bis zur Wurzel in mich gleitet, zieht er sich nicht sofort zurück, sondern verharrt tief in meinem Rachen.

Mit angehaltenem Atem sehe ich zu ihm auf und beobachte, wie er die Zähne bleckt.

Kreisend bohrt er sich noch etwas tiefer in meinen Hals, ich packe seine Beine fest und drücke mich in dem Versuch, ihn noch weiter in mir aufzunehmen, auf sein Glied. Meine Nase streift über die unterste Reihe seines Sixpacks.

Ich explodiere beinahe vor Lust.

„Oh yes, Baby ...“

Mit der rechten Hand halte ich mich an seinem Bein fest, mit der linken umfasse ich seine Hoden, knete und massiere sie genau so, wie er es braucht. Ich spüre sofort, wie sie immer prallen werden und sich zusammenziehen.

Ein „Fuck!“ zischend, zieht er sich aus mir heraus, umfasst meine Schultern und wirft mich rücklings auf das Bett. Noch bevor ich weiß, wie mir geschieht, ist er auch schon über mir und drückt mich mit seinem Gewicht tief in die Matratze.

Warm und fest streifen seine Lippen über meine Schläfe, er packt mich an der Taille, hebt meinen Unterleib an und presst ihn gegen den seinen.

Hart und schwer drückt sich sein Glied gegen meinen Venushügel, während er mir einen wilden und zugleich bittersüßen Kuss schenkt.

Da ist sie, die Rockerromantik, die ich so liebe. Diese Mischung aus zart und hart, der ich einfach nicht widerstehen kann.

Die Zärtlichkeit seiner Verführung steht im starken Kontrast zu dem hungrigen Ausdruck in seinen Augen.

Seine Finger finden meine Nippel, necken und zwirbeln sie, bis sie rot und empfindlich sind. Ein dünner Schweißfilm legt sich auf meinen Nacken, ich erschaudere.

Luis flüstert mir leise zu, wie schön ich bin und wie dringend er mich besitzen will.

Hungrig finden seine Zähne mein Ohrläppchen, beißen sachte zu und schicken eine Gänsehaut über meine Arme. Er leckt sich an meinem Hals hinab bis zu der empfindlichen Haut an meinem Schlüsselbein und knabbert leicht, fast so als würde er mich bei lebendigem Leib verschlingen wollen.

Luis' raue Zunge schnellt über meine rechte Brustwarze. Er saugt sie in seinen heißen Mund und schiebt zeitgleich seine Hand zwischen meine Schenkel.

Als er ertastet, wie feucht ich bereits für ihn bin, gibt er ein raues Stöhnen von sich.

„Du kannst es kaum erwarten, endlich gefickt zu werden.“

Er lächelt selbstgefällig.

Langsam schiebt sich sein Finger in mich. Tief und tiefer – mein Herz steht still.

Mit dem Handballen reibt er über meinen Kitzler, übt einen perfekt dosierten Druck aus und beobachtet dabei jede meiner Regungen. Ich kämpfe gegen den viel zu schnell aufsteigenden Orgasmus an und verliere.

„Lass es zu, Baby.“

Die Art, wie er mich fingert, wird härter und gnadenloser. Die Zärtlichkeit, mit der er mich gerade noch behandelt hat, verwandelt sich in unverhohlene Besitzgier.

Dieser Biker verführt mich nicht, er verschlingt mich!

Endlich spüre ich wieder die dicke Wulst seiner Eichel an meinem Eingang. Bestimmend fesselt er meinen Blick an sich und schiebt sich dann Stück für Stück in mich hinein.

Das göttliche Gefühl der Dehnung, unsere aneinanderreibende Haut und seine Hände, die sich besitzergreifend um meine Hüfte schlingen ...

Mehr brauche ich nicht ...

Ich vergesse das Gold, die *Bastards*, die Diamanten und die Tatsache, dass unsere Beziehung keine Zukunft hat. Alles, was in diesem Augenblick noch zählt, sind er und ich und das, was wir gerade tun.

Leise wimmernd presse ich mich ihm entgegen, fordere so flehend um mehr.

Mit jedem Zentimeter, den er mich weiter ausfüllt, mit jedem geteilten Atemzug und jedem sanften Kuss werde ich mehr zu der seinen.

Dieser Outlaw ist mein Schicksal. Zumindest könnte er es sein, wenn ich endlich bereit wäre, mich auf seinen Club einzulassen.

In der Sekunde, in der er sich endlich mit einer kraftvollen Bewegung bis zum Anschlag in mich rammt, zerplatzt auch der letzte Gedanke und mein Verstand geht offline.

Ich versuche leise zu sein, doch ich schaffe es nicht. Mein lauter Schrei durchbricht die Stille.

Zuerst bewegt Luis sich quälend langsam, dann immer schneller und schneller.

Das klatschende Geräusch unserer aufeinandertreffender Körper vermischt sich mit unseren lauten Atemzügen.

„Mehr! Gib mir mehr!“

Brummend vergräbt er seine Finger tiefer in meinem Fleisch, während er mich gnadenlos fickt.

Verschwitzt und atemlos reibe ich mich an ihm, spanne meine inneren Muskeln an und beobachte wie in Trance das verführerische Spiel seiner Muskelberge.

„Ich schwöre dir, du hast mich süchtig gemacht. Deine süße kleine Pussy muss mit Magie gefüllt sein, anders kann ich mir nicht erklären, was du in mir auslöst.“

Nicht fähig, ihm zu antworten, ramme ich meine Fingernägel in seine Haut, suche so nach Halt, während ich mich meiner Lust hingebe ...

Zuckend, zitternd und schreiend stürze ich über die Klippe des Erträglichen und verliere mich erneut an diesen *Hell Bone*, von dem ich einfach nicht mehr loszukommen scheine.

Luis' lautes „Jesus!" hallt durch seine Wohnung, ehe er sich heiß und pumpend in mir ergießt. Ich spüre seinen Samen in mir und genieße die vollkommene Zweisamkeit dieses Moments.

Eine angenehme Mattigkeit ergreift von mir Besitz, meine Nervenbahnen brennen lichterloh und vor meinen Augen funkeln grelle Blitze.

Die Konturen von Luis' Schlafzimmer verschwimmen und werden unscharf.

Ich muss einige Male blinzeln, um meinen Blick zu fokussieren.

Mein Rocker beugt sich zu mir herab, saugt an meinem Hals und beißt dann plötzlich fest zu.

Der scharfe Schmerz lässt mich zusammenzucken, ich versuche mich von ihm loszureißen, doch ich habe keine Chance.

„Hey, was soll das?"

„Jetzt kann jeder sehen, dass du einen Mann hast!"

Luis klingt sehr zufrieden mit sich.

„Sehr witzig. Willst du mir vielleicht das Zeichen der Bones in den Hals ritzen? Oder mir am besten gleich deinen Namen auf die Stirn tätowieren?"

In der Sekunde, in der ich es laut ausspreche, erkenne ich meinen Fehler.

„Soll das ein Angebot sein? Wenn ja, mir gefallen beide Optionen!"

Dachte ich mir schon.

„Das ist nicht witzig!"

Er lacht.

„Doch, ist es. Sehr sogar. Und je mehr du dich aufregst, umso deutlicher wird mir klar, dass es höchste Zeit wird, unsere Beziehung offiziell zu machen."

Nein! Keine Chance!

Entsetzt und wütend rutsche ich unter ihm raus, wenigstens versuche ich es, denn Luis hält mich mühelos zwischen sich und dem Bett gefangen.

„Lass mich los!"

„Warum? Damit du einen sinnlosen Streit anfangen kannst?"

Herrgott!

Manchmal treibt mich dieser Mann in den Wahnsinn.

„Ich schreie!"

Die Drohung hätte ich mir auch sparen können.

„Tu, was du willst. Die Leute wissen, wer hier wohnt, niemand wird dir zu Hilfe eilen."

Ich weiß, dass er recht hat.

Kein Mensch in dieser Stadt ist so bescheuert, sich mit den gefürchteten *Hell Bones* anzulegen. Keiner. Nicht mal die Cops, und das will was heißen.

Meinen Zorn herunterschluckend sehe ich ihm direkt in die Augen.

„Bitte. Lass mich aufstehen."

Sofort rollt er von mir runter, wenn auch widerwillig.

Luis mag ein Killer und ein Krimineller der schlimmsten Sorte sein, aber wenn ich ihn um etwas bitte, gibt er immer nach.

Irgendwo hinter dieser rauen, mir Narben und Tattoos überzogenen Hülle steckt eben doch ein Gentleman, wenn auch nur ein sehr kleiner.

So schnell ich kann, steige ich aus dem Bett und sammle meine Sachen zusammen, was ihn die Stirn runzeln lässt.

„Was soll das werden, Baby?"

„Ich gehe."

„Wohin?"

Blöde Frage.

„Nachhause. Oder zum Arbeiten. Ich muss nachdenken, und das kann ich am besten in der Küche."

Und das ist nicht gelogen, Luis und das, was er heute alles gesagt hat, haben mich schrecklich durcheinandergebracht.

Ich kann ihm ansehen, dass er mich davon abhalten will, doch er tut es nicht. Stattdessen steigt er mit einem leidgeplagten Seufzen aus dem Bett, streift sich durch die verwuschelten schwarzen Haare und bückt sich, um seine Jeans aufzuheben.

„Gut, ich fahre dich."

Mein erster Impuls ist, nein zu sagen. Aber mir ist klar, dass das keine Frage, sondern eine Tatsache war, und dass dieser Punkt nicht verhandelbar ist.

Wenn es um meine Sicherheit geht, versteht mein Outlaw keinen Spaß.

Er schlüpft in seine Hose, wie üblich trägt er nichts darunter, und schließt den Gürtel.

„Du siehst gut aus, so frisch gefickt bist du immer am schönsten."

Arschloch!

„Du bist reizend, wirklich sehr reizend. Aber das ist WC-Reiniger auch. Also halt die Klappe und bring mich in die *Trattoria.*"

Anstatt wütend zu werden, kommt er wie ein Raubtier, das sich auf der Jagd befindet, auf mich zu. Seine Bewegungen sind so geschmeidig wie die eines Panthers.

„Hast du mich gerade einen WC-Reiniger genannt?"

Öhm ...

„Nein, ich habe gesagt, dass du reizend bist.“

Er nickt zufrieden und bleckt die Zähne.

„Soso ... na dann ist es ja gut.“

Nichts ist gut. Alles ist gut. Und genau das ist ja das Problem.

Einerseits will ich nichts so sehr, wie dass das mit uns offiziell wird, andererseits habe ich schreckliche Angst vor den Konsequenzen, die das mit sich bringen würde.

Im Moment bin ich einfach nur ich. Eine Frau, die ein kleines, nettes italienisches Restaurant führt, die meiste Zeit des Tages in der Küche steht, Pasta kocht und sich aus all den schlimmen Dingen, die in dieser Stadt passieren, raushält.

Aber wenn bekannt wird, dass ich mit dem Club ins Bett steige, dann ist meine Neutralität ruiniert und ich befinde mich schwuppdiwupp mitten in einem Krieg, den ich noch nie so richtig verstanden habe. Fickt man mit einem *Hell Bone*, ist man mitten drin in dieser Welt aus Blut und Gewalt.

Man kann nicht halb zum MC gehören. Ganz oder gar nicht. Man kann auch nicht mit einem der Rocker zusammen sein und seine Kutte ignorieren.

Ein *Hell Bone* ist ein *Hell Bone* – das kann man sich nicht aussuchen. Und Luis kann auch nicht für ein paar Stunden am Tag so tun, als ob er ein ganz normaler Mann wäre.

Diese Outlaws sind, wer sie sind. Immer. Vierundzwanzig Stunden am Tag, sieben Tage die Woche, dreihundertfünfundsechzig Tage im Jahr.

In dieser Hinsicht gibt es keine Kompromisse und das wusste ich von Anfang an. Trotzdem habe ich mich auf Luis eingelassen. Woher hätte ich auch wissen sollen, dass sich aus unserer anfänglichen Affäre so schnell etwas Ernstes entwickelt?

Diese Rocker sind nicht gerade dafür bekannt, sich leichtfertig an eine Frau zu binden. Sie lieben ihre Freiheit und halten mit aller Kraft an ihr fest.

Wobei das so auch nicht stimmt, zumindest nicht mehr. In den letzten Monaten hat sich da vieles geändert.

Devil, der Präsident der *Bones,* hat den Anfang gemacht und sich eine Krankenschwester zur Lady genommen. Dem Beispiel sind einige seiner Männer gefolgt und mittlerweile gibt es sechs Ladys im Club.

Ich hätte also sehr wohl ahnen können, dass es sich zwischen Luis und mir so entwickelt, aber das wollte ich nicht und jetzt stecke ich in der Klemme.

Luis kommt auf mich zu, umfasst federleicht mein Gesicht und sieht mir tief in die Augen.

„Hör auf, dir den Kopf zu zerbrechen, Baby. Das mit uns ist gut. Verdammt gut, und es wird funktionieren. Du wirst schon sehen."

Mit seinen Lippen über meine Haut streifend, haucht er mir einen zartschmelzenden Kuss auf die Stirn, ehe er mich wieder loslässt, seine Waffen einsteckt und sich die Kutte überzieht.

Von der unfassbaren Zärtlichkeit überrumpelt, betrachte ich die vielen Patches, die sein Leder zieren und hoffe inbrünstig, dass er recht hat. Und dass das mit uns nicht in einer blutigen Katastrophe endet.

Meine Angst, Luis an den Tod zu verlieren, ist um einiges stärker als die, selbst zu sterben.

Was ein untrügliches Zeichen dafür ist, dass ich diesen Rocker über alle Vernunft liebe.

Die Stimmung zwischen uns ist komisch.

Wir hatten Sex, ich will gehen und er ist nicht wütend.

Das ist merkwürdig.

Das alles ist merkwürdig. Für gewöhnlich ist es doch so, dass Bad Boys wie Luis kein Interesse an ernsthaften und offiziellen Beziehungen haben, die Frauen aber mehr wollen. Bei uns ist das genau andersherum.

Wäre Luis nicht der, der er nun mal ist, hätte ich mich wahrscheinlich nicht in ihn verliebt.

Aber da er nun mal ist, wer er ist, weigere ich mich, die Liebe, die ich für ihn empfinde, voll und ganz zuzulassen. Scheiße, ist das kompliziert!

Früher dachte ich immer, dass es das Schwerste für eine Single-Frau ist, den richtigen Mann zu finden. Ich hätte nie gedacht, dass es in Wahrheit noch viel schwieriger ist, besagten Mann so zu akzeptieren, wie er ist. Mit all seinen Facetten, mit all seinen Stärken und Schwächen.

Aber so ist es, und genau darüber muss ich jetzt nachdenken.

Luis nimmt es mir nicht übel, dass ich regelrecht aus seinem Bett geflüchtet bin, was mir verrät, dass er heute Nacht noch irgendeine Angelegenheit für seinen Präsidenten erledigen muss.

Jetzt, wo dessen Lady kurz vor der Geburt ist, und das Baby jederzeit zur Welt kommen kann, lässt Devil seine Frau nur noch ungern aus den Augen. Besonders nachts.

Ein weiterer Beweis dafür, dass diese *Hell Bones* nicht einfach nur herzlose Killer sind, sondern dass sie auch eine gute und beschützende Seite haben.

Luis führt mich schweigend die Treppe nach unten. Er hasst Aufzüge, weswegen wir den Lift, der uns wesentlich schneller von der vierten Etage ins Erdgeschoss gebracht hätte, ignorieren. Schon witzig, der große, böse Outlaw fürchtet sich vor so etwas Einfachem wie einem Aufzug.

Manche Dinge müssen wir Frauen einfach nicht verstehen ...

Wir treten raus auf die Straße, kühle Nachtluft schlägt uns entgegen. Tief einatmend drehe ich mich zu meinem Rocker um, lege meine Hände auf seine Brust und sehe ihm tief in die Augen.

„Ganz egal, was du heute Nacht noch tun musst, versprich mir vorsichtig zu sein. Okay?“

Er nickt, streicht mir eine Haarsträhne aus dem Gesicht und zieht mich besitzergreifend an sich.

„Und du versprichst mir, dass du endlich aufhörst, dir den Kopf zu zerbrechen. Du und ich, das passt perfekt. Was muss ich noch tun, damit du das endlich erkennst?“

Gute Frage ...

„Fürs Erste lass mir einfach mehr Zeit.“

Er murmelt etwas über störrische Frauen, frühere Zeiten und Wikinger, was ich nicht genau verstehe.

„Zeit ist kostbar. Vielleicht das Kostbarste überhaupt, und keiner von uns weiß, wie viel ihm davon bleibt. Also hör endlich auf, die unsere zu verschwenden, indem du dir sinnlose Sorgen machst.“

Klingt logisch. Aber er hat ja auch leicht reden.

„Bring mich zur *Trattoria.“*

Das Knurren, das sich nun aus seiner Kehle löst, zeugt von purer männlicher Gereiztheit. Dennoch sagt er kein Wort mehr, sondern führt mich einfach nur zu seinem Bike, steigt auf und wartet kommentarlos, bis ich hinter ihm Platz genommen habe.

Es ist jedes Mal das Gleiche, sobald ich meine Arme um Luis' Mitte schlinge und mich an ihm festhalte, überkommt mich dieses instinktive Gefühl der Zusammengehörigkeit, gegen das ich einfach keine Chance habe und gegen das ich auch überhaupt nicht ankämpfen will.

Mein *Hell Bone* erweckt seine anthrazitfarbene Harley zum Leben, das kraftvolle Brummen des Motors vibriert durch meine Sehnen und mein Puls schnellt in die Höhe.

Ich liebe das Motorradfahren einfach. Irgendwann mache ich meinen Schein und dann will ich ein eigenes Bike. Aber bis dahin bin ich mehr als zufrieden damit, meinen Kopf an Luis’ Schulter zu lehnen und den Fahrtwind zu genießen.

1. Kapitel

Der Member

„Wo kommst du denn her?“

Casanova, der Road Captain des Clubs, kommt mir entgegen, eine Kippe im Mundwinkel und seine Lady über der Schulter hängend.

Emma ist eine Autorin, die ursprünglich zu den *Bones* gekommen ist, weil sie gerade ein Buch über Rocker geschrieben hat und dafür etwas Clubluft kosten wollte.

Und ist geblieben. Jetzt trägt sie eine Kutte, die sie als Eigentum unseres Captains kennzeichnet, und sitzt bereits an der nächsten Geschichte, in der es ebenfalls um Outlaws geht.

Ihre Fantasie ist bemerkenswert, genau wie ihr Schreibstil. Es gefällt mir, wie sie die Dinge, die ich Tag für Tag tue, beschreibt. Sie schafft es, so etwas Einfaches wie eine Hinrichtung in ein echtes Drama zu verwandeln.

„Ich war kurz in meiner Wohnung.“

Casanova nickt, seine Mundwinkel ziehen sich nach unten.

„Und warum kommst du um diese Uhrzeit wieder?“

Es ist kurz nach halb vier, in wenigen Stunden geht die Sonne auf.

Der Gedanke, allein in meiner Bude zu sitzen, Olivias Geruch einzuatmen und mir den Schädel darüber zu zerbrechen, warum zur Hölle sich diese Frau so standhaft weigert, mir zu gehören, war das Letzte, was ich wollte, und an Schlaf war nicht zu denken.

„Fuck! Wir haben die *Bastards* besiegt. Das ist ein Grund zum Feiern!“

„Yeah, ist es, aber die wilde Party hast du schon verpasst.“

„Aye, das sehe ich.“

Überall liegen nackte Nutten, leere Spirituosenflaschen und zerdrückte Bierdosen. Es riecht nach Sex, Muschi und Schweiß. Eine widerliche Mischung. Aber das alles ist immer noch besser, als allein in meinem Bett zu liegen und an mein Mädchen zu denken.

Es ist nichts Ungewöhnliches, dass sie um diese Uhrzeit in die *Trattoria* fährt.

Wenn ihr mitten in der Nacht eine Idee für ein neues Rezept einfällt, muss sie es meistens sofort ausprobieren. Ich selber kann nicht mal ein verdammtes Ei kochen, trotzdem kann ich verstehen, wie es ihr geht. Mir geht es mit dem Club nicht anders.

Wir beide haben etwas, wofür wir brennen, und das ist gut.

Nur deswegen funktioniert unsere Beziehung überhaupt.

Ich brauche eine selbstständige Frau, eine mit Temperament und eigenen Zielen. Ein einfaches Anhängsel, das mir den ganzen Tag am Arsch klebt und mir auf die Nerven geht, wäre nichts für mich.

Olivia passt perfekt. Aus diesem Grund werde ich sie niemals entwischen lassen.

„Was zum Teufel war so wichtig, dass du während der Feier zu dir heim musstest? So eine Sause lässt man sich doch nicht entgehen, Bro.“

Ich habe gefeiert, nur eben anders als er und meine Brüder.

Ich wollte diesen Sieg mit Olivia teilen, allerdings hatte ich mir den Ausgang dieser Nacht anders vorgestellt.

Casanova merkt, dass ich nicht vorhabe, ihm zu antworten, und mustert mich eingehend. Als er die blutigen Kratzer auf meinem Unterarm entdeckt, grinst er wissend.

Olivia verwandelt sich beim Ficken in eine Wildkatze. Ich mag das.

„Wie ich sehe, hattest du deinen Spaß. Hast dir wohl ’ne nette Bitch nach Hause liefern lassen. Kluger Mann! Hier war’s heftig. Bin bis jetzt nicht dazu gekommen, es meiner Lady zu besorgen.“

Emma hängt noch immer über seiner Schulter. Er verpasst ihr einen Klaps auf den Hintern, der sie zum Quietschen bringt. Dann kichert sie laut vor sich hin. Sie hat ganz offensichtlich zu viel getrunken.

Er nickt mir zu und verschwindet die Treppe nach oben zu den Wohnungen, die sich in den oberen Etagen des Clubhauses befinden.

Die First Nine – die neun hochrangigsten Member – wohnen alle im Club. Alle bis auf den Präsidenten, der hat sich vor einiger Zeit eine Wohnung gesucht.

Bis jetzt habe ich es noch nicht geschafft, mir eines der begehrten *First-Nine-Patches* zu sichern. Aber Fuck! Sobald ein Posten frei wird, werde ich mir den schnappen.

Green, einer unserer Prospects, ist an der Bar sitzend eingeschlafen.

Er hängt ziemlich schief auf dem Hocker, die Stirn direkt auf der versifften Theke, eine ausgegangene Kippe klebt in seinem Mundwinkel.

Es sieht so aus, als hätte er eine geile Nacht gehabt. Wenn ich mich hier genauer umsehe, hatten hier alle ihren Spaß.

Der Sieg über die *Bastards* war wichtig. Diese Pisser haben uns lange genug das Leben schwer gemacht.

Ich gehe hinter die Bar, hole mir ein Bier aus dem Kühlschrank und gehe dann wieder raus in den Hof.

Einige der Feuer, die in den verrosteten Ölfässern, die überall auf dem Gelände verteilt sind, lodern, sind kurz vor dem Ausgehen. Die orangen Flammen haben sich in graue Rauchsäulen verwandelt, die gen Himmel steigen. Fast so, als würde der runde Vollmond nach ihnen rufen.

Ich trinke mein Bier, hebe die am Boden stehende Wodkaflasche auf und schleudere sie in die Glut vor mir. Das Feuer erwacht mit einem Zischen zu neuem Leben und taucht die nähere Umgebung in einen rötlichen Schein.

Meine Gedanken wandern zu Olivia. Ich sollte jetzt nicht hier sein, sondern bei ihr.

Es war falsch, sie aus meinem Bett flüchten zu lassen. Ihre Zicken müssen endlich aufhören. Dieses ewige Hin und Her treibt mich noch in den Wahnsinn!

Bullshit!

Ich kann ihre Bedenken verstehen, aber sie muss mir vertrauen. Ich bin durchaus in der Lage, mein Mädchen zu beschützen. Und jetzt, wo die *Bastards* besiegt sind, sollte es auch endlich wieder etwas ruhiger werden.

Die Beine ausstreckend, zünde ich mir eine Marlboro an, schließe die Augen und hoffe auf etwas Entspannung. Doch die innere Unruhe will einfach nicht nachlassen.

Was fucking zermürbend ist. Das ungute Gefühl, dass etwas Schlimmes passieren wird, will einfach nicht nachlassen. Es ist wie eine Vorahnung. Aber sie ergibt überhaupt keinen Sinn: Unsere gefährlichsten Widersacher sind besiegt, New York gehört wieder den *Hell Bones*, unser Revier ist sicher.

Das Telefon in meiner Tasche beginnt zu vibrieren. Im ersten Moment spiele ich mit dem Gedanken, es einfach zu ignorieren. Wer zur Hölle will etwas um vier Uhr morgens von mir? Einzig die Möglichkeit, dass es sich dabei um Olivia handeln könnte, lässt es mich aus der Innentasche meiner Kutte ziehen.

Die eingehende Textnachricht stammt von einer unbekannten Nummer und besteht nur aus einem Foto.

Ich drücke auf Laden, es dauert eine gefühlte Ewigkeit, bis es mir angezeigt wird.

Dann erscheint es und mein Herz steht mit einem Schlag still.

Ich erkenne die Vorderseite von *Olivias Trattoria*, eine Hand, die eine grüne Glasflasche, die bis zur Hälfte mit einer Flüssigkeit gefüllt ist und in der ein Stofffetzen steckt, hält. Ein Molotowcocktail!

Fuck! Mir ist klar, dass eine Ladung Sprengstoff viel gefährlicher und auch tödlicher wäre. Ein Molotowcocktail setzt Dinge in Brand, jagt sie aber nicht in die Luft. Trotzdem zieht sich mein Magen gepeinigt zusammen.

Um diese Uhrzeit hat die *Trattoria* natürlich geschlossen, das Personal ist längst gegangen, was bedeutet, dass sich Olivia allein im Restaurant aufhält.

Ich springe auf, werfe das Bier in die Flammen und renne zu meinem Bike.

Die Wache am Tor beobachtet mich. Für den Bruchteil einer Sekunde spiele ich mit dem Gedanken, ihr zuzurufen, dass sie mir folgen soll. Einzig die Erinnerung an das, was das letzte Mal passiert ist, als Casanova die Wachen abgezogen hat, hält mich davon ab.

Die Nachricht war eine Warnung!

Irgendjemand hat herausgefunden, dass Olivia mir gehört, und zieht sie nun in meine Scheiße mit rein. Das ist genau das, wovor sie sich immer gefürchtet hat und was ich als unwahrscheinlich abgehakt habe.

Bei allen Bones!

Olivia hatte recht und jetzt schwebt sie in großer Gefahr!

Ich springe regelrecht auf meine Maschine, gebe Gas und rase über den Hof.

Der Wachposten kapiert, dass es schnell gehen muss, und reißt das Tor auf.

Von Wut und Sorge getrieben, lasse ich den Motor aufheulen und brettere die im Dunkeln liegende Straße entlang.

Von hier zur *Trattoria* brauche ich für gewöhnlich fünfzehn Minuten.

Jetzt muss es schneller gehen. Bedeutend schneller.

Wer auch immer hinter dem Foto steckt, ich kann ihm nur raten, dass er die Finger von meiner Frau lässt. Wenn er sie anrührt oder gar verletzt, werde ich ihn jagen, ich werde ihn finden und in seine Einzelteile zerlegen.

Es gibt nicht viel, was mir im Leben wichtig ist – es gibt nicht viel, was ich liebe.

Der Club und meine kleine Köchin sind alles, was ich brauche.

Selbst wenn er den Molotowcocktail nicht zündet, werde ich den Wichser allein wegen des Fotos umbringen. In dieser Hinsicht verstehe ich keinen Spaß.

Olivia gehört mir. Jeder ihrer Atemzüge, jedes Haar und jeder Kuss gehören mir, und ich beschütze, was mir gehört.

Ohne auch nur einen Gedanken an meine eigene Sicherheit zu verschwenden, drehe ich am Gas, jage den Motor hoch und ignoriere den restlichen Verkehr und sämtliche Geschwindigkeitsbegrenzungen.

Acht Minuten später biege ich in die Straße in, in der sich das italienische Restaurant befindet und erstarre, als ich Olivias MINI Cooper in Flammen stehend auf dem Parkplatz vorfinde. Der Molotowcocktail hat ganze Arbeit geleistet! Das Feuer hat den MINI beinahe gänzlich verschluckt.

Ich bin kein gläubiger Mensch, Gott und der Teufel sind für mich nichts weiter als eine Erfindung der Kirche. Doch jetzt erwische ich mich dabei, dass ich ein Stoßgebet murmle, während ich eine harte Bremsung hinlege, von der Harley springe und auf den Wagen zurenne. Die Furcht, dass sich meine Mädchen in dem brennenden Auto befindet, lässt mir die Knie weich werden. Ich kann wegen des Feuers und des Rauches nichts erkennen und brülle ihren Namen. Schnell ziehe ich meine Waffe, schlage die Seitenscheibe neben dem Fahrersitz ein und breche vor Erleichterung, als ich den Sitz leer vorfinde, fast zusammen.

Natürlich besteht auch die Möglichkeit, dass der Irre sie bewusstlos geschlagen und in den Kofferraum gesteckt hat. Voll Panik ziehe ich an dem Hebel für die Heckklappe und sie geht tatsächlich ein Stückchen auf. Der Kofferraum ist leer.

Sollte das nur eine Warnung sein?

Die Waffe entsichernd, lege ich den Finger auf den Abzug und laufe, so schnell ich kann, zum Hintereingang der *Trattoria.*

Die Türe steht offen. Kein gutes Zeichen.

Mein Puls rast, die Muskeln in meinen Armen spannen sich an.

Noch bevor ich in der Küche ankomme, weiß ich, dass mein Mädchen nicht da ist. Ich kann es spüren. Und so ist es. Der Geruch von frischem Knoblauch schlägt mir entgegen, die silbernen Töpfe und Pfannen hängen an einem Gestell von der Decke. Die Messer liegen ordentlich aufgereiht neben einem roten Schneidebrett. Die Reihe ist jedoch unterbrochen – eins fehlt. Ich gehe weiter, unter meinen Stiefeln beginnt es zu knirschen.

Weiße Porzellanscherben bedecken den ebenfalls weißen Fliesenboden. Rohe Shrimps und gehackte Zwiebeln mischen sich zu den Scherben.

Ich folge der Spur der Verwüstung und stoppe abrupt, als mir das am Boden liegende Messer ins Auge sticht. Die Klinge ist mit einer roten Flüssigkeit überzogen. Ich weiß sofort, dass es sich dabei nicht um Tomatensoße handelt, sondern um Blut.

Olivias Blut? Was, wenn der Typ, der sie entführt hat, sie auch verletzt hat?

Vielleicht hat sie sich auch einfach nur gewehrt und das Blut ist gar nicht von ihr?

Mir wird schlecht. Eine Mischung aus Zorn und Verzweiflung rast durch meine Venen.

Mit zitternden Fingern hebe ich das Messer auf und betrachte das Blut.

Es ist zu viel für einen oberflächlichen Schnitt.

Mein Magen zieht sich gepeinigt zusammen.

Allein die Möglichkeit, dass Olivia damit verwundet wurde, zwingt mich beinahe in die Knie. Zumindest lag sie nicht in dem brennenden Wagen.

Mir gefällt die Möglichkeit, dass es ihr gelungen ist, ihren Angreifer mit der scharfen Klinge zu erwischen, viel besser. Nur um sicher zu gehen, betrete ich den Gastraum. Er liegt im Dunkeln, ich schalte das Licht ein und stoße ein lautes, wütendes Brüllen aus.

Auf einem der Tische wurde eine Botschaft für mich hinterlassen, sie besteht aus einer einzelnen Patrone, einem danebenliegenden Revolver, der ohne Probleme aus einem Western stammen könnte, und einer langen Haarsträhne, die zu 100 Prozent von Olivia stammt.

Jemand muss mich beobachten, denn kaum dass ich den Revolver in die Hand nehme und die Trommel aufklappe, piept mein Handy erneut. Wieder eine Textnachricht.

Dieses Mal kein Foto.

>>Dein Leben gegen das ihre, Hell Bone. Jag dir die Kugel in den Kopf und ich verschone das Mädchen!<<

Das soll wohl ein Witz sein!

Prüfend lasse ich den Blick umhergleiten, kann jedoch niemanden erkennen.

Dein Leben gegen das ihre, Hell Bone ...

An sich ein guter Tausch.

Ich habe kein Problem damit, für Olivia zu sterben.

Trotzdem werde ich nicht so leicht aufgeben.

Erstens, weil ich nicht weiß, ob der Schweinehund, der mein Mädchen hat, sein Wort hält, und zweitens, weil ich mich niemals so schnell geschlagen gebe.

Allein dass die Möglichkeit besteht, dass ich Olivia nie wiedersehen, nie wieder berühren oder küssen werde, lässt mir die Welt schwarz und trostlos erscheinen und macht mir erneut auf eindrucksvolle Weise klar, dass ich mir ein Leben ohne diese Frau einfach nicht mehr vorstellen kann.

Im Augenblick mag die Situation ausweglos erscheinen. Aber das ist sie nicht. *Fuck!* Das. Ist. Sie. Nicht.

Ich bin ein *Hell Bone*, ich habe dutzende Brüder, die mir dabei helfen werden, Olivia zurückzubekommen. Und erst wenn wir scheitern, wenn es uns nicht gelingt, meine zukünftige Old Lady zu befreien, werde ich die Patrone einlegen, mir den Stahl des Revolvers gegen die Stirn pressen und abdrücken.

Doch bis es so weit ist, werde ich kämpfen!

2. Kapitel

Die Köchin

Oh mein Gott!

Ohhh mein Gooottt!

Ooohhhh mein Gooottttt!

Was um Himmels willen passiert hier?

Wer sind diese Männer und warum haben sie mich entführt?

Der braune Jutesack, den sie mir über den Kopf gestülpt haben, verhindert, dass ich irgendetwas sehen kann. Selbst das Atmen fällt mir schwer.

Mir ist schlecht vor Angst und meine Knie zittern. Aber immerhin bin ich nicht verletzt.

Noch nicht.

Der große lange Kerl, den ich mit meinem Fleischmesser angegriffen habe, ist verdammt wütend auf mich. Wenn er könnte, würde er mir jeden Knochen einzeln brechen. Dass es noch nicht so weit gekommen ist, verdanke ich dem kleineren, dickeren meiner Entführer. Sie sind zu zweit und sie streiten sich ständig.

Egal, worum es geht, die beiden sind sich nie einig.

Erst haben sie darüber diskutiert, ob sie den Molotowcocktail in meine *Trattoria* werfen sollen, oder doch lieber meinen geliebten MINI in Brand setzen wollen.

Schlussendlich musste mein Auto daran glauben. Und so sehr mich der Verlust auch schmerzt, ist mir diese Option lieber als ein abgebranntes Restaurant.

Der MINI ist nicht meine Existenzgrundlage und kann viel leichter ersetzt werden. Zumindest kann er das, wenn ich diese Scheiße hier überlebe.

Dick und Doof, wie ich die beiden Typen, die mich mit gefesselten Händen und Füßen in den Van geschmissen haben, nenne, diskutieren noch immer darüber, wo genau sie mich jetzt hinbringen sollen. Zur Auswahl haben sie eine leer stehende Tankstelle und ein abbruchreifes Haus am Rande von Brooklyn.

Keine Ahnung, welche Option ich besser finden soll.

Meine Schulter schmerzt und mein Schienbein pocht dumpf.

Das Klingeln eines Handys unterbricht die immer lauter werdende Diskussion.

Einer der beiden nimmt das Telefonat an, offensichtlich ist es mit der Freisprechanlage des Autos verbunden, denn einen Moment später erfüllt eine Stimme, das Fahrzeuginnere.

„Wo ist meine Frau?“

Hass und Sorge schwingen bei seiner Frage mit.

„In Sicherheit. Noch. Du weißt, was du zu tun hast, *Hell Bone*. Jag dir die Kugel in den Schädel und wir lassen die Bitch frei.“

Was?

Mein vor Panik lahmgelegtes Hirn braucht eine gefühlte Ewigkeit, um das alles zu verstehen.

Ich wurde entführt, was garantiert mit Luis zu tun haben muss. Die Typen müssen ihn beobachtet und so von mir erfahren habe.

Jetzt haben sie mich entführt, aber anscheinend nicht, um Lösegeld oder so etwas zu erpressen, sondern weil sie wollen, dass Luis sich selbst umbringt.

Das ist zu viel, das ist zu heftig ...

Vor meinen Augen verschwimmt alles, ich atme so hektisch, dass es den rauen Leinenstoff in meinen Mund zieht. Es fühlt sich so an, als müsste ich ersticken.

„Ich gebe euch eine Stunde, um euren Fehler rückgängig zu machen. Bringt mein Mädchen zu mir in den Club und ich werde euch schnell und schmerzlos töten. Lasst ihr diese Galgenfrist verstreichen, werde ich euch jagen, ich werde euch finden und so lange foltern, bis ihr mich anfleht, euch endlich sterben zu lassen!“

Hilfe ...

Obwohl das unverkennbar Luis’ Stimme ist, klingt dieser Mann am anderen Ende der Leitung fremd und unheimlich. Der Mann, der da spricht, ist nicht mein Geliebter, sondern der gnadenlose Outlaw, der mit seinen Feinden kurzen Prozess macht.

Bis jetzt hatte ich noch keine Gelegenheit, auf diese Seite meines Liebhabers einen Blick zu werfen. Ich habe so das Gefühl, das sich das schon bald ändern wird.

Eine drückende Stille breitet sich aus. Das Einzige, was zu hören ist, sind die Geräusche des Motors und meine lauten Atemzüge.

„Du wirst derjenige sein, der stirbt, und ich werde auf deinen Grabstein pissen.“

Die Verbindung bricht ab, heiße Tränen steigen mir in die Augen.

Ich will nicht sterben, echt nicht! Aber ich will auch nicht, dass Luis sich für mich opfert und sich eine Kugel verpasst. Wir stecken in einer Pattsituation, aus der es scheinbar kein Entkommen gibt.

Es fällt mir noch immer schwer zu glauben, dass ich tatsächlich aus meiner Küche entführt wurde. So etwas passiert nicht im normalen Leben. Nicht in meinem zumindest. Sondern nur in Filmen oder Romanen, aber nicht im *real life*.

Ich wusste die ganze Zeit über, dass es fatale Folgen für mich haben wird, wenn jemals bekannt wird, dass ich mit Luis zusammen bin.

In der Welt, in der er lebt, gehören Entführung, Mord und Totschlag zum Alltag, und darum wollte ich nie ein Teil von ihr werden.

Aber dafür ist es jetzt zu spät. Das Schicksal hat mein Geheimnis preisgegeben und jetzt muss ich alles dafür tun, um möglichst schnell die Flucht zu ergreifen.

Ich muss mich retten und ich muss dafür sorgen, dass Luis sich auf keinen Fall in den Kopf schießt, nur um mir den Arsch zu retten.

Ich liebe diesen Rocker. Ich liebe ihn so sehr, dass ich nie wieder ohne ihn sein will.

Es birgt schon eine gewisse Ironie, dass mir das ausgerechnet jetzt, wo ich entführt und gefesselt wurde, klar wird.

Der Van rumpelt über ein Schlagloch, die Straße, auf der wir fahren, wird immer schlechter. Für was sich die Arschlöcher wohl entschieden haben?

Tankstelle oder abbruchreifes Haus?

Ich werde es sicherlich gleich herausfinden ...

3. Kapitel

Der Member

„Reg dich ab, Luis. Wenn du jetzt die Nerven verlierst, ist deiner Freundin auch nicht geholfen!“

Lauren sieht mich mitleidig an. Ich weiß, sie meint es gut, dennoch will ich ihr am liebsten sagen, dass sie das Maul halten soll.

Dumme Ratschläge helfen mir jetzt auch nicht weiter.

Trotzdem. Ich mag Devils Lady, also werde ich nicht respektlos sein. Schon gar nicht, weil ich um kurz vor halb fünf bei ihr geklingelt habe.

Unter anderen Umständen hätte ich das nie getan. Aber mir blieb nichts anderes übrig. Es war Devils Entscheidung, nicht länger im Club zu wohnen, er muss also damit rechnen, dass die Scheiße, vor der er quasi geflüchtet ist, irgendwann bei ihm zuhause auftaucht.

Lauren trägt eines von Devils Shirts, darüber einen Bademantel, der dank ihrem dicken Babybauch vorne nicht ganz zugeht. Die meisten schwangeren Frauen sind mir unheimlich. Nicht, dass ich schon viele kennengelernt hätte, aber die wenigen, die meinen Weg gekreuzt haben, haben mir ausgereicht. Lauren ist anders als die meisten Frauen. Sie beschwert sich nicht über Rückenschmerzen, wirkt nicht gestresst oder panisch, sondern ruhig und ausgeglichen. *Fuck!* Keine Ahnung, wie ich es beschreiben soll. Sie leuchtet von innen. Fast so, als wäre sie bis zum Rand mit Glück und Zufriedenheit gefüllt. Und bei ihrem derzeitigen Körperumfang passt momentan verflucht viel Glück in sie rein.

Es wundert mich nicht, dass Devil schon nach seiner ersten Begegnung mit Lauren wusste, dass sie die Richtige für ihn ist. Mir ging es mir Olivia doch auch so.

Was mich aber sehr wohl überrascht hat, ist die Tatsache, dass der Präsident von Olivia wusste. Woher? *Bullshit!* Keine Ahnung. Jedenfalls nicht von mir.

Der kurze Anruf bei Olivias Entführern sollte nur einem Zweck dienen – das Handy der Penner zu orten. Funktioniert hat es nicht. Das Gespräch war zu kurz.

Trotzdem konnte ich dem Motherfucker sagen, worauf es ankommt. Er weiß jetzt, was ihm droht, wenn er mir mein Mädchen nicht sofort zurückbringt.

Tun wird er es dennoch nicht. Was bedeutet, dass er sich für einen langsamen und qualvollen Tod entschieden hat.

Devil kommt zurück ins Wohnzimmer, er hat sein Leder angezogen und ist gerade dabei, das Magazin seiner Waffe zu checken.

Es geht ins Clubhaus, von dort werden wir die Suche nach Olivia koordinieren.

Zur Hölle! Ich werde ganz New York auf den Kopf stellen, um meine Frau zurückzubekommen. Und wenn ich sie erst mal wiederhabe, werde ich sie nie wieder aus den Augen lassen.

Meine Lunge schreit nach Nikotin. Sie muss warten.

In Laurens Nähe werde ich mir keine Zigarette anzünden, nicht mal heute Nacht. Die Gesundheit ihres Babys geht vor. So einfach ist das.

„Wir treffen uns unten, Bro."

Ich verabschiede mich von Lauren und verlasse die Wohnung. Ich höre noch, wie Devil zu seiner Lady sagt, dass sie vorsichtig sein und das Haus unter keinen Umständen verlassen soll. Dann bin ich weg.

Solange wir nicht wissen, ob das ein gezielter Anschlag ist, der nur mir gelten soll, oder ob es die Wichser auf alle Ladys abgesehen haben, gilt Alarmstufe rot. So wie ich den Präsidenten kenne, hat er längst eine Wache für Lauren gerufen, die in wenigen Minuten eintreffen sollte.

Innerlich bebend setze ich mich auf mein Bike, zünde mir eine Kippe an und frage mich, wie diese Nacht nur so schiefgehen konnte?

Fuck! Erst war alles bestens. Die *Bastards* sind besiegt und ich bin bis zu den Eiern in meinem Mädchen gesteckt.

Und dann? Zur Hölle! Dann hat Olivia angefangen zu zicken, ich bin in den Club und sie wurde entführt. Ich sauge so viel Rauch wie nur möglich in meine Lungenflügel, halte ihn dort gefangen und hoffe, dass das Nikotin mir dabei hilft, meine blank liegenden Nerven zu beruhigen. Es hilft nicht.

Den Kopf in den Nacken fallen lassend, starre ich den Mond an und reibe mit dem Handballen über meine Brust. Der stechende Schmerz, der sich in meinem Inneren ausgebreitet hat, tut mehr weh als jede Kugel, die ich mir bis jetzt eingefangen habe.

Olivia ist nicht einfach nur irgendeine Tussi, sie ist ein Teil von mir – sie ist mein verfluchtes Leben. Jetzt, wo man sie entführt hat, fühlt es sich so an, als hätte man mir meine Zukunft weggenommen. Als hätte man sie auf den Boden geschleudert und angezündet, genau wie den verdammten MINI.

Devil kommt aus dem Haus, unsere Blicke treffen sich. Er flucht.

„Bullshit! Was hast du dir nur dabei gedacht, das Mädchen den *Bones* vorzuenthalten? Du hättest es besser wissen sollen. Geheimnisse bringen nur Ärger.

Eine Frau gehört entweder dir und somit auch in den Club, oder eben nicht. Halb drinnen und halb draußen funktioniert nicht."

Der Präsident hat recht, aber das hilft mir jetzt auch nicht weiter.

„Woher wusstest du von ihr?"

Devil schüttelt den Kopf.

„Als Präsident ist es meine Aufgabe, euch Halunken im Auge zu behalten und alles zu wissen."

„Und warum hast du nicht eher was gesagt?"

„Die Kleine gehört dir. Es lag an dir, reinen Tisch zu machen."

Stimmt.

Kurze Pause. Devil steigt auf sein Bike.

„Ich hab's verkackt!"

Er nickt zustimmend.

„Jep. Das ist richtig. Aber du bist nicht allein. Zusammen holen wir dein Mädchen zurück."

Bleibt mir nur zu hoffen, dass er recht hat.

„Danke."

„Tu das nicht. Dank mir erst, wenn du deine Köchin zurück hast. Es kann viel schiefgehen."

Dazu gibt's nichts zu sagen.

Wir starten unsere Maschinen.

Das Handy bleibt stumm, der Revolver in meiner Tasche, mit dem ich mir ins Hirn schießen soll, drückt sich schwer gegen meine Rippen.

Es fühlt sich so an, als würde die Waffe tausend Pfund wiegen.

Wenn es hart auf hart kommt, werde ich es tun. Dann werde ich die Patrone einlegen und so lange Russisch Roulette spielen, bis es *Boom* macht.

Aber bis dahin werde ich alles in meiner Macht Stehende tun, um Olivia zu befreien.

Devil fährt los, ich folge ihm. Und während wir durch unser Revier cruisen, zieht sich die Nacht zurück, der neue Tag vertreibt die Dunkelheit und zurück bleibt nichts als Verzweiflung. Mir läuft die Zeit davon.

Das ist das Spiel meines Lebens und im Augenblick scheint es so, als wäre ich dabei zu verlieren ...

4. Kapitel

Die Köchin

Mein Schädel knallt auf den Boden, vor meinen Augen tanzen Sterne.

Der durchdringende Geruch von Diesel steigt mir in die Nase und verrät mir, dass sich meine idiotischen Entführer für die stillgelegte Tankstelle entschieden haben.

Das ist gut. Denke ich zumindest.

Tankstellen haben für gewöhnlich die gute Angewohnheit, sich an stark befahrenen Straßen zu befinden und nicht mitten im Wald oder an irgendeinem abgelegenen Ort, an dem es keinerlei Zivilisation gibt.

Was mir in die Hände spielt, falls ich es schaffen sollte, mich irgendwie zu befreien. Der Jutesack scheuert über meine Stirn. Immerhin ist es mir gelungen, meine Atmung zu regulieren, sodass ich nicht mehr dauernd das Gefühl habe, ersticken zu müssen.

Scheiße! Scheiße! Scheiße!

Ich hätte einfach im Bett meines Rockers bleiben und mich erneut ficken lassen sollen.

Dann wäre das alles nicht passiert.

Aber ich und meine chronische Bindungsangst mussten natürlich alles ruinieren.

Ich habe einen Mann, der mich liebt, und der mich an seiner Seite will, das ist wunderbar.

Luis mag ein *Hell Bone* sein, er mag ein Killer und ein Waffenhändler sein, aber er ist eben auch der Mann, der sich mit mir ein Leben aufbauen will.

Das ist doch nichts Schlechtes. Oder?

Doch ist es. Wegen ihm bist du überhaupt erst entführt worden!

Mein Unterbewusstsein ist wütend.

Das kann ich verstehen. Aber nüchtern betrachtet kann ich Luis und seinem MC nicht alles in die Schuhe schieben.

Er werden jeden Tag überall auf der Welt Frauen entführt. Das ist nicht schön, aber so ist der Lauf der Dinge. Und nur die Wenigsten von ihnen haben das Glück zu wissen, dass es da jemanden gibt, der jeden Stein zweimal umdrehen wird, nur um sie zu retten.

Ich kenne Luis und ich weiß, dass er alles tun wird, um mich zu finden.

Das beruhigt mich. Mag sein, dass es besser wäre, Luis zu verlassen und mir einen langweiligen Buchhalter zu suchen. Aber das ist ja überhaupt nicht das, was ich will.

Wenn ich ehrlich zu mir bin, ist es genau die dunkle Seite, das Unkontrollierbare an meinem Rocker, das mich so anzieht.
Es gefällt mir, dass er wild und gefährlich ist.
Luis ist ein Wolf und ich will sein Rotkäppchen sein.
Himmel, klingt das kitschig. Aber so ist es. Ich will, dass er mich beißt, mich auffrisst und mit Haut und Haar verschlingt.
Schon verrückt, dass ich erst entführt und mit einem Messer bedroht werden musste, um mir das selbst gegenüber eingestehen zu können.

Trotz des Panzertapes an den Hand- und Fußgelenken kann ich mich umständlich aufrichten und schaffe es tatsächlich in eine sitzende Position.
Mein Herz rast und meine Knie tun weh, aber ansonsten fühle ich mich gut.
Wie es wohl dem Arschloch geht, das ich mit dem Messer verletzt habe?
Hoffentlich tut ihm der Schnitt so richtig beschissen weh.
„Was machen wir jetzt mit ihr?"
Die Frage des einen Entführers an den anderen lässt mich gespannt den Atem anhalten.
„Wir sollten die dumme Schlampe einfach umbringen. Wegen ihr brauche ich einen Arzt. Der Cut muss genäht werden."
Verständlicherweise will sich bei mir kein schlechtes Gewissen einstellen.
Ich bereue einfach nur, dass ich nicht fester zugestochen habe – am besten in den Bauch oder in den Hals.
Ich bin weiß Gott keine Mörderin, aber eben auch kein leichtes Opfer. Wenn diese Idioten denken, dass ich kampflos aufgebe, haben sie sich getäuscht.
Nicht zum ersten Mal in dieser Nacht bereue ich, dass ich nicht auf meinen Outlaw gehört habe, als er mir nahegelegt hat, mir eine Waffe zu besorgen. Luis hat immer wieder wiederholt, dass diese Stadt gefährlich ist, und dass es wichtig wäre, dass ich mich im Notfall selbst verteidigen kann.
Dumm wie ich war, habe ich nicht auf ihn gehört und die Knarre, die er mir schenken wollte, dankend abgelehnt.
Wenn ich diese Entführung überlebe, und das will ich doch stark hoffen, dann werde ich ihn nach der Pistole fragen, und auch sein Angebot, mir Schießunterricht zu geben, annehmen. Der nächste Dreckskerl, der mit dem Gedanken spielt, mich zu entführen, sollte sich in Acht nehmen.

„Wenn wir sie kaltmachen, wird uns der Rocker für den Rest unseres Lebens jagen. Dann können wir gleich unser eigenes Grab schaufeln.“

Gut erkannt, Arschloch! Aber das können sie so oder so.

Ich kenne Luis, ich weiß, wie er tickt. Er wird diese Typen auf jeden Fall töten.

„Du Depp. Der wird es gar nicht merken. Wir machen einfach ein paar Fotos von der Bitch, dann denkt er, dass es ihr gut geht und wir können ihn dazu bringen, sich die Kugel zu verpassen.“

Das mit den Fotos macht mir Angst. Ehrlich. Trotzdem glaube ich nicht, dass Luis jemals so wahnsinnig sein wird und sich umbringt.

Das würde bedeuten, dass er aufgibt, und mein Outlaw ist ein Krieger, der sich niemals mit einer Niederlage zufriedengibt. Die Sache mit den *Bastards* ist der beste Beweis, dass ich recht habe.

„Und was, wenn er mit ihr reden will?“

„Dann hat er Pech.“

Es fühlt sich irgendwie unwirklich an, mit einem Sack auf dem Kopf dazusitzen und zuzuhören, wie diese Kerle über meinen Tod diskutieren.

Das Problem mit dummen Menschen ist, dass man sie nur schwer einschätzen kann. Man kann nie vorhersagen, wie sie sich verhalten, weil sie eben völlig andere Gedankengänge haben und zu ganz anderen Schlussfolgerungen kommen.

Ich muss selbst aktiv werden und darf nicht länger einfach nur darauf hoffen, dass mich mein Outlaw auf seinem Bike in letzter Sekunde rettet, so wie es all die hübschen Prinzen hoch zu Ross in den Märchen immer tun.

Das hier ist kein Märchen. Der beißende Dieselgeruch und die Tatsache, dass es keine tanzenden und sprechenden Tiere gibt, beweist das ganz deutlich.

Entschlossen, mich zu befreien, lege ich mich auf die Seite, winkle meine Knie an und versuche, meine Füße durch meine auf dem Rücken gefesselten Hände zu bekommen. Das ist bedeutend schwerer als gedacht, besonders für einen so unsportlichen Menschen wie mich. Meine Schultern werden überdehnt und meine Gelenke schmerzen.

Aber es funktioniert.

Als Nächstes ziehe ich mir den Sack vom Kopf und muss mehrmals blinzeln, während sich meine Augen an das Licht gewöhnen. Vor den verdreckten und zum Großteil mit alten Zeitungen abgeklebten Fenstern ist es taghell.

Leere Regale, zerrissene Kartons und verblichene Werbeplakate sind das Erste, was ich wahrnehme.

Die zwei Penner, die immer noch über das Pro und Kontra meines Ablebens diskutieren, sitzen an einem schief stehenden Holztisch in einem Raum nebenan. Die Türe steht einen Spalt offen. Die beiden schütten irgendwelche Energie-Drinks in sich rein und schenken mir keinerlei Beachtung.

Entweder sind die zwei noch dämlicher als gedacht oder einfach nur absolute Stümper?

Wie kann man sich mit den *Hell Bones* anlegen und sich dann ganz entspannt an einen Tisch setzen?

Mir soll es recht sein. Ihre Idiotie spielt mir nicht nur sprichwörtlich in die Hände.

„Wir müssen diese Fotze töten. Wir müssen! Luis hat meinen Bruder erschossen und darum will ich, dass er sich erschießt. Ich will, dass er stirbt, und ich will, dass er genauso leidet wie ich. Diese Bitch bedeutet ihm etwas und darum werde ich ihr die Kehle aufschlitzen!"

Ach du heilige ...

Hier geht es um Rache und ich bin das verdammte Opferlamm, das zur Schlachtbank geführt werden soll. Aber da mache ich nicht mit. Keine Chance!

„Das kannst du aber auch dann machen, wenn der Biker sich weigert, den Revolver zu benutzen."

Der Typ grunzt, dann lässt er seine Faust wütend auf die Tischplatte knallen.

„Du kapierst es nicht, oder? Das sind die *Hell Bones*. Verstehst du, Mike, die *Hell Bones*. Es ist durchaus möglich, dass die gleich hier reinplatzen und uns umnieten. Das alles würde so schnell gehen, dass wir es nicht mal mitkriegen würden. Und dann hätte ich keine Chance mehr, die Hure bluten zu lassen."

Er macht eine kurze Pause, mir läuft es eiskalt den Rücken runter.

„Sicher ist sicher. Klar?"

Doof nickt. Das war das erste einigermaßen Intelligente, was Dick gesagt hat.

„Wir machen es, wie du willst."

Dick wirkt zufrieden.

Ich muss hier weg. Sofort!

Mit wackeligen Knien stehe ich auf und sehe mich nach etwas Spitzen um, mit dem ich das Tape an meinen Knöcheln aufschneiden kann.

Eine der leeren Vitrinen ist zerbrochen, die Scherben liegen auf dem dreckigen Boden.

Ich bücke mich und schneide mir prompt in die Finger.

Blut fließt, ich blende den Schmerz aus und mache mich daran, das Klebeband einzuritzen.

Es funktioniert, aber nicht ohne weitere Schnitte an meinen Fingern.

Die Freiheit hat eben ihren Preis.

In genau der Sekunde, in der es mir endlich gelingt, das Tape durchzuschneiden und von meinen Füßen zu streifen, höre ich das unverkennbare Geräusch von über den Boden scharrenden Stuhlbeinen.

Scheiße! Nein!

Dick und Doof lachen, die Aussicht mich umzubringen scheint sie zu erheitern.

Die Angst in meinem Inneren wird immer stärker, genau wie meine Entschlossenheit, nicht in dieser alten Tankstelle zu sterben.

Eiskalter Schweiß rinnt mir über die Stirn. Ich kann kaum noch atmen. Da mir die Zeit fehlt, meine Handgelenke ebenfalls frei zu schneiden, lasse ich sie einfach, wie sie sind und renne los. Mit aller Gewalt versuche ich, die Tankstellentüre aufzureißen, es funktioniert nicht. Sie ist verschlossen.

Panik. Pure Panik flutet meine Venen.

Ich versuche es erneut, aber meine mit meinem eigenen Blut verschmierten Hände rutschen immer wieder von dem Metallgriff.

Ich bin gefangen und es dauert nur noch wenige Augenblicke, bis meine Entführer bemerken, dass ich nicht mehr mit einem Sack über dem Kopf im Dreck liege.

Verdammt! Verdammt! Verdammt!

Was nun? Soll ich mir irgendwo verstecken?

Aber wo?

Soll ich mich bewaffnen?

Aber mit was?

Bleibt mir nur zu hoffen, dass sich in der unmittelbaren Nähe dieser Tankstelle eine viel befahrene Straße oder Häuser befinden.

Ich muss die Menschen, die sich vielleicht irgendwo da draußen befinden, auf mich aufmerksam machen.

Kurzentschlossen schnappe ich mir eines der herumliegenden Regalbretter, was mit aneinandergebundenen Händen gar nicht so leicht ist, und knalle es mit voller Wucht gegen die Scheibe. Das Glas hält, meine Lunge sticht.

Dick brüllt etwas, dann stürmen er und Doof auf mich zu.

Erneut schlage ich das Brett mit aller Kraft gegen das Glas. Dieses Mal springt die Scheibe, Splitter fallen auf meine Füße. Aber das Loch, das entstanden ist, ist zu klein für mich. Ich vergrößere es. Gerade als ich hindurchsteigen will, werde ich gepackt und festgehalten.

„Du bleibst schön hier, Schlampe!“

Oh nein. Das werde ich nicht.

Ich ziehe dem Idioten das Brett über den Schädel.

Doof bricht laut schreiend zusammen, was Dick extrem wütend macht.

Sein gezischtes „Ich bring dich um!“ verleiht mir ungeahnte Kräfte.

Ich winkle mein Bein an und verpasse ich ihm einen kraftvollen Tritt in die Eier, was ihn sofort außer Gefecht setzt. Mit einem lauten Jammern krümmt er sich erst, ehe er auf die Knie sinkt und sich dabei in den Schritt fast. Mein Blick fällt auf das silberne Handy in seiner Hosentasche. Ohne lang darüber nachzudenken, schnappe ich es mir.

Aber das doofe Ding ist gesperrt, es verlangt eine sechsstellige Zahlenkombination, die ich natürlich nicht kenne.

Noch immer mit dem Brett in der Hand baue ich mich vor dem keuchenden und heulenden Typen auf.

„Wie ist deine Pin?“

In der ersten Sekunde scheint er nicht zu kapieren, was ich meine, dann beginnt er, trotz der offensichtlichen Schmerzen, höhnisch zu lachen.

Für solche Spielchen habe ich keine Zeit.

Ich muss hier weg. Sofort.

Aber was dann? Ich habe keine Ahnung, wo ich hier bin, und keinen Cent in der Tasche. Ich brauche das Telefon, um Luis anzurufen.

„Wie ist deine Pin?“

Er weigert sich erneut, es mir zu sagen. Wieder verpasse ich ihm einen Tritt. Dieses Mal jedoch in den Magen, was ihn zum Husten bringt.

Die verdammten Zahlen verrät er mich jedoch trotzdem nicht.

Ich tippe irgendetwas, das Handy fragt mich, ob ich einen Notruf tätigen will, das scheint sogar ohne Pin zu gehen.

Was für ein Glück!

Gerade als ich 911 eingeben will, werde ich gepackt und falle mit einem lauten Aufschrei zu Boden.

Doof scheint sich von dem Schlag erholt zu haben und hat mir das Bein weggezogen. Ich knalle gegen ein Regal und schlage mit der Stirn gegen eine Kante.

Vor meinen Augen wird es schwarz, ich lasse das Brett und das Telefon fallen und verliere so auch noch meine Waffe.

„Jetzt habe ich dich, Bitch."

Ich gebe nicht auf, schlage wie wild um mich und erwische ihn dabei im Gesicht. Mit den Fingernägeln kratzend, schaffe ich es, ihn abzuwehren. Zumindest für den Moment.

Der Kerl weicht zurück und flucht. So schnell ich kann, robbe ich weiter nach hinten, schnappe mir wieder das Telefon und krabble ungeschickt davon.

„Verdammt! Schnapp dir die Nutte endlich."

Dick, der wegen seiner schmerzenden Hoden noch immer auf der Seite liegt, sieht mich wütend an. Es besteht kein Zweifel. Sobald es ihm besser geht und er mich in die Finger kriegt, bin ich erledigt. Das darf nicht passieren!

Hektisch sehe ich mich nach einem anderen Ausgang um, springe auf die Füße und renne los. Eines der Arschlöcher verfolgt mich, links und rechts von mir befinden sich Türen. Sie sind aus Holz und beinahe identisch.

Das Dumme ist nur, dass ich nicht weiß, was sich dahinter befindet.

Die Chance, dass eine von ihnen mich raus ins Freie bringen könnte, ist hoch.

Aber welche?

Ich entscheide mich intuitiv für die linke. Doch sobald ich sie aufgerissen habe, wird mir klar, dass ich in der Falle stecke.

Dahinter befindet sich eine Art Lagerraum, in dem jede Menge altes Zeug steht.

Mir rutscht das Herz in die Hose.

Doof kommt auf mich zu, ich knalle die Türe zu und bemerke, dass ein Schlüssel im Schloss steckt. Mit zitternden Fingern drehe ich ihn herum und sperre mich so selbst ein.

Meine Situation hat sich im Gegensatz zu vorhin kaum verbessert.

Wobei – das stimmt nicht. Gerade habe ich noch mit einem Sack auf dem Kopf und gefesselten Händen und Füßen auf dem Boden gesessen und meine Entführer dabei belauscht, wie sie darüber geredet haben, mich umzubringen.

Jetzt sind meine Füße frei, ich bin fürs Erste in Sicherheit und ich habe ein Handy.

Das ist gut.

Oder?

Die Anspannung, die mich im Griff hat, bekommt einen Riss und ich breche in Tränen aus. Nichts ist gut. Absolut nichts. An der Türe wird gerüttelt, die in die Jahre gekommenen Scharniere quietschen verdächtig.

Scheiße!

Ich renne geistesgegenwärtig zu der leeren Eistruhe und schiebe sie durch das Lager vor die Türe. Ich verbarrikadiere den Zugang und auch wenn mich das im Moment schützt, ist damit auch der einzige Fluchtweg versperrt.

Aber so weit darf ich gerade nicht denken. Jetzt geht es als Erstes darum, meinen Arsch zu retten. Um den Rest kümmere ich mich später.

Die Türe poltert weiter, ich höre Schreie und wüste Beschimpfungen.

Den Stimmen nach zu urteilen, hat sich mittlerweile Dick zu seinem Kumpan gesellt. Ich hoffe, der Kerl hat dank meines Tritts dicke Elefanteneier.

Keine Ahnung, wie lange mich das Schloss und die Truhe vor den beiden schützen, aber ich muss die Zeit nutzen, um meine Hände zu befreien.

Panisch sehe ich mich um, das Herz schlägt mir bis zum Hals und es fühlt sich so an, als müsste ich mich vor lauter Furcht gleich übergeben. Aber ich reiße mich zusammen und konzentriere mich auf das Wesentliche: Und das ist am Leben zu bleiben.

Dummerweise will sich einfach nichts finden lassen, womit ich das Tape an meinen Handgelenken aufritzen kann.

Ein lautes Klingeln erfüllt den Raum und ich zucke vor Schreck zusammen. Mein völlig überfordertes Hirn braucht eine Sekunde, um zu kapieren, dass der Lärm von dem Handy kommt, das ich noch immer in der Hand halte.

Scheiße!

Tief durchatmend drehe ich das Ding um und sehe prüfend auf das Display. Ich lese die Nummer, zu der kein Name eingespeichert ist, zweimal und kann mein Glück nicht fassen. Es ist Luis.

Tränen steigen mir in die Augen, während ich umständlich mit dem Finger über das Display wische und so das Gespräch annehme.

„L ... Luis?“

Ich stottere seinen Namen.

Stille.

„Olivia? Baby? Bist du es? Geht es dir gut? Haben sie dir weh getan? Wo bist du?“

Seine Fragen prasseln auf mich ein.

Es tut so gut, seine Stimme zu hören.
„Ich bin in einer leer stehenden, alten Tankstelle und habe mich in einen Lagerraum eingesperrt. Du musst kommen. Schnell. Bitte Luis. Hol mich hier raus!“
Schluchzend presse ich mir das Telefon, so fest es geht, ans Ohr und kralle mich an dem blöden Ding fest, als wäre es mein Rettungsring.
„Du musst ruhig bleiben, Baby. Sieh dich genau um. Gibt es ein Fenster?“
Ich tue, was er mir sagt. Es gibt eins, ganz oben an der Decke, es ist mit Gitterstäben versehen und so hoch, dass ich nicht hinkomme.
„Ja. Aber da kann ich nicht raus.“
„Kannst du wenigstens raussehen?“
„Nein. Es ist zu hoch!“
„Dann hol dir etwas, wo du dich draufstellen kannst. Es ist wichtig!“
„Warum?“
Während ich auf seine Antwort warte, sehe ich mich nach etwas um, was ich unter das Fenster schieben kann.
Ich entdecke eine alte Stahlbox. Aber mit den gefesselten Händen ist es schwer, sie zu bewegen. Außerdem müsste ich dafür das Handy weglegen, und das will ich nicht. Es ist meine einzige Verbindung zu Luis.
„Du musst mir sagen, was du siehst. Einen Straßennamen oder irgendetwas, was mir verrät, wo du bist.“
Okay. Das klingt logisch.
„Warte.“
Schweren Herzens lege ich das Telefon zur Seite, riskiere einen prüfenden Blick zur bebenden Türe und schiebe dann die Box zu der Wand.
Es gelingt mir. Umständlich klettere ich rauf und muss mich trotzdem noch auf die Zehenspitzen stellen, damit ich rausschauen kann.
Aber was ich sehe, hilft mir nicht, um herauszufinden, wo ich bin.
Das Fenster geht anscheinend auf die Rückseite der Tankstelle.
Bis auf ein paar umgekippte Mülltonnen, verrostete Autos und einen staubigen Boden entdecke ich nichts.
Verzweiflung wallt in mir auf.
Vorsichtig steige ich wieder runter und renne zum Telefon.
„Da ist nichts, was uns weiterhilft.“
Die Verzweiflung schnellt in ungeahnte Höhen.
„Okay, leg nicht auf. Wir orten über das Handy deinen Standort.“
Dick oder Doof verpasst der Türe einen heftigen Tritt, die Scharniere erzittern, für einen Moment befürchte ich schon, dass sie brechen.

Doch noch halten sie stand.

Meine Hoffnung, dass Luis mich rechtzeitig findet, ist ziemlich gering.

„Luis?"

„Ja, Baby?"

„Sie wollen mich umbringen. Egal, ob du den Revolver benutzt oder nicht."

Er muss das wissen, damit er auf keinen Fall auf die Idee kommt, sich selbst in den Kopf zu schießen.

„Dir wird nichts passieren! Ich werde dich finden. Versprochen!"

Nicht sicher, ob er das Versprechen halten kann, kämpfe ich gegen meine Tränen an.

„Ich will, dass du weißt, dass ich dich liebe."

Stille tritt ein. Die Leitung knackt. Dann ertönt ein wilder Fluch.

„Fuck, Baby. Hör auf, dich von mir zu verabschieden. Ich werde dich finden! Klar? Ich werde dich finden, die Wichser, die dir das angetan haben, kaltmachen und dir mein Leder anziehen! Verstanden? Zweifle nie daran. Du gehörst mir, Olivia und ich beschütze, was mir gehört!"

Das laute Schluchzen, das mir entschlüpft, mischt sich mit den dunklen Stimmen, die ich ebenfalls durch den Hörer wahrnehme. Ich schätze, dass die von den anderen *Hell Bones* sind, die Luis bei seiner Suche nach mir helfen.

Wenn ich das hier überlebe und das ist ein großes *wenn*, dann werde ich mich bei ziemlich vielen Menschen bedanken müssen.

Am besten koche ich etwas Leckeres, Steaks oder so.

„Versprich es, Luis. Versprich mir das du mich hier rausholst."

Es dauert, bis er mir antwortet, weil er sich gerade mit einem Mann namens Devil unterhält, dem Präsidenten des MCs.

„Wir haben deinen Standort geortet. Ich weiß jetzt, wo du bist, ich komme dich holen. Steck das Handy ein und schalt es nicht aus. Falls sie dich irgendwo anders hinbringen, kann sich dich so lokalisieren."

Oh Gott!

Ein winziger Hauch Hoffnung keimt in mir auf.

„Okay. Mache ich nicht."

Das Samsung in meiner Hand beginnt zu piepen.

Nein. Nicht auch noch das.

„Der Akku ist fast leer."

„Ich bin auf dem Weg."

Und das ist nicht gelogen, ich höre das laute Brummen seiner Harley. Er knurrt noch ein „Ich liebe dich auch, Baby" in die Leitung, dann bricht die Verbindung ab und ich in Tränen aus.

Dick und Doof sind noch immer dabei, die Türe aufzubrechen, und so wie die bebt, scheint es ihnen auch bald zu gelingen.

Luis, beeil dich ...

Nicht bereit aufzugeben, gehe ich zu einem der verrosteten Regale, die leer an der Wand stehen und auf bessere Zeiten warten, und beginne damit, mit dem Tape, das meine Hände noch immer zusammenhält, über die scharfe Kante zu reiben.

Die erste Schicht habe ich relativ schnell durch, die zweite und dritte dauert leider etwas länger.

Immer schneller und schneller scheuere ich das Klebeband ab, es tut weh.

In der Sekunde, in der ich meine Hände endlich befreit habe, rumpelt es besonders laut und meinen Entführern ist es tatsächlich gelungen, die Türe aufzubrechen.

Eine Welle aus Todesangst und neuem Mut schwappt über mir zusammen. Ich laufe zu der Truhe, um sie mit aller Kraft gegen die Türe zu drücken.

Wenn es die Arschlöcher hier reinschaffen, bin ich so gut wie tot.

„Lass uns rein oder wir brennen die ganze Bude ab."

Die Drohung lässt mir die Haare zu Berge stehen.

War das ernst gemeint?

Würden sie wirklich die komplette Tankstelle anzünden, nur um mich tot zu sehen?

Die Antwort kann ich mir denken: Ja, würden sie.

Und das macht mir höllische Angst.

5. Kapitel

Der Member

Fuck! Fuck! Fuck!

„Trommel die Männer zusammen, wir müssen los.“

Devil nickt und brüllt einen Befehl über den Hof.

Die Info, dass ich ein Mädchen habe, und dass dieses entführt wurde, hat sich wie ein Lauffeuer herumgesprochen.

Iker, River, Skull und gut ein Dutzend anderer meiner Brüder haben sich zusammengefunden, um mir bei der Suche nach Olivia zu helfen.

Catalina hat mir nur gegen die Schulter geboxt und mich mit Vorwürfen überhäuft. Sie ist wütend, weil ich ihr meine Freundin so lange vorenthalten habe.

Das kann ich verstehen. Als meine Schwester hätte sie es verdient gehabt, zu erfahren, wenn es jemanden an meiner Seite gibt.

Jetzt weiß sie es. Alle wissen von Olivia und das ist gut, denn nur mit der geballten Kraft meiner Brüder schaffe ich es, die Frau zu retten, die mir gerade schluchzend und angsterfüllt gestanden hat, dass sie mich liebt.

Bloody Hell!

Noch nie in meinem Leben habe ich mich so hilflos gefühlt wie in diesem Moment.

Diese Frau geht mir unter die Haut, sie hält meine Seele in der Hand und ich musste dabei zuhören, wie sie vor Furcht kaum noch atmen konnte.

Das, was da passiert ist, geht auf meine Kappe.

Niemand entführt einfach so mitten in der Nacht eine Köchin aus ihrer Küche. Das muss irgendwie mit mir und mit dem Club zu tun haben.

Olivia führt ein einfaches, anständiges Leben, in dem es nur um die Zubereitung von italienischem Essen und ihre geliebte *Trattoria* geht.

Eine Frau wie sie hat keine Feinde.

Dass es ihr also gerade schlecht geht, dass sie vielleicht sogar verletzt wurde, ist meine Schuld, und das macht mich rasend. Die Tatsache, dass die Hunde, die sie gepackt haben, von mir verlangen, dass ich mir mit dem verfickten Revolver ein Loch in den Schädel puste, ist der beste Beweis dafür, dass es sich hier um eine persönliche Angelegenheit handelt, mit der Olivia nichts zu tun haben sollte.

Zorn pumpt wie glühende Lava durch meine Eingeweide.

Wenn ich die Motherfucker erwische, werden sie ausbluten und ich werde dabei zusehen, wie sämtliches Leben aus ihren Adern sickert.

Doch damit es überhaupt erst so weit kommt, müssen wir diese beschissene Tankstelle finden, in der sie gefangen gehalten wird.

Es war gut, dass ich die Nummer noch mal angerufen habe.

Devil hat mir davon abgeraten, er wollte nicht, dass ich den Entführern zu viel Macht gebe, was ein Witz ist. Denn sie haben die Macht. Noch zumindest.

Hätte ich nicht angerufen, hätte ich nie erfahren, dass es meinem Mädchen gelungen ist, sich zu wehren und sich mit dem Mobiltelefon der Wichser in einem Raum in Sicherheit zu bringen.

Mein Anruf war gut. Nur ihm haben wir es zu verdanken, dass wir das Telefon orten konnten. Ich sitze längst auf meinem Bike, der Motor läuft – ich bin abfahrbereit.

Die Zeit arbeitet gegen uns, sie ist in diesem Augenblick unser schlimmster Feind.

Die Vorstellung, dass wir zu spät kommen könnten, macht mich rasend.

Was, wenn sie Olivia eine Minute bevor wir eintreffen, das Genick brechen?

Was dann?

Dann kann ich sie nicht mehr retten.

Dann ist es zu spät und meine Zukunft ist vorbei.

Mir war schon vor dieser Nacht klar, dass mir Olivia neben meiner Schwester alles bedeutet. Aber erst das kurze Telefonat hat mir gezeigt, wie sehr ich Olivia liebe.

Ich habe diese Worte noch nie zuvor ausgesprochen.

Gefühle sind nicht so mein Ding.

Aber diese Hurensöhne haben mich dazu gezwungen, es am Telefon zu tun.

Doch lieber so wie gar nicht.

Fuck! Ich habe Olivia beruhigt und ihr gesagt, dass ich sie retten werde und jetzt werde ich alles in meiner Macht Stehende tun, um dieses Versprechen zu halten.

„Das dauert zu lang. Wir müssen los, Präs."

Nicht bereit, auch nur eine Sekunde länger zu warten, gebe ich Gas und rase vom Hof.

Devil wartet, bis die anderen auch endlich aufgestiegen sind, dann folgt er mir die Straßen entlang.

Olivias Trattoria befindet sich in Brooklyn.

Ihr von uns georteter Aufenthaltsort ist jedoch in Queens. Die Tankstelle, von der sie mir erzählt hat, liegt am Rand des Stadtviertels, in einer unschönen Gegend.

Es könnte ein harter Ritt werden.

Noch wissen wir nicht, wer sie entführt hat oder warum, nur dass es was mit den Bones zu tun hat. Wir könnten angegriffen werden. Es ist durchaus denkbar, dass wir in einen Hinterhalt geraten und beschossen werden, weswegen das alles etwas länger gedauert hat. Iker hat darauf bestanden, dass wir alle Westen tragen.

Das Kevlar hält Schüsse ab, es könnte uns also den Arsch retten.

Wir werden sehen. So oder so, ich bin durchaus bereit, mir ein paar Kugeln einzufangen, wenn ich Olivia dadurch in Sicherheit bringen kann.

Mein Leben gegen das ihre, das klingt nach einem fairen Tausch.

Ich warte nicht auf die anderen, beschleunige immer mehr und ignoriere jegliche Verkehrsregeln, fahre über eine rote Ampel und nehme eine Einbahnstraße in die entgegengesetzte Richtung, nur um die Strecke abzukürzen.

Die Meilen fühlen sich zäh und unnatürlich lang an, alles scheint nur in Zeitlupe voranzugehen. Ungeduld und Sorge wüten in meinem Brustkorb und erschweren mir das Atmen.

Jede Sekunde fühlt sich wie eine Minute an. Die Furcht, tatsächlich zu spät zu kommen, schmerzt körperlich. Devil und die anderen schließen auf, sie fahren in dem gleichen halsbrecherischen Tempo. Ich weiß ihre Loyalität zu schätzen.

Hell Bones forever – forever hell Bones.

Niemand kann uns stoppen. Niemand kann uns besiegen!

Endlich lassen wir Brooklyn hinter uns und passieren die Grenze zu Queens.

Ich brauche kein Navigationsgerät, um die Straße zu finden, in der sich Olivia aller Wahrscheinlichkeit nach aufhält.

New York ist unser Revier, diese Stadt ist das Territorium der *Bones* und wir kennen uns aus. Überall, auch in den Winkeln, in denen unsere Feinde ihr Unwesen treiben.

Nach weiteren fünf Minuten befinden wir uns nur noch zwei Querstraßen von unserem Ziel entfernt. Wir stoppen. Sicher ist sicher.

Das Letzte, was ich will, ist, dass die Armleuchter Panik kriegen und in einer Kurzschlussreaktion Olivia etwas antun. Bleibt mir nur zu hoffen, dass sie es weiterhin geschafft hat, sich in dem Lager zu verschanzen.

„Wie willst du vorgehen, Bro?“

Fuck! Gute Frage.

„Wir nähern uns vorsichtig und checken erst mal die Lage. Wenn wir die Typen sehen, schlagen wir zu. Aber lasst sie am Leben, an diesen Arschgeigen will ich mich austoben und ein Exempel statuieren."

Devil grinst wissend und River, unser Sergeant, reibt sich voll Vorfreude die Hände.

Iker hingegen ist längst mit der Hardware beschäftigt, er wirft mir eine Handgranate zu, die ich mit der Linken auffange und mir in die Hosentasche stecke.

„Du weißt ja, sicher ist sicher."

Oh, und wie ich das weiß.

„Du denkst aber schon daran, dass das eine Tankstelle ist, von der wir nicht wissen, wie es in den unterirdischen Tanks aussieht. Wenn da noch Sprit drinnen ist, solltest du die Splints stecken lassen."

Der Enforcer nimmt meine Warnung mit einem Grunzen zur Kenntnis.

„Mach dir keinen Kopf, Alter. Ich bin nicht ganz bescheuert."

Gut zu wissen.

Killer, ein weiterer Member, der erst vor wenigen Monaten aus dem Knast entlassen wurde, hängt sich eine AK-47 um die Schultern, während unser Präsident natürlich seine heißgeliebte Uzi dabeihat.

Ich checke meine Waffen, prüfe die Munition und nicke zufrieden, während ich die Klettverschlüsse der Kevlarweste sicherheitshalber noch mal festdrücke.

„Bereit, wenn du es bist!"

Die entsicherte Waffe in der Rechten und den Finger am Abzug gehe ich voran, Devil an meiner Linken, Skull flankiert mich von der Rechten.

Anspannung steht in der Luft, Killer grinst und bleckt dabei die Zähne.

Wir bringen die Strecke schnell hinter uns, die Tankstelle fällt in mein Blickfeld und ich erstarre vor Entsetzen.

Zwei Typen, ein großer und ein etwas kleinerer, rennen zwischen den Zapfsäulen hin und her, beide haben Kanister in der Hand und sind damit beschäftigt, den garantiert gut brennenden Inhalt an die Hausmauer zu schütten.

„Das sieht nicht gut aus."

Fuck nein! Da muss ich unserem VP zustimmen.

„Wo ist das Mädchen?"

Killer klingt besorgt.

„Garantiert im Inneren des Gebäudes."

Die Antwort kommt von Owen, dem Kassenwart unseres Clubs.

„Wir müssen uns beeilen, ehe die Wichser ein Streichholz ziehen.“

Devils Worte gehen beinahe in dem lauten Dröhnen, das sich in meinen Ohren ausbreitet, unter. Ohne zu zögern, renne ich los, der unverkennbare Geruch von Benzin steigt mir in die Nase und verbrennt meine Schleimhäute.

Zum Glück bleibe ich von den Dreckskerlen, die meine Frau entführt haben, unbemerkt. Sie unterhalten sich, der Dicke klingt wütend.

Er beschwert sich darüber, dass sein Plan gescheitert ist, dass ich noch am Leben bin und mir nicht selbst das Hirn aus dem Schädel geblasen habe.

Bullshit!

Das wird gleich die geringste seiner Sorgen sein.

Den anderen scheint es nicht zu stören, dass ich noch am Leben bin, ihn ärgert es wesentlich mehr, dass er der Bitch nicht die Kehle aufschlitzen konnte.

Mir ist sofort klar, dass er von Olivia spricht. Ein unbändiger Zorn erfüllt mein Denken.

Nie zuvor in meinem Leben bin ich so wütend gewesen wie in diesem Moment!

Bei genaueren Hinsehen bemerke ich erst jetzt, dass sich einer der beiden schwerfälliger bewegt, sein dunkles Hemd ist mit Blutflecken übersät. Er ist verletzt.

Mein Mädchen hat sich anscheinend gewehrt.

Stolz wallt in mir auf und wird einen Atemzug später von einer Sorgenflut hinweggespült.

Lebt Olivia noch?

Wo ist sie?

Warum wollen ihre Entführer den Laden abfackeln?

Fuck! Fuck! Fuck!

Ich brauche Antworten. Sofort!

Entschlossen, mir welche zu holen, nähere ich mich dem Dicken von hinten und presse ihm dem Lauf meiner Beretta an den Schädel.

Er keucht entsetzt auf und erstarrt. Aber nur für den ersten Moment, dann beginnt er, sich wie verrückt zu wehren, schlägt um sich und versucht mich zu treten, was mich dazu bringt, ihm ein paar heftige Schläge in die Nieren zu verpassen.

„Halt still oder ich knall dich ab!“

Die Drohung zeigt Wirkung. Devil nimmt sich den anderen Entführer vor, und schlägt ihm mit Wucht den Griff seiner Uzi in den Nacken. Der Penner geht zu Boden und landet mit dem Gesicht im Brennstoff.

Er schreit und versucht wieder aufzustehen, was der Präsident mit Leichtigkeit verhindert.

Der Dicke hält noch immer den Kanister in der Hand, ich fordere ihn auf, ihn fallen zu lassen. Er weigert sich, ich schlage ihn erneut. Mit einem *Klong* knallt der Behälter auf den Asphalt.

„Warum nicht gleich so?"

Devil lacht.

„Wo ist Olivia?"

Keine Antwort. Ich bin kurz davor durchzudrehen.

Ich wiederhole die Frage.

„Wo ist Olivia?"

Die Kanalratte am Boden beginnt zu lachen.

„Die Hure ist so gut wie tot."

Absolut nicht witzig. Das scheint Devil genauso zu sehen, und rammt dem Typen erneut den Griff der Uzi gegen den Kopf.

Gerade als Killer und die anderen losstürmen wollen, um die Tankstelle zu durchsuchen, zieht das Arschloch, das meine Knarre am Kopf hat, ein Sturmfeuerzeug aus der Hose. Noch bevor ich reagieren kann, erweckt er die Flamme zum Leben. *Fuck!*

Wenn er das Ding fallen lässt, sind wir alle erledigt.

Das Feuer würde sich in Sekundenschnelle ausbreiten und wäre nicht mehr zu stoppen.

Ich verschwende keinen Gedanken an mein eigenes Leben, sondern denke nur an Olivia.

Solange ich nicht weiß, wie es ihr geht und wo sie ist, kann ich kein Risiko eingehen.

„Flamme aus oder ich knalle dich ab!"

Der Halunke lacht, er weiß genau, dass er am längeren Hebel sitzt.

Selbst wenn ich ihn erschieße, hat er noch genug Zeit, das Feuerzeug an die mit Benzin überschüttete Hauswand zu werfen.

„Wir stehen auf einem verfickten Pulverfass."

Skull klingt zornig. Kein Wunder.

„Waffe runter, *Hell Bone*."

So sehr ich es hasse, aber ich muss tun, was er sagt.

Einen Fluch zischend, nehme ich den Arm runter, der Typ stößt sich von mir ab. Am liebsten würde ich kotzen.

„Wo ist die Frau?"

Wieder erhalte ich keine Antwort.

„Fuß runter, Präsident."

Devil, der den rechten Stiefel auf den Schulterblättern des anderen Entführers hat, schüttelt entschieden den Kopf.

„Nein."
Die Spannung steigt, die Flamme und das viele Benzin machen mich nervös. Mir fällt auf, dass River fehlt.
Wo zur Hölle steckt er?
„Ich zünde uns alle an."
Seltsamerweise habe ich nicht den Eindruck, dass das eine leere Drohung ist. Devil scheint es ähnlich zu gehen, er sieht mich an und nimmt den Fuß runter.
Bullshit!
So habe ich mir die Aktion nicht vorgestellt.
Der Dreckskerl steht auf, meine Fäuste beginnen zu jucken und mein rechter Zeigefinger beginnt zu prickeln.
Noch nie zuvor wollte ich einen Menschen dringender töten als in diesem Moment.
„Wo ist Olivia?"
Von River fehlt noch immer jede Spur, ich werde immer unruhiger.
„Die Schlampe wird brennen. Genau wie ihr alle."
Wird sie nicht. Niemals! Das lasse ich nicht zu.
Es wird Zeit, Antworten zu bekommen.
„Warum ausgerechnet meine Frau?"
Endlich habe ich die Aufmerksamkeit des Dicken.
„Du hast meinen Bruder getötet, Luis."
Habe ich das? *Verdammt!* Schon möglich.
„Wer war dein Bruder?"Die Flamme des Feuerzeugs schimmert bläulich.
Fuuuuccckkkkkk!
„Er hat eine Kutte getragen, genau wie du."
„Dein Bruder war ein *Hell Bone*?"
Das kann ich nur schwer glauben.
„Er war ein *Bastard*."
Das hingegen kann ich sehr gut glauben.
Devil schüttelt besorgt den Kopf, Killer und Iker beobachten alles aus zusammengekniffenen Augen, sie sind bereit, bei der ersten sich bietenden Gelegenheit einzugreifen.
„Woher willst du wissen, dass ich derjenige bin, der deinen Bruder auf dem Gewissen hat?"
Trauer und Zorn zeichnen sich in seiner Mimik ab.
„Ich habe es gesehen."
Dann scheint es wohl wirklich so gewesen zu sein.
„Was willst du jetzt von mir?"
Die Frage scheint das Arschloch zu überraschen.

„Deinen Tod!"
Eine logische Schlussfolgerung.
„Dann lass die anderen gehen. Das ist eine Sache zwischen dir und mir."
Sein höhnisches Lachen verrät mir, was er von meinem Vorschlag hält.
„Wo ist Olivia?"
Ich muss es einfach wissen.
„Sie wartet darauf, bei lebendigem Leib zu verbrennen."
Was wohl bedeutet, dass sie am Leben ist.
Er fuchtelt mit dem Feuer umher, mein Puls rast.
Wenn er es fallen lässt, sind wir alle erledigt.
Dann wird Devils Baby ohne Vater aufwachsen und ich werde mein Mädchen nie wiedersehen.
Owen, der etwas abseits steht, zieht langsam seine Waffe.
Obwohl mir die Vorstellung, dass unter den gegebenen Umständen geschossen wird, nicht gefällt, ist das wohl die Lösung mit dem geringsten Risiko.
Eine Kugel mitten ins Herz hat in der Vergangenheit schon so einige Probleme gelöst.
Ich nicke Owen kaum merklich zu, damit er kapiert, dass ich die beiden Armleuchter ablenken werde und er genug Zeit hat, gut zu zielen. Denn darauf kommt es an. Schießt er daneben, knallt das Geschoss auf Stahl und es gibt Funken: *Bumm* ... und wir sind alle tot.
Devil gibt ein Zischen von sich, er schätzt den Plan als genauso riskant ein wie ich. Aber wir haben keine andere Wahl.
Owen reckt drei Finger in die Luft, ich beginne zu zählen.
Bei Null angekommen, trete ich schnell einen Schritt zurück. Peng! Der zu erwartende Schuss fällt, beinahe zeitgleich sackt der Wichser mit dem Feuerzeug in der Hand zu Boden.
Ich schmeiße mich neben ihn auf den mit Brennstoff übergossenen Asphalt und greife nach dem Feuerzeug, ehe es ein flammendes Inferno anrichten kann. Erst als die bläuliche Flamme erlischt und ich den silbernen Deckel des Zippos zugeklappt habe, kann ich wieder normal atmen.
Der Mann, der mich für den Tod seines Bruders verantwortlich macht, starrt mich entsetzt an. Er kann offensichtlich nicht fassen, dass er das Spiel verloren hat.
Fuck! Was ein Idiot!
Wie konnte er nur so dumm sein und annehmen, dass er gegen die *Hell Bones* eine Chance hatte?

Er hat die falsche Strategie angewendet.

Hätte er eine andere gewählt und es auf mich abgesehen gehabt, dann hätte er vielleicht Erfolg gehabt.

Ich an seiner Stelle hätte mich in der Nähe des Clubs auf die Lauer gelegt, ich hätte dem Mörder meines Bruders aufgelauert und ihm, wenn er an mir vorbeigefahren wäre, das komplette Magazin in die Brust geballert.

Schnell, sauber und einfach.

Aber der Depp wollte eine große Show abziehen und hat es verkackt.

Wer sich mit einem *Hell Bone* anlegt, legt sich mit allen *Bones* an. So will es das Clubgesetz – das verlangt unsere Ehre. Das Feuerzeug in die Tasche steckend, bleibe ich neben dem Sterbenden liegen, sehe ihm tief in die Augen und umfasse mit beiden Händen seinen Kopf.

„Grüß deinen Bruder von mir, Arschloch."

Mit einem kraftvollen Ruck reiße ich seinen Schädel nach rechts und überdehne seine Halswirbelsäule so lange, bis sein Genick mit einem gut hörbaren Knacken bricht.

Der noch übriggebliebene Entführer schreit entsetzt auf und versucht zu fliehen. Devil jagt ihm hinterher und bringt ihn mit einem Tritt zu Fall.

Ich gehe zu den beiden rüber.

„Was willst du mit dem Penner machen? Mitnehmen oder die Scheiße gleich hier erledigen?"

Ursprünglich wollte ich mir mit den Arschgesichtern, die sich an meiner Frau vergriffen haben, viel Zeit lassen. Ich wollte ihnen die Haut abziehen, sie skalpieren und ihnen jeden Knochen einzeln brechen. Aber jetzt? Jetzt will ich diesen Mist einfach nur enden lassen, Olivia finden, sie in Sicherheit bringen und nie mehr aus den Augen lassen.

Bei allen *Bones*, ich liebe diese Köchin mehr als mein Leben.

Das ist mir erst heute, wo ich kurz davor war, sie zu verlieren, klar geworden. Wofür ich den Schweinehunden wahrscheinlich sogar auch noch dankbar sein muss.

„Wir erledigen das gleich."

„Dann los."

Ich ziehe meine Waffe, ziele mittig auf die Stirn des Mannes und drücke ohne das geringste Mitleid ab. *Peng!*

Ein Schuss – ein Treffer und die Sache ist vorbei.

Ich nehme mir nicht die Zeit, den Sieg auszukosten, sondern eile los, um mein Mädchen zu finden.

Ein Teil meiner Brüder folgt mir, Devil und Skull weichen nicht von meiner Seite. Im Inneren der Tankstelle stinkt es genau wie draußen, das Benzin reizt die Schleimhäute, wir können kaum atmen. Auf den ersten Blick fehlt von Olivia jede Spur.

Da kommt uns River entgegen.

In seiner rechten Hand hält er einen braunen Jutesack, mein Magen zieht sich krampfend zusammen.

What a Fuck!

„Ich habe dein Mädchen gefunden. Ihr müsst mir helfen, sie zu befreien."

Erleichterung und Sorge pumpt durch meine Venen.

„Wo ist sie? Geht es ihr gut?"

Es fällt mir schwer, die Worte auszusprechen. Zum ersten Mal seit einer Ewigkeit fürchte ich mich vor den Antworten, die ich so dringend hören will.

„Ich höre sie weinen, aber wenn ich sie rufe, bekomme ich keine Reaktion. Sorry, Luis, ich kann dir nicht sagen, wie es ihr geht. Die Türe, hinter der sie sich befindet, wurde mit dutzenden Kugeln durchsiebt und die Klinke fixiert. Ich komme nicht zu ihr rein."

Meine Kehle zurrt sich zusammen. Noch bevor ich weiß, was ich tue, stürme ich an River vorbei. Er brüllt mir nach, dass ich den Gang entlang und dann links muss.

Ich erkenne die Türe sofort. Der Sergeant hatte recht, einer der Wichser hat sein komplettes Magazin durch das Holz gejagt.

Ich höre Olivias leises Schluchzen, eine beinahe unerträgliche Kälte überfällt mich, mein Herz gefriert zu Eis.

Hinter meinen Schläfen beginnt es unheilvoll zu pochen, ich bin kurz davor, den Verstand zu verlieren. *Fuck!*

„Olivia? Baby? Bist du da drin? Geht es dir gut?"

Noch nie zuvor habe ich mich so hilflos gefühlt wie in diesem Moment.

„Olivia?"

Meine Stimme dröhnt durch die Tankstelle. Die Türklinke ist verbogen und wurde mit einem Brecheisen fixiert. Ich trete gegen das Eisen. Nichts passiert.

Wieder und wieder knallt mein Stiefel gegen das Eisen, erst nach dem zehnten Versuch lockert es sich, es gelingt mir, es unter der Klinge hervorzuziehen. Die Türe lässt sich dennoch nicht öffnen.

Ich will nicht mehr Zeit als nötig verlieren und mache mich daran, die Türe einzutreten.

Und obwohl ich alle Kraft aufwende, geschieht nichts. Erst als ich zurückweiche und mich mit meinem ganzen Gewicht und mit der Schulter voran gegen das Holz werfe, schaffe ich es, sie einen Spalt weit zu öffnen.

„Olivia?“

Das Schluchzen erstirbt. Die nun eintretende Stille macht mich wahnsinnig.

„Olivia! Verdammt! Olivia? Wenn du mich hörst, sag etwas.“

Devil, Skull und River helfen mir dabei, die Türe weiter aufzuschieben, sie ist von innen blockiert. Mein Mädchen hat sich ganz offensichtlich verbarrikadiert, was ihre Entführer dann zu dem Entschluss gebracht hat, sie in Flammen aufgehen zu lassen. Wenn ich nur daran denke, wie knapp die Scheiße mit dem Feuerzeug war, bleibt mein Herz beinahe stehen.

Wären wir nur ein paar Minuten später angekommen, wäre es zu spät gewesen und mein Mädchen wäre bei lebendigem Leib verbrannt.

„Luis?“

Ich höre ihr verängstigtes Flüstern und stoße ein lautes Brüllen aus. Es gelingt uns endlich, die Türe so weit zu öffnen, dass ich mich durch den Spalt drücken kann. Was ich dann sehe, zwingt mich in die Knie.

Meine Frau liegt zusammengekauert auf dem Boden, ihre Hände sind voller Blut, sie zittert unkontrolliert, während dicke Tränen aus ihren Augen rinnen. Vorsichtig drehe ich sie auf den Rücken und suche nach Verletzungen, ich finde keine.

Ein Hoffnungsfunken explodiert in meinem Inneren und bringt das Eis zum Schmelzen.

„Hast du Schmerzen?“

Es dauert, bis sie reagiert, dann schüttelt sie verneinend den Kopf.

„Wo kommt das Blut her?“

Zum ersten Mal sieht sie mich direkt an. Sie scheint erst jetzt zu kapieren, dass ich wirklich da bin. Das ist der Schock. Ihr Hirn hat sich abgeschottet und braucht Zeit, um das Erlebte zu verarbeiten.

„Ich habe mich geschnitten, als ich die Fesseln gelöst habe.“

Fuck! Fuck! Fuck!

Ich nehme sie in die Arme, hebe sie vom Boden auf und lege sie auf meinen Schoß. Ihr Gesicht berge ich an meiner Schulter, während ich meine Nase in ihren Haaren vergrabe. Tief einatmend inhaliere ich ihren süßen, vertrauten Duft und danke Gott und dem Teufel, dass er sie mir nicht genommen hat.

„Ich dachte, ich würde verbrennen. Ich war mir sicher, dass ich sterben werde!“

Sie klingt so verzweifelt, so entsetzt, dass ich es nun doch bereue, dass die beiden Hunde, die ihr das angetan haben, einen so schnellen Tod hatten.

„Du bist in Sicherheit. Ich bin hier."

Sie nickt, schnieft und krallt sich dabei mit aller Kraft an mir fest.

Devil und die anderen ziehen sich zurück und lassen uns einen Moment der Ungestörtheit, wofür ich ihnen wirklich dankbar bin.

„Lass mich nie wieder los. Bitte Luis. Nie wieder!"

„Tue ich nicht. Versprochen."

Für ein paar Minuten halte ich Olivia einfach fest, genieße ihren weichen, kleinen Körper an dem meinen und spüre, wie die Last von mir abfällt. Dann stehe ich mit ihr in meinen Armen auf und trage sie aus dem Gebäude.

Diese Tankstelle gleicht einer scharfen Bombe und niemand weiß genau, wann sie explodiert.

Draußen an der frischen Luft atme ich tief ein, dann bringe ich mein Mädchen zu meinem Bike und in Sicherheit.

Die *Bastards* sind tot und dank dem Gold und den Diamanten habe ich genug Geld, um uns eine sichere Zukunft aufzubauen.

6. Kapitel

Die Köchin

Seit der Entführung sind drei Tage vergangen. Drei Tage, in denen sich mein Leben von Grund auf verändert hat.

All die vielen Kleinigkeiten, die ich vor einer Woche noch als selbstverständlich angesehen habe, weiß ich jetzt wieder mehr zu schätzen.

Am Leben zu sein ist etwas Besonderes – glücklich zu sein ist etwas Besonderes, und zu lieben und geliebt zu werden, ist das Beste, was einem passieren kann.

Ich liebe einen *Hell Bone* und ich habe meinen Frieden damit gemacht.

Ehrlich! Ich mag den Club, den Lärm, die immer grimmig guckenden, raubeinigen Kerle, die mehr Whisky in sich reinschütten können, als gut für sie ist, die immer fluchen und bei jeder Kleinigkeit eine Prügelei anfangen.

Zugegeben, es war eine gewaltige Umstellung, aber es ist wie mit einem Sprung ins kalte Wasser. Zuerst kostet es Überwindung, dann traut man sich, springt und bereut es die ersten drei Sekunden. Aber dann, wenn der erste Schock nachlässt, fühlt es sich gut an, belebend und abenteuerlich.

Dieser Rockerclub ist wie eine große, wilde, unkontrollierbare und fest zusammenhaltende Familie.

Allein die Tatsache, dass so viele, nachdem sie von meiner Entführung erfahren haben, losgeeilt sind, um mich zu retten, beweist, wie loyal diese Biker sind.

Ich meine … sie haben mich nicht mal gekannt. Ihnen hat ausgereicht, dass ich Luis wichtig war, um sich auf die Suche nach mir zu machen.

An dem Tag, an dem Luis mich gerettet hat, habe ich nachgefragt, was aus meinen Entführern geworden ist. Mein Rocker hat mich nur angesehen und gegrinst, und ich wusste sofort, dass mir Dick und Doof nie wieder etwas antun können.

One Percenter kennen keine Gnade und machen keine halben Sachen, was auch der Grund dafür ist, dass ich eine neue, aus weichem Leder bestehende Kutte trage, die mich als *Property of Luis* kennzeichnet.

Ich bin jetzt ein festes Mitglied des *Hell Bones Motorcycle Clubs* New York und ich bereue nichts! Absolut nichts!

Heute habe ich mir einen Tag frei genommen, um für Luis und seine Brüder zu kochen. Ich schulde diesen Bikern ein Danke und wie könnte ich mich als Köchin besser bedanken als mit einer großen Portion leckerem Essen?

Der Hefeteig ruht schon einen Tag, die Pastasauce köchelt leise vor sich hin und der Fisch schwimmt in seiner Marinade. In dem überdimensionalen Kühlschrank, in dem sich vor wenigen Stunden nichts als Bier und Alkohol befunden hat, stehen drei große Schalen Tiramisu und mehrere Platten Antipasti. Es riecht nach Knoblauch, frischen Kräutern und Glück.

Charlotte und Chloe sitzen an der Frühstückstheke, nippen an einem Glas Weißwein und beobachten jeden meiner Arbeitsschritte.

Die beiden sind toll, genau wie die anderen Old Ladys des Clubs.

Die Frauen der *Bones* haben mich mit offenen Armen willkommen geheißen und sofort als eine von ihnen akzeptiert. Endlich habe ich auch Catalina, Luis' Schwester, kennengelernt. Wir verstehen uns gut, lachen viel und reißen Witze, die meistens auf die Kosten unserer Männer gehen.

Im Nachhinein bereue ich, dass ich mich so lange geweigert habe, ein Teil dieser aus Kutten, Motorrädern und Waffen bestehenden Welt zu werden.

„Es ist unglaublich, wie schnell du das alles alleine hergerichtet hast."

Charlotte, die Lady von Iker, dem Enforcer des MCs stibitzt sich eine schwarze Olive aus dem Salat und kaut genüsslich.

„Ich kann überhaupt nicht kochen. Mir brennen sogar Nudeln an."

„Jeder hat eben seine Stärken."

Sie nickt und grinst breit.

„Und ich bin froh, dass deine in der Zubereitung von leckeren italienischen Gerichten stecken."

Iker ist ein netter Kerl, falls man bei einem *Hell Bone* das Wort *nett* überhaupt verwenden darf. Allerdings ist er aus offensichtlichen Gründen auch einer der unheimlichsten Rocker.

Das schwarze Fadenkreuz, das er sich mitten auf die Stirn hat tätowieren lassen, ist ein gut sichtbares Zeichen dafür, dass er den Tod nur allzu gerne herausfordert. Vielleicht ist es ganz gut, dass ihm das Schicksal eine Psychologin ins Bett gelegt hat.

Chloe ist die Lady von Skull, dem Vizepräsidenten des Clubs. Sie steht auf Tattoos und die Farbe Schwarz. Mir ist sofort aufgefallen, dass sich die Ladys alle sehr voneinander unterscheiden und dennoch sind sie alle miteinander befreundet, was mir gut gefällt.

Dank der *Trattoria* und meinen Arbeitszeiten hatte ich noch nie viel Zeit für ein ausgefülltes Sozialleben, aber das hat sich in den letzten Tagen drastisch geändert.

Es ist noch zu früh, es laut auszusprechen, aber es fühlt sich an, als hätte ich eine Familie gefunden, und für mich als Italienerin ist die Familie heilig.

Erst nach und nach kann ich verstehen, warum Luis nichts auf den Club kommen lässt, und warum er, wenn er von den anderen Rockern redet, immer über seine Brüder spricht.

Die Schwingtüre geht auf, Luis kommt herein und sieht, dass ich seine Kutte trage. Seine Lippen verziehen sich zu einem trägen Raubtierlächeln, das ein erregendes Kribbeln in meinem Bauch auslöst und meine Mitte feucht werden lässt.

„Hey, meine Lady."

Seit der Entführung hat sich unsere Beziehung verändert, sie ist tiefer und fester geworden.

„Hey, mein Outlaw."

Brummend schlingt er seine muskulösen Arme um meine Mitte und hebt mich hoch.

„Bist du bereit für mich?"

„Soll das ein Witz sein? Ich koche!"

„Du kochst immer."

Da ist was Wahres dran.

„Ich bin ja auch Köchin."

„Falsch. Du bist *meine* Frau."

Das *meine* betont er ganz besonders.

„Richtig, und du bist mein Mann."

„Und als dein Mann gebe ich dir genau drei Sekunden Zeit, den Herd auszuschalten."

Am dunklen Klang, den seine Stimme angenommen hat und der guten Sex verspricht, kann ich erkennen, dass er keine Witze macht.

Mit bleibt gerade genug Zeit, um den Ofen auszudrehen und die Steaks abzudecken, da werde ich schon gepackt und über seine Schulter geworfen.

„Sag brav *ciao* zu deinen Freundinnen."

Ich tue wie befohlen und winke Charlotte und Chloe zu, ehe ich auch schon aus der Küche verschleppt, durch den großen Hauptraum getragen und in eines der Gästezimmer entführt werde.

Vorfreude und Erregung pulsieren durch meine Venen und ich spüre bis in den hintersten Winkel meines Herzens, dass Luis und ich für immer zusammenbleiben werden.

Der Rocker und die Köchin ...

Das klingt nach einer perfekten Geschichte, die unbedingt ein Happy End verdient hat.

Es ist fast wie in einem Märchen, nur dass es hier in New York keine Prinzen in Strumpfhosen gibt, sondern harte Biker mit schwarzen Kutten und geballten Fäusten. Sie kommen nicht auf einem schönen Pferd angeritten, sondern fahren schwere Harleys. Und sie tragen Pistolen statt Schwerter bei sich.

So fühle ich mich in der Nähe meines Outlaws wie eine Prinzessin: begehrt, beschützt, geliebt und erobert.

Luis drückt mich grob an die Wand, beißt sich an meiner Kehle fest und saugt die empfindliche Haut in seinen heißen Mund.

Er packt mich am Po, massiert das Fleisch und macht sich daran, meine Jeans zu öffnen.

Seine Hände sind überall, meine Nervenbahnen beginnen zu vibrieren.

„Ich will dich, Baby. Wenn ich nicht gleich in dir bin, wenn ich dich nicht gleich ficke, drehe ich durch!“

Seine harte Erektion presst sich wie zum Beweis gegen meinen Bauch.

Ungeduldig reißen wir uns die Klamotten vom Leib, fallen übereinander her und hinterlassen unsere Spuren auf der Haut des anderen. Wir küssen, kratzen und necken uns. Luis packt mich, wirbelt mich herum und befiehlt mir mit rauer Stimme, dass ich mich an der Wand abstützen soll. Ich tue es. Einen Atemzug später spüre ich schon die dicke Spitze seines Glieds an meiner Öffnung.

Hitze erfüllt meinen Unterleib.

„Fick mich. Jetzt!“

Er flucht, beißt sich an meiner Schulter fest und umfasst besitzergreifend meine Taille, ehe er sich mit einem harten, tiefen Stoß in mich rammt, mich ausfüllt und zu der seinen macht.

Mit geschlossenen Augen überlasse ich mich seiner Führung und passe mich seinem Rhythmus an, während mich die Lust packt.

Keuchend und stöhnend schenke ich mich dem *Hell Bone*, dem für immer und für alle Zeit mein Herz und meine Seele gehören.

Und wenn ich einen Wunsch frei hätte, nur einen, dann wüsste ich genau, worum ich das Schicksal anflehen würde:

Ich will ein „Und sie lebten glücklich und zufrieden bis ans Ende ihrer Tage“. Mit weniger werde ich mich niemals zufriedengeben ...

Luis fickt mich weiter, immer heftiger und tiefer. Er dringt in mich ein und zieht sich dann wieder zurück. Mein Unterleib schmilzt, zuckt und bebt und der Orgasmus, der sich tief in meinem Inneren aufbaut, ist genau das Happy End, das unsere Geschichte so dringend braucht.

Und während ich von meiner Lust hinfortgerissen werde, bin ich mir zu einhundert Prozent sicher, dass uns nichts und niemand mehr trennen kann.

Wir gehören zusammen. Für immer!

Der Rocker und die Lehrerin

Prolog

Der Nomad

„Also, Bro. Welcher Wind weht dich nach New York, Joker?"

Fuck!

Mit der Frage habe ich gerechnet. Es ist nur verständlich, dass Devil, der Präsident des New Yorker Chapters der Hell Bones, wissen will, was mich in seine Stadt treibt. Vor allem, da ich vorhabe zu bleiben.

Das Leben als Nomad hat es gut mit mir gemeint. Die Highways bieten einem Mann wie mir jede Menge Möglichkeiten.

Drogen, Waffen, Sex und das schnelle Geld waren die letzten zehn Jahre meine treuen Begleiter. Nur ich, mein Bike und der Fahrtwind.

Und es war gut. Wirklich verdammt gut. Aber jetzt brauche ich eine Veränderung. Ich brauche einen Wechsel.

Vor einem Jahr habe ich schon gemerkt, dass der Reiz des Neuen langsam abebbt und ich mich nicht mehr auf das nächste Abenteuer gefreut habe, sondern dass ich es auch mal ganz gut fand, für ein paar Tage oder Wochen am selben Ort zu bleiben.

Doch das war nur selten möglich. Als Nomad ziert der Skull der *Bones* meine Kutte, aber ich gehöre zu keinem festen Chapter.

Ich bekomme von verschiedenen Präsidenten Befehle, nehme hin und wieder an Versammlungen teil und erledige Aufträge, die mich durch das halbe Land geführt haben. Mittlerweile klebt unfassbar viel Blut an meinen Händen. Die Gräber meiner Opfer säumen die Straßen meiner Vergangenheit.

Und auch wenn ich dieses Kapitel meiner Geschichte abschließen will, bereue ich nichts.

Die *Hell Bones* haben in den letzten Jahren an Macht gewonnen und haben sich bis an die Spitze der amerikanischen Outlaw-Motorcycle-Clubs hochgearbeitet. Das ist hauptsächlich Devils Verdienst, und aus genau diesem Grund bin ich hier.

Das New Yorker Chapter unterscheidet sich in vielerlei Hinsicht von dem in Seattle oder Texas. Hier ist immer was los, die Geschäfte laufen gut und die Taschen meiner Brüder sind voll mit grünen Dollars. Die New Yorker Bones sind wie eine Familie, mit Ladys und erst seit kurzem auch mit einem Baby.

Devil ist vor vierzehn Tagen Vater eines kleinen Jungen geworden. Aaron schläft in einem blauen Kinderwagen, der direkt neben dem Schreibtisch des mächtigsten und gefährlichsten *Bones* der gesamten USA steht.

Devil als Vater, ich konnte es mir nicht vorstellen, bis ich es mit eigenen Augen gesehen habe. Diese neue Rolle steht dem Präsidenten gut.

Und bei allen Höllen! Ich habe den Teufel noch nie zu ruhig und zufrieden erlebt wie jetzt. Bisher war ich der festen Überzeugung, dass ein *Bone* keine Familie gründen sollte und dass sich Frau und Kinder nicht mit dem Leben, das wir führen, vereinbaren lassen.

Doch das, was ich seit meiner Ankunft vor ein paar Tagen gesehen habe, weckt Zweifel. Vielleicht habe ich mich getäuscht.

Vielleicht ist es möglich, beides zu haben, die Kutte, eine Frau und ein ausgefülltes Privatleben. Etwas, das sich verdächtig nach Neid anfühlt, erfüllt mein Denken. Ich schüttle es ab und konzentriere mich wieder auf das Gespräch.

Ich brauche Devils Einverständnis, wenn ich in New York bleiben will.

Wenn er meinem Antrag, das *Nomad-Patch* abzulegen, zustimmt, habe ich gute Chancen, bleiben zu dürfen.

Natürlich muss es dann noch an den Tisch. Meine Aufnahme muss von den *First Nine*, von den neun hochrangigsten Membern, befürwortet werden. Aber dem steht meines Wissens nichts im Weg.

Wenn Devil mich nimmt, ist die Sache so gut wie beschlossen.

„Ich will sesshaft werden."

Auch wenn es stimmt, fühlt es sich merkwürdig an, es auszusprechen.

Aus Gewohnheit fische ich meine Kippen aus der Hosentasche und will mir gerade eine anzünden, als Devil den Kopf schüttelt.

„Nicht in der Nähe meines Sohnes, Bro."

Shit! „Daran habe ich nicht gedacht." Babys kamen in meinem bisherigen Leben einfach nicht vor. „Sorry."

Der Präsident bleibt ruhig und nippt an seinem Bier.

„Kein Thema. Aber wenn du wirklich mit dem Gedanken spielst, zu uns zu wechseln, muss dir klar sein, worauf du dich einlässt. Die Zeiten haben sich geändert, Bro. New York ist ruhiger geworden."

Aye, das ist mir aufgefallen.

„Ruhig klingt gut."

Devil mustert mich skeptisch.

„Der Joker, den ich bisher gekannt habe, hat ruhig gehasst."

Mag sein.

„Auch an mir sind die Jahre nicht spurlos vorbeigegangen."

Und das ist nicht gelogen. Ich bin jetzt vierundvierzig und war die letzten zwanzig Jahre unterwegs. Es reicht.

„In den letzten Monaten ist es mehr als einmal vorgekommen, dass ich morgens aufgewacht bin und nicht wusste, in welcher verdammten Stadt ich überhaupt war. Immer fremde Betten und fremde Gesichter – für eine lange Zeit war es gut, nicht zu wissen, was die Tage bringen. Mittlerweile ist das anders. Etwas Routine würde mir gefallen. Ich werde mir eine Wohnung und ein nettes Mädchen suchen. Das Leben aus den Satteltaschen ist nichts mehr für mich."

Devil starrt mich an, ich starre zurück, ohne zu blinzeln. Er muss wissen, wie ernst ich es meine. Nach einer gefühlten Ewigkeit schüttelt er den Kopf, dann lacht er.

„Hätte nicht gedacht, dass der Joker jemals eine Wohnung und ein Mädchen will."

Ich auch nicht. *Verflucht!* Ich auch nicht.

Es hat schließlich seinen Grund, warum ich in der Welt der Kutten und Bikes als Joker bekannt bin. Nur eine Handvoll Leute kennt meinen richtigen Namen, doch niemand spricht ihn jemals aus. Ich suche mein Glück an jeder Ecke. Das Leben war für mich immer ein Spiel. Bei Sonnenaufgang bin ich auf meine Maschine gestiegen und habe das Schicksal würfeln lassen.

Ich war frei und bin dem Wind gefolgt. Mal hatte ich nur Asse in der Hand, da hat es die Welt gut mit mir gemeint und das Glück ist mir zugeflogen. Mal waren es beschissene Karten und ich musste meine Wunden lecken.

Es heißt, Gott würfelt nicht ... *Fuck!* Ich weiß es besser.

Gott ist eine Frau und sie würfelt ständig!

„Wir werden alle nicht jünger."

Das Baby jammert, Devil steht auf und geht zu dem Kinderwagen.

Der zufriedene Gesichtsausdruck, mit dem er seinen Sohn betrachtet, lässt mich die Fäuste ballen.

Es war nie mein Plan, einer Frau einen dicken Bauch zu verpassen.

Im Gegenteil, der Gedanke, eine der vielen Tussis aus Versehen zu schwängern, hat es mir kalt den Rücken runterrieseln lassen.

Das ist jetzt anders.

„Du bist dir sicher, was es bedeutet, das Patch abzulegen? Wenn du Ärger hast, kannst du nicht einfach davonlaufen. Wir scheißen nicht, wo wir essen. Wenn es hart auf hart kommt, muss aufgeräumt werden. Keine Spuren, keine Leichen – kein Problem. Kapiert?"

Ich weiß genau, worauf der Präsident hinauswill.

Einer der Vorteile ein Nomad zu sein, besteht darin, dass man nicht packen muss, um abzureisen. Mein gesamtes Hab und Gut passt in die Satteltaschen meiner Maschine. Kotzt mich etwas an, steige ich auf und gebe Gas.

Das wird zukünftig anders sein.

„Du kannst dich auf mich verlassen, Präs."

Das war offensichtlich genau das, was Devil hören wollte.

Er kommt auf mich zu und streckt mir die Hand entgegen. Ich ergreife sie, mit der linken klopft er mir auf die Schulter.

„Du hast meinen Segen, aber du weißt, wie's läuft. Wir werden abstimmen müssen."

Ich nicke, er spricht weiter.

„Männer wie dich können wir immer gebrauchen. Ich würde sagen, du kannst dich schon mal auf Wohnungssuche begeben. Bis du eine gefunden hast, steht es dir frei, dich in einem der Gästezimmer einzurichten."

Wieder sind die Würfel gefallen, dieses Mal zu meinen Gunsten.

„Danke, Präs."

„Kein Thema."

Wieder ziehe ich die Kippen hervor, klemme mir eine Marlboro in den Mundwinkel und warte bis ich aus dem Büro raus bin, ehe ich sie anzünde.

Draußen im Hof kommt mir Bull entgegen.

Eine Whiskyflasche in der einen, eine Bitch in der anderen Hand und grinst mich breit an. „Na, wie schaut's aus, Alter?"

Bull plant genau wie ich, hier in NY zu bleiben. Allerdings glaube ich nicht, dass Bull es lange in der Stadt aushalten wird. Er zieht Ärger magisch an. Wo immer er geht und steht, fliegen die Fäuste und stapeln sich die Leichen.

„Bestens!"

„Yeah, bei mir ebenfalls. Wie du sicherlich unschwer erkennen kannst."

Vor ein oder zwei Jahren sind wir einen Sommer lang zusammen unterwegs gewesen und *fuck*, Bull weiß, wie man kämpft, und er weiß, wie man feiert. Aber er weiß nicht, wie man sich aus Ärger raushält, den Kopf einzieht oder einfach mal das Maul hält.

Er ist ein *Bone* wie ich, das macht ihn zu meinem Bruder. Seine Loyalität ist unantastbar, trotzdem sorgt er in regelmäßigen Abständen für mittelgroße bis schwere Katastrophen.

Da ich Zweifel hege, dass Devil und seine First Nine bereit sind, zwei Nomads gleichzeitig bei sich aufzunehmen, war es mir wichtig, vor Bull mit dem Präsidenten zu sprechen.

Ich habe das Leben auf der Straße satt.

Endgültig.

Für mich ist das Gespräch beendet, ich gehe weiter, aber Bull ist noch nicht fertig.

„Du kannst dich uns gerne anschließen. An der Bitch ist genug für uns beide dran."

Ich weiß das Angebot zu schätzen und in der Vergangenheit haben wir uns schon so manche Tussi geteilt, aber nope ... „Nicht heute."

Mein Bedarf an billigen Huren ist erst mal gedeckt.

Jetzt, wo ich Skull, River, Iker und die ganzen anderen *Bones* mit ihren Old Ladys beobachten kann, kapiere ich erst, auf was ich in der Vergangenheit alles verzichtet habe. *Verflucht!* Jetzt, wo ich sehe, was möglich ist, will ich mehr als einen bedeutungslosen Ritt mit irgendeiner Nutte, deren Namen ich mir nicht merken will und deren Gesicht mich nicht interessiert.

Ich will, was Devil hat: Eine Familie, eine Lady wie Lauren und ein kleines bisschen Glück, das ich mit beiden Händen festhalten kann.

Bull und seine Bitch verschwinden, ich setze mich auf eine Bank, strecke die Beine aus und rauche meine Kippe fertig.

Wütendes Gehupe erfüllt die Luft und wird von dem lauten Jaulen der Einsatzwagen, die durch New Yorks Straßen rasen, übertönt. Die Geräusche der Stadt hallen über die meterhohe Mauer, die den Club vom Rest der Welt abschottet und vermischt sich mit dem gleichmäßigen Hämmern, das aus den offen stehenden Werkstatttoren dringt.

Mir gefällt die Routine, ich mag die Stimmung, die über dem Chapter liegt.

Ich fasse in die Innentasche meiner Kutte und ziehe die von den Jahren abgewetzte Spielkarte heraus. Mit dem Daumen reibe ich über den verblichenen Joker, der zugleich lacht und weint, und hoffe, dass die Entscheidung der First Nine für mich ausfällt. Manche Dinge kann man nicht beeinflussen, manche Dinge liegen in der Hand des Schicksals.

Und genau darin liegt das Problem. Das Schicksal ist 'ne Bitch und ich kann nur hoffen, dass es mich nicht ficken wird.

1. Kapitel

Die Lehrerin

Hektisch suche ich meine Sachen zusammen, stopfe alle Unterrichtsmaterialien in meine Tasche und hoffe, dass ich nichts vergessen habe.

Die Zeit ist absolut gnadenlos und kennt kein Erbarmen.

Es ist 7:30 Uhr und ich bin viel zu spät.

Dieser verdammte Wecker hat irgendwann mitten in der Nacht den Geist aufgegeben, sodass ich volle Kanne verschlafen habe und das zum dritten Mal in diesem Monat.

Ich. Brauche. Einen. Neuen. Wecker.

Kayl, mein Boss, wird ausflippen. Er ist nett und er steht auf mich, aber er hasst Unpünktlichkeit und predigt immer irgendetwas von Zuverlässigkeit und davon, dass ich mehr so sein sollte wie ein Uhrwerk. Was lächerlich ist. Wäre ich wirklich ein Uhrwerk, hätte ich weder einen Arsch noch einen Busen und dann hätte mein ach so anständiger Chef nichts mehr, wo er seine Augen drauf richten könnte, während er mich wegen meines Mangels an Zuverlässigkeit zusammenstaucht.

Die Ironie der Sache entgeht mir nicht.

Vielleicht sollte ich ihm mal eine Ansprache über Anstand und sexuelle Belästigung am Arbeitsplatz halten?

Na ja. Vielleicht nicht unbedingt heute. Es wäre taktisch sicherlich nicht so schlau, den Chef anzumotzen, wenn man selber mal wieder zu spät ist.

Ich bin Lehrerin an einer Grundschule und unterrichte eine dritte Klasse. Mir war schon früh klar, dass ich unbedingt mal etwas mit Kindern machen will, und bin natürlich sehr glücklich darüber, dass es geklappt hat.

Und mir ist natürlich auch bewusst, dass Pünktlichkeit verdammt wichtig ist. Aber mein Wecker hasst mich. Ehrlich! Er ist wahrscheinlich das einzige Elektrogerät in ganz New York, das zu solchen Gefühlsausbrüchen in der Lage ist – was ich nicht sonderlich erfreulich empfinde. Gestresst renne ich ins Bad, trage ein schnelles Make-up auf, bürste meine schulterlangen braunen Haare und setze meine rote Brille auf.

Als Nächstes schlüpfe ich in den hellblauen Rock, den ich mir zusammen mit der weißen Bluse schon gestern Abend zurechtgelegt habe, und suche mein kleines Apartment nach dem zweiten von meinen Lieblingsschuhen ab.

Er hat sich versteckt und ist definitiv ein Komplize meines Weckers. Die beiden scheinen sich gegen mich verbündet zu haben.

Die Revolution der Alltagsgegenstände, das wäre ein gutes Thema für den nächsten Aufsatz – wobei das für die dritte Klasse vielleicht ein zu heftiges Thema wäre.

Sei's drum. Der Schuh ist und bleibt verschwunden, also entscheide ich mich spontan um, schnappe mir die Heels, die noch von meinem letzten Date im Flur liegen, und ziehe einfach die an.

Die sind vielleicht etwas zu sexy für die Schule, aber eine längere Suche kann ich mir nicht leisten. Außerdem helfen mir die hohen Absätze vielleicht dabei, Kayl zu besänftigen.

Am Anfang war ich von seinen Blicken genervt, aber mittlerweile nutze ich sein schwanzgesteuertes Verhalten zu meinem Vorteil. Wir Frauen müssen eben mit den Waffen kämpfen, die uns das Schicksal in die Hände spielt. Und wenn es ein sexbesessener Chef ist, na ja ... dann müssen wir auch damit zurechtkommen.

Jammern hilft nicht. Das hat es noch nie.

Entschlossen, so schnell es geht, zur Schule zu kommen, ziehe ich mir eine leichte Strickjacke über und hänge mir die Tasche über die Schulter, ehe ich losstürme, die Türe hinter mir zuknallen lasse und auf den rot leuchtenden Knopf des Lifts drücke.

Geschafft. Ich bin vielleicht noch nicht allzu weit gekommen, aber immerhin schon mal unterwegs. Der Aufzug kommt, ich stolpere mehr oder weniger hinein, die Tasche rutscht mir den Arm hinab und mich haut es beinahe auf den Hintern.

Ich schaffe es gerade noch so, mich auf den Füßen zu halten, was mich echt ins Schwitzen bringt. Grob drücke ich mehrmals ganz schnell hintereinander auf den Knopf für die Tiefgarage, in der Hoffnung, dass der Lift dann schneller funktioniert.

Es hilft natürlich nichts. Um Zeit zu sparen, wühle ich mich schon mal durch die Handtasche und taste den Inhalt nach meinen Autoschlüsseln ab.

Kondome, mein Handy, Lippenstift, Pfefferspray, Taschentücher und tausend andere Dinge geraten mir in die Finger. Aber keine Schlüssel.

„Scheiße!"

Erst jetzt fällt mir ein, dass ich sie zuletzt in der Küche liegen gesehen habe, direkt neben dem Kühlschrank auf der Ablage.

„Doppelte, verfluchte Hasenscheiße!“

Meine gezischten Flüche hallen durch die enge silberne Kabine. Das darf doch jetzt echt nicht wahr sein!

Ohne Schlüssel kein Auto, und ohne Auto komme ich viel, viel, viel zu spät.

Dann muss ich ein Taxi nehmen. Aber um diese Uhrzeit komme ich direkt in die Rushhour, was bedeutet, dass das Taxameter genug Zeit hat, um in astronomische Höhen zu schnellen.

Ich bin am Arsch, aber gut. Den Preis muss ich zahlen. Auch wenn ich dafür locker einen neuen Wecker bekommen hätte. Wahrscheinlich sogar eine ganze Kiste von den beschissenen, verräterischen Dingern.

Verflixt!

Wütend verpasse ich dem Lift einen Tritt und zucke sofort gepeinigt zusammen, als ein fieser Schmerz an meinem Bein nach oben zuckt.

Es gibt so Tage, an denen sollte man am besten im Bett bleiben, sich die Decke über den Kopf ziehen und so tun, als ob man gar nicht existieren würde.

Aber dafür ist es zu spät.

Mein Bett steht in meiner Wohnung und zu der habe ich keinen Schlüssel.

Ich taste meine Tasche nach meinem Geldbeutel ab, er ist nicht da. Klar, wie sollte er auch? Er liegt neben dem Schlüssel in der Küche.

Scheiße! Scheiße! Scheiße!

Ich kann das Universum regelrecht lachen hören. Schadenfroh lachen.

Nicht bereit, mich so schnell unterkriegen zu lassen, drücke ich auf den Erdgeschoss-Knopf, in die Tiefgarage muss ich ja nun nicht mehr, und eile aus dem Aufzug. Keine Ahnung wie ich es anstellen soll, noch *einigermaßen* pünktlich die Schule zu erreichen. Ich bin ja jetzt schon zu spät.

Diesen Tag kann nur noch ein Wunder retten und – ganz ehrlich? Mit meinen dreißig Jahren bin ich alt genug, um zu wissen, dass es keine verdammten Wunder gibt. Genauso wenig wie gute Feen und nette Prinzen, weswegen ich auch noch immer Single bin.

Aber das ist ein ganz anderes Thema.

In den Untiefen meiner Tasche beginnt es zu vibrieren, anhand des einsetzenden Klingeltons erkenne ich sofort, dass es sich bei dem Anrufer um meinen Chef handelt.

Geht es eigentlich noch schlimmer?

Ich glaube nicht!

Mit flatterndem Puls ziehe ich das Telefon raus, wische über das Display und nehme das Gespräch an.

„Hallo Kayl ...“
Er unterbricht mich ruppig. „Wo bist du Kelly?“
Öhm ja ...
Ich hasse Unehrlichkeit. Aber jetzt ist wohl der richtige Zeitpunkt für eine winzig kleine Notlüge.
„Ich bin fast da.“
„Lüg mich nicht an, Kelly. Das ist jetzt schon das dritte Mal in zwei Wochen, dass du zu spät bist. So geht das nicht weiter. Wenn du nicht bis Dreiviertel acht da bist, muss ich dir eine Verwarnung aussprechen.“
Oh nein, bitte nicht ... Das wäre dann schon die zweite in diesem Jahr. Und die würde unschöne Konsequenzen nach sich ziehen.
„Du weißt, was das bedeutet?“
Dass ich wahrscheinlich mit ihm ins Bett steigen muss, um meinen Hals zu retten.
„Ja, natürlich weiß ich das, und es tut mir auch leid. Aber ...“
Er fällt mir erneut ins Wort.
„Kein aber. Komm mir nicht wieder mit irgendwelchen Ausreden.“
Okay – er ist echt wütend. Vielleicht ist da auch noch ein Blowjob fällig.
Danke, Wecker. Danke, Schicksal.
Das Problem? Ich habe bereits auf die harte Tour gelernt, dass es nie gut ist, seinen Chef zu bumsen. Schon gar nicht einen wie Kayl. Er ist kontrollsüchtig und neunmalklug und absolut nicht mein Typ. Ich steh auf echte Kerle, mit Muskeln und kratzigen Bartstoppeln und Tattoos, die gerne auch mal fluchen und Bier trinken.
Kayl hingegen bevorzugt stilles Wasser aus PET-Flaschen, ist immer glattrasiert und flucht nie. Ich glaube, seine Zunge bekommt einen Knoten, wenn er es doch mal versuchen würde.
Himmel!
Mein Chef gehört definitiv in die Kategorie Schlüpfer-Bügler und das ist very, very unsexy.
„Ich bin gleich da.“
Nach dieser falschen Zusicherung lege ich einfach auf und hoffe auf ein Wunder.
Ein großes, sehr unwahrscheinliches Wunder ...
Wenn nicht gleich etwas geschieht, bin ich am Arsch.
Beziehungsweise – dann habe ich meinen Chef am Arsch und das leider wortwörtlich.
Ich sehe mich hektisch um und suche nach einer Lösung für mein Problem.

Aber da ist keins. Die Straßen sind vollgestopft mit protzige Limousinen, Fahrradkurieren und diesen neuen, kleinen E-Autos, die sich lautlos in den Verkehr einreihen und hoffentlich dazu beitragen, die Klimaerwärmung zu stoppen.

Wer's glaubt, wird selig ...

Die Ampel direkt vor mir schaltet auf Rot, der Verkehr stoppt.

Für einen kurzen Moment spiele ich mit dem Gedanken, einfach von irgendeinem Auto die Türe aufzureißen und den Fahrer zu fragen, ob er so gut wäre, mich bitte zur Arbeit zu fahren.

Aber das hier ist New York. Hier ist sich jeder selbst der Nächste. Wahrscheinlich würde ich eine Ladung Pfefferspray ins Gesicht kriegen oder gleich in den Lauf einer kleinen, handlichen Schnellfeuerwaffe schauen, die die moderne Frau von heute beinahe standardmäßig in ihrem überteuerten Luis-Vuitton-Täschchen mit sich herumträgt. Ich kann es ihnen nicht verübeln. Die Zeiten sind hart und die Stadt gefährlich.

Gut, zugegeben, die vielen Schießereien sind weniger geworden, was hauptsächlich daran liegt, dass so etwas wie Ruhe im *Hell Bones Motorcycle Club* eingekehrt ist.

Die Rocker sind für ihre Gnadenlosigkeit und ihren Zusammenhalt berühmt. Wer sich mit den *Bones* anlegt, wird früher oder später – meistens jedoch früher, tot aus dem Hudson River gefischt.

Vor wenigen Monaten lag Blut in der Luft, die *Bones* und die *Bastards*, ein weiterer Club, der sich einfach so im Revier der *Bones* ausgebreitet hat, haben sich einen heftigen Krieg geliefert. Leichen, fliegende Kugeln und rasante Verfolgungsjagden waren in den Nachrichten an der Tagesordnung.

Mittlerweile sind die *Bastards* jedoch Geschichte und der Krieg ist vorbei.

Woher ich das alles weiß? Ganz einfach. Mich fasziniert diese Subkultur.

Diese Biker leben nach ihren ganz eigenen Regeln, sie halten fest zusammen und scheren sich einen Dreck um den Rest der Welt.

Soweit ich das als Außenstehende beurteilen kann, machen diese Kuttenträger es absolut richtig. Sie schützen, was ihnen gehört.

Was kann daran falsch sein?

Wenn das alle so tun würden, würde es viel weniger Verbrechen geben.

Auge um Auge – Zahn um Zahn.

Laut aussprechen würde ich das natürlich nie.

Wenn mein Boss oder irgendeiner meiner Kollegen erfahren würde, dass ich die Bones und ihren rasanten Lebensstil bewundere, würde mir wahrscheinlich gleich meine Kündigung ins Haus flattern.

So sehr ich meinen Job auch liebe, diese Spießigkeit geht mir tierisch auf den Keks.

Aber wie auch immer, wenn ich mich nicht gleich in Bewegung setze, komme ich nie in der Schule an.

Tief durchatmend umklammere ich die Riemen meiner Tasche und renne los, die Straße entlang Richtung Bushaltestelle.

Wie ich wegen meines vergessenen Portemonnaies das Ticket bezahlen soll, weiß ich noch nicht, aber das wird sich schon regeln.

Als ich gerade die ersten hundert Meter geschafft habe, bleibe ich mit dem rechten Absatz an einem hervorstehenden Gullydeckel hängen. Es macht *Klack* und dann knickt mein Fuß auch schon um.

„Scheiße!"

Noch bevor ich mein Gleichgewicht wiedergefunden habe und nach unten sehe, weiß ich, was passiert ist: Der Absatz ist ab.

Kann es eigentlich noch schlimmer kommen?

Anscheinend schon. Mein Handy bimmelt erneut, es ist natürlich wieder Kayl.

Ich ignoriere das hektische Vibrieren, schlüpfe aus meinem zerstörten High Heel und lasse den Kopf in den Nacken fallen, um einen fragenden Blick gen Himmel zu werfen.

„Echt jetzt? Musste das sein?"

Ich erhalte natürlich keine Antwort.

Warum sollte ich auch? Wer oder was auch immer da oben auf den Wolken sitzt, scheint es heute ganz offensichtlich auf mich abgesehen zu haben.

Das laute Bollern eines Motorrads hallt durch die Häuserschluchten. Neugierig sehe ich auf den Verkehr vor mir und entdecke die schwarze Harley, die zwischen all den Autos hervorsticht. Doch es ist nicht nur das dröhnende Bike, das die Aufmerksamkeit aller auf sich lenkt – es ist der Mann, der die Maschine fährt, den Blinker setzt und direkt vor mir am Straßenrand stoppt.

Er trägt keinen Helm, hat kurze blonde sexy verwuschelte Haare und breite Schultern.

Das unverkennbare Leder der *Hell Bones* bedeckt seinen massiven Rücken, ich erkenne den von zwei Knochen eingerahmten Totenkopf sofort.

Seine langen Beine stecken in einer ausgewaschenen Bluejeans, dazu trägt er schwere Biker-Boots und einen schwarzen Langarmpullover, dessen Kapuze über der mit Patches übersäten Kutte hängt.

Der Rocker scheint zu spüren, dass ich ihn beobachte. Während er sich ein silbernes Mobiltelefon ans Ohr hebt, dreht er den Kopf und sieht mich direkt an.

Ich muss einen seltsamen Anblick bieten. Mit einem nackten Fuß stehe ich auf dem kalten Kopfsteinpflaster, in der Hand einen kaputten Schuh, meine Bluse ist vom Laufen verrutscht und meine Tasche hängt schief.

Kein Wunder, dass sich seine vollen Lippen zu einem Grinsen verziehen, das dafür sorgt, dass sich auf seiner mit Bartstoppeln überzogenen Wange ein charmantes Grübchen bildet.

Dieser Biker ist die perfekte Vorlage für einen feuchten Traum. Schnell speichere ich jedes Detail ab, präge mir alles an ihm ein, um es heute Nacht, wenn ich es mir mit meinem Rabbit-Vibrator im Bett gemütlich mache, abrufen kann.

Einem Mann wie ihm begegnet man nicht alle Tage. Nicht mal hier in New York, wo es so einige von diesen *Bones* gibt. Die Outlaws bleiben meistens für sich, was den meisten Menschen in dieser Stadt ganz recht ist. Sie sind froh, wenn sie keinem dieser Biker begegnen.

Mir geht es da anders. Ich erhasche gerne mal einen Blick auf so viel maskuline Perfektion.

Der *Bone* am Straßenrand telefoniert und mustert mich dabei interessiert.

Wie schnell seine Maschine wohl fahren kann?

Mit ihr muss man nicht brav in der Kolonne des Verkehrs bleiben, sondern kann sich ganz geschickt durch die verstopften Straßen schlängeln.

Wie lange der Rocker wohl von hier zur Schule braucht? Zehn Minuten? Ich brauche mit dem Auto eine halbe Stunde.

Mir kommt da eine Idee ...

Aber kann ich es wagen?

Ist das nicht verrückt?

Oh, es ist verrückt, aber es ist die einzige Lösung für mein Problem.

Wie der *Hell Bone* wohl reagiert, wenn ich einfach so ungefragt hinter ihm auf die Harley steige und ihn bitte, mich in die Arbeit zu fahren?

Ich werde es gleich wissen.

All meine Zweifel beiseite wischend, gehe ich auf ihn zu, lasse meinen absatzlosen High Heel fallen und keine meiner Ängste zu Wort kommen. Was ich mache, ist total bescheuert und kann ziemlich böse enden. Aber was muss, das muss ...

Außerdem sind diese Kuttenträger nicht dafür bekannt, fremde Frauen anzugreifen oder einfach so ohne Grund ein Blutbad anzurichten.

Vielleicht habe ich also Glück.

Der Biker sieht mich auf sich zukommen, runzelt fragend die Stirn und telefoniert weiter.

Ich höre, wie er irgendetwas über Uzis, Israelis und Windeln redet, was für mich nicht sonderlich gut zusammenpasst.

In der Sekunde, in der ich bei ihm ankomme, verabschiedet er sich von seinem Präsidenten.

Noch bevor er das Handy wieder einstecken kann, klettere ich etwas unbeholfen hinter ihm auf die Maschine, rücke meine Tasche zurecht und schlinge nach kurzem Zögern meine Arme um die schlanke Taille des Bikers.

Er wirkt perplex. Wäre er nicht der, der er nun mal ist, könnte ich fast Mitleid mit ihm haben.

In der Sekunde, in der ich mich an ihm festklammere, geht ein Ruck durch seinen mächtigen Körper, meine Nippel reagieren sofort und ziehen sich erregt zusammen.

Der Geruch von Mann, Leder und Seife steigt mir in die Nase und lässt mir das Wasser im Mund zusammenlaufen.

Gott! Riecht dieser Rocker lecker ... einfach zum Anbeißen!

„Fuck! Was soll das?“

Eine berechtigte Frage. Nur was antworte ich darauf?

Der Hell Bone dreht sich, so weit es geht, zu mir um.

„Zur Hölle, Weib, wer bist du?“

Noch eine gute Frage.

„Hör zu, ich stecke ziemlich in der Klemme. Zuerst habe ich verschlafen, dann habe ich meinen Schlüssel vergessen und festgestellt, dass mein Geldbeutel ebenfalls in meiner Wohnung liegt. Mein Chef ist ein Arschloch und wenn ich noch arg viel mehr zu spät komme, muss ich mit ihm ins Bett, um meinen Job behalten zu können. Aber das will ich nicht. Er bügelt garantiert seine Unterwäsche und hat sicher keine Ahnung von weiblicher Anatomie oder davon, wo sich der G-Punkt versteckt hält. Außerdem ist mein Absatz abgebrochen. Was echt schlimm ist, denn das waren meine Lieblingsheels. Mit einem Schuh kann ich nicht mal schnell rennen.

Du musst mich retten! Ehrlich! Du musst mich so schnell es geht zur Schule fahren oder ich bin am Arsch, beziehungsweise habe meinen Chef im Arsch. Du verstehst sicherlich, was ich meine, und dass beides keine Option ist. Also los, hopp, hopp! Gib Gas und fahr los. Wir können keine Zeit mehr verlieren!“

Der Rocker wirkt überrumpelt, was kein Wunder ist. Das war vielleicht ein bisschen zu viel Information. Aber wenn ich nervös bin, habe ich die schreckliche Angewohnheit, alles, was mir durch den Kopf schießt, ungefiltert auszusprechen.

Anstatt endlich loszufahren und mir wortwörtlich den Arsch zu retten, sieht mich der Rocker entgeistert an und kneift die Augen zusammen.

„Bullshit, Baby! Auf was für einem Trip bist du denn?“

Echt jetzt? Er denkt, ich bin auf Droge?

„Mir geht’s gut. Zumindest tut es das, wenn du mich bitte, so schnell du kannst, zur Jayson Preparatory School bringen kannst. Es ist echt ein Notfall!

Er zögert noch immer.

Ich kann es ihm nicht verübeln.

„Bitte. Heute kannst du ausnahmsweise mal ein Held sein.“

Zu meinem Glück nimmt er mir das ‚ausnahmsweise mal‘ nicht übel, sondern gibt nur ein widerwilliges Brummen von sich.

„Du bist echt durchgeknallt, Frau.“

„Oder einfach nur völlig verzweifelt!“

Noch immer macht er keine Anstalten loszufahren. Mir bricht der Schweiß aus.

„Bitte, *Hell Bone*. Du kannst mich retten.“

Ein gezischtes „Fuck!“ später wendet er sich endlich von mir ab, umfasst mit beiden Händen den Lenker und gibt Gas. Das Motorrad macht einen so kraftvollen Satz nach vorne, dass ich beinahe rückwärts runterfalle.

Mit einem erschrockenen Quietschen halte ich mich noch etwas besser an ihm fest und spüre einen Hauch Erleichterung.

Das hätte echt übel ausgehen können.

Geschickt fädelt er sich in den Verkehr ein, bahnt sich einen Weg durch die Mitte und lässt den Motor aufheulen. Wir sind schnell und werden immer schneller. Mein Puls rast und meine Sinne spielen verrückt.

Halleluja!

Es ist ein außergewöhnliches Erlebnis, mit gespreizten Beinen hinter einem echten Outlaw zu sitzen.

Mein Chef, die Arbeit – einfach all meine Sorgen rücken in den Hintergrund und zurück bleiben nur der Kick und das pure Adrenalin, das durch meinen Kreislauf pumpt.

Ich kann echt nicht fassen, dass ich das getan habe. Dass ich genug Mut hatte, einfach so auf das Bike eines *Hell Bones* zu steigen und ihm zu befehlen, mich in die Arbeit zu bringen. Okay, gut. Es war mehr eine Mischung aus Betteln und Flehen, aber immerhin, es hat geklappt.

Bis jetzt bin ich zwei Mal auf einem Motorrad gesessen. Mein Ex hat irgend so eine Rennmaschine gefahren. Sie war giftgrün und hatte nicht annähernd so viel Klasse wie die Harley des Rockers. Und dieser nimmt mich beim Wort, verstößt gegen sämtliche Geschwindigkeitsbegrenzungen und ignoriert jegliche Verkehrsregeln inklusive einiger dunkelgelber Ampeln.

Diese Fahrt ist ein echtes Erlebnis.

Mein dünnes Jäckchen ist nicht wirklich für die Fahrt auf einem Motorrad geeignet, Gänsehaut überzieht meine Arme.

Aber das stört mich nicht. Ich lasse die Hüften locker und genieße jede Kurve.

Hand aufs Herz, das ist fast wie Sex.

Wir kommen viel zu schnell in der Morris Street an, Wehmut breitet sich in mir aus ...

Was für ein verrückter Morgen. Der Rocker bahnt sich einen Weg durch die protzigen SUVs der Mütter, die ihre Sprösslinge auf die letzte Sekunde vor der Schule absetzen und hält direkt vor dem gepflasterten Weg, der gerade auf den Eingang zugeht.

Ich brauche mich gar nicht erst umzusehen, um zu wissen, dass wir im Mittelpunkt der Aufmerksamkeit stehen.

Mist! Daran habe ich, als wir losgefahren sind, natürlich nicht gedacht. Ich war so darauf konzentriert, möglichst schnell hierherzukommen, dass ich nicht auf die Idee gekommen bin, den Rocker zu bitten, mich etwas abseits abzuliefern.

Aber das wäre auch irgendwie komisch angekommen.

„Bitte fahr mich hin und rette mir den Arsch, aber bitte sorg dafür, dass mich niemand in deiner Nähe sieht, weil du ein krimineller Outlaw-Biker bist, und ich nicht mit dir gesehen werden will.“

Verdammt!

Ich gehöre nicht zu der Gruppe Menschen, die andere wegen ihres Aussehens verurteilen oder die mit viel Liebe und Geduld ihre Vorurteile pflegen.

Ich lebe nach einem ganz einfachen Motto: Respektierst du mich, respektiere ich dich.

Hautfarbe, Herkunft, Sprache, Religion und Gesetzestreue spielen da keine Rolle.

Dummerweise sehen das die vielen Muttis, die uns aus großen Augen anstarren, garantiert anders.

Nicht bereit mich so schnell geschlagen zu geben, drücke ich mein Rückgrat durch, atme tief ein und halte den Kopf oben.

Hinter den schönsten Fassaden liegt meist der größte Müll.

Nach außen hin mögen diese Vorstadttussis alle perfekt aussehen. Aufgespritzte Lippen, gebotoxte Stirnfalten und 1000-Dollar-Schühchen, aber in Wahrheit ist es doch so, dass gerade die Reichen und Mächtigen die meisten Leichen im Keller liegen haben.

Der Rocker macht keine Anstalten, den Motor auszuschalten, stattdessen streckt er die langen Beine aus und tätschelt mir den nackten Oberschenkel. Der hellblaue Rock hat im Stehen eine angemessene Länge, auf der Harley im Sitzen jedoch nicht mehr.

Meine Nervenbahnen beginnen wie wild um sich zu feuern.

Scheiße!

Das sollte sich nicht so verteufelt gut anfühlen.

„Du kannst absteigen, Schätzchen."

Ähm, ja. Das kann ich nicht nur, das sollte ich sogar.

Mit zittrigen Beinen klettere ich vom Sattel, zupfe dabei immer wieder meinen Rock nach unten und halte meine Schultertasche fest. Der Rocker starrt mich wieder mit diesem eindringlichen Blick an, dann mustert er mich von oben bis unten und gibt am Ende seiner virtuellen Rundreise ein lautes Zungenschnalzen von sich.

„So 'ne Lehrerin wie dich hätte ich auch gern gehabt."

Interessant.

„Woher weißt du, dass ich Lehrerin bin?"

Sein Kopf neigt sich nach rechts, er strahlt nichts als Selbstsicherheit und Macht aus.

Beneidenswert.

„Bist du's oder bist du's nicht?"

„Bin ich."

Er nickt zufrieden. Meine Nervosität schnellt ungebremst in die Höhe.

Ich versuche gerade zu stehen, was mit nur einem Schuh ziemlich kompliziert ist, also ziehe ich ihn kurzerhand einfach aus. Schon besser.

Der *Hell Bone* bemerkt meine frisch lackierten schwarzen Zehennägel.

„Gefällt mir. Gefällt mir sogar sehr gut."

Ich nehme mir ein paar Sekunden, um ihn ebenfalls genauer zu betrachten. Und was ich sehe, gefällt mir ebenfalls sehr gut. Ganz besonders das Harlekin Tattoo an seinem Hals.

Der Clown hat ein lachendes und zugleich ein weinendes Auge.

Ich weiß, wie er sich fühlt. Mir geht es gerade ähnlich.

„Man nennt mich Joker."

Oh ja, das passt.

„Ich bin Kelly."

Ein Schmetterling flattert in meinem Bauch, ich lasse ihn sterben.

Wird Zeit, mich zu verabschieden.

„Sorry, dass ich dich so überfallen habe. Das ist eigentlich nicht mein Stil. Aber, wie gesagt, ich bin viel zu spät."

„Jep, und dein Chef will dir an den Arsch. Richtig?"

Gott, ist mir das peinlich. Ich muss dringend lernen, meine Klappe zu halten.

„Will er."

Der Rocker bleckt die Zähne, balanciert mühelos das Gewicht der Harley aus und stemmt eine Hand auf den Oberschenkel, während die andere lässig auf dem Lenker liegt. Ihn scheinen die vielen auf uns ruhenden Blicke nicht zu stören, es macht fast den Eindruck, als würde er sie gar nicht wahrnehmen.

Ungefilterte Arroganz dringt ihm aus jeder Pore. Wahrscheinlich müsste er nur *‚Buh'* machen, und schon würden alle panisch davonrennen.

Die Vorstellung amüsiert mich.

„Ich kann ihn verstehen."

Nicht sicher, worauf er anspielt, runzle ich die Stirn.

„Wen kannst du verstehen?"

„Deinen Boss. Dein Arsch ist geil, ihn zu ficken, würde sicherlich Spaß machen."

Von seiner Direktheit überrumpelt, schnappe ich nach Luft.

Hoffentlich hat uns niemand gehört ... *Himmel!*

„Danke für das Kompliment, schätze ich."

Der Rocker zwinkert mir dreist zu.

„Ist nur die Wahrheit."

Ich kämpfe mit meinem Hirn, das sofort bereit ist, einen kurzen und heißen Kurzfilm abzuspielen, in dem es um diesen *Hell Bone,* harten Sex und um meinen Hintern geht.

„Ist das dein Boss?“

Mit einem Nicken deutet der Biker auf den Schuleingang. Ich drehe mich um und sehe Kayl auf uns zukommen.

Kann der Tag eigentlich noch schlimmer werden? Schätze schon, immerhin ist es noch nicht mal acht Uhr in der Früh, das Schicksal hat also genug Zeit, sich noch mehr Gemeinheiten für mich auszudenken.

„Verdammt! Verdammt! Verdammt!“

„Wenn du Probleme hast, sag’s und ich mach dem Typen klar, dass dein Arsch tabu ist.“

So nett das auch gemeint sein mag, aber dieses Angebot kann ich nicht annehmen. Leider.

„Danke. Aber ich krieg das schon hin.“

Der Outlaw scheint nicht davon überzeugt zu sein und zieht fragend die Augenbrauen in die Höhe.

„Sicher? Ich mach das echt gern.“

Er ballt die Fäuste, und ich glaube ihm aufs Wort.

Dieser Kuttenträger wirkt auf mich nicht wie ein Mann, der einer anständigen Prügelei ablehnend gegenüberstünde.

„Ich schätze, da muss ich alleine durch. Außerdem wäre mein Boss wohl kaum ein würdiger Gegner für dich.“

Um die Spannung etwas aufzulockern, versuche ich mich an einem Kichern, das eher wie ein Krächzen klingt.

Mein Blick fällt erneut auf das Joker-Tattoo an seiner Kehle. Ich frage mich unweigerlich, ob er noch mehr Tinte an seinem Körper trägt. Und wenn ja, wo?

Falscher Zeitpunkt, Kelly!

Die warnende Stimme in meinem Kopf hat recht.

Ich bin zu spät und mein Chef ist wütend.

„Danke noch mal. Ich muss los!“

Der Rocker brummt etwas, setzt sich wieder aufrechter hin und sieht mich ein letztes Mal an, ehe er nach einem „Wir sehen uns, Schätzchen.“, davonbraust.

Und auch wenn ich einer weiteren Begegnung mit dem Biker nicht abgeneigt wäre, denke ich, dass das kein ernstzunehmendes Versprechen, sondern eher eine belanglose Floskel war. *Schade eigentlich ...*

„Was denken Sie sich nur dabei?“

Die wütende Stimme meines Bosses reißt mich aus meinen Gedanken und katapultiert mich zurück in die harte Realität.

Vor Publikum ist es Kyle extrem wichtig, den Anstand zwischen Chef und Angestellter zu wahren. Aber wenn wir alleine sind, ist das eine andere Sache.

Ich wappne mich und hoffe, dass er nicht sofort bemerkt, dass ich barfuß bin. Was jedoch nicht der Fall ist, sein Blick gleitet natürlich sofort runter zu meinen schwarz lackierten Zehennägeln.

Scheiße!

„Das wird ein Nachspiel für Sie haben Mrs. Johnson."

Ja, das dachte ich mir.

Die vielen Mütter, die nur allzu interessiert das Geschehen verfolgen, wirken schadenfroh. Kein Wunder, sie sind neidisch, weil ich auf des Rockers Harley gesessen bin und sie nicht. Die High-Society-Tussis glauben, dass ich ein wahnsinnig aufregendes Leben führe, vollgepackt mit wildem Sex und spannenden Abenteuern, doch damit liegen sie leider falsch. Aber das werde ich weder ihnen noch Kayl auf die Nase binden.

Es kann nicht schaden, wenn mein Boss denkt, dass dieser gefährliche *Hell Bone* mein Freund ist, dann lässt er mich vielleicht in Ruhe und seine zweideutigen Eindeutigkeiten hören vielleicht auch endlich auf.

„Können wir das vielleicht drinnen besprechen? Hier draußen ist wohl kaum der richtige Ort dafür."

Kayl nickt, ich gehe mit so viel Würde, wie ich zusammenkratzen kann, und hoch erhobenem Haupt voran und drehe so den Muttis den Rücken zu.

Gott, wie mich diese versnobte Gesellschaft ankotzt, ich kann es gar nicht in Worte fassen.

2. Kapitel

Der Nomad

Der intensive Geruch des Feuerzeugbenzins steigt mir in die Nase und vermischt sich mit dem chemischen Gestank, der aus dem Wohnwagen, der keine zwei Meter von uns entfernt auf einem verlassenen Gelände steht, dringt.

„Und du bist dir wirklich sicher, dass das eine gute Idee ist?"

Skeptisch sehe ich zu Skull und schüttle den Kopf, als dieser mich breit angrinst, nickt und dabei „Nein, bin ich nicht" sagt.

„Wirklich sehr beruhigend."

„Stell dich nicht so an, Joker. Du weißt ja, Gott würfelt nicht. Wenn unsere Zeit gekommen ist, dann ist sie eben gekommen. Früher oder später müssen wir alle ins Gras beißen."

Ach Fuck!

„Später gefällt mir definitiv besser. Ich habe nicht nach New York gewechselt, um dann wegen so einer Scheiße draufzugehen."

Skulls Augen blitzen amüsiert.

„Feig?"

Um ehrlich zu sein?

„Ja!"

In dem Ding befindet sich ein verdammtes Methlabor. Das Zeug da drinnen wird für einen ordentlichen Knall sorgen.

„Ich zähle bis drei, dann geht es los. Klar soweit?"

„Komm schon. Wir denken uns einen anderen Plan aus."

Mein Vorschlag gefällt dem Vize nicht.

„Wir sind jetzt da und erledigen den Mist. Ich dulde keine Methküchen in unserem Revier. Wir jagen die Bude in die Luft und fertig."

Da mir keine andere Wahl bleibt, gebe ich ihm mit einem Brummen zu verstehen, dass es losgehen kann.

Zur Hölle! Wenn das schiefgeht, und die Chancen dafür stehen hoch, werde ich keine Gelegenheit mehr haben, die süße Lehrerin von heute Morgen ausfindig zu machen.

Ich kann immer noch nicht fassen, dass sie einfach so hinter mir aufs Bike gestiegen ist, und mir befohlen hat, zu einer verdammten Schule zu fahren.

Fast so als wäre ich ein verschissenes Taxi.

Das Mädel hat Mumm, einen geilen Arsch und ein hübsches Gesicht, und das gefällt mir.

Die Tatsache, dass sie sich vor ihrem Chef fürchtet, gefällt mir nicht, und sobald ich sie besser kennengelernt oder das erste Mal gefickt habe, werde ich mich um diese Sache kümmern. Typen, die ihre Macht ausnutzen, um Frauen zu belästigen, haben es sowieso nicht verdient zu atmen.

Diese Lippen, diese Titten und ihre niedlichen kleinen Füße mit dem schwarzen Lack an den Zehen – sexy! Echt! Das war das erste Mal, dass ich wegen Frauenfüßen einen Ständer bekommen habe, und das will was heißen. Für gewöhnlich ist schon mehr nötig, um mein Interesse zu wecken, als einfach nur die Schuhe auszuziehen.

Keine Ahnung, was mit mir los ist, aber seit unserer Begegnung kriege ich Kelly einfach nicht mehr aus dem Hirn.

Es ist eine Ewigkeit her, dass ich das letzte Mal einer Frau erlaubt habe, auf meine Harley zu steigen. Das ist schon etwas Besonderes. Das Gefühl ihrer kleinen Hände auf meinem Bauch und ihrer weichen Schenkel an den meinen, hat sich in mein Gedächtnis gebrannt und löst einen unstillbaren Hunger in mir aus.

So war das nicht geplant.

Zuerst wollte ich mir eine Wohnung suchen, dann das *Nomad-Patch* von meinem Leder abtrennen und mich dann nach einer Frau umsehen, die mir das Bett wärmt.

Aber Fuck!

Ich hätte es besser wissen sollen.

Das Schicksal hat für uns alle einen Plan.

Gespannt, wann Skull endlich zu zählen anfängt, ziehe ich das Feuerzeug aus meiner Hosentasche und lasse die Flamme tanzen. Mehr als bereit, den Stofffetzen, den ich in den Molotowcocktail gesteckt habe, anzuzünden, behalte ich den alten Wohnwagen, in dem sich die Drogenküche der *White Brothers* befindet, im Auge.

Die *weißen Brüder*, wie sich die Idioten nennen, folgen ihrer ganz eigenen Ideologie und finanzieren ihre von Hass getrieben Aktivitäten mit selbst zusammengebrauten Drogen, die sie dann an jeder Straßenecke verkaufen.

Für Devil war das okay, solange sie 30 Prozent ihrer Einnahmen an die Bones zahlten: Ein Schutzgeld oder eine Art Provision, weil der Club ihre Geschäfte in seinem Territorium geduldet hat. Aber die *White Brothers* haben die Zahlungen eingestellt, wofür sie jetzt die Quittung kassieren.

Eines der verdreckten Fenster wird geöffnet. Wenn wir nicht bald mal loslegen, werden wir noch entdeckt.

„Was ist jetzt, VP? Ziehst du den Schwanz ein oder hast du nur vergessen, wie man bis drei zählt?“

Skull lacht.

„Ungeduldig? Du kannst es wohl kaum erwarten, deine kleine Lehrerin wiederzusehen, was?“

Bullshit!

Nicht zum ersten Mal bereue ich, nicht einfach mein Maul gehalten zu haben.

Ich hätte Skull gar nicht erst von der ungewöhnlichen Begegnung heute Morgen erzählen sollen.

„Sei du mal ganz still, dein Schwanz hängt schon an einer goldenen Leine.“

„Richtig. Und ich habe es keine Sekunde bereut. Chloe ist alles, was ich brauche. Meine Lady ist die einzige Frau, die ich auf meinem Bike und meinem Schwanz sitzen haben will.“

„Gut zu wissen. Kommen wir zurück zu dem Wohnwagen und der Scheiße, mit der wir beschäftigt sind.“

Wenn ich das Feuerzeugbenzin noch länger einatmen muss, bekomm ich noch Schädelweh.

„Was los, Joker? Wirkst ein bisschen so, als würdest du unter Druck stehen.“

Den Kommentar überhörend, lenke ich das Gespräch zurück auf die Sache, wegen der wir uns hinter einem verrosteten Ford verstecken, der so aussieht, als wäre er seit einem Jahrzehnt nicht von der Stelle bewegt worden. Unkraut umwuchert seine platten Reifen, eins der Fenster steht zur Hälfte offen und die Ledersitze sind dank der Witterung aufgeplatzt und rissig.

„Willst du ein paar Warnschüsse abgeben oder gleich zur Sache kommen?“

„Warnungen sind nicht so mein Ding.“

Aye, das dachte ich mir schon.

„Prima. Dann los.“

Anstatt wie angekündigt von eins bis drei zu zählen, zündet er einfach seinen Cocktail an und brüllt ein „Drei!“, ehe seine Flasche im hohen Bogen durch die Luft fliegt.

Das hätte gut sein können. Echt. Zumindest wenn er getroffen hätte.

Doch anstatt die schnell entzündbare Flüssigkeit auf dem Wohnwagen zu verteilen, landet seine Brandflasche einen halben Meter vor dem Caravan im Dreck. Die Scherben zerplatzen, das Benzin fängt Feuer, der Wohnwagen nicht.

Das bringt mich zum Lachen.

„Was los, Skull? Aus der Übung? Das kommt davon, wenn man seinen Arm nur noch zum Wichsen hernimmt."

„Sehr witzig. Halt's Maul und wirf."

Ich ignoriere seine Anweisung, ziehe meine Waffe und zerschieße eines der Fenster, ehe ich ebenfalls den Stofffetzen anzünde und die Brandbombe werfe.

Sie fliegt durch die Luft, durch das Fenster ins Innere des Wagens.

Schreie werden laut, die Typen versuchen noch ihre Ärsche zu retten und ins Freie zu flüchten. Zu spät. Die Chemikalien im Inneren erledigen ihren Job und der Caravan explodiert mit einem lauten *Boom*! Das Plastik zerplatzt, unterschiedlich große Teile fliegen durch die Luft, genau wie ein brennender *White Brother*.

Skull stößt einen anerkennenden Pfiff aus.

„Respekt, Nomad. Nicht schlecht."

„Wenn wir schon für Tod und Verwüstung sorgen, dann richtig."

Er nickt zustimmend, gerade als wir unsere Deckung verlassen wollen, knallt es erneut.

Unzählige Miniexplosionen erschüttern den Boden unter unseren Füßen. Ein verkokelter Stiefel landet vor uns im Dreck. Erst bei genauerem Hinsehen erkenne ich, dass sogar der Fuß noch im Schuh steckt.

Mein gezischtes „Fuck!" geht in Skulls lautem Lachen unter.

„Ich würde sagen, diese Scheiße hier wäre erledigt."

„Würde mich echt wundern, wenn die Zahlungen weiterhin ausbleiben. Je nachdem, wie weit die Arschlöcher mit der Produktion waren, aber es kann gut sein, dass wir gerade Meth im Wert von einer halben Million in Flammen aufgehen lassen haben. Selbst die bescheuerten Brothers müssen erkennen, dass es bedeutend wirtschaftlicher ist, zukünftig wieder ihren Sold an uns zu bezahlen, als noch mehr Giftküchen zu verlieren."

Wir steigen auf unsere Maschinen, Skulls Handy vibriert, seine Lady ist dran.

Ich mache ihm mit einem Handzeichen klar, dass ich vorausfahre, und lasse ihn zurück.

Der beißende Gestank von verbranntem Plastik folgt mir einige Meilen, ehe ihn der Fahrtwind endgültig aus meinen Atemwegen löscht.

Fuck!

Wenn es mir nach dieser Aktion nicht gelingt, von den *First Nine* im New Yorker Chapter aufgenommen zu werden, weiß ich nicht, was noch notwendig ist, um meine Loyalität zu beweisen.

Meine Gedanken schweifen ab.
Wie die sexy Lehrerin wohl ihren Vormittag verbringt?
Wahrscheinlich bringt sie kleinen Kindern das Alphabet bei oder malt mit ihnen bunte Bilder, aber sie hat garantiert keine unbestimmte Zahl von Arschlöchern mit ein paar Molotowcocktails in die Luft gejagt.
Doppel Fuck!
Ich muss nur an ihre schwarz lackierten Fußnägel denken und sofort beginnt sich mein Schwanz mit Blut vollzusaugen. *Holy Shit!* Was ist nur mit mir los? Seit wann finde ich Füße geil? Bis heute konnte ich Typen, die an Frauenzehen lutschen, nicht verstehen.
Dreifach Fuck!
Ärsche, Titten, volle Lippen und schöne Augen. Das alles ist nachvollziehbar.
Aber einen Fußfetisch? Nope! So etwas habe ich nicht. So etwas will ich nicht!
Trotzdem. Sobald ich mir vorstelle, mich mit der Zunge von ihrem Bauch abwärts, über ihre Pussy, die Beine entlang hinab bis zu ihrem großen Zehen vorzuarbeiten, ziehen sich meine Hoden so fest zusammen, dass es sich anfühlt, als würden sie gleich platzen.
Das. Darf. Doch. Alles. Nicht. Wahr. Sein.
Heute Morgen bin ich aufgestanden und war ein ganz normaler Mann.
Und jetzt? Katastrophe!
Jetzt drehe ich durch und das nur, weil sich eine freche Frau einfach so auf mein Bike gesetzt hat und dabei nur einen High Heel anhatte.
Was sind das eigentlich für Zeiten?
Seit wann tragen Lehrerinnen High Heels während der Arbeit?
Was ist das für eine Schule? Und wie hieß noch mal diese fucking Disneyprinzessin, die um Mitternacht einen ihrer Schuhe verloren hat, während sie vor dem Prinzen in Strumpfhosen davongerannt ist? Cinderella war das, glaube ich. Dieses Märchen war die Geburtsstunde aller Fußfetischisten. All die kleinen Jungs, die unschuldig vor dem Fernseher gesessen sind und von ihren Schwestern dazu gezwungen wurden, blöde Scheiße anzusehen, haben seit diesem Moment einen an der Klatsche.
Ich war keiner davon und trotzdem krieg ich einen Ständer, wenn ich an die Füße der Lehrerin denke.
F.U.C.K.
Tief durchatmend, zwänge ich so viel frische Luft wie nur möglich in meine Lunge und konzentriere mich auf das Wesentliche.

Die *White Brothers* haben ihre Lektion bekommen, Skull weiß nun, dass ich nicht davor zurückschrecke Blut zu vergießen, und ich habe jetzt einen Maklertermin.

Die Wohnung, die ich gleich besichtigen werde, befindet sich hier in Brooklyn, keine zwanzig Minuten vom Clubhaus entfernt.

Die Lage ist also perfekt, der Preis ebenfalls. Sie ist möbliert und hat eine Küche. Nicht dass ich jemals irgendetwas kochen würde, ein Kühlschrank fürs Bier würde mir schon reichen. Aber wenn ich tatsächlich irgendwann eine Frau habe, ist so was wie ein Ofen und das, was man sonst so braucht, vielleicht gar nicht so schlecht.

Ich wünsche mir Sesshaftigkeit und einen Hauch von Normalität, eine komplette Küche ist da ein guter Anfang.

Gerade als ich vor dem Gebäude, in dem sich die Wohnung befindet, ankomme, beginnt mein Handy zu klingeln.

Devils Name erscheint auf dem Display.

Ich gehe ran.

„Was los, Präs?"

„Ist die Scheiße mit den *White Brothers* erledigt?"

Als ob er das nicht längst von Skull erfahren hat.

„Jep. Es lief alles glatt."

„Das höre ich gern. Kannst du Skull sagen, er soll sich bei mir melden? Ich kann ihn nicht erreichen."

Ein ungutes Gefühl breitet sich in meinem Magen aus.

„Wir haben uns aufgeteilt. Ich habe einen Termin und er ist zurückgeblieben."

Devils Zischen hallt durch die Leitung.

„Du musst sofort zurückfahren, Joker. Da stimmt was nicht."

„Bin schon unterwegs!"

Ich stecke das Telefon weg, reiße den Lenker rum und wende. Mit Vollgas nehme ich den Weg zurück. Mir kommt eine schwarze Limousine entgegen, auf der Motorhaube prangt das Logo des Maklers. *Fuck!* Das war's dann wohl mit der Wohnung.

Zwei rote Ampeln und eine gefühlte Ewigkeit später komme ich an dem verlassenen Gelände an. Eine schwarze Rauchsäule steigt gen Himmel, es stinkt noch immer nach Plastik. Das alles tritt in dem Moment, in dem ich Skulls Bike im Dreck liegen sehe, in den Hintergrund. Mein Puls schnellt in die Höhe, ich ziehe instinktiv meine Waffe und entsichere sie. Mit dem Finger am Abzug, halte ich neben des Vizes Harley an und checke die Umgebung.

Zögerlich klappe ich den Ständer aus, mache den Motor aus und steige ab.

Ein kalter Schauer rieselt an meiner Wirbelsäule hinab.

Erst jetzt bemerke ich die Schleifspuren die von der Maschine wegführen und von frischen Blutstropfen gesäumt werden.

Was bei allen *Bones* ist hier passiert?

Mit einem Fluch auf den Lippen folge ich der Spur. Sie führt mich an dem noch immer brennenden Wohnwagen vorbei zu einem leerstehenden Gebäude, dessen Fassade mit unzähligen Graffiti Tags überzogen ist. Die Scheiben im Erdgeschoss sind eingeschlagen und efeuüberwuchert.

Meine Instinkte schlagen Alarm. Adrenalin pumpt durch meine Venen und schärft meine Sinne. Mein Handy klingelt erneut, ich schalte es auf stumm, sodass es meine Anwesenheit nicht verraten kann, und wage mich weiter vor.

Es gibt keine Türe, der Eingang ist offen, der Boden ist mit Müll und Scherben übersät – die Schleifspur zieht sich hier fort.

Möglichst leise gehe ich ins Innere des Hauses. Die Luft ist abgestanden, es riecht modrig und nach Schimmel.

Es würde mich nicht wundern, wenn mir gleich irgendwelche Junkies entgegenkommen würden. Je tiefer ich mich vorwage, umso dunkler wird es.

Plötzlich höre ich Stimmen, eine klingt wütend, die andere ist von Skull.

Ich stoppe sofort und versuche herauszufinden, was hier los ist.

Verdammt!

Es war falsch, ohne Skull loszufahren, wir hätten den Tatort zusammen verlassen sollen.

Dieser Bullshit kann all meine Pläne zunichtemachen.

Die Zähne zusammenbeißend gehe ich vorsichtig weiter und verfluche die Splitter, die viel zu laut unter meinen Stiefeln knirschen.

„Ihr arroganten *Hell Bones* glaubt, diese Stadt gehört euch., Ihr denkt, dass ihr hier tun und lassen könnt, was ihr wollt, ohne Konsequenzen befürchten zu müssen. Aber da täuscht ihr euch. Da täuscht ihr euch gewaltig. Ihr seid genauso sterblich wie der Rest der Welt. Ihr blutet genau wie alle anderen Menschen. New York gehört nicht mehr euch alleine. Wir sind auch hier und wir werden einen Dreck tun und euch mit unserem Geld bezahlen."

Skulls Lachen klingt rau und gequält.

Keine Ahnung, wie schwer seine Verletzungen sind. Ich muss mich beeilen und die Kontrolle über die Situation erlangen.

Aber wie? *Shit!*

Wenn Skull stirbt, wird das *Nomad-Patch* für alle Ewigkeit meine Kutte zieren.

Ganz davon abgesehen, dass mir seine Old Lady garantiert ein paar Kugeln verpassen wird.

„Haust du dir dein eigenes Chrystal rein oder wie kommt es, dass du so viel Scheiße laberst? New York gehört den *Bones*, so war es schon immer und so wird es auch immer sein. Das, was mit den *Bastards* passiert ist, sollte euch *Brothers* eine Lehre sein!“

Der Typ, der sich den Vize geschnappt hat, murmelt etwas, das ich nicht verstehen kann.

Ich versuche, meine Position zu verändern, damit ich etwas sehen kann. Aber das geht nicht, ohne meine Anwesenheit zu verraten.

„Du wirst sterben, Skull. Und ich werde mir deinen Schädel schnappen. Ich werde dein Gehirn rauskratzen, ihn aushöhlen, ihn waschen und sauber machen, so wie du es mit deinen Opfern gemacht hast, und dann werde ich ihn deiner Frau schenken, ehe ich sie ficke und ebenfalls töte.“

Skull brüllt, etwas kracht, dann ertönt ein Schuss.

Ich stürme los, ohne an meine eigene Sicherheit zu denken.

Skull liegt auf dem Boden, eine rote Pfütze sammelt sich an seiner rechten Flanke.

Er stöhnt, in seiner Hand hält er einen silbernen Dolch, der ihm in seiner jetzigen Lage absolut nichts bringt.

Über ihm steht ein Mann, er ist mit einem Revolver bewaffnet, sein Arm ist mit SS-Zeichen und schwarzen Hakenkreuzen überzogen. Es ist offensichtlich, dass er zu den *White Brothers* gehört und dass er nicht sonderlich erfreut darüber ist, dass wir den Caravan in die Luft gesprengt haben.

Fuck! Sein Pech. Entsetzt sehe ich dabei zu, wie er meinem Vize den finalen Schuss verpassen will, ziele mittig auf seine Stirn und drücke zweimal in schneller Abfolge ab.

Peng! Peng!

Sein Kopf zerplatzt dank der zwei Neun-Millimeter-Patronen, die ich in sein Hirn gejagt habe, wie eine reife Wassermelone.

Haare, Knochensplitter und gelbliche Hirnmasse spritzen durch die Luft.

Der nun kopflose Körper sackt wie eine Marionette, bei der die Fäden durchgeschnitten wurden, zusammen.

Skull dreht sich langsam zu mir um, sein Gesicht ist mit Blutspritzern übersät.

Sein geschocktes „Jesus, war das knapp!“ hallt gespenstisch durch die tödliche Stille.

Ich lasse den Arm sinken, stecke die Waffe weg und gehe auf ihn zu.

„Wo hat der Wichser dich erwischt?“

„An der Schulter.“

Zumindest nichts Lebenswichtiges.

„Wie schlimm ist es?“

Er zieht eine Fratze und stöhnt gepeinigt.

„Nichts Todbringendes, aber verflucht schmerzhaft.“

„Darauf will ich wetten.“

Ich reiche ihm meine Hand, er ergreift sie mit der linken und ich helfe ihm hoch.

Kaum dass er steht, verpasst er der ausblutenden Leiche einen Tritt und spuckt angewidert auf den Rumpf des Typen, der dumm genug war, sich mit den *Hell Bones* anzulegen.

„Du kannst so nicht auf deinem Bike fahren, ich rufe einen Abholservice.“

Skull nickt. Ich ziehe mein Telefon raus. Zehn verpasste Anrufe. Zwei von Devil, acht von einer mir unbekannten Nummer. Ich schätze, dass es sich dabei um Chloe handelt.

Muss schön sein, wenn es da eine Frau gibt, die sich um einen sorgt, und wenn das eigene Ableben nicht einfach nur eine Clubsache ist.

Ich schalte das Samsung wieder auf laut.

Noch bevor ich Devil zurückrufen kann, lehnt Skull sich neben mir an die Wand und sieht mich aus zusammengekniffenen Augen an.

„Kannst du mir einen Gefallen tun, Bro?“

Gespannt, worauf er hinaus will, drehe ich mich wieder zu ihm um.

„Was los?“

„Erzähl meiner Lady nicht, wie knapp die Scheiße war. Sie macht sich eh schon viel zu viele Sorgen um mich.“

Ich muss lachen.

„Echt jetzt? Du wurdest gerade beinahe von einem vollgedröhnten Wichser kaltgemacht und machst dir Gedanken darüber, wie dein Mädchen es wegsteckt, dass du angeschossen wurdest?“

Er nickt und grinst leidgeplagt.

„Wart ab bis du ’ne Old Lady hast, Joker. Dann wirst du kapieren, was Sache ist.“

Kann es kaum erwarten ...

„Deine Frau wird nichts von mir erfahren.“

Sein „Danke, Bruder“ wird von einem weiteren eingehenden Anruf unterbrochen.

Und während ich mich um alles kümmere, starrt er auf die Überreste des Mannes, der es fast geschafft hat, unseren Vizepräsidenten kaltzumachen.

Devil legt auf, alles ist organisiert, wir müssen nur auf die Verstärkung warten.

„Wo kam der Wichser her?"

Wir gehen aus dem Gebäude und setzen uns in die untergehende Sonne.

Skull drückt auf die Wunde und versucht so, die Blutung zu stoppen. Ich zünde mir eine Kippe an und beobachte, wie der Wohnwagen immer weiter brennt. Da drinnen muss sich jede Menge Chemie befunden haben.

Der Vize zuckt mit den Schultern, was ihm sofort ein schmerzhaftes Zischen entlockt.

„Fuck, keine Ahnung! Ich hab mit Chloe telefoniert und wenig auf die Umgebung geachtet. Dann, als ich losfahren wollte, stand plötzlich der Typ vor mir, hat mir sein Messer in den Arm gerammt und mich so vom Bike geholt."

Das erklärt die Blutflecken.

„Wollen wir hoffen, dass Lauren dich zusammenflicken kann. Wenn es scheiße läuft, brauchst du einen Doc."

Er nickt und nimmt mir, ohne zu fragen, die Kippe ab.

„Es läuft immer scheiße, Joker."

Wo er recht hat ...

Das Gespräch bricht ab, ich zünde mir eine neue Kippe an und versuche, mich nicht darüber zu ärgern, dass ich den Maklertermin verpasst habe.

Wir hätten beinahe unseren Vize verloren, die Wohnung ist nebensächlich.

Fucking nebensächlich! Alles, was zählt, ist, dass wir alle noch einen Puls haben.

„Hätte nicht gedacht, dass es die *White Brothers* jemals wagen würden, einen Krieg anzufangen."

Den eingesogenen Rauch aus der Lunge entweichen lassend, sehe ich Skull an.

„Du weißt, wie's ist! Nach dem Krieg ist vor dem Krieg. Die *Bastards* sind gerade erst besiegt und schon klopfen die nächsten Arschlöcher an und betteln darum, ausgelöscht zu werden."

„Ist gut, dass du in New York bleibst, Bro. Wir können dich hier wirklich gebrauchen."

Das höre ich gern.

„Noch ist die Abstimmung nicht gelaufen."

Seine linke Augenbraue geht hoch.

„Du hast mir grad den Hals gerettet. Ohne dich wäre ich jetzt 'ne Leiche. Du bleibst." Mit der Zigarette deutet er auf das *Nomad-Patch* auf meiner Kutte. „Den Mist kannst du gleich heute noch abtrennen."

Das wäre zu gut, um wahr zu sein.

„Ich ziehe die Klinge, wenn es offiziell ist."

„Tu das."

Das Telefon in seiner Tasche klingelt. Er holt es raus und geht mit einem „Hey, Baby," ran. Chloe ist so aufgeregt und spricht so laut, dass ich jedes Wort hören kann.

Um den beiden etwas mehr Privatsphäre zu lassen, stehe ich auf und gehe zu meinem Bike.

Die Sache mit der Wohnung ist fürs Erste gelaufen, aber die Lehrerin lasse ich mir nicht so einfach aus den Fingern gleiten.

Der heutige Tag ist der beste Beweis dafür, wie schnell das Leben vorbei sein kann.

Das Glück ist ein wankelmütiger Begleiter, auf den man sich unter keinen Umständen verlassen sollte. Genauso verhält es sich mit der Zeit. Keiner von uns weiß, wie viel ihm noch bleibt oder wann die seine abgelaufen ist.

Das Leben ist wie Roulette, heute haben wir auf die richtige Farbe gesetzt. Aber schon morgen kann alles vorbei sein.

In dieser Stadt leben Millionen von Menschen, abertausende Autos rollen täglich durch die Straßen New Yorks. Viele Leute leben ihr ganzes Leben hier und begegnen sich doch niemals. Trotzdem ist die süße kleine Lehrerin auf mein Bike gestiegen. Sie hat sich mich ausgesucht. Mich! Das muss etwas bedeuten. Das kann kein beschissener Zufall sein. Die Würfel sind gefallen, das Spiel beginnt, wird Zeit den ersten Schritt zu tun ...

Ich ziehe das Samsung aus meiner Tasche und wähle Silvers Nummer. Er ist ein Nomad genau wie ich und hält sich meines Wissens nach gerade irgendwo in Texas auf. Er verdient sein Geld als Kopfgeldjäger. Sein Job ist es, Leute aufzuspüren und Informationen zu beschaffen.

Ich weiß, dass die Lehrerin Kelly heißt und in der Jayson Preparatory School arbeitet. So wie ich Silver kenne, reichen ihm diese zwei Angaben aus, um absolut alles, was es über diese Frau zu wissen gibt, ans Tageslicht zu befördern.

Nach dem dritten Läuten geht er ran. Ich erkläre ihm kurz und knapp, was anliegt und er verspricht mir, sich sofort an die Arbeit zu machen.

Sehr schön.

Zufrieden stecke ich das Samsung wieder weg und verbiete es mir, an Kellys schwarze Zehennägel zu denken.

Bloody Hell!

Noch nie zuvor habe ich so sexy Füße gesehen.

Es wird der Tag kommen, an dem ich sie an meinem Schwanz spüren und herausfinden werde, wie sie schmecken.

Ich werde diese Lehrerin ficken: Hart, wieder und wieder, so lange, bis ich herausgefunden habe, ob sie eine wichtige Figur im Spiel meines Lebens ist, oder einfach nur ein netter Zeitvertreib.

Aber bis es so weit ist, gilt es, konzentriert zu sein. Skull wurde angegriffen und verletzt. Ich werde seinen Fehler nicht wiederholen, und wachsam bleiben.

Wenn der Sensenmann beschließt, den eisigen Stahl seiner Sense an meinen Nacken zu legen, kann er es gerne versuchen, doch ich werde nicht kampflos mit ihm gehen ...

Aufgeben ist keine Option. Niemals und in keinem Bereich des Lebens.

Das vertraute Geräusch von sich nähernden Motorrädern erfüllt die Luft. Die Kavallerie trifft ein.

Der Präsident führt den Korso an. Der Prospect, der in einem Abschleppwagen sitzt, bildet das Schlusslicht.

„Auf geht's Vize. Wir verschwinden von hier."

Skull sieht schlecht aus, Schweißperlen rinnen ihm über die Stirn, sein Gesicht hat jegliche Farbe verloren. Er presst die Lippen zu einem schmalen Strich zusammen und steht umständlich auf.

Auch wenn er es zu verbergen versucht, ist es offensichtlich, dass er krasse Schmerzen hat. Der Wichser, der ihn angegriffen hat, kann froh sein, dass ich ihm schon den Schädel von den Schultern geballert habe. Wäre er noch am Leben, würde ich ihn mir nur allzu gerne erneut vornehmen. Aber dieses Mal würde ich mir mehr Zeit lassen, ich würde ihm zuerst die Finger abhacken, ehe ich ihm Stück für Stück die Haut von den Knochen schälen würde.

3. Kapitel

Die Lehrerin

Der Tag war lang und anstrengend. Im Nachhinein betrachtet, war er mehr als beschissen.

Hätte ich gewusst, dass sich meine Pechsträhne den ganzen Tag fortführt, hätte ich mich einfach krank gemeldet, den Schlüsseldienst gerufen und mich im Bett versteckt.

Aber ich wusste es nicht, und so hat das Unglück seinen Lauf genommen.

Kayl war den kompletten Tag schrecklich anstrengend. Er hat mir ständig am Arsch geklebt und wollte von mir wissen, warum mich ein Member der *Hell Bones* zur Schule gebracht hat. Als ich ihm kurz und knapp mitgeteilt habe, dass ihn das einen Scheiß angeht, ist er wütend geworden und hat mir freundlicherweise eine Abmahnung erteilt.

Wäre ich nett zu ihm gewesen und hätte ihm einen geblasen, wäre es nicht so weit gekommen.

Für einen Moment habe ich auch echt mit dem Gedanken gespielt, das zu tun, aber ich konnte mich einfach nicht überwinden.

Nicht nachdem ich auf dem Bike des Rockers gesessen bin, seine Muskeln gespürt und seinen maskulinen Duft inhaliert habe.

Mein Boss und der Rocker sind so unterschiedlich, wie es zwei Männer nur sein können.

Und so sehr ich es auch versucht habe, den Kuttenträger aus meinen Gedanken zu verbannen, es ist mir nicht gelungen.

Wie sollte es auch?

Dieser Outlaw ist der Hammer! Der absolute, aus purem Luxustestosteron bestehende und Schlüpfer in Brand setzende Hammer.

Mein Heimweg hat eine Ewigkeit gedauert, öffentliche Verkehrsmittel sind einfach nur schrecklich. Jetzt sitze ich im Hausflur vor meiner geschlossenen Wohnungstüre und warte darauf, dass der Mann von der Hausverwaltung mit seinem Generalschlüssel auftaucht und mich rettet. Aber er lässt natürlich auf sich warten. Warum sollte er auch nicht? Der Tag was so fürchterlich, dass es auch einfach zu schön gewesen wäre, wenn zumindest das reibungslos gelaufen wäre. Müde lehne ich mich an die Stangen des Treppengeländers, betrachte die hässlichen Ballerinas, die ich seit der letzten Schulaufführung, in meinem Spind rumliegen hatte, und trauere meinen geliebten Heels nach. Meine Tasche kippt um, das Schreiben mit der Abmahnung fällt raus und eine unangenehme Gänsehaut überzieht meine Arme.

So sehr ich meine Schüler auch liebe, aber mit Kayl als Chef werde ich es nicht mehr lange aushalten. Meine Geduld hat Grenzen, und als er mir, bevor ich gegangen bin, auf den Arsch geschlagen hat, war diese Grenze beinahe erreicht.

Scheiße!

Ich würde diesen Idioten nur zu gerne wegen sexueller Nötigung am Arbeitsplatz anzeigen, aber das würde die Sache offiziell machen, und auch wenn ich das Opfer in dieser Geschichte bin, würde so eine Anzeige einen widerlichen, unübersehbaren Fleck in meinen Bewerbungsunterlagen hinterlassen, der es mir zukünftig unmöglich machen würde, eine neue Stelle zu finden.

Kayl sitzt am längeren Hebel, das weiß er und das nutzt er gnadenlos aus.

Warum muss diese Welt nur so schrecklich unfair sein?

Die Minuten vergehen und obwohl ich noch eine weitere halbe Stunde auf den Typen von der Hausverwaltung warten muss, reicht die Zeit nicht aus, um eine Antwort auf diese Frage zu finden.

Manche Dinge sind, wie sie sind, und wir müssen uns einfach damit abfinden und arrangieren ...

Endlich zurück in meiner Wohnung, lasse ich mir ein heißes Schaumbad ein, gönne mir einen großen Schluck Rotwein und sinke in das angenehm nach Jasmin duftende Wasser.

Mit geschlossenen Augen lasse ich die vergangenen Stunden Revue passieren und halte meine Erinnerung an der Stelle an, an der ich zu dem Rocker auf die Harley gestiegen bin. *Heilige Scheiße!*

Ich kann immer noch nicht glauben, dass ich das tatsächlich getan habe, davon werde ich meinen Kindern und meinen Enkeln erzählen. Also zumindest wenn ich es jemals schaffe, an meinem Singlestatus etwas länger zu verändern als für vierzehn Tage.

Woran ich mittlerweile stark zweifle.

Wahrscheinlich ende ich irgendwann als einsame alte Dame mit zwanzig Katzen und jeder Menge seltsamer Ticks.

Aber das ist immer noch besser, als mit einem Typen wie Kayl vor den Traualtar zu treten. Lieber ewig alleine als mit so einem Idioten zusammen.

Ich schnappe mir die Shampoo Flasche. Gerade als ich mir einen Klecks auf die Handfläche drücken will, klingelt es.

Wer ist das denn?

Ich erwarte keinen Besuch und für die Post ist es zu spät.

Allerdings erwarte ich ein Päckchen von Amazon und es ist durchaus möglich, dass meine Nachbarin Monica es angenommen hat und es mir jetzt bringen will.

Würde es sich dabei nicht um meinen neuen G-Punkt Vibrator handeln, würde ich sie einfach ignorieren. Aber nach der Begegnung mit dem sexy Biker und dem mehr als beschissenen Tag, würde mir etwas lustvolle Entspannung wirklich guttun.

Mit einem leidgeplagten Seufzer steige ich aus der Wanne, schlüpfe in meinen Bademantel und knote ihn vorne zu.

Brrring! Brrring! Brrring!

Es klingelt wieder und wieder. Monika muss es echt eilig haben.

Ohne mir die Zeit zu nehmen, einen Blick durch den Spion zu werfen, reiße ich die Türe auf und bereue es sofort.

Mein gezischtes „Scheiße!“ wird mit einem „Ich bin schon mal freundlicher begrüßt worden“ kommentiert.

Mag sein, dass das stimmt. Jedoch nicht von mir.

„Was willst du hier?“

Selbst wenn ich wollte, könnte ich nach diesem Tag keine Freundlichkeit heucheln.

Aber ich will es ja auch gar nicht.

„Nett, wie ich bin, dachte ich mir, ich komme mal vorbei und rede mit dir. Vielleicht finden wir ja einen Weg, wie wir diese unschöne Sache mit der Abmahnung aus der Welt schaffen könnten.“

Einen Weg? Mord wäre eine Lösung. Wie dumm, dass ich keine Ahnung habe, wie man eine Leiche spurlos verschwinden lassen kann.

„Wie wäre es, wenn du sie einfach zerreißt?“

Sein arrogantes Lachen hallt durch den Hausflur.

„Das ist ja wohl kaum eine adäquate Lösung, oder, Kelly?“

„Eine andere wird es wohl nicht geben.“

Mit einem überheblich klingenden „Ach nein?“ stößt er die Türe weiter auf und betritt unaufgefordert meine Wohnung.

Von seinem plötzlichen Auftauchen überrumpelt, sehe ich ihm perplex nach, während er in Richtung meines Wohnzimmers verschwindet.

„Hör zu, Kayl. Ich denke, es wäre besser, wenn du jetzt gehst.“

Als er keine Anstalten macht, auf mich zu hören, sondern nur anfängt, über den Blauton meines Teppichs zu reden, hänge ich noch ein energisches „Sofort!“ dahinter. Was ihn leider nicht sonderlich zu beeindrucken scheint.

Verdammt!

Warum habe ich nicht durch den Spion gesehen?

Warum?

Ich verfluche mich selbst, mache mir nicht die Mühe, die Türe zu schließen, und folge meinem Boss.

„Erspare dir die Peinlichkeit, von mir rausgeworfen zu werden, und verschwinde. Du hast hier nichts zu suchen!“

Das scheint er anders zu sehen. Leider.

„Ist das dein Dank dafür, dass ich den Weg zu dir auf mich genommen habe, um dir eine Chance zu geben, dich für deine heutigen Verfehlungen angemessen bei mir zu entschuldigen?“

Irritiert sehe ich ihn an und kann nicht fassen, dass er das gerade wirklich gesagt hat.

„Ach, und was wäre in deinen Augen eine angemessene Entschuldigung? Soll ich vor dir auf die Knie sinken und dir einen blasen?“

Wütend auf mich selbst, beiße ich mir auf die Zunge.

Warum kann ich einfach nie meine Klappe halten?

Kayl, der von meiner Offenheit kurz irritiert ist, lässt seinen Blick langsam über meine spärliche Bekleidung gleiten und leckt sich in einer ekligen Geste über die Unterlippe.

„Wenn es das ist, was du willst, werde ich nicht nein sagen.“

So ein widerliches Schwein!

„Natürlich wirst du das nicht. Aber dafür wirst du jetzt gehen, weil ich sonst die Polizei rufe und dich wegen Belästigung anzeige.“

Er lacht. Ist das zu fassen? Er lacht tatsächlich.

„Das soll wohl ein Scherz sein, Kelly. Immerhin hast du mir gerade angeboten, mich oral zu befriedigen.“

„Habe ich nicht.“ Verflucht! „Okay, doch. Aber das war ironisch gemeint. Zumindest wollte ich es nicht tun. Also an deinem Schwanz lutschen.“

Scheiße! Scheiße! Scheiße!

Ich rede mich noch um Kopf und Kragen.

Kayls Blick bleibt an meinen nackten Oberschenkeln hängen, ein unangenehmer Schauer rieselt ein meiner Wirbelsäule nach unten.

„Das ist aber wirklich sehr schade, Kelly. Ich wäre nämlich sehr geneigt, nach so einem Dienst die Verwarnung zu vergessen.“

Ach, wäre er das? Nett.

„Verschwinde. Sofort!“

Anstatt auf mich zu hören, kommt er einen Schritt auf mich zu, fasst sich an den Gürtel und beginnt ihn zu öffnen. Er trägt dasselbe Outfit wie heute in der Schule.

Einen dunkelblauen Anzug, dazu ein schneeweißes Hemd und eine ebenfalls blaue Krawatte. An manchen Männern würde das garantiert gut aussehen – an meinem Chef jedoch nicht.

Er ist und bleibt unattraktiv. Da würde nicht mal ein Sixpack helfen und das will was heißen. Perfekt definierte Bauchmuskeln können bei einer Frau nämlich so einiges entschuldigen. Aber nicht mal das könnte mich dazu bringen, mit meinem Boss zu bumsen.

„Was, wenn ich bleibe? Es wäre für deine Karriere wirklich förderlich, wenn du etwas freundlicher zu mir wärst. Wenn du mir entgegenkommst, verspreche ich dir, wird zukünftig vieles leichter für dich werden."

Mir wird schlecht.

Ich wusste schon immer, dass Kayl ein Arsch ist, aber wie groß seine Arschigkeit ist, wird mir erst jetzt klar.

„Raus!"

Tränen der Wut steigen mir in die Augen.

Typen wie er gehören ohne Narkose kastriert.

„Wie wäre es mit der längst fälligen Gehaltserhöhung, die dir eigentlich schon seit einem Jahr zusteht? Ich kann sie möglich machen, wenn du nur nett zu mir bist."

Himmel! So verzweifelt bin ich noch lange nicht.

Selbst die Tatsache, dass ich seit einer Ewigkeit keinen Sex mehr hatte und einen guten Fick dringend nötig hätte, kann mich dazu bringen, ‚nett' zu ihm zu sein.

„Geh. Sofort!"

Er hört noch immer nicht auf mich, sondern macht sich stattdessen daran, seine Hose zu öffnen. Das. Kann. Doch. Alles. Einfach. Nicht. Wahr. Sein.

Der Tag war schon schrecklich genug, warum muss er jetzt noch schlimmer werden?

Womit habe ich das verdient?

„Wenn du mich rausschmeißt, bist du morgen gefeuert!"

Was? Ich reiße meine Augen von seinen Händen los und sehe ihm direkt ins Gesicht.

„Das kann nicht dein Ernst sein! Ich dachte, wir reden hier über die Abmahnung?"

Kayls Mundwinkel ziehen sich nach oben.

„Ich habe meine Meinung geändert."

Wie mickrig muss sein Selbstwertgefühl sein, wenn er zu solch miesen Tricks greifen muss, um sich stark und mächtig zu fühlen?

„Das kannst du nicht. Das darfst du nicht!"

„Ach nein?“
Meine Verzweiflung erheitert ihn. Kayl lächelt siegessicher.
„Du hast mich mit falschen Versprechungen hierhergelockt, du hast mich angemacht und mir vorgeschlagen, mir einen zu blasen, nur damit ich die unschönen Vorfälle des heutigen Tages unter den Tisch kehre. Das klingt für mich sehr wohl nach einem fristlosen Kündigungsgrund.“
Irritiert schüttle ich den Kopf und reibe mir über die Stirn.
„Aber so ist es doch gar nicht gewesen.“
„Du hast mir fast nackt die Türe geöffnet. Willst du das abstreiten?“
Nein.
„Ich dachte, du wärst meine Nachbarin.“
„Das wird dir niemand glauben.“
Damit hat er leider recht. Er ist der hochangesehene Leiter der Jayson Preparatory School, der seit über zehn Jahren das Gesicht der Schule ist. Er ist der Mann, der Spendengalas für die Krebsforschung veranstaltet und mit dem Bürgermeister Golf spielt. Und ich? Ich bin nur eine Lehrerin. Eine, die irgendwie immer zu spät und für ihr kreatives Chaos bekannt ist.
Niemand wird mir glauben. Niemand. Dessen ist sich Kayl bewusst und darum spielt es ihm in die Hände.
Da stellt sich mir doch die Frage, ob er das nur mit mir macht, oder ob er meine Kolleginnen auf die gleiche Art tyrannisiert.
Die Antwort liegt auf der Hand.
Er ist viel zu ruhig und viel zu siegessicher, das hier kann nicht sein erstes Gespräch dieser Art sein.
Sachte streicht er mit zwei seiner Finger über meine Wange, gleitet hinab zu meinem Mund und reibt mit seinem Daumen über meine Lippen.
Ich will seine Hand wegschlagen, ihn von mir stoßen und laut nach Hilfe schreien.
Aber ich bin so geschockt, dass ich einfach nur still dastehe und ihn panisch ansehe.
Ich bin wie erstarrt und kann nicht fassen, dass das gerade wirklich passiert.
„Komm schon, Kelly. Sei einfach etwas entgegenkommend und ich verspreche dir, dass sich dein Leben zukünftig zum Besseren wenden wird.“
Meine Tränen laufen über, rinnen mir übers Gesicht und tropfen auf seinen Daumen, aber das scheint Kayl nicht zu stören. Im Gegenteil, sie scheinen ihn regelrecht anzuturnen.

In seinen blauen Augen funkelt es erregt und nicht zum ersten Mal an diesem Tag hoffe ich auf ein Wunder.

4. Kapitel

Der Nomad

Skulls Verletzungen waren schlimmer als gedacht. Nicht tödlich, aber doch so heftig, dass Lauren eine befreundete Ärztin angerufen hat, damit die sich um die Stich- und die Schussverletzung kümmert.

Jetzt ist der Vize versorgt, Chloe sitzt auf seinem Schoß und er betäubt den Schmerz mit jeder Menge Whisky.

Devil und Lauren haben ihren Sohn wieder nach Hause gebracht, und so wie ich unseren Präsidenten einschätze, bleibt der bei seiner Familie anstatt sich die Nacht im Club um die Ohren zu schlagen.

Und Fuck! Er hat recht. Wenn ich an seiner Stelle wäre, würde ich mich genauso entscheiden. Das Leben ist kurz und besteht zum Großteil aus Bullshit. Wenn wir dann endlich etwas Gutes gefunden haben, müssen wir es festhalten und so lang wie möglich genießen.

Der Tod ist keine Option, das Leben hingegen schon, wir sind regelrecht verpflichtet, das Beste daraus zu machen.

Mein Tag hat interessant angefangen, konnte jedoch nicht halten, was der Morgen versprochen hat. Skull wurde angegriffen, weil ich ihn allein zurückgelassen habe und mit der Wohnungssuche bin ich keinen Schritt vorangekommen.

Skull meint zwar, dass ich ihm den Arsch gerettet habe, doch ich sehe das anders.

Die Rettung wäre nicht nötig gewesen, wenn wir einfach zusammen losgefahren wären.

Nachdenklich streiche ich über das *Nomad-Patch* und nippe an meinem Bier, während ich an der Bar sitze und eine der in den Käfig gesperrten Tänzerinnen beobachte.

Sie ist jung und hübsch und erwidert meinen Blick interessiert.

Noch vor kurzem hätte ich nicht gezögert und die Einladung, die in ihren Augen liegt, angenommen. Heute hingegen bleibe ich einfach sitzen, anstatt auf sie zuzugehen, den Käfig aufzusperren und die Nutte diese Nacht für mich zu beanspruchen.

Ach Fuck!

Es ist ja nicht so, als ob die Kleine gerettet werden müsste. Der Tanz im Käfig ist freiwillig. Wer hineinklettert, weiß, dass er früher oder später auch wieder rausgelassen wird. In ihrem Fall wohl eher später.

Um meine neue Neigung zu testen, sehe ich an ihren endlos lang erscheinenden Beinen hinab und betrachte die roten Absatzschuhe, die vorne offen sind, sodass ich ihre ebenfalls rot angemalten Zehennägel betrachten kann.

Hübsch, ja, aber mein Schwanz bleibt desinteressiert. Was mich wirklich beruhigt.

Wenn sich mein neuer Fußfetisch nur auf die Lehrerin beschränkt, dann komme ich damit klar, hätte ich jetzt aber bei jedem nackten Frauenfuß einen Ständer bekommen, wäre ich wahrscheinlich durchgedreht.

Was ein Bullshit!

Ich leere das Bier, zünde mir eine Kippe an und reibe mir über die Stirn.

River taucht neben mir auf, er setzt sich auf den Hocker rechts von mir und dreht sich so, dass er sich mit dem Rücken an die Bar lehnen und den großen Hauptraum im Blick behalten kann.

Die Tussi im Cage erregt seine Aufmerksamkeit, aber daraus wird wohl nichts.

River ist mit Luis' Schwester, Catalina, zusammen. Als ehemalige Polizistin weiß sie gut mit einer Waffe umzugehen und ich weiß genau, dass sie nicht davor zurückschrecken wird, ihre Fähigkeiten einzusetzen, sollte sie ihren Mann mit irgendeiner Clubbitch erwischen.

„Du hast unserem VP heute den Hals gerettet."

Das war keine Frage, eher eine Feststellung, und da es so geklungen hat, als würde noch was kommen, halte ich die Klappe und warte ab.

„Sobald deine Aufnahme an den Tisch kommt, Joker, hast du meine Stimme."

River steht wieder auf, boxt mir gegen die Schulter und lässt mich sitzen.

Damit wären es schon mal zwei, die für meine Aufnahme im New Yorker Chapter sind, was dem Tag ein wenig seiner Beschissenheit nimmt.

Die Marlboro fertig rauchend, kneife ich mir in den Nasenrücken und blende die laute Musik, die aus den Boxen dringt, aus. Braune Haare, grüne Augen und verdammt süße Sommersprossen. Es gelingt mir einfach nicht, die Lehrerin aus meinem Schädel zu verbannen.

Ob Silver schon was herausgefunden hat?

Gerade als ich nachsehen will, beginnt das Handy in meiner Tasche zu vibrieren. Ich ziehe es raus und lese die Textnachricht. Sie ist von Silver und enthält jede Menge Fotos. Fotos von Kelly und eines von ihrer Geburtsurkunde. Er hat mir ihre Sozialversicherungsnummer geschickt, einen Link zu ihrem Tinder-Profil und, was ich am besten finde, ihre Adresse.

Ich will gar nicht wissen, wie er so schnell an all diese Daten gekommen ist, aber zur Hölle! Silver hatte schon immer seine Mittel und Wege.

Die Zigarette in den Mundwinkel klemmend, tippe ich ein >>Danke. Ich schulde dir was<<. Dann rutsche ich vom Barhocker, kippe mir den Rest des Biers in die Kehle und stürme an der Bitch im Käfig vorbei raus zu meinem Bike.

Ich spüre ihren Blick im Rücken und weiß, dass sie darauf gehofft hat, heute Nacht auf meinem Schwanz zu landen, aber Fuck! Der Platz ist längst reserviert. Für eine süße kleine Lehrerin mit schwarzen Zehennägeln und roten Lippen.

Noch bevor ich bei meiner Maschine angekommen bin, ist mein Schwanz so hart, dass es schmerzt. Wahrscheinlich ist es keine so gute Idee, einfach so zu ihr zu fahren und dann in voller Montur vor ihrer Türe zu stehen. Aber verdammt! Ich lege meine Kutte nicht ab. Niemals. Nicht mal für einen guten Fick!

Heute Morgen hatte diese Frau kein Problem damit, hinter einem *Hell Bone* in den Sattel zu steigen, dann wird sie auch jetzt damit klarkommen, wenn sie von einem gepackt und gefickt wird. Ich werde meine Zähne so tief in ihre Haut rammen, dass sie meinen Namen kreischt, und ich werde an ihren appetitlichen kleinen Füßen lecken, ehe ich meinen Schwanz in ihren Hals schiebe und ihren Bauch mit meinen Saft fülle. Und es wird geil sein. So geil, dass es höchstwahrscheinlich nicht bei dieser einen Nacht bleiben wird.

Die Würfel sind gefallen, das Schicksal der Lehrerin ist besiegelt – sie weiß es nur noch nicht. Mit einem Fluch fasse ich mir in den Schritt, richte meine Erektion anders aus und checke das Magazin meiner Waffe. Dann steige ich auf und starte mit einem kraftvollen Tritt den Motor. Es gilt vorsichtig zu sein. Die *White Brothers* sind zu einer echten Gefahr geworden und das Letzte, was ich gebrauchen kann, ist, von einem dieser Wichser vom Bike geschossen zu werden.

Das Leben beginnt gerade interessant zu werden – wie interessant, wird sich in den nächsten dreißig Minuten herausstellen.

5. Kapitel

Die Lehrerin

Mein Boss steht mit geöffneter Hose vor mir, legt den Kopf schief und gibt eine Art Grunzen von sich, das mich aus meiner Starre befreit. Sein Finger rutscht von meinen Lippen, sofort wische ich mir mit dem Ärmel des Bademantels über den Mund, um den Nachhall der Berührung zu entfernen.

„Raus aus meiner Wohnung."

Kayl nimmt mich nicht ernst.

Ich frage mich wirklich, wie ein Mann wie er an die Position des Schulleiters gekommen ist? Gibt es da keine psychologischen Tests?

Wie konnte in all den Jahren niemand merken, wie gestört dieser Typ ist?

Er scheint endlich zu kapieren, dass ich meine Meinung diesbezüglich nicht mehr ändern werde.

Der Ausdruck in seinen Augen verhärtet sich, aus der Erregung wird blanker Zorn.

Furcht breitet sich in mir aus.

Was, wenn er mich wirklich feuert? Ich brauche diesen Job. Das Leben ist teuer, New York ist teuer, ohne Einkommen kann ich mir die Miete nicht mehr leisten.

„Du machst einen schweren Fehler, Kelly."

Vielleicht. Vielleicht auch nicht. Das wird die Zukunft zeigen.

„Seine Integrität zu behalten, kann nie ein Fehler sein!"

Kayl packt wütend seinen Gürtel, doch anstatt ihn einfach nur wieder zu schließen, zieht er ihn aus den Schlaufen, nimmt ihn doppelt und lässt das Leder einmal laut knallen.

Meine Angst hinunterschluckend, drücke ich den Rücken durch und sehe ihn direkt an.

„Was soll das werden?"

„Dir muss jemand dringend ein paar Manieren beibringen!"

Mit einem Gürtel? So was hat man vor einhundert Jahren gemacht, und schon damals war das falsch und man hätte es verbieten sollen. Es hat einen guten Grund, warum solche Methoden abgeschafft wurden.

„Rührst du mich an, schreie ich, so laut ich kann, um Hilfe."

Die Drohung scheint ihn nur wenig zu beeindrucken.

„Tu das!"

Wieder lässt er den Gürtel schnalzen, was meinen Puls in ungesunde Höhen schnellen lässt. Langsam weiche ich ein paar Schritte zurück, Richtung Flur und so automatisch auch Richtung offen stehender Wohnungstüre.

Kayl folgt mir, den Gürtel in der Hand und den Blick auf mein Dekolleté geheftet

Doch noch bevor ich es aus dem Wohnzimmer raus schaffe, holt er auch schon aus und schlägt nach mir. Der dicke Frotteestoff meines Bademantels fängt den Hieb ab, sodass ich kaum etwas spüre.

Trotzdem sitzt der Schock darüber, dass er das echt getan hat, tief.

„Ich wusste schon immer, dass du ein perverses Arschloch bist, aber verdammt! Du bist viel mehr als das! Du gehörst hinter Gitter!"

Mein Boss lacht, holt aus und lässt erneut das Leder auf meine Hüfte klatschen, dieses Mal spüre ich einen leichten Schmerz – trotz des Bademantels.

Entsetzt wirble ich herum und laufe, so schnell ich kann, vor ihm davon. Ich komme genau neun Schritte weit, ehe ich gegen eine harte, jedoch warme Mauer knalle. Der Aufprall ist so heftig, dass es mich zurückschleudert und ich beinahe auf den Hintern falle. Zum Glück hat die Mauer jedoch große kraftvolle Hände, die mich mühelos vor einem Sturz bewahren.

Verwundert hebe ich den Kopf und sehe plötzlich in zwei wohlbekannte eisblaue Augen, die mich besorgt mustern.

„Fuck Mädchen, alles klar bei dir?"

Es ist der Rocker, und die Mauer war sein muskelbepackter und mit Leder gekleideter Oberkörper.

Mir ist sofort klar, dass er mein erhofftes Wunder ist.

Noch bevor ich antworten kann, taucht Kayl hinter mir auf. Der *Hell Bone* sieht ihn und stößt einen so gutturalen Laut aus, dass ich sofort um Gnade betteln will. Einzig das Wissen, dass seine Wut nicht mir gilt, hält mich davon ab.

„Was macht der Wichser hier? Und warum bei allen *Bones* steht seine Hose offen?"

Joker sieht meine vor Furcht geweiteten Augen und den straff gehaltenen Gürtel in Kayls Händen. Er rechnet eins und eins zusammen und weiß sofort, was los ist.

Sein Blick huscht zurück zu mir, in seinen Augen lodern bläuliche Flammen.

„Ist alles okay bei dir, Baby?"

Ich schlucke und beschließe, bei der Wahrheit zu bleiben.

„Jetzt schon!"

Der Biker realisiert, dass sich das jetzt auf seine Anwesenheit bezieht, und brummt wie ein Wolf.

„Gut. Geh zur Seite, ich kümmere mich um den Penner."

Er löst seine prankenartigen Hände von mir, ich weiche nach links und beziehe hinter seinem breiten Oberkörper Stellung. Das erscheint mir gerade als der mit Abstand sicherste Platz.

Mit ziemlicher Genugtuung sehe ich dabei zu, wie meinem Chef das selbstsichere Grinsen aus dem Gesicht rutscht. Furcht kommt zum Vorschein.

Die Wendung, die diese Geschichte nimmt, scheint meinem Boss nicht sonderlich gut zu gefallen. Komisch.

Jetzt gilt es Mann gegen Mann, für mich klingt das nach einem fairen Kampf.

Wobei Kayl neben dem Rocker nicht wie ein Mann, sondern eher wie ein Schwächling mit Schwanz aussieht. Seine offen stehende Hose macht die Situation natürlich auch nicht besser, denn sie verrät dem Outlaw, was Kayl vorhatte, und das wiederum scheint dem Outlaw ganz und gar nicht zu gefallen.

„Einen Loser wie dich zu töten, bringt mich nicht mal zum Schwitzen."

Mir wird schlecht.

Töten? Verjagen und einschüchtern würde mir schon reichen.

Der Joker lässt die Fingerknöchel knacksen und ballt die Fäuste.

Himmel Halleluja!

Nervös nähere ich mich ihm von hinten, tupfe zweimal gegen seine Schulter und lenke so seine Aufmerksamkeit auf mich.

„Du, töten muss nicht unbedingt sein, ein Denkzettel würde durchaus reichen."

Des Bikers „Hmpf!" bringt mich fast zum Lachen.

„Sicher, Baby?"

Öhm ...

„Ganz sicher."

Sein gezischtes „Zivilisten!" strotzt nur so vor Unverständnis.

Gnade wird in der Welt der *Hell Bones* offensichtlich nicht gern gesehen.

„Also schön, dann eben nur ein Denkzettel!"

„Ja, das klingt gut."

Kayl, dem mittlerweile dicke Schweißperlen über die Stirn rinnen, hat längst begriffen, dass es ihm an den Kragen geht.

Sehr schön. Freut mich, wenn er endlich mal am eigenen Leib zu spüren bekommt, wie es ist, das Opfer zu sein.

„Komm her, Arschloch, und kassier den ersten Schlag wie ein Mann."

Mein Boss macht natürlich keine Anstalten, auf den Rocker zu hören, und weicht stattdessen zurück. Wäre er ein Hund, würde er jetzt den Schwanz einziehen und sich winselnd unterwerfen. Einfach nur erbärmlich.

„Komm schon, *Bone*. Das muss doch nicht sein."

Joker wirft mir einen genervten Blick zu.

„Erklär mir eins, Lehrerin. Warum hängst du mit solchen Losern ab?"

„Tue ich nicht."

„Was macht er dann hier?"

Berechtigte Frage.

„Keine Ahnung! Ich dachte, die Nachbarin hat geklingelt, und dann stand mein Chef vor der Türe. Ich habe ihn mehrfach zum Gehen aufgefordert, aber er wollte nicht auf mich hören."

Joker dreht sich wieder zu Kayl um.

„Die Dame hat dich gebeten zu gehen?"

Dame? Das gefällt mir.

Mein Boss nickt.

„Und anstatt auf sie zu hören, hast du die Hosen runtergelassen?"

Die Stimme des Rockers wird immer dunkler und furchteinflößender.

In der einen Sekunde stehen sich die beiden noch gegenüber, in der nächsten bewegt sich der Rocker. Jokers Faust schnellt vor und trifft Kayl mittig auf der Brust, sodass ihm sämtliche Luft aus der Lunge gequetscht wird.

Er hustet und kippt nach vorne. Der nächste Fausthieb bringt ihn wieder in eine einigermaßen aufrechte Position, und wieder der nächste schickt ihn zu Boden.

Mit einem Krachen knallt Kayl auf die Holzdielen, er verdreht die Augen und krächzt.

Joker stellt sich über ihn, stemmt die Hände in die Hüfte und sieht gelangweilt auf ihn herab.

„War das schon alles? Mehr hast du nicht drauf?"

Zugegeben – ich bin sehr beeindruckt.

Des Rockers schwerer Stiefel landet auf Kayls Brust, Joker beugt sich gemächlich zu meinem Boss nach unten und sieht ihm tief in die Augen.

„Das Mädchen gehört mir. Kapiert? Machst du es blöd an oder noch mal deine Hose auf, breche ich dir das Genick und werfe deine Leiche in den Hudson."

Halleluja!

Die Tonlage des *Hell Bones* lässt keinen Zweifel entstehen, dass er das absolut ernst gemeint hat. Er ist bereit zu töten. Wegen mir.

Oh verdammt!

Ein Teil meines Verstands weiß, dass ich das absolut nicht sexy finden sollte.

Aber na ja ... Ich tue es trotzdem. Ehrlich.

Das ist heiß. Richtig scheiße heiß!

Allein schon die Körperhaltung des Bikers, die Jeans und dazu die lederne Kutte:

yummy! Wie soll mir da nicht das Wasser im Mund zusammenlaufen.

Die Tattoos an seiner Kehle, die silbernen Ringe an seinen Fingern und sein knackiger Arsch, einfach alles an diesem Rocker ist groß, muskulös und mehr als eindrucksvoll.

Kayl, der sich erstaunlich schnell mit seiner Opferrolle abgefunden hat, nickt hektisch.

„Ich werde Kelly nicht mal mehr ansehen."

Wer's glaubt, wird selig.

Joker scheint ihm ebenfalls nicht zu glauben und wirft mir über seine Schulter hinweg einen fragenden Blick zu.

„Kaufst du ihm diesen Bullshit ab?"

„Nein. Nicht wirklich."

„Aye, ich auch nicht."

Er wendet sich wieder meinem Chef zu und erweitert seine Drohung von vorhin um einen Satz.

„Wenn du dein Wort brichst, suche und finde ich dich, und dann steche ich dir die Augen aus."

Oh verdammt!

Das ist heftig.

Kayl stammelt ein „Okay!", der Rocker geht von ihm runter und erlaubt ihm so, wieder aufzustehen.

Seltsam. Vorhin kam mir mein Boss noch groß und bedrohlich vor. Aber jetzt, wo er neben dem *Hell Bone* steht, wirkt er einfach nur klein und erbärmlich.

„Verpiss dich! Und lass dich hier nie wieder sehen. Tust du es doch, finde ich es raus und dann ..."

Joker fährt sich mit dem ausgestreckten Zeigefinger quer über die Kehle, und macht so wortlos klar, dass er Kayl den Hals aufschneidet, wenn dieser sich den Anweisungen widersetzt.

Ohne mich eines letzten Blickes zu würdigen, stolpert mein Chef an mir vorbei, macht dabei seine Hose zu und verschwindet, so schnell er kann, aus meiner Wohnung. *Respekt!*

„Was geballte Fäuste, eine lederne Kutte und eine gewisse Gewaltbereitschaft doch alles bewirken können."

Der Biker neben mir beginnt zu lachen.

„Gerade Letzteres sollte besser nie unterschätzt werden!"

Nach dieser Vorstellung glaube ich das sofort.

Joker sieht mich eindringlich an, dann geht er zur Wohnungstüre und schließt sie langsam, ehe er sich wieder zu mir umdreht.

Sämtliche Wut ist aus seiner Mimik verschwunden Alles, was ich darin noch erkennen kann, ist ein zutiefst männliches Interesse und wilde Entschlossenheit.

„Ich weiß ja nicht, wie's dir geht, Baby ..." Sein Blick rutscht an meinen nackten Beinen hinab bis zu meinen Füßen und bleibt an meinen Zehen hängen. Er schluckt hart, an seinem Kiefer beginnt ein Muskel zu zucken. „Aber ich konnte dich den ganzen Tag nicht aus dem Schädel kriegen!" Das erklärt, warum er hier ist, aber nicht, wie er mich finden konnte.

„Woher wusstest du, wo ich wohne?"

Jetzt, wo wir alleine sind, beginnt die Luft zwischen uns zu knistern, sie ist wie elektrisch aufgeladen. Meine Brustwarzen ziehen sich erregt zusammen und mir ist deutlich bewusst, dass ich so gut wie nichts anhabe.

Jokers Mundwinkel biegen sich nach oben.

„Ich bin ein *Hell Bone*, wenn ich jemanden finden will, finde ich ihn."

Oha. Das ist gruselig und zugleich sexy.

„Das heißt, du hast nach mir gesucht?"

In meinem Bauch beginnt es wie verrückt zu kribbeln.

„Nach einer Frau wie dir suche ich schon mein ganzes Leben."

„Das klingt aber ganz schön schnulzig für einen Outlaw."

Dazu sagt er nichts. Er überwindet die Distanz zwischen uns und bleibt dann so nah vor mir stehen, dass ich seinen wunderbar maskulinen Geruch einatmen kann.

Mit prickelnden Lippen sehe ich zu ihm nach oben, denn ich reiche ihm gerade mal bis knapp an die Schultern, und suche seinen Blick.

„Was hast du vor?"

In seinen ozeanblauen Augen blitzt es wölfisch auf.

„Ich werde dich kosten, dann werde ich dich ficken und für die nächste Zeit behalten und wenn das zwischen uns beiden gut ist ... fuck, Baby! Dann wirst du meine Kutte tragen und ich werde dein Mann sein. Für immer.“

Oh, wow. Das war echt direkt.

Nach diesem verrückten Tag wundert es mich nicht, dass sich das Schicksal dieses Ende ausgesucht hat. Und jetzt mal ehrlich, ich will mich weiß Gott nicht darüber beschweren, dass da ein Kerl in meinem Wohnzimmer steht, der nur aus Muskeln, Macht und Selbstbewusstsein zu bestehen scheint. Da wäre ich ja auch schön blöd.

Dieser Rocker geht sofort in die Vollen. Ich steh auf Männer, die wissen, was sie wollen, und stark genug sind, es sich zu nehmen.

Joker hat mir zweimal den Arsch gerettet, heute Morgen und jetzt im wahrsten Sinne des Wortes. Nach seiner Drohung, meinen Chef umzubringen, wird dieser es wohl kaum wagen, mir zu kündigen oder sich mir jemals wieder unsittlich zu nähern.

Ich verdanke dem *Hell Bone* viel. Sehr viel ...

Trotzdem habe ich nicht vor, es dem Biker leicht zu machen.

„Und wer sagt, dass ich dich als meinen Mann akzeptieren würde?“

Während ich rede, ziehe ich den Knoten meines Bademantels fest, sehe ihm weiter direkt in die Augen und lasse mein Knie aus dem Frotteestoff herausschauen.

Mein Plan geht auf, Jokers Blick rast nach unten, seine Kieferpartie spannt sich an. Wird so noch eckiger und markanter, als sie es eh schon ist.

Seine Augenbrauen ziehen sich zusammen, seine Mimik wird grimmig, während ihm ein unbändiger Hunger ins Gesicht geschrieben steht.

„Vorsicht, Mädchen, du beginnst da gerade ein gefährliches Spiel. Es war leicht, jemanden zu finden, der dich vor deinem Boss beschützt, aber es wird niemanden geben, der dich vor mir retten kann!“

Oh Himmel ...

Das glaube ich ihm aufs Wort.

„Was, wenn ich gar nicht gerettet werden möchte?“

Er bleckt die Zähne.

„Dann passt das gut, verdammt gut!“

Kaum dass seine Stimme verklungen ist, packt er mich, zerrt mich mit einem Ruck an seinen harten Körper und vergräbt seine Faust in meinen Haaren. Joker zieht mir den Kopf in den Nacken, sieht mich ernst an und pinnt dann seine Lippen auf die meinen.

Wild, grob und zärtlich zugleich erobert er meinen Mund, schenkt mir seine Zunge und stiehlt mir so den Atem.

Die schnell in meinem Hirn herumwirbelnden Gedanken verlangsamen sich, lösen sich auf und verlieren an Bedeutung. Der Vorfall mit Kayl, die Sorge wegen meinen Job – das alles tritt in den Hintergrund und lässt nichts anderes zurück als pure Lust. Ich wollte diesen Rocker schon heute Morgen küssen. Den ganzen Tag über habe ich mich gefragt, wie es wohl wäre, in seinen Armen zu liegen und seine Kraft zu spüren. Jetzt ist es endlich so weit und ich habe nie etwas Aufregenderes erlebt.

Der Rocker und die Lehrerin ...

Das mag seltsam klingen, doch im Moment passt es perfekt.

6. Kapitel

Der Nomad

Kellys köstlicher Geruch steigt mir in die Nase und ich spüre die angenehme Wärme ihres winzigen Körpers.

Mit jeder weiteren Runde, die meine Zunge durch die samtene Höhle ihres Mundes kreist, verabschiedet sich meine Selbstbeherrschung ein Stückchen mehr.

Holy Fuck!

Wie muss es ich wohl anfühlen, eine Frau wie sie mein eigen zu nennen?

Zu viel ist zu viel ... diese Lehrerin ist alles, was ich mir wünsche. Dass wir uns begegnet sind, kann kein Zufall sein. Das war ganz eindeutig Schicksal!

Ich bin verdammt noch mal kein Heiliger – alles, was ich in diesem Moment will, ist, dieses Mädchen zu ficken und es an mich zu binden.

Und fuck! Ganz genau das werde ich jetzt auch tun!

Ich beende den Kuss, beiße mich an ihr fest und gebe das weiche Fleisch wieder frei, als das Mädchen in meinen Armen zu wimmern beginnt.

Wir sehen uns an, ihre Lippen sind geschwollen, mein Schwanz ist es ebenfalls.

Zum Teufel!

Ich muss Kelly nur einatmen und schon werde ich so hart, dass es sich anfühlt, als platzten meine Hoden gleich. Knurrend lasse ich die Maske fallen und beobachte zufrieden, wie sie meine Gier nach ihr in meinem Blick erkennt.

Anstatt auf Abstand zu gehen oder um Gnade zu flehen, leckt sie mit der Zungenspitze über ihre Unterlippe und schickt mich so direkt in die Hölle.

Besitzergreifend schiebe ich meine Hand über die Seite ihres Gesichts, so dass ich ihren Nacken umfassen kann. Ihre Brille verrutscht, sie nimmt sie ab und wirft sie beiseite.

Noch immer sind unsere Blicke miteinander verschmolzen und ich weiß, dass es ab jetzt kein Zurück mehr gibt. So viel Sauerstoff wie möglich in meine Lunge saugend, schließe ich die Augen und erobere erneut ihre Lippen.

Alle meine Muskeln sind angespannt, dank meiner selbstauferlegten Zurückhaltung beginnen meine Bizepse zu zucken, doch ich muss mich noch etwas kontrollieren.

Meine kleine Lehrerin scheint mich ganz genauso zu wollen, wie ich sie.

Aber ich denke nicht, dass es besonders hilfreich wäre, sie innerhalb der nächsten drei Sekunden auf den Boden zu werfen und mich mit einem harten Stoß in sie zu rammen.

Sehnsuchtsvoll trifft ihre Zunge auf die meine und mit jeder Sekunde, die vergeht, wird mir bewusster, dass dieses Mädchen das richtige für mich ist.

Meine Hände wandern über ihre weichen Rundungen, ertasten jedes Fleckchen, ehe sie sich besitzergreifend um ihre vollen Titten legen.

Gierig drücken sich ihre Nippel gegen meine Handfläche – das Blut in meinen Adern beginnt zu kochen. *Fuck!*

Anstatt scheu oder zurückhaltend zu sein, kommt Kelly mir mutig entgegen.

Ich hebe sie hoch, sie wickelt ihr Beine um meine Taille und wir sinken zu Boden.

Federleicht streifen ihre Finger über meinen Rücken und treiben mich in den Wahnsinn.

Wie soll ich mich so nur zurückhalten?

Verflucht, das Letzte, was ich will, ist, ihr wehzutun, aber ich will sie seit heute Morgen und wenn sie so weitermacht, werde ich wie eine Bestie über sie herfallen.

Einen Fluch zischend und nach Atem ringend beende ich unseren Kuss, fange ihre beiden Hände ein und presse sie über ihrem Kopf auf den Holzboden.

„Fuck, mach langsam, Frau, oder ich stecke in einer Sekunde bis zum Anschlag in deiner engen Pussy."

Kelly blinzelt ein paar Mal, ihre Lippen sind feucht und ihre perfekten Titten kommen mir mit bei jedem ihrer schweren Atemzüge entgegen.

Süchtig nach mehr reibe ich meinen harten Schwanz durch die störenden Stoffschichten ihrer Mitte und bin kurz davor durchzudrehen.

In der Vergangenheit habe ich so viele Frauen gefickt, dass ich keine genaue Zahl nennen kann. Aber niemals war es so wie jetzt. Keine von den Tussis hat mich fühlen lassen, was Kelly in mir auslöst. Ich bin nicht dumm, ich kapiere, wenn mir etwas Besonderes passiert. Ich erkenne einen Schatz, wenn er mir vor die Füße fällt, oder wie in diesem Fall, zu mir aufs Bike steigt.

Kelly gehört mir, und daran kann nichts und niemand mehr etwas ändern ...

7. Kapitel

Die Lehrerin

Der Boden unter mir ist hart und der Rocker auf mir ebenfalls.

Seine dicke Erektion presst sich durch die Jeans an meinen Oberschenkel und ich kann es kaum erwarten, sie endlich in mir zu spüren.

Ein heißes Glücksgefühl rast durch meinen Körper.

Jokers starke Hand hält meine Hände mühelos über meinem Kopf gefangen, während er mich sein Gewicht spüren lässt.

Oh Gott ...

Es ist schon eine Ewigkeit her, dass ich das letzte Mal Sex hatte. Ich habe ganz vergessen, wie wahnsinnig gut es sich anfühlt, auf diese Weise berührt zu werden.

Leise stöhnend schließe ich die Augen. Jokers scharfe Zähne finden mein Ohrläppchen und lassen mich erschaudern.

Das mit uns geht zu schnell.

Ich kenne diesen Rocker gar nicht und dennoch weiß ich genau, dass ich ihn nicht fortschicken will. Was verrückt ist. Völlig verrückt.

Aber manchmal sind es genau diese unvorhersehbaren Dinge, die einem passieren, die das Leben erst so richtig lebenswert machen.

Joker ist nicht Kayl. Und auch wenn wir uns fremd sind, spüre ich instinktiv, dass mich dieser Outlaw zu nichts zwingen würde. Ich kann *stopp* sagen, tue es jedoch nicht. Denn ich will es gar nicht. Ich sehne mich nach seinen Küssen und nach ihm in mir.

Erschrocken schnappe ich nach Luft, als er mich abrupt loslässt, aufsteht und mich mühelos vom Boden pickt.

„Wo ist dein Schlafzimmer?"

Irritiert sehe ich ihn an.

„Was? Wieso hast du aufgehört? Mach weiter!"

Selbstgefällig zieht er eine Augenbraue in die Höhe.

„Ich mache weiter. Glaube mir, ich habe nicht vor, jemals wieder aufzuhören. Aber ich werde dich bei unserem ersten Mal nicht auf dem Boden ficken."

Die Lust, die durch meine Adern rauscht, erschwert mir das Denken, und so dauert es ein paar Atemzüge lang, ehe ich das eben Gehörte verstehe.

„Unser erstes Mal?"

Er nickt und schmunzelt.

„Das erste Mal von vielen."

„Klingt gut."
Seine Augen blitzen.
„Klingt perfekt."
Ja, finde ich auch.
Ich lotse ihn in mein Schlafzimmer. Er stoppt direkt vor dem Bett und schmeißt mich schwungvoll auf die weiche Matratze. Dann legt er sich auf mich und küsst mich tief und gnadenlos.

Geschickt öffnet er meinen Bademantel und zieht ihn mir anschließend aus. Joker kniet sich zwischen meine gespreizten Schenkel und lässt seinen Blick über meinen nackten Körper gleiten.
„Du bist der Hammer, Frau!"
Überraschend zärtlich lässt er seine rauen Fingerspitzen über meine Beine gleiten, bis sie die empfindlichen Innenseiten meiner Oberschenkel erreicht haben.
Bebend schließe ich die Augen und vergesse zu atmen.
In der Sekunde, in der er meine bereits feuchten Schamlippen erreicht, bin ich hoffnungslos verloren. Meine Neven stehen in Flammen, während er mit einem Finger langsam in mich eindringt.
Keuchend genieße ich das Gefühl, das er in mir auslöst.
Joker beugt sich über mich, seine raue Zunge umrundet träge kreisend meine Brustspitzen, ehe er sie nacheinander in den Mund nimmt.
Er beißt leicht zu, schickt eine Welle bittersüßen Schmerz durch mein Inneres.
Verzweifelt und ziemlich ungeduldig, versuche ich seine Hose zu öffnen – ich will ihn endlich nackt auf mir spüren. Ich will seinen Körper sehen, seine Erektion in die Hand nehmen und herausfinden, ob er noch weitere Tattoos hat.
Mein Inneres sehnt sich nach seiner Härte und wenn er mir nicht bald gibt, was ich will, schreie ich ...
„Bitte, Joker ..."
Mein Betteln verhallt, als er mit einem zweiten seiner Finger in mich gleitet.
Leise wimmernd kralle ich mich am Revers seiner Kutte fest.
„Schau mich an, Baby."
Ich tue es und komme seinem Befehl nach.
Rein und raus. Rhythmisch fickt er mich mit seinen Fingern und ich spüre, wie sich mein Unterleib bebend zusammenzieht. Der Druck, der sich in mir aufbaut, ist unglaublich stark, flehend sehe ich meinen Rocker an und dann passiert es ...

Meine Zehenspitzen beginnen zu zucken, meine Atmung stockt und mein ganzer Körper fängt an zu zittern. Mein erlösender Schrei vertreibt die Stille, während mich ein unfassbar intensiver Orgasmus überrollt.

Lodernde Emotionen schießen wie brennende Pfeile durch mein Nervensystem und in meinen Adern rauscht brennendes Blut direkt zu meinem Herzen.

Oh wow! Was war das denn?

Atemlos spüre ich, wie er seine Finger aus mir herauszieht und beobachte jede seiner kraftvollen Bewegungen, während er endlich damit anfängt, sich auszuziehen.

Jokers breiter Oberkörper besteht nicht nur aus Muskeln, Muskeln und noch mehr Muskeln, sondern auch aus straffer Haut, viel schwarzer Tinte und einigen silbern scheinenden Narben.

Doch das Beeindruckendste sind die vielen Waffen, die er ablegen muss, während ein Kleidungsstück nach dem anderen auf den Boden fällt.

Ich schlucke hart. Der Anblick der zwei Pistolen und der langen Dolche macht mir auf eine unmissverständliche Art klar, mit was für einem Mann ich es hier zu tun habe.

Mit einem der gefürchteten *Hell Bones*, mit einem, der meinem Boss damit gedroht hat, ihn umzubringen, sollte er sich mir noch mal nähern oder mir weiterhin das Leben schwer machen. Joker ist nicht nett und sanft, sondern groß, böse und durchsetzungsfähig. Was ich wirklich, wirklich extrem heiß finde.

Ich schlucke, betrachte sein Sixpack und die viele Tinte, die für alle Ewigkeit seine Haut zieren wird.

Totenköpfe, Pfeile, in Stacheldraht gewickelte Rosen, blutige Herzen und natürlich der von zwei Knochen eingerahmte Skull, der das berühmte Zeichen der *Hell Bones* ist.

Sein Brustkorb ist in der Mitte mit Haaren bedeckt, aber nicht so, dass er mich an einen Wolf erinnert, sondern nur so viel, dass es mich in den Finger kribbelt, weil ich durch den Flaum streichen will.

Seine Beine sind lang und stark und können beim Sex garantiert lange durchhalten. Als Nächstes verschwindet seine Boxershorts und all meine Gedanken lösen sich in Luft auf.

Halleluja!

Joker ist tatsächlich ein Joker – mein Joker – er hat mich nicht nur zwei Mal aus einer echten Notlage gerettet, sondern hat auch einen Schwanz, der absolut anbetungswürdig ist.

„Gefällt dir, was du siehst?"

Seine Stimme klingt spöttisch. Vielleicht hätte ich ihn nicht so anstarren sollen.

Aber verdammt ... wie soll Frau bei so einem Anblick nicht starren?

„Mehr als gefallen."

Er lacht rau auf.

„Sehr gut. Denn du wirst so viel mehr von mir kriegen, dass du morgen früh auf allen vieren zur Arbeit krabbeln wirst."

Na hoffentlich!

„Die Aussicht, die ganze Nacht von dir gevögelt zu werden gefällt mir. Aber ich dachte eigentlich schon, dass du mich wieder zur Schule fahren wirst."

„Fuck! Baby! Ich werde dich jede Nacht ficken und dich jeden Morgen fahren. Ich werde dein Schatten sein und beschützen, was ab jetzt mir gehört!"

Huiuiuiuiuiui ...

Diese Rockerromantik ist hart und derb und grob und schmutzig, aber sie geht mir unter die Haut. Und ich weiß jetzt schon, dass ich nie genug von ihr kriegen werde ...

Anstatt sofort wieder zu mir ins Bett zu kommen, geht Joker auf die Knie, packt mich am Knöchel und zieht mich zum Rand des Bettes.

Gespannt, was jetzt passiert, hebe ich den Kopf und beobachte ihn.

Selbst wenn ich einhundert Mal hätte raten dürfen, wäre ich nie darauf gekommen, was er nun tut.

Der Rocker haucht tausend Küsse auf meinen Fußrücken, leckt sich mit seiner Zunge hinab zu meinen Zehen und saugt sie einzeln in den Mund.

Das hätte eigentlich komisch oder eklig sein sollen, ist es aber nicht.

Im Gegenteil. Es scheint irgendeine Verbindung zwischen meinem großen Zeh und meiner Klitoris zu geben, denn kaum dass er an ihm zu saugen beginnt, zieht sich meine Pussy krampfend zusammen und ich bin kurz davor zu kommen.

Heilige Scheiße!

Einer der mächtigsten Männer dieses Landes kniet vor mir und lutscht mir die Füße – das muss man sich mal auf der Zunge zergehen lassen ...

8. Kapitel

Der Nomad

Kellys leicht abwesender Blick und der süße Duft ihrer Muschi lassen mich beinahe durchdrehen. Sie stöhnt und windet sich, während ich an ihren Zehen knabbere und ich weiß, dass ich nie etwas Geileres erlebt habe.

Die Füße dieser Lehrerin werden mein Untergang sein. Genau wie ihr runder Arsch, ihre vollen Titten und diese weichen Lippen, die sich garantiert perfekt an meinem Schwanz anfühlen werden.

Die Würfel sind gefallen. Das Schicksal hat entschieden und ich hatte ausnahmsweise einmal Glück.

Meine Aufnahme im New Yorker Chapter der *Bones* ist so gut wie sicher. Ich habe eine tolle Frau gefunden und die Sache mit der Wohnung ist nur eine Frage der Zeit.

Fuck! Nach all den Jahren, die ich allein auf der Straße verbracht habe, bin ich endlich angekommen und es fühlt sich gut an. So gut! Ich weiß jetzt schon, dass ich nie genug von diesem Gefühl kriegen werde, das diese süße, kleine Lehrerin in mir auslöst.

Kelly bewegt sich, sie lockt mich zu sich ins Bett und ich folge ihrem Wispern nur allzu gern. Ich lege mich auf sie, suche ihren Blick und tackere meinen Mund grob auf den ihren.

Weich und nachgiebig liegt ihr kleiner Körper unter dem meinen, und mir wird auf einen Schlag bewusst, dass das der erste Sex mit meiner zukünftigen Lady ist.

Ich lasse sie mein Gewicht spüren und presse sie tief in die Matratze. Mein Schwanz ruht pochend auf ihrer Scham und ich hoffe wirklich, dass ich nicht die Kontrolle verliere.

Kelly ist keine gut eingerittene Club-Bitch, sie verdient mehr als eine schnelle Nummer und mein Sperma im Gesicht.

Mit dem Daumen reibe ich über ihren Kitzler, reize den runden Knubbel und beobachte zufrieden, wie sie leise wimmernd ihre Schenkel noch etwas weiter für mich spreizt. Sie packt mich am Schwanz, reibt über die komplette Länge, und führt mich dann zu ihrem Eingang.

„Fuck, Baby. Hast du einen Gummi?"

Irritiert sieht sie zu mir nach oben. „Im Nachtkästchen."

Während sie ganz offensichtlich keinen Gedanken an ein Kondom verschwendet hat, muss ich an ihre Gesundheit denken.

Mein Leben war wild, ich hatte dutzende Nutten auf und unter mir. Bevor ich Kelly ohne Schutz ficke, muss ich mich testen lassen. Das hat sie verdient.

Schnell rolle ich die dünne Latexhülle über meine Härte und genieße den Anblick, den mir ihre feuchte Pussy bietet.

„Bist du bereit?“

Knurrend spanne ich meine Oberschenkel an und bringe mich vor ihrer zuckenden Mitte in Position.

„Fick mich, Outlaw.“

Das war die perfekte Antwort.

Die Zähne fest aufeinanderbeißend, lasse ich meine Eichel in ihren engen Körper gleiten.

Und bämmmm...

Noch bevor ich weiß, was ich tue, verliere ich die Kontrolle und ramme mich mit einem kräftigen Ruck bis zum Anschlag in sie hinein.

Erleichtert spüre ich, wie sich ihre inneren Scheidenwände für mich dehnen, wie sie sich anspannen und meinen harten Schaft regelrecht melken, anstatt zu verkrampfen.

„Fuck, Baby!“

Mein Schädel ist wie leer gefegt, ich kann an nichts anderes denken, als daran, wie perfekt sich diese Frau anfühlt. So, als wäre sie nur für mich geschaffen worden.

Kelly presst sich willig meinen harten Stößen entgegen. Schell verändere ich den Winkel, mit dem ich sie nehme, und werde mit einem lauten Kreischen belohnt.

Yes, das ist es!

In einem schnellen, tiefen Rhythmus nehme ich jeden Millimeter ihres Körpers in Besitz, fülle ihn aus und mache ihn so zu dem meinen.

Diese Nummer ist so intensiv, so unfassbar geil, dass ich jetzt schon süchtig nach meiner Lehrerin bin.

Meine prallen Hoden klatschen bei jedem Vorstoß gegen ihr Poloch und ich weiß, dass ich nicht mehr lange brauche, bis ich sie mit meinem Saft vollpumpe.

Ihre Schreie werden leiser, ihr Bauch spannt sich an und ich fühle, wie sich ihre heiße Pussy für den nächsten Höhepunkt bereit macht.

Fluchend treibe ich mich wieder und wieder in sie hinein, stütze mich mit den Händen neben ihrem schönen Gesicht auf der Matratze ab und lasse sie spüren, wie sehr sie mir ausgeliefert ist. Anstatt Furcht blitzt Vertrauen in ihren Augen auf, während sie zuckend unter mir kommt.

Hart und härter pumpe ich mich immer schneller in ihre pochende Muschi, Schweißtropfen rinnen über meinen Rücken und ich spüre, wie sich ihre scharfen Fingernägel in meine Schulter krallen.

Der leichte Schmerz gibt mir den Kick, den ich brauche.

Pumpend schießt mein Sperma durch meine Eier, ehe es direkt im Kondom landet.

Ich freue mich schon jetzt auf den Tag, an dem diese Vorsichtsmaßnahme nicht mehr nötig ist, und ich ihr weiches Fleisch direkt an meinem Schwanz spüre.

Zischend kneife ich die Augen zusammen und sehe fucking Sterne!

Fuck! Yeah!

Kelly gehört jetzt mir. Mir ganz allein und für wen auch immer sie dieses Kondom bereit liegen hatte, ich werde nicht zulassen, dass sie in nächster Zeit von jemand anderem gefickt wird. Die süße Lehrerin mit den sexy Füßen und der goldenen Pussy gehört definitiv erst mal mir.

Und wenn das mit uns passt, und das wird es, behalte ich sie für immer.

Der Rocker und die Lehrerin ...

Besser hätte mein Neuanfang hier in New York nicht beginnen können!

Der Rocker und die Verkäuferin

1. Kapitel

Die Verkäuferin

„Er ist wieder da!"
Sandra, meine Chefin, zwinkert mir verschwörerisch zu, ehe sie nach hinten ins Lager verschwindet und mich mit vor Aufregung wild klopfendem Herzen und einem nervösen Flattern im Bauch alleine an der Kasse zurücklässt.
Scheiße!
Am liebsten würde ich aufstehen und davonrennen, oder vielleicht doch lieber sitzen bleiben?
Himmel! Ich weiß nicht, was ich will! Was ich aber definitiv weiß, ist, was ich besser nicht tun sollte, und das ist, mich auf den Rocker mit dem Ring in der Nase und den langen braunen Haaren zu freuen.
Ich tue es trotzdem. Schön blöd.
Dieser *Hell Bone,* der stets bewaffnet ist und eine schwarze, lederne Kutte trägt, die mit unzähligen Aufnähern übersät ist, fällt garantiert nicht in die Kategorie Mann, die Frau glücklich macht. Er ist der Typ, der eher für wilden, fantastischen Sex zuständig ist als für eine stabile Zukunftsplanung, und der die Herzen von dutzenden Frauen schneller schlagen lässt, ehe er sie der Reihe nach bricht.
Dieser Biker bedeutet Ärger. Geschätzt zwei Meter großen, breitschultrigen und verdammt muskulösen Ärger, der mich bis in meine Träume verfolgt und mich so blöd grinsen lässt wie ein unerfahrenes Collegegirl bei ihrem erste Date.
Was soll ich sagen?
Mein Männergeschmack war schon immer riskant und völlig fehlgeleitet. Ich habe das natürliche Talent, mir zielsicher die gefährlichsten, schlimmsten und hoffnungslosesten Fälle auszusuchen und mich Hals über Kopf in sie zu verlieben.
Dieser Outlaw, der mich ein bisschen an eine etwas größere und tödlichere Version von Tarzan erinnert, ist ein Member des *Hell Bones Motorcycle Clubs*.
Und was das bedeutet ist klar: Probleme.
Man nennt ihn Bull, und dieser Name ist Programm. Er ist nämlich wirklich so massiv und stark wie ein Bulle. In seinen Augen liegt immer so ein wilder, gehetzter Ausdruck, der tatsächlich ein bisschen an ein gefangenes Tier erinnert, das jederzeit ausbrechen und für jede Menge Verletzungen sorgen kann.

Der silberne Ring, der in seiner Nasenscheidewand steckt, rundet das Gesamtbild des tödlichen, unberechenbaren und kurz vor dem Durchdrehen stehenden Mannes perfekt ab.

Wann immer wir uns begegnen, und das passiert in der letzten Zeit recht häufig, beginnt mein Puls zu rasen. Meine verräterischen Hormone spielen verrückt und meine Libido schreit laut nach Paarung. Dieses verräterische Miststück schert sich einen Dreck um meine Sicherheit und will einfach nur eine winzige Kostprobe von der Kraft dieses Bullen.

Und ja, der Sex mit ihm wäre sicher ein orgastisches Feuerwerk, aber alles, was danach kommen würde, wäre der Anfang von meinem Untergang.

Mein Ex, dessen Namen ich weder denken noch laut aussprechen will, war so ähnlich wie dieser Rocker. Nur kleiner und weniger gefährlich und dennoch hat seine kriminelle Energie ausgereicht, um mich ein paar schlimme Fehler machen zu lassen.

Ich schulde dem Cop, der ihn verhaftet und schlussendlich auch für sechs lange Jahre ins Gefängnis gebracht hat, meinen Dank.

Wäre mein Ex noch auf freiem Fuß, wäre ich wahrscheinlich ebenfalls kriminell geworden. Oder ich wäre längst tot. So oder so – beides keine schönen Aussichten.

An dem Tag, an dem er wegen schwerer Körperverletzung verurteilt wurde, habe ich geheult und gelacht. Geheult, weil ich ihn echt geliebt habe, und gelacht, weil ich tief in meinem Inneren wusste, dass dieser Richterspruch meine Rettung war.

Aber dieser Rocker, dessen schwere Schritte durch den kleinen Spätkauf hallen, in dem ich seit drei Monaten arbeite, ist ein Hai – oder ein Wolf – oder ein Löwe.

Er ist ein unbesiegbares, blutrünstiges und hungriges Raubtier, das es auf Frischfleisch abgesehen hat. Und damit meine ich nicht die Zwanzig-Dollar-Steaks, die in der Kühlung darauf warten- gekauft zu werden, sondern mich.

Mit meinen sechsundzwanzig Jahren bin ich kein naives Dummchen mehr, ich erkenne, wenn ein Mann an mir interessiert ist. Und dieser *Hell Bone* macht kein Geheimnis daraus, dass er mich will.

Ich sehe es in seinen Augen und höre es an dem Unterton, der immer dann in seiner Stimme mitschwingt, wenn er mit mir redet.

Heilige Scheiße!

Dieser Biker bringt mich mit dämlichen Flachwitzen zum Lachen und mit seiner bloßen Anwesenheit ins Schwitzen.

Pure Sexyness dringt ihm aus jeder Pore und genau das macht ihn auch so gefährlich für mich. Ich bin chronisch untervögelt.

Im Gegensatz zu den meisten Frauen kann ich Orgasmen und Gefühle nicht voneinander trennen – wenn ich mit einem Mann schlafe, verliebe ich mich in ihn.

Also habe ich mir jegliche Form der Intimität verboten. Ich habe mir selbst bis zu dem Tag Keuschheit geschworen, an dem ich meinem persönlichen Mister Perfect über den Weg laufe. Und auch wenn meine Klitoris zu 100 Prozent davon überzeugt ist, dass dieser Bull mein Prinz Charming ist, weiß es mein Verstand besser.

Mein Prinz Charming ist ein netter, harmloser Mann mit einer Lebensversicherung, einer Altersvorsorge und einem Zehn-Jahres-Plan, der eine Hochzeit, Kinder und ein Eigenheim mit einschließt.

Bull hingegen trägt seine Kutte mit Stolz, die Waffe gut sichtbar vorne in seinem Hosenbund. Die vielen Tätowierungen, die auf alle Ewigkeit seine Haut zieren, erzählen ihre ganz eigene Geschichte und ich würde meine linke Arschbacke darauf verwetten, dass er nicht mal im Traum daran gedacht hat, sich um seine Altersvorsorge zu kümmern, weil er ganz genau weiß, dass er niemals so lange leben wird, um sie zu brauchen.

Kurzum, Bull ist genau die Art von Mann, auf die ich anspringe und die ich lieber meiden sollte. Was schwer ist. Echt schwer. Vor allem, wenn man bedenkt, wie gut dieser Outlaw riecht. Wann immer er hier ist, umgibt ihn eine Wolke aus Rauch, Whisky, Schießpulver, Benzin und Leder. Das mag nicht sonderlich lecker klingen, aber bei allen Heiligen – wann immer ich das einatme, läuft mir das Wasser im Mund zusammen. Fast so, als würde ich das *Luigis*, mein italienisches Lieblingsrestaurant, betreten.

Vielleicht sollte ich meine Chefin bitten, ihm Hausverbot zu erteilen, aber das würde sie nie tun. Erstens, weil es dem Rocker gegenüber unfair wäre, und zweitens, weil niemand in ganz New York so blöd wäre, sich wegen einer Kleinigkeit mit einem der legendären *Hell Bones* anzulegen – schon gar nicht, wenn der für ordentlichen Umsatz sorgt.

Flaschenweise Whisky, Zigarettenstangen, Schokoriegel und Kondome.

Wobei es fast so viele Schokoriegel wie Kondome sind. Und dieser Kerl scheint sich ausnahmslos nur von Snickers, Mars, Twix und Bountys zu ernähren. Was irgendwie unglaublich ist, wenn man bedenkt, dass er nur aus Muskeln zu bestehen scheint.

Wenn ich so viel Süßes in mich reinstopfen würde, würde ich längst einhundert Kilo wiegen. Aber gut, wenn er all die Kondome verbraucht, dann arbeitet er die abertausend Kalorien, die er täglich zu sich nimmt, nachts garantiert wieder ab.

Und das ... ja! Verdammt! Das erfüllt mich mit Eifersucht. Was völlig schwachsinnig ist. Denn ich habe absolut kein Anrecht auf seinen garantiert prachtvollen Schwanz und seine bullenhafte Ausdauer.

Wenn dieser Rocker vögelt, wie er aussieht, dann Halleluja!

Dann gibt es da draußen irgendwo eine Frau, die mit verdammten O-Beinen und einem breiten Dauergrinsen durch die Gegend spaziert.

Das ist so fies. Mehr als fies.

Das Geräusch von schweren Stiefeln, die auf harten Steinboden treffen, wird lauter, genau wie das leise Quietschen des Leders und das leise Klirren der silbernen Gliederkette, mit der sein Portemonnaie an seinem Gürtel befestigt ist. Was ich echt witzig finde.

Ich meine, jetzt mal Hand aufs Herz, wer ist so blöd und bestiehlt einen *Hell Bone*?

Genau. Keiner. Außer natürlich, er ist masochistisch veranlagt oder hat einen ausgeprägten Todeswunsch.

Bull kommt näher, die feinen Härchen auf meinen Armen stellen sich auf und mein Gaumen wird trocken.

Ich schlucke, verbiete es mir, mich zu ihm umzusehen, und zucke erschrocken zusammen, als eine Packung Zimtkaugummi vor mir aufs Band fällt.

„Hey Zuckerarsch. Na, mal wieder die Nachtschicht erwischt?"

Zuckerarsch ...

So nennt er mich seit unserer ersten Begegnung und es mag lächerlich klingen, aber ich fahr da voll drauf ab.

Wenn das ein anderer Typ zu mir sagen würde, dann würde es wahrscheinlich lächerlich und schmalzig klingen, aber bei diesem Rocker ...

Dank seiner rauen Stimme und dem teuflischen Funkeln in seinen tiefbraunen Augen hat es etwas Erotisches, etwas Verlockendes, das mich an zerwühlte Bettlaken und sanfte Bisse erinnert.

Fest entschlossen, mir nicht anmerken zu lassen, welche fatale Wirkung seine düstere Rockerromantik auf mich hat, lasse ich mich auf unser tägliches Spiel ein.

Es ist fast schon zur Routine geworden, dass Bull hier auftaucht, mich so ansieht, wie er es gerade tut, und mich so völlig aus der Bahn wirft.

Mit zittrigen Fingern ziehe ich die ersten zehn Schokoriegel über die Kasse. Es sind acht Snickers und zwei Bountys. Ich erlaube mir nur einen kurzen Blick in sein vom Leben gezeichnetes Gesicht und spüre sofort, wie sich mein Unterleib sehnsüchtig zusammenzieht.

Der kantige Kiefer passt perfekt zu der breiten, leicht verbogenen Nase, die so aussieht, als wäre sie schon ein- oder zweimal gebrochen gewesen. Darauf folgen tief in den Höhlen liegende Augen, hohe Wangenknochen, dunkle Augenbrauen und eine gefurchte Stirn. Der Rocker hat schneeweiße Zähne, einen gepflegten Zehn-Tage-Bart und eine sexy Kerbe im Kinn, die meinen Blick wie magisch anzieht. Alles an ihm ist rau wie das Meer, er steht groß und stark vor mir, die Arme vor der Brust verschränkt, die Beine leicht gespreizt und den Blick auf mir festgetackert.

Die Tatsache, dass er voll auf mich konzentriert ist, gefällt mir. Für die meisten bin ich einfach nur irgendeine Tussi an der Kasse, mit der sie ein paar Worte wechseln müssen, um ihrem Einkauf zu erledigen. Aber Bull ist anders. Er fokussiert mich regelrecht, so als wäre ich für ein paar wenige Minuten der Mittelpunkt seiner Welt.

Das gefällt mir, obwohl ich weiß, dass das wahrscheinlich totaler Quatsch ist und ich mir diese Verbindung zwischen uns garantiert nur einbilde.

Es folgen elf Twix und jede Menge Mars.

Heilige Scheiße!

Wie kann man nur so viel Süßes essen?

Bull beobachtet mich, das Prickeln in meinem Bauch erreicht einen neuen Höhepunkt.

„So langsam würde ich wetten, dass du genau weißt, wann ich arbeiten muss."

Stille. Ich arbeite mich zu den drei Jack-Daniels-Flaschen vor. Die Kasse piept und übertönt so das Rauschen in meinen Ohren.

„Was, wenn ich mir die Tage und Uhrzeiten, an denen ich dich hier treffe, merke?"

Verflixt! Ja was dann?

Dann wäre das zu gleichen Teilen unheimlich und aufregend.

„Hast du es dir denn gemerkt?"

Meine Frage hängt in der Luft. Jetzt liegen die Kondome vor mir und ich kann nichts gegen den Ärger tun, der in mir aufsteigt.

Meine Eifersucht ist völlig irrational, aber das macht sie nicht weniger bitter.

„Ich merke mir alles, was mit schönen Frauen zu tun hat."

Ach ja ...

„Davon scheinst du aber ziemlich viele zu kennen."
Purer Spott schwingt in meiner Stimme mit.
Bull kneift die Augen zusammen, sein Blick bohrt sich so tief in den meinen, dass es unangenehm ist. Ich will wegsehen, schaffe es aber nicht.
„Die Welt ist voller schöner Frauen, aber nur wenige faszinieren mich genug, um mich immer wieder anzulocken."
Bei seinem Kondomverschleiß kaum zu glauben.
Ich will etwas Fieses sagen, beiße mir jedoch gerade noch rechtzeitig auf die Zunge. Der Rocker kapiert, dass ich nicht vorhabe, auf diesen Schwachsinn zu antworten.
„Weißt du, Mädchen. Wir Männer sind wie Bienen, wir kommen immer wieder zu der Blüte mit dem süßesten Nektar."
Na, dann warte mal ab, bis du meinen gekostet hast ...
Zum Glück sind meine Zähne noch immer fest in meiner Zunge vergraben, sodass ich auch diesen Satz nicht laut ausspreche.
„Hör zu, *Hell Bone,* ich bin zu alt, um noch immer an Bienchen und Blümchen zu glauben."
Rau und volltönend hallt sein Lachen durch den Spätkauf.
„Gut zu wissen, Zuckerarsch."
Zum Schluss ziehe ich die Zigarettenschachteln über den Scanner, packe alles in eine weiße Plastiktüte und nenne ihm die Summe.
„Das macht einhundertvierundachtzig Dollar und ..."
Bull lässt mich nicht ausreden, schmeißt zwei Hunderter auf das Laufband und hakt die Daumen lässig in die Gürtelschlaufen seiner Jeans ein.
„Wann hast du Feierabend, Zuckerarsch?"
Bumm ... Bumm ... mein Herzschlag gerät aus dem Takt.
Gedanklich nenne ich ihm längst eine Uhrzeit und fordere ihn auf, mich mit seinem Bike abzuholen, damit wir ein paar der Kondome zusammen verbrauchen können.
In Wahrheit, also in der Realität und nicht in meiner Fantasie – bleibe ich völlig cool, zähle das Rückgeld ab und lege es auf die dafür vorgesehene Plexiglas-Erhöhung, dann schenke ich ihm mein professionellstes und nichtssagendstes Lächeln und klappe geräuschvoll den Deckel der Kasse zu.
„Tut mir echt leid, dich enttäuschen zu müssen, Biker. Aber ich stehe einfach nicht auf Bienen."

Ich stehe auf und folge meiner Chefin nach hinten ins Lager. Natürlich denke ich daran langsam zu gehen und dabei schön mit den Hüften zu schwingen. Nicht so, dass es übertrieben wirkt, aber doch so, dass es dem Rocker nicht entgehen kann.

Ich fühle, wie sich sein Blick zwischen meine Schulterblätter bohrt.

Diese Runde geht an mich und es fühlt sich gut an, unseren Schlagabtausch endlich mal gewonnen zu haben.

Als ich im Lager ankomme, eilt Sandra auf mich zu.

„Und? Wie ist es dieses Mal gelaufen? Hast du endlich ein Date mit ihm?“

Die Vorstellung, einen Mann wie Bull zu daten ist so absurd, dass ich zu lachen anfange.

„Rocker haben keine Dates.“

Sie runzelt irritiert die Stirn.

„Ach nein? Wie lernen sie dann Frauen kennen?“

Gute Frage. Aber bei der Menge an Kondomen, die er kauft, scheint Bull in dieser Hinsicht keine Probleme zu haben.

„Keine Ahnung. Ich glaube, sie nutzen die Blumen-und-Bienen-Methode.“

„Willst du mich verarschen?“.

„Nein. Er hat irgendetwas über Bienen und süßen Nektar geredet. Ich glaube, dieser Rocker hat nicht mehr alle Tassen im Schrank.“

Sandra nickt.

„So muss es wohl sein. Denn ganz ehrlich, anders kann ich mir nicht erklären, warum der arme Mann seit Wochen hierherkommt, nur um jedes Mal wieder von dir eine Abfuhr zu kassieren.“

Armer Mann?

„Soll das ein Witz sein?“

Sandra sieht mich ernst an.

„Es ist offensichtlich, dass er nur wegen dir hier ist, Cera.“

Das sehe ich anders.

„Er ist hier wegen der Unmenge von Schokolade, die er in sich reinstopft, und der Hunderte von Kondomen. Dieser Biker hat mehr Sex als alle anderen Typen auf diesem Planeten zusammengenommen.“

Letzteres kotzt mich extrem an! Grrrr ...

„Zum Glück weiß ich es besser, sonst könnte ich fast meinen, dass du eifersüchtig bist.“

„Du redest Quatsch.“

Sie nickt und grinst breit.

„Ja, genau. Weil es auch nirgendwo sonst in New York Schokoriegel und Gummis gibt."

1:0 für sie.

„Kerle wie er machen nur Ärger. Sie brechen Herzen und treten Türen ein. Bull ist kein netter Mann. Er ist böse. Sehr, sehr böse und darum habe ich kein Interesse, ihn von meinem Nektar kosten zu lassen."

Sandra bricht in schallendes Gelächter aus.

„Scheiße, das klingt wie aus einem billigen Porno, der irgendwie in ein Kinderbuch gerutscht ist."

Stimmt, tut es.

„Der Rocker und die Verkäuferin."

Dummerweise passt das für mich ganz gut zusammen.

Aber nein. Keine Chance.

„Weißt du was, Chefin. Wenn du so großes Interesse an diesem *Hell Bone* hast, dann schnapp ihn dir doch einfach."

Sie lehnt dankend ab.

„Ist dir schon mal aufgefallen, welche Kondome er kauft?"

Logo. Wie hätte mir das entgehen sollen.

„XXL."

„Ganz genau. Du lässt dir da echt was entgehen, Cera."

„Ja, und zwar jede Menge Herzschmerz."

„Und fantastischen Sex mit einem Rocker und seinem riesigen Schwanz."

„Du spinnst!"

Sie zuckt mit den Schultern.

„Ich bin deine Chefin und als solche musst du auf mich hören. Also, ich befehle dir, dich auf diesen Rocker zu setzen und ihn bis zum Sonnenaufgang zu reiten."

Ihr lautes „Yee-haw ..." erinnert mich an einen wilden Cowboyfilm.

„Weißt du, die meiste Zeit finde ich es echt gut, mit meiner Chefin befreundet zu sein, aber manchmal ..."

Ich spreche nicht weiter, den Rest kann sie sich sicher denken.

„... ja, manchmal ist es einfach supergalaktisch! Schon klar. Du kannst dich später bei mir dafür bedanken, dass ich dich eingestellt habe!"

Sie boxt mir spielerisch gegen den Arm und verschwindet raus in den Laden.

Ich bleibe noch kurz stehen, atme mehrmals tief durch und gehe zurück an die Kasse.

Zu meinem Pech ist die restliche Nacht nicht mehr viel los, sodass ich genug Zeit habe, über den *Hell Bone*, seine XXL-Kondome und seine Frage, wann ich Feierabend habe, nachzudenken. Vielleicht hätte ich anders auf ihn reagieren sollen, vielleicht wäre er dann jetzt da, um mich abzuholen.

Vor meinem geistigen Auge kann ich ihn regelrecht am Straßenrand sehen, lässig auf seiner Harley, vom aschfahlen Licht des Vollmonds in Szene gesetzt, einen Arm lässig auf dem Lenker und eine glühende Zigarette im Mundwinkel.

Ich würde auf ihn zugehen, er würde mich mit einem „Hey, Zuckerarsch!" begrüßen und mir einen harten Kuss auf die Lippen tackern, ehe ich hinter ihm auf das Motorrad steigen und mit ihm Richtung Sonnenaufgang davonbrausen würde.

Kühler Fahrtwind, heiße Muskeln und das Gefühl von Leder auf meiner Haut ...

Hach ja, es wäre perfekt. Zu perfekt!

Und es wird niemals passieren. Eher gefriert die Hölle zu, als dass ich so blöd bin und mich noch mal auf einen Bad Boy einlasse.

Ich bin ein kluges Mädchen und ich habe aus meinen Fehlern gelernt, selbst wenn das bedeutet, dass ich für den Rest meines Lebens alleine und einsam ins Bett gehen muss und für immer ungefickt bleibe.

Sandra verabschiedet sich von mir, ich hänge mir die Tasche über die Schulter und gehe die Straße entlang nach Hause. Von hier bis zu dem Gebäude, in dem ich wohne, sind es nur drei Blocks. Zu Fuß brauche ich gerade mal zwanzig Minuten, da rentiert es sich einfach nicht, mit dem Auto zu fahren – selbst wenn ich eins hätte.

Aber da ich nicht mal einen Führerschein besitze, stellt sich die Frage gar nicht erst.

Ich schaffe die Strecke sogar schneller als gedacht, was mit Sicherheit daran liegt, dass ich mich beobachtet fühle.

Es kommt mir so vor, als würde mich jemand verfolgen. Aber egal wie oft ich auch über meine Schulter schaue, da ist nichts als Dunkelheit.

2. Kapitel

Der Member

Im Schatten verborgen beobachte ich das Mädchen dabei, wie es alleine durch die Finsternis läuft und dabei immer wieder einen furchtsamen Blick nach hinten riskiert.

Doch sie kann mich nicht entdecken. Ich verschmelze mit der Nacht, werde zu einem Teil der Dunkelheit.

Meine Maschine steht eine Querstraße entfernt von dem Laden, in dem sie arbeitet, und wartet auf mich. Ich habe es dort geparkt, um den Zuckerarsch, der mir seit Wochen nicht mehr aus dem Kopf geht, zu verfolgen. Ich muss wissen, wo diese Frau wohnt, ich will mehr über sie in Erfahrung bringen, als sie bereit ist, mir zu verraten.

Fuck!

Ich brauche Schokolade wie die Luft zum Atmen, aber selbst mein Bedarf an diesen Riegeln ist mittlerweile gedeckt. Und in meinem Schrank stapeln sich die Kondom-Päckchen. Sobald es mir gelungen ist, den Süßarsch auf meinen Schwanz zu setzen, werde ich damit anfangen, den angehäuften Vorrat aufzubrauchen. Dass es so weit kommen wird, steht längst fest, ich habe es entschieden – dieses Mädchen kann mir nicht entkommen. Sobald es erst mal mir gehört, werde ich dafür sorgen, dass es nie wieder alleine durch die Dunkelheit läuft.

Diese Stadt und diese Straßen sind gefährlich, das weiß niemand besser als ich. Seit ich denken kann, lebe ich in der Schattenwelt zwischen Gut und Böse. Bis jetzt ist es mir gelungen, einen Teil meiner Seele zu bewahren, aber sie entgleitet mir. Ich kann regelrecht spüren, wie mir das letzte bisschen Menschlichkeit durch die Finger rinnt. Um das zu verhindern, brauche ich dieses Mädchen.

Es heißt Cera und hat mich auf den ersten Blick fasziniert. Der Name ist irisch und bedeutet so viel wie *leuchtendes Rot*. Das passt gut, diese Frau leuchtet von innen heraus, sie ist so voller Licht und Leben, dass sich der Tod, der sich schon vor einer Ewigkeit in meinem Inneren ausgebreitet hat, von ihr wie magisch angezogen fühlt.

Ich spüre instinktiv, dass ich dieses Mädchen brauche, wenn ich noch etwas länger auf dieser Erde wandeln will. Aber damit es so weit kommt, muss ich meinen Plan ändern, ich muss meine Herangehensweise ändern und aggressiver werden.

Nicht dass ich Cera verletzen will, bei allen Höllen! Das ist wirklich das Letzte, was ich beabsichtige, dennoch muss ich forscher werden. Bis jetzt habe ich mich leicht abwimmeln lassen und ihr die Entscheidung, wie es mit uns beiden weitergeht, überlassen.

Damit ist jetzt Schluss.

Fürs Erste sorge ich für ihre Sicherheit, in dem ich in der Dunkelheit lauere und sie zu ihrer Wohnung eskortiere.

Heute Nacht schenke ich ihr ein letztes Mal ihre Freiheit und schon morgen werde ich mir nehmen, was mir gehört.

Ich werde Cera zu nichts zwingen – auch wenn das ein Leichtes für mich wäre. Ich werde sie auch nicht entführen, obwohl sie so eine lohnende Beute ist. Wenn ich wollte, wäre sie in weniger als zehn Sekunden die meine, ich müsste nur auf sie zugehen, mich von hinten an sie ranschleichen und sie überwältigen. Sie würde sich wehren und ich würde sie in die Ohnmacht schicken. Nur ein kurzer Druck auf ihre Vitalpunkte und *zack* würde sie schutzlos in meinen Armen liegen und wäre meiner Gnade hilflos ausgeliefert.

Ein verführerischer Gedanke, der meine Hände kribbeln lässt.

Aber so werde ich nicht vorgehen. Nicht bei ihr, nicht bei dem Mädchen mit den Haaren aus Feuer und den süßen Sommersprossen auf der Nase.

Ihre Augen sind so grün wie Moos, ihre Lippen haben die Farbe von reifen Beeren, die nur darauf warten, endlich verschlungen zu werden.

Ach Fuck!

Auf mich selbst wütend verpasse ich meiner Stirn einen Schlag.

Reife Beeren?

Wo kommt denn dieser schnulzige Bullshit so plötzlich her?

Das, was in meinem Schädel vor sich geht, ist der beste Beweis dafür, dass ich in der Nähe dieses Mädchens nicht klar denken kann. Mein Hirn verwandelt sich in eine schwammige Masse, die zu nichts mehr zu gebrauchen ist.

Mit der Whiskyflasche in der Hand und in gebührendem Abstand folge ich Cera.

Sie wird immer schneller, was mir verrät, dass sie instinktiv spürt, dass sie verfolgt wird.

Kluges Mädchen!

Eine Bewegung rechts neben ihr erregt meine Aufmerksamkeit. Cera hingegen scheint die Gestalt, die in der schmalen Gasse zwischen zwei Gebäuden lauert, nicht zu bemerken.

Sie geht an ihr vorbei, die Person folgt ihr. Mein Puls explodiert.

Entschlossen zu beschützen, was mein ist, kippe ich etwas von dem Whisky in meine Kehle, stelle die eckige Glasflasche während des Laufens auf den Gehweg und beschleunige meine Schritte.

In genau der Sekunde, in der die Gestalt Cera zu fassen kriegen will, bin ich vor Ort, packe mir das Arschloch und zerre es in die nächste Häuserschlucht.

Das Mädchen sieht erneut über seine Schulter, doch da sind wir längst aus seinem Sichtfeld verschwunden.

Cera ist in Sicherheit und das Arschloch, das gerade ein Messer zieht, so gut wie tot.

Noch bevor der Mann die Klinge auf mich richten kann, umfasse ich mit beiden Händen seinen Kopf und drehe ihn mit einem kraftvollen Ruck nach rechts. Ich spüre den natürlichen Stopp, durchbreche ihn und höre das vertraute Knacken.

Der Tod setzt sofort ein, der Körper des Angreifers erschlafft und sinkt lautlos in den Dreck.

Verflucht, war das knapp!

Wenn ich nicht da gewesen wäre, wenn ich Cera nicht gefolgt wäre, dann hätte diese Nacht ein unschönes Ende für sie genommen.

Froh darüber, dass es nicht so gekommen ist, zünde ich mir eine Marlboro an, klemme sie in meinen Mundwinkel und kann gerade noch sehen, in welchem Haus das Mädchen verschwindet.

Sehr schön. Jetzt ist es in Sicherheit und ich habe herausgefunden, wo die süße, kleine Verkäuferin wohnt.

Einen Moment warte ich noch und beobachte, wie in einer Wohnung im sechsten Stock die Lichter angehen. Dann drehe ich mich um. Auf dem Weg zurück zu meinem Bike sammle ich den Whisky wieder ein, gönne mir noch einen großen Schluck und steige auf die Maschine. Einen Tritt später dröhnt das Bollern des Motors durch die Häuserschluchten. Erst als ich die Kippe fertig geraucht und noch einige Schlucke aus der Flasche genommen habe, fahre ich zurück zum Club.

Dort angekommen treffe ich als Erstes auf River, den Sergeant at Arms der *Bones*.

An seinem Arm hängt eine ziemlich angetrunkene Catalina. Seine Lady, eine ehemalige Polizistin, hat Schluckauf und lacht sich über irgendetwas schlapp, was ganz offensichtlich nur sie witzig findet.

„Alles klar, Bro?“

Er bemerkt die Plastiktüte, die in meiner Hand baumelt, und grinst.

„Schon wieder?“

Ich nicke.

„Wenn das so weitergeht, wirst du bald an Diabetes erkranken."
Damit könnte er wahrscheinlich recht haben.
„Vielleicht sollte ich auf Gummibärchen umsteigen?"
„Das wird nix bringen. Zucker ist Zucker."
Auch wieder wahr.
Ich ziehe eine Handvoll Schokoriegel hervor und reiche sie seiner Old Lady. Die zögert nicht und nimmt sie mir gerne ab.
„Hör auf, meine Frau fett zu füttern, und schnapp dir endlich die Tussi."
Leichter gesagt als getan.
Mrs. Verkäuferin stellt sich als komplizierter heraus, als anfänglich vermutet.
„Bin schon dabei."
Um den Sergeant milde zu stimmen, drücke ich Catalina noch eine Packung Kondome in die Hand.
Sie betrachtet die Aufschrift und beginnt zu lachen.
„XXL? Ehrlich?" Ihr Blick gleitet zu meinem Hosenstall, was River alles andere als gut gefällt. Er gibt ein zorniges Fauchen von sich, was Catalina zum Schmunzeln bringt. „Sorry, Bull, aber die brauchen wir nicht. Das ist die falsche Größe."
Interessant.
„Tja! Kann halt nicht jeder ausgestattet sein wie ein wilder Stier."
Jetzt ist es River, der lacht.
„Ein Stier hat keine Chance im Vergleich zu einem echten Hengst! Nicht böse sein, little Bull."
Little Bull? Little? Klein?
Die Überraschung muss mir ins Gesicht geschrieben stehen. Catalina kichert leise, während River sie sich kurzerhand über die Schulter wirft.
Im Weggehen dreht er sich noch mal zu mir um.
„Nicht vergessen, little Bull, morgen wird abgestimmt."
Wäre er nicht der, der er nun mal ist, würde ich jetzt meine Knarre ziehen und seine Wirbelsäule mit ein paar Kugeln durchlöchern.
So aber lasse ich die Waffe stecken und ringe meine Wut nieder.
Es würde sich sicherlich nicht gut auf die Abstimmung morgen auswirken, wenn ich den Sergeant at Arms über den Haufen schieße.
Der morgige Tag ist wichtig. Er entscheidet über meine Zukunft – er entscheidet über einfach fucking alles.
Die letzten zwanzig Jahre war ich überall und nirgends zu Hause.
Ich hatte keinen festen Wohnsitz und alles, was ich besessen habe, hat in meine Satteltaschen gepasst. Mein Bike, die Straße und ich.

Die Kutte, die ich trage, und das Colour der *Hell Bones* haben für meine Sicherheit gesorgt. Kurz nachdem ich das Anwärterjahr hinter mich gebracht und die Lady meines damaligen Präsidenten gefickt habe, wurde ich zum Nomad. Es ist eine Sache, die Frau eines Bruders zu reiten, aber eine andere, dabei erwischt zu werden. Mein damaliger Präsident hat mich durchs halbe Land gejagt und mich erst in Ruhe gelassen, nachdem er auch seinen Vize im Bett seiner Lady erwischt hat. Ab diesem Zeitpunkt war die Jagd auf mich vorbei. Er hat erkannt, dass seine Lady seinen Schutz nicht wert ist. Die Bitch war am nächsten Tag spurlos verschwunden und mein Leben wurde deutlich ruhiger.

Trotzdem schlafe ich seitdem mit einer Waffe unter dem Kissen, stets gepackten Satteltaschen und einem halb offenen Auge.

Die vielen Jahre auf der Straße haben mich zu dem Mann gemacht, der ich heute bin. Einem wachsamen, misstrauischen Einzelgänger.

Wenn mich heute jemand tötet, wird niemand auch nur eine Träne wegen mir vergießen. Das hat in vielerlei Hinsicht seine Vorteile. Aber wie bei allem im Leben, hat das auch seine Schattenseiten.

Ich bin zweiundvierzig und habe meine Loyalität den *Bones* gegenüber unzählige Male bewiesen. Und Fuck! Trotzdem hat die Zukunft schon mal goldener ausgesehen. Wenn ich nicht so enden will wie die meisten Nomads, als nicht identifizierbare Leiche in irgendeinem Straßengraben am Arsch der Welt, muss ich etwas ändern.

Joker, der Nomad, mit dem ich zusammen nach New York gekommen bin, hat das bereits geschafft. Er hat eine Wohnung, eine schöne Frau und konnte das *Nomad-Patch* schon vor Wochen von seiner Kutte schneiden.

Mal sehen, ob mir das auch gelingt. Dass ich River keine Kugel verpasst habe, wird sich hoffentlich noch bezahlt machen.

Mit dem Einkauf in der Hand setze ich meinen Weg fort, verschwinde im Clubhaus und lasse mich auf einen schwarzen Sessel fallen.

Die Musik ist laut und die Luft schlecht, in den beiden Käfigen, die den Eingang säumen, hocken zwei kleine Blondinen, die wirklich alles geben, um möglichst viel Aufmerksamkeit auf sich zu lenken. Die eine ist bereits nackt, die andere trägt noch einen winzigen String, der zwischen ihren prallen Arschbacken verschwindet. Sie sind beide heiß, aber keine von ihnen kann meiner süßen Verkäuferin das Wasser reichen.

Cera trägt kaum Schminke, sie ist normal angezogen und tut nichts, um mein Interesse zu wecken, im Gegenteil. Sie ist eher abweisend, auch wenn ich den Hunger in ihrem Blick erkennen kann. Das Mädchen will mich, trotzdem hält es mich auf Abstand. Was mein Interesse in ungesunde Höhen schnellen lässt.

Fuck! Ich habe einen Mann für diese Frau getötet

Einen Fluch murmelnd, betrachte ich mehr oder weniger gleichgültig die tanzenden Nutten und hole ein Snickers aus der Tüte.

River hat recht, wenn ich noch mehr von dem Scheiß fresse, wird sich mein Blutzuckerspiegel an mir rächen.

Als ich gerade den ersten Bissen runtergeschluckt habe, steigt eine der Nutten aus dem Käfig, kommt mit schwingenden Hüften auf mich zu und setzt sich ungefragt auf meinen Schoß.

Fuck! Ich will mich nicht beschweren!

Ein guter Fick ist vielleicht genau das Richtige, um diesen beschissenen Tag doch noch auf eine nette Art und Weise enden zu lassen.

„Hallo Bull ...“

Sie schnurrt meinen Namen, ich schiebe meine Hand zwischen ihre Schenkel und reibe über ihre nackte Pussy.

„Worin bist du gut?“

Genau wie in den anderen Chaptern gibt es auch hier in New York einen Haufen Schlampen und jede hat so ihre eigenen Talente.

„Ich mag es von hinten.“

„Danach habe ich nicht gefragt.“

Sie leckt sich die aufgespritzten und pink angemalten Lippen.

„Ich bin gut mit der Zunge.“

Ah, das klingt doch schon viel besser.

„Und warum sitzt du dann auf mir, statt vor mir zu knien?“

Sie blinzelt mehrmals, checkt aber ganz offensichtlich nicht, worauf ich hinauswill.

Mit einem Schubser befördere ich sie zu Boden, streife mit dem Daumen über ihren weichen Mund und erschaudere.

„Willst du dir ein paar Schokoriegel verdienen?“

Die Bitch nickt.

„Dann saug mir das verdammte Hirn aus dem Schädel.“

Das bringt sie zum Kichern, anscheinend glaubt sie, dass es ein Scherz war.

Aber zur Hölle! Ich meine es absolut ernst.

Wenn sie es schafft, mich Cera vergessen zu lassen, wäre mein Leben um so vieles leichter.

Doch noch bevor sich die Nutte daran macht, meinen Gürtel zu öffnen und meinen Schwanz aus der Hose zu holen, weiß ich, dass es ihr nicht gelingen wird.

Die kleine Irin hat sich in mein Bewusstsein gebrannt.

Keine Ahnung, warum oder wieso, aber ich spüre bis in den hintersten Winkel meines Seins, dass diese Frau die Lösung für alle meine Probleme darstellt.

Natürlich könnte ich mir auch eine der vielen Huren, die zu jeder Tages- und Nachtzeit im Club abhängen, nehmen, ihr ein ‚*Property of Bull*' verpassen und die Verkäuferin einfach vergessen. Das Dumme ist nur, dass ich noch nie gut darin war, mich selbst zu betrügen.

Warum auch immer die vor mir kniende Bitch bei den *Bones* abhängt, bei mir wird sie nicht kriegen, was sie will.

„Was ist los, Bull? Warum guckst du so grimmig?"

Fuck!

„Weil ich heute für eine Frau, die mich nicht will, einen Mord begangen habe."

Die Ironie an der ganzen Geschichte entgeht mir nicht.

Blondie sieht mich fragend an.

„Warum hast du es dann gemacht?"

Gute Frage.

„Weil ich sie in Sicherheit wissen wollte."

Verdammt, klingt das bescheuert.

Wenn das so weitergeht, werde ich noch ein Fall für die Klapse.

„Und was hast du davon?"

Gute Frage. *Fuck!* Auf diese Frage ist die gesamte verdammte Welt aufgebaut. Wenn ich etwas tue, was erhalte ich dann dafür, wo ist mein Vorteil?

In diesem speziellen Fall bin ich nicht auf ein Danke oder eine Gegenleistung aus. Ich wollte Cera einfach nur beschützen. Mehr nicht. Es hat sich richtig angefühlt, diesen Wichser kaltzumachen.

Warum? Keine Ahnung. Wahrscheinlich, weil ich instinktiv spüre, dass die Verkäuferin für mich bestimmt ist. Sie gehört mir. Sie weiß es nur noch nicht!

Ich beantworte Blondies Frage.

„Nichts. Absolut nichts."

Sie zieht die Nase kraus.

„Das verstehe ich nicht."

Ich auch nicht. Genauso wenig verstehe ich, warum ich das alles der Nutte erzähle.

„Damit wären wir schon zwei."

Allein bei der Vorstellung, dass Cera zum Dank vor mir auf die Knie sinkt, den Mund aufmacht und an meinem Glied zu saugen beginnt, ziehen sich meine Hoden pochend zusammen und mein Schwanz wird so hart, dass es schmerzt.

Bei allen Bones!

Ungeduldig vergrabe ich meine Faust in den Haaren der Bitch.

Falls sie lieber aufstehen und gehen würde, lässt sie es sich nicht anmerken. Ich fluche, ziehe die Glock aus meinem Hosenbund und lege sie beiseite.

„Wie ist dein Name?“

Die Nutte leckt sich die Lippen.

„Chantal.“

Yeah, das passt zu ihr.

Kaum dass ich die Jeans nach unten geschoben habe, schnellt meine Erektion hervor. Chantal sieht mich um Erlaubnis bittend an, ehe sie zupackt und mir die Eier krault.

Gekonnt massiert sie die komplette Basis, vom Schaft bis zur Wurzel, erhöht nach und nach den Druck und lässt ihre Daumenkuppe flink über den Schlitz an der Spitze gleiten. *Wämmm!* Das fühlt sich gut an.

Unter halb gesenkten Lidern beobachte ich die Bitch dabei, wie sie den Kopf senkt.

Vorfreude rieselt an meinem Rücken hinab.

Ihr heißer Atem streift über meine Haut, ehe sie beginnt, die ersten geschwollenen Zentimeter in den Mund zu saugen.

Fuck! Yeah ...

Lutschend und saugend sorgt sie dafür, dass das Chaos in meinem Schädel etwas nachlässt.

Nichts geht über die weichen Lippen einer Frau ...

Chantals Zähne streichen drohend über meine Härte und erinnern mich daran, wie viel Macht die Hure in diesem Augenblick über mich hat.

Wenn sie zubeißt, bin ich am Arsch.

Doch anstatt mich zu entmannen, lässt sie meinen Schwanz tief in ihren Rachen gleiten. Gekonnt erhöht sie den Druck und verwöhnt mit der Zungenspitze das empfindliche Frenulum an der Unterseite meines Schafts, was mich beinahe abspritzen lässt.

Holy Shit!

Sie hat nicht gelogen. Sie ist gut mit der Zunge – sogar verdammt gut.

Chantal gibt ein leises Schnurren von sich, das durch meine Nervenbahnen vibriert und mich scharf einatmen lässt.

„Yes! Mach weiter. Hör ja nicht auf!“

Die Augen schließend packe ich mir eine Handvoll ihrer blondierten Haare, wickle sie mir fest um die Faust und stoße mich bis zum Anschlag in ihren engen Rachen.

Genau wie erwartet hat sie kein Problem mit dem Deep Throat und schluckt meine komplette Länge ohne Schwierigkeiten.

Die feuchte Hitze, die meine Erektion nun umgibt, fühlt sich einfach nur fucking gut an.

Wie es wohl wäre, Cera so zu ficken?

Chantal stöhnt und würgt und stützt sich mit beiden Händen an meinen Beinen ab.

Sie massiert mir die Eier, fährt mit den scharfen Kanten ihrer Fingernägel an meinem Damm entlang und treibt mich so beinahe in den Wahnsinn.

Die Bitch lässt sich Zeit und scheint es nicht eilig zu haben, das nächste Mal durchzuatmen.

Die Augen auf ihren Scheitel gepinnt, stoße ich mich wieder tiefer in ihren Mund. Ein Stöhnen unterdrückend beobachte ich, wie mein Schwanz zwischen ihren dicken Lippen verschwindet. *Endlos geil!*

Ihre weichen Haarspitzen streifen über meine Schenkel und intensivieren das Erlebnis.

Das Puckern in meinen Eiern wird immer stärker.

Es wird nicht mehr lange dauern, bis ich Chantal ins Gesicht spritze.

Und obwohl die Bitch wirklich gut darin ist, mir einen zu blasen, ist es ihr nicht gelungen, das Mädchen, dem ich heute den Arsch gerettet habe, vergessen zu lassen.

Cera – verdammt. Die Frau macht sich keine Vorstellungen davon, wie sehr sie mich mit ihrer abweisenden Art durcheinanderbringt.

Bienchen und Nektar! *Verdammt!*

Angespannt drücke ich Chantals Kopf fester auf mein Glied, während ich zeitgleich in einen schnellen, harten Rhythmus falle.

Sie zerkratzt mir die Beine. Ich heiße den Schmerz willkommen.

Anstatt sich wie erwartet gegen meine Grobheit zu wehren, überlässt sie sich weiterhin meiner Führung und erträgt alles, was ich ihr antue. Und ich nehme keine Rücksicht auf die salzigen Tränen, die ihr längst über die Wangen tropfen.

„Brave Bitch!“

Das tut gut, so gut, dass ich den Druck, der auf meinen Schultern lastet, für die Dauer von ein paar kostbaren Atemzügen vergesse.

Erleichtert ramme ich mich in Chantals Mund, wühle mich durch ihre Haare und ziehe mich ein letztes Mal zurück.

„Schau mich an."

Sie öffnet die Augen, ihre Wimpern sind verklebt und ihr Blick wirkt desorientiert.

Langsam gleite ich aus ihrer Kehle, sodass die Krone meiner Eichel auf ihrer Unterlippe ruht. Blitzschnell zuckt ihre Zunge vor und leckt über den winzigen Schlitz.

Die Muskeln in meinen Beinen zucken und sind bis aufs Äußerste angespannt.

Ohne den Blick von ihrem verheulten Gesicht zu nehmen, schiebe ich mich wieder bis zum Anschlag in ihren Hals.

Sie verkrampft sich, kommt mir dennoch ergeben entgegen.

Ein Zischen entweicht mir. Ich kneife die Augen zusammen, stelle mir Ceras blasses Gesicht vor und merke, wie mich die Lust packt.

Die erste Ladung meines Spermas landet auf der Zunge der Bitch, die nächste in ihrem Gesicht. *Was ein Anblick ...*

Genau jetzt wäre eigentlich der Zeitpunkt gekommen, an dem ich zufrieden mit der Welt sein sollte. *Fuck!* Ich bin es aber nicht.

Es hängt zu viel in der Schwebe. Meine Aufnahme im New Yorker Chapter, die Sache mit der Verkäuferin – einfach alles ist ungewiss.

Kaum dass ich meine Finger aus ihren blonden Haaren löse, kippt Chantal nach hinten und sieht mich herausfordernd an.

„Echt jetzt?" Sie wischt sich das Sperma aus den Augen. „War das etwa schon alles, Bull?"

Alleine die Tatsache, dass mein Schwanz noch immer hart ist, sollte ihr Antwort genug sein. *What a fuck!*

Das Wissen, dass Cera heute beinahe überfallen wurde, macht mich wahnsinnig.

Ich werde diese Nutte jetzt so lange ficken, bis ich endlich wieder klar im Kopf bin. Und morgen werde ich die Sachen endlich anpacken und meine Zukunft in die Hand nehmen. Ungeduldig packe ich die vor mir auf dem Boden kniende Bitch und betrachte ihre prallen Titten. Auf ihren roten Nippeln ist irgendein Glitzerzeug.

„Nett."

Sie grinst breit.

„Freut mich, wenn es dir gefällt."

Ich massiere das weiche Fleisch, verpasse den glitzernden Spitzen einen sanften Klaps und werde mit einem langgezogenen Stöhnen belohnt.

Dann picke ich sie vom Boden, setze sie auf meinen Schoß und lecke über die geschwollenen Knospen. Es ist Chantal deutlich anzusehen, dass sie nicht weiß, wie sie mit mir umgehen soll.

Meine Lunge mit Luft füllend, zwinge ich mich dazu, zumindest einigermaßen ruhig zu bleiben. Es ist nicht Chantals Schuld, dass ich kurz vorm Durchdrehen bin.

Langsam lasse ich meine Finger über ihren flachen Bauch bis hinab zwischen ihre Beine gleiten. Sie ist zwar feucht, aber noch nicht ausreichend genug.

Unzufrieden spucke ich mir auf die Hand, verreibe die Nässe auf ihrer Pussy und schiebe zwei meiner Finger tief in sie hinein.

Mit dem Daumen kreise ich wieder und wieder über ihre Klit und grunze zufrieden, als ein Schwall aus ihr heraus und auf meine Finger tropft.

Die Bitch zuckt und biegt den Rücken durch, während sie mir nur allzu willig entgegenkommt. So lob ich mir das.

„Wie heißt das Mädchen, für das du heute einen Mann getötet hast?"

Fuck!

„Darüber will ich nicht reden."

Das scheint der Bitch egal zu sein.

„Ist sie den ganzen Aufwand denn auch wert?"

„Hast du nicht gehört? Darüber will ich nicht reden."

Chantal sieht mich an, stemmt sich an meinen Schultern ab und drückt mir ihre Titten ins Gesicht.

„Manche Frauen wissen nicht, was gut für sie ist."

Ihre Hände finden meine Oberarme, ich spanne die Muskeln an, was ihr ein leises Schnurren entlockt.

„Ich würde wirklich alles für einen Mann tun, der mich beschützt und mich zu seiner Frau nimmt."

Das überrascht mich nicht sonderlich ...

„Du tust doch schon alles – und zwar für alle Männer in diesem Club. Was hast du noch zu bieten, was du nicht längst schon feilgeboten hast?"

Chantal zuckt zusammen und senkt traurig die Augen.

Mir ist klar, dass ich gerade ein Arschloch bin, dass seine schlechte Laune an einer Frau auslässt, die einfach ums Überleben kämpft und versucht, nicht in der Scheiße, aus der ihre Existenz besteht, unterzugehen.

Keine Frau, die eine echte Alternative hat, landet bei den Bones.

Im Club stranden nur die gebrochenen Geschöpfe, hier enden nur Mädchen, die keine andere Wahl hatten. Oder die vor etwas davonlaufen. Manche verstecken sich zwischen all den Kutten vor dem Gesetz, andere vor gewalttätigen Ehemännern.

Der MC beschützt sie, solange sie für uns von Wert sind, solange sie sich ficken lassen und beim Aufräumen helfen. Eine Hand wäscht die andere.

Nur so funktioniert die Welt.

„Hör zu, ich habe gesagt, dass ich nicht darüber reden will. Belassen wir es dabei und ficken einfach weiter. Okay?"

Jetzt sieht sie mich wieder an.

„Was hat diese Frau, was ich nicht habe?"

Chantal klingt so verzweifelt, dass ich ein Fluchen ausstoße.

Selbst wenn ich es ihr erklären wollte, wüsste ich nicht, wo ich anfangen soll.

Cera ist anders als alle Mädchen, die mir bisher begegnet sind.

Sie ist taff, mutig und frech.

Sie lässt sich von meiner Erscheinung nicht einschüchtern, springt weder auf meine Kutte noch auf meine Waffe an, sondern lässt mich jeden Tag aufs neue abblitzen, und das, obwohl ich das Interesse in ihren Augen sehen kann.

Diese Frau ist ein wandelndes Rätsel und ich bin fest entschlossen, es zu lösen.

Nicht bereit, dieses Gespräch weiterzuführen, sauge ich mich an Chantals linkem Nippel fest und genieße den unverkennbar weiblichen Geschmack, der sich an meinem Gaumen ausbreitet.

Sie kapiert, dass sie keine Antwort erwarten kann, packt mich am Schwanz, drückt zu und bringt mich zum Zucken.

Gierig spreize ich ihre Beine, teile ihre Schamlippen und ertaste das kleine, feuchte Loch, in dem ich mich gleich versenken werde.

Ihre Falten sind rosa, nass und geschwollen und mehr als bereit für mich.

Ohne meinen Blick von ihren weichen Tittchen abzuwenden, ziehe ich ein Kondom aus der Plastiktüte, rolle es mir über und bringe mich in Position.

Fuck! Endlich!

An die süße Verkäuferin denkend, streife ich mit den Fingern durch Chantals nasse Spalte, senke den Kopf und beiße mich an ihrem Schlüsselbein fest.

Der moschusartige Duft von nasser Muschi steigt mir in die Nase.

Irgendwo hinter mir ruft mir jemand zu, dass ich es der Bitch so richtig besorgen soll.

Ich erkenne die Stimme nicht, es könnte allerdings Iker sein, der Enforcer der *Hell Bones*.

Nicht bereit, mich davon ablenken zu lassen, spanne ich meine Muskeln an, packe die Nutte an der Hüfte und stoße mich mit voller Wucht in sie hinein. Chantal kreischt, kommt mir entgegen und nimmt mich tief in sich auf.

Das. Verdammte. Paradies.

Es kostet mich einiges an Kraft, nicht wie ein Monster über die winzige Blondine herzufallen und sie nicht dafür zu bestrafen, dass Cera mich nicht will.

Ihr Unterleib zieht sich um meinen Schwanz herum zusammen – lange wird das hier nicht mehr dauern.

Den Blick an ihren wackelnden Brüsten festtackernd, versenke ich mich wieder und wieder in ihr und stelle mir dabei vor, wie es wohl sein wird, Cera das erste Mal zu ficken. Denn es wird passieren. Garantiert. Schon bald.

Etwas anderes erlaube ich nicht.

Chantals Schreie werden immer lauter, ihr Körper zuckt und ihre Augen rollen nach hinten. Eine dünne Schweißschicht überzieht meine Haut.

Das fühlt sich so gut an.

Ich spüre, wie sich meine Hoden pochend zusammenziehen und immer heißer werden.

Von Anspannung getrieben nehme ich sie noch etwas härter, werfe den Kopf in den Nacken und brülle meine Erlösung gegen die graue Betondecke des Hauptraums.

Krampfend komme ich erneut, spritze meinen Saft in das Kondom und beiße die Zähne so fest zusammen, bis es knackt.

Die Bitch auf mir loslassend, schubse ich sie von meinem Schoß, stehe auf und ziehe das Latex von meinem weich werdenden Schwanz.

Chantal sieht fertig aus. Befriedigt, aber fertig.

Ich ziehe die Hose hoch, mache sie zu, schließe den Gürtel und werfe der nackten Nutte ein paar Schokoriegel zu, ehe ich mich auf dem Weg zu dem Gästezimmer mache, in dem ich seit meiner Ankunft in New York schlafe.

Ich brauche eine Pause und ich brauche einen Plan.

Morgen ist die Abstimmung. Devil, der Präsident, muss meiner Aufnahme einfach zustimmen.

Das *Nomad-Patch* fühlt sich nach all den Jahren falsch an, ich will es nicht mehr auf meinem Leder. Ich lasse die Tüte neben der Türe fallen, mache mir nicht die Mühe, die Boots auszuziehen, sondern lasse mich, so wie ich bin, in das schmale Bett fallen. Es knarzt unter meinem Gewicht. Die Matratze ist dünn und durchgelegen.

Aber das stört mich nicht. Ich habe keine hohen Ansprüche, es tut einfach schon gut, jeden Tag aufs Neue am selben Ort aufzuwachen und mich nicht erst fragen zu müssen, wo zur Hölle ich eigentlich gerade bin.

Dank dem Fick bin ich mehr als entspannt. Ich zünde mir eine Kippe an und schließe für einen kurzen Moment die Augen. Dann mache ich sie wieder auf, sehe zu der Reihe von ein und denselben Plastiktüten, in denen sich überall das Gleiche befindet: Schokoriegel, Whisky und Kippen. Ich beschließe, dass damit ein für alle Mal Schluss sein muss. Die niedliche Verkäuferin hat mich jetzt lange genug auf Abstand gehalten.

Morgen steht einiges an. Erst die Abstimmung über mein Bleiberecht und dann die Rache an den *White Brothers,* einer Gruppe von Nazis, die es gewagt haben, Skull anzugreifen. Sobald diese Scheiße erledigt ist, mache ich mich auf die Jagd und dieses Mal wird Cera mir nicht entwischen.

Das schwöre ich auf mein Bike und auf meine Kutte!

3. Kapitel

Die Verkäuferin

Fassungslos starre ich auf den Bildschirm und schaue mir die Aufnahmen an, in denen mehrere Polizeibeamte zu sehen sind. Männer in weißen Anzügen sichern den Tatort, während eine Leiche abtransportiert wird.

In einer Stadt wie New York passieren nun mal schlimme Dinge. Das mag unschön sein, aber es ist normal und überall auf der Welt gleich.

Mord, Entführung, Einbrüche und Vergewaltigungen ...

Das alles sehe ich tagtäglich in den Nachrichten, was mich an diesem Fall so schockt, ist nicht die Tatsache, dass es einen Mord gegeben hat., sondern dass er nur wenige Meter vor meiner Haustüre stattgefunden hat. Und das letzte Nacht! So ziemlich zu der gleichen Uhrzeit, zu der ich nach Hause gegangen bin.

Kein Wunder, dass ich so ein komisches Gefühl hatte und dass es mir so vorgekommen ist, als ob mich jemand verfolgt hätte.

Wahrscheinlich war der Mörder zuerst hinter mir her und als er mich dann nicht erwischt hat, hat er sich eben schnell ein anderes Opfer gesucht.

Heilige Scheiße!

Ich bin dem Tod gerade so von der Sense gesprungen und habe es nicht mal gemerkt.

Das ist heftig. Verdammt heftig!

Eine unangenehme Gänsehaut überzieht meine Arme und lässt mich hart schlucken.

„... von dem Täter fehlt noch immer jede Spur. Das New York Police Department ist für jeden Hinweis dankbar!“

Die Stimme der Nachrichtensprecherin macht mir nicht gerade Hoffnung, dass sie den Killer bis heute Nacht, wenn ich Feierabend habe, erwischt haben.

Was bedeutet, dass ich am Arsch bin!

So richtig am Arsch.

Vielleicht sollte ich Bull, wenn er mal wieder seine Schokoriegel und Kondome kauft, bitten, mich nach Schichtende nach Hause zu bringen.

Für den Bruchteil einer Sekunde halte ich das für eine gute Idee. Besonders weil ich mich ja dann bei dem *Hell Bone* mit den vielen Muskeln bedanken müsste, und wie bedankt Frau sich besser als mit wildem, hemmungslosem und orgastischem Sex?

Aber dann meldet sich meine Vernunft zu Wort und erinnert mich daran, dass der Rocker mindestens so gefährlich ist wie der Mörder, der da draußen sein Unwesen treibt. *Himmel!*

Mehr als nervös verfolge ich die Nachrichten weiter.

Die Obduktion hat natürlich noch nicht stattgefunden, wie sollte sie auch, der Tote wurde ja quasi gerade erst von der Straße gekratzt. Aber man geht davon aus, dass ihm das Genick gebrochen wurde.

Welch grausamer Tod.

Aber das erklärt zumindest, warum ich nichts davon mitbekommen habe. Einen Schuss hätte ich gehört, und bei einer Messerstecherei hätte das Opfer sicherlich vor Schmerz geschrien. Doch so ein Genick bricht wahrscheinlich ziemlich leise.

Wie es sich wohl anfühlt?

Instinktiv reibe ich mir über den Nacken, schalte den TV aus und lasse mir eine heiße Badewanne ein. Mir bleiben noch sechs Stunden, bis ich zur Arbeit muss.

Sechs Stunden, in denen ich meine Furcht abschütteln und mich innerlich für die Begegnung mit dem Rocker wappnen muss.

Bull ist ein faszinierender Mann und es wird jedes Mal, wenn wir uns sehen, schwerer, ihm zu widerstehen. Er lässt sich am besten mit einer großen, unfassbar leckeren, mit Sahne verzierten Schokotorte vergleichen, die einem geschenkt wird, obwohl man sich gerade auf Diät befindet.

Am Anfang ist man noch motiviert und fest entschlossen der Versuchung zu widerstehen. Aber dann ... oh ja ... dann ... mit der Zeit wird man mürbe, die Entschlossenheit bekommt Risse und man kann die feine Köstlichkeit schon schmecken, obwohl man sie noch nicht mal gekostet hat. Die Zunge verzehrt sich nach der cremigen Konsistenz, der Magen knurrt und es läuft einem das Wasser im Mund zusammen.

Die Gedanken kreisen nur noch um die Leckerei und schlussendlich wird man schwach.

Nur ein kleines Stück. Nur mal kosten. Nur mal mit dem Finger über die Schokolade streichen und ihn dann ablecken. Lachhaft.

Sämtliche Gedanken kreisen um nichts anderes mehr und dann passiert es ... man wird schwach. Und anstatt sich nur ein winziges Stückchen zu gönnen, verschlingt man gleich die ganze Torte in Rekordgeschwindigkeit. Und kaum dass der letzte Bissen runtergeschluckt und der letzte Krümel vernascht wurde, beginnt auch schon das große Bereuen.

Mit dem Bereuen kenne ich mich bestens aus, ich bin darin ein echter Profi. Und ganz genau darum muss ich diesem Rocker weiterhin widerstehen. Ganz besonders, weil er eben keine harmlose Torte, sondern ein kuttentragender und stets bewaffneter Outlaw mit einem Ring in der Nase und Tinte auf der Haut ist.

„Lieber Gott! Gib mir die Kraft zu widerstehen! Sorg dafür, dass ich keinen hammermäßigen Marathonsex mit dem höllisch heißen *Hell Bone* habe."

Mir wird klar, dass ich etwas Wichtiges vergessen habe, und schicke ein schnelles „Amen!" hinterher.

Mit dem Beten habe ich es nicht so. Genaugenommen war ich, glaube ich, noch nie in einer Kirche. Falls ich gläubig bin, dann nur in absoluten Notsituationen.

Verzweifelte Stoßgebete sind meine Spezialität!

Ich bezweifle trotzdem, dass das eben Losgeschickte erhört wird. Erstens, weil ich die Hölle erwähnt habe, und zweitens, weil es um Sex geht. Guten, verschwitzten und bombastischen Sex.

Außerdem ist diese Gläubigkeit eher so etwas wie ein festes Abo und kein Gelegenheitsflirt.

Ich müsste Gott wohl die Treue schwören, anstatt ihn immer nur in Notsituationen anzubetteln. Aber das ist nichts für mich. Ehrlich.

Langzeitbeziehungen sind schon mit realen Männern nicht so mein Ding, mit unsichtbaren, deren Existenz nicht mal bestätigt ist, und die ich nicht küssen kann, schon gar nicht.

Seufzend verdränge ich den Mord, Gott und den Rocker aus meinen Gedanken und versuche, mich noch ein bisschen zu entspannen, bevor ich die heile Welt meiner Wohnung verlassen und mich wieder den Katastrophen, die draußen auf mich warten, stellen muss.

Es gilt stark zu sein.

Eine andere Option habe ich sowieso nicht ...

4. Kapitel

Der Member

„... wir kesseln die Wichser ein, räuchern sie aus und schießen jedem Schwanz, der sich aus dem Haus traut, ein Loch in den Schädel. Kapiert?"

Der Plan ist so einfach wie genial. Zumindest wenn es dieses Mal keine unschönen Überraschungen gibt.

Devil sieht jedem der anwesenden Member kurz in die Augen und erhält von allen ein zustimmendes Nicken. Nicht so von mir. Ich reibe mir über den Kiefer, lasse die Schultern rollen und versuche so, die Ungeduld abzuschütteln.

„Du bist nicht einverstanden?"

Wahrscheinlich sollte ich es besser sein. Vor allem, wenn man bedenkt, dass nach der Aktion über meine Aufnahme in dieses Chapter abgestimmt wird. Aber ich bin kein Arschkriecher. Wenn ich Zweifel habe, schlucke ich sie nicht runter.

„Was ist mit Plan B?"

Skull und Iker sehen mich fassungslos an.

„Was? Wenn ich eins auf der Straße gelernt habe, dann, dass ein Plan B nie schadet."

Luis und Killer brummen zustimmend, Joker gibt ein genervtes „Tzzz, tzzz, tzzz!" von sich.

„Bist du feig geworden, Bro?"

Das fragt er mich. Soll das ein Witz sein?

„Du hast mehr zu verlieren als ich."

Der Joker fletscht die Zähne und zerbricht die Kippe, die er nicht angezündet zwischen seine Finger geklemmt hat.

„Was willst du damit sagen, Arschloch?"

„Du hast eine Lady. Schon vergessen?"

Joker stürmt auf mich zu. Keine Ahnung, was ihn so wütend gemacht hat. Dass ich nach einem Plan B gefragt habe, wird wohl kaum der Auslöser für seine schlechte Laune sein.

Bevor er zuschlagen kann, lässt der Präsident seinen *Gavel* zweimal laut auf die abgewetzte Platte des Versammlungstisches knallen.

Was sofort für Ruhe sorgt.

„Was soll die Scheiße?"

Devil sieht aus zusammengekniffenen Augen Joker an.

„Ich weiß nicht, wie es in den Chaptern, in denen du bisher deine Zeit verbracht hast, abgegangen ist, aber in diesem hier ist es okay, Fragen zu stellen. Besonders, wenn sie der Sicherheit dienen! Kapiert?“

Joker deutet ein Nicken an, wirft die zerbrochene Kippe auf den Boden und zündet sich eine neue an. Devil lässt sich zurück auf seinen Sessel fallen, schaut in meine Richtung und hebt nach kurzem Zögern einen mittelgroßen Karton vom Boden auf und lässt ihn vor sich auf den Tisch fallen.

„Das hier ist Plan B.“

Er klappt die Kiste auf, nimmt eine Handgranate raus und wirft sie mir zu, fast so, als ob es sich dabei um einen Tennisball handelt und nicht um einen Sprengsatz, der genug *Wumm* hat, um jeden Mann hier im Raum zu töten.

„Genauer gesagt habe ich auch einen Plan C, D, E, F, G, H, I, J, K, L, M, N, O ...“

Bei jedem Buchstaben wirft er eine weitere Granate durch die Luft.

Erst als jeder mindestens eine gefangen hat, ist Ruhe.

„Wir werden diese Hurensöhne fertigmachen. Wenn wir eine Sache aus der Scheiße mit den *Bastards* gelernt haben, dann, dass weniger garantiert nicht mehr ist. Mehr ist mehr. So einfach ist das!“

Die *Bastards* waren ein feindlicher Club, der es gewagt hat, mitten im Revier der *Hell Bones* Fuß zu fassen. Nach einem langen und blutigen Krieg haben die *Bones* gewonnen und die *Bastards* auf direktem Weg zum Sensenmann geschickt.

„Die *White Brothers* wissen es vielleicht noch nicht, aber für sie alle ist ein Platz in der Hölle reserviert und ich werde nicht ruhen, ehe diese Dreckschweine in den ewigen Flammen schmoren.“

Der Präsident klingt entschlossen und dank der vielen explosiven Pläne bin ich mir sicher, dass wir Erfolg haben werden.

Mit ein bisschen Glück ist dieses Theater in wenigen Stunden vorbei, die *White Brothers* sind tot und ich kann mich daranmachen, das *Nomad-Patch* von der Kutte zu schneiden, ehe ich Cera aufsuche, sie auf das verdammte Kassenband pinne und so hart küsse, bis das Mädchen endlich kapiert, dass das verfluchte Spiel, das sie mit mir spielt, vorbei ist.

Heute Nacht ficke ich die richtige Frau.

Und bei allen Teufeln! Es ist mir ganz egal, was ich dafür tun muss ...

„Noch irgendwelche Fragen?“

Niemand reagiert. Devil ist zufrieden.

„Abfahrt in dreißig Minuten! Zieht eure Kevlarwesten an. Das Letzte, was wir gebrauchen können, ist, dass heute unser Blut fließt.“

Da kann ich ihm nur zustimmen.

Joker starrt mich noch immer wütend an, die Sache zwischen uns ist noch nicht vorbei.

Weiß der Teufel, was sein Problem ist. Meine Frage nach Plan B wird wohl kaum der Auslöser für seinen Zorn sein.

Der *Gavel* landet erneut auf dem Tisch, die Versammlung ist beendet, jeder geht seiner Wege und bereitet sich auf das vor, was noch kommt.

Ich mache mich auf in mein Zimmer, lade meine Waffe, stecke die Glock und eine Beretta ein und fülle meine Taschen mit mehreren Ersatzmagazinen. Die Handgranate von Devil stecke ich mir in die Innentasche der Kutte, den Dolch schnalle ich an meinem rechten Oberschenkel fest.

Eine Mischung aus Adrenalin und Vorfreude pulst durch meinen Kreislauf.

Ich steh auf einen guten Kampf – hoffentlich können die *White Brothers* auch einen liefern. Tief durchatmend balle ich die Fäuste, schlage mir mit beiden auf die Brust und stoße ein dunkles Knurren aus.

Von den nächsten Stunden hängt viel ab.

Ich muss nicht nur dem Präsidenten, sondern auch den New Yorker Membern der Bones beweisen, dass ich ihrer würdig bin.

Mit einem Ruck lasse ich meinen Kopf von links nach rechts schnellen, meine Halswirbelsäule knackt – ich bin bereit.

Draußen gehe ich zu meinem Bike, steige auf und warte.

Iker überquert den Hof, bleibt vor mir stehen und reicht mir eine Kevlarweste.

„Gehe ich recht in der Annahme, dass du noch keine besitzt?“

„Gehst du!“

Er spuckt auf den Boden und nickt.

„Dachte ich es mir schon. Ihr verdammten Nomads seid nicht gerade für eure Langlebigkeit bekannt.“

„Da ist was Wahres dran.“

Anstatt zu gehen, bleibt er stehen, offensichtlich gibt es noch etwas zu besprechen.

Sein Blick schweift scheinbar ziellos über das Gelände, ehe er wieder auf mir landet.

„Später wird abgestimmt.“

„Aye.“

Mehr sage ich nicht. Wie ich zu dem Thema stehe, ist klar.

„Fuck, Bull! Bist du dir echt sicher, dass du Wurzeln schlagen willst?“

Ich erwidere seinen prüfenden Blick, ohne mit der Wimper zu zucken.

„100 Prozent sicher. Ich will Wurzeln. Wie eine verdammte Eiche, Bro."

Iker lacht, die Anspannung, die sich in den letzten Sekunden aufgebaut hat, verpufft schlagartig.

„Nicht zu fassen. Der legendäre Bull will eine Hausmaus und einen festen Wohnsitz. Hätte nicht gedacht, dass ich das noch erlebe."

Da geht es ihm wie mir.

„Das Alter ändert die Leute."

„Sehr richtig, Bruder."

Wir schweigen, um uns herum herrscht rege Geschäftigkeit.

Das Fadenkreuz, das Iker sich vor einer Ewigkeit mitten auf die Stirn hat tätowieren lassen, zieht meine Aufmerksamkeit auf sich.

Der Enforcer fordert das Schicksal jeden Tag aufs Neue heraus und dennoch hat er eine Old Lady und führt mittlerweile ein ruhiges Leben. Zumindest ein so ruhiges, wie es das *1 %-Patch,* das er auf seiner Kutte trägt, eben zulässt.

„Wenn du es schaffst, die nächsten Stunden am Leben zu bleiben, kannst du dein Messer ziehen und das verfickte *Nomad* von deinem Leder schneiden."

Bämm ... das war eine Zusage.

Da ich weiß, dass er diese Entscheidung nicht alleine treffen kann, kneife ich zweifelnd die Augen zusammen.

„Wie sicher ist das?"

Mit einem Nicken deutet er Richtung Tor, dort haben sich Skull, River, Killer, Devil und die anderen der *First Nine* versammelt. Sie alle zeigen das gleiche Grinsen – die Wichser haben mich verarscht – die Abstimmung ist längst gelaufen und Iker ist der Überbringer der guten Nachricht.

Im ersten Moment bin ich sprachlos und reibe mit dem Daumen über das Patch, das mich so lange begleitet hat, und mit dem ich mich einst identifizieren konnte.

„Ach Fuck!" Mir fällt immer noch nicht ein, was ich sagen könnte. „Fuck!"

Iker nickt zustimmend und boxt mir brüderlich gegen die Schulter.

„Willkommen zu Hause, Bull!"

Drei einfache Worte, die weltweit tausendmal am Tag ausgesprochen werden, ohne eine tiefere Bedeutung zu haben.

Aber für mich bedeuten sie gerade alles.

Absolut alles.

Sie bedeuten eine Zukunft, Sicherheit und ein angenehmes Leben.
„Danke, Bro."
„Das hast du dir verdient, Bull."
Yeah, das habe ich. Trotzdem, das Leben ist dafür bekannt, dass man in den meisten Fällen nicht bekommt, was man verdient. Die Menschen haben sich an diesen Umstand so gewöhnt, dass sie dann, wenn es mal richtig läuft – wenn es mal für sie gut läuft – nicht wissen, wie ihnen geschieht. So geht es mir gerade.
Ich kapiere, was gerade geschehen ist, aber ich brauche noch etwas, bis die Tragweite des Ganzen in mein Hirn sickert.
Wie sagt Joker immer?
Das Schicksal ist 'ne Bitch.
Aber in diesem Fall hat es mich ausnahmsweise einmal nicht gefickt.
„Zieh die Weste an. Ein toter Bull hilft niemandem."
Mit diesem Schlusssatz reißt Iker mich aus meinen Überlegungen und holt mich zurück ins Hier und Jetzt.
Er geht zu seinem Bike und ich mache mich daran, das Kevlar anzuziehen. Bleibt mir nur zu hoffen, dass die *White Brothers* nicht mit Copkillern um sich schießen. Wenn doch, kann uns das Kevlar auch nicht retten.
Gott würfelt nicht ... ist ein weiterer von Jokers Sprüchen.
Im ersten Moment mag er abgedroschen klingen, aber je länger man darüber nachdenkt, umso klarer wird einem, wie wahr er doch ist.
Ich bin der festen Überzeugung, dass schon am Tag unserer Geburt feststeht, wie viel Zeit uns auf dieser Erde bleibt. Sobald unser Name im Spiel des Lebens erscheint, steht auch schon das Datum fest, ab dem wir über die Ziellinie schreiten. Kevlar hin oder her, wenn der Reaper mit den Fingern schnippt, müssen wir mit ihm gehen. Ob wir wollen oder nicht.
Das ist okay für mich, aber ich hoffe, dass er mit dem Schnippen wartet, bis ich mir die süße Verkäuferin geschnappt habe. Ich will diese Frau wider jeglicher Vernunft.
Immer mehr Motoren werden gestartet, das kraftvolle Brummen von einem Dutzend Bikes hallt über den Hof. Devil hat seine Position an der Spitze des Konvois eingenommen, er zieht seine Waffe und reckt sie hoch gen Himmel.
Jubelrufe werden laut, Blut liegt in der Luft.
Peng!
Das Knallen des Schusses zerreißt die Luft. Das war unser Zeichen. Die *Hell Bones* sind bereit, den Anschlag auf ihren Vizepräsidenten zu rächen.

Wir fahren los, die Handgranate in meiner Tasche scheint plötzlich eine Tonne zu wiegen und ich spüre instinktiv, dass wir an Plan B nicht vorbeikommen werden.

Die Fahrt dauert eine knappe halbe Stunde und es fühlt sich verdammt gut an, ab heute nicht einfach nur ein Besucher der New Yorker *Bones* zu sein, sondern zu ihnen zu gehören. Mein Platz ist nun hier und die Richtigkeit meiner Entscheidung spüre ich mit jedem Atemzug, mit dem ich den Geruch der New Yorker Straßen tief in meine Lunge ziehe.

Laut unserem Informanten, einem ehemaligen *White Brother*, der im Knast seinen Rassenhass abgelegt und nach seiner Entlassung eine illegal eingewanderte Mexikanerin geheiratet hat, haben sich seine ehemaligen Brüder in der Bronx niedergelassen. In einem ehemaligen Casino, das vor einiger Zeit pleitegegangen ist. Das Casino befindet sich im Untergeschoss eines Nachtclubs der Russen, der ebenfalls vor einem Jahr geschlossen wurde.

Beste Voraussetzungen, würde ich sagen.

Feuer, Bumm – Bumm und jede Menge Rauch.

Spätestens wenn den Arschlöchern die Luft ausgeht, kommen sie direkt vor unsere Mündungen gelaufen und wir müssen nur noch abdrücken.

Der Präsident muss sich dazu entschieden haben, auf das Überraschungsmoment zu verzichten. Wir parken nicht mit einigem Abstand und nähern uns dem Casino zu Fuß, sondern halten direkt auf das Versteck zu, stoppen vor dem viereckigen Betonklotz, der nur wenige Fenster aufweist, und lassen die Motoren laufen, während wir die Waffen ziehen.

Die Ratten sitzen in der Falle, wollen wir sie doch mal rauslocken und die Scheiße zu Ende bringen.

Iker und Killer kümmern sich um die Molotowcocktails, während River und Skull das TNT vorbereiten.

Holy Shit!

Bei der Menge, die sie da aus ihren Taschen ziehen, bin ich mir nicht sicher, ob das Gebäude nach der Aktion noch als solches zu erkennen ist.

Einer der Prospects, ich kann mir seinen bescheuerten Namen nicht merken, ist mit dem Van gefahren und gibt eine Runde Uzis aus.

Das israelische Sturmgewehr fühlt sich fremd in meinen Händen an, für gewöhnlich bevorzuge ich AKs, die sowjetische Version der Uzi.

Aber was will ich mich beschweren?

Ich entsichere das Maschinengewehr, ziele auf eines der Fenster und gebe eine Salve Probeschüsse ab. Die Wucht und die Kraft sind beeindruckend.

Owen, der Kassenwart, beobachtet mich amüsiert.

„Bull und Spielzeug."

Owen ist der älteste Member des New Yorker Chapters, ich kann mir nicht mal vorstellen, was seine wässrigen Augen in den vergangenen sechzig Jahren schon so alles gesehen haben.

„Nicht jeder ist von Zahlen und Dollars so begeistert wie du. Manche von uns brauchen Hardware, um Spaß zu haben."

Er bleckt die Zähne.

„Geld ist geil und Zahlen helfen mir dabei, mich zu beruhigen – aber gegen ordentliche Knarren habe selbst ich nichts einzuwenden."

Hätte mich auch gewundert ...

Pazifisten haben in einem OMC (Outlaw Motorcycle Club) genauso wenig verloren wie Vegetarier in einem Schlachthof.

Auf einen Befehl des Präsidenten machen sich drei Member auf den Weg zum Hintereingang, jeder von ihnen ist mit einer Uzi und einem Päckchen Sprengstoff bewaffnet.

Das Blut in meinen Adern beginnt zu kribbeln. Es fühlt sich fast so an, als hätte jemand ein Päckchen der bunten Brause hineingemischt, die ich als Kind immer so gern auf meiner Zunge habe zergehen lassen.

Bullshit! Ich kann den Waldmeister beinahe schmecken.

„Bist du bereit, Bull?"

Der Kassenwart grinst breit, Skull kommt auf uns zu und drückt jedem von uns einen Molotowcocktail in die Hand. Der unverkennbare Geruch des Benzins steigt mir in die Nase und vertreibt die Erinnerung an den Waldmeister.

„Lasst uns die Dreckschweine kaltmachen!"

Noch bevor seine Worte verklungen sind, geht die Scheiße auch schon so richtig los.

Das TNT wird an den Eingängen platziert und detoniert im Minutentakt.

Die Brandbomben mit den bunten, in Flammen stehenden Stofffetzen fliegen wie Konfetti durch die Luft. Es knallt und brennt, stinkt und raucht an jeder Ecke.

Der Boden unter meinen Füßen bebt.

Owen stößt ein lautes Brüllen aus, ehe er wie ein Irrer auf das Casino ballert und die Betonmauern mit einem wirren Muster aus Einschusslöchern verziert.

Seine Munition ist in Rekordgeschwindigkeit aufgebraucht. Während er nachlädt, lacht er laut vor sich hin.

„Wirst sehen, Bull. Die Mutigsten kommen zuerst. Auf die müssen wir nicht lange warten."

Und er hat recht, kaum dass er das Stangenmagazin gewechselt hat, tauchen auch schon die Todgeweihten in den dicken Rauchschwaden auf. Ihre Körper zucken dank der unzähligen Kugeln, die sie durchbohren. So schnell sie da waren, so schnell liegen sie auch schon tot im Dreck.

„Das war die erste Welle!"

Skull knirscht mit den Zähnen.

„Mal sehen, wann sich die nächsten Drecksäcke raustrauen."

Auf die zweite Welle warten wir länger. Das Knallen von Schüssen dringt über das Dach zu uns rüber und verrät uns, dass auch am Hintereingang, auf der Rückseite des Gebäudes, ordentlich was los ist.

Der Rauch legt sich etwas, Kugeln surren durch die Luft, aber dieses Mal sind wir das Ziel.

Ich suche blitzschnell hinter meinem Bike Deckung.

Eine Handvoll Männer stürmt auf uns zu. Sie sind mit Helmen, Visieren und Westen ausgestattet und wirken auf den ersten Blick wie die Mitglieder eines Sondereinsatzkommandos.

Den ersten Schwall Schüsse stecken sie ohne Verluste weg. Ich nehme meine Granate, ziehe den Splint und werfe ihn den Wichsern direkt vor die Füße. Dann zähle ich bis drei und halte mir die Ohren zu. Der Knall ist ohrenbetäubend, Mauerstücke, Dreck und Staub wirbeln durch die Luft. Ein Helm surrt neben mir vorbei, ich erkenne erst auf den zweiten Blick, dass der Kopf des *White Brothers* noch drinsteckt.

Fuck!

Was für geile Granaten waren das?

Wenn ich raten müsste, würde ich auf deutsche tippen.

Owen, der ebenfalls hinter seiner Maschine kauert, hält mir seinen ausgestreckten Daumen entgegen, ehe er aufsteht und erneut das Feuer eröffnet.

Mein ungutes Bauchgefühl meldet sich erneut zu Wort und noch bevor ich dem Kassenwart ein „Runter" zubrüllen kann, wird er auch schon von zwei Kugeln getroffen.

Eine bohrt sich in die Weste, doch die nächste trifft ihn mitten ins Gesicht. Fassungslos sehe ich, wie er zusammenbricht, das kreisrunde und saubere Einschussloch direkt zwischen seinen Augen verhöhnt mich regelrecht.

Zorn und Hass brodeln in mir hoch, Skull brüllt, der Vize hat ebenfalls kapiert, dass gerade *Hell-Bones*-Blut vergossen wurde.

Immer mehr der *White Brothers* stürmen aus den aufgesprengten Türen. Je mehr wir töten, desto mehr kommen nach.

Ich denke nicht mehr, sondern funktioniere nur noch. Laden, zielen, schießen. Laden, zielen, schießen. Laden, zielen, schießen. Wieder und wieder und fucking wieder. Ich verbiete mir jegliche Emotion und versuche instinktiv, das Leben meiner Brüder zu schützen.

Es gelingt mir, kein weiterer *Bone* geht zu Boden. Erst als das Rattern der Uzis weniger wird und schlussendlich komplett versiegt, schaltet der Automodus ab und mein Hirn beginnt wieder zu funktionieren.

What a Fuck!

Joker und der Prospect gehen ins Gebäude, vielmehr in das, was noch davon übrig ist, und kontrollieren, dass sich dort niemand mehr versteckt hält. Killer gibt ein lautes Brüllen von sich, zieht seine Heckler & Koch und steigt über die vielen im Dreck liegenden *Brothers*.

Denjenigen von ihnen, die das Glück hatten, bereits ihren letzten Atemzug ausgehaucht zu haben, nimmt er einfach nur die Waffen ab, steckt sie ein oder reicht sie dem Prospect weiter, der sich an seine Fersen geheftet hat. Für die, die noch leben, schlägt die letzte Sekunde, denn Killer schickt sie mit einem finalen Kopfschuss endgültig ins Nirwana.

Die drückende Stille lässt den Lärm in meinem Schädel unnatürlich laut wirken.

Killers *Peng – Peng – Peng* hallt über das Gelände, die Anwesenheit des Sensenmanns ist deutlich spürbar.

Auf dem Asphalt liegen locker zwanzig Leichen, doch keine von ihnen schert mich einen Dreck. Der einzige Tote, der mich interessiert, trägt eine Kutte und starrt aus weit aufgerissenen Augen gen Himmel. Owen. Verdammt.

„Das hätte nicht sein müssen."

Devil kniet sich neben den Kassenwart, streckt seine mit schwarzer Tinte überzogene Hand nach unserem verlorenen Bruder aus und schließt dessen Augen. Für immer.

Mir wird kalt. Eiskalt. Es hätte jeden von uns treffen können. Jeden.

Owens Tod ist der beste Beweis dafür, dass die Uhr tickt und wir alle endlich damit aufhören müssen, unsere Zeit mit Nichtigkeiten zu verschwenden.

Wir wollten unseren VP rächen und haben dabei einen anderen der *First Nine* verloren.

„Ich kenne Owen, selbst wenn er gewusst hätte, dass diese Aktion so für ihn endet, wäre er dabei gewesen. Er hätte die gleichen Entscheidungen getroffen, die ihn schlussendlich ins Grab gebracht haben."

Iker spricht aus purer Überzeugung.

Ich glaube ihm sofort. Auch wenn ich Owen nicht so gut gekannt habe wie er, weiß ich, dass er die Wahrheit spricht.

Joker, der sich bis eben im Hintergrund gehalten hat, kniet sich neben Devil, fasst in die Innentasche seiner Kutte und zieht ein samtenes Säckchen hervor. In den schwarzen Stoff sind eine goldene Sonne, ein Stern und ein Mond eingestickt.

Er löst den Knoten, öffnet es und holt eine alte, verwitterte Münze heraus. Einen Charonspfennig. Kommentarlos öffnet er Owens Mund und platziert den *Obolus unter dessen Zunge.*

„Der Fährlohn für Charon. Möge er die Seele unseres Bruders über den Styx bis zur Pforte bringen." Joker verstummt, dann murmelt er:„Gute Reise, mein Freund. Wir sehen uns wieder!"

Auf Außenstehende mag das verstörend, vielleicht auch etwas makaber wirken, doch bei uns *Hell Bones* ist diese Geste Tradition. Sie muss noch am Ort des Unglücks erfolgen und nicht erst viele Stunden später, wenn die Seele des Toten längst verloren ist.

Der Fährmann wartet nicht. Auf keinen von uns. Niemals.

„Es wird nicht lange dauern, bis die Bullen eintreffen. Verpisst euch. Skull und ich kümmern uns um den Rest."

Devil klingt entschlossen.

Die Menge löst sich nur widerwillig auf, es fühlt sich falsch an zu gehen und einen von uns zurückzulassen. Es wird eine Totenwache geben, Owen wird im Club aufgebahrt und bekommt eine anständige Beerdigung.

Doch bis es so weit ist, müssen viele Cops für ihr Schweigen bezahlt werden.

Das wird ein teurer Tag für den Club und das in mehr als nur einer Hinsicht.

Zurück im Club fühle ich mich leer und ausgelaugt.

Ich weiß nicht mal, wie viele Leben ich heute genommen habe, ich habe nicht mitgezählt.

Im Grunde genommen spielt es auch keine Rolle. Die *White Brothers* sind besiegt.

Dennoch verspüre ich nichts als Bitterkeit. Es will sich keine Freude einstellen, nicht der Hauch von Triumph.

Schweigend setze ich mich an die Bar, knalle die Uzi, die bis eben über meiner Schulter gehangen hat, auf den Tresen und bestelle mir bei Brix, dem Hangaround, der gerade dabei ist, die neue Getränkelieferung einzuräumen, ein Bier.

Er gibt es mir, ich leere es in einem Zug, wische mir mit dem Handrücken über den Mund und ordere sofort ein neues.

„Echt hart, die Sache mit Owen!"

Da mir nichts einfällt, was ich dazu sagen könnte, nicke ich nur und zünde mir eine Kippe an.

„Sag mir nur, dass ihr die Wichser, die für seinen Tod verantwortlich sind, erwischt habt."

„Haben wir. Jeden einzelnen. Mehrfach!"

Und das stimmt. Die Körper der vielen Toten, die auf dem Asphalt verteilt lagen, waren regelrecht durchlöchert.

„Das ist gut, Mann."

Ist es das?

Mittlerweile zweifle ich an dem Nutzen der Rache. Was bringt sie?

Hätten wir die Scheiße mit Skull einfach auf sich beruhen lassen, würde der Kassenwart jetzt in einem Büro sitzen und über seinen geliebten Zahlen brüten.

So aber ist er tot und was hat es uns gebracht? Nichts! Nicht mal ein gutes Gefühl!

Aber so läuft es nun mal in der Welt des Clubs. Wird einer von uns angegriffen, gilt das als Anschlag auf uns alle. Wir bewaffnen uns, ziehen in den Krieg und tun, was wir nun mal tun müssen. Daran wird sich nie etwas ändern.

Die *Hell Bones* müssen Stärke zeigen und Gnadenlosigkeit demonstrieren. Nur so können sie sich ganz oben an der Spitze der OMCs halten.

Owens Tod überschattet meine Freude darüber, dass ich das *Nomad-Patch* von meinem Leder abtrennen kann.

Fuck!

So hatte ich mir diesen Tag nicht vorgestellt!

Auch das zweite Bier ist schnell leer, ich nehme ein drittes, streife mir die Kutte von den Schultern und ziehe meinen Dolch.

Schnitt für Schnitt löse ich das schwarze Garn, schneide ein Stück meiner Lebensgeschichte ab und spüre einen schmerzhaften Stich in meinem Brustkorb.

Die Zeit als Nomad war gut, sie war wild und aufregend und höllisch gefährlich.

Ich werde sie nicht vergessen, aber ich werde ihr auch nicht nachtrauern.

Brix beobachtet mich neugierig.

„Du siehst nicht glücklich aus, Bull."

Nach dem heutigen Tag kein Wunder.

„Glück ist ein undefinierbarer, belangloser Zustand, der weltweit überschätzt wird!"

Brix lacht, was mich ärgert.

„Ich habe das nicht als Scherz gemeint!"

Er verstummt sofort. Gut so.

Etwas in meinem Blick muss ihm eine Warnung gewesen sein.

„Darf ich dir einen Tipp geben?"

„Wenn's sein muss."

Anscheinend muss es das.

„Hör auf, so viel zu denken."

Echt jetzt? *Bullshit!*

Wenn das sein Lebensmotto ist, wundert es mich nicht, dass er ohne Kutte in einem verdammten Motorcycle Club steht und ohne Bezahlung Hilfsarbeiten ausführt.

„Halt dein Maul!"

Er nickt und macht sich wieder daran, die eckigen Flaschen des Jack Daniels ins Regal zu stellen.

Ich bleibe noch kurz sitzen, rauche meine Zigarette fertig und betrachte das vor mir liegende Patch.

What a Fuck!

Für den Bruchteil einer Sekunde spiele ich mit dem Gedanken, mir eine Bitch zu nehmen. Doch bevor ich den Plan umsetzen kann, kommt Killer auf mich zu. Wortlos bleibt er vor mir stehen und öffnet seine geballte Faust. Darin liegt der neue Aufnäher: *New York*. Der soll nun an genau die Stelle, wo bis eben noch *Nomad* zu lesen war.

„Das Chapter mag heute einen guten Mann verloren haben, aber es hat auch einen gewonnen!"

Ich nehme ihm das Patch ab, vergrabe es in meiner Hand und nicke.

Killer zieht mich in eine kurze, jedoch kraftvolle Umarmung. Wir klopfen uns gegenseitig auf die Schultern, dann lässt er mich stehen und geht zu seiner Lady.

Isabella ist nicht nur seine Frau, sondern auch seine Bewährungshelferin. Die beiden sind sich kurz nach seiner Entlassung aus Sing Sing begegnet. Er hat sofort erkannt, dass Isabella die Richtige für ihn ist und hat sie einkassiert. Die beiden sind glücklich, was ich gut finde. Zwischen all dem Blut und Dreck brauchen wir etwas, an dem wir uns festhalten können, etwas, das uns Frieden und Kraft für den nächsten Tag schenkt. Und für den nächsten und den nächsten und so weiter ...

Sofort muss ich an die kleine Verkäuferin denken.

Keine Ahnung wieso, aber ich spüre bis in mein verdammtes Knochenmark, dass dieses Mädchen das meine ist. Doch bevor ich es mir schnappen kann, muss ich warten, wie sich die Sache mit Devil, Skull und den Cops entwickelt.

Wenn es Probleme gibt, muss ich da sein.

5. Kapitel

Die Verkäuferin

Heute ist mir der Weg zur Arbeit schwergefallen.

Nachdem nur wenige Meter von meiner Haustüre entfernt ein Mord stattgefunden hat, bin ich nur sehr ungern raus auf die Straße gegangen. Wobei die Wahrscheinlichkeit, dass der Mörder noch in der Nähe ist, natürlich sehr gering ist.

Aber sie ist da und das macht mir Angst!

Scheiße! Ehrlich!

Die Möglichkeit, dass ich diesem Killer jemals begegne, ist so gering, dass es ein Witz ist, dass ich mich bei jedem Schritt quasi um mich selbst gedreht habe, nur um die Umgebung im Auge behalten zu können.

Gedanklich habe ich längst durchgespielt, wie ich mich verhalten soll, wenn ich diesem Monster tatsächlich über den Weg laufe.

Und, na ja, was soll ich sagen?

Meine Chancen stehen schlecht, beschissen sogar, wenn ich ehrlich sein soll.

Punkt eins: Ich bin eine Frau. Das hat in einem Nahkampf immer Nachteile.

Punkt zwei: Ich kann null Kampfsport. Nichts. Ich wollte mich schon immer mal bei einem Selbstverteidigungskurs anmelden, aber daraus ist nie was geworden. Ich war immer zu faul oder hatte keine Zeit – die typischen Ausreden.

Punkt drei: Ich habe keine Waffe und auch kein Messer und das aus dem einfachen Grund, dass ich es nie über mich bringen könnte, einen Menschen zu erschießen oder zu erstechen. Es kam mir also kontraproduktiv vor, mein Brotmesser einzustecken. Besonders weil es durchaus möglich ist, dass ich es schlussendlich selbst im Bauch stecken haben werde.

Mein einziger Vorteil ist der, dass ich schnell laufen und laut schreien kann.

Wenn ihr mich fragt, ist das eine ziemlich erbärmliche Verteidigungsstrategie, auf die ich mich lieber nicht verlassen will.

Für den Fall, dass Bull heute wieder im Laden auftaucht, und das wird er vermutlich, habe ich mir fest vorgenommen, etwas freundlicher zu ihm zu sein.

Was kann es schon schaden, einen der gefürchteten *Hell Bones* auf seiner Seite zu haben? Es ist durchaus möglich, dass er mir heute wieder etwas über Bienchen und Blümchen erzählt, und dass er mir erneut anbieten wird, mich nach meiner Schicht abzuholen.

Wenn es so kommt, werde ich diesmal nicht nein sagen. Die letzten Stunden habe ich einen harten innerlichen Kampf ausgefochten und ich konnte die vernünftige Seite meines Ichs davon überzeugen, dass es besser und sicherer ist, sich auf den Rocker einzulassen und mit ihm orgastischen Sex zu haben, als das Risiko einzugehen, dem Mörder nachts allein über den Weg zu laufen.

So schlage ich zwei Fliegen mit einer Klatsche. Ich werde befriedigt und ich bin in Sicherheit. Das läuft doch prima.

In der Arbeit angekommen, habe ich mich gleich besser gefühlt. Aus irgendeinem bescheuerten Grund bin ich mir ziemlich sicher, dass mir hier im Spätkauf nichts passieren kann. Was lächerlich ist. Das Böse in einem Menschen wird sich nicht von einer Eingangstüre und leiser Hintergrundmusik abschrecken lassen.

Je länger ich an der Kasse sitze, Regale einräume und meine Sachen erledige, umso ruhiger werde ich und irgendwann ist die Angst beinahe komplett verschwunden. Trotzdem kann ich nicht verhindern, dass ich immer wieder zum Eingang schiele, um zu prüfen, ob vielleicht ein gewisser *Hell Bone* den Laden betritt.

Zu meinem Leidwesen fehlt von dem Outlaw jede Spur.

Was, wenn ich es zu weit getrieben und ihn ein Mal zu oft habe abblitzen lassen?

Jeder Mann hat seinen Stolz und bei diesen Kuttenträgern ist er, was man so über die Biker hört, ganz besonders stark ausgeprägt. Da reicht manchmal schon ein falsches Wort, um sich eine gebrochene Nase einzuhandeln.

Vielleicht ist es ja doch ganz gut, wenn er nicht kommt?

Mein Unterbewusstsein will mich manipulieren, aber das lasse ich nicht zu. Es spielt keine Rolle, was Bull in Wirklichkeit für ein Mann ist, zu mir ist er in den letzten Wochen immer nett gewesen. Nennt mich naiv, aber ich spüre instinktiv, dass dieser Rocker keine Gefahr für mich darstellt und das tut dieser Mörder, der da draußen sein Unwesen treibt, schon.

Ich bleibe meiner Entscheidung treu. Wenn Bull kommt, werde ich ihn nicht länger abweisen ...

Die nächsten Stunden vergehen wie im Flug.

Vor den Fenstern wird es dunkel, die Stimmung in der Stadt schlägt um und das Geheule der Streifenwagen erfüllt die Straßenschluchten.

Es ist wenig los, Sandra ruft mir zu, dass sie ins Büro geht, um die Bestelllisten abzuarbeiten, und ich bleibe allein im Verkaufsraum zurück.

Ein mulmiges Gefühl breitet sich in meinem Magen aus und je näher mein Feierabend rückt, umso nervöser werde ich wieder.

Scheiße! Scheiße! Scheiße!

Ich arbeite vor mich hin und versuche mich abzulenken.

Wenn Bull nicht kommt, sollte ich mir vielleicht ein Taxi rufen?

Dieser Gedanke ist der letzte, der mir durch den Kopf zuckt, ehe ich im Augenwinkel eine Bewegung ausmache. Ich höre Schritte, dann drückt sich etwas Hartes, Rundes zwischen meine Schulterblätter und mir wird auf einen Schlag kotzübel.

„Hände hoch, sodass ich sie sehen kann, und dann auf zur Kasse!"

Was? Oh Gott! Nein!

„Willst du den Laden überfallen?"

Was hier abgeht, ist zwar ziemlich offensichtlich, aber die Frage kommt mir ganz automatisch über die Lippen.

„Gut erkannt."

Ich versuche mich umzudrehen und erhalte dafür einen schmerzhaften Schlag in die Nieren.

„Versuch gar nicht erst, die Heldin zu spielen. Das bringt dir nur eine Kugel ein."

Die Stimme klingt spöttisch und teilnahmslos, so als wäre es dem Mann, der mich gerade mit einer Pistole bedroht, völlig gleichgültig, ob er mich am Leben lässt oder, wie gerade angekündigt, erschießt."

„Heute war nur wenig los. In der Kasse ist nicht viel drin."

Er lacht. Das muss man sich mal vorstellen: Er lacht. Was von einer ziemlichen Abgebrühtheit zeugt. Sofort stelle ich mir die Frage, ob der Arsch hinter mir vielleicht auch der Mörder von letzter Nacht ist?

Wenn ja – *Hilfe!!!!!*

„Wo steht der Tresor?"

„Im Büro, aber ich habe keinen Schlüssel."

Hinter mir ertönt ein ungläubiges Schnauben.

„Willst du mich verarschen, Schlampe?"

„Nenn mich nicht so!"

Mein Stolz lässt sich nicht so schnell unterkriegen.

„Schlampe?"

Ich nicke. Wut kocht in mir hoch.

„Nur weil du ein krimineller Abschaum bist, bedeutet das noch lange nicht, dass du das Recht hast, mich zu beleidigen."

Stille. *Hilfe!* Das ist kein gutes Zeichen.

Plötzlich werde ich gepackt, herumgewirbelt und dann mit Wucht in das Nudelregal hinter mir geschleudert. Mit dem Rücken krache ich gegen die harten Bretter, die hebelt es aus den Halterungen und sie fallen zusammen mit mir und gefühlt eintausend Packungen Spaghetti und Tortellini auf den Boden. Mein entsetztes Kreischen geht in einem belustigten Grunzen unter.

„Was jetzt, Schlampe? Hast du den Tresorschlüssel oder nicht?"

Schmerz zuckt durch meine Nervenbahnen. Ich rapple mich auf und habe zum ersten Mal die Gelegenheit, den Räuber genauer anzusehen.

Er trägt eine Clownsmaske, die sein komplettes Gesicht verhüllt, schwarze Handschuhe, die wohl verhindern sollen, dass er Fingerabdrücke hinterlässt, eine einfache Jeans und einen schwarzen Pullover. Seltsamerweise kommt mir der Kerl irgendwie bekannt vor. Es sind die Stimme und die Körperhaltung, die an meinen Erinnerungen kratzen. Das Bild von einem Typen, der erst gestern hier war und eine Packung Milch gekauft hat, blitzt in meinem Gehirn auf. Zwar ist es unscharf, aber wenn ich das hier überlebe und mir die Aufnahmen der Überwachungskameras ansehen kann, dann erkenne ich diesen Mann garantiert wieder.

„Wo soll ich den Schlüssel denn jetzt so plötzlich herhaben? Er war wohl kaum zwischen den Nudeln versteckt."

Der Räuber flucht, so hatte er sich das ganz offensichtlich nicht vorgestellt.

Wahrscheinlich hat er erwartet, dass ich vor Angst zittere und ihn mit Geld überhäufe, nur damit er wieder verschwindet.

Tja, falsch gedacht.

Innerlich bin ich von Panik erfüllt, aber das versuche ich, mir nicht anmerken zu lassen. So leicht lasse ich mich nicht in die Opferrolle drücken.

Zumindest denke ich das bis zu dem Moment, in dem er ausholt und mir den hölzernen Griff der abgesägten Schrotflinte gegen die Schläfe knallt.

Ich sehe Sternchen und ein höllischer Schmerz explodiert in meinem Kopf.

„Aufstehen und zur Kasse gehen. Sofort!"

Wenn es mir nicht gelingt, mein irisches Temperament zu zügeln, wird das mein Untergang sein. Entschlossen, das Arschloch nicht noch weiter zu reizen, beiße ich mir auf die Zunge und tue, was er von mir verlangt.

„Aufmachen!"

Wieder befolge ich brav seine Befehle.

Blitzschnell steckt er die wenigen Scheine ein.

Bis jetzt hat er maximal fünfhundert Dollar erbeutet, das wird ihm nicht reichen.

„Jetzt ins Büro!“

Ich zögere, weil ich Sandra nicht mit in die Scheiße reinziehen will, was mir erneut einen heftigen Schlag einbringt.

„Jetzt, Schlampe!“

Mir liegt eine lange, sehr beleidigende und seine Potenz anzweifelnde Erwiderung auf der Zunge, die ich aber lieber runterschlucke, um zu überleben.

Wie heißt es noch gleich??

Je größer die Waffe, desto kleiner der Schwanz??

Da ist sicherlich etwas Wahres dran!

Laut aussprechen werde ich es trotzdem nicht. Ich bin ja nicht bescheuert!

Auf dem Weg zum Büro sehe ich mich genauer um und kann keine Komplizen entdecken.

Kann es sein, dass dieser Kerl den Überfall alleine durchzieht?

Wenn ja, ist er nicht nur dumm, sondern garantiert auch verzweifelt.

Mit jedem Schritt schlägt mein Herz heftiger.

Sandra sieht uns durch die offen stehende Türe kommen und stößt einen lauten Schrei aus. Sie will sofort auf den roten Alarmknopf an der Wand schlagen, aber dann ertönt ein Schuss, in meinen Ohren klingelt es und die Welt steht plötzlich still ...

6. Kapitel

Der Member

„Die Sache ist geregelt, Bro.“ Skull klingt erschöpft.

„Sicher?“

Er nickt.

„Die Bullen halten die Fresse und Owen ist beim Bestatter. Du kannst nichts tun, außer zu feiern, dass dich keine Kugel getroffen hat.“

Das klingt beschissen, aber es ist wahr. Es hätte jeden von uns treffen können.

„Dann sehen wir uns morgen?“

Sein Blick fällt auf die kahle Stelle an meiner Kutte, an der bis vor wenigen Stunden noch das *Nomad-Patch* geprangt hat.

„Bereust du deine Entscheidung schon?“

Soll das ein Witz sein?

„Nein. Nicht im Geringsten. Es ist gut, hier zu sein.“

Seine Hand landet auf meiner Schulter, er drückt leicht zu.

„Es ist gut, dich hier zu haben.“

Mit einem Nicken nehme ich seine Worte zur Kenntnis.

Killer hat vorhin schon etwas Ähnliches zu mir gesagt, das beruhigt mich. Was für ein Problem auch immer Joker mit mir hat, die anderen scheinen es nicht zu teilen.

„Dann bis morgen!“

„Yeah.“

Der Vize verschwindet.

Devil ist bereits zu seiner Lady und seinem Baby nach Hause gefahren. Der Präsident wohnt im Gegensatz zu den anderen *First Nine*, die jetzt nur noch acht sind, außerhalb des Clubs.

Ich mache mich langsam auf den Weg zu meinem Bike. Im Hof bleibe ich kurz stehen, lasse den Kopf in den Nacken fallen und sehe hoch zum sternenlosen Nachthimmel. Er ist einsam und dunkel und tausende Meilen weit entfernt.

Wo Owen jetzt ist? Gibt es eine Zeit nach dem Tod?

Haben wir eine Seele? Kommen Typen wie ich in die Hölle?

Tausend Fragen zucken durch mein Hirn – Fragen, auf die es keine Antworten gibt.

„Alles klar, Bro?“

River gesellt sich zu mir.

„Fuck Mann, ich weiß es nicht.“

„Kann ich verstehen.“ Er starrt ebenfalls zum Himmel. „Was hast du heute noch vor?“

Ich zucke nichtssagend mit den Schultern.

„Da gibt es etwas, das ich noch erledigen muss.“

Die Mundwinkel des Sergeant at Arms ziehen sich nach oben.

„Deine Verkäuferin.“

Dazu sage ich nichts. Doch das scheint ihn nicht zu stören.

„Du weißt, wie’s ist. Das Böse hat Titten.“

Perplex zuckt mein Kopf in seine Richtung.

„Weiß deine Lady von deiner Einstellung?“

Sein Lachen schallt über den Hof.

„Catalina hat mich voll an den Eiern.“

Das ist keine richtige Antwort und auch keine echte Beschwerde, sondern eher ein Tatsachenbericht.

„Kannst dich glücklich schätzen, Alter.“

„Yeah, so sieht es aus!“

Ich lasse ihn stehen, gehe zu meinem Bike und starte den Motor.

Heute keine Schokoriegel, keine Kippen, keinen Whisky und keine Kondome. Heute schnappe ich mir das Mädchen. Ohne wenn und aber!

Ich drehe am Gas, lege mich tief in die Kurve und lasse den Club hinter mir.

Zum ersten Mal auf meinem Bike ohne das *Nomad-Patch*, sondern als Member des New Yorker Chapters der *Hell Bones*. Das ist jetzt auch meine Stadt und es fühlt sich verdammt gut an.

Anstatt den direkten Weg zu nehmen, fahre ich einen Umweg und nutze die Zeit, um meine Gedanken zu sortieren. Der Fahrtwind ist mein Freund, er hat mir noch immer dabei geholfen, nach einem heftigen Tag ruhiger zu werden. Eine dreiviertel Stunde später komme ich vor dem Spätkauf an, parke wie gewohnt am Straßenrand und sehe durch die große Scheibe am Kassenbereich ins Innere des Ladens. Cera ist nicht zu sehen, ihre roten Haare leuchten mir nicht wie üblich entgegen.

Merkwürdig. Erst auf den zweiten Blick bemerke ich den Typen direkt neben der Eingangstüre. Er wirkt nervös, regelrecht fehl am Platz.

Irgendetwas an dem Bild, das er abgibt, gefällt mir nicht. Ich kann nicht genau benennen, was mein Misstrauen weckt und mich wachsam werden lässt. Er sieht zu mir und dreht sich dann nervös zur Seite, fast so, als würde er auf etwas oder jemanden warten.

Ich steige ab, lasse die Nackenmuskulatur knacksen und gehe direkt auf ihn zu. Der Killer in mir kann seine Furcht regelrecht wittern. Mein Puls beschleunigt sich, noch immer fehlt von Cera jede Spur.

Das gefällt mir nicht!

Ich bin zwei Meter von dem Kerl entfernt, da bemerke ich, dass er etwas hinter seinem Rücken verbirgt. Jetzt bin ich mir sicher, dass hier die Scheiße kocht.

Scheinbar desinteressiert gehe ich weiter auf den Eingang zu, erst als ich mit einem Fuß bereits im Laden bin, regt sich das Arschloch, das Licht bricht sich in der silbernen Klinge, die sich in seiner rechten Hand befindet.

Echt jetzt?

Ist der lebensmüde?

Ich warte ab, bis er in Aktion tritt, dann drehe ich mich um die eigene Achse, schlage ihm mit der Rechten gegen das Handgelenk und unterbreche so seinen Angriff. Als Nächstes ramme ich meine Faust mit voller Wucht gegen seine Rippen.

Mit einem gepressten „Ufffff..." kippt er nach vorne, ich winde ihm das Messer aus der Hand und lasse die Klinge bis zum Heft in seinem Magen verschwinden.

Seine Lippen öffnen sich für einen lauten Schrei, den ich im Keim ersticke, indem ich meine Handkante in Sekundenschnelle gegen seine Kehle knallen lasse.

Atemlos sackt er nach vorne. Pures Entsetzen steht ihm ins Gesicht geschrieben, während er wie ein Fisch auf dem Trockenen nach Luft japst.

Was ein Wichser.

Der Drang, ihn zu töten übernimmt die Kontrolle. Aber das kann ich nicht tun, nicht hier und nicht jetzt. Wäre ich noch ein Nomad, der schon im Morgengrauen die Stadt wieder verlässt, wäre das etwas anderes und ich würde nicht zögern. So aber trage ich Verantwortung.

Das Handeln jedes Einzelnen wirkt sich auf den Club aus und der hat nach dem heutigen Tag schon genug Probleme.

Ein frustriertes Schnauben ausstoßend schüttle ich den Kopf und lecke mir mit der Zunge über die Zähne.

Ich muss ruhig bleiben.

Fuck!

Diese Sache mit der Beherrschung ist schwerer als gedacht.

Ganz langsam bringe ich mein Gesicht neben das des Wichsers mit dem Messer im Bauch.

„Lässt du dich hier noch mal blicken, töte ich dich. Und wenn du noch da bist, wenn ich mit meinem Einkauf fertig bin, töte ich dich ebenfalls."

Noch immer verzweifelt darauf konzentriert, wieder atmen zu können, stolpert das Arschloch davon und verschwindet um die nächste Häuserecke.

Was er mit dem Dolch macht, ob er in eine Klinik geht oder irgendwo im Dreck verreckt, ist mir ziemlich egal.

Ich hoffe nur, dass diese Scheiße keine weiteren Folgen für mich hat.

Noch immer besorgt betrete ich endlich den Laden.

Mein Mädchen bleibt verschwunden.

Ein warnendes Ziehen breitet sich in meinem Inneren aus und lässt mich nach der Waffe greifen.

Was, wenn das ein Raubüberfall ist, und der Typ, den ich gerade fertiggemacht habe, Schmiere stand?

Ich atme tief ein, blähe die Nasenflügel und setze meine Suche nach Cera fort.

Bis auf die dämliche Hintergrundmusik ist alles still. Zu still.

Langsam gehe ich durch den Verkaufsraum, wo ich auf ein zusammengefallenes Regal und Berge von Nudelpackungen stoße. Immer weiter nach hinten vordringend, lausche ich gespannt, ob ich von irgendwoher Schritte höre, doch stattdessen ertönen der Schrei einer Frau und ein lauter Knall. Irritiert reiße ich den Kopf in die Richtung, aus der der Schuss gekommen ist. Ein Mann brüllt, und er klingt wütend. Sofort renne ich los, durch eine weit offen stehende Schiebetüre, die in den Personal- und Lagerbereich des Geschäfts führt, und folge den Stimmen, die mich zu einem Büro bringen. Auf dem Boden liegen ein paar Dollarscheine, ein Stuhl ist umgekippt und mitten in dem Chaos steht ein Typ mit Clownsmaske, der den doppelten Lauf einer abgesägten Schrotflinte gegen die Schläfe meines Mädchens drückt.

Hooollyyyyy Fuuuuuccckkkkk!

Ich will durchdrehen, wie wild um mich schießen und alles in meiner Reichweite kurz und klein schlagen. Doch statt gepflegt auszuflippen, bleibe ich ruhig, mache mich nicht bemerkbar und checke die Lage.

Cera weint, sie zittert und schluchzt, was meine Wut in mir bis jetzt völlig ungeahnte Höhen schnellen lässt.

Sie in Gefahr zu sehen, legt einen Schalter in meinem Schädel um.

Der Drang, sie zu beschützen, in den Arm zu nehmen und unter meiner Kutte vor dem Rest der Welt zu verstecken, wird beinahe übermächtig und übernimmt mein Denken. Was nicht gut ist. Ich muss konzentriert und bei der Sache bleiben.

Der Wichser ist im Vorteil und wenn ich nicht schlau vorgehe, ist es durchaus möglich, dass ich das Mädchen verliere, bevor es überhaupt jemals mir gehört hat.

Das. Kann. Ich. Nicht. Zulassen.

Lautlos schleiche ich mich näher heran und versuche, einen Blick um die Ecke zu werfen, damit ich genau weiß, was in dem kleinen Büro abgeht. Ich entdecke Sandra, Ceras Chefin. Sie steht vor einem klobigen, olivfarbenen Safe, Tränen rinnen ihr über das Gesicht, direkt neben ihrem Kopf befindet sich ein frisches Einschussloch an der Wand.

„Mach ihn auf oder der nächste Schuss geht nicht daneben!“

Die Chefin zögert, ihre Augen huschen kurz zu Cera und dann macht sie sich daran, eine Zahlenkombination einzugeben. Es piept mehrmals, die schwere Stahltüre öffnet sich und der Clown nickt zufrieden.

Sein leises „Warum nicht gleich so?“ klingt dank des Plastiks, das sein Gesicht verdeckt, gedämpft. *Blöder Wichser!*

Ich beobachte weiter, was geschieht und warte auf den richtigen Moment, um einzugreifen. Die Waffe an Ceras Kopf macht mich nervös und erschwert mir das Denken. Was seltsam ist. Nicht mal vor wenigen Stunden, als die Granaten nur so durch die Luft geflogen sind und es um mein eigenes Leben ging, war ich so angespannt wie jetzt. Das Arschloch zieht mehrere zusammengefaltete Tüten aus seiner schwarzen Bomberjacke und wirft sie Sandra zu.

„Stopf das Geld da rein. Alles. Und keine Tricks oder ich knall euch beide ab.“

Die Chefin legt sofort los und füllt die Taschen mit Scheinen, Münzrollen und zum Schluss mit losen Münzen. Das macht sie so lange, bis der Safe leer ist. Trotzdem sind erst zwei der Tüten voll, was den Mann wütend macht.

„Wo ist der Rest?“

So ein Idiot. Was hat er denn erwartet? Eine Million Dollar in kleinen, nicht nummerierten Scheinen?

Das hier ist keine beschissene Bank, sondern nur ein kleiner Laden, der versucht, über die Runden zu kommen.

Mit viel Glück hat er insgesamt 10000 Dollar Beute gemacht, aber nicht mal das ist sicher, es ist durchaus möglich, dass es nur die Hälfte ist, das lässt sich von meiner Position aus nur schwer sagen.

„Wir haben nicht mehr."

Sandra versucht ruhig zu bleiben, aber das gelingt ihr nicht. Ihre zitternden Hände und die Tränen, die ihr aus den Augen strömen, verraten ihre Todesangst.

Denk nach, Bull! Denk nach!

„Ihr blöden Schlampen wollt mich reinlegen?"

Ich hebe den Arm, ziele auf den Hinterkopf des Wichsers und will abdrücken, doch in genau dieser Sekunde tritt er einen Schritt zur Seite und zieht Cera mit sich, sodass ich nun auf ihren Schädel ziele. Sofort nehme ich die Waffe wieder runter.

Selbst wenn ich ein freies Schussfeld hätte, wäre es wahrscheinlich nicht so gut, abzudrücken. Frauen reagieren zumeist panisch auf Mord. Besonders, wenn er direkt vor ihren Augen passiert.

Klar, ich verwette meine Harley, dass Cera gerettet werden will, aber ohne Leiche. Was die Angelegenheit um ein Vielfaches komplizierter macht.

„Es tut mir leid. Bitte. Mehr Geld haben wir nicht."

Die Chefin klingt verzweifelt, der Clown wirkt hin- und hergerissen. Er ist sich offensichtlich nicht sicher, ob er der Frau glauben kann. Ich verändere meine Position, Sandra entdeckt mich, ihre Augen weiten sich überrascht. Damit sie meine Anwesenheit nicht verrät und mir somit das Überraschungsmoment versaut, lege ich den Zeigefinger auf die Lippen und bedeute ihr so, still zu sein.

Sie deutet ein Nicken an, der Clown lässt Cera los und packt sich die vollen Taschen.

„Wenn ich herausfinde, dass ihr mich über den Tisch gezogen habt, komme ich wieder."

Panik überzieht das Gesicht meines Mädchens.

Bullshit!

Das werde ich zu verhindern wissen.

Ich lasse nicht zu, dass dieser Hurensohn jemals wieder in ihre Nähe kommt.

Der Räuber wendet sich in meine Richtung, ich zucke zur Seite und verstecke mich hinter der Mauer. Schritte kommen näher, die Frauen schluchzen, mein Inneres zieht sich vor Zorn zusammen.

3 – 2 – 1 ...

Der Typ taucht neben mir im Türrahmen auf, die Schrotflinte hat er sich unter den Arm geklemmt, damit er das Geld besser tragen kann.

Großer Fehler. Unbewaffnet stellt das Arschloch nicht die geringste Herausforderung dar.

Ich halte mich weiterhin versteckt, warte, bis er an mir vorbei ist, und trete ihm dann mit voller Wucht in die Kniekehle.

Er gerät ins Straucheln, kippt jedoch nicht um, ich wiederhole den Vorgang, was ihn endlich zu Fall bringt. Er knallt längs auf den Boden, vor Schreck lässt er die Taschen los und das Geld verteilt sich um ihn herum.

Was ein Anblick. Cera, die ebenfalls endlich kapiert hat, dass ich da bin, wirkt erleichtert.

Sie flüstert meinen Namen, doch ich kann mich jetzt nicht auf sie konzentrieren – noch nicht.

„Bleib in dem Büro!"

Zum Glück hört sie auf mich. Das liegt bestimmt am Schock. Jetzt ist nicht der richtige Zeitpunkt für nervtötende Diskussionen.

Es wäre so leicht, meine Knarre an die Schläfe des Wichsers zu setzen und abzudrücken.

Ein *Peng* und die Sache wäre erledigt. Aber das wäre kontraproduktiv, mit einem Killer wird Cera garantiert nicht ficken wollen. Und ich brauche diese Frau. Noch heute Nacht oder ich drehe durch und verliere den Verstand.

Ich habe schon zu lange gewartet. Viel zu lange.

Also anstatt den Wichser kaltzumachen, rolle ich ihn auf die Seite, verpasse seinem Bauch einen kraftvollen Tritt und setze ihn so außer Gefecht. Cera redet irgendetwas davon, die Polizei zu rufen. Doch noch bevor ich zu dieser Idee nein sagen kann, schüttelt ihre Chefin entschieden den Kopf.

„Wenn ein *Bone* in die Sache involviert ist, ruft man keine Cops!"

Kluge Frau!

Sie weiß, wie es läuft. Cera wirkt irritiert.

„Keine Polizei? Aber Sandra, wir wurden überfallen."

„Das spielt keine Rolle. Wir haben kein Geld verloren, sondern nur einen Schrecken bekommen. So wie ich den Rocker einschätze, wird er sich darum kümmern, dass der Clown nie wieder meinen Laden betritt. Richtig?"

Ich nicke.

„Richtig!"

Eine Sache muss ich Devil echt lassen, er hat sein Revier im Griff und die Einwohner dieser Stadt hinter sich stehen.

Das erleichtert mir die Arbeit.

Cera wirkt noch immer völlig überfordert, Sandra führt sie zu einem Stuhl, damit sie sich setzen kann.

Dann beginnt sie damit, die herumliegenden Scheine aufzuheben und für Ordnung zu sorgen.

„Wir werden dich nicht stören, Bull. Zieh dein Ding durch!"

Respekt! Die Frau hat Eier. Aber das muss sie wahrscheinlich auch, wenn sie als Geschäftsfrau in diesem Viertel überleben will.

Als Erstes nehme ich dem Arschloch die Maske ab, entblöße sein Gesicht, dann ziehe ich sein Handy aus der Hosentasche und fordere ihn auf es zu entsperren.

Er weigert sich zunächst, nach ein paar gebrochenen Fingern ist er kooperativer. Ich mache ein Foto von ihm – das Vorher-Foto – lege das Telefon dann beiseite und mache mich an die Arbeit.

Es geht Schlag auf Schlag und das nicht nur im sprichwörtlichen Sinne. Als ich mit ihm fertig bin, hat er ein gebrochenes Handgelenk, eine gebrochene Nase und wahrscheinlich auch einen gebrochenen Kiefer. Das lässt sich immer schwer sagen, aber es sieht verdächtig danach aus, als würde er die nächsten Monate nur Suppe schlürfen.

Seine Lippe ist aufgeplatzt und sein Gesicht schwillt an, während es eine lila Farbe annimmt. Die kleinen Adern in seinen Augen sind geplatzt, vor ihm auf dem Boden liegen ein paar Zähne.

„Ich denke, die Warnung ist angekommen?"

Der Wichser gurgelt sein Blut und nickt.

„Wunderbar! Freut mich, dass wir uns so schnell einigen konnten."

Ich nehme mir wieder das Handy.

„Kommen wir nun zum Nachher-Foto!"

Ich baue mich über ihm auf, zoome heran und betätige den Auslöser, der Abzug meiner Waffe wäre mir zwar lieber gewesen, aber was soll's?

Andere Zeiten, andere Sitten!

Als Nomad wäre die Sache für mich klar gewesen und der Typ wäre gestorben. Genickbruch oder so. Aber in Anbetracht der Tatsache, dass ich das Mädchen und in der Stadt bleiben will, gebe ich mich mit dieser alternativen Lösung zufrieden.

Cera, die alles mit offen stehendem Mund beobachtet hat, murmelt irgendetwas Unverständliches vor sich hin.

Dann steht sie auf und kommt auf mich zu.

Nicht sicher, was ich zu erwarten habe, wende ich mich von dem Opfer am Boden ab und sehe mein Mädchen an.

Irgendwie rechne ich damit, dass sie mir eine knallt.

Doch anstatt mir einen Schlag zu verpassen, kommt sie mir ganz nahe, stellt sich auf die Zehenspitzen und haucht mir einen so federleichten Kuss auf die Lippen, dass ich ihn kaum spüre.

Ihr gewispertes „Danke, Bull.“ geht mir durch Mark und Bein.

Holy Fuck!

Keine Ahnung, wann ich das letzte Mal so keusch geküsst worden bin oder wann ein Kuss so eine zerstörerische Wirkung auf mich hatte.

Aber in der Sekunde, in der ihre weichen Lippen über die meinen streichen, beginnt mein Herz wie verrückt zu rasen.

Fast so, als hätte ich eintausend Red Bull in zehn Minuten getrunken.

Sandra, die uns beobachtet hat, grinst zufrieden.

Und als ob das alles noch nicht der Hammer wäre, schlingt mein Rotschopf mir die Arme um die Mitte und hält sich nach Schutz suchend an mir fest.

Bämm, Baby! *Verdammt!*

Ich schulde dem blutenden Wichser meinen Dank. Ohne seinen bescheuerten Überfall würde Cera jetzt nicht in meinen Armen liegen und ich wäre nicht zu dem Vergnügen gekommen, ihren bezaubernden Duft von Frau, Vanille und Sommerblüten einzuatmen.

„Ich hatte solche Angst.“

Ihr Eingeständnis macht mir zu schaffen und sorgt dafür, dass ich den Clown doch kaltmachen will. „Weiß du, Bull?“ Sie sieht aus verheulten Augen zu mir hoch. „Ich hatte gehofft, dass du kommst, weil ich wusste, dass du mich retten würdest!“

Jackpot!

Diese Pussy gehört heute Nacht mir!

Aber bevor es so weit kommt, muss ich hier aufräumen.

Der Wichser muss raus, das Geld zurück in den Tresor und der Laden sollte für heute Nacht geschlossen werden. Keine der beiden Frauen ist in der Verfassung, heute noch bis zum Schluss durchzuhalten.

Doch bevor ich vernünftig bin und anpacke, vergrabe ich meine Faust in Ceras weichen Locken, ziehe ihren Kopf ein Stückchen nach hinten und pinne meinen Mund auf den ihren. Endlich komme ich in den Genuss, zumindest einen Teil des in den letzten Wochen aufgestauten Hungers zu stillen.

Im ersten Moment ist das Mädchen mit meinem Ansturm überfordert, aber dann legt es seine Arme um meinen Nacken und schenkt mir seine Zunge.

Soll mich doch der Teufel holen ...

Ich wusste vom ersten Augenblick an, dass diese Frau perfekt zu mir passt und jetzt erhalte ich die Bestätigung.

Ihr Geschmack, ihr Geruch – einfach alles an ihr treibt mich in den Wahnsinn und ich spüre instinktiv, dass ich nie genug von dieser Frau bekommen werde.

Cera gehört mir – Ende der Geschichte!

7. Kapitel

Die Verkäuferin

Dieser Kerl mit der Clownsmaske war mein wahr gewordener Alptraum. Für einen kurzen Zeitraum war ich mir sicher, sterben zu müssen.

Und jetzt windet sich Bulls Zunge rau und wild um die meine. Die Aromen von Mann, Rauch und Schokolade zerplatzen an meinem Gaumen und machen mich süchtig nach mehr.

In der Sekunde, in der ich ihm das erste Mal gegenüberstand, wusste ich, dass es nur einen Mann auf dieser Welt gibt, der mich retten kann: Bull.

Wie ich zu dieser Überzeugung gekommen bin?

Keine Ahnung. Sie war einfach da und wollte sich nicht mehr abschütteln lassen.

Auch wenn ich es mir lange Zeit nicht eingestehen wollte, aber dieser *Hell Bone* geht mir unter die Haut.

Unsere täglichen Begegnungen waren etwas, worauf ich mich gefreut habe, und die Tatsache, dass er ein großer, gefährlicher Outlaw ist, hat sich heute Nacht schon mal als vorteilhaft erwiesen. Mit ihm an meiner Seite muss ich mir keine Sorgen mehr wegen des Mörders machen, der auf den Straßen sein Unwesen treibt. Mit Bull bin ich sicher – so sicher man in dieser verfluchten Stadt eben sein kann.

Der Biker küsst mich tief und langsam und so besitzergreifend, dass sich hinter meinen geschlossenen Augen alles zu drehen beginnt. Mir wird heiß und kalt, mein Herzschlag gerät aus dem Takt und meine Sinne spielen verrückt.

Und so unglaublich das jetzt auch klingen mag: Ich will mehr von diesem Rocker, viel mehr – ich will alles.

Seine zur Schau gestellte Brutalität hätte mich eigentlich abschrecken sollen, aber das hat sie nicht. Im Gegenteil.

Um ehrlich zu sein, fand ich diese unerschütterliche Effizienz mehr als sexy.

Bull beendet unseren Kuss viel zu schnell, löst sich von mir und sieht mich aus dunklen Augen an. „Fortsetzung folgt, Baby.“ Dann drückt er mich zurück auf den Stuhl und macht sich daran, das Chaos zu beseitigen, indem er den Clown an den Händen packt und hinter sich her durch den Laden Richtung Türe zieht.

Nicht gewillt, mir das entgehen zu lassen, folge ich den beiden in einem gewissen Abstand und sehe mehr als beeindruckt dabei zu, wie der Rocker das Arschloch, das mich geschlagen hat, rauswirft. Doch damit nicht genug. Bull gibt sich nicht damit zufrieden, den Typen draußen auf dem Gehweg liegen zu lassen, er kniet sich neben den halb bewusstlosen Kerl, zieht seine Waffe und holt eine Kugel aus dem Magazin. Diese platziert er auf dessen Stirn und gibt ein lautes Schnalzen von sich.

„Verlass die Stadt. Wenn du dich im Revier der *Bones* noch mal blicken lässt, töte ich dich!"

Bulls Stimme ist leise und ruhig.

Was er da gerade gesagt hat, war keine Drohung, sondern einfach nur eine schlichte Tatsache. Eine Ankündigung, was passiert, wenn der Clown sich nicht sofort verpisst.

Zufrieden, dass ich mir wegen diesem Typen schon mal keine Sorgen mehr machen muss, gehe ich zurück in den Laden und helfe Sandra dabei, wieder alles in Ordnung zu bringen. Bull hilft mit, er sperrt die Ladentüre ab und sorgt mit seiner bloßen Präsenz für ein Gefühl der Sicherheit.

Nach dreißig Minuten ist der größte Schreck vorbei, das Geld ist wieder im Safe und wir schalten das Licht aus. Bull bringt uns raus, er bietet Sandra an, ihr ein Taxi zu rufen, aber die schüttelt nur den Kopf, bedankt sich bei dem Rocker für seine Hilfe und geht zu ihrem Wagen.

Bull und ich bleiben alleine zurück, was meine Nervenbahnen zum Vibrieren bringt und meine Lippen nervös kribbeln lässt.

Natürlich könnte ich mich auch einfach bei ihm bedanken, mich umdrehen und meines Weges gehen. Aber das will ich gar nicht. Ich will nicht alleine sein, nicht nach den Ereignissen der letzten Stunde und nicht, solange hier ein Mörder sein Unwesen treibt.

Bei dem Biker fühle ich mich sicher und ich mag dieses Gefühl. Sehr sogar.

Nervös knete ich meine Finger, sehe zu dem Outlaw hoch und suche seinen Blick.

Meine nächsten Worte liegen mir schon auf der Zunge, ich zögere jedoch, sie auszusprechen, denn wenn ich das erst mal getan habe, gibt es kein Zurück mehr.

Wobei, wem mache ich da eigentlich etwas vor, für ein *Zurück* ist es längst zu spät.

Also was soll's?

Ich schöpfe tief Atem, verdränge all meine Zweifel und tue es einfach.

„Willst du mich nach Hause bringen?"

Bulls Augen bohren sich tief in die meinen, so tief, dass ich zu atmen vergesse und mir schwindelig wird.

„Wenn du dir sicher bist, dass du das willst?"

Mir ist sofort klar, dass es hier nicht um den Geleitschutz geht.

„Bin ich."

Er nickt zufrieden, umfasst überraschend zärtlich mein Gesicht und haucht mir einen sanften Kuss auf die Stirn.

Oh Himmel ... wie im Märchen ...

Meine Knie werden weich und mein Herz schmilzt wie Vanilleeis in der Augustsonne.

Also eines steht schon mal fest. Wenn das mit uns zu was führt, wenn wir zusammenbleiben und eine Chance auf ein winziges Stück vom Glück haben, werde ich meinen Kindern von genau diesem Kuss erzählen.

Denn vergessen werde ich ihn nie. Niemals. Das steht jetzt schon fest.

„Oh Fuck, Baby! Fuck! Ich werde dich auffressen!"

Bulls Stimme klingt rau, fast schon heiser. Er hebt mich mühelos hoch, trägt mich zu seiner Harley und setze mich auf dem weichen Sitz ab.

Dann bleibt er kurz stehen, betrachtet das Bild, das ich abgebe, und nickt zufrieden.

„Ich wusste schon immer, dass das verdammt gut passt!"

Bull stiegt auf, ich klammere mich instinktiv an seinem breiten Rücken fest und lehne mich an ihn. Meine Wange streicht über das raue Leder seiner Kutte, ich inhaliere seinen maskulinen Geruch und spüre bis in den hintersten Winkel meiner Seele, dass das mit uns kein Fehler sein kann ...

8. Kapitel

Der Member

Bevor ich losfahre, erinnere ich mich daran, dass es besser wäre, Cera nach ihrer Adresse zu fragen. Es könnte sie irritieren, wenn sie merkt, dass ich sie schon seit Wochen beobachte. Mädchen sind in dieser Hinsicht etwas kompliziert.

Ich drehe mich zu ihr um und genieße dabei das Gefühl ihres Körpers an dem meinen.

Fuck!

Keine Ahnung, wann das letzte Mal eine Frau auf meiner Maschine saß, es muss eine Ewigkeit her sein und wer auch immer sie wahr, sie hat mir garantiert nichts bedeutet.

Cera nennt mir die Adresse, ich nicke und gebe Gas.

Wenn es nach mir ginge, würde ich eine verdammte Schleife fahren, einmal durch alle fünf Stadtteile, nur um dieses Gefühl, das sie in mir auslöst, länger genießen zu können.

Ich widerstehe der Versuchung und bringe Cera auf dem direkten Weg nach Hause.

Die Spritztour können wir auch ein anderes Mal machen. Jetzt, wo ich kein Nomad mehr bin und in New York bleibe, haben wir alle Zeit der Welt.

Ich halte vor dem Gebäudekomplex, mache den Motor aus, streiche über ihren Oberschenkel und warte geduldig, bis sie abgestiegen ist. Und obwohl ich weiß, was ich will, und obwohl mein Blut vor Sehnsucht kocht, bleibe ich scheinbar ruhig sitzen und überlasse Cera die Entscheidung, wie es jetzt weitergeht.

Wenn sie mich heute wieder abblitzen lässt, wird das mein Tod sein. Aber ich werde ihre Entscheidung akzeptieren. Nach dem Scheiß, den sie durchstehen musste, kann ich verstehen, wenn ihr das alles zu viel wird.

9. Kapitel

Die Verkäuferin

Ich stehe vor dem Motorrad und sehe Bull an. Der sitzt einfach nur ruhig da und sieht mich an. Er macht keine Anstalten abzusteigen und mir zu folgen, was mich irritiert.

Ich dachte, wir waren uns einig darüber, dass er bei mir bleibt und wir die Nacht zusammen verbringen.

Hat er es sich anders überlegt?

Will er mich doch nicht mehr?

Mein Herz wird schwer, ich schlucke hart und versuche, die Enttäuschung abzuschütteln.

Die Luft ist warm, der Himmel schwarz und meine Lippen erinnern sich nur viel zu gut an die Küsse des *Hell Bones*.

„Was ist los? Worauf wartest du?“

Bulls Mundwinkel ziehen sich nach oben, er schüttelt den Kopf und zündet sich eine Zigarette an.

„Ich gebe dir genug Zeit, in deine Wohnung zu flüchten und die Türen zu verriegeln.“

Das ist mir aufgefallen.

„Aber warum?“

Sein Grinsen erinnert mich an einen Wolf, der die Zähne bleckt.

„Willst du eine ehrliche Antwort?“

Ich nicke.

„Natürlich.“

Der Rocker bleibt weiter auf seiner Harley sitzen und bietet mir so ein Bild purer Kraft, Macht und heroischer Männlichkeit.

„Ganz einfach, wenn du mich erst einmal in dein Bett einlädst und in deinen Körper lässt, wirst du mich so schnell nicht mehr los.“

Halleluja! Das nenne ich mal eine Ansage.

„Du bist sehr direkt, Bull!“

„Immer.“

Gut zu wissen.

„Dann will ich jetzt auch mal direkt sein.“

Er winkelt die Arme ab und stemmt seine Fäuste auf die Oberschenkel.

„Tu dir keinen Zwang an, Mädchen.“

Ich gehe einen Schritt auf ihn zu, verschränke die Arme vor der Brust und sehe ihn direkt an.

„Seit unserer ersten Begegnung kriege ich dich nicht mehr aus dem, Kopf. Nachts kann ich nicht schlafen und den halben Tag verbringe ich damit, mich selbst davon zu überzeugen, dass du nicht der Richtige für mich bist. Das funktioniert auch ganz gut, zumindest bis zu dem Moment, in dem du vor mir stehst und eine Wagenladung Schokolade, Kondome und Whisky kaufst. Dann frage ich mich die ganze Zeit, mit dem du Sex hast und wer die Glückliche ist, die den Bullen reiten darf."

Kurze Pause, ich atme tief durch.

„Also ja. Ich will, dass du absteigst, mit hochkommst, mich küsst und fickst und wir verdammt viel Spaß haben. War das jetzt deutlich genug, *Hell Bone*?"

Anstatt endlich vom Motorrad zu steigen, sitzt er einfach nur da, starrt mich an und zündet sich eine Marlboro an. Mit jeder Sekunde, die er mich weiter warten lässt, schnellt mein Puls in die Höhe.

Bei Gott!

Wenn nicht gleich etwas passiert, drehe ich durch.

Erst als er beim Filter angekommen ist, schnippt er den glühenden Stummel auf die Straße, klappt den Ständer aus, schwingt in einer geschmeidigen Bewegung sein langes Bein über das Bike und kommt auf mich zu.

Uiuiuiuiuiui ...

Groß, stark und mächtig steht er vor mir, packt mich, erobert meinen Mund und drückt mich gegen die Mauer.

Ich spüre seine harten Muskeln, die beeindruckende Beule zwischen seinen Beinen und die Waffe, die vorne in seinem Hosenbund steckt und sehne mich nach mehr.

Nach viel mehr.

Mir ist einfach nicht mehr zu helfen!

Ich lasse mich mal wieder auf einen Bad Boy ein, aber dieses Mal fühlt es sich richtig an, so richtig wie noch nie zuvor.

Unser Kuss dauert ewig, wird zu einem Vorspiel und lässt mich den Schrecken des Überfalls endgültig vergessen.

Irgendwann, als mein Hirn sich längst in Pudding verwandelt hat, gibt Bull mich wieder frei, stellt mich ab und fragt mich nach dem Schlüssel.

Ich gebe ihn ihm, denn meine Finger zittern so sehr, dass ich wahrscheinlich gar nicht in der Lage gewesen wäre, die Türe selbst aufzusperren.

Bull bedeutet mir vorauszugehen. Er folgt mir, ich spüre seinen Blick auf meinem Arsch.

Kurze Zeit später stehen wir in meiner Wohnung.

Der *Hell Bone* und ich – der Rocker und die Verkäuferin … Mein verräterisches Herz macht vor Freude einen dreifachen Flickflack.

„Ich will dich, Mädchen."

Bull kommt gleich zu Sache. Ich hätte ihm nur ungern einen Kaffee angeboten, wo wir doch beide wissen, worauf das hier hinausläuft.

„Und ich will dich, Outlaw."

Er brummt etwas und hebt mich erneut hoch.

„Wo ist dein Schlafzimmer?"

Ich lotse ihn den Flur entlang, wir bleiben direkt vor meinem Bett stehen.

Bevor er mich auf die Matratze werfen kann, kommt mir ein „Stopp!" über die Lippen. Irritiert runzelt er die Stirn.

„Was?"

„Bevor wir das machen, müssen wir was besprechen."

Bull wirkt ungeduldig.

„Und was willst du reden?"

Oh ... gut ... dann los.

„Du hast in den letzten Wochen hunderte Kondome gekauft. Bis jetzt ging mich das nichts an. Aber wenn ich mich auf dich einlasse, erwarte ich Treue! Ich bin nicht gut mit One-Night-Stands. Wenn ich mit einem Mann Sex habe, verliebe ich mich in ihn. So bin ich nun mal und ich finde, das solltest du vorher wissen."

Atemlos lasse ich ihn diese Info verarbeiten und rechne irgendwie damit, dass er den Rückzug antritt.

Treue und Verlieben sind eigentlich zwei Dinge, mit denen die meisten Männer ein Problem haben. Bei Bull scheint das anders zu sein.

„Ach Baby …" Er streift sich durch die langen braunen Haare. „Wenn ich dich haben kann, warum sollte ich da noch andere Frauen wollen? Du. Bist. Was. Ich. Will! Und die Sache mit dem Verlieben geht für mich klar. Ich will deine Pussy und dein Herz, mit weniger werde ich mich nicht zufriedengeben!"

Wow!

Doppel Wow!

„Dann komm her und fick mich!"

Er lacht und lässt den Kopf in den Nacken fallen. Dann streift er sich die Kutte von den Schultern und legt das Holster, in dem eine silberne Pistole steckt, ab. Als Nächstes zieht er die Waffe aus seinem Hosenbund und legt sie zu der anderen auf meine Kommode.

Er zerrt er sich das Hemd über den Kopf und erlaubt mir so einen Blick auf seinen teuflisch heißen Oberkörper.

Sprachlos starre ich ihn an und versuche, bei so viel männlicher Perfektion nicht zu sabbern. Der riesige Bullenschädel, den er sich auf die Brust hat tätowieren lassen, bewegt sich und wirkt beinahe lebendig.

Ich sauge seinen Anblick in mich auf, genieße jedes Detail seines Körpers, und kann nicht fassen, dass ich mir das so lange habe entgehen lassen.

Gierig lasse ich meine Augen über seine straffe Haut gleiten und entdecke auf der linken Seite seine Oberkörpers jede Menge Smileys, solche, wie es sie auch in meinem Handy gibt, und die man für gewöhnlich in Textnachrichten versendet.

„Was haben die lachenden Gesichter zu bedeuten?“

Bull sieht mich skeptisch an.

„Willst du das wirklich wissen?“

„Ja, ich denke schon.“

Um ehrlich zu sein, will ich so viel wie möglich über diesen *Hell Bone,* mit dem ich gleich Sex haben werde, erfahren.

Er fasziniert mich. Sehr sogar.

„Das sind Erinnerungen ...“

„Woran?

„An die Männer, die ich getötet habe!“

Wämmm ... Mein Blutdruck sackt in den Keller.

Hilfe! Was?

„Das ist ein schlechter Scherz, oder?“

Der Biker schüttelt den Kopf.

„Nein Baby, ist es nicht.“

Bull beobachtet meine Reaktion ganz genau. Als er merkt, dass ich die Emojis zu zählen beginne, flucht er leise.

„Spar dir die Mühe, ich hinke hinterher, das sind längst nicht alle.“

„Für jeden Toten ein lachendes Gesicht?“

„Nein, das wären zu viele. Diese Ehre gebührt nur meinen persönlichen Feinden. Kollateralschäden zählen nicht.“

Bei dreiundzwanzig habe ich mit dem Zählen aufgehört, er hat also weit mehr als zwanzig Menschen ermordet!

Das ist heftig und das macht mir Angst.

Bull öffnet seine Jeans, mein Hals wird trocken und mein Herz rast!

Jetzt wird es ernst ...

Am schlauesten wäre es zu fliehen, doch anstatt die Flucht zu ergreifen, bleibe ich stehen, streife mir die Schuhe von den Füßen und beginne ebenfalls, mich auszuziehen.

Die Hügel seines Sixpacks zucken, er trägt nur noch seine schwarze Boxershorts.

Dick und hart drückt sich seine Erektion gegen den enganliegenden Stoff, mein Unterleib zieht sich sehnsüchtig zusammen.

Mein Hirn meldet sich, es will, dass ich Bull frage, was mit dem Toten ist, der letzte Nacht hier gefunden wurde. Ob der auch auf sein Konto geht?

Ich räuspere mich leise und zwinge mich, den Blick von seinen eindrucksvollen Bauchmuskeln zu lösen und ihm in die Augen zu sehen.

„Hast du dem Mann, der nur ein Haus weiter tot gefunden wurde, letzte Nacht das Genick gebrochen?“

Er braucht nichts zu sagen, ich erkenne die Antwort an seiner Körperhaltung.

Mein entsetztes „Oh Scheiße!“ macht ihn offensichtlich ärgerlich.

Das ist zu viel. Er kommt auf mich zu und ich weiche instinktiv zurück.

„Du solltest gehen, Bull!“

„Einen Dreck werde ich!“

Verdammt!

„Warum hast du ihn umgebracht? Warum? Bist du ein Psychopath? Wolltest du noch mehr Smileys auf deiner Haut oder war er nur ein kleiner Gelegenheitskill, der nicht zählt?“

Bull will mich schnappen. Ich ducke mich unter seinen Händen weg, was ihm ein zorniges Zischen entlockt.

„Verdammt, Cera! Hör mich gefälligst an, bevor du mich verurteilst.“

Na gut. Das klingt fair.

„Rede.“

Ich stemme die Hände in die Hüften und bleibe misstrauisch.

„Versprich mir nur, nicht auszuflippen.“

Wenn er schon so anfängt ...

„Ich versuch’s!“

Sein „Mehr kann ich wohl nicht erwarten“ löst den Hauch eines schlechten Gewissens aus.

Bevor er loslegt, baut er sich im Türrahmen auf, sodass ich ihm auch ja nicht entwischen kann, was ich echt unfair finde.

Vor allem, weil er in dieser Shorts mit all den Tattoos und den angespannten Muskeln so sexy aussieht, dass meine Hormone regelrecht durchdrehen.

„Okay. Hör zu. Ich bin dir letzte Nacht gefolgt."

Allein dieser Satz sollte ausreichen, um mir Angst zu machen, seltsamerweise bin ich mir immer noch sicher, dass mir von diesem Rocker keine Gefahr droht. *Oh Shit!* Ich bin völlig durchgeknallt ...

„Ich wollte einfach nur sichergehen, dass du unbeschadet zu Hause ankommst. Allein der Gedanke, dass dir etwas passiert, macht mich wahnsinnig. Also habe ich mich an deine Fersen geheftet und dich aus der Dunkelheit heraus beschützt. Du warst fast in Sicherheit, da hat dir dieser Kerl aufgelauert. Er wollte dich von hinten angreifen. Ich bin eingeschritten und habe den Wichser unschädlich gemacht. Du hast nichts gemerkt und bist im Haus verschwunden, während ich mich um das Problem gekümmert habe. Als das erledigt war, habe ich noch gewartet, bis bei dir das Licht angegangen ist, dann bin ich gegangen."

Oh. Mein. Gott!

Das ist heftig.

„Der Mann wollte mich überfallen?"

Bull nickt ernst. Ich lasse mich fassungslos auf die Bettkante sinken und gebe meinem Verstand Zeit, diese Neuigkeiten zu verarbeiten.

„Dann hatte ich mir also nicht nur eingebildet, dass ich verfolgt werde?"

Er schüttelt den Kopf und mir wird klar, dass mich dieser Rocker nun schon zwei Mal gerettet hat. Gestern und heute. Wie sollte ich ihm da diesen Mord zum Vorwurf machen? Wenn er nicht gewesen wäre, wäre ich jetzt vielleicht nicht mehr am Leben.

Bull wartet gespannt auf meine Reaktion, ich sehe ihn an und wispere ein „Danke." Das lässt ihn erleichtert aufatmen.

Er kommt auf mich zu und geht vor mir auf die Knie. Jetzt sind wir uns Auge in Auge gegenüber.

„Ich will dich, Baby. Ich will dich beschützen und behalten. Es gibt für dich keinen Grund, mich zu fürchten!"

Seine Stimme ist so eindringlich, dass ich erschaudere.

Ich weiß sofort, dass er die Wahrheit sagt, ich kann es spüren.

„Küss mich."

Meine leise Bitte lässt ihn die Stirn runzeln.

„Was?"

„Ich sagte: Küss mich."

„Also willst du mich nicht mehr rausschmeißen?"

Ich schüttle den Kopf.

„Nein. Ich will deine Lippen auf den meinen spüren. Sofort."

Bull zögert kurz, dann küsst er mich so sanft, dass all meine Zweifel, ob das hier richtig oder falsch ist, verstummen.

Unsere Zungen umschlingen sich, in meinem Bauch beginnt es zu glühen.

Erst als ich mich atemlos an ihm abstütze, hat er Erbarmen mit mir und lehnt seine Stirn an die meine.

„Jetzt ficke ich dich. Und danach gehörst du mir!"

Nicht bereit, es ihm so leicht zu machen, grinse ich ihn frech an.

„Das werden wir ja sehen!"

„Oh ja, und wie wir das werden, Mädchen."

Er steht auf, packt mich und wirft mich aufs Bett.

Meine Nippel ziehen sich erregt zusammen, zwischen meinen Schenkeln wird es feucht und mein Herz gerät aus dem Takt.

„Ich will dich, Rocker."

„Du hast mich längst, Cera."

An dem Ausdruck, der in seinen Augen aufblitzt, kann ich erkennen, dass er es ernst meint. Das zwischen ihm und mir ist weder normal noch einfach, trotzdem will ich es so sehr, dass ich sogar die Smileygeschichte akzeptiere und die hat es echt in sich.

„Dann fick mich endlich!"

In einer fließenden Bewegung kommt er zu mir, legt sich auf mich und presst mich mit seinem massiven Körper tief in die Matratze. Dann erobert er meinen Mund. Ich trinke seinen Atem, inhaliere den unverkennbaren Geruch, der ihm aus jeder Pore dringt und schließe die Augen.

10. Kapitel

Der Member

Hungrig lasse ich meine Zunge durch Ceras samtenen Mund gleiten, ziehe sie an den Haaren und beiße mich an ihrem Hals fest.

Was das Mädchen von mir fordert, ist nur fair und dennoch viel mehr, als ich jemals zu geben bereit war. Wäre sie nicht sie, sondern irgendeine andere Frau, wäre ich längst gegangen. Doch bei ihr ist es anders. Alles ist anders.

Harter, schneller und komplikationsloser Sex mit irgendeiner Nutte war bis jetzt immer das, was ich wollte. Bis ich meinem Rotschopf begegnet bin.

Gefühle sind nicht so mein Ding. Oder sie waren es nicht – bis jetzt ...

Cera habe ich noch nie gefickt und dennoch weiß ich, dass ich ihr alles geben werde, was sie braucht, nur damit sie bei mir bleibt.

Dieses Mädchen ist wie meine ganz persönliche Droge – es hat mich angefixt und jetzt komme ich nicht mehr von ihm los.

Ihr Geruch erschwert mir das Denken und ihr Geschmack hat mich längst süchtig gemacht.

Ich habe für diese Frau getötet und ich werde es wieder tun.

Cera gehört jetzt mir, sie fleht mich an, sie zu ficken, und ich liege in ihrem Bett. Das bedeutet etwas. Mein Schwanz zuckt ungeduldig und mein Blut kocht.

Die Sache mit dem Toten von letzter Nacht hat sie erstaunlich gut weggesteckt. Vielleicht passt meine süße Verkäuferin doch besser in meine Welt, als ich bisher dachte?

Ihren winzigen Körper unter mir zu spüren, beruhigt mich und erinnert mich daran, dass ich vorsichtig mit ihr umgehen muss.

Diese Frau ist keine Bitch, sie hat es verdient, anständig behandelt zu werden. Besonders, wenn man bedenkt, was sie die letzte Stunde durchgemacht hat.

Ungeduldig reiße ich ihr das Top von den Titten.

Sie trägt einen roten, spitzenbesetzten BH, und nachdem ich ihr die Hose ausgezogen habe, entdecke ich einen dazu passenden Slip. So sexy.

Ihre schlanken Beine schlingen sich um meine Hüfte und halten mich fest.

Erneut küssen wir uns, wieder kann ich nicht genug von ihr kriegen.

Mit den Zähnen schnappe ich nach dem weichen Fleisch ihrer Unterlippe, ziehe sachte daran und lasse meine Hand zwischen unseren Körpern nach unten wandern.

Den dünnen Stoff um meine Finger wickelnd, zerreiße ich ihn mühelos, lege so die weichen Falten frei, zwischen denen ich mich gleich vergraben werde.

Ich koste den Moment aus – endlich am Ziel!

Keine Ahnung, wie oft ich das in den letzten Wochen schon tun wollte – jetzt ist es so weit. Cera gehört mir, daran besteht nun kein Zweifel mehr.

Das lustvolle Funkeln in ihren Iriden bringt mich an den Rand des Erträglichen und der süße, moschusartige Geruch ihrer Erregung lässt mich beinahe durchdrehen.

Wie soll ich sanft zu ihr sein, wenn sie mich mit solch flehenden Blicken anbettelt, sie endlich zu ficken?

Weich und nachgiebig liegt sie unter mir und mir wird schlagartig bewusst, dass ich mich zusammenreißen muss, wenn ich will, dass unser erstes Mal gut für sie wird.

Sie fängt meine Lippen ein, ihre Zunge schiebt sich in meinen Mund. Brummend verändere ich den Winkel und presse mich fester gegen ihre heiße Pussy.

Mein Schwanz ruht pochend auf ihrem feuchten Spalt und ich kann es kaum erwarten, zuzustoßen.

Mit dem Daumen umkreise ich ihren Kitzler, massiere ihn und reize das sensible Nervenbündel. Leise stöhnend spreizt sie ihre Beine etwas weiter für mich, sodass ich noch besseren Zugang zu ihrer Mitte habe.

Alles meins!

Nicht fähig, auch nur eine Sekunde länger zu warten, ziehe ich mir die Shorts aus, hole ein Kondom aus meiner Jeans, rolle es über mein Glied und beiße dabei die Zähne so fest zusammen, dass mein Kiefer knackt.

Von Ungeduld getrieben, lege ich mich wieder auf das Mädchen, das ich nie wieder verlieren will, und reibe mit meiner Eichel über ihre zuckende Muschi.

Dabei spanne ich die Muskeln in meinen Oberschenkeln an und bringe mich vor ihr in Position.

Tief einatmend, schiebe ich mich ein paar wenige Zentimeter in sie hinein und genieße das unglaublich perfekte Gefühl ihres engen Inneren.

Feucht – heiß – perfekt – göttlich!

Sie schließt die Augen, biegt wimmernd die Wirbelsäule durch und presst sich meinen Stößen entgegen. Die scharfen Kanten ihrer Fingernägel graben sich in meine Haut, der leichte Schmerz lässt mich nur noch härter werden.

Das ist gut. Ich will, dass sie Spuren auf mir hinterlässt, so wie ich welche auf ihr hinterlassen werde.

„Mehr, Bull. Mehr. Gib mir alles!"

Noch bevor ich weiß, was los ist, verliere ich die Kontrolle und stoße mich mit einem kraftvollen Ruck bis zum Anschlag in ihre pochende Hitze.

Sie schreit und ich brülle.

Ceras innere Muskeln zucken, ihre Scheidenwände dehnen sich für mich, zurren sich fast schon schmerzhaft um meinen Schwanz herum zusammen.

Bei allen Bones!

Das ist die engste, beste und wildeste Muschi, die ich jemals hatte.

„Oh Fuck, Baby! Du wirst mich nie wieder los!"

Dazu sagt sie nichts, sieht mich einfach nur an und streicht über die lachenden Gesichter an meiner Seite.

Mein Schädel ist wie leer gefegt. Diese Frau hat auf mich dieselbe verheerende Wirkung wie ein Benzinkanister auf ein Lagerfeuer.

„Nimm mich. Tiefer!"

Ich tue, was sie verlangt, und gebe ihr, was sie braucht.

Meine Muskeln arbeiten heftig, ich nutze all meine Kraft, um das Mädchen, das ich für mich will, auf die primitivste aller Arten für mich zu beanspruchen!

Ceras Schreie werden lauter und verraten mir, dass ich auf dem richtigen Weg bin.

Den Blick auf ihre geöffneten Lippen getackert, verändere ich den Winkel, mit dem ich in sie eindringe, und genieße das Gefühl ihres zitternden Körpers.

In einem schnellen, tiefen Rhythmus fülle ich sie bis zum letzten Millimeter mit meiner Härte, und knüpfe so ein immer dickeres Band zwischen uns.

Das alles ist so intensiv – so unfassbar geil, dass ich jetzt schon süchtig nach mehr bin.

Meine Hoden klatschen gegen ihr winziges Poloch und ich weiß, dass ich nicht mehr lange brauche, bis mein Schwanz regelrecht explodiert.

Das Kondom stört mich. Es verhindert, dass ich mein Mädchen Haut an Haut spüren kann. Eines Tages werde ich ihre Pussy bis zum letzten Tropfen mit meinem Samen füllen.

Ich will, dass sie voll von mir ist, dass meine Wichse aus ihr herausläuft und sie als mein Eigentum markiert!

Bis zum Anschlag in ihr vergraben, richte ich mich auf, beseitige den BH und knete das weiche Fleisch ihrer runden Brüste.

Rosa und geschwollen drücken sich ihre Nippel in meine Handfläche.

Ich klemme sie zwischen meine Finger, zwirble und zupfe sie so lange, bis Cera nach Luft schnappt.

Ihre sexy Schreie verstummen und ihr Wimmern wird leiser. Ich bemerke, dass sich ihr Körper anspannt, und fühle, wie sich ihre enge Pussy fürs Kommen bereitmacht.

Atemlos treibe ich mich in sie, will mehr und immer mehr ...

Den Kopf senkend lecke ich über ihr Schlüsselbein, hoch zu ihrer Kehle und beiße mich an ihr fest. Ich durchstoße die Haut, bohre mich in ihr zartes Fleisch und koste ihren Schmerz.

Yeahhhhhh! Alles meins!

Keine Ahnung, wie ich es geschafft habe, so lange ohne diese Frau zu überleben Aber jetzt, wo ich sie gefunden habe, kann ich mir nicht vorstellen, sie jemals wieder zu verlieren.

Heiser kommt mein Name über ihre Lippen, unsere Blicke treffen sich, mein Puls rast.

Ich stemme mich neben ihrem wunderschönen Gesicht auf der Matratze ab und lasse sie spüren, wie schutzlos sie in genau diesem Moment ist.

Doch sie scheint sich nicht zu fürchten, sondern mir zu vertrauen.

Süchtig nach mehr ramme ich mich schneller und immer schneller in ihre zuckende Muschi, hämmere meinen Schwanz in den engen Kanal und werde mit süßen Fickgeräuschen belohnt. Schweißtropfen rinnen mir über den Rücken und ich spüre, dass ich kurz davor bin, mich in dieser Frau zu verlieren.

Die Art, wie ihre Titten dank meiner Stöße wackeln – wie Cera keucht und stöhnt – das alles gibt mir den Rest. Heiß und schnell schießt mein Sperma aus mir heraus und landet in der dünnen Latexmembran, die unsere Körper trennt.

Wämmmm...

Dieser Sex ist besser als leben, besser als atmen, er ist besser als alles, was ich je gespürt habe.

Schwer atmend sehe ich sie an und genieße das fucking göttliche Gefühl der Zufriedenheit, das sich bis zu den Zehenspitzen in mir ausbreitet.

Dieses Mädchen lasse ich nie, nie wieder gehen, nie wieder – ganz egal, was kommt.

11. Kapitel

Die Verkäuferin

Hungrige Lippen streichen über meine empfindliche Mitte, Bulls Zunge bahnt sich ihren Weg tief in mich hinein.

Mein Rocker leckt mich, als würde sein Leben davon abhängen.

Ich bin wund und erschöpft und habe keine Ahnung, wie oft er in dieser Nacht bereits über mich hergefallen ist.

Ehrlich. Ich habe längst aufgehört, die vielen phänomenalen Orgasmen, die er mir bereits geschenkt hat, zu zählen

Meine Brustwarzen sind empfindlichen und geschwollen, und recken sich dennoch gierig seinen rauen Fingern entgegen.

Ich schließe seufzend die Augen, vergrabe meine Finger in den festen Muskeln seiner Schultern und spüre, wie sich zwei seiner Finger in mich hineinbohren.

„Jaaaaa..."

Mein atemloser Schrei vermischt sich mit seinem wilden Grollen – mein Bulle ist unersättlich.

Saugend, knabbernd und züngelnd bringt er mich erneut an den Rand des Erträglichen.

Ich zittere und rekle mich auf dem Bettlaken.

Der *Hell Bones Motorcycle Club,* die vielen Patches, die sein Leder zieren und die Brutalität, die in ihm schlummert, machen mir immer noch Angst.

Bull mag nach außen hin gnadenlos und herzlos wirken – aber das ist er nicht. Dieser Outlaw hat mich zwei Mal gerettet und im Grunde genommen keine Gegenleistung dafür von mir verlangt. Er hat es nur getan, weil er mich in Sicherheit wissen wollte. Das sagt doch viel über den Mann zwischen meinen Schenkeln aus.

Oder?

Wild und unbarmherzig lässt er mich seine Zähne spüren und leckt mich auf direktem Weg ins Paradies. Er beißt sich an der empfindlichen Innenseite meines Oberschenkels fest, saugt an mir und rammt gleichzeitig seinen Mittelfinger tief in mich hinein.

Hilfe! Oh Hilfe ... mehr brauche ich nicht ...

Die Erlösung bricht wie ein Orkan über mir herein.

Meine Zehenspitzen rollen sich ein, meine Beine zucken und meine Atmung stockt.

Ich bin erschöpft und am Rande eines orgastischen Zusammenbruchs und will dennoch mehr und immer mehr.

Zitternd hebe ich mein Becken an, reibe mich schamlos an seinen kratzigen Bartstoppeln und werde mit einem zufriedenen Knurren belohnt.

Mein Puls donnert, mein Herz hat wieder mal den Rhythmus verloren.

Bull richtet sich auf und grinst zufrieden. Er scheint genau zu wissen, dass er mich an den Rand des Erträglichen gevögelt hat.

„Du bist mein, Cera. Du gehörst mir. Du bist in meinen Kopf und formst jeden meiner Gedanken. Ich will in deinem Körper sein, ich will in deinem Schädel und in deinem Herzen sein. Für dich – für uns – würde ich durch die Hölle gehen. Ich beschütze dich, ganz egal, was kommt.“

Ich schlucke hart, lasse seine Worte auf mich wirken und spüre, wie sie in meine Seele sickern und ein warmes Ziehen auslösen.

Sehnsucht ... das beschreibt wohl am besten, was ich gerade empfinde.

Meine Bedenken wegen seines Lebensstils zerplatzen wie Seifenblasen, lösen sich auf und hinterlassen nichts als Hoffnung.

Der Rocker und die Verkäuferin ...

Das klingt perfekt.

Das klingt gut.

Das klingt, als ob wir eine Chance auf Glück haben könnten.

Er kommt zu mir hoch, wie küssen uns, dieses Mal intensiver und leidenschaftlicher als jemals zuvor in dieser Nacht. Wir beginnen etwas Echtes, etwas, auf das ich bis jetzt nie zu hoffen gewagt habe. Ich kann mein eigenes Aroma auf seinen Lippen spüren, während sich unsere Zungen umschlingen.

Seine Härte gleitet langsam in mich hinein. Bull füllt mich aus, er sieht mich an und ich spüre den Hauch des Schicksals, der über unsere verschwitzten Körper hinwegweht.

Ich weiß nicht, was die Zukunft bringt, oder was das Schicksal für uns bereithält, aber ich kann es kaum erwarten, es herauszufinden ...

Der Rocker und die Verkäuferin und ein verdammtes Happy End!

Ende

Buchempfehlung

Kennt Ihr schon alle Rocker Romane von Bärbel Muschiol?

Die Rocker Serie besteht aus:

1. Rocker Dämon – Ace und Amy
2. Rocker Devil – Slide und Ellen
3. Rocker Bastard – Razzor und Nicki
4. Rocker Heart – Spider und Abigail
5. Rocker Ghost – Ghost und Angel

Ihr könnt die Rocker Romane als Taschenbücher und eBooks lesen!

„Rocker Dämon – Ace und Amy“

Klappentext:
Es ist ein Deal, um ihren Vater zu retten. Amy liefert sich Ace, dem dämonischen Präsidenten der Dead Riders aus. Doch schon bald genießt sie diese neue und gefährliche Welt des gefürchteten Rockerclubs. Das vollkommene Ausgeliefertsein, Aces Gier und der harte, bedingungslose Sex führen sie in immer neue Höhen. Aber die Schatten der Vergangenheit drohen das neue Glück zu zerstören. Gewalt bricht über die Familie der Riders herein und führt in ein tödliches Blutbad. Prickelnde Erotik, gnadenlose Härte und Dominanz und wahre Freundschaft zeichnen diese spannende Geschichte aus, die mehr als eine Lovestory ist: furchteinflößend, dabei sexy, verdammt heiß und voller Gefühl!

Taschenbuch ISBN: 978-3-95573-549-4
eBook ISBN: 978-3-95573-550-0

Klarant Verlag

Lernen Sie die Titel des Klarant Verlages kennen und besuchen Sie uns im Internet unter:

www.klarant.de

Sie können dort Näheres über unsere Autoren erfahren, viele weitere interessante Bücher und eBooks finden und Leseproben herunterladen.

Mit dem kostenlosen Newsletter unter

www.liebe-lesen.de

erhalten Sie aktuelle Informationen rund um das Verlagsprogramm, wie beispielsweise spannende Neuerscheinungen und Gewinnspiele.